btb

Aus Freude am Lesen

btb

Buch

Im Jahre 1257 wird der französische Dominikanermönch Raoul de Hinault nach Toledo an den Hof Alfons X. gerufen. In dem noch ungeeinten, von der christlichen, jüdischen und arabischen Kultur geprägten Spanien soll der gelehrte Mönch König Alfons, genannt der Weise, beraten. Dieser liebäugelt nämlich mit der deutsch-römischen Kaiserkrone, braucht für seine Wahl aber die Unterstützung der Franzosen. Nun soll Raoul de Hinault für ihn die diplomatischen Fäden spinnen.

Doch schon auf seiner ersten Station in Spanien nimmt Raouls Reise eine unerwartete Wende. Der Bischof von Jaca befiehlt ihm im Auftrag des Königs, eine Pilgerreise nach Santiago de Compostela zu unternehmen, um einen Mord aufzuklären, in den der Bruder eines engen Freundes und hohen Amtsträgers Alfons verwickelt ist. Verwundert über die Entwicklung der Dinge, macht sich Raoul auf den berühmten Jakobsweg. Unterwegs kommt er mit allen Bevölkerungsschichten in Berührung und stellt diskrete Nachforschungen über den angeblichen Mörder Rodrigo Garcia an, der aus Eifersucht den ehrenwerten Don Diego Perez getötet haben soll. Auf dem Weg in die Pilgerstadt erfährt er immer mehr Details über den mysteriösen Mord und kann ihn schließlich aufklären. Danach macht er sich auf den Weg nach Toledo, um endlich seine eigentliche Mission antreten zu können. Doch der König hält ihn hin. Als er ihn nach qualvollen Wochen doch empfängt, erklärt er ihm bei einem Schachspiel, dass er Raoul nur nach Spanien lockte, um diesen politisch brisanten Mordfall aufzuklären – mit diplomatischen Missionen wollte der König den Dominikanermönch nie betrauen...

Autor

Pedro Fernández, 1956 geboren, dessen Steckenpferd das Mittelalter ist, lehrt Kunstgeschichte an der Universität Madrid. Daneben ist er in beratender Funktion für das Museo del Prado tätig und schreibt regelmäßig in führenden spanischen Tageszeitungen über Themen aus dem Bereich Kunst. Er veröffentlichte mehrere kunsthistorische Sachbücher. »Der Bauer des Königs« ist sein erster Roman.

Pedro Fernández

Der Bauer des Königs

Roman

Aus dem Spanischen von
Karl A. Klewer

btb

Die spanische Originalausgabe erschien 1998 unter dem
Titel »Peón de Rey« bei Ediciones Alfaguara, Madrid

Der Übersetzer dankt José-Marìa Carreras für seine
kunsthistorische Beratung und Hilfestellung

btb Taschenbücher erscheinen im Goldmann Verlag,
einem Unternehmen der Verlagsgruppe Bertelsmann GmbH,
www.btb-verlag.de

2. Auflage
Deutsche Erstveröffentlichung August 2000
Copyright © 1998 by Grupo Santillana de Ediciones,
S. A., Madrid
Copyright © der deutschsprachigen Ausgabe 2000
by Wilhelm Goldmann Verlag in der Verlagsgruppe
Bertelsmann GmbH, München
Umschlaggestaltung: Design Team München (Collage)
Satz: IBV Satz- und Datentechnik GmbH, Berlin
Redaktion: Susanne Korell
CV · Herstellung: Augustin Wiesbeck
Made in Germany
ISBN 3-442-72556-9
www.btb-verlag.de

Für Belén, die dieses Buch möglich machte

Inhalt

Einleitung

Toledo, März 1273

Langsam hob Don Çag den Blick von den Blättern der Handschrift. Obwohl sich draußen vor den Mauern der Tag dem Ende zuneigte, hatte er nicht wahrgenommen, dass der Nachmittag längst vorüber war. Seit über sechs Stunden las er fast ohne Unterbrechung in den Papieren, die ihm auf der Suche nach einem anderen Dokument in die Hände gefallen waren. Gleichsam aus dem Nichts war in einem der Räume des Obergeschosses ganz hinten in der Schublade eines Schreibpults, das aus dem Leim zu gehen drohte, ein dickes Bündel Papier aufgetaucht. Als er den von einem ockerfarbenen Band über Kreuz zusammengehaltenen Blätterstapel ans Tageslicht beförderte, sah er, dass ihn ein mit Rattenkot vermischtes schwärzliches Pulver bedeckte. Im Haus war kein Laut zu hören. Nachdem Don Çag seinen Fund vorsichtig gesäubert hatte, löste er neugierig die Knoten und nahm das Band ab. Doch versenkte er sich nicht sogleich in die Lektüre, sondern überflog erst einige Seiten, um zu sehen, worum es sich handelte. Die Linke auf die Platte des Pults gestützt, folgte er hastig den Zeilen, bis er begriff, was er da vor sich hatte. Nach einer Weile dann fand er eine bequemere Haltung, die es ihm gestattete, in Ruhe zu lesen.

»Na bitte, da ist er ja«, sagte er zu sich. Endlich lag der für verschollen gehaltene Bericht vor ihm, den Magister Raoul de Hinault in winzigen Buchstaben zu Papier gebracht hatte. Das sonderbare Gemisch aus Latein, Französisch und Kastilisch, in dem er abgefasst war, ließ Don Çag mehr als einmal lächeln. Während er verblüfft Kapitel auf Kapitel des säuberlich geschriebenen Textes in sich aufnahm, erstanden die Begebenheiten vor seinem inneren Auge aufs Neue. Bisweilen ließ ihn eine Szene im Lesen innehalten. Dann saß er mit halb geschlossenen Lidern da, malte sich die Einzelheiten aus und belebte das Bild mit Personen. Befriedigt stellte er fest, dass Raoul gut zu beobachten verstanden hatte; seine Beschreibungen vermittelten ein lebendiges Bild der Tage, die der gemeinsam mit Don Çag verbrachten Zeit vorausgegangen waren. Auch fiel Don Çag auf, dass Raoul offenbar hatte verarbeiten müssen, was ihm am Hof von Toledo begegnet war. So hatte er sich zu zeigen bemüht, welch eine tiefe Kluft zwischen dem greifbaren Ergebnis seines Besuchs am Hof des kastilischen Herrschers und den Erwartungen bestand, mit denen er dorthin gekommen war. Unwillkürlich musste Don Çag an einen der Lieblingsaussprüche seines Vaters denken: »Jeder sucht sich den Misserfolg aus, der seinem Stolz am wenigsten schadet.« An manchen Stellen lenkten ihn eine Anekdote oder ein Kommentar im Bericht des Dominikaners so sehr ab, dass andere Dinge seine Aufmerksamkeit gefangen nahmen. Die Schrift schilderte nicht nur, was auf dem Jakobsweg geschehen war, sondern auch, wie es im Jahre 1257, bloße fünf Jahre nach der Krönung König Alfonsos zum zehnten Herrscher dieses Namens, in Wahrheit um das Königreich Kastilien gestanden hatte.

Heute liegen die Dinge weit anders, dachte Don Çag bedrückt. Fünfzehn eigenartige und gefährliche Jahre waren seither ins Land gezogen. Der Traum vom Kaiserthron war ausgeträumt, die Erbfolge ungeklärt und die Frage, wie Frankreich zu Kastilien stand, immer brennender geworden. Auch wenn ihn die Häufung von Schwierigkeiten verwirrte, dachte Don Çag eher neugierig als beunruhigt über all das nach.

Gewiss ist es eine Ironie des Schicksals, sagte er sich im Stillen, dass ich diesen Text gerade jetzt finde, nachdem so viele ergebnislos danach gesucht und sich nach seinem Verbleib erkundigt haben. Nachdem ich bereits angenommen hatte, das, wonach mich der König suchen ließ, existiere überhaupt nicht, ist es ein überaus glücklicher Umstand, dass mir diese Handschrift gerade jetzt in die Finger fällt.

Ganz allmählich ließ er sich in die Vergangenheit versetzen, und wie das unter dem Einfluss der Macht der Geschichte zu gehen pflegt, gewannen die durch die Erinnerung verwandelten Ereignisse nach und nach einen verlockenden Glanz. Schließlich hob er den Blick. Der zeitliche Abstand hatte ihn den Verfasser des Berichts nicht vergessen lassen, den hageren, bisweilen geistesabwesend wirkenden Mönch und Magister aus Frankreich, der zwar teilnahmslos wirkte, aber äußerst wache Augen besaß und in so hohem Maße Don Çags Aufmerksamkeit erregt hatte.

»Wer etwas sehen will«, hatte Raoul de Hinault häufig gesagt, »muss die Kunst beherrschen, unsichtbare Dinge wahrzunehmen und den Blick über das hinauszurichten, was uns die Wirklichkeit zu sein scheint.«

Während Don Çag in der Handschrift las, spürte er, dass Raouls Schatten, der zweifelhafte Schatten, der ihm im Verlauf so vieler Jahre immer wieder entglitten war, erneut Gestalt gewann. Es war sonderbar, er konnte geradezu spüren, wie Raouls vertraute Züge im Raum sichtbar zu werden schienen. Tatsächlich hatte er am Ende der letzten Seite das merkwürdige Gefühl, sich in den vergangenen Minuten in Raouls Gegenwart befunden zu haben, wobei ihm zugleich bewusst war, dass seit dessen Fortgang fast fünfzehn Jahre ins Land gegangen waren. Überrascht spürte er die Macht des Zufalls.

Es muss mehr sein als eine glückliche Fügung, dachte Don Çag voll Schwermut, dass ich gerade jetzt Raouls halb in den Windungen der Erinnerung verlorene Spur entdecke. Man könnte den Eindruck gewinnen, die Geschichte wende ihre Blätter mit dem Zweck um, leere Räume zu erhellen, so, als wolle sie die Worte des Berichts wahr werden lassen.

Nachdem Don Çag den dicken Stoß Papiere wieder gewissenhaft geordnet und mit seinem Band versehen hatte, saß er ruhig da, bemüht, den erneuten Kontakt mit seiner Umwelt hinauszuzögern. Durch das Fenster sah er die letzten Sonnenstrahlen des Abends, die Dunkelheit senkte sich so langsam über die Stadt, als wäre sie eine alte Schildkröte. Schritt für Schritt nahm der Schatten Besitz von dem Zimmer, in dem sich Don Çag befand. Unwillkürlich, ein Wunsch, seine Lunge mit der Abendluft zu füllen, erhob er sich von seinem Sitz und öffnete das Fenster. Anmutig lag draußen im ersterbenden Licht der Sonne der Park seines toledanischen Stadtpalastes. Unten im Hof trugen Frauen Wasserkrüge, ein wenig weiter oben suchten die Spatzen lärmend in Zitronen- und Orangenbäumen eine Bleibe für die Nacht. Ein Stück weiter, hinter der Baumgruppe mit der zum Trocknen aufgehängten Wäsche und den geometrisch angeordneten Terrassen, sah man unter den Glockentürmen Dächer mit golden schimmernden Ziegeln aufragen. Vom nahe gelegenen freien Platz kamen wie eine Einladung Klänge herübergeweht, in denen sich die Musik von Flöten und Tambourinen mit den Rufen von Händlern vermischten. Rechts, im Osten, ging ein durchscheinender Vollmond auf, doch Don Çag war mit seinen Gedanken so fern, dass er die Geräusche der Stadt Toledo nicht wahrnahm. Nicht einmal die Schönheit des Abends teilte sich ihm mit. So blieb er einen Augenblick in seiner Lieblingshaltung stehen, die Ellbogen auf das Fensterbrett gestützt, und sah hinaus, ohne dass er seine Umgebung wahrnahm. Dann setzte er sich wieder. In seiner Tasse befand sich noch ein wenig kalter Kräutertee, und er trank ihn mit einem Schluck aus. Erneut durchlebte er in Gedanken die unvergesslichen Tage, noch einmal stellten sich die Erinnerungen ein.

I. Der Bericht

Toledo, August 1257

Ich heiße Raoul de Hinault und stamme aus der Bretagne. Zwar bin ich vor rund vierundvierzig Jahren in der Stadt Rennes zur Welt gekommen, aber seit ich mit achtzehn Jahren in den Dominikanerorden eingetreten bin, zog ich über so viele Straßen und habe ich mich an so vielen Orten aufgehalten, dass es mich die größte Mühe kosten würde, mich irgendwo ganz zu Hause zu fühlen.

Jetzt, da ich das hier im August des Jahres des Herrn 1257 schreibe, während mein Blick durch das Fenster auf die Stadt Toledo fällt, öffnet sich in meinem Leben eine andere Tür. Toledo! Wie sehr unterscheidet sich hier alles von den Landschaften meiner Heimat, von meiner Vaterstadt. Von meinem Fenster aus kann ich die Dächer und Plätze der Stadt betrachten, die Türme, Kirchen, Häuser und Gärten. Ich rieche den Duft der Zistrose und anderer Blüten, höre das dumpfe Geräusch, das sich wie Seegang aus den Straßen erhebt, und das unruhige Lärmen der Vögel, die um Glockentürme und Dächer flattern. Was ich sehe, ist zugleich mannigfaltig und sonderbar einheitlich. Auf irgendeine Weise verschmilzt alles. Vielleicht liegt das daran, dass alles graubraun getönt ist wie die Ziegel. Diese Farbe bestimmt hier alles. Vielleicht ist es das Licht, die unerträglich grelle Sonne, die alles in geometrische Stücke schneidet. Ich hatte das seit meinem Aufenthalt auf Sizilien ganz vergessen. Es könnte aber auch an den Tagen liegen, in denen die trockene Hitze über der Stadt steht, die Luft zu brennen scheint und kaum Leben zu spüren ist, während die wenigen Menschen, die sich draußen aufhalten, kurze Schatten auf die Gässchen werfen. Doch von meinem Beobachterposten aus gesehen, lösen sich die Kontraste zwischen Licht und Schatten fast übergangslos auf, was den Eindruck vermittelt, statt eines wirklichen Bildes eine gemalte Landschaft zu betrachten, und wenn der Blick durch die Gässchen der Vorstadt streift, bietet sich dem Auge ein buntes Bild. Toledo hinterlässt beim Betrachter einen starken Eindruck. Der Fluss Tajo windet sich um die Stadt herum und schneidet ein großes S in den Sand. Über ihm erheben sich auf einer Anhöhe aus roter Erde die Mauern Toledos. Dahinter zeichnen sich vor dem Horizont die Häuser der Stadt ab wie der Giebel eines griechischen Tempels von gewaltigem Ausmaß.

Erst seit wenigen Tagen bin ich in der Stadt und nicht länger als acht Monate in Kastilien. Damit gelte ich nach wie vor als Neuankömmling. Bisher habe ich mich ausgeruht und treiben lassen, doch heute Morgen fühle ich mich besonders wohl. Die Gluthitze des Tages bleibt vor den Mauern und Fenstern des Hauses meines Gastgebers Ishaq Ben Salomo Ibn Sadoq, der hier besser unter dem Namen Don Çag de Maleha bekannt ist. Er ist Erster Steuerpächter und Schatzmeister am Hof des Zehnten Alfonso, König von Kastilien.

Das Haus, in dem ich untergebracht bin, ist von sonderbarer Bauweise. Es liegt am Ende einer kurzen, engen Gasse, deren Name *adarme* so viel wie »Quäntchen« bedeutet. Von außen sieht es aus wie alle anderen Häuser in dieser Gasse, so, als wolle es nicht weiter auffallen. Doch noch nie im Leben habe ich etwas von der Art gesehen, was es im Inneren zu bieten hat. Nicht einmal die Gemächer im Palast Friedrichs II. in Palermo, die ich mehrere Monate bewohnte, kamen ihm in Annehmlichkeiten und gutem Geschmack gleich. Das Haus ist um zwei Innenhöfe herum angelegt, in denen fortwährend Wasser plätschert. Nach hinten liegt ein kleiner Garten mit einem hölzernen Laubengang. In der Dämmerung des Abends ist dieser Garten mit seinen zahlreichen Blumenbeeten und den Bäumen, die kühlenden Schatten spenden, äußerst angenehm.

Auch sonst ist das Haus sehr bequem eingerichtet. Ich kann bezeugen, dass es sich im Sommer dort ausgesprochen behaglich leben lässt, und vermutlich gilt das auch für den Winter. Am meisten hat mich der unglaubliche Luxus eines Badezimmers auf jedem Stockwerk überrascht, das entweder eine Wanne oder ein Becken in der Mitte des Raumes enthält, in das durch Rohre kaltes und warmes Wasser geleitet wird. Das Gebäude selbst ist solide gebaut, und dank seiner dicken Mauern herrscht in seinem Inneren eine erträgliche Temperatur. Die Haupträume werden während der größten Tageshitze zwischen Mittag und Abenddämmerung durch ein ausgeklügeltes Verfahren kühl gehalten. Von einer schmalen hölzernen Brüstung an den Wänden hängen eine Vielzahl von Leinenfäden so dicht nebeneinander fast bis zum Boden herab, dass man sie aus einer gewissen Entfernung für einen Vorhang halten könnte. Sie werden fortlaufend von einem Diener begossen, der sich so sehr im Hintergrund hält, dass man ihn für unsichtbar halten könnte. Mehr als einmal habe ich ihn, wenn ich den Blick hob, auf der Brüstung mit seiner tönernen Wasserschale und seinem scheuen Lächeln überrascht, mich aber bereits so sehr an sein ständiges Kommen und Gehen gewöhnt, dass mir seine Gegenwart nicht mehr auffällt, ganz wie es mir mein liebenswürdiger Gastgeber vorhergesagt hatte.

So vom Wohlleben eingehüllt, halte ich mich schon seit fast fünf Tagen in Toledo auf, ohne etwas anderes zu tun, als durch die alten Straßen der Stadt zu streichen, in den Büchern von Don Çags vorzüglicher Bibliothek zu lesen oder an einer der lebhaften Abendgesellschaften teilzunehmen, die er täglich gibt. Mit nichts von all dem habe ich gerechnet. Weder der Auftrag, den mir Hugo de Conques, Kanzler der Universität Paris, vor acht Monaten erteilt hat, noch, was sich daraus entwickelt hat, konnte diese Art von Erholung erwarten lassen. Das galt umso mehr, als man mir schon nach dem ersten Tag in Toledo bedeutete, ich müsse mich unverzüglich zum kastilischen König Alfonso X. begeben, und der Verlauf des mit ihm geführten Gesprächs nahe legte, dass schon bald weitere Ereignisse eintreten würden.

Später habe ich mich entschlossen, die Eindrücke, die ich hier empfangen habe, schriftlich festzuhalten. Doch um der Wahrheit die Ehre zu geben, muss ich gestehen, dass ich mich damit nicht nur einer Verpflichtung gegenüber meiner Universität und meinem König entledige – mir hat sich auch die Möglichkeit eines weiteren Berichts für den kastilischen Herrscher eröffnet. Doch auch ohne diese Gründe würde ich ebenso verfahren. Ich muss mir die Ereignisse aus einem gewissen Abstand noch einmal vergegenwärtigen und Ordnung in meine Gedanken bringen. Eine Ordnung, die ich brauche, um diejenigen Berichte abfassen zu können, die man von mir erwartet. Mir ist durchaus bekannt, dass es mitunter von Vorteil sein kann, gegenüber dem Unerwarteten einen gewissen Gleichmut an den Tag zu legen, in der Hoffnung, das Leben werde den nächsten Schritt für uns tun. Doch ein Leben ganz ohne Pflichten behagt mir nicht. In Wirklichkeit habe ich es trotz all meiner Erfahrungen nie vermocht, den Ereignissen gegenüber eine so unbeteiligte Haltung einzunehmen, dass ich nicht am liebsten eingegriffen hätte. Ja, ich werde meine bisherigen Erlebnisse und meine Erwartungen an diese Reise schriftlich niederlegen. Vielleicht gelingt es mir auf diese Weise zu begreifen, was man von mir will, und mich dem hier in Toledo herrschenden Geist anzunähern, der sich, soweit ich die Dinge verstehe, eher aus dem Bild ergibt, das man sich von der Stadt macht, als aus der Stadt selbst. Daher dürfte es das Beste sein, vorgefasste Meinungen in den angekündigten Berichten, die in Wahrheit wenig gebraucht werden, möglichst aufzugeben. Da ich nicht weiß, was der König von Kastilien von mir erwartet, kann ich mich noch nicht daranmachen, die Abschrift herzustellen, um die mich der Kanzler der Pariser Universität gebeten hat. Welchen Sinn hätte es, mir König Alfonsos Erwartungen vorzustellen? Wahrscheinlich wäre es klüger, ich versuchte nach freiem Ermessen zu formulieren und zu beschreiben, was meine Aufmerksamkeit erregt hat, statt niederzuschreiben, wovon ich vermute, dass es andere interessieren könnte.

So habe ich mich heute Vormittag gewissenhaft auf diese Arbeit vorbereitet. Hinzu kommt, dass mir alle Umstände günstig sind. Zeit – wie es aussieht, sogar zu viel – ist vorhanden, ein ruhiges Gemach und Papier. Ein Material, das ich bisher als außerordentlichen Luxus angesehen habe, steht mir jetzt, so unglaublich das scheinen mag, in Hülle und Fülle zur Verfügung. Ich muss mit den letzten Tagen beginnen. Wenn ich jetzt angesichts der Ohnmacht und des fortwährenden Wartens auf eine neue Audienz beim König von Kastilien zur Feder greife, bin ich von allen am meisten davon überrascht. Tatsächlich hatte ich, als ich vor weniger als einer Woche hier in Toledo eintraf, genau den gegenteiligen Eindruck, und mich betäubte geradezu die Geschwindigkeit, mit der die Ereignisse aufeinander zu folgen schienen.

Kaum hatte ich die Stadt durch das Tor von Bisagra betreten, als mich ein Hauptmann der königlichen Wache ansprach und mich, nachdem er sich vergewissert hatte, wer ich war, in ein Gemach des Palastes nahe dem Zocodover-Platz geleitete, wo ich es mir bequem machen durfte. Ich brauchte nicht einmal um eine Audienz beim König nachzusuchen, um ihm Bericht über das Ergebnis des mir erteilten Auftrags zu erstatten. Am folgenden Morgen war ich kaum aufgewacht, als man mir mitteilte, ich solle mich darauf einstellen, im Laufe des Tages bei Hofe empfangen zu werden.

Unmittelbar nach Mittag führte man mich in der Hofburg in einen kleinen Vorraum voller Höflinge. Allmählich leerte er sich, und ich stand gähnend auf, um mich ein wenig umzusehen. Ich trat ans Fenster und sah in den Hof hinab, wo ein fliegender Händler Obst und Gemüse von seinem Karren ablud. Er hatte auf dem Erdboden einen fadenscheinigen Teppich ausgebreitet, und auf ihm ordnete er seine Waren an, die er den aus Espartogras geflochtenen Körben entnahm.

Die großen Stücke kamen auf einen Haufen zur Linken und die kleinen auf einen zur Rechten. Anschließend machte er sich daran, das Ganze zu den Küchen zu schaffen, wobei er sich im Getümmel verlor, das in der Hofburg, dem Alcázar, herrschte. Ich setzte mich wieder. Langsam verging die Zeit, und die Unruhe begann mich zu verzehren.

Als sich die Tür öffnete und endlich mein Name genannt wurde, fuhr ich auf. Benommen und unsicheren Schritts trat ich in den Audienzsaal. Er war so voller Würdenträger, dass ich die Größe des Raumes nur erahnen konnte. Kaum war mein Name genannt worden, sah ich den Herrscher freundlich lächelnd vom Thron herabsteigen und mit offenen Armen auf mich zukommen. Während ich auf den Umriss seines Körpers sah, der sich im Gegenlicht abzeichnete, konnte ich mir einen ersten Eindruck von dem Mann machen, der seit meinem Grenzübertritt meine Schritte gelenkt hatte. Während Don Alfonso über die Steinplatten des Saales auf mich zuschritt, sah ich, dass er trotz seiner sechsunddreißig Jahre noch recht jugendlich wirkte. Er trug das Haar schulterlang, und ein Spitzbart ließ seine edlen Züge unnahbar und streng erscheinen. Doch dieser Eindruck täuschte, denn seine Miene offenbarte freundliche Nähe. Die schmalen, mandelförmigen Augen von der Bläue des Sommers betrachteten mich mit großer Wärme. Während er den Raum gemessenen Schritts durchquerte, schien er sich völlig unbekümmert zu bewegen. Er erwiderte Grüße und warf diesem und jenem Höfling eine kleine Bemerkung hin, die er mit leichten Berührungen an Arm oder Schulter bekräftigte; offensichtlich beherrschte er die Kunst, sich der Sprache des Körpers zu bedienen.

»Lieber Raoul«, sagte er, als er mich erreicht hatte, »gestattet, dass ich Euch umarme. Ich wollte Euch schon immer gern kennen lernen und persönlich für die Dienste danken, die Ihr uns erwiesen habt.«

Verwirrt ließ ich es geschehen. Ohne den Gesichtsausdruck zu verändern, fasste der König auch mich leutselig beim Arm und wandte sich zu den Anwesenden: »Freunde, ich stelle

Euch Magister Raoul de Hinault vor, den uns König Ludwig von Frankreich gesandt hat, damit er uns in verschiedenen Fragen, die die Regierung des Landes betreffen, unterstützt. Er kommt als mein Gast, und so ersuche ich Euch, ihn als solchen zu behandeln, sofern Ihr mit ihm zu tun habt.«

Anschließend wandte er sich mir zu und fuhr fort: »Wir müssen mit mehr Muße miteinander reden, Magister Hinault. Ich hatte große Hoffnungen in Euch gesetzt und tue das jetzt noch mehr, seit ich Eure Tüchtigkeit und Verschwiegenheit kennen gelernt habe, für die ich Euch auf alle Zeiten Dank weiß. Doch jetzt ist nicht der richtige Augenblick. Ich werde es Euch zu gegebener Zeit wissen lassen.« Dann wandte er sich an einen hinter uns befindlichen Mann und sagte: »Ich stelle Euch meinen Schatzmeister vor, Don Çag de la Maleha, der Euch in seinem Haus Gastfreundschaft gewähren wird. Erwartet dort meine weiteren Nachrichten. Unterdessen ruht Euch ein wenig aus und genießt, was die Stadt zu bieten hat. Don Çag wird Euch in allem raten.«

Der Bezeichnete forderte mich höflich auf, ihn zu begleiten. Er war nicht besonders groß, sein mächtiger Schnurrbart und sein schütterer Bart waren kastanienbraun. Im Blick seiner tief liegenden durchdringenden Augen, die von kleinen Fältchen umgeben waren, lag Klugheit. Er lächelte ständig, doch zeigte sich bei genauerem Hinsehen, dass es sich dabei um eine Art optische Täuschung handelte, die darauf beruhte, dass sich seine Oberlippe in der Mitte hob und große weiße Schneidezähne freilegte. Dies zu verbergen, hatte er sich wohl einen besonders üppigen Schnurrbart wachsen lassen.

Kaum hatten wir den Saal verlassen, als Don Çag bereits alles in die Hand nahm. Er gab Auftrag, meine Habseligkeiten in sein Haus zu bringen, und machte sich erbötig, mir alles zu beschaffen, dessen ich bedurfte.

Anfangs bedachte er mich mit tausend Höflichkeiten: »Entschuldigt Don Alfonso, er hat zur Zeit so manche Sorge und kann sich Euch nicht in dem Maße widmen, wie es sich schickt. Doch hat er gesagt, dass er Euch schon bald vor sich rufen wird. Bis dahin befolgt seinen Rat, und ruht Euch in meinem Hause aus. Ich glaube nicht, dass Ihr viel Ruhe hattet, seit Ihr in Kastilien eingetroffen seid. Auch ich kenne das Ergebnis des Euch erteilten Auftrags. Gestattet mir, Euch zu seiner Ausführung zu beglückwünschen.«

Ich antwortete knapp und abwehrend, da ich nicht weiter darauf eingehen wollte: »Nun, das Glück hat es mir gestattet, gewisse zwielichtige Umstände offen zu legen.«

»Seid unbesorgt. Ich bin von allem unterrichtet und nicht darauf aus, Euch weitere Angaben zu entlocken. Ich kenne den Auftrag, mit dem Euch der König über Bischof Guillermo in Jaca betraut hat, und ich bin auch über Eure Erfolge in Santiago de Compostela im Bilde. Wisst Ihr, für Don Alfonso war es von äußerster Wichtigkeit, dass diese Aufgabe in angemessener Weise gelöst wurde. Er musste vieles zugleich berücksichtigen: Seine Zuneigung zu einem geliebten Freund, die Notwendigkeit, die Macht gewisser übermäßig ehrgeiziger Adliger zu beschneiden, vor allem aber die Notwendigkeit, unter allen Umständen Gerechtigkeit walten zu lassen. In diesem Fall musste Sorge dafür getragen werden, dass sein Wunsch einzugreifen nicht dem Ruf der Unparteilichkeit schadete, den er zu wahren hat.«

Nach einem Augenblick des Nachdenkens hob Don Çag den Blick und fuhr fort: »Nein, leicht war das sicherlich nicht. Dennoch ist es Euch gelungen, alle Schwierigkeiten mit Umsicht und Scharfsinn zu lösen. Ich habe oft gehört, wie der König Eure klugen Schlussfolgerungen und vor allem Euren Mut in eben jenem Saal gewürdigt hat, in dem wir uns vorhin befanden.«

Er nahm mich beim Arm und fuhr fort: »Zweifellos seid Ihr nach allen damit verbundenen Anstrengungen ruhebedürftig.«

»Eigentlich nicht besonders. Im Übrigen glaube ich, dass Ihr mich über Verdienst lobt«, antwortete ich. Da ich nicht näher auf die Sache eingehen wollte, fügte ich hinzu: »Mir war einfach das Glück hold.«

Don Çag schien über alles auf dem Laufenden zu sein, und so lag ihm nicht im Geringsten daran, das Gespräch auf dieser Ebene weiterzuführen. Auch mir war weder danach, bekannte Dinge wiederzukäuen, noch wollte ich mir eine unendliche Folge belangloser Schmeicheleien anhören. Entschlossen, von etwas anderem zu reden, fragte ich ihn nach seinen Aufgaben als Erster Steuerpächter, ein Amt, das mir bis dahin unbekannt war.

»Nun denn, es gibt verschiedene Klassen und Rangstufen von Steuerpächtern«, erwiderte mein Gegenuber mit Nachdruck. »Ganz allgemein gesprochen, muss der Inhaber dieses Amtes Abgaben eintreiben, die Krongüter verwalten und für die Versorgung des Heeres sorgen. Ich als der oberste von ihnen«, fügte er voll Stolz hinzu, »unterstehe unmittelbar dem König und bin sein wichtigster Finanzberater.«

»Wie seid Ihr zu einer solchen Ehre gekommen?«, fragte ich ihn.

»Dieses Amt wird in unserer Familie weitervererbt. Ich bin dazu erzogen worden. Auch mein Vater, Don Çuleman, Abulrebia Selmon Ibn Sadoq, hatte es inne. Er hat dem Vater unseres jetzigen Herrschers gedient, Ferdinand III., Gott habe ihn selig. Mittlerweile aber hat er sich von allen öffentlichen Aufgaben zurückgezogen. Er widmet sich der Verwaltung seiner Güter und baut in unserem Hausgarten ein wenig Gemüse an. Ihr werdet ihn schon bald kennen lernen, denn er ist gerade aus Andalusien zurückgekehrt, wo er in Carmona und Sevilla zu tun hatte.«

Bald danach trafen wir an Don Çags Haus ein. Man brachte mich in einem kleinen Zimmer im Obergeschoss unter, über einem hölzernen Altan, der auf eine Gasse und einen schattigen Garten voller Blumen geht. Bei meinem Eintreffen erwartete mich meine Habe bereits wohl geordnet, und neben meinem Bett stand ein Henkelkrug mit Zitronenwasser. Ich beschloss, mich ein wenig auszuruhen, und machte mich um die Abendstunde für die Mahlzeit bereit. Im Esszimmer stellte mich Don Çag seinem Vater, Don Çuleman, sowie

drei weiteren Gästen vor, Abraham, Moshe und Don Ye-
huda Ben Moshe ha-Koken, Leibärzte und Hofastrologen des
Königs.

Die Abendmahlzeit verlief ohne besondere Vorkommnisse,
doch als die Nachspeise aufgetragen wurde, öffnete sich im
Hintergrund des Raumes ein Vorhang, und ein junges Mädchen von betörender Schönheit kam herein, um den Kräutertee aufzugießen. Sie war kaum dem Kindesalter entwachsen,
und ein erster Blick auf ihren Körper zeigte die süße Unschuld
dieses Alters. Doch bei näherer Betrachtung wurde deutlich,
dass es sich in Wahrheit bereits um eine Frau handelte, was
auch ihre Augen verrieten. Auf Füßen, die in leichten Schu-
hen steckten, bewegte sie sich wie ein Vögelchen mit solcher
Anmut, dass weder ihre Schritte den Boden noch ihre Hände
die Gegenstände zu berühren schienen. Es sah aus, als gelangten die Dinge in wunderbarer Weise durch ein bloßes Liebkosen ihrer Finger an den gewünschten Platz. Gekleidet war
sie in ein weites türkisfarbenes Gewand mit einer kleinen Öffnung in Höhe der Fußknöchel. Ihr einziger Schmuck war ein
goldenes Armband in Gestalt zweier ineinander gewundener
Schlangen. Trotzdem schien sie köstlicher geschmückt zu sein
als so manche mit Juwelen überhäufte Dame. Während der
kurzen Weile, die sie sich im Zimmer aufhielt, hob sie so gut
wie nie die Augen, dennoch nahm ich einen Blick von unwiderstehlicher Kraft wahr. Danach stieß sie gleichsam überrascht einen Seufzer aus, der eher bekümmert als beglückt
klang. Verlegen schloss ich die Augen, kam es mir doch so
vor, als hätte ich mich in ihre innersten Angelegenheiten ge-
mischt. Als ich sie wieder öffnete, war sie ebenso geheimnisvoll verschwunden, wie sie aufgetaucht war. Meiner Neugier
nachzugeben, blieb keine Zeit, denn Moshe bat mich ans andere Ende des Raumes.

Dort ließ ich mich auf ein schwellendes Sitzkissen sinken.
Das reichhaltige Mahl und der Wein, die festliche Atmosphäre und der angenehme Duft nach Kampfer und Aloe,
den die Dienerinnen verströmten, hatten mich in einen Zu-

stand trägen Behagens versetzt, dem ich mich nur allzu gern hingab. Ich saß unter der hölzernen Brüstung am rechten Rand der Gruppe, mir gegenüber Don Çuleman, der den Platz in der Mitte achtungsvoll seinem Sohn überlassen hatte. Wir saßen im Halbkreis um ein mit Fliesen bedecktes Podium, in dessen Mitte sich ein winziger Schrein erhob. Ein davor stehender marmorner Springbrunnen versprühte Wasserstrahlen, die so dünn waren wie Grashalme. Um mich herum entwuchsen großen, mit Kupfer verkleideten Kübeln Palmen, Orangenbäumchen und Oleanderbüsche, dahinter spielte auf einem weiteren Podium, das unter einer kleinen Balustrade lag, ein Quartett auf Saiteninstrumenten maurische Melodien.

Es schien die vollkommene Umgebung zu sein, die Nachtkühle zu genießen. Noch immer verblüfft mich der Kontrast zwischen dem aufdringlichen Lärm auf den Straßen der Stadt und der geschickten Art, wie man die Häuser nach außen hin abschirmt. Sie liegen abgeschieden im Halbdunkel und hüten ihre Schätze wie Truhen, deren Inhalt vor aller Augen verborgen bleibt. Nur selten zeigt sich ein Vorhang oder Fenster zur Straße hin ganz oder zumindest teilweise geöffnet. Der Garten, von dem ich gesprochen habe, bietet von außen lediglich den Anblick einer unansehnlichen Ziegelmauer, in der sich kaum das eisenbeschlagene Tor wahrnehmen lässt. Doch dahinter enthüllen nicht nur die Gemächer im Inneren des Hauses den Reichtum der Welt. Der Innenhof ist ein verborgenes Blütenparadies, eine Oase des Friedens, in der sich die Annehmlichkeiten eines kühlen Lufthauchs und des freundschaftlichen Gesprächs in vollkommener Weise genießen lassen. Er ist für Unterhaltungen gleichsam vorbestimmt, und zwar so sehr, dass ich mich, vielleicht aus eben diesem Grunde, entschloss, mich mit der Rolle des Zuhörers zu begnügen. Es schien mir besser, abzuwarten, wie sich die Dinge entwickelten. Don Çag war mir bereits als zurückhaltender und verständiger Mann aufgefallen, der sparsam mit Worten und Gesten umging. Am Tag unseres Kennenlernens wollte ich dies und jenes ergründen und bedrängte ihn daher mit Fragen, doch nachdem er sich vorgestellt hatte, antwortete er nur noch einsilbig, wenn nicht ausschließlich mit knappen Kopfbewegungen. Als ich merkte, dass es zu nichts führen würde, in ihn zu dringen, kam ich zu dem Ergebnis, es werde das Beste sein, ihn selbst den geeigneten Augenblick zum Gespräch bestimmen zu lassen. Was ich bereits auf dem Weg vermutet hatte, wurde nach der Abendmahlzeit zur Gewissheit: Don Çag war von solcher Selbstbeherrschung, dass er nur dann mit anderen sprach, wenn er etwas mitzuteilen wünschte. Andernfalls gab er zwar liebenswürdig Antwort auf Fragen, begnügte sich aber dabei mit einfachen Aussagen, ohne den anderen zu weiterem Plaudern zu ermuntern.

Eine Weile beschränkte ich mich darauf, die Anwesenden zu beobachten. Alle waren reich gekleidet, und ihre Gewänder stachen deutlich von meinem schlichten Dominikaner-Habit ab. Obwohl die Seidenumhänge und Stickereien miteinander wettzueifern schienen, war Don Çuleman in seinem weiten Gewand aus leichter weißer Baumwolle besonders auffällig.

Offen gestanden wurde ich unruhig, fürchtete ich doch, dass mir der Wein zu Kopf steigen könnte. Ich hatte auch früher schon an Gesprächen mit Juden teilgenommen, lebte aber zum ersten Mal im Hause eines von ihnen, nahm zum ersten Mal an einer solchen Gesprächsrunde teil, als einziger Christ unter lauter Hebräern. Für sie hingegen dürfte das wohl nichts Neues gewesen sein, und sie spielten auch nicht im Geringsten auf die Situation an. Sie sprachen von ihren Geschäften und den Angelegenheiten des Hofes, wobei sie einander immer wieder ins Wort fielen. Irgendwann schien Don Çuleman zu merken, dass ich mich aus der Unterhaltung heraushielt, und beendete das Gespräch mit gebieterischer Gebärde: »Schluss, Freunde. Wir behandeln unseren Gast unhöflich, denn er weiß nichts von diesen Dingen, die uns am Herzen liegen.«

Mit verlegenem Ausdruck breitete ich die Hände aus, um

zu zeigen, dass mir das nicht wichtig erschien, doch Don Çuleman ließ sich nicht davon beeindrucken und fuhr fort: »Sagt, Magister Raoul, was war Euer erster Eindruck am Hof des Königs?«

Mit verwirrtem Blick sah ich erneut zu ihm hin. Da ich entschlossen war, nicht in den Mittelpunkt des Gesprächs zu rücken, beeilte ich mich, ausweichend zu antworten. Jede Gelegenheit war mir recht, die Richtung der Unterhaltung zu ändern, wollte ich doch in Erfahrung bringen, was ich wissen musste, um meine Lage richtig einzuschatzen. Es kam mir so vor, als hätte seit meinem Eintreffen in Toledo eine unsichtbare Hand jeden meiner Schritte gelenkt, und ich begann mich allmählich unbehaglich zu fühlen. Es ist schwierig, das in Worte zu fassen, aber ich hatte den Eindruck, durch die Entwicklung der Dinge übermäßig beeinflusst zu werden. Zwar hätte ich das lieber mit Neugier als mit Unruhe beobachtet, doch gelang mir das nicht.

»Ich habe fast noch nichts gesehen«, sagte ich. »Seit meiner Ankunft sind die Dinge so rasch aufeinander gefolgt, dass mir keine Zeit geblieben ist, Eindrücke zu sammeln. Wie Ihr wisst, war ich am heutigen Vormittag mit dem König zusammen und blieb nur einige Augenblicke an seiner Seite, doch gewiss habt Ihr das schon von Eurem Sohn erfahren. Mithin kann ich Euch zu meinem Bedauern weder über den Hof noch über Eure Stadt Toledo viel berichten.«

Dann beschloss ich, meinerseits die Initiative zu ergreifen, denn dazu schien mir der richtige Augenblick gekommen. »Gestattet mir jedoch, dass ich Euch etwas frage. Ich sehe, dass Ihr alle im Dienst des Königs steht. Auch auf meiner Pilgerschaft nach Santiago habe ich Männer Eures Glaubens gesehen, die in die hiesige Gesellschaft eingegliedert sind. Ihr müsst entschuldigen, in meinem Lande liegen die Dinge anders. Ich hatte schon von Eurer Rolle gehört, aber nicht mit einem so natürlichen Zusammenleben gerechnet.«

»Lasst Euch nicht vom Schein trügen. Wir sind weder besonders eingegliedert noch besonders geachtet.«

»Tatsächlich nicht?«, sagte ich. Es gelang mir nicht, einen leicht spöttischen Unterton aus meinen Worten herauszuhalten.

Don Çuleman lächelte ein wenig.

»Nein. Ich will Euch ein Beispiel nennen: Wir Juden müssen der Krone und den Gebietskörperschaften nicht nur Abgaben zahlen, sondern auch den Kirchenzehnten.«

»Das tun zweifellos auch Eure Nachbarn«, erwiderte ich im gleichen Ton.

»So ist es. Doch darüber hinaus gibt es in Toledo den uns unangebracht erscheinenden Brauch, uns zur Erinnerung an den Betrag, um den Judas einst Christus verriet, mit jährlich dreißig Silbermünzen am Bau der Kathedrale zu beteiligen.«

»Wenn das nur alles wäre! Vergiss nicht, Vater, die uns seit dem Laterankonzil auferlegten schmerzlichen Verpflichtungen, die wir früher oder später erfüllen müssen«, unterbrach ihn sein Sohn.

»Übertreib nicht«, antwortete Don Çuleman. »Fünfzig Jahre sind seither ins Land gezogen, ohne dass man das von uns verlangt hätte. Im Gegenteil, jeder kastilische Herrscher hat deshalb Schwierigkeiten mit dem Papst gehabt. Es wäre wohl nicht gerecht, wollten wir dem König zu allem Überfluss Vorwürfe wegen des Schutzes machen, den er uns angedeihen lässt, nicht wahr?«

Dann wandte er sich mir zu und erklärte: »Um Euch lediglich zwei Punkte zu nennen; wir sind weder verpflichtet, besondere Gewänder zu tragen, noch, den Zehnten auf das Eigentum zu entrichten, das wir erwerben. Wir müssen lediglich alljährlich für jedes über zwanzig Jahre alte Mitglied unserer Gemeinde einen festen Betrag entrichten, und zwar genau den sechsten Teil einer Goldmünze.«

»Ja, ich hatte schon davon gehört, dass man Euch von den Vorschriften des Konzils ausgenommen hat, und weiß auch, dass bereits Papst Gregor VII. Euren König Alfonso VI. ermahnt hat, weil dieser zugelassen hatte, dass Juden öffentliche Ämter bekleiden, bei deren Ausführung ihnen Christen unterstehen. Außerdem hat man mir gesagt, dass sich die Stadt zu Eurem Schutz erhoben hat, als Euch im Jahre 1212 die Kreuzritter angriffen, die nach Toledo geeilt waren, um an der Schlacht bei Navas de Tolosa teilzunehmen.«

Es war die Schlacht, in der die Heere der Königreiche León, Kastilien, Aragon, Navarra und Portugal nördlich des andalusischen Jaén die muslimischen Almohaden besiegt hatten.

»Gewiss«, stimmte Don Çag zu. »Wir leben nicht schlecht in dieser Stadt, denn hier herrscht gegenseitige Duldung. Doch dürft Ihr, wie Euch mein Vater schon gesagt hat, nicht annehmen, dass wir besonders gut in die Gesellschaft eingegliedert wären.«

Wir unterhielten uns lange über die besondere Situation Toledos, wo Moslems und Juden als geschützte religiöse Minderheiten recht einträchtig mit verschiedenen christlichen Gruppen zusammenlebten: Mozarabern, Kastiliern, Franken und Neuchristen. Sie erklärten mir, dass Kastiliens frühere Könige den Titel »Herrscher über drei Religionen« beansprucht hätten, womit sie den großen abassidischen Oberhäuptern des Orients nacheiferten, die sich *imbiratur du-1-millatum* genannt hatten.

»Gebt Euch aber keinen Täuschungen hin«, fuhr Çuleman fort, »diese Toleranz hat nämlich vor allem wirtschaftliche Vorteile für das Land.«

Ich sah ihn mit zweifelnder Miene an.

»Die Rückeroberung von Gebieten aus maurischer Hand«, fuhr er fort, »hat es zusammen mit ihrer Neubesiedlung erforderlich gemacht, dass die kastilischen Könige andere Maßnahmen ergriffen, als sie bei Euch im Lande üblich sind. Beispielsweise haben sie moslemischen wie jüdischen Gemeinden gestattet – und sie in Einzelfällen sogar gebeten –, nach der Wiedereroberung auf ihren Ländereien zu bleiben, damit die Felder weiterhin bestellt wurden.«

»Gewiss«, antwortete ich, nachdem ich begriffen hatte. »Ihnen lag weniger an der Bekehrung als am Besitz des Territoriums, an der Sicherung der Ernten, der Herden und des Handels.«

»Könige denken praktisch, vor allem in Kriegszeiten. Unser Glaube war in ihren Augen eine zweitrangige Frage, und so erwartet man von uns lediglich, dass wir getreue Untertanen der Krone sind.«

Don Çuleman beendete seine Darstellung mit einer hübschen Geschichte, die ich hier niederschreiben möchte, weil sie in gewisser Hinsicht das von ihm Berichtete unterstreicht.

»Da Euch daran gelegen ist, unsere Betrachtungsweise kennen zu lernen, will ich Euch etwas erzählen«, sagte er zu mir gewandt. »Es wird besser als alles andere erläutern, wie unerlässlich für das Zusammenleben der drei Kulturen und Religionen die Eintracht ist.«

Er hielt inne, musterte die ganze Gruppe mit scharfem Blick und ließ eine kleine Pause eintreten, bevor er fortfuhr.

»Es handelt sich um eine Gleichniserzählung, die möglicherweise auch Ihr nicht kennt, Freunde. Der Vorfall trug sich vor vielen Jahrhunderten in einem kleinen Ort im Orient zu, wo ein Mann lebte, dessen höchster Besitz ein Ring von unschätzbarem Wert war. Glaubt aber nicht, dass er aus einem besonders kostbaren Metall gefertigt oder mit Diamanten oder anderen Edelsteinen verziert war. Nein, es war ein einfacher Reif, dessen Bedeutung darin lag, dass er die Macht hatte, seinen Träger vor Gott und den Menschen angenehm erscheinen zu lassen. So war, wer ihn besaß, unangefochtener und geachteter Herr in seinem Hause. Jener Mann nun, ein weiser und gerechter Mann, begriff, was der Besitz des Rings bedeutete. Daher hinterließ er den Ring bei seinem Tode dem ihm liebsten Sohn, der auch seinerseits fortan allenthalben Verehrung genoss. Dieser wiederum gab ihn unter seinen Söhnen demjenigen weiter, der künftiger Herr seines Haushaltes werden sollte. So ging es immer weiter, dergestalt, dass der Ring allezeit ein Kennzeichen jener Familie war.

Auf diese Weise gelangte er von einer Generation zur nächsten, bis sich eines Tages ein Vater dreier Söhne nicht zu entscheiden vermochte, wem er ihn hinterlassen sollte, liebte er sie doch alle drei gleichermaßen. Er überlegte hin und her, ohne eine Lösung zu finden. Stets hatte er sich ihnen gegenüber so verhalten, dass alle drei begründete Hoffnung hegen durften, das hoch geschätzte Geschenk zu erhalten. Infolgedessen bedrängten sie ihn nach und nach und sagten: ›Du musst dich bald entscheiden, Vater, damit die Ungewissheit, in der wir uns befinden, ein Ende hat – ganz davon zu schweigen, dass es zu großen Schwierigkeiten führen könnte, sollte dir etwas zustoßen.‹

Er aber wusste nicht, was er tun sollte. So schob er die Entscheidung lange hinaus und beging schließlich die Torheit, jedem von ihnen insgeheim den Ring zu versprechen. Zwar war ihm klar, dass es sich dabei nur um eine vorläufige Lösung handeln konnte, doch gingen dank dieses Verhaltens viele Jahre friedlich ins Land, denn im Hause des Patriarchen herrschte Eintracht: Jeder seiner Söhne, überzeugt, dass er der künftige Träger des Ringes sei, tat ohne Murren alles, was man ihm auftrug. Doch je mehr Zeit verstrich, desto unruhiger wurde der Vater, war ihm doch klar, dass er eine Lösung finden musste. Als er sein Ende nahen fühlte, fiel ihm kein besseres Mittel ein, als insgeheim seinen Nachbarn kommen zu lassen, einen bekannten Goldschmied, dem er zwei dem ersten völlig gleiche Ringe in Auftrag gab. Mit solchem Geschick führte jener die ihm übertragene Arbeit aus, dass nicht einmal der Vater selbst im Stande war, den ursprünglichen Ring von den Nachbildungen zu unterscheiden. Anschließend rief er jeden seiner Söhne unter vier Augen zu sich und gab ihm einen Ring mit den Worten: ›Mein Sohn, ich habe dich kommen lassen, weil ich die Stunde meines Todes nahe fühle und wir miteinander reden müssen. Wie du weißt, ist mein über alles geschätztes Besitztum dieser Ring, der sich seit undenklichen Zeiten in den Händen unserer Familie befindet und dich zum neuen Herrn unseres Hauses machen wird. Ich habe ihn dir vor einer Weile zugesagt; jetzt ist es an der Zeit, dass ich ihn dir übergebe.‹

Nach diesen Worten trat er an ein Schränkchen und nahm aufs Geratewohl eines der drei mit kostbaren Einlegearbeiten verzierten hölzernen Kästchen heraus, die die völlig gleichen Nachbildungen wie auch das Original beherbergten.

›Nimm‹, sagte er zu jedem seiner Söhne, ›und trage ihn nach meinem Tode. Tu das aber nur in besonderen Augenblicken, denn nicht sein Gebrauch verleiht dir die Macht, die Geschicke unserer Familie zu lenken, sondern sein Besitz.‹

Danach verabschiedete er sich mit großer Feierlichkeit von jedem der drei Söhne. Wenige Tage später entschlief er friedlich. Nach der Beisetzung wies jeder der Söhne voll Stolz das Zeichen der Macht vor und gab sich als den Auserwählten zu erkennen. Man stelle sich ihr Erstaunen vor! Es ließ sich unmöglich feststellen, welcher der wahre Ring war. Daraufhin beanspruchte jeder der drei Söhne mit gleichem Recht, Vorsteher des Hauses zu sein.«

Don Çuleman öffnete die Augen ein wenig, die er geschlossen gehalten hatte. Als er sah, dass wir ihm alle angespannt lauschten, weil wir die Auflösung erfahren wollten, sah er uns durchdringend an und fuhr fort: »Hier endet die Erzählung. Wie Ihr seht, ist sie sehr schön. Ich merke am Ausdruck Eurer Gesichter, dass Ihr die in ihr enthaltene Lehre begriffen habt. Auf die gleiche Weise wie die Söhne in der Geschichte gehören Christen, Araber und Juden derselben Familie an und sind überzeugt, den wahren Glauben zu vertreten. Doch sieht sich jede der Gruppen außer Stande, den anderen zu beweisen, warum ihre Lehre die einzig richtige ist.«

An mich gewandt, schloss er: »Möglicherweise hat Euch diese Geschichte einen Eindruck davon vermitteln können, wie wir Juden uns im Angesicht der Glaubensfrage fühlen. Vielleicht zeigt sie Euch aber auch, von welchem Geist wir unsere Stadt beseelt wünschen.«

Viel wurde an jenem Abend nicht mehr gesprochen, doch habe ich die letzten Tage damit zugebracht, über mehrere Dinge nachzudenken. Erstens: Ich kann mir den Luxus nicht leisten, mich vom Anschein täuschen zu lassen. Zwar ist, seit ich den Fuß in die Stadt Toledo gesetzt habe, die Tat in geradezu vollkommener Weise dem Worte auf dem Fuß gefolgt, als wäre jede Bewegung auf das Sorgfältigste geplant gewesen. Dennoch sehe ich mich durch die Ereignisse verpflichtet anzunehmen, dass hier alles mit Vorbedacht geschieht und jeder Schritt aufs Genaueste berechnet wird. Zweitens muss, wer mit dem kastilischen Hof zu tun hat, im Unterschied zu dem, was ich erwartet hatte, mit einem Unmaß Geduld und Gelassenheit begabt sein. Oft musste ich an Don Çulemans Worte und seine Art denken, klug und sachorientiert, in angenehmer Weise und zugleich unmissverständlich zu reden. Im Übrigen habe ich beschlossen, dem Rat des Königs zu folgen und mich auszuruhen. Das mir zugesagte Gespräch mit ihm wird immer wieder hinausgeschoben, und Don Çag, der die Liebenswürdigkeit in Person ist, hält sich kaum je im Hause auf. Da ihn seine zahllosen Geschäfte beanspruchen, sieht man ihn ausschließlich zu den Abendmahlzeiten. Was Don Çuleman betrifft, so hat er sein Verhalten geändert. Sprach er am ersten Abend unaufhörlich, war es vom folgenden Tag an, sobald ich das Wort an ihn richtete, ausgesprochen schwierig, ihm mehr als ein Lächeln zu entlocken.

So kam es, dass ich drei Tage voll der ödesten Langeweile zugebracht habe, ohne mich auf irgendetwas konzentrieren zu können. Ich kenne diesen Gemütszustand, und er ist mir zuwider. Die Zeit ist dehnbar, und es ist gleichgültig, ob man sich zwanzig Minuten oder eine halbe Stunde verspätet. Es stimmt schon, ich habe allen Anlass, mich untätig zu verhalten und mich sogar den süßen Wonnen des Meditierens und Lesens hinzugeben. Trotzdem bin oder besser gesagt war ich in meinem Inneren unruhig. Es ist lange her, ja, viel zu lange, dass ich Paris mit einem bestimmten Ziel verlassen habe, und dabei habe ich nicht einmal mit der Arbeit begonnen. Hinzu kommt, dass ich dem angekündigten Gespräch mit dem König voll Ungeduld entgegensehe. Was will man von mir? So sehr ich den Eindruck haben konnte, wie eine Schachfigur benutzt zu werden, ist mir der Auftrag, der mich in den letzten sieben Monaten beschäftigte und der in Santiago de Compostela seinen Höhepunkt erreicht hatte, durch bloßen Zufall zuteil geworden. Nach wie vor ist mir unklar, warum man auf mich verfallen ist. Worauf wartet Don Alfonso? Ich vermag nicht zu erkennen, auf welche Weise die Eile, mit der man nach mir verlangt hat, kaum dass ich den Fuß in die Stadt gesetzt hatte, zu der Gleichgültigkeit passt, mit der man mich inzwischen behandelt. Ich weiß lediglich, dass irgendeine Entscheidung getroffen werden muss.

Während ich gestern verwirrt über all das nachdachte, trat mir plötzlich ein Bild deutlich vor Augen. Den Schlüssel hat mir die Erinnerung an das Gespräch des ersten Abends geliefert, die treffende Gleichniserzählung mit den drei Ringen.

Es war warm, ich unternahm einen langen Spaziergang und irrte ziellos umher, wobei ich lediglich darauf achtete, mich vor der brennenden Sonne zu schützen. Das fällt in Toledo nicht schwer, denn diese alte Stadt mit ihrer Vielzahl schattiger Winkel ist wie dazu geschaffen, den Halbdämmer zu nutzen, der überall herrscht. Die meisten Straßen sind so angelegt, dass man den Unbilden der jeweiligen Jahreszeit trotzen kann, seien es Sonne, Kälte, Regen oder Wind. Jedenfalls wollte ich in Ruhe nachdenken. Dabei störte mich der Lärm der Stadt, als ob ständig Kirchweih wäre, und so ging ich vor die Tore. Nahe der Umfassungsmauer gelangte ich in eine Straße, die ich noch nicht kannte. Sie war neu angelegt, noch ungepflastert, und hohes Gras wuchs neben den Fundamentsockeln der Häuser. Düster mündete sie in einer leichten Senke auf einen freien Platz, jenseits dessen es im undeutlichen Licht aussah, als senke sich ein Absturz jäh ins Bodenlose. Ich streifte allein ein wenig auf dem Platz umher und näherte mich dann dem Absturz. Dabei sah ich, wie ich es mir schon gedacht hatte, weiter unten den Fluss Tajo. Zu meinen Füßen erstreckte sich ein kleines Stück Grasland. Ich legte mich hin und schlief in der Sonne ein. Als ich erwachte, war ich noch unruhiger als zuvor, und alle möglichen Gedanken wirbelten mir durch den Kopf. Nachdem ich mich wieder aus dem Gras erhoben hatte, ging ich hügelan zur Straße zurück, wobei ich mir kräftig die Unterarme rieb, die sich ein wenig taub anfühlten. Da sah ich, dass Wolken den Himmel bedeckten, der Wind fuhr durch das Geäst der Bäume, und ich roch in der Luft den Regen, noch bevor das Gewitter losbrach. Durch die Feuchtigkeit wirkte die Luft schwer, und der Geruch erinnerte mich an Kirchen auf dem Lande, an die Ställe und gemauerten Alkoven, in denen ich auf meinem Weg nach Santiago genächtigt hatte. Es war ein mit Wonne getränkter Geruch, der mir förmlich eine Last von den Schultern nahm. Ich musste mich von der Verwirrung befreien und begann daher, Schritt für Schritt meine Gedanken zu ordnen. Als ich das Stadttor wieder durchschritt, war ich zu der Schlussfolgerung gelangt, dass es genügte, die Ereignisse abzuwarten.

Zwar ist mir noch nicht bekannt, überlegte ich, welchen Vorschlag mir Alfonso X. machen wird, doch denke ich, dass ich ihm, wenn ich den Kanzler der Universität Paris richtig verstanden habe, als eine Art Berater dienen soll. Also als jemand, der berufen ist, ihm die Ähnlichkeiten und Unterschiede zwischen dem Werk, das er in Angriff genommen hatte, und dem zu zeigen, was derzeit in anderen Ländern geschieht. Diese Stellung wird es mir gestatten, die Beschaffenheit des am jeweiligen Ort Hervorgebrachten zu beurteilen und festzustellen, was Paris von Toledo unterscheidet. Was aber, falls es sich nicht so verhält und der König mich nicht für diesen Zweck vorgesehen hat? Wäre es nicht ein wenig enttäuschend, wenn man auf die Fähigkeit zur Synthese verzichtete, die man mir zugetraut hat? Vor allem aber, muss ich nicht das Gespräch des ersten Tages als Hinweis darauf verstehen, dass ich diesen Gedanken auf eigene Faust verfolge, unabhängig davon, welchen Auftrag mir der König erteilen wird? Sollte nicht womöglich die Unterhaltung über Toleranz an jenem ersten Abend bewirken, dass ich aus diesem Blickwinkel schreibe? All diese Gedanken und noch manche anderen gingen mir durch den Kopf.

Auf jeden Fall muss jetzt mit der Zurückhaltung Schluss sein. Zwar habe ich nichts Besseres zu tun, doch da ich kein leeres Stroh dreschen will, werde ich mich bemühen, die Tatsachen niederzuschreiben.

II. Der Kanzler von Saint Denis

Paris, Januar 1257

Während der Vormittagsstunden des 10. Januar 1257 las ich im Skriptorium der Abtei Saint Denis in der Handschrift der lateinischen Fassung von Aristoteles' Schrift *Historia Animalium*, die Michael Scotus dreißig Jahre zuvor hier in Toledo angefertigt hatte. Der Text war ungewöhnlich anregend, und ich erinnerte mich mit Vergnügen daran, wie ich mich am Hofe Friedrichs II. in Palermo über die darin enthaltenen Gedanken geäußert hatte. Auch wenn Scotus fünfzehn Jahre vor meiner Ankunft das Zeitliche gesegnet hatte, ließen sich in ganz Sizilien wie auch im Umfeld des königlichen Hofes noch viele Spuren seines Wirkens finden. Daher bereitete es mir besondere Freude, wenn ich auf Exemplare von Texten stieß, die ich seinerzeit nicht hatte einsehen können, besaß ich doch nun die Muße, mich in aller Ruhe mit ihnen zu beschäftigen. Das jedenfalls nahm ich an.

In meiner Versunkenheit entging mir die Anwesenheit eines Jungen, der langsam den Raum durchstreifte, vor den Tischen der Altertumskundler, der kundigsten Maler von Miniaturen und Initialen sowie der Kopisten stehen blieb, voll Bewunderung für die Kunstfertigkeit, mit der manch einer seinem Handwerk nachging, wie auch für die Vielzahl von Gerätschaften, die sie dafür verwendeten. Er war Sohn eines Tuchhändlers und stand im Dienst des Kanzlers der Universität; andernfalls hätte er trotz seiner Wissbegierde wohl kaum Zutritt zu unserem Schreib- und Lesesaal erlangen können.

Später berichtete er mir, dass er sogar mit einem der

dort arbeitenden Mönche hatte sprechen dürfen. Er war stehen geblieben und hatte aufmerksam zugesehen, wie jener mit einem Bimsstein ein Pergament glättete. Nach mehreren fruchtlosen Versuchen war es ihm gelungen, dem Mönch einige Worte über die Kunst der Buchherstellung zu entlocken, bis ihn der eintretende Bruder Bibliothekar unterbrach.

»Was tust du hier?«, fragte er den Jungen. »Wer bist du und was willst du?«

»Ich heiße Jean Rocard und überbringe eine Botschaft des Universitätskanzlers für Raoul de Hinault, der sich hier befindet, wie mein Herr annimmt...«

»So ist es«, gab der Bibliothekar mürrisch zur Antwort, denn es ärgerte ihn, dass jemand in sein Reich eingedrungen war. »Geh dorthin, und warte vor meinem Tisch auf mich.«

Bei diesen Worten wies er auf den hinteren Teil des Raumes, wo sein Tisch im Mittelgang zwischen den Lesenden und den Kopisten stand. Im Unterschied zu den Tischen Letzterer war der des Bibliothekars schlecht beleuchtet, auch stand kein Pult darauf, auf dem man eine Handschrift hätte ausbreiten können. Wohl aber lag ein mächtiger Band mit dem Verzeichnis aller Bücher des Archivs da, dessen Buchdeckel durch eine Kette fest mit dem Tisch verbunden war.

Gehorsam tat Jean, was man ihn geheißen hatte.

Ich bekam nichts von all dem mit, was um mich herum vorging, und so nahm ich auch den Bibliothekar erst wahr, als er mir leicht auf die Schulter klopfte, um meine Aufmerksamkeit zu erregen: »Bitte, Magister Hinault.«

Ich hob den Blick von dem Buch, in das ich vertieft war, und sah den Mann an, der mich aus meiner Versunkenheit gerissen hatte. Ich empfand die Störung als lästig und vermute, dass der Ausdruck meiner grauen Augen kaum Neugier verriet. Eigentlich ist das auch nicht weiter verwunderlich; ich hoffe doch sehr, dass ich mit meinen dreiundvierzig Jahren Selbstbeherrschung und ein gesetztes Verhalten hinreichend geübt habe. Nachdem ich in den letzten Jahren halb Europa bereist und an verschiedenen Domkapiteln gearbeitet habe, um Aufträge meines Ordens zu erledigen, habe ich zu viele widersprüchliche Anweisungen bekommen, als dass mich eine so einfache Störung zu einer erkennbaren Reaktion veranlassen könnte.

Der Bibliothekar fuhr fort: »Ein Junge im hinteren Teil des Raumes bringt eine Botschaft des Kanzlers für Euch, von der ich annehme, dass sie dringend ist. Es dürfte sich empfehlen, ihn außerhalb dieser Mauern anzuhören«, sagte er leise und mit spöttischer Stimme. »Ich denke, wir haben schon viel Unruhe hervorgerufen, und ich möchte nicht, dass die Störung noch zunimmt.«

Als Jean und ich später durch die Gänge der Abtei zu den Räumen des Kanzlers liefen, ging mir der Gedanke durch den Kopf, dass dieser Vormittag für mich wohl verloren sein dürfte. So unangenehm jener alte Bibliothekar mit seinem säuerlichen Gesichtsausdruck und seinem unfreundlichen Verhalten auch war, bedauerte ich die Unterbrechung. Immerhin hatte ich endlich den Aristoteles-Text über das Leben der Tiere entdeckt, außerdem wollte ich noch ein wenig mit dem jungen Mönch reden, der im Begriff stand, ein Stundenbuch für die Herzogin von Foix zu beenden. Gleich bei meinem Eintreffen waren mir die Schönheit seiner Miniaturen und der wunderbare Einfallsreichtum seiner Bilder aufgefallen: Sirenen, armlose menschliche Rümpfe, Schlangen, die Buchstaben mit vielerlei Ausschmückungen in den verschiedensten Farben umschlagen. All das war so kunstfertig, dass ich mich zu ihrer Betrachtung verstohlen – denn ich wollte keine Erklärung abgeben müssen – der Vergrößerungsgläser bediente, die in einer in Sizilien eigens für mich angefertigten gegabelten metallenen Halterung angebracht sind. Offensichtlich hatte der Miniaturmaler, der sich als Robert von Chester vorstellte, beobachtet, welch sonderbaren Gegenstand ich mir auf den Nasenrücken setzte, und mich nach dessen Sinn und Nutzen gefragt. Um ihm das Instrument in Einzelheiten zu erklären, aber auch, damit ich die Miniaturen mit Muße betrachten konnte, hatten wir uns für einen späteren Zeitpunkt verabredet. Nun hatte mir der Ruf des Kanzlers einen Strich durch die Rechnung gemacht, doch würde er mich vielleicht nicht allzu lange beanspruchen, sagte ich mir, auch wenn das angesichts von Hugo de Conques' Wesen kaum mehr als ein frommer Wunsch war. Sofern heute nichts aus der Verabredung würde, dann unter Umständen morgen...

Es war mir nicht möglich, meinen Gedanken ungestört nachzuhängen, denn mein junger Begleiter redete unaufhörlich. Nachdem er mir in aller Ausführlichkeit erklärt hatte, wer er war und womit er sich beschäftigte, fragte er mich dies und jenes über alle möglichen Dinge. Am meisten fiel mir sein Interesse an der Beleuchtung der verschiedenen Räume auf, durch die wir schritten. Die Beleuchtung! Das Licht! Mich überraschte weniger die Art, wie er seine Fragen stellte, denn mir schien ganz natürlich, dass diese Dinge seine Aufmerksamkeit erregten, wohl aber, dass es sich dabei um einen der Gegenstände handelte, über die ich selbst am meisten nachgedacht hatte. Wie aber auch nicht, schließlich ist im Licht der Geist verdichtet, und darin wieder die Moral, das Denken und die sieben Tugenden! Jede Farbe hat ihre eigene Bedeutung, und Weiß fasst alles in sich zusammen. Das Licht ist das vollkommenste Symbol für die Fleischwerdung Christi und zugleich für die Schöpferkraft und die in alle Richtungen strahlende kosmische Energie.

Ohne dass ich sagen könnte, warum, ließ ich mich von seiner Unruhe anstecken und dachte, von seinen unschuldigen Fragen überrascht, laut über all das nach. Wahrscheinlich habe ich dem wissbegierigen Jungen dabei mehr gesagt, als er verarbeiten konnte, und damit das Thema in einer Weise ausgeweitet, an die Jean wohl kaum gedacht hatte. Plötzlich merkte ich, dass wir bereits die Räume des Kanzlers erreicht hatten, der ganz gegen seine Gewohnheit vor der Tür auf dem kalten Gang wartete – so vertieft war ich in das Gespräch mit dem aufgeweckten Jungen gewesen.

»Lieber Magister Hinault«, begrüßte er mich. Mir entging

keineswegs, dass in seinen Worten Ungeduld mitschwang, als er mich zum Eintreten aufforderte.

Während ich vor dem Kamin Platz nahm und der wohl beleibte Hugo de Conques sich schwerfällig neben mich setzte, fragte ich mich, warum er mich wohl hatte rufen lassen. Ich nahm an, ihm liege an meiner Vermittlung in einer Streitfrage oder aber, schlimmer, er wolle mich wegen meiner freisinnigen Ansichten ermahnen. Allerdings hatte ich mir alle Mühe gegeben zu vermeiden, dass sie bekannt wurden, wusste ich doch, dass sie in keiner Weise auf Verständnis stoßen würden. Wie weit war ich davon entfernt zu erraten, was man von mir wollte, wie wenig ahnte ich von der grundlegenden Änderung all meiner Pläne, die jenes Gespräch bewirken würde!

Der Kanzler teilte mir mit, dass er am Vortag an den Hof gerufen worden sei, wo er Anweisungen für eine heikle Mission bekommen habe. Wie ich seinen Worten entnahm, hatte König Ludwig von Frankreich einen Abgesandten Kastiliens empfangen, der einen Vorschlag seines Herrschers überbracht hatte, Alfonsos X., des Erben jenes berühmten Ferdinand III., der den größeren Teil der iberischen Halbinsel aus den Händen der Ungläubigen zurückerobert hatte. Der Botschafter habe König Ludwig ein Dokument übergeben, in dem König Alfonso bat, ihm für eine schwierige Aufgabe, die zu unternehmen er im Begriff stand und die er in Einzelheiten erläuterte, einen Berater zur Seite zu stellen. Es kam mir bei diesen Worten so vor, als schmücke der Kanzler sein Gespräch mit König Ludwig recht breit aus. Kurz zusammengefasst, hatte der Botschafter offenbar ausgeführt, der kastilische König habe es nach mehr als fünfhundert Jahren arabischer Herrschaft mit einem Land zu tun, in dem das Lateinische praktisch unbekannt war und in dem die arabische und jüdische Kultur nicht nur fest verwurzelt, sondern vor allem der christlichen weit überlegen waren. Mit einer verächtlichen Handbewegung tat Hugo eine sarkastische Äußerung über diese letzte Aussage, doch war mir klar, dass ihr ein tieferer Sinn innewohnte. Sie »hatte Tiefgang«, wie die

Kastilier zu sagen pflegen. Immerhin hatte ich in den nahezu dreizehn Monaten, die ich am Hof von Sizilien verbracht habe, gründlich die Weisheit und Toleranz der Araber kennen gelernt, die sich – und das dürfte kein Zufall sein – als beste Ratgeber und Verwalter jenes Reiches gezeigt hatten.

Der Kanzler fuhr mit dem Hinweis fort, auch wenn er das Schreiben nicht selbst gesehen habe, sei ihm die Lage von König Ludwig in aller Deutlichkeit dargelegt worden. Don Alfonso habe den Entschluss gefasst, dem Wissen der arabischen Welt in seinem Reich Heimatrecht zu gewähren. Zugleich habe er dem Wirken der Übersetzerschule, die Erzbischof Raimund de Sauvetat hundert Jahre zuvor, wenn auch mit gänzlich anderen Zielen, ins Leben gerufen hatte, einen neuen Impuls gegeben.

»Wie Ihr sicherlich wisst, Raoul, war es das Bestreben der ersten Übersetzerschule von Toledo, Texte, die man zuvor ausschließlich auf Arabisch oder Hebräisch lesen konnte, auch in lateinischer Sprache zugänglich zu machen. Damals ging es darum, eine Politik zu bekräftigen, die Raimunds Mentor Petrus Venerabilis, der allseits verehrte Abt von Cluny, nach seiner Rückkehr von den Kreuzzügen entworfen hatte. Sein Plan sah vor, die Sprache der Kirche und ihrer Diener zum Gefäß der Kultur zu machen.«

»Und ist sie es nicht mittlerweile auch?«, fragte ich.

»Nein. Gegenwärtig sucht der kastilische Herrscher einen anderen Weg des Wissens. Nicht nur vernachlässigt er das Studium der Theologie und die lateinische Sprache, er lässt auch zu, dass die Araber und, schlimmer noch, die Juden die führende Rolle in der Kultur übernehmen. Mich haben Mitteilungen erreicht, dass er sie in die wichtigsten Ämter seiner Verwaltung aufsteigen lässt, wo sie als Vermittler, wenn nicht gar Verfasser von Übersetzungen und Aufsätzen auf den verschiedensten wissenschaftlichen Gebieten tätig werden.«

Mit halb geschlossenen Lidern näherte sich Hugo mir, so dass ich seinen klebrigen Atem im Gesicht spürte: »Aber das ist noch nicht alles. Das Schlimmste ist eigentlich, dass er auf die Umgangssprache des kastilischen Volkes setzt. Damit macht er das Lateinische zu einer Sprache der Geistlichkeit und der Theologie, die sich auf den Bereich der Kathedralen beschränkt. Ihr selbst habt Kleriker jenes Landes kennen gelernt, die ihre Kenntnisse auf dem Gebiet der Theologie oder des Rechts an unserer Universität erweitern wollten, weil sie dazu im eigenen Lande keine Möglichkeit hatten.«

Nicht ohne eine gewisse Selbstzufriedenheit fügte er hinzu: »Glaubt nicht, dass mir all das neu wäre. Beim Bau des Grabmals für seinen Vater Ferdinand III. hat Alfonso den Grabspruch in vier verschiedene Steine meißeln lassen zum Zeichen dessen, dass er den vier Sprachen Kastiliens, nämlich dem Arabischen, Hebräischen, Lateinischen und Kastilischen, die gleiche Bedeutung beimisst.«

Er ließ eine Pause eintreten, um seine Gedanken zu sammeln, und fuhr fort: »Offen gestanden haben wir damals nicht besonders auf ihn geachtet. Frankreich war das mächtigste Reich des Abendlandes, und in Kastilien rechtfertigten die Notwendigkeiten des Krieges gegen die Araber ein solch ungewöhnliches Verhalten.«

Ich stimmte ihm zu.

»Jetzt aber«, spann er den Gedanken weiter, »ändert sich die Lage. All das hätte kaum Gewicht, wenn nicht der neue König Alfonso den Wagemut, den er auf dem Gebiet der Kultur an den Tag legt, auch auf die Politik übertragen hätte. Immerhin beabsichtigt er, nachdem die iberische Halbinsel nunmehr so gut wie unterworfen ist, Gebietsansprüche im übrigen Europa anzumelden. Ich weiß nicht, ob Euch bekannt ist, dass er im März vorigen Jahres eine Gesandtschaft der Stadt Pisa mit Bandino di Guido Lancia an der Spitze empfangen hat, die ihm als Abkömmling der Staufer die Anwartschaft auf den Kaiserthron angetragen hat. Immerhin ist seine Mutter Beatrix Tochter des rechtmäßigen Herzogs von Schwaben, der seinerseits Bruder Kaiser Heinrichs VI. ist.«

»Ja, das ist mir bekannt«, erwiderte ich.

»Und seid Ihr auch über sein eifriges diplomatisches Wirken im Bilde? Wisst Ihr beispielsweise, dass er ein Abkommen mit dem Herrscher Frankreichs geschlossen hat, das mit dem Verlöbnis des Erstgeborenen unseres Königs Ludwig und der erstgeborenen Prinzessin Kastiliens, Berenguela, besiegelt worden ist?«

»Nein«, räumte ich ein. »Und worum geht es in diesem Abkommen?«

»Ich werde Euch etwas darüber sagen, bitte Euch aber um absolutes Stillschweigen«, sagte Hugo leise. »Gewiss ist Euch bekannt, dass Frankreich seit vielen Jahren von Aragon die Herausgabe der Stadt Montpellier verlangt, ohne vom bisherigen Herrscher jenes Landes eine klare Antwort zu bekommen. Nun denn, König Alfonso hat sich verpflichtet, Frankreichs Interessen zu vertreten, vorausgesetzt, dass wir ihn bei seinem Vorhaben unterstützen, die Kaiserkrone zu erwerben.«

»Das scheint mir ganz natürlich«, gab ich zu. »Aber ich war der Ansicht, dass zwischen Kastiliern und Aragonesen gute Beziehungen bestehen. Ist nicht Alfonsos Gattin Violante die ältere Tochter des Königs von Aragon?«

»Gewiss«, räumte Hugo mürrisch ein. »Doch seit ihrer Vermählung haben sich die Dinge grundlegend gewandelt.« Er schwieg einen Augenblick. »Diese Einzelheiten jedenfalls muss kennen, wer das Ganze begreifen will. Für uns ist letzten Endes der Hintergrund der Angelegenheit von Bedeutung. Ich möchte Euch nicht weiter mit unnötigen Angaben langweilen. Wir hatten ernsthafte Gründe, uns mit den Ereignissen jenseits der Grenze zu beschäftigen, und die Vorsehung hat uns eine vortreffliche Möglichkeit gezeigt einzugreifen. Ich habe Euch ja bereits darauf hingewiesen, dass sich König Alfonso von König Ludwig Unterstützung in einer bestimmten Angelegenheit verspricht. Wahrscheinlich werdet Ihr Euch fragen, worin diese Unterstützung besteht und welche Rolle Ihr dabei spielen sollt.«

Ich nickte bestätigend.

»Ich könnte mir denken, dass Ihr gern die wahren Gründe

wüsstet, mit denen der Abgesandte hinter dem Berg hält«, fügte er hinzu.

Erneut stimmte ich zu.

»Wir kennen sie ebenso wenig wie Ihr.« Er breitete die Arme in einer Geste der Ohnmacht aus.

»Wir sind keineswegs sicher, dass wir alle Antworten kennen. Wie Ihr Euch denken könnt, muss es mehr Gründe als die schriftlich formulierten geben. In dem Schreiben wird die Universität Paris nur dazu aufgefordert, einen rechtskundigen Theologen, der möglichst auch des Arabischen mächtig ist, an den Hof nach Toledo zu entsenden, der dort den König beraten und informieren soll. Wie es aussieht, spricht König Ludwig Alfonsos Ehrgeiz, Kaiser zu werden, nicht an. Genauer gesagt, er hat mir nichts darüber mitgeteilt.«

Mit einer Handbewegung, die anzuzeigen schien, dass er das Nötige bereits wisse, fuhr er fort: »Die Aufgabe wird Euch überraschen. Erstens ist es auf jeden Fall recht sonderbar, dass der kastilische Herrscher, statt sich über seinen Bischof an uns zu wenden, wie es sich gehört hätte, einen Boten unmittelbar an unseren König schickt. Doch ich wiederhole, ich möchte Euch nicht mit Dingen belästigen, die nur uns etwas angehen.«

Darauf legte er mit einer abschließenden Gebärde den Zeigefinger an die Lippen und fügte hinzu: »Alles in allem nehmen wir an, dass er von unserem gebildeten Abgesandten, also Euch, eine Art Vergleich zwischen der Kultur Kastiliens und der anderer Länder wie Frankreich oder den Höfen Italiens erwartet. Wie Ihr seht, ist die Angelegenheit dringend und scheint nicht leicht zu lösen. Auf jeden Fall ist es beunruhigend, dass er in seinem Schreiben an unseren König ausdrücklich von kulturellen Absichten spricht, die den unsrigen zuwiderlaufen... Man bedenke – obwohl er die Cluniazenser ins Innere der Kathedralen verbannt hat, will er jetzt unseren Rat!«

»Zweifellos eine sonderbare Verhaltensweise«, räumte ich ein. »Gewiss gibt es dafür weitere Gründe.«

Der Blick des Kanzlers umwölkte sich nachdenklich.

»Wir können uns sogar denken, wie die aussehen«, setzte er meinen Gedanken fort. »Lasst Euch sagen, König Ludwig hat mir gegenüber durchblicken lassen, dass er hinter dieser Bitte weiter reichende politische Ziele vermutet als Alfonsos angebliche kulturelle Absichten. Von ihnen nimmt unser Herrscher an, dass sie dem Kastilier lediglich als Vorwand dienen.«

Seine Stimme nahm einen vertraulicheren Klang an, während er fortfuhr: »Auch wenn das nicht zu Eurem Auftrag gehört, solltet Ihr auf jeden Fall etwas darüber wissen. Ich habe Euch schon gesagt, dass Alfonso X. diplomatische Kontakte in alle Richtungen unterhält, nicht wahr?«

»Ja, aber Ihr habt lediglich von dem Abkommen gesprochen, das er mit Frankreich geschlossen hat.«

»Nun, es geht weit darüber hinaus«, fiel mir Hugo ins Wort. »Erstens versucht er, Anhänger auf seine Seite zu ziehen, die er mit Unmengen von Gold lockt. Beispielsweise ist er mit unerhörter Freigebigkeit für die Befreiung Philipps aus den Fängen der Venezianer aufgekommen, die diesen Sohn Marias von Brienne, Kaiserin des lateinischen Reichs in Konstantinopel, als Unterpfand in ihre Macht gebracht hatten. Auf diese Weise wollte die Republik sicherstellen, dass die von Kaiser Balduin gemachten Schulden bezahlt wurden. König Alfonso hat nicht nur die geforderten fünfzig Zentner Gold Lösegeld aufgebracht, sondern auch die Kaiserin gemahnt, sie möge dem König Frankreichs und dem Papst zurückerstatten, was diese bereits für die Befreiung ihres Sohnes zur Verfügung gestellt hatten.«

»Fünfzig Zentner Gold?«, fragte ich benommen.

»Ja, mein Freund, nicht mehr und nicht weniger. Außerdem hat er ein Abkommen mit Norwegen unterzeichnet und schickt Botschafter durch ganz Europa. Er soll sogar Abgesandte des ägyptischen Sultans empfangen haben, die merkwürdige Geschenke wie beispielsweise eine Giraffe und andere exotische Tiere mit sich führten.«

Während er weitersprach, nahm ich die Mitteilungen in

mich auf. Eigentlich schien mir König Alfonsos Verhalten nicht weiter verwunderlich. Mich verwunderte nicht im Geringsten, dass er ein Abkommen mit dem norwegischen König Haakon getroffen hatte, wusste er doch, dass auch dieser Ansprüche auf den Kaiserthron des Heiligen Römischen Reiches Deutscher Nation angemeldet hatte. Die ägyptische Gesandtschaft wiederum dürfte in Zusammenhang mit Alfonsos Neigung zur Astrologie stehen, die überdies an allen Höfen Europas gepflegt wird. Nicht hingegen vermochte ich zu verstehen, welches Interesse die Ägypter daran haben konnten, ein Bündnis mit einem so fernen Königreich wie Kastilien einzugehen.

Hugo schien meine Gedanken zu erraten. Er teilte mir mit, dass der Sultan in seinem Kampf gegen die Mongolen auf Verbündete angewiesen sei, ohne dass der Kanzler aber weiter auf Einzelheiten einging. Damals war ich ihm dankbar dafür. Mir ging auf, dass der Kanzler in seine Erklärungen weit mehr von dem hatte einfließen lassen, was er wusste, als aus der Unterredung mit dem König stammte. Überdies zog sich unser Gespräch über Gebühr in die Länge. Um ehrlich zu sein, machte mich Kanzler Hugo ziemlich nervös. Seine umständliche Art, die Dinge darzustellen, ist ebenso aufreizend wie seine allgemeine Haltung. Er ist ein sonderbarer Mensch mit Zügen, die einander beinahe widersprechen. Er ist so wohl beleibt, dass man ihn als unmäßig dick bezeichnen kann, hat gewelltes, sehr helles Haar und eine ziemlich hohe Stirn. Der Blick seiner leidenschaftlichen und zugleich forschenden Augen schwankt zwischen Freundlichkeit und Spott, und der weiche Umriss seines Mundes, den man bei einer Frau als schön bezeichnen würde, verleiht seinen Zügen einen Ausdruck von Sinnlichkeit. In einem Wort, sein angenehm gestaltetes Gesicht, das eigentlich einnehmend wirken müsste, wirkt eher beunruhigend, da sich darauf fortwährend allerlei Gemütsbewegungen zeigen.

Seine letzten Worte kamen fast einer Warnung gleich: »Vergesst nicht, dass wir von Euch mehr erwarten, als dass Ihr dem kastilischen Herrscher einen guten Dienst erweist. Sofern er von Euch einen Bericht verlangt, wird man erwarten, dass Ihr, sei es über die Vertreter unseres Königs am kastilischen Hof, sei es über die Unsrigen im Kapitel der Kathedrale, eine Abschrift mit den Angaben liefert, auf die sich Eure Eindrücke gründen, die Ihr in einem solchen Bericht verarbeitet. Auch scheint es mir nicht nötig, Euch eigens auf die große Bedeutung der Sendung hinzuweisen, für die Ihr Euch sogleich zur Abreise bereit machen müsst. Mit sofortiger Wirkung seid Ihr von allen Pflichten der Universität gegenüber entbunden.«

III. Der Auftrag

Jaca, Februar 1257

Die Dringlichkeit des Auftrags zwang mich, meine sonstigen Aufgaben so rasch zu erledigen, wie mir das möglich war. Zwei Tage später war ich so weit, dass ich nach Spanien aufbrechen konnte. Bis zur Abtei des Heiligen Martin in Tours war das Reittier, das man mir mit Hilfe eben dieses Klosters verschafft hatte, ein langsames, aber edles Pferd, das ähnlich mir schon ein gewisses Alter erreicht hatte, meine einzige Begleitung. Bis ich nahe der Stadt León überfallen wurde, wobei ich das Tier einbüßte, gab es mir nie den geringsten Anlass zur Klage.

In Tours schloss ich mich einem Zug von Jakobspilgern an, die sich auf dem Weg nach Santiago de Compostela befanden. Da sie alles bestens geplant hatten, konnte ich alle Gefahren vergessen, die eine solche Reise mit sich zu bringen pflegt. Zwölf Tage nach unserem Aufbruch aus Tours – wir hatten unterdessen Bordeaux, Belin und andere Orte durchquert – trennte ich mich von der Gruppe. Die Pilger wollten den Pyrenäenkamm über Saint Jean Pied de Port und das Tal von Roncesvalles überqueren, das schon auf spanischem Gebiet liegt und auch Roncevaux genannt wird.

Da mir einige der Pilger, insbesondere ein junger englischer Arzt, über die Wunder von Roncesvalles berichtet hatten, bedauerte ich, sie nicht begleiten zu können. Für uns Abkömmlinge der Franken haftet der Umgebung von Roncesvalles etwas Mythisches an, hat doch dort unser verehrter Kaiser Karl der Große einige seiner bedeutendsten Heldentaten vollbracht. Voll Bewunderung hatte man mir am Vortag berichtet, in der Stadt gebe es eine als »Karls des Großen Beinhaus« bezeichnete Kapelle. Diese Begräbnisstätte der zwölf Pairs des Frankenkaisers, heißt es, sei auf eben dem Fels errichtet, den Roland der Sage nach mit seinem Schwert Durendal gespalten hat. Doch ich nahm den anderen Weg, der über den Pass von Somport nach Jaca führt.

Dafür hatte ich verschiedene Gründe. Sie waren teils persönlicher Art, teils hatten sie mit meinem Auftrag zu tun, und von Letzteren will ich zuerst reden. Ich sollte einen Brief des Kanzlers Hugo de Conques an Guillermo übergeben, Bischof der Kathedrale von Jaca. Da ich annahm, ich würde aus Guillermos Mund Hinweise auf meine neue Aufgabe erfahren, hegte ich die auf nichts Bestimmtes gegründete Hoffnung, er werde sich als mein erster Gönner erweisen und mich in Kultur und Lebensart eines Landes einführen, über das ich mir künftig würde gründlich Gedanken machen müssen. Doch auch ohne die Notwendigkeit, Bischof Guillermo aufzusuchen, wäre ich nach Jaca gereist. Schon seit einigen Jahren war es mein Wunsch, diese Stadt zu besuchen, ganz besonders aber das in der Nähe gelegene kleine Kloster San Juan de la Peña, hütet man doch dort den Heiligen Gral.

Wenige Meilen hinter Somport kam es zu einem Zwischenfall, der bedenkliche Folgen hätte haben können und dem ich, gelobt sei der Herr, mit viel Glück entrann, ohne größeren Schaden zu leiden. Ich ritt unaufmerksam, da ich tief in Gedanken versunken war. Noch einmal rief ich mir die Einzelheiten des Gesprächs mit Hugo de Conques ins Gedächtnis, bemüht, meine Gedanken zu ordnen. Was mochte man von mir erwarten? Auf welches Ergebnis sollte die Beratung hinauslaufen, von der man so ungenau gesprochen hatte? Wollte man von mir unter Umständen einen Bericht, in dem ich den kastilischen Hof mit dem anderer Reichen verglich? Oder sollte meine Erfahrung als Grundlage dazu dienen, andere Aspekte in Beziehung zueinander zu setzen, wie beispielsweise die Kultur in Kastilien und Frankreich, die sich allem Anschein nach auf so unterschiedliche Grundlagen stützte? Sofern aber die Aufgabe politischer Natur war, was könnte ich zu der Neuentwicklung beitragen, auf die der spanische Monarch hinarbeitete? Was könnte ich über seine Bestrebungen hinsichtlich der Kaiserkrone sagen?

Mit diesen Erwägungen beschäftigt, ritt ich weiter, ohne auf die Schwierigkeiten des Weges zu achten, der allmählich immer schmaler wurde. Während ich einen schattigen Berghang überquerte, spürte ich plötzlich nach einer Wegbiegung einen Schlag auf den Kopf. Noch jetzt, während ich daran denke, könnte ich keinesfalls sagen, woher er rührte. Er traf mich so unglücklich, dass ich zu Boden stürzte und mir die Stirn an einem Stein aufschlug. Eine Weile blieb ich ohnmächtig liegen.

Als ich zu mir kam, spürte ich leichte Stöße gegen die Brust und hörte von fernher eine Stimme: »Erwacht, mein Freund. Was ist Euch widerfahren?«

»Wo bin ich . . . Was ist geschehen? Wer seid Ihr?«

»Nur ruhig Blut«, antwortete der Mann und machte eine weit ausholende Armbewegung.

In einer Entfernung von etwa fünfzig Schritten hatte er lediglich ein Bündel am Boden wahrgenommen, neben dem ein Pferd in aller Ruhe das Laub von einem Baum fraß. An der Stelle angekommen, hatte er einen am Boden liegenden Mönch erkannt. Er hatte sein Pferd angehalten, vorsichtshalber einen Dolch aus der Tasche genommen, konnte es sich doch um eine Falle handeln, und mich sacht mit einem abgebrochenen Zweig angestoßen.

»Nur ruhig Blut, Pater, nur ruhig Blut.«

Mit aufrichtig gemeintem Lächeln betrachtete der Reiter den blanken Dolch in seiner Hand und stieg ab, um mir auf die Füße zu helfen. Dabei sagte er: »Nicht so hastig. Das sind zu viele Fragen auf einmal. Ich werde Euch schon antworten. Jetzt müsst Ihr erst einmal wieder ganz zu Euch kommen. Trinkt einen Schluck Wasser. Zuvor aber sagt mir: Was ist Euch widerfahren?«

»Wenn ich das wüsste! Ich war abgelenkt und habe einen Schlag auf den Kopf bekommen... von einem Ast, einem Stein, ich weiß nicht recht...«

Ich erhob mich, um etwas Wasser aus dem Krug zu trinken, den er mir hinhielt. Anschließend nahm ich ein wenig Brot und Käse von ihm an. Wir stellten uns gegenseitig vor. Er hieß Enrique Haro, war Kastilier, von Beruf Steinmetz und kam aus Bourges, wo er als Werkmeister gearbeitet hatte. Nach wie vor benommen, teilte ich ihm lediglich meinen Namen mit. Die Dominikanerkutte machte weitere Erklärungen überflüssig.

»Ihr müsst auf den Weg achten, Pater. In dieser Gegend lauern überall Gefahren.«

Neugierig betrachtete mich Enrique. Noch wusste ich nicht, dass er seit mehreren Tagen allein unterwegs war, nachdem man ihm in Bourges einen herzlosen Abschied bereitet hatte. Auch wenn ich in dem Mann, der mich in so hilflosem Zustand aufgefunden hatte, nicht den Eindruck erwecken wollte, dass ich schwach und unfähig sei, mich zu verteidigen, tröstete mich seine Hilfe. Er kam sich wohl ein wenig als Beschützer vor, denn er sagte, und es klang ganz natürlich: »Da wir ohnehin beide nach Jaca wollen, könnten wir gemeinsam reiten, so es Euch recht ist.«

Ich dankte ihm für das Angebot. Überdies freute ich mich, ihn Französisch sprechen zu hören, in welcher Sprache sich auszudrücken ihm wohl zur Gewohnheit geworden war. Unterwegs unterhielten wir uns freundschaftlich miteinander, und wenn wir auch anfänglich einen gewissen Abstand wahrten, sprachen wir später lange und ausführlich miteinander. Um nicht wilden Tieren oder einem Überfall durch Banditen zum Opfer zu fallen, schlugen wir bei Einbruch der Nacht unser Lager auf einer kleinen Lichtung am Saum des Waldes auf, durch den der Weg führte. Nachdem die Pferde getränkt waren, nahm Enrique einen kleinen Leinenbeutel von der Schulter, legte ihn auf den Boden und zog ein Kaninchen hervor, das er kurz vor unserer Begegnung erlegt hatte. Wir schlugen

Feuer, und er bereitete mit Hilfe einiger Würzkräuter in der Glut einen köstlichen Braten zu. Ich pries das Geschick des Steinmetzen bei der Zubereitung der Speise, und er erklärte mir, er habe eine gute Lehrmeisterin gehabt. Auf meinen fragenden Blick hin berichtete er voll Stolz, dass er in Bourges im Haus einer Frau zur Miete gewohnt habe, deren Kochkünsten er dies und jenes habe abschauen können.

Nach dem Mahl saßen wir noch neben dem in sich zusammengesunkenen Feuer, dessen Glut unsere Gesichter kaum erhellte, und Enrique berichtete mir einiges über seinen bewegten Aufenthalt in Frankreich. Dabei lernte ich zum einen die eiserne Entschlossenheit eines Kastiliers kennen, dann aber auch sein impulsives und tatkräftiges Wesen. Von Zeit zu Zeit musste ich herzhaft über Einzelheiten seiner Geschichte lachen. Anfangs sprach der junge Steinmetz, als rede er mit sich selbst, wobei er den Blick auf die verschränkten Hände gesenkt hielt. »Als man mich in Bourges über meine Mitgesellen setzte, riet mir Alain, der Meister der Bauhütte, ich solle mir eine andere Unterkunft suchen. Bis dahin hatte ich in einem Hause der Steinmetzzunft gewohnt und mir mit drei Zunftbrüdern ein kleines Zimmer geteilt, wo ich auf einem schmutzigen Strohlager schlief. Doch machte mir das nichts aus, denn ich lebte praktisch auf der Baustelle, kam bei Tagesanbruch und ging, wenn die Nacht hereinbrach. Mein ganzes Denken galt der Arbeit.«

»Ausschließlich?«

»Urteilt selbst. In dreizehn Monaten hatte ich nur ein einziges Mal eine Beziehung zu einer Frau, und auch das geschah aus reinem Zufall, denn Frauen hatten in meinen Gedanken keinen Platz. Außerdem war ich, als das geschah«, lachte er, »so betrunken, dass ich mich nicht einmal an das Gesicht der armen Hure erinnern kann. Es war am Vorabend der Hochzeit eines der Zunftbrüder, von dessen Junggesellenleben wir mit ihm gemeinsam Abschied feierten. Aber ich sagte ja schon, es war das einzige Mal.«

»Und dann seid Ihr umgezogen?«

»Ja. Das hatte mir Alain empfohlen. Zwei Monate vor meiner Ankunft war der Meister der Zimmerleute bei einem Sturz vom Gerüst ums Leben gekommen. Trotz der Unterstützung durch die Zunft brauchte seine Witwe Geld. Daher hielt Alain es für einen guten Gedanken, dass ich in ihrem Haus Unterkunft suchte. ›Verhalte dich anständig‹, sagte er mir. ›Immerhin wirst du im Haus einer angesehenen Witwe wohnen, auf deren Ruf du zu achten hast.‹« Mit einem Lächeln zwinkerte mir Enrique komplizenhaft zu: »Allerdings habe ich nicht auf ihn gehört. Verzeiht, aber vielleicht wäre es Euch ebenso ergangen, wenn Ihr Giselle begegnet wäret.«

Ich warf ihm einen Blick zu, in dem sich Vorwurf und Überraschung mischten, während er mit hilflosem Achselzucken in seinem Bericht fortfuhr: »Ach, Ihr hättet sie sehen und vor allem ihre Speisen kosten müssen. Nachdem ich mich ein Jahr lang von Brei, Brot und Käse ernährt hatte, kam ich mir in ihrem Hause vor wie im Paradies. Anfangs verhielt ich mich ihr gegenüber so, wie es sich für einen Gast gehört, doch hatte sie so sanfte Augen und einen so wohlgestalteten Leib, dass ich ihr allmählich kleine Geschenke machte und ihre Gesellschaft häufiger als nötig suchte. Dann geschah, was geschehen musste. Ich weiß nicht, ob ich mich in sie verliebt habe . . . Ich glaube schon. Ich habe ihr offen meine Zuneigung gestanden, und sie hat gesagt, dass es ihr ebenso gehe, obwohl sie acht Jahre älter war als ich. Inzwischen aber glaube ich, dass sie in mir eher einen Sohn gesehen hat, den ihr Mann ihr nicht hatte schenken können. Es ist schwierig, so etwas mit Sicherheit zu wissen.«

Der junge Steinmetz schien seine Gedanken beim Sprechen zu ordnen. Während er in meinen Augen eine Billigung für sein Verhalten suchte, kam es mir vor, als höre ich ihn aus einer gewissen Ferne sprechen, so als wende er sich mit seinen Worten mehr an sich selbst als an einen Zuhörer. »Im Laufe der Zeit lernte ich sie besser kennen. Sie war außerordentlich empfindsam und fühlte sich daher sehr einsam. An den ersten Tagen fand ich sie häufig mit geschwollenen und geröteten

Augen schluchzend im hintersten Winkel des Wohnzimmers. Ich wusste nicht so recht, wie ich mich verhalten sollte, und gewöhnte es mir an, spät zurückzukehren und mir die Zeit in den Schenken zu vertreiben. Allmählich aber wandelte sich ihr Verhalten kaum wahrnehmbar. Das Haus wirkte im Laufe der Zeit gastlicher. Einmal hat sie mir etwas aus ihrer Kindheit in einem nahe gelegenen Dorf berichtet, und während sie von ihren Eltern und Geschwistern sprach, leuchteten ihre Augen.«

Enrique stützte das Kinn in die Hand und fügte im Tone des lebenserfahrenen Mannes hinzu: »Ihr wisst ja, dass Erinnerungen den Menschen oft stärker beeinflussen als Tatsachen, doch bin ich ehrlich davon überzeugt, dass es ihr allmählich besser ging, weil sie mit mir reden und ihren Empfindungen Ausdruck verleihen konnte. Ich meinerseits«, räumte er ein, »war wie bezaubert. Ich hätte mir denken müssen, dass die Dinge nicht so vollkommen sein konnten und das Ganze ein schlimmes Ende nehmen würde. Doch versteht mich recht, ich hatte alles: Eine Art Zuhause und einen Arbeitsplatz, an dem ich mir einen guten Ruf und Freunde geschaffen hatte. Es ist schon sonderbar: Bevor man mich über meine Zunftgesellen setzte, hatte ich so gut wie keinen Freund, doch nachdem ich zur Feier meiner Beförderung mehrere Feste gegeben hatte, tauchten sie aus allen Richtungen auf. Ich hatte es mir angewöhnt, fast täglich nach der Arbeit die Schenke aufzusuchen, gab das aber nach und nach auf. Zum ersten Mal im Leben hatte ich so etwas wie ein Heim, und dort ging es mir besser als je zuvor. Ich sah Giselle gern zu, wie sie in der Küche ein Gericht zubereitete. Dabei nahm sie die Haube ab, so dass ihr Strähnen ihres roten Haares in die Stirn fielen. Eines Morgens sah ich sie auf der Straße, wie sie in stolzer Haltung, den Blick nach vorn gerichtet, mit ihrer weißen Haube, ein weißes flandrisches Tuch um die Schultern gelegt, zum Markt eilte. Der Anblick erfüllte mich mit Stolz, sie schien mir die schönste Frau Frankreichs zu sein.«

Enrique hatte sich in Eifer geredet und sah mich Einverständnis heischend an. Er fuhr fort: »Ich will sehen, ob es mir gelingt, mich klar auszudrücken. Giselle war keine Schönheit, doch verhielt sie sich mir gegenüber so liebevoll, dass ich mehr als zufrieden war. Ich habe Euch ja bereits gesagt, dass wir zwar darauf bedacht waren, nach außen die Form zu wahren, doch lebten wir mehrere Wochen hindurch wie ein Liebespaar. Wenn ich nach der Arbeit in ihr Haus kam, eilte sie herbei, um mir die müden Füße zu waschen und mir ein wenig Wein anzubieten. Anschließend aßen wir. Sie bereitete wohlschmeckende Gerichte zu, die sie mit allerlei Gewürzen verfeinerte: Ingwer, Zimt, Nelken ... Ach, wenn ich nur an ihre herrlichen Gemüsesuppen denke! Aber auch ihre Wildgerichte, ihre Heringe und ihre geradezu beispiellosen Schnecken! Ich erinnere mich an Leckerbissen wie ein Gericht, das sie Cassoulet nannte. Sie stellte es mit geschmorten weißen Bohnen und eingelegtem Gänsefleisch her, das ich noch jetzt, aus der Ferne, fast im Munde schmecke. Auch fertigte sie eine würzige Essigsoße zum Verzehr mit Würsten. In der Zubereitung von Nachspeisen und Feingebäck war sie unübertroffen. So hat sie mir kandierte Apfelsinen und Marzipantörtchen mit Ingwer aufgetischt. Zum Frühstück bekam ich einen köstlichen Brei aus Rüben, Möhren und Kürbis, dessen Rezept ich ihr nicht entlocken konnte. Wie sie lachend erklärte, handele es sich um ein Familiengeheimnis.«

Mit umwölkten Augen, in denen Heimweh schimmerte, sah der junge Mann vor sich hin. Er wandte sich mir mit schmerzlichem Blick und der Andeutung eines Lächelns zu.

»Vor allem aber«, fuhr er fort, »hat sie mich liebevoll wie einen Gatten behandelt, hat mir Freuden und Seligkeiten gewährt, die Ihr Euch denken könnt und über die ich Stillschweigen bewahren muss. Das tat sie in so vortrefflicher Weise, dass ich mich ihr völlig hingab. Irgendwann aber fingen die Leute an, über uns zu tuscheln, und ich habe törichterweise nicht darauf geachtet. Aufgeblasen wie ein Pfau stand ich über meinen Zunftbrüdern, wurde verwöhnt wie ein Fürst und begriff nicht, was um mich herum geschah.«

»Hat Euch denn niemand gewarnt?«, fragte ich.

»Gott weiß, dass mir Alain mehr als einen Hinweis gegeben hat, aber ich habe nicht darauf geachtet. Jedenfalls waren die Nachbarn nicht gut auf uns zu sprechen, und eines Abends haben mir bei der Heimkehr von der Arbeit drei Männer in einem Winkel der Straße aufgelauert, in der wir lebten. Ich hatte sie nicht gesehen, und mit einem Mal hagelten von allen Seiten Schläge auf mich ein, bis ich bewusstlos am Boden lag, so, wie ich Euch heute aufgefunden habe. Erst Stunden später bin ich voll blauer Flecken und starr vor Kälte wieder zu mir gekommen. Giselle hat mich in Tränen aufgelöst empfangen. Drei Nachbarinnen und der Pfarrer der Kirche ihres Sprengels hatten ihr einen Besuch abgestattet und ihr klar gemacht, dass es so nicht weitergehen könne. Sofern sie ihren Lebenswandel nicht ändere, müsse sie mit einer Anzeige bei der Obrigkeit rechnen. Trotz ihrer großen Verzweiflung wusch und versorgte sie meine Wunden und flößte mir eine kräftige Gemüsesuppe gegen die Kälte ein. Es war die letzte Nacht, die wir beieinander verbrachten. Obwohl es ihr sichtlich ins Herz schnitt, gab sie sich Mühe, mir ganz kühl auseinander zu setzen, welche Möglichkeiten wir hatten. Es gab keinen anderen Ausweg, als uns zu trennen, und so hat sie mich schließlich gebeten, ihr Haus zu verlassen.«

»Verständlich«, merkte ich an. Allerdings bin ich nicht sicher, ob Enrique das hörte.

»Ich zog in einen Gasthof, doch von Stund an war nichts mehr wie bisher. Mit meinem ruhigen Leben war es vorbei. Da ich merkte, dass auch meine Arbeitskollegen nichts mehr von mir wissen wollten, hielt ich den Zeitpunkt für gekommen, nach Toledo zurückzukehren. In aller Stille traf ich meine Vorbereitungen und teilte der Zunft mit, dass ich fortgehen würde. Gewiss war diese Mitteilung für die Männer dort eine Erleichterung, auf jeden Fall fehlte dem Abschied jegliche Wärme. Dann machte ich mich auf den Weg und bin nun bis hierher gelangt.«

Ich warf ihm einen mitfühlenden Blick zu, als ich mir seine

traurige Situation vorstellte: Da lag er mit zerrissenen seidenen Beinkleidern im Kot der Straße, nachdem man ihn kräftig durchgewalkt hatte. Zugleich konnte ich aber auch die Sehnsüchte und die Verliebtheit verstehen, die von ihm Besitz ergriffen hatten. Wir sprachen nicht mehr viel miteinander und legten uns bald schlafen.

Als wir am Spätnachmittag des folgenden Tages aus der Ferne von einer Hügelkuppe herab der Stadt Jaca ansichtig wurden, begann die Nacht hereinzubrechen. Es war Ende Februar, es hatte geregnet und war ziemlich kalt. Trotz unserer Müdigkeit hielten wir einen Augenblick inne und nahmen den Anblick in uns auf, der sich uns bot. Der Wind hatte die Wolken vertrieben, und die reine Luft verlieh der Abenddämmerung einen außergewöhnlichen Zauber. Die Stadt lag in einem Goldschimmer da wie ein Laib stark durchgebackenes Brot. Zwischen ihren Häusern erhob sich die Kathedrale mit einem Farbton zwischen Zitronengelb und Orangerot. Doch wir verloren nicht allzu viel Zeit mit der Betrachtung und beschleunigten den Schritt, um nicht die Tore geschlossen vorzufinden und keine Unterkunft für die Nacht mehr zu bekommen.

Als wir in die Stadt einritten, lächelte Enrique befriedigt, weil er sich wieder auf vertrautem Gebiet befand, nämlich in einer Stadt, und noch dazu einer Stadt seines Heimatlandes. »Endlich in der Heimat«, sagte er, »hier kenne ich mich aus.« Ich warf ihm einen verständnisvollen Blick zu und wunderte mich, dass mein junger Reisegefährte, bevor wir Jaca erreichten, nicht den Eindruck gehabt hatte, wirklich zu Hause zu sein, obwohl wir Frankreich schon drei Tage zuvor verlassen hatten. Denn wie er sagte – und damit hatte er Recht –, hatten sich bisher weder die kleinen Dörfer noch die Sprechweise oder die Landschaft von denen in den französischen Pyrenäen unterschieden.

Sogleich suchten wir eine Herberge, um dort unsere Pferde einzustellen und ein Abendessen zu bekommen. Mit etwas Glück, dachten wir, gäbe es für jeden von uns einen eigenen

Strohsack. Diese Hoffnung erwies sich nur allzu bald als trügerisch, denn Jaca war voller Reisender.

Nachdem man uns gesagt hatte, dass wir vielleicht im Gasthof eines Herrn Muñiz unterkommen könnten, eilten wir dorthin. Wir banden unsere Pferde an einer mächtigen Eiche im Hof an, und ich erreichte, dass man sie im Stall unterbrachte. Schon bald merkten wir, dass sich die Sache für uns selbst weit schwieriger anließ als für die Tiere. Die Stadt quoll von Pilgern und Handelsleuten förmlich über, und wir durften uns glücklich schätzen, in einem großen Schlafsaal unterzukommen.

Wir trösteten uns mit einer Abendmahlzeit, die wir ebenfalls in einem riesigen Saal voller Menschen einnehmen mussten. Alle Plätze waren besetzt. Um uns herum erklang ein Stimmengewirr in fast allen bekannten Sprachen. Eine kleine Gruppe junger Leute uns gegenüber, die wie Herren von Stande aussahen, unterhielt sich in einer Sprache, die Enrique fremd war, nicht aber mir, und so erklärte ich ihm, dass es sich um *tudesco* oder Deutsch handele.

Meine besondere Aufmerksamkeit aber erregten fünf Juden mittleren Alters, die zu meiner Rechten ein lebhaftes Gespräch über den Leidensweg Christi führten. Sie trugen das unvermeidliche Käppchen auf dem Hinterkopf, waren in dunkle Gewänder gekleidet und wirkten genauso, wie man sich jüdische Händler vorstellt. Während ich ihnen zusah, gefesselt von der Natürlichkeit, mit der sie Umgang miteinander pflegten, begann Enrique, fast ohne es selbst zu merken, wie beiläufig auf einem Täfelchen ihre Gesichter zu skizzieren. In diese Tätigkeit versunken, fiel ihm nicht auf, dass ein junger Mann seines Alters hinzutrat und ihm aufmerksam zusah.

»Ihr zeichnet sehr gut, aber hat nicht der Mann zur Linken eine weniger spitze Nase?«

»Da könnt Ihr Recht haben. Doch war mir in Wahrheit eher um ein Zerrbild zu tun, ich wollte die einzelnen Züge übertrieben hervorheben. Es macht mir Freude, solche Skizzen anzufertigen. Seht einmal beispielsweise den Händler hinten im Saal, der vorhin neben der alten Vettel dort seinen Weinbecher geleert hat. Ja, der Mann mit dem fast kahlen Schädel dort hinten, der ein Widderfell trägt. Von ihm würde ich gern folgendes Merkmal erfassen...«

Noch während er sprach, zeichnete er mit flinken Fingern das Bild von Völlerei und Liederlichkeit, das ihm vorschwebte, und verwandelte dabei die eher schlanke Gestalt des Mannes in die eines Fettwanstes unbestimmten Alters, und die armselige Alte an seiner Seite mit dem müden Blick und den tiefen Ringen unter den Augen wurde dank seines Stiftes ein sinnenfrohes, munteres Mädchen. Dennoch zeigte die Skizze die wirklichen Gesichter der beiden. Obwohl er wesentliche Züge verändert hatte, ließen sich auf der Abbildung der Betrunkene wie seine Gefährtin deutlich wiedererkennen.

Beide Männer lachten angesichts der kunstfertigen Verwandlung.

»Seid Ihr womöglich Maler?«

»Aber nein«, antwortete Enrique, während er den Stift in sein Lederfutteral steckte. »Ich bin Steinmetzgeselle, oder war es, besser gesagt, denn man hat mich in Bourges zum Werkmeister gemacht.«

»Habt Ihr dort gearbeitet?«

»Gewiss«, bestätigte Enrique. »An die zwei Jahre bin ich durch Frankreich gereist, um die französische Art des Baus von Kreuzbögen kennen zu lernen. So habe ich vier Monate in Paris an der Bauhütte der neuen Kathedrale Unserer Lieben Frau zugebracht. Anschließend war ich viele Monate in Bourges, wo ich mich an der Aufgabe beteiligt habe, den Riss für das Querschiff fertig zu stellen. Ich bin vor drei Tagen über die Grenze zurückgekommen, fühle mich aber, wie ich schon heute Morgen gesagt habe, erst hier in Jaca wieder in der Heimat.« Er sah den Mann erneut an. »Ihr seid Italiener, nicht wahr?«

Der Jüngere nickte bestätigend. Nachdem er sich zu uns

gesetzt hatte, stellte er sich vor: »Ich heiße Luca Pontano, komme aus Genua und bin Tuchhändler.« Dann schien er es sich anders zu überlegen und fügte hinzu: »Nun gut, eigentlich stehe ich erst im Begriff, mich dem Handel und vielleicht auch dem Geldwechsel zuzuwenden. Bisher war ich lediglich Gehilfe im Geschäft meines Vaters, der ein bekannter Genueser Kaufmann ist.«

Mit einem Lächeln in den Augen fuhr er sich mit dem Ärmel über den Mund, um die letzten Tropfen Wein abzuwischen, bevor er fortfuhr: »Er steht seit Jahren in Handelsbeziehungen mit meinem Onkel Paolo in Sevilla. Da er erfahren hat, dass es dort gute Gelegenheiten gibt voranzukommen, und er den Umfang seines Geschäfts auszuweiten gedenkt, hat er mich dorthin geschickt. Ich soll mich auf eigene Rechnung dort niederlassen, zumal Genua in jener Stadt durch einen Konsul vertreten ist.«

»Auch ich habe schon gehört«, bestätigte Enrique, »dass sich viele aus deiner Heimat in Sevilla niedergelassen haben.«

»So ist es. Mit meinem jetzigen Vorhaben kann ich zum Familiengeschäft beitragen und mir zugleich eine eigene Zukunft aufbauen. In Genua hatte ich ohnehin keine guten Zukunftsaussichten, weil mein älterer Bruder Paolo das Geschäft übernehmen wird, wenn sich mein Vater einst zur Ruhe setzt.«

»Wer es richtig anstellt, wird gewiss auch in Sevilla nicht scheitern«, fügte Enrique hinzu, »denn ihr Genueser genießt dort eine ganze Reihe von Vorrechten.«

»Davon weiß ich nichts«, gab Luca zurück, der sich erkennbar nicht mit einem Unbekannten streiten wollte, »werde aber gewiss Gelegenheit haben, das im Laufe der nächsten Monate festzustellen. Vorerst aber will ich auf dem Jakobsweg zum Grab des Apostels wallfahren.«

»Auch ich bin auf dem Weg nach Compostela«, sagte Enrique. »Da ich ohnehin nach Toledo zurück muss, woher ich stamme, habe ich beschlossen, die Gelegenheit zu einer Wallfahrt zu nutzen, liegt Toledo doch am Pilgerweg.« Mit einer

Handbewegung zum Saal hin fuhr er fort: »Vermutlich haben die meisten der hier Anwesenden die gleiche Absicht.«

Luca nickte zustimmend. Im Gewimmel von Menschen, die den Raum füllten, waren mindestens zwanzig oder dreißig an ihrem Gewand als Pilger kenntlich. Einige schienen ihre Wallfahrt erst vor wenigen Tagen angetreten zu haben, denn ihre Kleider wirkten neu. Viele aber, die neben anderen Trägern des breitkrempigen Pilgerhutes saßen, waren erkennbar auf dem Rückweg von Santiago. Nicht nur waren ihre Trink-Kalebassen von Monaten des Gebrauchs geschwärzt, sie trugen auch voll Stolz an ihrem Schulterkragen die Pilgermuschel, die bei der Rückkehr als Zeichen dafür dienen sollte, dass sie die Pilgerschaft tatsächlich unternommen hatten. Zusammen mit dem weiten Umhang, der bei vielen stark abgewetzt war, lieferten auch der kräftige Pilgerstab und die Lederstiefel einen Hinweis darauf, wie beschwerlich diese Reise war.

Der große Schlafsaal war voller Menschen, und der strenge Geruch, der von ihren feuchten Kleidungsstücken und ungewaschenen Leibern ausging, verursachte mir Übelkeit. So kam es, dass ich schon vor Tagesanbruch wieder im Speiseraum der Herberge saß. Während ich mein aus Brei bestehendes Frühstück einnahm, erschien Luca wieder. Ich grüßte ihn, und er gab mir zu verstehen, dass er auf Enrique warte, um die Stadt mit ihm gemeinsam zu erkunden.

Ich hingegen machte mich auf, Bischof Guillermo meinen Besuch abzustatten. Auf dem Weg dorthin versuchte ich, meine Gedanken zu ordnen. Dabei fiel mir ein, wie ich am Vortag das Gleiche versucht und dabei einen Unfall erlitten hatte. Unwillkürlich musste ich bei der Erinnerung daran ein Lächeln unterdrücken. Obwohl ich rasch ausschritt und nicht weiter auf die Straßen der Stadt achtete, ist mir noch heute der kalte Morgen und der Nebel im Gedächtnis, der den gewaltigen Bau der Kathedrale einhüllte. Gleich daneben steht der Bischofspalast, und dort empfing mich Bischof Guillermo. Als ich in sein geräumiges Arbeitszimmer geführt wurde, saß er, den Rücken einem großen Fenster zugekehrt, an seinem Tisch, so dass sein Gesicht im Gegenlicht kaum zu erkennen war. Offenkundig hatte er sich die Verhaltensweise der Mächtigen angeeignet. Als Mann der Widersprüche, der bald reserviert, bald überschwänglich wirkte, zeigte er sich anfänglich zurückhaltend mit Gesten und Worten und sprach leise und gelassen, wie das hohe Vertreter der Geistlichkeit zu tun pflegen. Doch das war lediglich eine Fassade. Wie ich später merkte, konnte er durchaus die Beherrschung verlieren.

Nachdem er Hugo de Conques' Schreiben sorgfältig gelesen hatte, fragte er mich freundlich nach dem Ziel meiner Reise, obwohl er über deren Zweck im Bilde war, wie ich mir aus seinen Fragen zusammenreimen konnte. Er hörte mir aufmerksam zu, ohne kaum je zu nicken, und zeigte keinerlei Gefühlsregung. Mein Versuch, von ihm etwas über seinen König, dessen Hofhaltung und sein Land zu erfahren, scheiterte völlig. Als ich ihn schließlich offen fragte, antwortete er ausweichend und wiederholte, dass ich mich in keiner Weise zu beunruhigen brauche, würde doch meine bei anderen Aufträgen gewonnene Erfahrung gewiss dafür sorgen, dass ich auch diese Aufgabe ohne weiteres auszuführen vermöchte.

Offensichtlich lag ihm daran, meiner Ungeduld Zügel anzulegen. Es drängte mich danach, so bald wie möglich nach Toledo zu gelangen. Der König, sagte er, erwarte keine so rasche Antwort auf sein Schreiben. Seiner Überzeugung nach würde ich gut daran tun, meine Reise gemächlicher als bisher fortzusetzen. Guillermos Haltung schien mir angesichts der Eile, mit der man mich genötigt hatte, die Universität zu verlassen, sonderbar, doch kam ich nicht dazu, ihm das zu sagen.

»Vielleicht hat man in Paris die Mitteilung so verstanden, als wäre Eile geboten«, fuhr er fort, »doch ist der König gegenwärtig mit dem Friedensschluss zwischen Kastilien und Aragon beschäftigt, ganz zu schweigen davon, dass er viel Zeit dafür aufwendet, seine rechtmäßigen Ansprüche auf den Kaiserthron durchzusetzen. Lasst Euch daher versichern, dass er Euch gewiss erst im Sommer wird empfangen können.«

»Man hat mir aber das genaue Gegenteil gesagt«, warf ich ein. Ich verstand nicht, wie es zu diesen widersprüchlichen Anweisungen kommen konnte.

»Das glaube ich Euch gern, aber es hätte keinen Sinn, die Dinge beschleunigen zu wollen.« Guillermo hob die Schultern. »Wir haben ein Sprichwort, das auf solche Situationen passt: Davon, dass man früher aufsteht, wird es auch nicht eher Tag...«

Darauf fuhr er mit milden Worten fort: »Lasst es langsam angehen, mein guter Raoul. Es besteht wirklich kein Grund zur Eile. Warum handelt Ihr nicht klug und nutzt diese günstige Gelegenheit und die Zeit, die Euch zu Gebote steht, um die Pilgerschaft nach Santiago de Compostela anzutreten, wie es sich für einen guten Christen ziemt?«

Vermutlich äußerte sich meine Überraschung in einem zweifelnden Gesichtsausdruck; jedenfalls versuchte er mich zu beruhigen und mir zu versichern, dass er persönlich dem Hof von Toledo wie auch der Pariser Universität diese Änderung meines Reiseweges mitteilen werde.

Mit einer gewissen Mühe machte ich ihm klar, dass ich an eine Wallfahrt nach Santiago bisher nicht gedacht hatte, weil sie mindestens vier bis fünf Monate dauern würde.

»So ist es«, bestätigte er. »Es genügt aber reichlich, wenn Ihr Mitte August in Toledo zu uns stoßt. Um diese Zeit pflegt sich unser Gebieter, König Alfonso, zur Sommerruhe auf seinen kleinen Landsitz Huerta del Rey nahe der Hauptstadt zurückzuziehen, wo ihn die Pflichten des Hofes nicht so stark beschäftigen wie sonst. Das dürfte eine geeignete Zeit für Euer Eintreffen sein.«

Da er merkte, dass ich nach wie vor nicht beruhigt war, erledigte er die Angelegenheit dadurch, dass er selbst die Verantwortung für die Wallfahrt übernahm und mir, wenn auch mit großem Feingefühl, geradezu den Befehl erteilte, sie zu unternehmen:

»Sofern Ihr meinen Rat befolgt und nach Santiago pilgert«, teilte er mir ernst mit, »habt die Güte, ein Schreiben an den dortigen Erzbischof mitzunehmen. Es handelt sich um etwas, das ich nur einem wahrhaft verlässlichen Menschen anvertrauen kann.«

Was hätte ich darauf erwidern können? Soweit ich mich erinnere, war etwas an der Sache mir ganz und gar nicht recht, wenn mich auch der Gedanke, nach Santiago zu pilgern, durchaus lockte, insbesondere nachdem mir der Bischof erklärt hatte, wie zweckmäßig ein solches Hinausschieben meines Besuchs bei Hofe sei.

Guillermo merkte, dass ich mit dem Verlauf des Gesprächs nicht zufrieden war.

»Ihr begreift nicht, warum wir wünschen, dass Ihr nach Santiago pilgert, nicht wahr?«

»Offen gestanden, nein. Ebenso wenig verstehe ich«, fuhr ich verstimmt fort, »warum Ihr im Plural sprecht. Auf wen bezieht Ihr Euch, wenn Ihr sagt, dass mehrere Personen diesen Wunsch haben?«

Guillermo brach in Lachen aus.

»Ich merke schon, Euch entgeht so leicht nichts. Also bleibt mir wohl nichts anderes übrig, als Euch reinen Wein einzuschenken. Ihr werdet alles sogleich verstehen. Seht, Raoul, wir erhoffen uns von Euch in Santiago de Compostela die Erledigung eines ganz bestimmten Auftrags. Diese Erwartung hegen sowohl der kastilische König, der mich gebeten hat, Euch damit zu beauftragen, wie auch ich. Bisher hatte ich gewisse Zweifel, ob es richtig sei, Euch sogleich ins Bild zu setzen. Weder war ich sicher, ob der Augenblick günstig ist, noch, ob Ihr dazu die richtige Person seid«, setzte er mit leisem Spott hinzu. »Daher war es ursprünglich meine Absicht, dafür zu sorgen, dass Ihr selbst das Rätsel im Laufe Eurer Pilgerschaft Schritt für Schritt auflöst. Doch ich sehe, dass ich Euch nichts verheimlichen kann – sei es, dass Ihr zu scharfblickend seid, sei es«, setzte er nicht ohne Boshaftigkeit hinzu, »weil Ihr die Tugend des Gehorsams noch nicht hinreichend geübt habt. Das aber ist jetzt belanglos. Ich werde Euch sagen, was wir von Euch erwarten.«

Er berichtete mir, dass er wenige Tage vor meinem Eintreffen in Jaca König Alfonso in Pamplona gesprochen habe. Dieser hatte ihn von meinem bevorstehenden Besuch in Kenntnis gesetzt und ihn aufgefordert, mich von einer sofortigen Weiterreise nach Toledo abzubringen. Guillermo sollte dafür sorgen, dass ich unter dem Deckmantel einer Wallfahrt zum Grabe des Apostels Jakobus des Älteren eine geheime Botschaft nach Santiago überbrachte. Anschließend sollte ich mich an den Hof begeben. An dieser Stelle seiner Ausführungen angekommen, erhob sich Guillermo, entnahm bedächtig einem Kästchen ein Handschreiben des Königs und händigte es mir aus.

Obwohl es unversiegelt war, konnte ich es nicht lesen, denn es war in der Volkssprache Kastiliens abgefasst, so dass ich seinen Sinn nicht recht zu erfassen vermochte. Guillermo sah mich mit einem aus Zweifel und Spott gemischten Ausdruck an und brach erneut in Lachen aus. Das hast du Halunke doch genau gewusst, dachte ich, erneut verwirrt. Von Stund an war mir klar, dass der Bischof einen verschlagenen Humor besaß und sich einen Spaß daraus machte, andere Menschen hereinzulegen, wofür ich später noch überreichlich Beweise bekam. Dennoch geschah nichts ohne Zweck und Ziel.

»Vergebt mir, Magister Raoul. Ihr müsst wissen, es ist die erklärte Absicht unseres Königs, das Kastilische zur Amtssprache des Landes zu machen. Nicht nur er selbst verwendet diese Umgangssprache im Schriftverkehr, er verlangt es auch von jedem anderen, der irgendwelche Dokumente abfasst. Das ist ein wichtiger Punkt, der nicht nur zum Verständnis von Don Alfonsos Wesen beiträgt, sondern auch etwas über seine Herrschaft aussagt. Dummerweise hatte ich nicht daran gedacht und angenommen, der Brief sei in lateinischer Sprache verfasst ... Nun, es macht nichts. Ich werde ihn Euch übersetzen.«

In dem Schreiben wies mir der König verschiedene Aufgaben zu. Nachdem er mich aufgefordert hatte, die Anweisungen des Bischofs von Jaca aufs Genaueste zu befolgen, auch wenn mir die eine oder andere unter Umständen unverständlich erscheine, teilte er mir mit, er habe mir einen Auftrag zugedacht, der äußerstes Fingerspitzengefühl verlange und bei dem ich mit größter Umsicht vorgehen müsse. Keinesfalls dürfe sein Name damit in Zusammenhang gebracht werden. Auch forderte er mich auf, dieses Schreiben zu vernichten, sobald ich es gelesen hatte, damit nicht der geringste Hinweis auf seine Beteiligung an der Sache bestünde. Mit dieser Einleitung gelang es Guillermo, die gewünschte Wirkung zu erzielen: Ich konnte es nicht abwarten, Einzelheiten über den geheimnisvollen Auftrag zu erfahren.

Schließlich teilte mir der Bischof alles mit, was ich wissen musste. Ich werde mich bemühen, das Wichtigste knapp zusammenzufassen. Wie es schien, war Don Rodrigo García, ein guter Freund aus der Kindheit des Königs, in Santiago de Compostela in einen Mordfall verwickelt. Obwohl alle Umstände auf eine Schuld seines Freundes Don Rodrigo hinwiesen, schien es dem König unmöglich, dass dieser jemanden schändlich gemeuchelt haben könnte. Nicht nur war er einer der Söhne von des Königs Hauslehrer, Don García Fernández, Edler von Villamarín, sondern zugleich der jüngere Bruder Juan Garcías, mit dem der künftige König als Kind gespielt, an dessen Seite er lesen und schreiben gelernt und mit dem er seine ersten Verse verfasst hatte. Außerdem hatte er Juan, was jetzt besonders wichtig war, mit einem der wichtigsten Ämter am Hofe betraut, nämlich dem des Königlichen Oberhofmarschalls. Trotz aller Angebote des Königs war Rodrigo, der Vater wie Bruder an Tugendhaftigkeit noch übertraf, unter keinen Umständen bereit, Galizien zu verlassen, um ein Hofamt zu übernehmen, während sich zwei weitere seiner Brüder, nämlich Fernán und Alfonso, die Gunst des Königs gern gefallen ließen.

Mit gehobenen Brauen fasste mich Guillermo am Arm: »Beachtet seine Standhaftigkeit. Ich kenne diese Geschichte, weil der König sie mir selbst erzählt hat. Als er Rodrigo wieder einmal eine Stelle am Hofe anbot, erklärte dieser, der König habe bereits alle Brüder Rodrigos mit Ehren überhäuft und daher könne seine übermäßige Großmut der Familie García gegenüber leicht bei anderen Missgunst und Neid erwecken. Zum Schluss bat er den König, ihm zu gestatten, dass er auf seinen Ländereien bleibe, um den väterlichen Besitz zu verwalten und sich um seine Eltern zu kümmern. Der König hat mir bekannt, dass ihn diese Widersetzlichkeit Rodrigos anfangs geärgert habe, doch nur kurze Zeit. Es fiel ihm nicht schwer zu begreifen, dass Rodrigo die Angebote des königlichen Gönners aus Stolz abgelehnt hatte, und er bewunderte zu guter Letzt dessen Haltung.«

»Das erstaunt mich nicht«, gab ich zur Antwort. »Solch edle Gesinnung findet sich nicht häufig.«

»Ich sage Euch ja, dass ich es aus dem Munde des Königs selbst gehört habe, der an hohem Sinn nur schwer zu übertreffen ist. Immerhin hat er erst kürzlich als Lösegeld für Philipp, den Sohn der Kaiserin von Konstantinopel, Maria de Brienne, fünfzig Zentner Gold gezahlt. Ich weiß nicht, ob Euch dieser Umstand bekannt ist.«

Zwar hatte mir Hugo de Conques bereits davon berichtet, doch ließ ich Guillermo die Sache ausführlich schildern, um dann anzumerken: »Denkbar, dass es sich um hohen Sinn handelt. Wie Ihr schon sagt, mir sind die Bräuche dieses Reiches unbekannt.«

»Zweifelt Ihr etwa daran?«

»Nein, aber es kommt mir sonderbar vor, und gewiss braucht Alfonso X. Parteigänger.«

»Parteigänger . . .«, wiederholte Guillermo leise. »Und wozu braucht er die Eurer Ansicht nach?«

»Für seinen Plan, Kaiser zu werden«, sagte ich liebenswürdig.

»Nun schön«, lenkte lachend Guillermo ein und setzte nach kurzer Pause hinzu: »Ich hatte von Euch nichts anderes erwartet, Raoul.« Er senkte die Stimme. »Ihr habt Recht. Weder ist

Don Alfonso an solchen Edelmut gewöhnt, noch ist dieser am Hofe besonders verbreitet.«

Er sah mich aufmerksam an.

»Um auf unseren Gesprächsgegenstand zurückzukommen – der König ist von der Schuldlosigkeit seines Freundes überzeugt. Seiner Ansicht nach ist Rodrigo einer Tat, wie sie ihm vorgeworfen wird, nicht fähig.«

Er sah mich fragend an, und ich stimmte ihm mit einem Kopfneigen zu.

»Ich sehe, Ihr versteht, worum es geht. Nun, wegen seiner persönlichen Bindungen kann der König in dieser Angelegenheit nicht selbst tätig werden.«

Während der Bischof weitersprach, begann ich, die Zusammenhänge zu verstehen. In der Tat waren dem König die Hände gebunden. Da ganz Kastilien wusste, wie er zu Rodrigo stand, der überdies Bruder seines engsten Freundes war, musste Alfonso nach außen hin zeigen, dass er sich durch seine persönlichen Neigungen nicht beeinflussen ließ und alle Menschen gleich und gerecht behandelte. Also waren ihm die Hände gebunden. Er konnte auch niemanden offiziell beauftragen festzustellen, was in Wahrheit geschehen war. An dieser Stelle kam ich ins Spiel. Gerade erklärte mir der Bischof, man habe die Angelegenheit zu allem Überfluss bereits unvoreingenommen untersucht und sei dabei zu dem unabweisbaren Ergebnis gekommen, Rodrigo müsse den Grafen von Villamediana und Herrn von Bembriz, Don Diego Pérez Arias, hinterrücks mit einem Dolch erstochen haben.

»Aber wir sind der Ansicht, dass das nicht stimmen kann«, schloss Guillermo mit einer Armbewegung.

Abschließend wies er noch einmal darauf hin, wie wichtig es sei, bei der Erkundung der wahren Umstände mit Umsicht zu Werke zu gehen: »Ganz gleich, ob des Königs Vermutung zutrifft oder nicht«, sagte er, »müsst Ihr wissen, dass er bestimmt hat, die öffentliche Verhandlung auf den 26. Juli zu verschieben, das heißt auf den Tag nach dem Fest des Apostels Jakobus.«

»Wird das genügen?«, fragte ich.

»Ja. Das gibt Euch reichlich Zeit, wie ein beliebiger Pilger nach Santiago zu reisen, damit niemand Verdacht schöpft. Achtet vor allem darauf, dass Ihr zwar gemächlich pilgert, aber unterwegs nicht zu lange verweilt. Es wäre gut, wenn Ihr Santiago gegen Anfang Juli erreicht, damit Euch einerseits genug Zeit für die Nachforschungen bleibt, Ihr aber andererseits dort keinen Tag müßig bleibt. Zwar wird das Urteil erst zu dem Zeitpunkt gesprochen, den ich Euch genannt habe, doch gibt es nur allzu viele Menschen, denen daran gelegen ist, dass man Don Rodrigo hinrichtet.«

»Beispielsweise wen?«

»Im Augenblick sind die Namen unerheblich. Der Mord an Don Diego hat großes Aufsehen erregt, und im ganzen Königreich ist man von der Schuld des Angeklagten überzeugt. Alle Umstände scheinen darauf hinzuweisen. Sollte Euch gegenüber jemand Verdacht schöpfen, würde es nicht nur Zweifel am König geben, man würde auch zu verhindern versuchen, dass Ihr Euren Auftrag ausführt.«

Ich musste ihm Recht geben.

»Vergesst nicht, was auf dem Spiel steht«, setzte er hinzu. »Unsere Edlen wollen nicht der Möglichkeit beraubt werden, ihre Ehrenhändel auszutragen, wie es ihnen beliebt und ohne dass eine höhere Instanz eingreift – nicht einmal der König selbst. Ich möchte Euch nicht beunruhigen, aber so manch einer ist mit den Reformen unzufrieden, die jener zur Zeit durchführt, und nur allzu bereit, jeden sich bietenden Vorwand zu nutzen, um dagegen aufzubegehren. Sie würden nicht einmal vor einem Krieg zurückschrecken.«

»Übertreibt Ihr da nicht?«, fragte ich. »Stehen die Dinge so schlimm?«

»Nun, im Augenblick dürfte keine Gefahr bestehen«, räumte Guillermo ein. »Aber es hat in den letzten Monaten schon zwei Aufstände gegeben, einen davon ganz in der Nähe, in Ágreda, auch wenn der Herd der Unruhen im Gebiet der Biskaya lag. Don Alfonso hat den Aufstand persönlich niedergeschlagen und den Anführer, Lope Díaz de Haro, festgesetzt. In Andalusien, wo sein irregeleiteter Bruder, der Infant Heinrich, versucht hat, sich der Stadt Écija zu bemächtigen, haben die von Cordoba ausgesandten Gefolgsleute Don Alfonsos diesen ohne Schwierigkeit überwältigt. Daraufhin hat er sich zurückgezogen, um seine Truppen neu zu formieren, und ist vom Heer des Königs bis Lebrija verfolgt worden. Bei der Entscheidungsschlacht wurde zwar unser Hauptmann Nuño de Lara verwundet, doch der Sieg war überwältigend.«

Guillermo ließ eine Pause eintreten und kam wieder auf sein eigentliches Thema zurück: »Vermutlich versteht Ihr die Zusammenhänge jetzt besser. Auf jeden Fall möchte ich hervorheben, wie wichtig es ist, mit äußerster Zurückhaltung zu Werke zu gehen. Daher dürfte es am besten sein, wenn Ihr die Reise in Gesellschaft unternehmt und unauffällig in einer Pilgergruppe untertaucht.«

Schon lockte mich der Auftrag, dem ich innerlich längst zugestimmt hatte. Ich erklärte Guillermo, dass ich zufällig zwei Männer kennen gelernt hatte, die sich gegenwärtig in der Herberge befanden und nach Santiago wallfahren wollten.

»Ich glaube«, fügte ich hinzu, »dass ich sie ohne weiteres dazu bringen kann, mich zu einer gemeinsamen Pilgerschaft mit ihnen aufzufordern.«

Das schien dem Bischof zu gefallen.

»Eine wahrhaft glänzende Lösung. Trotzdem müsst Ihr, um möglichst unbemerkt zu bleiben, einem Pilgerzug anschließen. Außerdem dürfte es am besten sein, dass Euch jemand begleitet, dem ich rückhaltlos vertraue.«

Der Vorschlag verwunderte mich nicht im Geringsten, hätte mich aber eigentlich überraschen müssen. Damals dachte ich an nichts anderes als an die Wendung, die mein Auftrag genommen hatte, muss mir aber heute im Rückblick vorwerfen, dass ich nicht gründlich genug nachgedacht habe. Nachdem es dem Bischof in glänzender Weise und überaus schnell gelungen war, meine anfänglichen Bedenken beiseite zu räumen, lief jetzt alles nach einem vorgegebenen Plan ab. Man nehme nur einmal die Frage der kastilischen Umgangssprache. Während Hugo de Conques eher am Rande auf die Bedeutung der Sprache hingewiesen hatte, zeigte mir Guillermo in weit klügerer Weise, wie bedeutend diese Frage war, damit ich selbst einschätzen konnte, welches Gewicht die Entscheidung für diese Sprache auf politischer und kultureller Ebene hatte. Er verstand es, mir die richtigen Eindrücke zu vermitteln, ohne dass ich mir dabei wie sein Werkzeug vorkam. Auf der anderen Seite – inzwischen habe ich darüber nachgedacht – hatte er im Voraus beschlossen, mir jemanden auf der Pilgerschaft zur Begleitung zu geben; offensichtlich hatte er alles schon lange vor meiner Ankunft geplant. Dennoch verließ ich ihn in der Überzeugung, ich selbst hätte im Verlauf unseres Gesprächs die Entscheidung getroffen. So kam es, dass ich in aller Unschuld die Frage stellte: »Haltet Ihr das für einen guten Gedanken? Wäre es nicht gefährlich, mir einen Gefährten beizugeben, den man erkennen könnte?«

»Aber ja«, erwiderte Guillermo auf die erste Frage, ohne auf meine Befürchtungen besonders einzugehen. »Je mehr Hilfe Ihr habt, desto besser. Natürlich kann ich Euch niemanden aus der näheren Umgebung mitgeben. Wie Ihr selbst sagt, würde man daran meine Mitwirkung erkennen. Ich weiß nicht recht...«

Er tat so, als gehe er in Gedanken einige Namen durch, bis seine Augen schließlich aufleuchteten.

»Wartet, jetzt fällt mir ein, wer dafür in Frage kommt... Natürlich, Velasco! Er ist genau der Richtige. Im Augenblick befindet er sich nicht in Jaca, aber ganz in der Nähe. Er lebt abgeschieden von der Welt wenige Meilen von hier entfernt im Bezirk des Klosters San Juan de la Peña, wo er als Einsiedler Buße tut. Seid unbesorgt, ich lasse nach ihm schicken, und in zwei Tagen wird er hier sein.«

»Das ist nicht nötig«, erklärte ich ihm. »Ich kann ihn selbst holen. Ohnehin liegt mir ganz besonders an einem Besuch in San Juan de la Peña, denn ich möchte dort den Heiligen

Gral aufsuchen, die verehrungswürdigste Reliquie der Christenheit.«

Guillermo sah mich aufmerksam an und sagte mit einem Gesichtsausdruck, von dem ich nicht recht wusste, was ich davon halten sollte: »Das ist mir recht. Wir wollen hoffen, dass man Euch Gelegenheit gibt, ihn zu sehen. Leicht wird es nicht sein.«

Dann wechselte er das Thema und sagte: »Fürchtet nicht, Ihr könntet den Mann verpassen, von dem ich Euch gesprochen habe. Er wird Euch finden.«

Ich stimmte zu, ohne zu verstehen oder auch nur nach dem Sinn seiner Worte zu fragen. Allerdings ließ er mir auch gar keine Zeit dazu.

»Erinnert Ihr Euch noch, wie ich Euch zu Anfang unseres Gesprächs gesagt habe, Ihr solltet einen Brief von mir zum dortigen Erzbischof mitnehmen? In diesem Schreiben werde ich Euren Auftrag bestätigen, damit Ihr die Möglichkeit habt, Nachforschungen anzustellen, ohne Verdacht zu erregen. Ich werde Euch als rechtskundigen französischen Mönch einführen, der dazu beitragen kann, den Fall zu erhellen. Ab sofort müsst Ihr Euch als solcher aufführen und auch in Santiago dementsprechend auftreten. Doch darf natürlich auf Eurem Weg zur Stadt des Apostels niemand vermuten, aus welchem Grund Ihr sie aufsucht.«

Während er das Schreiben aufsetzte, schickte er nach dem Dekan der Kathedrale, damit mir dieser inzwischen das Bauwerk zeigte. Schon bald darauf wünschte Guillermo mir allen erdenklichen Erfolg und verabschiedete sich in äußerst zuvorkommender Weise von mir, womit er verhinderte, dass ich ihn nach Dingen fragte, die ich hätte wissen müssen und die mir während der nächsten Tage immer wieder durch den Kopf gingen. Warum zum Beispiel hatte er mir außer dem Namen nichts über meinen geheimnisvollen Reisegefährten Velasco mitgeteilt? Was hatte er mit dem Hinweis gemeint, er wünsche mir Erfolg dabei, den Heiligen Gral zu sehen, doch sei das schwierig? Warum sollte mir das nicht gelingen? Schon bald sollte ich die Antworten auf all diese Fragen erhalten, zu jenem Zeitpunkt aber gab es keine Möglichkeit, weitere Einzelheiten in Erfahrung zu bringen.

Den Kopf voller Fragen, verließ ich den Saal. An der Tür erwartete mich der Domdechant voll Diensteifer. Er forderte mich auf, ihn bei einem Rundgang durch die Kathedrale zu begleiten. Anfangs achtete ich, in Gedanken versunken, nicht besonders auf seine Worte. Meine Lage war wirklich außergewöhnlich. Erst hatte man mich genötigt, Paris so eilig zu verlassen, dass ich mich nicht einmal von meinen Studenten hatte verabschieden können. Jetzt, nachdem ich die Grenze überquert hatte, drängte die Sache mit einem Mal nicht mehr besonders, sondern ganz im Gegenteil zeigte sich ein völlig neuer Gesichtspunkt, und mir wurde ein neuer Auftrag anvertraut. Dennoch muss ich gestehen, dass mich die Aufgabe letztlich reizte. Am Vorabend hatte ich einen gewissen Neid empfunden, als ich mit angehört hatte, wie meine jungen Freunde ihr glückliches Geschick priesen, das ihnen eine Wallfahrt nach Santiago ermöglichte. Während ich mich allmählich mit dem mir Vorbestimmten abfand, begann ich auf das zu achten, was der Domdechant sagte, der mir jede Einzelheit des Gotteshauses ausführlichst erläuterte.

Bald darauf erreichten wir den Eingang der Kirche, wo mir ein Beauftragter des Bischofs das Handschreiben für den Erzbischof von Santiago übergab. Ich verwahrte es sicher in meiner Tasche. Unterdessen wartete der Dekan ungeduldig. Als ich zu ihm zurückgekehrt war, forderte er mich auf, vor das Portal zu treten und es aufmerksam zu betrachten. Dabei fiel mir die Vollkommenheit der Gestaltung ebenso auf wie die Fülle der Inschriften.

Auch Enrique und Luca hatten ihren Rundgang durch die Stadt in der Kathedrale Ramiros I. beendet. Wie sie mir später berichteten, hatten sie aus deren Schiffen die von feingliedrigen Bogen getragene herrliche Kuppel bewundert. Von dort aus waren sie zum Haupteingang weitergeschlendert, und dort trafen wir zusammen.

Auf dem Rückweg zur Herberge teilte ich meinen jungen Freunden mit, dass auch ich dank neu eingetretener Umstände die Pilgerschaft antreten würde. Beide nahmen diese Mitteilung mit großer Begeisterung auf und baten mich sogleich, den Weg mit mir gemeinsam zurücklegen zu dürfen. Ich erwog diesen Vorschlag eine Weile, als sei ich mir nicht sicher, was ich davon halten sollte, und stimmte schließlich bereitwillig zu. Zugleich teilte ich ihnen mit, sie könnten schon vorausziehen, wenn das ihr Wunsch sei, denn ich wolle vor Antritt der Wallfahrt das kleine Kloster San Juan de la Peña besuchen, über das ich so manches Schöne gehört hatte. Daraufhin erwiderte Enrique, dass sie mich gern dorthin begleiten würden, doch sofern ich darauf bestünde, diesen Abschnitt der Reise allein zurückzulegen, seien sie auch bereit, in Jaca auf mich zu warten.

IV. Die Templer und der Heilige Gral

San Juan de la Peña, Februar 1257

Daraufhin beschlossen wir, gemeinsam nach San Juan zu ziehen. Nachdem wir in Erfahrung gebracht hatten, dass man für den Besuch mindestens drei oder vier Tage veranschlagen müsse, machten wir uns am folgenden Morgen auf den Weg. Nach und nach bedeckte sich der Himmel, der bei unserem Aufbruch klar gewesen war, mit dunklen Regenwolken. Ein kalter Wind ging, und das welke Laub auf dem lehmigen Boden machte den Weg schwieriger, als er uns ohnehin erschienen war, lag doch das Kloster San Juan de la Peña jenseits eines nur mit Mühe zu überwindenden Gebirgskamms.

Als wir es kurz vor Anbruch der Nacht erreichten, sah ich, dass sich die schroffe Felswand, an deren Fuß sich das Kloster schmiegt oder, besser gesagt, wo es eingegraben ist, zwischen einer engen Schlucht und einem Stück Grasland erhebt, durch das sich ein schmaler Bachlauf windet. Ob es nun an der Witterung oder an der Tageszeit lag, auf jeden Fall erinnere ich mich, dass das Ganze auf mich einen abweisenden und finsteren Eindruck machte. Alles umliegende Land schien so gut wie unbewohnt zu sein, und der Umriss der Mönchsbehausungen wirkte aus der Ferne düster.

Während wir durch die einzige Straße des unterhalb des Klosters gelegenen Dorfes ritten, überlegte ich, dass uns die Mönche angesichts der späten Stunde ein Obdach kaum verweigern würden. Da es mir aber im Hinblick auf mein Vorhaben ungünstig erschien, als Bittsteller vor sie hinzutreten, beschloss ich, eine Herberge zu suchen, und sei sie noch so armselig, wo wir zu Abend essen und die Nacht verbringen konnten. Allerdings war ich mir der Größe des Dorfes dabei nicht bewusst, denn als ich nach einem geeigneten Hause fragte, in dem wir Unterkunft finden konnten, schlug man mir gleich drei vor. Schließlich kamen wir in einem bescheidenen Bauernhaus unter, in dessen großem, strohgedecktem Stallanbau unsere Reittiere gut versorgt wurden, während uns die Wirtin mit größerer Kochkunst als in so manchem weit vornehmeren Gasthaus eine Abendmahlzeit bereitete.

Die Gaststube war nicht besonders groß, doch da außer uns niemand da war, konnten wir es uns zum Essen bequem machen. Tische waren zu beiden Seiten eines großen Kessels angeordnet, der in der Mitte des Raumes stand. Die Wirtsleute aßen gleich neben der Tür zur Küche, und so blieben wir ungestört, während wir am anderen Ende des Raumes unser Mahl verzehrten. Es war mir sehr recht, dass wir uns in so kleiner Runde befanden, denn Luca wie Enrique hatten den größten Teil der Reise über geschwiegen, als schüchtere meine Gegenwart sie ein und als fehle ihnen der Mut, freiheraus zu sprechen. Jetzt, da wir am Ende unseres gemeinsam zurückgelegten Weges am Tisch saßen, hatten sie eine Möglichkeit, ihre Hemmungen zu überwinden, und wir kamen miteinander in ein gelöstes Gespräch.

Enrique, der sich von Anfang an neugierig gezeigt hatte, fragte, aus welchem Grunde wir diesen schwer zugänglichen Ort aufgesucht hätten. Daraufhin erklärte ich ihnen, es sei meine Absicht, dort den wahren Heiligen Gral zu sehen. Wie nicht anders zu erwarten, warfen sie mir daraufhin Blicke zu, in denen sich Ungläubigkeit und Verwunderung mischten.

»Ich nehme an, ihr habt schon des öfteren vom Heiligen Gral sprechen hören. Die Suche nach ihm ist eins der wichtigsten Unterfangen unserer Zeit und der gegenwärtig möglicherweise am häufigsten in Erzählungen behandelte Stoff.«

Nach einem bedeutungsvollen Blick fuhr ich fort: »Das ist auch verständlich. Diese Suche hat stets dasselbe Ziel – zum einen geht es um innere Erfüllung und Verschmelzung mit dem Göttlichen, zum anderen um Selbstfindung. Ich habe fast alle diese Erzählungen gelesen«, fügte ich hinzu. »Gewöhnlich spielen sie in irgendeinem fernen paradiesähnlichen Land, wo der Gral in einem Tempel hoch auf der Spitze eines Berges aufbewahrt wird und zu seinem Schutz von Hindernissen umgeben ist, die nur Auserwählte zu überwinden vermögen. Sein Hüter, ein Priesterkönig, ist zugleich lebendig und tot, und der Held, der schließlich zu ihm vordringt, gewinnt als Belohnung Reichtum, Glück, Ehre und mitunter auch die Hand der Königstochter. Ihr seht also, in diesen Geschichten findet sich alles, was einen Menschen verlocken kann.«

Beide gaben mir Recht. Wie alle anderen kannten sie Legenden und im Volk umlaufende Gerüchte, die sich um den Gral rankten, doch nicht mehr, als was man zufällig in den Liedern der Bänkelsänger oder den Jahrmarkterzählungen der Gaukler hört. So war es nur allzu verständlich, dass Enrique mehr erfahren wollte. Zweifelnd und mit einem Seufzer sah er mich an. Vermutlich war es ihm nicht recht, dass er so unwissend war.

»Es stimmt, wir alle haben davon gehört. Ich weiß nicht, wie das mit dir ist, Luca, doch ich selbst weiß nichts Genaues darüber. Jetzt aber kommt Ihr und sagt, der wahre Gral befindet sich hier in der Nähe.« Er hielt inne, um Atem zu holen, und fuhr dann unvermittelt fort: »Woher wisst Ihr das?«

Mit leichtem Lächeln beschloss ich, seine Neugier zu befriedigen. In Wahrheit war ich keineswegs sicher, dass der heilige Kelch hier aufbewahrt wurde, doch gab es überreichlich Gründe, das anzunehmen. Auf jeden Fall wussten meine jungen Begleiter kaum etwas von dem, worum es mir ging, und mussten mehr über die Hintergründe der Überlieferung erfahren, um deren ganze Bedeutung zu erfassen.

»Dann hört also die Geschichte des Heiligen Grals«, begann ich. »Sie reicht weit zurück in die Vergangenheit, bis hin zu Christi Kreuzestod und zu Joseph von Arimathia, dem wohlhabenden Juden, der sich die Beisetzung des Leichnams angelegen sein ließ. Zufällig gelangte auch der Kelch, mit dem Christus das Abendmahl gefeiert hatte, in den Besitz dieses Mannes, und so entschloss er sich, als er den Leichnam unseres Herrn wusch und zur Bestattung herrichtete, darin das Blut aufzufangen, das dessen Wunden entströmte. Als die Römer am Tag nach der Auferstehung feststellten, dass Christi Leichnam verschwunden war, beschuldigten sie Joseph, ihn gestohlen zu haben. Da er, statt ihnen das Versteck zu verraten, beharrlich schwieg, warfen sie ihn ins Gefängnis. Nicht einmal damit, dass sie ihm jegliche Nahrung vorenthielten, erreichten sie ihr Ziel: Joseph bewahrte weiterhin Schweigen. Eines Abends nun erschien ihm Christus in seiner Zelle, von einem Glorienschein umgeben, und vertraute ihm den Kelch, wie soll ich sagen... nun ja, offiziell zur Aufbewahrung an. Nachdem er ihn noch in den Mysterien der Messe und anderen Geheimnissen unterwiesen hatte, entschwand er wieder. Von Stund an kam täglich eine Taube in die Zelle geflogen und legte eine Hostie in den Kelch. Sie diente Joseph von Arimathia als Nahrung und ließ ihn wunderbarerweise überleben.«

»Heißt das, der Heilige Geist hat ihm zu essen gebracht?«, fragte Luca.

Verständnisvoll lächelnd fuhr ich fort: »Nachdem man Joseph von Arimathia viele Jahre später die Freiheit wiedergegeben hatte, beschloss er, mit einigen Getreuen ins Exil zu gehen. Unterwegs hielten sie sich eine Weile an einem bestimmten Ort auf, um einen Tisch ganz ähnlich dem anzufertigen, an dem das Letzte Abendmahl gefeiert worden war. An ihm nahm ein Fisch die Stelle Christi ein, der dreizehnte Platz aber, der des Judas, blieb frei.«

»Warum das?«, wollte Enrique wissen.

»Der Überlieferung nach war dem Tod geweiht, wer sich dorthin setzte. Deshalb nennt man ihn seither den unheilvollen Platz.«

Ich machte eine kurze Pause.

»Von diesem Augenblick an verzweigt sich die Geschichte in verschiedene Fassungen. Die Einen sagen, Joseph habe sich nach Britannien eingeschifft, um an einem Ort namens Glastonbury eine der Jungfrau Maria geweihte Kapelle zu errichten. Andere behaupten, er habe Frankreich nicht verlassen und den Kelch der Obhut Borns anvertraut, der mit Josephs Schwester verheiratet war und von dem ihr unter Umständen in Geschichten wie der vom reichen Fischer habt reden hören. Dieser Fassung zufolge hat sich die Gruppe an einem Ort namens Avalon niedergelassen und dort den Orden der Ritter vom Gral gegründet und einen weiteren Tisch hergestellt. Er soll sich auf dem Munsalvaesche oder Montsalvatsch, was so viel wie Berg des Heils bedeutet, in einem Tempel befinden, der unter dem Schutz einer Burg steht. Danach verwirrt sich der Faden der Erzählung, aber eine Einzelheit taucht immer wieder auf: Bei einem Zerwürfnis hat ein Lanzenstich den Gralshüter Born an den Genitalien verletzt...«

»Ausgerechnet da?«, rief Luca aus, der nicht an sich halten konnte.

Enrique warf ihm einen verweisenden Blick zu. Dann wandte er sich mir zu und fragte: »Was war der Anlass für die Verwundung?«

»Das lässt sich nicht so einfach sagen. Es gab einen Streit, doch ist man sich nicht so recht einig, ob es darum ging, die Minnegunst einer Dame zu erringen, oder ob der Anlass darin zu suchen ist, dass jemand seinen Glauben verloren hatte. Ich hatte euch ja schon gesagt, dass es eine verwickelte Geschichte ist und ich sie zusammenfassen muss. Sicher ist, dass man den Gralshüter Born seither den Wunden König nennt und die Umgebung der Gralsburg sich in eine Wüstenei verwandelte. Die Wasserläufe trockneten aus, die Bäume verdorrten, und wo einst alles in lebensvoller Blüte gestanden hatte, bot sich dem Auge nichts als Tod und Ödnis dar.

Und nun, Freunde«, fuhr ich fort, »müssen wir einen großen Sprung in die Zeit des Königs Artus machen – vermutlich habt ihr den Gral am häufigsten in Verbindung mit seinem Namen nennen hören. Auch diese Zeit liegt lange zurück, aber wahrscheinlich erinnert ihr euch an den Namen des Zauberers Merlin. Er hat die berühmte Tafelrunde begründet, die sich um den dritten Tisch des Grals versammelte. Das aber ist weniger wichtig, als dass der Kelch später auf geheimnisvolle Weise verloren ging. Nach langer Zeit dann zeigte er sich den Rittern der Tafelrunde in einer Pfingstnacht von einem Lichtschein umgeben in der Luft schwebend. Er war von einem Tuch verhüllt und verschwand bald darauf wieder. Noch in derselben Nacht legten alle, die bei dieser Erscheinung zugegen gewesen waren, einen heiligen Eid ab, ihr Leben der Suche nach dem Gral zu weihen, und verpflichteten sich, unverzüglich aufzubrechen. An dieser Stelle wird die Erzählung wieder sehr verworren, doch entscheidend ist, dass jeder Ritter, der sich auf die Suche nach dem Gral machte, eine Reihe von Proben bestehen musste.«

»Davon habe ich gehört«, sagte Luca. »Dabei geht es um allerlei Heldentaten und Zweikämpfe, deren Anfang und Ende in ihnen selbst liegt.« Er sah zu Boden, hob lächelnd das Gesicht und fragte geradeheraus: »Und wie geht die Geschichte weiter?«

»Nun«, fuhr ich fort, »da gibt es viele Entwicklungen. Lanzelot, einer der Ritter, stand unmittelbar davor, zum Gral vorzudringen, wurde aber schließlich wegen seiner ehebrecherischen Beziehung zu Artus' Gemahlin Guinevere zurückgewiesen und zeitweilig des Augenlichts beraubt. Ein weiterer Ritter, Gawan, gelangte zwar bis zur Gralsburg, doch scheiterte er ebenfalls.«

»Woran lag das?«, wollte Luca wissen.

»Er war zu sehr der Welt verhaftet. Außerdem fehlten ihm neben der Schlichtheit des Gemüts die seelischen Gaben, die den wahren Gralssucher auszeichnen.«

»Das heißt, niemand hat den Gral je zu sehen bekommen?«, fragte Luca, hörbar enttäuscht.

»Doch«, gab ich zur Antwort, »drei Suchenden ist es gelungen. Da ist erstens Galaad, der Ritter ohne Furcht und Tadel, sodann Bohort, ein einfacher und schlichter Mann, der als Einziger nach Camelot zurückkehrte, um davon zu berichten;

allen voran aber Parzival, den man wegen seiner Unschuld den reinen Toren nennt. So sieht die Ironie des Lebens aus: Der wahre Held der Geschichte heißt Parzival. Es würde Wochen dauern, wollte ich all seine Abenteuer berichten. Anfangs schlug seine Unternehmung mehrfach fehl, und obwohl er dem Gral nahe kam, sah er ihn nie. Dann zog er ziellos umher, bis er auf den Wunden König stieß.«

»Den Wunden König?«, unterbrach mich Luca.

»Erinnerst du dich nicht?«, fragte ich und nutzte die Gelegenheit, um einen Schluck Wein zu trinken. »Erinnere dich, wie du gelacht hast, als ich von Born erzählt habe, Joseph von Arimathias Schwager, den ein Lanzenstich verwundet hat.«

»Ach so, der! War es nicht in der Schamgegend?«, fragte er, diesmal ernsthaft.

»Eben der«, gab ich zurück und stellte den Becher wieder auf den Tisch. »Es gelang Parzival, Borns Verletzung zu heilen, indem er ihm eine außerordentlich wichtige rituelle Frage stellte. Wem dient der Kelch? Wundersamerweise gab der König die richtige Antwort, woraufhin das Leben in sein Reich zurückkehrte. Die Flussläufe führten wieder Wasser, und auf dem verdorrten Boden prangte alles in neuer Blüte.«

»Endet die Geschichte damit?«, fragte Enrique.

»Nein, später zogen Galaad, Parzival und Bohort nach Sarras, der Himmelsstadt im Orient, um an einer Messfeier teilzunehmen, bei der der Gral als Kelch diente. Dabei geschahen zahlreiche Wunder. So erschien Christus dreimal: erst als Zelebrant, dann als Kind in einem Strahlenkranz und schließlich als Gekreuzigter auf der Hostie.«

»Und wie ging es weiter?«, wollte Luca wissen, den ich, wie es schien, endlich aus der Reserve gelockt hatte.

»Das Übrige ist nicht besonders beachtenswert. Galaad starb zum Ruhm von Gottes Namen, und manche sagen, der Gral sei mit seiner Seele zum Himmel aufgefahren. Parzival kehrte zur Burg des Fischerkönigs zurück, um dessen Stelle einzunehmen, und Bohort ging wieder nach Camelot, wo er seine Erlebnisse berichtete.«

»Eins verstehe ich nicht«, sagte Luca. »Wenn die den Gral im Orient gesehen haben, wieso sucht Ihr ihn dann hier?«

»Warte«, unterbrach ihn Enrique. »Bevor Ihr darauf eingeht, Herr, beantwortet mir eine Frage, die Ihr offen gelassen habt und die mich beschäftigt. Wie lautet die richtige Antwort auf die rituelle Frage, von der Ihr spracht, nämlich: ›Wem dient der Gral?‹ Was muss man darauf sagen?«

Ich sah ihn aufmerksam an. Dem jungen Mann entging so schnell nichts. Doch diese Antwort würde er mir nicht so ohne weiteres entlocken. Falls er sie wirklich wissen wollte, musste er sich mehr Mühe geben. Ohne auf seine Worte einzugehen, erklärte ich Luca, warum sich der Gral meiner Ansicht nach in San Juan de la Peña befand: »Du wirst sehen, dass Erzählungen und Legenden etwas anderes als geschichtliche Tatsachen sind. Ich will dir sagen, was bezeugt ist. Papst Sixtus II. hat im dritten Jahrhundert zur Zeit der blutigen Christenverfolgungen unter dem römischen Kaiser Valerianus den Gral zusammen mit anderen Kleinodien der Kirche seinem Erzdiakon Laurentius übergeben, damit dieser sie in Sicherheit brachte. Nun ist bekannt, dass der verehrungswürdige Laurentius hier im Lande als Kind einer gewissen Patientia und ihres Mannes Orentius zur Welt kam. Man vermutet, dass es ihm vor seinem Tod auf dem Scheiterhaufen gelang, die ihm anvertrauten Schätze einem römischen Zenturio namens Recaredus zu treuen Händen zu übergeben, der aus demselben aragonesischen Tal stammte wie er selbst. Recaredus brachte sie nach Jaca, zusammen mit anderen Reliquien wie zum Beispiel eben dem Fuß des heiligen Laurentius, den ihr gemeinsam mit mir in dem Kirchlein betrachten konntet, in dem wir auf dem Weg zum Kloster Yebra de Bassa Einkehr gehalten haben.«

»Daher also lag Euch so sehr daran, ihn zu sehen, Herr. Jetzt verstehe ich das«, sagte Enrique nachdenklich.

»So ist es. Damals erschien es mir nicht richtig, euch etwas davon zu sagen. Außerdem hättet ihr es nicht verstanden. Ich hätte euch zuvor alles erzählen müssen, was ihr jetzt wisst, damit ihr hättet erfassen können, welche Bedeutung der Fuß des heiligen Laurentius hat. Für mich aber war das von grundlegender Wichtigkeit, hat es mir doch die Bestätigung geliefert, dass ich auf dem richtigen Wege bin. Auf der anderen Seite war ich, verzeiht mir, dass ich das sage, zu aufgeregt über den Fund, als dass ich mich mit Erklärungen hätte aufhalten können«, schloss ich. »Jetzt ist euch klar, warum es mich so glücklich gemacht hat, festzustellen, dass sich die Fussreliquie des heiligen Laurentius an der Stelle befindet, an der ich sie vermutet hatte.«

»Ihr habt Recht«, sagte Luca, »wir hätten das nicht wirklich verstanden. Doch sagt, wie ist der Gral, der Gott abhanden gekommen ist, in dies Kloster gelangt?«

Innerlich musste ich lächeln. Gott abhanden gekommen! Was konnten sie schon von den Klöstern wissen, die man in den unzugänglichsten Winkeln der Christenheit angelegt hatte! Ich fuhr fort: »Wie ich im Laufe der Jahre ermittelt habe, befand er sich in Jaca, bis die Mauren darangingen, jenseits der Pyrenäen Reich um Reich zu erobern. Zu jener Zeit hat ihn die heilige Orosia, die Schutzpatronin der Stadt, deren Grabmal in der Kathedrale ich leider nicht gesehen habe, unter Gefahr für Leib und Leben fortgeschafft.«

Ich warf ihnen einen bedeutungsvollen Blick zu.

»Diese Orosia muss eine ganz besondere Frau gewesen sein. Sie war aus Böhmen nach Jaca gekommen, um einen einheimischen Edelmann zu heiraten. Als die Araber die Stadt belagerten, übernahm sie es, in Begleitung ihres Onkels Acisclus, Bischof von Jaca, das heilige Gefäß in eine Höhle im Berg Yebra zu bringen. Später haben die Eindringlinge die Arme geschändet und enthauptet. Der Gral blieb nicht lange in der Höhle; er wurde mehrfach von einer Kirche zur anderen gebracht, bis vor nahezu zweihundert Jahren ein weiterer Bischof von Jaca, nämlich ein gewisser Don Sancho, dafür sorgte, dass er ins Kloster des Heiligen Johannes am Felsen kam, denn nichts anderes bedeutet der Name San Juan de la Peña.«

»Und warum das?«

»Dies war Don Sanchos Heimatkloster. Er wollte dort in Gegenwart des heiligsten Schatzes der Kathedrale sterben, wenn er einst dem Bischofsamt entsagte und sich von der Welt zurückzog.«

»Ich verstehe«, erklärte Enrique.

»Ja, meine jungen Freunde«, bekräftigte ich, »so also steht es um den Heiligen Gral, das mystische Gefäß, das zur Einsetzung des Abendmahls diente, der Kelch, von dem es heißt, dass Joseph von Arimathia darin das heilige Blut Christi aufgefangen hat. Versteht ihr, warum ich davon überzeugt bin, dass er sich in den Mauern dieses Klosters befindet?«, schloss ich und machte eine Handbewegung ins Leere.

Wir schwiegen alle drei. Bald darauf aber meldete sich eine Stimme aus der Dunkelheit: »Ihr habt Recht, Herr. Dort befindet er sich in der Tat.«

Überrascht wandten wir uns dorthin, woher diese Worte kamen. Es war der Herbergswirt, der sich unauffällig genähert hatte, um unser Gespräch mit anzuhören. Jetzt trat er ganz an unseren Tisch. Nachdem er um Erlaubnis gebeten hatte, sich zu uns zu setzen, begann er: »Ich lebe seit zehn Jahren in diesem Hause und habe mich vorher schon zwei Jahre lang im Dorf aufgehalten, doch noch nie habe ich die Geschichte des Grals so einleuchtend und ohne Umschweife berichten hören wie von Euch. Ich danke Euch sehr, denn wir wissen nur Bruchstücke davon und konnten daher die verwickelten Unterhaltungen anderer Reisender nie verstehen.«

Dankend neigte ich den Kopf. Er fuhr fort: »Da Ihr mir ermöglicht habt zu erfahren, was Ihr wisst, werde auch ich Euch etwas mitteilen. Eure Hoffnung wird zu Schanden werden, daher vergeudet keine Zeit mit dem Versuch, Euch dem Gral zu nähern. Man wird es Euch nicht gestatten. Ich sage Euch das in bester Absicht, denn wie Ihr Euch denken könnt, ist es für unser Geschäft gut, Leute wie Euch zu beherbergen.«

Ich warf ihm einen ungehaltenen Blick zu, dem er aber standhielt.

»Die Tempelritter, die den Gral bewachen, werden Euch tagelang vergebens warten lassen«, fuhr der Wirt fort. »Ich weiß weder, wer Ihr seid, noch kenne ich Euren Stand. Verzeiht meine Kühnheit, wenn ich Euch sage: Ich habe gesehen, wie Leute von höherer Abkunft als Ihr nach wochenlangem Warten wie geprügelte Hunde abgezogen sind. Sie waren beim Kloster, haben mehrere Tage lang geheime Gespräche mit den Templern geführt, doch jedes Mal war das Ergebnis dasselbe: Nichts. Die Tempelherren lassen sich weder vom Rang noch vom Ansehen anderer Menschen beeindrucken.« Er fuhr sich mit der Hand über den Kopf und schloss: »Mir ist durchaus klar, dass Ihr nichts auf meine Worte geben werdet, aber wenn Ihr klug seid, hört Ihr auf mich und beharrt nicht weiter auf Eurem Wunsch, wenn man Euch morgen sagt, dass Ihr den Gral nicht sehen könnt. Länger zu warten würde Euch nichts nützen.«

Ganz wie er gesagt hatte, blieben seine Worte ohne die geringste Wirkung auf mich. Wir würden ja sehen, ob ich den Gral sehen konnte. Zu lange hatte ich darauf gewartet, als dass ich mir die Gelegenheit dazu entgehen lassen würde.

Am folgenden Vormittag verabschiedeten wir uns von unseren Wirtsleuten und machten uns auf den Weg zum Kloster. In der Luft lag der Geruch nach frischer Erde, und in der Ferne sah man Vieh weiden. Nachdem ich gesagt hatte, wer ich war, bot man uns an, uns im Klosterbezirk zu beherbergen, ganz, wie ich es vermutet hatte.

Als ich nach dem Abendessen das Refektorium verließ, fiel mir im Türschatten ein Mann auf, der mir ein Zeichen machte. Ich ging zu ihm und stand vor einem Riesen, dem ich nur bis zu den Schultern reichte. In seinen Augen lag eine Mischung aus Kraft und Ergebenheit, die widersprüchlich wirkte. Mit leiser Stimme, fast im Flüsterton, sagte er: »Magister Hinault, man hat mir den Auftrag erteilt, alle anderen Aufgaben hintanzustellen und mich in Euren Dienst zu begeben. Ich heiße Pedro García de Velasco, doch nennt man mich kurz Velasco. Ab sofort stehe ich Euch zur Verfügung.«

Das also war der geheimnisvolle Mann, von dem Bischof Guillermo gesprochen hatte! Ich sah ihn mir in aller Ruhe an. Seine einfache Kleidung bestand lediglich aus einem groben Gewand und Ledersandalen. Viel mehr konnte ich nicht erkennen, sah ich doch in der Dunkelheit kaum mehr als seinen Umriss. Später sollte ich merken, wie geschickt und unauffällig sich dieser hünenhafte Mann zu bewegen verstand.

»Ach, Ihr seid das...« Zweifelnd sah ich ihn an. »Ich weiß nicht, ob Ihr über meinen Auftrag im Bilde seid.«

Er nickte bestätigend.

»Dann genügt es, wenn wir später darüber reden. Im Augenblick wäre es mir lieb, wenn Ihr mir in einer anderen Angelegenheit behilflich sein könntet. Soweit ich von Bischof Guillermo weiß, habt Ihr Euch als Einsiedler in dieses Kloster zurückgezogen. Vielleicht könnt Ihr mir einen Hinweis darauf geben, wie ich zum Heiligen Gral gelangen kann. Ich habe die Mönche bereits danach gefragt, sie aber haben mir mitgeteilt, dass Tempelritter ihn bewachen und ich deren Erlaubnis benötige. Sagt, was kann ich tun?«

»Das wird nicht leicht sein, Magister. Sie lassen ihn niemanden sehen. Nur an bestimmten hohen Feiertagen wird er am Hauptaltar der Kirche gezeigt, doch müsstet Ihr sehr lange darauf warten. Wenn ich nicht irre, ist Karfreitag die nächste Gelegenheit. In den sechs Wochen bis dahin hüten ihn die Tempelritter und gestatten keinem, ihn zu sehen.«

»So lange kann ich nicht warten«, klagte ich. »Wie Ihr wisst, müssen wir im Juli in Santiago de Compostela einen Auftrag erledigen. Können wir die Stadt rechtzeitig erreichen, wenn wir den Aufbruch bis zur Karwoche hinausschieben?«

»Nein, dann bliebe zu wenig Zeit. Der Weg dorthin nimmt mindestens drei Monate in Anspruch, und wie man mir zu verstehen gegeben hat, sollen wir ihn in aller Muße zurücklegen, um keinerlei Verdacht zu erwecken. Meine Anweisungen lauten, dass wir uns einem Pilgerzug anschließen. Von Puente la Reina aus, wo es Gelegenheit dazu gibt, muss man mit rund hundertzwanzig Reisetagen rechnen. Wir können also keinesfalls bis zum Karfreitag warten.«

»Es muss eine Möglichkeit geben, zum Gral zu gelangen, ohne dass wir den Aufbruch verschieben. Ich muss ihn sehen. Was kann ich tun?«

Velasco zuckte die Achseln.

»Ich habe Euch schon gesagt, dass es Euch nicht gelingen wird. Ich habe schon andere erlebt, die es ohne Erfolg versucht haben, unter ihnen einflussreichere Menschen, als Ihr es seid. Erst vor kaum zwei Wochen war ich mit einem englischen Adligen hier, von dem Ihr eventuell gehört habt. Dieser Geoffrey Crowley reiste mit einem bedeutenden Gefolge, dem unter anderem ein Bischof und weitere Geistliche angehörten. Obwohl sie sich über einen Monat lang hartnäckig bemüht haben, den Gral sehen zu dürfen, ist es ihnen nicht gelungen. Am besten schlagt Ihr Euch den Gedanken aus dem Kopf und kehrt in einem anderen Jahr während der Karwoche oder der Weihnachtszeit zurück, wenn der Gral in der Klosterkirche gezeigt wird.«

Ich konnte meinen Ärger nicht verbergen.

»Nein, ich sage Euch, ich bin entschlossen, ihn jetzt zu sehen. Es muss eine andere Lösung geben. Wer erteilt die Erlaubnis?«

Velasco sah mich resigniert an und sagte, ich müsse meinen Wunsch dem Abt des Klosters vortragen, worauf dieser ihn an die Tempelritter weiterleiten würde. Vermutlich nahm er an, ich vergeude lediglich meine Zeit.

So sprach ich am folgenden Tage mit dem Abt, der mir am Ende mitteilte, nachdem auch er mich umzustimmen versucht hatte, am selben Abend werde mich ein Ritter in einem kleinen Raum neben dem Kreuzgang empfangen. Ich war nach wie vor entschlossen, nicht von meinem Ziel abzulassen.

Während ich das Gotteshaus durchquerte und spürte, wie die Kirchenschiffe, Säulen und Kapitelle aus dem gewachsenen Fels aufstiegen, kam mir erneut die Gesamtansicht der Anlage ins Bewusstsein. Das ganze Kloster strebte aus einer Felshöhle empor, nutzte alles an Möglichkeiten, was seine zum Teil unterirdische Lage bot. Diese Verlagerung der Architektur nach innen, diese Heiligung des Bodens, rief in mir einen Gedanken hervor: Wenn am Anfang, wie es der heilige Johannes sagt, das Wort war, der *logos* – was so viel heißt wie Gott, Wort und Vernunft –, bleibt dem Menschen als einem endlichen Wesen, Ding unter anderen Dingen, nach dem Bilde Gottes – das heißt, dem vom *logos* geschaffenen *ens creatum* –, keine andere Möglichkeit, als Gott in sich selbst zu suchen. Dazu aber darf er nicht inmitten der Dinge der Welt leben, in Städten und umgeben von anderen Menschen, denn nicht aus ihnen kommt uns Gewissheit, sondern nur aus uns selbst. Also muss, wer die Wahrheit erkennen will, in sich selbst eindringen, sich selbst gleichsam aushöhlen, wie es dem äußeren Bild jenes rätselhaften und eindrucksvollen Klosters San Juan de la Peña entspricht. Außerdem muss er unbedingt im Unterschied zu dem, was ich nahezu mein Leben lang getan habe, Verzicht auf jegliches irdische Vergnügen und sogar das Zusammensein mit seinesgleichen leisten. Was können solche Vergnügungen schon dem einzigen Wesenszweck unseres Lebens auf der Erde hinzufügen, der in der Suche nach Gott besteht? Nichts, ganz und gar nichts.

Aber ich schweife ab ... Jedenfalls möchte ich hervorheben, dass sich in jenem bewundernswerten Bauwerk der Grundsatz der Verinnerlichung in vollkommener Weise mit dem äußeren Anschein verbindet. Daher war für mich San Juan de la Peña mehr, als ich erwartet hatte.

Den Gral sehen zu wollen war ein außergewöhnliches Abenteuer. Zwar legten mir die Benediktinermönche, mit denen ich sprach, wie schon gesagt keine Steine in den Weg – das hätten sie auch gar nicht vermocht –, doch waren nun einmal die Tempelherren die eigentlichen Hüter des Heiligen Grals. Der Mann nun, der sich mit mir unterhielt und den ich Dummkopf für den Komtur hielt, während er in Wahrheit lediglich ein einfacher Ritter war, sah in mir nichts als einen unbedeutenden Dominikanermönch. Nach nahezu zweistündigem Warten empfing er mich in einem kleinen Gemach, das am äußersten rechten Flügel des Kreuzgangs lag. Dort gab es so wenig Licht, dass ich seine Gesichtszüge kaum erkennen konnte; im Schein der einzigen im Raum brennenden Kerze blitzten seine Waffen auf, die am Boden lagen. Außerdem erkannte ich das Zeichen seines Ordens, das gezackte rote Kreuz an der Schulter seines weißen Umhangs. Wie ich stammte er aus Frankreich, und so erwartete ich eine gewisse Herzlichkeit, als ich mich vorgestellt hatte und er hören konnte, dass ich mich seiner Muttersprache bediente. Doch er behandelte mich von oben herab und erklärte gleich als Erstes, dass die Angehörigen seines Ordens nicht Petrus dienten, sondern Christi Lieblingsjünger Johannes. Da sie ausschließlich dem Papst Gehorsam schuldeten und keinem Bischof oder einer kirchlichen Einrichtung unterstünden, seien sie mir überdies in keiner Weise verpflichtet. Er erklärte mir die Bedeutung seiner Aufgabe und hob voll Nachdruck hervor, warum die Templer nicht zulassen konnten, dass der Heilige Gral ein Gegenstand der Verehrung wie jeder andere werde, von denen es auf dem Jakobsweg gewiss eine große Fülle gebe.

»Begebt Euch auf die Pilgerschaft«, sagte er spöttisch, »dort wird man Euch in jeder Stadt gefälschte Reliquien zeigen: angeblich echte Stücke des Wahren Kreuzes unseres Herrn, Zähne des heiligen Paulus, Knochensplitter ganzer Scharen von Heiligen und sogar Gefäße, von denen es heißt, sie enthielten die Milch der Jungfrau Maria... Geht hin! Geht hin und seht mit eigenen Augen!«

Angesichts seiner Überheblichkeit entschied ich mich, ihn reden zu lassen. Mit seinem fast kahl geschorenen Schädel und einem Bart, der so dicht war, dass man kaum den Mund sehen konnte, schien er das Muster eines Tempelritters zu sein. Als er sich ein wenig abreagiert hatte, erkundigte er sich nach meinen Absichten. Ich drückte mich so zurückhaltend wie möglich aus und vermied es, ihn darauf hinzuweisen, dass ich Abgesandter des französischen Königshofs war und ein Handschreiben des Bischofs von Jaca bei mir trug. Wohl aber sprach ich ihm, da ich wusste, dass seinen Ordensbrüdern der Schutz der heiligen Stätten oblag, von Sizilien und davon, wie nahe ich Jerusalem gewesen war. Ich rühmte die göttliche Sendung seines Ordens und erweckte auf diese Weise allmählich sein Wohlwollen. Er wollte zahllose Einzelheiten meines Lebens von mir wissen und fragte schließlich, als wisse er den nicht ohnehin schon, nach dem Grund meines Besuches. Daraufhin sprach ich vom Gral und teilte ihm mit, dass ich alles mir Zugängliche über dessen verwickelte Geschichte gelesen hatte. An dieser Stelle merkte ich, dass ich im Begriff stand zu gewinnen.

Nach all dem teilte er mir mit, wenn mir so sehr daran liege, die heilige Reliquie zu sehen, brauche ich lediglich einige Monate zu warten, denn dann werde man sie zur Feier der Wiederkehr der Passion unseres Herrn zwei volle Tage lang auf dem Hauptaltar der Kirche aufstellen. Ich erklärte ihm, dass ich so lange nicht warten könne, und bat demütig, den Gral vorher sehen zu dürfen, da ich schon bald nach Santiago aufbrechen müsse. Nachdem er weitschweifig seine Vorbehalte geltend gemacht hatte, gab er schließlich nach, doch wohl nicht wegen des Grundes, den ich ihm genannt hatte. Wie bei anderen Gelegenheiten hatte die Vorsehung wieder einmal ihre Hand im Spiel: Wie er erklärte, hatte er einen Bruder, der im Dienst der Universität Paris stand und von dem er seit Jahren nichts gehört hatte. Nachdem er sich mir als Jacques de Montréal vorgestellt hatte, war ich im Stande, ihm etwas über diesen Bruder zu berichten. Das freute ihn offensichtlich so sehr, dass er mir schließlich mitteilte, man werde mir am folgenden Vormittag Gelegenheit geben, den heiligen Kelch zu sehen. Dazu solle ich um die Zeit der Morgendämmerung an einer etwa zweihundert Schritt vom Kreuzgang entfernten Stelle zu ihm und den anderen Templern stoßen. Dort werde man mich einer kurzen Probe unterziehen, die ergeben werde, ob ich eines solchen Vorrechts würdig sei. Gern versicherte ich ihm, dass ich gewiss kommen würde.

»Wartet unmittelbar nach der Frühmesse am Haupteingang zum Kreuzgang auf mich«, sagte er abschließend, neigte den Kopf und verabschiedete sich, während ich mich zurückzog, um mich auszuruhen. Obwohl ich von der Unterhaltung erschöpft und von einer Empfindung ergriffen war, die ich nur schwer in Worte zu fassen vermag, fand ich keinen Schlaf.

Meinen Gefährten sagte ich nichts über mein Erlebnis, und sie respektierten mein Schweigen. Später erzählten sie, ihnen sei durchaus aufgefallen, dass ich angespannt, in mich gekehrt und zerstreut gewesen sei. Kaum tagte der Morgen, als ich mich, ohne etwas zu mir genommen zu haben, dem Eingang des Kreuzgangs zuwandte. Es war noch dunkel, doch zeigte sich am Himmel allmählich der erste Lichtschein. Düster wie ein schwarzer Vorhang erhob sich vor mir der Schattenriss der Berge, die das Kloster umgaben. Über ihnen kündigte ein heller orangefarbener Schimmer den Anbruch des Tages an. Ich war so unruhig, dass ich fast den ersten Hinweis übersehen hätte, der an meinem Weg lag. Wie ich später erfuhr, wäre mein Vorhaben damit gescheitert gewesen. Die Botschaft stand über meinem Kopf in den Stein oberhalb des Eingangs zum Kreuzgang gemeißelt. Im Anschluss an all diese Ereignisse begriff ich, dass sich Jacques mit voller Absicht ein wenig verspätet hatte. Hier bot sich mir eine einzigartige Gelegenheit, und so durfte ich mir unter keinen Umständen die geringste Einzelheit entgehen lassen, bevor mich die Templer der entscheidenden Probe unterzogen.

Mein Begleiter hatte sich einen Umhang mit Kapuze umgeworfen, so dass sein Gesicht halb im Dunkeln lag. Ohne das Wort an mich zu richten, gebot er mir mit einer knappen Handbewegung, ihm zu folgen. Schweigend gingen wir zu einem Felsvorsprung, der ein kleines, fest gebautes Gebäude verbarg. Nachdem wir einen winzigen Raum durchquert hatten, in dem fünf oder sechs Ritter saßen, die sich wohl ausruhten, klopfte Jacques de Montréal an eine eichene Tür und ließ mich allein hindurchgehen. Ich gelangte in einen hell erleuchteten achteckigen Raum. Da das Gebäude zum Teil in den Fels hineingebaut war, hatte der Raum eine ziemlich niedrige Decke. Die weißen und schwarzen Fliesen am Boden bildeten ein doppeltes Quadrat mit einem achtzackigen Kreuz in der Mitte. In ihm wiederum lag ein weiteres Quadrat mit einem gleicharmigen Kreuz, das wir als griechisches Kreuz kennen. Es war von einer Inschrift umgeben, die ich bedauerlicherweise nicht entziffern konnte. Das Ganze machte auf mich einen sehr sonderbaren Eindruck.

Drei Ritter im Hintergrund des Raumes sahen aufmerksam zu mir her. Ich brachte den ganzen Tag in ihrer Gesellschaft zu und hatte daher Gelegenheit, sie ausführlich zu mustern. Zwei von ihnen waren noch jung, kaum über zwanzig. Der beeindruckendste der drei war jedoch zweifellos der Komtur Guillén de Monredón. Später erfuhr ich, dass er der älteste Sohn jenes Mannes war, der nicht nur einst in Aragon Großmeister der Templer gewesen war, sondern zugleich bis zu dessen Volljährigkeit Vormund des späteren Königs Jaime I.

Ich möchte ausdrücklich vermerken, dass die Stunden, die ich in Guilléns Gesellschaft verbrachte, zu den denkwürdigsten jener Reise gehören, und so sei dieser Mann ausführlich beschrieben. Auf den ersten Blick sah man ihm sein Alter von etwa fünfzig Jahren nicht an. Seine Züge, die eher plump wirkten, schienen gleichsam geschnitzt zu sein. In seinem Gesicht lagen in einem Meer von Fältchen, die ihn gleichwohl nicht älter erscheinen ließen, kleine Augen, die er weit aufriss. Auch sonst wirkte sein Kopf einzigartig. Das ging keineswegs ausschließlich auf seinen langen Bart zurück, der in zwei Spitzen auslief und ihm tief auf die Brust fiel, sondern daran, dass seine Züge keine unverwechselbaren Merkmale aufwiesen. Einzig der breite, kurze Hals fiel an dem Mann auf, ein Hals, der eher zu einem Bauern als zu einem Ordensritter zu passen schien. Auch war er recht groß und schlank, hatte aber weder besonders breite Schultern noch übermäßig muskulöse Beine. Nach diesem ersten Eindruck fielen mir gewisse Einzelheiten auf, die auf seinen Stand hinwiesen. Dazu gehörte neben den glatten Händen ohne Schrunden oder Schwielen, die Zeichen körperlicher Arbeit sind, die Klugheit in seinen Augen. Auch lag bei genauem Hinsehen, obwohl man seinen Ausdruck ganz allgemein als streng hätte bezeichnen können, ein beständiges angedeutetes Lächeln auf seinen Zügen, teils spöttisch, teils distanziert. Dabei zeigten sich Grübchen in den Wangen, die vollkommen zum Leben eines Mannes zu passen schienen, der in ständiger Berührung mit der transzendenten Wirklichkeit stand. Er erwies sich als ausgesprochen umgänglich, sprach fast immer freundlich und bisweilen sogar fröhlich.

Nachdem sich Guillén mir vorgestellt und erklärt hatte, Jacques de Montréal habe den anderen Templern mein Anliegen vorgetragen, wies auch er mich darauf hin, dass die Tempelherren die heilige Verpflichtung hatten, als Hüter des Grals aufzutreten. Daher sei es ihre Aufgabe, ganz besonders darauf zu achten, dass ihn nicht jeder beliebige Besucher zu sehen bekam, denn das würde ihn, wie er sich ausdrückte, »entweihen«.

»Sofern Ihr ihn wahrhaft sehen wollt«, fuhr er fort, »müsst Ihr wenigstens dreierlei beweisen. Erstens den Scharfsinn, der nötig ist, die Schwelle der Wirklichkeit zu überschreiten. Alsdann die Fähigkeit, das Geheimnis zu deuten, das heißt, Eure Kenntnis der Rätsel unserer Religion. Zum Schluss müsst Ihr uns als dritte Probe Euren Glauben bekräftigen, bevor man Euch gestattet, dem Heiligtum Eure Ehrerbietung zu erweisen.«

Ich schwieg zum Zeichen meines Einverständnisses. Nachdem er mich lange und ernsthaft angesehen hatte, fragte er: »Was glaubt Ihr, wozu Ihr hier seid? Oder, um es deutlicher zu sagen, warum nehmt Ihr an, dass wir Euch den Heiligen Gral zeigen müssten, immer vorausgesetzt, dass das überhaupt möglich ist?«

Nachdem ich darüber eine Weile nachgedacht hatte, begriff ich, dass es hierbei um Scharfsinn ging. Da diese Probe die erste Stufe auf dem Weg zum Gral war, konnte die Aufgabe nicht übermäßig schwer sein. Entweder war ich bereits im Besitz der nötigen Angaben, oder sie ließen sich in unmittelbarer Nähe finden. Noch einmal rief ich mir die Ereignisse des vergangenen Nachmittags und jenes Vormittags in Erinnerung und gab zur Antwort: »Bevor ich herkam, habe ich vor der mozarabischen Pforte, die Zutritt zum Kreuzgang des Klosters gewährt, eine Weile auf Euren Gefährten Jacques gewartet. Ich vermute, dass es sich dabei nicht um einen Zufall handelte.«

Der Mann sah mich mit sonderbarem Blick an und stimmte mir unwillig zu.

»Ein Zufall war es in der Tat nicht.«

»Nun denn«, fuhr ich fort. »Während der kurzen Zeit, die ich dort stand, hatte ich Gelegenheit, eine über dem Türbalken eingemeißelte Inschrift zu sehen, die Eure Frage beantworten mag. Sie lautet: *Porta per hanc caeli fit pervia quique fideli* ✠ *si stu dead fidei iungere iussa Dei.* (Das Tor zum Himmel öffnet sich durch dieses ✠ jedem, der glaubt, vorausgesetzt, er hält Gottes Gebote.) Ich glaube, dass diese Inschrift auf die Heiligkeit des Bezirks wie auch auf seine besondere Lage unter den Felsen hinweist.«

Guillén stimmte mir zu. Ich fuhr fort: »Sofern sie aber durch das Wesen des Ortes bestimmt wird, vermag jeder, der glaubt, kraft dieses Glaubens das Himmelreich zu erlangen.«

»Jeder, der glaubt, oder nur, wer erwählt ist?«

»Jeder, sogar ein armer Dominikanermönch wie ich.«

Guillén sah mich schlau an: »Und warum das?«

»Weil es genügen würde, Gottes Gebote zu kennen, das heißt zu wissen, dass die Schöpfung eine Erweiterung des Göttlichen ist...«

Einer der jungen Ritter wollte mir ins Wort fallen, doch gebot ich ihm mit einer Handbewegung Einhalt.

»Daher halte ich die Inschrift für eine Art Aufforderung. Man hat sie dort angebracht, damit jeder, der ihren Sinn erfasst, die Hüter des heiligen Kelchs bitten kann, ihm diesen zu zeigen. Er ist der wahre Fels und steht genau auf die gleiche Weise unter Eurem Schutz und Schirm, wie der Kreuzgang, zu dem die Inschrift Zutritt gewährt, unter dem Dach des Felsens liegt. Daher bitte ich Euch in aller Demut«, fügte ich mit meinem gewinnendsten Lächeln hinzu, »den Gral sehen zu dürfen.«

Guillén tauschte einen verschwörerischen Blick mit seinen Gefährten. Ohne seinen strengen Ausdruck zu ändern, teilte er mir mit, in der Tat seien die Tempelherren verpflichtet, den Gral jedem Gläubigen zu zeigen, vorausgesetzt, dieser habe wie ich nachweislich verstanden, dass die Schöpfung eine Erweiterung von Gottes Wesen bedeute.

»Wenn es darauf ankäme, das mystische Wesen des Ortes zu erfassen«, fuhr er fort, »die spirituelle Einheit von Kloster und umgebendem Land sowie insgesamt die Forderung nach einer anderen Wahrnehmung der Wirklichkeit, würde Euch der Anblick dieser Gebäudeanlage hinreichend Antwort geben.«

»Das ist richtig«, stimmte ich zu und musste dabei an meine Eindrücke von der Architektur des Klosters denken.

»Daher müsst Ihr darüber hinaus auch Eure Kenntnisse und Eure Fähigkeiten unter Beweis stellen. Es wird Euch einleuchten, dass wir einen Schatz wie den von uns gehüteten lediglich Menschen zeigen können, die fähig sind, ihm wahrhaft Ehre zu erweisen, und dass wir seine Betrachtung auf den Kreis jener beschränken, die im Stande sind, seine Bedeutung zu erfassen. Mit ›einleuchten‹ meine ich eine höhere Stufe als die des äußeren Scheins. Zu dieser Art des Verständnisses müsst Ihr die Schwelle der mit den Sinnen wahrnehmbaren Wirklichkeit überschreiten.«

Ich sah ihn aufmerksam an. Keine Silbe des von ihm Gesagten entging mir.

»Daher werde ich Euch die eine oder andere Frage stellen«, fuhr er mit rätselhaftem Ausdruck fort, »und Ihr werdet selbst sehen, wie Ihr sie zu verstehen habt. Warum wollt Ihr den Gral sehen?«

Warum ich ihn sehen wollte! Ich hatte so viele Gründe, dass ich fürchtete, sie nicht in aller Ruhe einen nach dem anderen in Worte kleiden zu können. So tastete ich mich vorsichtig an meine Antwort heran. Trotz der Anspannung meines ganzen Körpers sah ich den drei Rittern geradewegs ins Gesicht. Alles ist eine Frage der Taktik, sagte ich mir und bemühte mich, mir die Situation vom Standpunkt dieser Männer aus vorzustellen. In ihren Augen war ich nichts als ein weiterer Bittsteller. Um nicht fehlzugehen, versuchte ich daher, mich Schritt für Schritt dem genauen Sinn der Frage zu nähern. Mir war klar, dass mehr dahinter steckte. Es war eine Fangfrage, die offenbaren sollte, welche Erwartungen ich mit dem Besuch verknüpfte und was ich von der wahren Bedeutung des Grals erfasst hatte.

»Auf eine so verzwickte Frage lässt sich nicht ohne weiteres eine klare Antwort geben«, begann ich und gestand mit halb bittender und halb ohnmächtiger Bewegung: »Ich bin nicht einmal sicher, ob ich das vermag, will es aber versuchen. Da Ihr vorhin von ›verstehen‹ gesprochen habt, werde ich mit einem der beiden Punkte beginnen, von denen ich annehme, dass sich Eure Frage darauf bezieht, nämlich der Bedeutung. Es ist allgemein bekannt, dass der Gral ein Sinnbild ist, allerdings nicht ein beliebiges, sondern das des höchsten Rätsels, das Sinnbild des Wissens schlechthin, der Kraft, der Energie, der Macht in ihrer jeweils höchsten Form. Vom Standpunkt der Philosophie aus gesehen, einem Gebiet, auf dem ich mich in aller Bescheidenheit als Magister betrachten darf, stellt er die Verschmelzung der Wesenszweiheit des männlichen und weiblichen Prinzips dar und ist, anders gesagt, eine christliche Form von *anima* und *animus*. Sie wird versinnbildlicht durch die Jungfrau, die Mutter Gottes, die den Gral trägt, und Jesus Christus selbst, den Gralskönig.«

»Nichts weiter?«

»Aber gewiss doch. Zugleich stellt er, wie Euch selbst zur Genüge bekannt ist, die geheime Kirche dar, die verborgene, die Joseph von Arimathia und jene verkörpern, die nach ihm die Bezeichnung Fischerkönig trugen. Diese geheime Kirche bewahrt Christi geistliches Erbe und gibt es weiter. Somit ist der Gral Sinnbild der christlichen Erkenntnis und der vollständigen Vereinigung mit dem Göttlichen, der die Eingeweihten entgegenstreben. Was er mir bedeutet, wollt Ihr wissen?«, fuhr ich fort. »Was könnte ich Euch mit einfachen Worten darüber sagen? Alles, so gut wie alles! Und wie auch nicht, da er als eine der Grundfesten meines Glaubens unauflöslich mit diesem verbunden ist! Er war in meinem Leben ein Grundstein und eine beständige Mahnung!«

»So berichtet denn, was Ihr wisst«, ließ sich Guillén vernehmen.

»Ich werde Euch sagen, was ich an den verschiedensten Orten erfahren habe. Wie wir aus den Berichten der Alten wissen, war der Gral für die Kelten ein Kessel der beständigen Erneuerung; ein Kessel, der Speisen ohne Ende verteilt und sich wie das Füllhorn nie leert. In der Hölle der Kelten, die den Namen *el annwn* trug, gab es ein solches Gefäß. Man habe die Häupter Verstorbener hineingetaucht, um sie erneut mit Leben zu erfüllen, doch gewannen sie dabei die Fähigkeit zu sprechen nicht zurück. Vor den Griechen, zur Zeit der Poseidon-Riten, fingen die Oberhäupter der atlantischen Gemeinschaft in der Schale, die wir den Gral nennen, das Blut von Opferstieren auf.«

»Auch wurde es daraus getrunken«, unterbrach mich Guillén, der mir aufmerksam zuhörte.

»So ist es. Später beteten die Griechen auf dem heiligen Berg Helikon, der ihrer Ansicht nach Sitz der Musen war, ein steinernes Standbild des Kronos an, so wie die Moslems den Stein der Kaaba verehren. Viele Einzelheiten stimmen überein. Denkt beispielsweise daran, dass sich die griechische Philosophie das Gefäß als Krater oder Becher vorstellte, womit nichts anderes gemeint war als die Gebärmutter der Schöpfung, das göttliche Gefäß, in das die Bestandteile des Lebens gegossen und in dem sie vermischt wurden. Die Griechen waren überzeugt, dass die Seelen Neugeborener, wenn man sie damit in Berührung brachte, Weisheit und Klugheit erlangten.«

»In der Tat«, stimmte mir Guillén zu. An die anderen Templer gewandt, fügte er hinzu: »Nicht nur die Überlieferung unseres Ordens kennt ein solches Gefäß. So spricht der Philosoph Plato von einem Vulkankrater – also einem Gefäß des Gottes Hephaistos –, in welchem sich das Licht der Sonne brach. Verbessert mich, wenn ich mich irre, Magister Hinault, aber heißt es nicht bei Plato, dass sich die Seele, sobald jemand aus diesem Gefäß gekostet hat, ›wie trunken zu einem neuen Leib hingezogen fühlt und anschließend ein Stück der Materie zu kosten verlangt, womit sie Gewicht gewinnt und zur Erde zurückkehrt‹?«

Jetzt befanden wir uns auf meinem Spezialgebiet, eine Gelegenheit, die ich mir auf keinen Fall entgehen lassen konnte. Mit dankender Handbewegung gab ich ihm Recht und fuhr fort: »Von diesem Gefäß spricht Plato häufig. Auch in seiner *Psychogonia* führt er zwei weitere Gefäße an, in deren einem die Seele der Allnatur entsteht, während im anderen der Geist der Menschen zubereitet wird.«

»In der *Psychogonia*, sagt Ihr? Dieses Werk kenne ich nicht. Wo habt Ihr Einblick darin genommen?«

»Soweit ich weiß, existieren davon lediglich zwei Exemplare«, gab ich zur Antwort. »Das, in dem ich habe lesen können, befindet sich in einem Kloster nördlich der Alpen namens Sankt Gallen. Doch hat man mir dort gesagt, es gebe eine weitere Abschrift im Kloster Ripoll, nicht weit von hier.«

»Ich danke Euch für diesen Hinweis«, sagte Guillén. »Aber sprecht weiter, denn wir entfernen uns von unserem Gegenstand.«

»Verzeiht. Ich sagte, dass es viele Hinweise auf den magischen Inhalt dieses Kelches gibt, und das nicht nur bei den Kelten oder Griechen. Wir wissen auch, dass beim römischen Bacchuskult aus einem heiligen Gefäß getrunken wurde, doch mögen weitere Verweise aufschlussreicher sein. So habe ich aus Berichten italienischer Reisender von Völkern im Fernen

Osten erfahren, die diesen Stein als drittes Auge einer Gottheit ansehen, die sie Schiwa nennen, oder auch als in deren Stirn eingelegte Urne. Diese Gottheit vereinigt ihrem Glauben nach Weisheit, die Anfangsgründe des Wissens und die Vollkommenheit in sich.«

Mit erhobener Hand gebot mir Guillén Einhalt.

»Verbessert mich, wenn ich fehlgehe, doch sofern ich Euch nicht falsch verstehe, sagt Ihr erstens, dass alle Kulturen einen mit heiligen Kräften begabten Stein verehren, zweitens, dass dieser für die Christenheit der Heilige Gral ist, drittens, dass es sich dabei von Anfang an um einen Stein handelt. Stimmt das?«

»Mehr oder weniger. Es kann kein Zufall sein, dass alle Religionen seit frühester Vorzeit einem Stein magische Kräfte zuschreiben und in ihm den Ursprung ihres Glaubens sehen, der diesen zugleich am Leben erhält. In ganz besonderem Maße gilt das für die unsrige. Erinnert Euch an die Worte, mit denen Christus die heilige Kirche gegründet und ihr künftiges Wirken mit einem Stein sowie mit dem Namen Petri verknüpft hat, seinem ersten Statthalter. Daher versichere ich Euch, dass wir im Gral wesensgemäß vor allem den Stein sehen müssen, der vom Himmel gefallen ist, *lapsis exillas,* und dem das Universum seinen Ursprung verdankt. Außerdem sehen viele darin den Stein der Weisen, das heißt den Urquell aller Energie.«

»*Lapsis exillas?* Was soll das genau heißen?«

»Nun, ich meine den Ausdruck, den Wolfram von Eschenbach in seinem *Parzival* verwendet«, gab ich vorsichtig zurück.

»Dass Ihr Euch darauf bezieht, ist mir klar«, gab mir Guillén ungeduldig zu verstehen. »Der Sinn meiner Frage war: Was bedeutet dieser Ausdruck Eurer Ansicht nach?«

Jetzt gab es kein Ausweichen mehr; ich musste Stellung beziehen. Ich hätte die übliche Deutung heranziehen können, doch gab es auch die Möglichkeit, meine eigenen Vorstellungen vorzutragen. Ich zögerte nur kurz. Inzwischen weiß ich, dass meine Entscheidung richtig war, auch hatte ich kaum eine andere Möglichkeit, wenn ich mein Ziel erreichen wollte.

»Ich habe es bereits angedeutet. Meiner Überzeugung nach meint Wolfram, obwohl er von *lapsis exillas* spricht, in Wahrheit *lapis lapsus ex caelis*, also ›vom Himmel gefallener Stein‹. Immerhin sagt er selbst etwas später, dass es sich dabei um einen Schmuckstein handelt, einen Smaragd, der Luzifer im Verlauf des Widerstreits zwischen Gott und Satanas aus der Krone fiel und den schließlich Engel, die sich bei dieser Auseinandersetzung neutral verhielten, auf die Erde gebracht haben.«

Guillén sah seine Gefährten bedeutungsvoll an. Als ich das merkte, hielt ich in meinem Vortrag inne, doch schien Guillén mich nicht unterbrechen zu wollen und bedeutete mir, ich solle fortfahren.

»Mit anderen Worten gesagt, bin ich der Ansicht, dass dieser ›reine Stein‹, der den Gral in sich enthält, ein weiterer mehr oder weniger unmittelbarer Hinweis auf den Stein der Weisen oder *lapis philosophorum* ist, von dessen Suche sich so viele Vertreter der Schwarzen Kunst oder Alchimie nicht abschrecken lassen. Darauf wollte ich soeben hinweisen, als ich Beispiele für die Bedeutung anführte, die man ihm auf der ganzen Welt einräumt. Das ist die übliche Betrachtungsweise«, fuhr ich mit so unschuldigem Ausdruck fort, wie ich nur konnte. »Entsprechendes geschieht in anderen Kulturen.«

Als ich merkte, dass mich die Templer mit unverhüllter Neugier ansahen, setzte ich meine Erläuterungen fort: »So seht denn: Für die Araber ist der Gral der Ring, der Wissen verleiht, während ihn die Juden in der Bundeslade und den Gesetzestafeln vom Berg Sinai verkörpert sehen. Bei uns Christen diente er den Rittern der Tafelrunde als Sinnbild der Unendlichkeit, also des Himmelsgewölbes. Dargestellt hat man ihn als Kreis in Gestalt eines großen runden Tisches mit einer Öffnung in der Mitte, um den herum sie sich versammelten.«

Die Ritter tauschten einen Blick des Einverständnisses miteinander, der mich beunruhigte, so dass ich aufhörte zu reden. Guillén, um dessen Augen die Andeutung eines Lächelns lag, das seinen Mund aber nicht erreichte, entschuldigte sich: »Ich sehe, dass Ihr die arturischen Sagen kennt. Verzeiht die Unterbrechung, aber sie fesseln uns ganz besonders. Fahrt bitte fort, Magister Hinault.«

»Wohl weiß ich ein wenig über Artus und Guinevere sowie den Zauberer Merlin«, bestätigte ich, »doch da ich vermute, dass Euer Wissen auf diesem Gebiet das meine bei weitem übertrifft, werde ich nicht länger bei diesem Thema verweilen. Lasst mich lediglich sagen, dass der Gral zwar der Kelch ist, in dem Joseph von Arimathia nach der Kreuzabnahme Christi Blut auffing, meiner Überzeugung nach zugleich aber auch der Smaragd sein muss, der die Stirn Luzifers vor dessen Sturz aus dem Himmel schmückte. Immerhin darf man nicht vergessen, dass ›Luzifer‹ so viel wie Lichtbringer bedeutet.«

Ich streckte die Hände aus, um die Unerschöpflichkeit des Themas anzudeuten, und fügte schließlich hinzu: »Ich möchte Euch nicht mit weiteren Querverweisen ermüden, sondern lediglich mitteilen, zu welcher Schlussfolgerung ich nach vielem Lesen und Suchen gelangt bin. Sie lautet: Der Gral war und ist für alle das Sinnbild dessen, was jede Religion im Innersten bedeutet und in sich schließt. Meiner festen Überzeugung nach ist er ebenso ein Instrument der Erlösung von der Erbsünde Luzifers oder Adams wie auch das Allerheiligste der Eucharistie, Blut des wahren Gottes, Wasser des Styx, Elixier der ewigen Jugend oder, wie ich bereits gesagt habe, der Stein der Weisen. Zum Schluss sei noch hinzugefügt, dass es sich bei ihm außerdem um eine Quelle reiner Energie handelt, die, wie ich gehört habe, Euch Templern das eigentliche Ziel des Weltenplans versinnbildlicht. Für uns Übrige, die einfachen Eingeweihten, ist er der vom Himmel gefallene Stein, der alle Kraft und Energie in sich fasst.«

Nachdem ich mich einmal in Feuer geredet hatte, beschloss ich, alles auszusprechen, was mir zu diesem Thema bekannt war. »Ich werde Euch jetzt sagen, was der Gral in letzter Konsequenz für mich bedeutet, nämlich die Verbindung mit dem Göttlichen, die Urteilsfähigkeit, das Vermögen, sich auf eine höhere Stufe des Bewusstseins zu erheben, auf der es uns möglich ist, Gott und seine Schöpfung unmittelbar zu erfassen. Dort gelangt der Mensch zum höchsten ihm erreichbaren Grad an Vollkommenheit und geistig-seelischer Fülle. Ich glaube, dass uns unser Herr mit diesem Erbe ein einzigartiges Mittel hinterlassen hat, in einen mystischen Zustand einzutreten, der es uns gestattet, in Verbindung mit ihm zu treten.«

Ich schwieg erwartungsvoll und unruhig, erschöpft von der anstrengenden Darlegung, in die ich mein ganzes Empfinden gelegt und mit der ich ausführlich alles an Gedanken ausgebreitet hatte, was mir im Laufe meines Lebens hier und da begegnet war. Hier hatte ich den roten Faden gefunden, der alles zusammenhielt. Nach kurzem Schweigen, das mir endlos erschien, ergriff Guillén das Wort und sagte: »Ihr überrascht mich, Raoul. Eine so eingehende Antwort habe ich von Euch nicht erwartet. Ich konnte nicht annehmen, dass Ihr dem Verständnis dessen so nahe gekommen seid, was unser heiliger Kelch an Inbegriff und Fülle des Glaubens bedeutet.«

Ich muss ihn wohl erleichtert angesehen haben.

»Das gefällt mir wirklich«, fuhr er fort. »Auch wenn wir Tempelherren, wie Ihr sehr wohl wisst, die treuesten aller Christen sind, hatten wir doch Gelegenheit, uns in andere Kulturen zu vertiefen.«

Einer der Ritter meldete sich zu Wort: »Das gilt für die Halbinsel Iberien, wo wir es mit der Hinterlassenschaft der Moslems zu tun haben, wie auch für die Zeit unseres langen Aufenthalts im Mittleren Osten.«

»So ist es, Alfonso«, bekräftigte Guillén, »und weil wir aus der Geheimlehre der Gnostiker, der Kopten, der Essener, der syrischen Sonnenkulte sowie des anatolischen Kults der Großen Mutter gelernt haben, können wir auch Magister Hinaults Bemühungen verstehen. Dennoch muss ich meinem Erstaunen Ausdruck verleihen.«

Mit einem Anflug von Spott, der niemandem entging, breitete er die Hände aus und erklärte: »Tatsächlich hätte ich nicht geglaubt, aus dem Munde eines Magisters der Universität Paris eine Darlegung wie die zu hören, derer wir hier Zeugen geworden sind.«

Jetzt war die Reihe zu lächeln an mir. Es dürfte Guillén kaum bekannt gewesen sein, wie ungern man an meiner Universität diese Art von »Darlegung« sah, die dort praktisch geächtet war. Auf keinen Fall hatte er wissen können, bis zu welchem Grad mir seine Fragen gestattet hatten, mich von dem mitreißen zu lassen, was mich beschäftigte, und wie schwer es mir in Paris gefallen war, diese Dinge verborgen zu halten. Immerhin galt ich dort trotz all meiner Vorsicht als Irrgläubiger, der sich von den arabischen Autoren hat beeinflussen lassen. Dabei gab es gar keine andere Möglichkeit, als mich ihrer zu bedienen, stammten doch von ihnen die Übersetzungen des Aristoteles und vieler anderer wichtiger Autoren der Antike. Auf jeden Fall aber wurde mein Wagemut bei dieser Gelegenheit aufs Schönste belohnt. Im Übrigen muss ich zur Erklärung hinzufügen, dass ich zwar nur wenig mit Templern zu tun gehabt hatte, doch über ihre Art zu handeln im Bilde war. Mithin war mir durchaus bewusst gewesen, was ich gesagt hatte. Trotzdem stieß ich einen Seufzer der Erleichterung aus, als ich Guilléns Antwort hörte.

Doch er war noch nicht zu Ende. Obwohl er voll Wohlwollen sagte: »Magister, ich sehe, dass Ihr vieles wisst«, musste er doch die Frage stellen, die das Ritual forderte und mit der ich offen gestanden nicht mehr gerechnet hatte. Bei allem inneren Jubel gab ich mir daher die größte Mühe, nicht den Eindruck von Selbstgefälligkeit zu erwecken. Jetzt stellte er mir mit gut einstudierter Gelassenheit die Frage: »Nun denn, wisst Ihr gar auch, wem der Kelch dient?«

»Für die Antwort auf diese Frage gibt es keine vorgegebene Form«, sagte ich ganz ruhig. »Das wisst Ihr so gut wie ich. Ihr werdet Euch erinnern, dass es in der Überlieferung heißt, die zwölf Ritter der Dritten Tafelrunde hätten sich über die ganze Welt verteilt, um den Gral zu suchen, nachdem er verloren gegangen war. Bei dieser Suche gelangte Parzival auf das Gebiet des Fischerkönigs, der machtlos den Untergang und die Zerstörung seines Reiches mit ansehen musste, nachdem ihn der Lanzenstich verletzt hatte. Wenn man daran denkt, dass er, durch den heiligen Kelch in wunderbarer Weise geheilt, über die ihm zugemessene gewöhnliche Dauer hinaus am Leben blieb, obwohl ihn die Wunde außerordentlich gequält hatte, kann die Antwort auf Eure Frage nur lauten: Dem König selbst.«

In diesem Augenblick warf Guillén einen zufriedenen Blick in die Runde, trat auf mich zu und legte mir schweigend mit freundschaftlicher Geste die Hand auf die rechte Schulter. Zwar verstand ich den genauen Sinn dieser Geste nicht, schloss aber daraus, dass die Probe zu seiner Zufriedenheit ausgefallen war. In der Annahme, dass der entscheidende Schritt getan war, fuhr ich mir aufseufzend mit der Hand über die Stirn. Doch fehlten noch einige Einzelheiten, die, wie er mir später erklärte, ohne das besonders hervorzuheben, durchaus von entscheidender Bedeutung waren. Um der Wahrheit die Ehre zu geben, muss ich sagen, dass ich mir all dessen nicht vollständig bewusst war oder mich zumindest nicht genau an alles erinnern kann. Wohl aber weiß ich noch, dass sich das Gespräch dank des Eintretens eines Dieners entspannte, der uns eine kleine Erfrischung brachte.

»Stärkt Euch ein wenig mit uns, Raoul. Ich glaube nicht, dass Ihr heute zu Abend essen werdet, und heute Morgen habt Ihr wohl noch keinen Bissen in den Mund bekommen. Ich könnte es verstehen, wenn Ihr lieber nüchtern bliebet, rate Euch aber, es uns gleichzutun. Anschließend werden wir fortfahren.«

Ich dankte ihm für sein freundliches Angebot. In der Tat hatte ich seit dem Mittag des Vortages gefastet, weniger aus Absicht, als weil mich die Ereignisse und meine Ungeduld gleichermaßen gehindert hatten zu essen. Doch kam ich auch jetzt nicht wirklich zur Ruhe. Während wir ein Stück Weizenbrot, Obst und eine Schale Milch zu uns nahmen, fuhren die Ritter fort, mir diese und jene Frage über mein Leben zu stellen, so dass ich mich zu ständiger Wachsamkeit genötigt sah. Zwar verlief das Gespräch herzlich und allem Anschein nach auf alltäglicher Ebene, doch spürte ich hinter jedem Wort forschende Fragen. Es schien so, als versuche man nach jeder Antwort die Vorbehalte zu erneuern, mit denen man mir anfänglich begegnet war. Sie erkundigten sich nach meiner Tätigkeit an der Universität, wollten die Gründe für meine Reise nach Kastilien und vieles andere wissen, woran ich mich nicht mehr erinnere. Daher blieb ich aufmerksam, antwortete zuvorkommend und vermied Antworten, die zu Unstimmigkeit hätten führen können. In einem bestimmten Augenblick wandte sich Guillén mit einigen rätselhaften Worten, die ich nicht vergessen habe, an mich: »Ihr seid auf dem Weg nach Toledo, dem Jerusalem des Abendlandes, der Stadt, deren Ruhm schon seit vielen Menschenaltern besteht. Nun denn, seid auf der Hut, denn dort ist alles zugleich offenbar und verhüllt.« Er nahm eine Zwiebel aus einem Korb und sagte, während er sie zu schälen begann: »In jener Stadt der Überlieferungen und des Wissens ist das Rätsel Allgemeinbesitz, während sich die Wirklichkeit, die *Wahrheit*, wie bei dieser Zwiebel, in jeder Schicht finden lässt. Wer aber den besten Geschmack zu bekommen wünscht, muss bis zur letzten Stufe warten. Wer sie erreichen will«, fügte er mit Augen hinzu, die gleichzeitig lachten und weinten, »braucht wie jetzt ich die Fähigkeit, zu beharren und zu leiden.«

Ich nutzte die Pause, um mich ein wenig zu entspannen. Der Augenblick schien mir gekommen, den Spieß umzukehren und mich meinerseits hinter Fragen zu verschanzen. Ich brauchte ein wenig Ruhe, um die Ritter beobachten und richtig einschätzen zu können. Daher ging ich zum Angriff über und fragte, welchen Sinn das sonderbare Muster des Steinbodens habe, auf dem wir saßen.

Wieder lächelte Guillén, diesmal ganz unverhohlen. Er breitete die Arme aus, wobei er hilflos die Finger spreizte und erklärte, das geometrische Muster auf den Fliesen zu erläutern würde den ganzen Tag in Anspruch nehmen. Außerdem, teilte er mir mit, unterliege ein Teil der Bedeutungen der Geheimhaltung.

»Manches aber darf ich Euch sagen«, fuhr er versöhnlich fort, »allerdings nicht, solange Eure Frage so allgemein gehalten ist. Sagt mir also, was fällt Euch auf?«

Mir war klar, dass ich in Guillén einen geschulten Rhetoriker vor mir hatte, den ich nicht ohne weiteres mit Fragen würde aus der Reserve locken können. Daher versuchte ich, ihn zu einer möglichst ausführlichen Erklärung zu bewegen: »Mir ist aufgefallen, dass dieser Raum, wie auch in anderen Anlagen der Templer, die ich in Frankreich und Italien besucht habe, vieleckig ist. Noch nie aber habe ich auf dem Boden ein Muster wie dieses hier gesehen; zwei ineinander geschachtelte Quadrate, die ihrerseits weitere Quadrate enthalten, wobei die Zahl herauskommt... wartet eine Weile, ich muss zählen.«

»Das ist nicht nötig. Ich sage es Euch: Es sind insgesamt vierundsechzig Seiten. Was entnehmt Ihr dem? Könnt Ihr etwas daraus herleiten?« Mit spöttischer Miene fügte er hinzu: »Ich will Euch bei der Antwort ein wenig helfen. Wie Ihr selbst gesagt habt, bildet der Raum, in dem wir uns befinden, ein Vieleck, genau gesagt ein Achteck. Nun denn?«

Ich entschied mich erneut, vorsichtig zu sein, und versuchte zu erreichen, dass er mir erklärte, was er von mir zu hören hoffte. »Nun, die Zahl Vierundsechzig ist das Produkt der Multiplikation von acht mit sich selbst, nicht wahr?«

Dieses Vorgehen erwies sich als erfolgreich. Er antwortete sogleich: »So ist es. Aber das ist noch nicht alles. Wir regeln das Leben unserer Gemeinschaft mit Symbolen, Initialen und komplizierten Attributen. Wie Ihr wisst, ist unser Zeichen das Kreuz mit acht Spitzen, das wir auf der Brust oder der Schulter tragen. Eben dies Kreuz seht Ihr hier auf dem Boden dargestellt.«

»Ja, das Zackenkreuz.«

»Uns ist die Bezeichnung ›Kreuz der acht Glückseligkeiten‹ lieber. Es enthält alles, Raoul, man muss nur richtig hinsehen...«

»Alles?«, wiederholte ich.

»Ja, unser ganzes Alphabet.« Er richtete den Blick auf die anderen Templer und dann wieder auf mich. »Ihr würdet allerdings ein ganzes Leben brauchen, um seinen geheimen Inhalt zu erfassen. Also gehe ich im Augenblick lediglich auf Eure Frage ein. Seht Euch die Gestalt des Zeichens an. Dieses in einem Vieleck eingeschlossene Kreuz bestimmt ein Achteck, das heißt, den Grundriss unserer Kapellen, die, wie Ihr wisst, aus zwei Baukörpern bestehen.«

»Ich verstehe«, antwortete ich. »Ihr wollt sagen, weil sich dieser Raum in einer Höhle befindet, habt Ihr mit der Zahl vierundsechzig symbolisch die beiden Räume dargestellt, aus denen die Kapelle bestehen müsste.«

»So ist es. Das aber ist erst der Anfang der Symbolik, von der ich sprach. Wie Ihr seht, werden zwei Bereiche durch die Zahl Acht bestimmt, doch ist das lediglich eine grundlegende Zahl, der noch das vermittelnde Zeichen des Kreuzes hinzugefügt werden muss. Da man aber die Kapelle ohne ihre Beziehung zum Mittelpunkt, zum Ganzen, nicht verstehen kann, enthält der Plan neben der Zahl Acht auch noch die Zahl Acht plus eins, also neun. Die Neun aber, lieber Freund...«

Einer der Ritter warf Guillén einen erstaunten Blick zu, doch dieser gebot ihm Schweigen. Guillén näherte sein Gesicht dem meinen und fuhr fort: »In der Bedeutung als Geheimzeichen ist die Neun das Asyl, der Ort, an dem die Menschen Zuflucht und Schutz vor den Unbilden suchen, denen sie ausgesetzt sind. Verkörpert wird sie durch eine verborgene Wand, die errichtet wurde, um einen Schatz zu hüten...«

Ich konnte nicht länger an mich halten und rief aus: »Dieser Schatz ist der Heilige Gral!«

»Ihr habt es erfasst. Die Neun bedeutet den Heiligen Gral. Doch jetzt begleitet mich. Die Stunde ist gekommen, da Ihr ihn sehen sollt. Dieses Vorrecht habt Ihr Euch verdient.«

Bedächtig erhob sich Guillén de Monredón und bot mir den Arm, um mir auf die Füße zu helfen. Bevor ich mich von meinem ungläubigen Staunen erholen konnte, wandten wir uns der Felswand zu, aus der nichts hervorstand als der Halter einer der Fackeln, die den Raum erhellten. Mit einer kaum wahrnehmbaren Bewegung betätigte Guillén einen geheimen Mechanismus, und vor unseren Augen tat sich eine kleine Öffnung auf, hinter der ein langer, schmaler Gang im Dunkeln lag. Wir stiegen einige Stufen hinab und durchschritten ihn. Eine seiner Wände trug eine lange Inschrift, die ich nicht zu lesen vermochte. Noch stand mir eine weitere Prüfung bevor.

»Geliebter Bruder Raoul, es ist mir eine große Freude, Euch kennen gelernt zu haben. Man hat nicht häufig das Vergnügen, Klerikern zu begegnen, die im Stande sind, über das Offensichtliche hinaus etwas zu erkennen.«

»Ich danke Euch«, murmelte ich.

»Dazu habt Ihr keinen Anlass. Immer wieder kommen von überall her Mitbrüder Eures Ordens hierher, aber auch Franziskaner sowie Grafen und Bischöfe, die den gleichen drängenden Wunsch wie Ihr haben: Sie wollen den Gral betrachten und am liebsten auch berühren. Keinem von ihnen ist klar, dass es in unseren Augen eine Entweihung bedeuten würde, wenn wir ihnen den Anblick des Heiligtums gestatteten, ohne ihr Verständnis von dessen Sinn auf die Probe gestellt zu haben.«

»Und daher habt Ihr diese Prüfung eingerichtet«, sagte ich.

»So würde ich das nicht ausdrücken«, schwächte er ab. »Es ist lediglich ein kleines Ritual, das es uns gestattet zu sehen, welche Erkenntnisstufe der Bewerber erreicht hat.«

»Erkenntnisstufe?«, wiederholte ich.

»So ist es. Ihr habt Euch als Wahrheitssucher erwiesen und als ein Mensch, den nicht lediglich seine Begierde treibt. Das aber, kann ich Euch versichern, ist nicht alltäglich. Die anderen leben im Allgemeinen nach den gängigen Lehren und Wahrheiten. Ich weiß nicht, ob das daran liegt, dass sie nicht den Mut haben, sie in Frage zu stellen, oder ob sie unfähig dazu sind. Ihr aber seid anders, und daher möchte ich Euch ganz persönlich nach etwas fragen, das mich beschäftigt und worüber ich nicht leichtfertig spreche. Was haltet Ihr von der Legende, in der Maria Magdalena als die Frau dargestellt wird, die den Gral in Händen hält?«

Damit befand ich mich auf schwankendem Boden. Es war eine Sache, über Sinngehalte und Zahlen zu sprechen, und eine gänzlich andere, sich unter Umständen der Ketzerei schuldig zu machen. So entschied ich mich zu einem vorsichtigen Vorgehen und erklärte, ohne im Geringsten eine persönliche Meinung abzugeben, ich hätte von einem apokryphen Text gehört, in dem es hieß, Maria Magdalena sei die irdische Braut Christi gewesen.

»Bekanntlich waren die orthodoxen Juden«, erläuterte ich, »zu denen auch Christus gehörte, verpflichtet zu heiraten. Ganz wie Ihr sagt, heißt es in einer alten Überlieferung, er habe sich Maria Magdalena vermählt. Diese sei dann nach seinem Leidensweg und Tod nach Frankreich gegangen und habe dort einen neuen Gatten genommen, der dem Hause Anjou oder Plantagenet entstammte. An dieser Stelle gehen die Ansichten der verschiedenen Berichterstatter auseinander. Jedenfalls hat diesem Bericht zufolge eine dieser beiden Adelsfamilien zumindest theoretisch das Blut Christi in den Adern. Dieses *sang réal* bedeutet demnach nichts anderes als der wahre Gral.«

Während ich sprach, sah mich Guillén aufmerksam an, doch ließ ich mich nicht aus der Ruhe bringen. Vor allem bemühte ich mich, klar zu machen, dass ich mit meinem Bericht lediglich den Inhalt der Legende wiedergab. Endlich! Die letzte Probe wäre damit wohl bestanden, dachte ich, denn Guillén gab keine Antwort. Inzwischen näherten wir uns einem kleinen Raum, unter dessen hölzerner Bogendecke drei schwer gepanzerte Ritter wachten. Guillén ging um sie herum und steckte einen großen Schlüssel, den er an einer Kette bei sich trug, ins Schloss einer Eisentür. Wir gelangten in einen runden Saal, dessen Wände mit Vorhängen bedeckt waren und in dessen Mitte sich ein steinerner Altar erhob. Er trug auf einem weißen Stück Leinwand ein mit feinsten Verzierungen geschmücktes elfenbeinernes Kästchen, das den Gral enthielt.

Ich weiß nicht mehr, wie lange ich mich in jenem Saal aufgehalten habe. Als ich ihn verließ, glaubte ich, die Ereignisse hätten wohl den ganzen Vormittag beansprucht, doch zeigte sich, dass es längst finstere Nacht war. Ohne dass ich es gemerkt hatte, war die Zeit verflogen. Jetzt, da ich im Rückblick über all diese Dinge nachdenke, ist mir klar, dass das nur allzu natürlich war, während ich es damals weder verstand noch mir den Kopf darüber zerbrach. Mich überwältigte, als was für ein günstiger Zufall sich der mir von Hugo de Conques im fernen Paris erteilte Auftrag erwiesen hatte, und ich war bis zum Bersten angefüllt vom Gefühl einer unbeschreiblichen Glückseligkeit. Gewiss, ich bin Mönch, doch muss ich gestehen, dass ich mehr Zeit in den Schreibstuben der Klöster verbracht habe als vor den unserem Herrn und Heiland geweihten Altären. Sofern ich eine Bilanz meines Lebens ziehen müsste, würde sich zweifellos herausstellen, dass die Zahl der Stunden, die ich mit Nachdenken und Studieren verbracht habe, die dem Gebet gewidmeten bei weitem übersteigt. So ist es wohl zu erklären, warum ich auf den Zustand der Verzückung, in den ich geriet, weder vorbereitet war noch ihn in Worte zu fassen vermag. Es war eine Versunkenheit, in der ich das sonderbare Empfinden hatte, all meine Fähigkeiten einzubüßen. Besser gesagt, spürte ich nicht, wie sie schwanden, wohl aber kam es mir vor, als würden sie von etwas aufgesogen, als wäre ich nicht mehr im Stande, mich ihrer unter Zuhilfenahme meines Verstandes zu bedienen. Es war ein Zustand von Trunkenheit und solcher Glückseligkeit, dass es mir schien, als wäre mein Leib körperlos. Es war ein Zustand, der jegliches Verstandesdenken und sogar den Geist selbst in der Betrachtung aufgehen ließ.

Aber ich habe ja schon gesagt, dass ich nicht mehr über jene Augenblicke zu berichten vermag, und ich will es auch nicht.

Wozu auch? Welchen Sinn hätte es, in Worte zu fassen, was sich nicht beschreiben lässt? Was käme dabei heraus, wenn ich die Gestalt jenes heiligen Kelchs ausführlich schilderte? Ist es etwa von Bedeutung, ob er aus Chalzedon oder Achat gefertigt war? Ob sein Fuß und die knotenförmige Verdickung darüber aus filigranem Metall bestanden? Nein, tausendmal nein! Es genügt, dreierlei mitzuteilen: Zum Ersten, und das ist das Wichtigste, habe ich den Ort als ein Gesegneter verlassen, und die Erinnerung an ihn, die nach wie vor in mir lebendig ist und es stets sein wird, hat aus mir einen anderen Menschen gemacht.

Das Zweite ist fast selbstverständlich, nämlich die Bindung an die Menschen und an das Sinnbild. Wenn ich das mir von Guillén und den übrigen Rittern entgegengebrachte Vertrauen missbrauchte und die äußere Erscheinung des Grals zu Papier brächte – würde ich da nicht zum Verräter an ihnen und, wichtiger noch, an ihrer Lehre? Immerhin hatten sie mir ihr Herz geöffnet, um mir zu zeigen, dass die meisten Menschen nicht wahrhaft bereit sind, den Gral zu sehen. Genau das war auch der Grund dafür, dass die Templer eine Abfolge von Proben festgelegt haben, mit deren Hilfe sie feststellen wollen, wer es verdient, sich dem heiligen Kelch zu nähern. Zu dem, was ich aus meinem Erlebnis dort gelernt habe, gehört, dass eine Beschreibung des Heiligen Grals seiner Entweihung gleichkäme.

Doch es gibt noch etwas, das darüber hinausgeht, etwas, das jeder, der gleich mir fortwährend Pilger auf dem Wege zur Erkenntnis ist, gut verstehen müsste. Gewiss, dass ich zum Gral vorgedrungen war, ihn in den Händen halten konnte, war für mich von grundlegender Bedeutung. Doch ebenso sicher ist, dass die Suche nach ihm wohl nicht minder bedeutend war. Dieser Weg, den ich ununterbrochen gezogen bin, das Bild, das ich in meinem Herzen hatte, die nie endende Besessenheit, hat mir auch andere Reichtümer verschafft, auf die ich nie im Leben gestoßen wäre, wenn mich nicht dieser Wunsch vorangetrieben hätte.

Doch ich muss nun endlich meinen Bericht fortsetzen. Zwei weitere Tage blieb ich im Kloster, verbrachte lange Stunden des Gesprächs und des Schweigens in Gesellschaft Guillén de Monredóns. Am Vorabend meines Aufbruchs saßen wir allein in seiner Zelle – ich war gekommen, mich zu verabschieden. »Vor zehn Jahren«, sagte er mir, »zog ich wie jetzt Ihr als Pilger über den Jakobsweg nach Santiago de Compostela. Von jener Wallfahrt sind mir kostbare Erinnerungen geblieben, die ich mit niemandem teilen kann. Auch habe ich noch meine Pelerine, meinen Wanderstab und meinen Pilgerhut. Da ich sehe, dass Ihr die für die Reise nötige Kleidung nicht besitzt, möchte ich sie Euch zur Erinnerung an die gemeinsam verbrachten Stunden als Geschenk anbieten, auch wenn sie schon alt und abgenutzt sind. Sie sind nicht viel wert, aber ich denke, Ihr werdet sie zu schätzen wissen. Wenn ich die Wahrheit sagen soll, so weiß ich selbst nicht recht, warum ich sie aufgehoben habe, doch gibt das Leben bisweilen einer Verhaltensweise, der man ursprünglich keine größere Bedeutung beigemessen hatte, einen Sinn.«

Bei diesen Worten trat er an einen Stuhl, auf dem er die bezeichneten Gegenstände bereitgelegt hatte, und gab sie mir einen nach dem anderen.

»Der Wanderstab ist von ordentlicher Beschaffenheit. Es ist ein kräftiger Stecken aus Eschenholz mit einer eisernen Zwinge, den ich, der Herr sei gelobt, nie für etwas anderes zu verwenden brauchte, als mich unterwegs darauf zu stützen. Der Hut ist ein wenig abgetragen, doch aus festem Filz, und ich glaube, er wird Euch noch gute Dienste leisten. Nehmt als Empfehlung eines erfahrenen Pilgers meinen Rat an, dass Ihr darunter eine Haube tragt, um Euren Nacken zu schützen. Es ist noch kalt, und der Weg ist weit. Meine alte Pelerine hat keinerlei Geldeswert mehr, doch hat mir einer der Benediktinermönche dieses Klosters ein Abzeichen des heiligen Jakobus darauf gestickt. Er hat sich zwei Jahre in diesem Gebirge aufgehalten und verstand sich auf die Kunst, Pergamente mit großem Einfallsreichtum zu illuminieren. Von diesem Benito, einem der im Umgang mit Pinsel und Feder geschicktesten Männer, denen ich je begegnet bin, habe ich nie wieder gehört. Für mich war es eine Ehre, diesen Umhang zu tragen, und ich bin überzeugt, dass Ihr das ebenso empfinden werdet.«

V. Auf dem Jakobsweg

März 1257

Am folgenden Morgen brachen wir auf, als kaum der Tag begonnen hatte, und ich fühlte mich von einer Begeisterung erfüllt wie schon seit Jugendjahren nicht mehr. Enrique und Luca, von denen ich bei meinem Aufenthalt in San Juan de la Peña so gut wie nichts gesehen hatte, verhielten sich anfangs schweigsam, bestürmten mich aber später mit Fragen über meinen Besuch bei den Templern. Ich berichtete ihnen dieses und jenes. Es war nicht viel, auf jeden Fall weit weniger, als ich auf diesen Seiten niedergeschrieben habe, denn ich muss gestehen, dass ich die Reise zwar beschwingt und froh gestimmt antrat und mich voll Glücksgefühl an die noch frischen Ereignisse erinnerte, doch ich hatte nicht wie jetzt das Bedürfnis, sie anderen mitzuteilen. Was Velasco betraf, so hielt er sich stumm im Hintergrund. Wohlgemut ritten wir zum Kloster von Leyre, wo wir Unterkunft fanden und einen von den Mönchen hergestellten Trank kosten durften, den sie *benedictine* nannten. Wie uns der Bruder Kellermeister, dessen Nase verdächtig gerötet war, mitteilte, enthält er Auszüge von sechsunddreißig Pflanzen, und ich kann bestätigen, dass er dem Gaumen ebenso schmeichelt, wie er dem Kopf gefährlich ist. Entsprechend der Mahnung des heiligen Augustinus, »Die Trunkenheit löscht das Gedächtnis aus, verwirrt den Geist, würdigt den Verstand herab, bringt die Sinne durcheinander, lässt die Zunge stolpern und die Worte undeutlich werden«, riet uns der Mönch, dem Trank mit Mäßigung zuzusprechen. Enrique und Luca, die seinen Rat nicht befolgten, können Zeugnis von Auswirkungen ablegen, die zwar weniger beunruhigend waren als die von Augustinus genannten, aber immerhin gegensätzlich. Während der Eine in Schwermut verfiel, unterhielt uns der Italiener in munterer und spaßhafter Weise mit Rätseln und Liedern seiner Heimat, wie ich es bei ihm danach nie wieder erlebt habe.

Sie waren zwei sonderbare junge Männer. So ähnlich sie einander in ihrer Begeisterung und ihrem Ehrgeiz waren, so deutlich unterschieden sie sich in ihrem Wesen. Es gehörte auf der ganzen Pilgerreise zu meinen liebsten Ablenkungen, sie zu beobachten, zu vergleichen, wie sie sich zu den Dingen äußerten, und festzustellen, in wie unterschiedlicher Weise sie mit mir umgingen.

Luca machte einen typisch südländischen Eindruck und konnte sich in Worte und Gesten förmlich hineinsteigern. Er brachte kein Verständnis für die geduldige Haltung des Klerikers auf, für dessen mystische Frömmigkeit und Weltferne. Ich vermute, dass er Sinnlichkeit und Rohheit bisweilen mit Schönheit verwechselte. Auf seinen Zügen lag das so kennzeichnende ständige Lächeln der Italiener, die offenkundige Herzlichkeit, von der man nicht weiß, ob sie vorgetäuschte Freundlichkeit oder angelernte Zuvorkommenheit ist. Tatkräftig und entschlossen, doch nicht übermäßig intelligent, war er zweifellos wissbegierig und schlau, zugleich aber auch ein wenig widersprüchlich. Er konnte von einem Augenblick zum nächsten aus dem Zustand überschäumender Mitteilsamkeit in äußerste Zurückhaltung verfallen. Manche seiner Wesensmerkmale waren nicht alltäglich, und nicht alles an ihm war lobenswert. Ständig zweifelte er, oft blickte er trübselig drein, fügte sich zum Schein und war im tiefsten Inneren von einer ausgeprägten Ich-Sucht. Er war geschaffen, um zu verführen und verwöhnt zu werden. Zweifellos besaß er einen natürlichen Hang zur Intrige, eine besondere Fähigkeit, das Wohlwollen anderer zu gewinnen. Trotzdem möchte ich ihn weder offen noch verhüllt kritisieren, hatte er doch durchaus erkennbare Vorzüge. Beispielsweise besaß er einen ausgesprochen unabhängigen Geist und hatte bewiesen, dass er im Stande war, eine angenehme und sichere Stellung aufzugeben – auch wenn diese nicht übermäßig herausgehoben war –, um seinen eigenen Weg zu gehen. Bei allem aber hatte ich ihm gegenüber stets ein gewisses Gefühl der Unsicherheit. Bisweilen kam es mir vor, als wäre sein Interesse geheuchelt, als höre er zwar, was gesagt wurde, ohne aber darauf zu achten.

Enrique hingegen war flink und machte beständig Pläne, die er auch ausführte. Zwar fragte er viel, doch gehörte er zu den entschlossenen Menschen, die keine Zweifel mehr haben, sobald sie sich für etwas entschieden haben. Außerdem verfügte er über Fähigkeiten, um die ich andere stets beneidet habe: ein hervorragendes Auge, ein scharfes Ohr und vor allem einen hoch entwickelten Geruchssinn, der es ihm gestattete, unglaublich feine Unterschiede festzustellen. Sofern er ihm nicht in die Wiege gelegt wurde, hat er ihn bei seiner Arbeit mit dem Stein und der Erde entwickelt, die dafür sorgt, dass er den Elementen nahe ist. Eines Morgens, als er jedem von uns seinen spezifischen Geruch erklärte und aufs Genaueste die Unterschiede beschrieb, musste ich unwillkürlich an die Güte unseres Herrn denken, der den Menschen Fähigkeiten gibt oder vorenthält und zulässt, dass jemand mit einer Sinnesempfindung begabt ist oder sie entwickelt, die es ihm gestattet, unglaublich feine Abstufungen zu erkennen.

Er war auch stolz, und zwar so sehr, dass er Fähigkeiten entfaltete, die ihm nicht unbedingt in die Wiege gelegt worden waren. Auch wenn er am liebsten so unabhängig gewesen wäre, dass ihn niemand einer bestimmten Kategorie hätte zuordnen können, ist es ihm doch immerhin in seinem Bestreben, gegen Beschränkungen aufzubegehren, gelungen, Werkmeister zu werden, während er wohl eigentlich nur zum einfachen Steinmetzgesellen bestimmt war. Mit einer Kühnheit, die man in seinem Stande nicht oft findet, hat er es fertig gebracht, das Ziel seines Ehrgeizes zu erreichen.

Wir setzten unseren Weg fort. Um nach dem Kloster auch den Ort Leyre zu erreichen, mussten wir ein steiles Gebirge überwinden. Nach dem Pass von Lumbier überquerten wir den Fluss Irati auf der Jesus-Brücke, und die Landschaft wurde heiterer. Der Bach, der vom Pass herunterkam, war ein gutes Forellengewässer. Den Beweis dafür bekamen wir bald; während wir Rast machten, knüpfte Velasco ein Gespräch mit einem Jungen an, der mit einem munteren Lied auf den Lippen auf einem sanftmütigen und kräftigen Esel den Weg von der Passhöhe herabkam. Später bot er uns an, die von ihm gefangenen Forellen mit uns zu teilen, und wir entfachten ein Feuer, um sie zu braten.

An jenem Abend stieß eine kleine, dürre Hausiererin zu uns, die mit einem großen zweirädrigen Karren unterwegs war und von einem etwa zehn Jahre alten, auffällig gekleideten Mädchen begleitet wurde. Der sehr lange Rock des Kindes war reich mit Rüschen besetzt und die Bluse aus Flicken zusammengestückelt, so dass sie aussah wie ein Mosaik. Ein blaues Samtband hielt ihr Haar. An den Füßen trug das Mädchen weiße Holzschuhe, die viel zu groß waren. Obwohl die Frau schon sehr alt war und gebeugt ging, war ihr Haar, dessen Locken sie mit Öl eingerieben hatte, um seine Fülle zu bändigen, noch von kräftigem Schwarz. Die Gesichtshaut hatte sie mit einem gelben Puder bestäubt, um die Olivenfarbe zu übertönen. Zwar wirkte sie dadurch ein wenig heller, doch wurde zugleich auch die Ausgezehrtheit ihrer Züge betont. Die Alte sah aus wie eine Hexe, war aber außerordentlich umgänglich. Während unsere kleine Gruppe am Ende unserer Mahlzeit um das Feuer saß, unterhielt sie uns mit Geschichten von Dahingeschiedenen und Gespenstern.

Sie verstand sich auf die Handlesekunst und erprobte sie an Luca und mir. Dem Italiener sagte sie allerlei Abenteuer voraus, er werde sich schon bald in eine Liebesbeziehung mit zwei Frauen verwickelt sehen.

»Es wird dir schwer fallen, dich daraus zu befreien«, warnte sie ihn. »Aber vergiss nicht, es gibt einen Schlüssel zur Lösung deiner Schwierigkeiten. Am wichtigsten ist es, dass du lernst, deine niederen Triebe zu zügeln. Als Nächstes musst du die Fähigkeit entwickeln, wohl gemeinte von schlechten Ratschlägen zu unterscheiden.« Nachdem sie eine Weile abwesend vor sich hin gestarrt hatte, fügte sie hinzu: »Wenn du kannst, denke daran, dich im richtigen Augenblick zu trennen, doch genieße auch das Leben, so lange du kannst! Es ist nur kurz, mein Junge.«

Keiner von uns vermochte die rätselhaften Ratschläge dieser Frau richtig zu deuten, doch zeigte sich später, dass sie keine Schwindlerin war. Mir gegenüber hielt sie sich ein wenig zurück, war aber keineswegs weniger einfühlsam. Sogleich erkannte sie meine Stellung unter uns vieren, behandelte mich zuvorkommend und sagte mir voraus, man werde mir auf einem Gebiet Anerkennung zollen, auf dem ich nicht damit rechnete, sie mir aber dort versagen, wo ich sie erwartete. Genau das waren ihre Worte. Dann fügte sie etwas hinzu, das ich ebenfalls nicht verstand und woran ich seither häufig gedacht habe: »Sei nicht ungeduldig. Du möchtest alles zu schnell durchschauen. Der Auftrag, den du auszuführen hast, ist zu schwierig, als dass du die Einzelheiten so rasch erfassen könntest.« Trotzdem vergaß ich ihre Worte, kaum dass sie gesagt waren, weil sie mich anschließend mahnte, ich möge mich vor den Auswirkungen der Trunkenheit in Acht nehmen. Diese Warnung erschien mir recht einfältig, hatte ich mich doch noch nie im Übermaß dem Trunk ergeben.

Gerade als sie Enrique aus der Hand zu lesen begann, verstummte sie. Sie war des guten Velasco ansichtig geworden, der sich bis dahin in der Dunkelheit verborgen gehalten hatte. Er erklärte kurz angebunden, er lege keinen Wert darauf, seine Zukunft zu erfahren. Ohne etwas darauf zu erwidern, hielt die Frau den Blick unverwandt auf seine eindrucksvolle Gestalt gerichtet. Unbehaglich fragte Velasco sie schließlich, ob sie etwas von ihm wolle. Sie bat ihn darum, ihm in die Augen sehen und einen Blick auf seine rechte Hand werfen zu dürfen, während sie bei uns die Linke betrachtet hatte. Nickend murmelte Velasco seine Zustimmung, und sanft nahm sie die Hand. Während sie sich konzentrierte, konnte ich sehen, dass sich der Ausdruck ihres Gesichts änderte, so, als ob sie erschrecke. Als sie dann erläuterte, was sie gesehen hatte, tat sie das mit nur wenigen Worten und beendete ihre Erklärungen rascher als bei uns anderen. Mit seiner üblichen Zurückhaltung hörte Velasco schweigend zu und ging nicht weiter auf ihre Worte ein. Anschließend erklärte sie, erschöpft zu sein, und legte sich unter ihren Karren schlafen, ungeachtet dessen, dass Enrique dagegen aufbegehrte, wollte er doch unbedingt wissen, was das Schicksal für ihn bereithielt.

Während ich am folgenden Morgen meine Siebensachen packte, sah ich, wie das Mädchen große, leicht verfärbte grüne Blätter sammelte, um sie zu einem Sträußchen zu binden. Ihr langes Haar war zottelig und ihr Gesicht blass, ja geradezu bleich wie Elfenbein. Der Blick ihrer dunklen Augen über der Stupsnase wanderte aufmerksam umher. Mir gefiel ihr unschuldiges Aussehen wie auch das schöne, helle Haar, das allerdings unter dem Umherziehen sichtbar gelitten hatte. Ich überlegte, wie das hässliche alte Weib an dieses hübsche Geschöpf gekommen sein mochte. Konnte es ihre Tochter sein? Welche Geschichte mochte sich dahinter verbergen? Schon bald dachte ich an etwas anderes, und so beachtete ich die beiden erst wieder, als sie sich vor den Toren der Stadt Sangüesa von uns verabschiedeten.

Ohne unsere Pilgerfahrt auf dem Jakobsweg allzu ausführlich schildern zu wollen, muss ich doch unbedingt davon sprechen, welch tiefen Eindruck das ›Jüngste Gericht‹ am Eingang der Kirche Santa Maria la Real von Sangüesa auf uns machte. Es stammt vom selben Meister wie das Tympanon der Kathedrale von Jaca, nämlich von Leodegarius. Während sich Enrique anschickte, Luca und Velasco zu zeigen, wie der heilige Jakobus zur Rechten der Jungfrau unterhalb des Pantokrators den Zug der Apostel anführt, richtete ich mein Augenmerk auf eine andere Szene. Sie zeigt Fabeltiere, Gestalten der My-

thologie und allegorische Darstellungen von Lastern und Tugenden. Offenbar dienten diese Motive einer verschlüsselten
Mitteilung. Durch meine langen Gespräche mit Guillén de
Monredón in San Juan de la Peña war ich darauf gefasst, ok-
kulte Hinweise zu entdecken. So erkannte ich den Schmied,
die Frau, die eine Schlange säugt, und das Ungeheuer, das
den Menschen zu verschlingen scheint, in Wirklichkeit aber
ein Hinweis darauf ist, dass, wer zum Wissen gelangen will,
in dessen Tiefen eindringen und es an sich reißen muss, so
wie Jona in den Wal eindrang. Auch sah ich ein Labyrinth so
wie eine Sirene mit zwei Schwänzen und stellte fest, dass all
die abgebildeten Gestalten, einschließlich der beim Jüngsten
Gericht Verurteilten, den glücklichen Gesichtsausdruck jener
trugen, die sich im Besitz des Wissens befinden.

Doch während die zu Stein gewordenen Gestalten in Sangüesa Zeugnis dafür ablegten, dass es viele Arten gibt, die
Wirklichkeit zu sehen, wurde im Kirchlein von Eunate, nur
wenige Meilen weiter westwärts, die Architektur zum Sinnbild. Guillén hatte mir ans Herz gelegt, diese Kirche auf keinen Fall auszulassen, und ich war ihm für seinen Rat dankbar.
Der sonderbare Name stammt aus der dort gesprochenen un-
möglichen Sprache, die als Baskisch bezeichnet wird, und bedeutet so viel wie »Hundert Pforten«. Vielleicht hat das mit
dem merkwürdigen Umgang rund um die Kirche des Templerordens zu tun, der ganz wie in San Juan de la Peña nicht
überdacht und eher ein Deambulatorium als ein Kreuzgang
ist. Nachdem wir die Ritter dort begrüßt hatten, erlaubte man
uns dank der Erwähnung des Namens Guillén die Besichtigung der Anlage. So bekamen wir auch Zutritt zu den Räumen, die den jeweiligen Riten der Templer vorbehalten waren.
Einige dienten zur Initiation in den Orden: Im Ersten entle-
digten sich die künftigen Templer ihrer bisherigen Kleidung,
während sie sich in einem anderen den Proben und der Weihe
unterzogen. Sie läuterten sich mit Hilfe des Wassers, legten
ihr neues rot-weißes Gewand an, fasteten und nahmen die
Kommunion. In einem weiteren kleinen Raum hielt der künf-

tige Ritter die Waffenwache. Wir sahen auch die Stelle, an der die entscheidende symbolische Handlung stattfand, nämlich die Übergabe des Schwertes und der Ritterschlag auf die Schulter, der dem Novizen bestätigte, dass er jetzt vollwertiges Mitglied des Templerordens war. Zum Schluss schritten wir den Kreis ab, in dem sich während der Investitur die übrigen Waffengefährten aufhielten, und gelangten dann dorthin, wo der frisch zum Ritter Geschlagene unter den aufmerksamen Augen seiner Waffengefährten den feierlichen Eid ablegte.

Auf diese Weise konnten wir zumindest oberflächlich einige der Geheimnisse der Templer erkunden. An den Wänden der Einsiedelei sahen wir Darstellungen von Spiralen, Muscheln und Gänsefüßen. Letztere waren ein Hinweis auf die Symbolik der Gans, auf die wir später in der Gegend um Villafranca am Fluss Oca stoßen sollten, dessen Name nichts anderes als Gans bedeutet. Der Dienst tuende Templerhauptmann Gérard de Molay riet uns, in welcher Reihenfolge wir die einzelnen Stationen des heiligen Bezirks durchschreiten sollten. Vor allem aber sahen wir die berühmten Baphomets der Templer. Luca entdeckte sie als Erster und zeigte uns erstaunt ein Kapitell, auf dem zwei Menschenköpfe mit weit aufgerissenen Augen und spiralförmig ineinander verschlungenen Bärten zu sehen waren. Als wir Gérard danach fragten, lächelte er ein wenig boshaft, geleitete uns ins Innere und zeigte uns ein Kopf-Reliquiar von fast natürlicher Größe, ebenfalls mit zwei Gesichtern, die kunstfertig aus Silber getrieben waren. Auch hier sahen wir gelocktes Haar und üppige Bärte. Doch ließ sich Gérard weder dazu bereden, uns die darin befindliche Reliquie zu zeigen, noch war er bereit, sich darüber zu äußern, bei welchen Riten sie den Templern diente. So sehr wir um eine Erklärung baten, es gelang uns nicht, auch nur ein Wort aus ihm herauszuholen. Mit unbewegter Miene hörte er sich unsere Frage an und betrachtete uns leidenschaftslos. Dann unterdrückte er ein Lächeln und begann, uns folgende rätselhafte Geschichte zu erzählen:

»Vermutlich habt ihr noch nichts von Sylvester II. gehört, dem Papst der Jahrtausendwende. Er hieß Gerbert d'Aurillac, und seine Geschichte ist äußerst lehrreich. In jungen Jahren entlief er seinem Kloster in der Auvergne, wo er seine Gelübde abgelegt hatte, um nach Spanien zu ziehen und bei den Arabern zu studieren. Bald übertraf sein Wissen das aller Gelehrten mit Ausnahme eines Alten, denn dieser besaß ein Buch, das die Antworten auf alle Fragen enthielt...«

»Ja«, unterbrach ich ihn, »das berühmte *Buch der Wissenschaften* oder *Abacum*.«

Melancholisch sah mich Gérard an.

»Das wird es wohl gewesen sein. Um in dessen Besitz zu gelangen, verführte Gerbert die Tochter des Alten. Da ihm an ihr nichts weiter lag, kehrte er anschließend unter einem Vorwand nach Frankreich zurück, wo er als Priester tätig wurde. Im Laufe der Zeit stieg er dank seines wissenschaftlichen Ruhms und seiner Frömmigkeit zum Erzbischof von Reims auf. In diesem Amt vollbrachte er allerlei Wunder und gewann damit Lobpreis, erregte aber auch Missgunst. Selbst der Papst gehörte zu seinen Neidern und hat ihn schließlich sogar exkommuniziert. Doch Gott ist gerecht! Am Tag nach dieser ruchlosen Tat schied der Papst unversehens dahin, und eben jener Gerbert trat an seine Stelle.«

»Heißt das, er wurde Papst?«, wollte Luca wissen.

»Das hat er doch vorhin schon gesagt, mein Junge«, unterbrach ich ihn rasch. »Aber trotzdem ist dein Einwurf nicht uninteressant, denn sein Name taucht in der offiziellen Liste der Päpste nicht auf.«

»Trotzdem ist unbestreitbar, dass er sein Pontifikat von 999 bis 1003 ausgeübt hat«, sagte Gérard mit Nachdruck. Dann senkte er die Stimme. »Entscheidend ist, dass er seine Schätze nach Rom geschafft hat. Von besonderem Wert waren ein Astrolabium, eine mechanische Uhr und eine mit Wasserdampf betriebene Orgel. Vor allem aber enthielt dieser Schatz einen berühmten aus Kupfer gefertigten Kopf namens Baphomet, der mittels eines geheimen Mechanismus betätigt wurde. Er besaß die Fähigkeit, auf Fragen mit Ja und Nein zu antworten und die Zukunft vorauszusagen.«

Ich versuchte, Gérard für uns einzunehmen, und sagte: »Papst Sylvester war seiner Zeit weit voraus. Kaum jemand hat ihn verstanden, und den meisten Menschen hat er einen ehrfürchtigen Schauder eingejagt. Viele waren froh, als er starb.«

»Unbedingt«, bestätigte er. »Doch wir Tempelritter ehren sein Andenken.«

»Und was ist aus dem Kopf geworden?«, fragte Luca, den die Geschichte außerordentlich zu fesseln schien.

Doch Gérard gab keine Antwort. Wir mochten ihn noch so sehr bestürmen, er wahrte Schweigen und sah uns an, als hätten unsere Worte nicht die geringste Wirkung auf ihn. Schließlich entschied ich mich, Luca zu berichten, was ich darüber gehört hatte.

»Soweit man in Paris erzählt«, sagte ich, »ist der Baphomet an den englischen Franziskaner und verehrungswürdigen Philosophen Roger Bacon gelangt und scheint sich gegenwärtig im Besitz des deutschen Kirchenmannes, Wissenschaftlers und Okkultisten Albertus Magnus zu befinden.«

Ich schien Gérard de Molay mit meiner Erläuterung zu verärgern. Mit säuerlichem Lächeln warf er uns einen langen Blick zu und begann eine weitere, weit symbolhaltigere und Grauen erregendere Geschichte zu erzählen. Er leitete sie mit der sarkastischen Bemerkung ein: »Wie Euch zweifellos bekannt ist, Magister Hinault...«

In seiner Erzählung ging es um einen edlen Ritter aus Sidon, der sich unsterblich in eine junge Frau namens Ise verliebt hatte. Als sie überraschend in Estella starb, wer er nicht bereit hinzunehmen, dass der Tod das Ende seiner Liebe bedeuten sollte. Nachdem die Familie nach der Beisetzung den Friedhof verlassen hatte, wachte der enttäuschte Ritter die ganze Nacht am Grabe, wobei er sonderbare Gebete murmelte, als bereite er sich auf etwas vor. Kurz vor Morgengrauen entweihte er das Grab der Jungfrau und schändete sie mehrfach, verrückt vor Begierde. Da vernahm er eine Stimme, die aus dem Jenseits zu kommen schien und ihm Vorhaltungen wegen seiner Ruchlosigkeit machte. Zugleich aber pries sie den hohen Wert der Liebe und teilte ihm mit, wenn er schon so weit gegangen sei, müsse er auch die unvermeidlichen Folgen seines Tuns auf sich nehmen. Daher solle er neun Monate später an jene Stelle zurückkehren. Wenn er seine Geliebte exhumiere, werde er erstens als Frucht seines Tuns einen Kopf entdecken. Von ihm dürfe er sich niemals trennen, denn er werde ihm geben, was auch immer er begehre. Darüber hinaus werde er sehen, dass die ihm Anverlobte als Beweis ihrer Liebe und der nachträglich vollzogenen Ehe den Ring am Finger trage, den der Ritter ihr nicht habe anstecken können.

»Dieser Ring ist ein Geschenk an dich«, teilte ihm die geheimnisvolle Stimme mit, »und wird es dir gestatten, die Zuneigung jeder Frau zu erringen, die ihn trägt.«

Gérard schwieg einen Augenblick, um seine Worte wirken zu lassen.

»Nach Ablauf der genannten Zeit«, fuhr er schließlich fort, »kehrte der Ritter angstvoll ans Grab zurück. Wie ihm die Stimme verheißen hatte, fand er zwischen den schlaffen Schenkeln seiner Geliebten den Kopf, mit dessen Hilfe er allerlei Wunder vollbringen sollte.«

»Nämlich den Baphomet«, sagte Enrique, der nicht an sich halten konnte.

Gérard wandte sich ihm wortlos zu. Ich trat vor, legte Enrique eine Hand auf den Arm und gebot ihm mit einer Kopfbewegung Schweigen. Ich wollte nicht, dass die Erzählung unterbrochen wurde.

»Nachdem er ihn an sich genommen hatte«, fuhr Gérard fort, »öffnete er die rechte Hand der Toten und steckte ihr eine weiße Rose zwischen die Finger, die er kurz zuvor gebrochen hatte, ohne so recht zu wissen, warum. Vielleicht hatte er mit einem kleinen Geschenk das Inbild der Leidenschaft und des Überdauerns vergelten wollen, das er mit sich nahm.

Zugleich ließ er den Ring an ihrem Finger, damit trotz seiner Macht niemand je wagen sollte, diesen Beweis vollkommener Liebe zu berühren.«

Nachdem Gérard geendet hatte, sagte keiner von uns ein Wort, so sehr hatte uns die Geschichte beeindruckt. Auch wenn uns der Templer nichts darüber hinaus mitteilte, genügte mir das Gesagte, um einige der geheimen Bedeutungen des Baphomet zu begreifen, ganz im Unterschied zu meinen Gefährten, die Gérard mit Fragen bestürmten, ohne jedoch eine Antwort zu bekommen. Ich meinerseits sah lange sinnend auf das Kapitell und überlegte, während ich mit meinen Fingern spielte, ob man angesichts des Namens Ise, den die Jungfrau trug, annehmen durfte, dass es sich um eine Allegorie über die Legende um die Liebhaber der Göttin Isis handelte. Ihr zufolge erlangte jeder, der es wagte, ihren Schleier anzuheben, jeder, der den Mut aufbrachte, sie zu berühren und zu enthüllen, das heißt, jeder, der es fertig brachte, die überlieferten Formen zu sprengen, Kenntnis von ihren verborgensten Geheimnissen und gewann damit Macht und Weisheit.

Bedrückt und nachdenklich setzten wir die Besichtigung fort. Gérard begleitete uns distanziert und mit spöttischem Blick. Offensichtlich freute er sich, uns neugierig gemacht zu haben, ohne dass wir eine Möglichkeit gehabt hätten, diese Neugier zu stillen. Nach wie vor standen wir an der Schwelle der Geheimnisse, ohne dass er uns die geringste Erklärung geliefert hätte. Sein Hochmut stachelte mich dazu an, es ihm mit gleicher Münze heimzuzahlen. Daher sagte ich mit munterer Stimme, nachdem wir uns verabschiedet hatten und bereits im Sattel saßen: »Meint Ihr nicht auch, lieber Freund, dass Euer Bericht von Ise und dem Ritter aus Sidon mit dem berühmten Alchimistenrätsel zusammenhängt, dessen Lösung lautet, ›Der Urstoff muss dem Geschlecht der Isis entnommen werden‹?«

Gérard ging nicht darauf ein, doch war mir das offen gestanden einerlei. Er hatte sich auf eine Weise verhalten, die ich jetzt, aus dem zeitlichen Abstand, nur als hochnäsig bezeichnen kann. Während wir ihn hinter uns ließen, richteten meine beiden Gefährten wortlos fragende Blicke auf mich. Ich weiß noch, dass ich mich mehrfach umwandte und sah, wie uns Gérard reglos nachschaute. Er zeichnete sich inmitten jener unendlichen Ebene, in der sich einsam der rätselhafte Templerbau von Eunate erhebt, als Umriss gegen das Licht vor dem Horizont ab.

Mitte März trafen wir eines Vormittags in Puente la Reina ein. An diesem Knotenpunkt, an dem die Pilger aus allen Ländern Europas auf dem eigentlichen Jakobsweg zusammentreffen, erreichten wir wieder den Hauptast des Jakobswegs, von dem wir abgewichen waren, um Jaca und Eunate aufzusuchen. Nachdem wir Tage um Tage durch einsame Landstriche gezogen waren, erstaunte uns das Sprachengewirr, das in jenem blühenden Städtchen herrschte. Wir zogen über dessen Straßen, vom Lärm um uns herum benommen, als wir schließlich mitten auf einer Brücke über den Fluss Arga den Schritt verhielten, um zu beraten, wie es weitergehen sollte. Luca schlug vor, eine Herberge aufzusuchen, wo wir ein gutes Mittagessen zu uns nehmen und ausruhen konnten. Die in Jaca gemachte Erfahrung hatte uns gelehrt, dass man keine Zeit verlieren durfte, wenn man für jeden ein eigenes Nachtlager wollte. Das Schicksal belohnte unsere Voraussicht, und wir fanden Unterkunft. Nachdem wir uns in der Herberge eingerichtet hatten, machten wir uns daran, die Stadt näher zu erkunden. Wir durchstreiften zahlreiche Gässchen und Plätze und gelangten gegenüber der Brücke Pons Reginae, welche die Hälften der Stadt verbindet, auf einen Spezereienmarkt. Die Brücke machte uns mit ihren sechs großen Rundbogen einen unvergesslichen Eindruck von nüchterner Eleganz. Die Stadt war voller Menschen, auch außerhalb des Ortes zu beiden Seiten des Pilgerwegs hatte man entlang einer gewundenen Straße eine große Zahl von Ständen und Buden aufgeschlagen.

Am Nachmittag erfuhr Velasco durch den Mann der Wirtin, dass diese gleich mir aus der Bretagne stammte. Als sie mich ansprach, stellten wir fest, dass wir nur wenige Meilen voneinander entfernt zur Welt gekommen waren, sie in Dinan und ich in Rennes. Sie hieß Elisabeth und war eine kräftige, breithüftige, robuste Frau von lebhaftem Wesen. Mir ist noch gut in Erinnerung, wie sie mit ihren Späßen und Scherzen den großen Schankraum beherrschte. Vermutlich war das Zusammenleben mit ihr nicht immer einfach, für uns aber erwies sich Velascos Entdeckung als ausgesprochen günstig. Sie beschloss, uns ein Zicklein am Spieß zu braten, zu dem sie verschiedenerlei Kohl auftrug. Dieses köstliche Mahl erweckte den Neid aller anderen Gäste.

»Ihr könnt diese Herberge auf keinen Fall verlassen, ohne meine Spezialität gekostet zu haben«, hatte sie uns in einem Ton mitgeteilt, der keinen Widerspruch duldete.

Bei der Nachspeise trat sie an unseren Tisch, und alle miteinander stießen wir mit warmem Wein an. Freundschaftlich unterhielten wir uns bis weit nach Einbruch der Dunkelheit. Als ich fragte, was sie nach Puente la Reina verschlagen habe, berichtete sie, dass sie vor zwanzig Jahren bei einer Wallfahrt in Begleitung ihrer Schwäger hier angekommen sei, sich aber in den Herbergswirt verguckt und beschlossen habe, dort zu bleiben. »Dieser navarrische Bursche hat mich mit seinen niederträchtigen Kniffen verführt«, sagte sie lachend und schlug ihrem Gatten auf den Rücken. Dieser, ein gutmütiger Mann, hielt sich im Hintergrund und nickte bescheiden.

Elisabeth gab uns gute Ratschläge mit auf den Weg und konnte überdies ein Missverständnis aufklären. Es heißt immer, die Navarrer seien schwierig im Umgang und hassen die Franzosen. »Hört nicht darauf. Es ist eine Verleumdung, die ein Pilger namens Aymerich in Umlauf gesetzt hat, dem wohl irgendetwas Schlimmes widerfahren ist. Er hat es in einem Buch berichtet, und alle haben es von ihm übernommen.« Tatsächlich beschreibt dieser Aymerich in dem Reiseführer zum Jakobsweg, den ich stets bei mir trage, die am Wege lebenden Menschen voll Groll und führt einige Behauptungen an, die teils lustig und teils überspannt sind. Ich will eine hier wiedergeben: »Bei den Navarrern entblößen sich Mann und Frau voreinander, wenn sie in Wallung geraten. Anschließend treiben sie widernatürlichen Verkehr mit dem Vieh. Es heißt auch, dass der Navarrer am Hinterteil seiner Eselin oder Stute eine Vorrichtung anbringt, die dafür sorgt, dass niemand außer ihm Zugang zu ihr hat. Auch küsst er deren Vulva ebenso wollüstig wie die seiner Gattin.«

Ich kann bezeugen, dass wir nichts von all dem sahen. Als einzig Bemerkenswertes fiel uns in jener Gegend die ausgezeichnete Küche auf. Noch jetzt habe ich den Geschmack des von meiner rührigen Landsmännin Elisabeth zubereiteten Bratens im Munde. Zu allem Überfluss ist sie uns in entscheidender Weise zu Hilfe gekommen. Als sie erfuhr, dass wir allein unterwegs waren, machte sie uns in mütterlicher Weise Vorwürfe und wies darauf hin, dass es besser für uns wäre, uns einer Pilgergruppe anzuschließen. »Zwar ist diese Gegend nicht gefährlicher als andere, doch empfiehlt sich auf dem Jakobsweg Vorsicht, droht doch so manches Ungemach.«

Diesen Worten ließ sie die Warnung folgen: »Vergesst nicht, dass viele tausend Pilger diese Landschaft durchziehen, und so kommt zu den natürlichen Gefahren, die vom Gebirge und den wilden Tieren ausgehen, eine Unzahl von Hausierern, Falschspielern und scheinheiligen ›Pilgern‹, die nichts anderes im Sinn haben, als Unvorsichtige auszurauben. Am schlimmsten aber sind die Banden von Wegelagerern, Strauchdieben und sonstigem Gesindel, die an Kreuzwegen lauern und Vorüberkommende kaltblütig töten, um sie ausrauben zu können.«

Doch sie gab sich mit diesem Rat nicht zufrieden und sorgte, ohne uns etwas davon zu sagen, auf eigene Faust dafür, das wir uns einer Gruppe anschließen konnten. Da wir nichts davon ahnten, überraschte es uns sehr, dass kurz vor der Schlafenszeit ein Tuchhändler aus Gent mit dem Vorschlag zu uns trat: »Die Herbergswirtin hat mir gesagt, dass ihr allein wallfahrt und keine Möglichkeit habt, euch zu verteidigen, als die Kraft eurer Arme. Auch hat sie gesagt, dass ihr gute Christen seid und sie sich für euch verbürgt. Wir ziehen als Gruppe, kennen den Weg und wissen uns zu verteidigen, obwohl ich zugeben muss, dass es uns durchaus zugute käme, wenn weitere vier Männer zu uns stießen. Kurz gesagt, wir haben miteinander gesprochen, und ich bin gekommen, euch vorzuschlagen, dass ihr euch unserer Gruppe anschließt.«

Nachdem sich mein Erstaunen gelegt hatte, sah ich Velasco an, und dieser stimmte mit einer Bewegung seines Kopfes zu. Um aber keine verdächtige Eile an den Tag zu legen, berieten wir scheinbar nochmals miteinander. Zweifellos war es eine gute Wahl. Auch wenn sich unerwartete Folgen zeigen sollten, so handelte es sich doch um eine passende Gruppe. Sie bestand aus etwa fünfzehn Personen unterschiedlicher Herkunft, die von zwei Gewappneten beschützt wurden. An der Spitze stand ein wallonischer Priester namens Claude, der die Wallfahrt bereits dreimal gemacht hatte und alle nötigen Vorsichtsmaßregeln kannte. Ihn begleiteten mehrere Kaufleute und eine vornehme Familie aus Aquitanien namens Chartier, die ein Gelübde erfüllen wollte und sich von den anderen fern hielt. Außerdem gehörte noch eine weitere französische Familie dazu, sodann die Gewappneten und nun auch Enrique, Velasco, Luca und ich.

Am folgenden Tag machten wir uns erneut auf. Während der vielen Tage, die wir über den Jakobsweg zogen, hatte ich Gelegenheit, die Vorteile der Gruppe schätzen zu lernen. Dem einfachen Tagesablauf konnten wir uns ohne Schwierigkeiten anpassen. Bei Morgengrauen standen wir auf und ritten, nachdem wir gefrühstückt und die Tiere gefüttert hatten, den ganzen Vormittag hindurch. Nachmittags schlugen wir, je nachdem, ob wir uns auf freiem Felde befanden oder ein Dorf in der Nähe lag, unser Lager auf oder suchten Unterkunft in einer Herberge. Auf diese Weise nächtigten wir unterwegs an allerlei Orten und in Herbergen jeglicher Art: Gemeinschaftsherbergen, die vor Schmutz starrten, gut eingerichteten Kammern von Gasthöfen, Schlafsälen fast ohne jede Einrichtung, in denen eine aufgespannte Decke als Trennwand zwischen den einzelnen Menschen diente, bis hin zu verschwenderisch eingerichteten Gemächern wie jenen im Palast von Estella, wo nicht nur die Wände mit bunt gefärbtem, geprägtem Leder bedeckt waren, sondern auch immer ein Handwaschbecken in der Nähe war und für jeden ein Glas Milch auf dem Tisch stand.

An den folgenden Tagen zogen Enrique und Velasco fast allmorgendlich aus, um zu jagen. Langsam ritten sie über das offene Feld und achteten mit der Steinschleuder in der Hand aufmerksam auf jedes Zittern der vom Tau benetzten Gräser, auf plötzliche Geräusche und die Laute der Rebhühner. Anschließend durchstreiften sie die mit Pappeln, Eichen und Korkeichen bestandenen Talauen und folgten den Wasserläufen. Wo sich ein stehendes Gewässer bildete, warteten sie im Röhricht verborgen auf Ringeltauben. Das Jagdglück war Enrique hold, und so kehrte er jedes Mal mit einigen Tieren am Gürtel zurück. Ich sehe ihn noch vor mir, wie er sich mit wiegenden Schritten lächelnd näherte und das Blut der Jagdbeute seine Beinlinge befleckte. Dann nahm Velasco die Tauben aus und briet sie am Feuer.

Die drei Kinder der Familie Chartier hießen Jacques, Arlette und Fabienne. Letztere, die Jüngste, war ein rötlichblondes zierliches Mädchen von kaum sechzehn Jahren, das sich schlicht kleidete. Ihr sehr blasses Gesicht hatte liebliche Züge, und sie trug im Gegensatz zu ihrer Mutter, die mit finsterer Miene durchs Leben ging, fortwährend ein heiteres Lächeln auf den Lippen, wie man es sonst nur auf Bildern sieht. Da sie eine überaus angenehme Stimme hatte und mit allen sprach, war jeder in der Gruppe von ihrer Anmut entzückt, was auch immer sie sagte.

Arlette war gänzlich anders geartet. Erstens war sie, obwohl nur drei Jahre älter als ihre Schwester, bereits eine richtige Frau. Das sage ich wegen ihres Wesens und nicht wegen ihres Alters, denn manche machen schon mit fünfzehn Jahren

einen sehr reifen Eindruck, während andere noch mit fünfundzwanzig wie kleine Mädchen wirken. Ihr hoch gewach-
sener Körper war sehnig, kräftig und recht knochig. Sie war
nicht besonders schön und lächelte selten, aber ihre Augen
strahlten in einem Blau, das so beunruhigend war wie ihre
ganze Persönlichkeit. Sie schien gegen ihre natürliche Bestimmung als Frau aufzubegehren, denn sie verhielt sich in vielem wie ein Jüngling. So trug sie das Haar kurz wie die Pagen
am Hof und scheute sich nicht davor, sich an allen Unternehmungen Lucas zu beteiligen. Sie saß gut zu Pferde, doch ritt
sie mit übermäßigem Ungestüm, ohne die Anmut und Eleganz einer Dame. Sie schloss sich sogleich Luca an, der in ihr
eine gute Gefährtin fand. Häufig unterhielten sie sich von der
Gruppe getrennt spätabends stundenlang vor der Glut des in
sich zusammensinkenden Feuers, wobei sie einander persönliche Dinge anvertrauten und beim geringsten Anlass lachten.

Doch so umgänglich und munter Luca in Arlettes Gesellschaft war, so schüchtern verhielt er sich Fabienne gegenüber,
in deren Nähe er kaum zwei zusammenhängende Worte herausbrachte. Bei ihrem Anblick trat ihm sogleich ein törichtes
Lächeln auf die Züge. Ich deutete das so, dass ihn der Zauber des Mädchens ebenso in seinen Bann schlug wie mich.
Vermutlich ging es allen anderen ebenso, doch nehme ich an,
dass Luca weiter dachte als wir alle. Heute durchschaue ich
die Zusammenhänge, doch damals merkte ich erst etwas von
dem, was vorging, als es sich zu entwirren begann.

Offen gesagt, hätte ich ihn warnen können, denn wir sprachen auf dem Wege bisweilen von Fabienne, und er vertraute
mir Dinge an, die es mir gestattet hätten, seine Absichten zu
erkennen, doch war ich dazu nicht klug genug. Beispielsweise
weiß ich noch, wie ich Enrique und Luca eines Tages auf den
Zauber aufmerksam machte, der von Fabienne ausging, und
behauptete, dass ihre Unschuld und Zerbrechlichkeit eine Art
zeitloses Entzücken hervorriefen.

»Vergesst aber nicht«, gab ich ihnen zu bedenken, »dass die
irdische Schönheit vergänglich ist und nur kurze Zeit währt.«

Während mir Enrique Recht gab, schüttelte Luca leidenschaftlich den Kopf. Er war erkennbar anderer Ansicht.

»Gewiss, was Ihr sagt, stimmt. Die Schönheit, und wäre sie so anrührend wie die Fabiennes, ist nur von kurzer Dauer. Doch ich verstehe Eure Vergleiche nicht, wenn Ihr von einer Frau sprecht. Was hat es mit dem jungfräulichen Zauber auf sich?«

Ich wollte ihm meinen Standpunkt erklären, doch er ließ es nicht zu.

»Verzeiht mir, Magister, aber Ihr sprecht, als wäre sie in Stein gehauen. Dabei handelt es sich um einen lebendigen Menschen.«

Enrique erinnerte den Italiener an meine Ordensbindung. »Es ist nur natürlich, dass Raoul solche Ausdrücke verwendet, Luca.«

Damit vermochte er ihn aber nicht zu beruhigen, denn sogleich gab dieser zurück: »Das ist mir bekannt, doch bedeutet das nicht, dass er an der Wirklichkeit vorbeileben soll. Denkt an Eure Worte, Raoul. Vorhin habt Ihr gesagt, dass Fabiennes Vollkommenheit etwas Zeitloses an sich habe. Das klingt, als wäre sie ein körperloses Wesen und als wolltet Ihr zeigen, dass es dabei um etwas Dauerhaftes geht. Bei Euren Worten, in ihrer Schönheit enthülle sich die Größe Gottes, ist es mir vorgekommen, als sprächet Ihr vom Standbild eines Heiligen. So aber verhält es sich nicht. Fabienne ist eine Frau. Wenn Ihr so wollt, eine, die noch vor dem Erblühen steht, aber dennoch eine Frau. Ob ihre Erscheinung mehr oder weniger angenehm ist, hat nichts damit zu tun. Weder ist sie von vollkommener Schönheit, noch braucht sie das zu sein. Ich weiß nicht, wie du dazu stehst, Enrique, aber ich kann ihrem Zauber keine Verehrung entgegenbringen.«

Verschmitzt sah ihn der Steinmetz an.

»Zum Teil habt Ihr ja Recht, Magister«, fuhr Luca nach kurzem Überlegen fort, »aber ich muss sagen, dass mich diese jungfräuliche Unschuld, von der Ihr gesprochen habt, eher verführt als entzückt.«

»Merkst du nicht, wie auch du ...«, fiel ich ihm ins Wort, im Versuch, mich seiner Argumente zu bedienen. Er aber ließ mich nicht weiterreden.

»Ich möchte sagen, dass die Bezauberung, die ich empfinde, nicht von einer inneren Heiterkeit herrührt, von der Ihr gesprochen habt, sondern von Fabiennes herzlichem und sinnlichem Wesen. Es ist die Sinnlichkeit einer reifen Frau.«

»Ich könnte nicht sagen«, warf Enrique mit einem Seitenblick zu mir ein, »ob ich innerlich bewegt, entzückt oder was auch immer von dem bin, was du gesagt hast. Ich weiß nur, dass sie schön ist. Auch scheint es mir natürlich, dass Raoul in ihr die Fülle der Schöpfung erkennt. Du aber, Luca, übertreibst wohl«, meinte er und sah ihn schelmisch an. »Sie dürfte eher ein Mädchen als eine reife Frau sein. Meinst du nicht auch?«

Luca lächelte vor sich hin und sagte nichts weiter. Ich muss gestehen, dass ich die entscheidenden Untertöne des Gesprächs nicht erfasste, und so nahm ich erneut meine Argumentation über die Schönheit auf und hielt den beiden einen langen Vortrag, auf welch unterschiedliche Weisen sich Gottes Güte in der Natur äußert, was mit dem eigentlichen Grund der Angelegenheit nicht das Geringste zu tun hatte.

Fabiennes Eltern stammten aus dem Ort Conques in Aquitanien und waren der heiligen Fides, einer jungen Märtyrerin aus Aachen, sehr ergeben. In der dortigen Kirche wird sie in Gestalt einer kleinen vergoldeten Skulptur dargestellt, deren metallenes Gewand mit Dutzenden von Kameen bedeckt ist. Sie vermittelt bei aller Plumpheit und Hässlichkeit ein solches Gefühl der Erhabenheit, dass mich beim Anblick der im Glanz von Gold und Edelsteinen auf ihrem Thron sitzenden Heiligen ein tiefes, frommes Staunen erfasste.

Dann fiel mir ein, was der Vater von Fabienne, Alain Chartier, gesagt hatte: »So groß ist die Zahl der von der heiligen Fides bewirkten Wunder, dass die Mönche kaum damit nachkommen, sie schriftlich festzuhalten. Bei kriegerischen Auseinandersetzungen, Unglücksfällen und Heimsuchungen wird das Standbild der Heiligen auf einem Pferd durch die Straßen geführt, während Geistliche Zimbeln und Elfenbeinhörner ertönen lassen. Das müsstet Ihr sehen«, hatte er, zu mir gewandt, hinzugefügt. »Wo auch immer die heilige Fides vorübergeführt wird, lösen sich alle Schwierigkeiten auf, und überall kehrt sogleich Eintracht ein.«

Er hatte mir außerdem berichtet, dass er und seine Gattin sich im vorigen Frühjahr, als ihr Sohn Jacques bei einem Sturz vom Pferd die Sprache verloren hatte, vor dem Standbild zu Boden geworfen und es angefleht hatten, dem Jungen die Sprache zurückzugeben. Doch in diesem Fall geschah das Wunder nicht; Jacques blieb stumm. Enttäuscht machten sie sich zum Bischof von Conques auf. Nachdem dieser den Jungen gründlich untersucht hatte, empfahl er ihnen eine Wallfahrt nach Santiago, wo sie die Hilfe des Apostels erflehen sollten. Alain hatte erklärt: »Conques liegt am Jakobsweg, und die Macht der heiligen Fides kann nicht allen Menschen helfen.«

Mit einer treuherzigen, wenn auch keineswegs unlogischen Gedankenverknüpfung, war er fortgefahren: »Bischof Galbert hat gesagt, wenn die heilige Fides jedes beliebige Wunder bewirken könnte, würden sich alle vor ihr niederwerfen und niemand zum heiligen Jakobus wallfahren. Daher haben wir uns entschlossen, seinem Rat zu folgen.« Mit demütiger Miene hatte er hinzugesetzt: »Wahrscheinlich konnte die heilige Fides meinem Sohn infolge unserer Sünden die Stimme nicht zurückgeben, doch ist es ihr gewiss möglich, beim heiligen Jakobus ein gutes Wort für uns einzulegen.«

So also war es gekommen, dass sich die ganze Familie auf den Weg gemacht und in Conques einer Gruppe von Händlern angeschlossen hatte. Anfangs hatten sie sich von den anderen fern gehalten, doch schon bald sorgten die Fährnisse des Weges dafür, dass wir uns enger aneinander schlossen, so dass ich schließlich mit Alain recht vertraut wurde. Häufig trieb ich mein Pferd in die Nähe des Karrens, in dem seine Frau mit Jacques, Arlette und Fabienne reiste, um mich mit ihnen zu unterhalten.

Auf diese Weise erfuhr ich, dass sie es eilig hatten, Estella zu erreichen, denn dort wurden sie als Gäste bei der Hochzeit Elenas erwartet, der Tochter Guzmán de la Rúas, Kronfeldherr im Palast der Könige von Navarra. Eine mit dem Haushofmeister des Königs verheiratete Schwester Alain Chartiers sollte bei dieser Verbindung Trauzeugin sein.

Doch kehren wir zu Luca zurück. Sein unstetes Wesen zeigte sich gegenüber der Familie Chartier so widersprüchlich, dass man glauben konnte, es mit zwei verschiedenen Menschen zu tun zu haben. Arlette gegenüber war er abwechselnd zugänglich, wenn nicht geradezu witzig, und tief betrübt. Bei solchen Gelegenheiten brachte er kein einziges Wort heraus. Bei Fabienne verhielt er sich, wie ich schon gesagt habe, unsicher und wie ein Tor, zumindest dem äußeren Anschein nach.

Diese Verhaltensweise hat mich immer erstaunt. Auch in meiner Rolle als bloßer Beobachter ist mir nicht entgangen, dass den größten Erfolg bei Frauen die Verschlagenen, die Unsicheren und solche Männer haben, die betrübt lächeln. Ich weiß durchaus, dass man das Gegenteil behauptet und den jungen Leuten erklärt, der selbstsichere Draufgänger gewinne die Gunst einer Frau, doch das stimmt nicht. Es dürfte kein Zufall sein, dass nur allzu häufig Männer, die nach außen hin schwach und unsicher scheinen, dort triumphieren, wo kühnere und wagemutigere gescheitert sind. Paradoxerweise aber ist die oben dargestellte falsche Ansicht nicht auszurotten.

Wahrscheinlich hatte Luca bei dieser Verquickung von Wirklichkeit und vorgefassten Meinungen keine Schwierigkeiten, bei Arlette, der älteren der Töchter Chartier, mit seinem Trübsinn Trost zu finden. Inzwischen weiß ich, dass ihr daran lag, ihm ihre geheimsten Empfindungen mitzuteilen, und dass Luca sie behandelte, als wäre sie ein Mann. Sie ließ ihn gewähren; es sah ganz so aus, als gäbe sie sich mit der Rolle der kameradschaftlichen Freundin zufrieden. Wir sahen darin die beste Lösung, brauchten wir uns doch auf diese Weise keine großen Gedanken zu machen oder Verwicklungen zu befürchten. Hinzu kam, dass Luca in Enrique, obwohl dieser lediglich zwei Jahre jünger war als er, keinen angemessenen Gefährten sah, so dass ihm dessen Gesellschaft nicht die Kameradschaft zu bieten vermochte, die er offenbar bei der jungen Frau fand. Dennoch war es eine unmögliche Verbindung. Ich hätte an die Stelle der Heiligen Schrift denken müssen, an der das Wort einer Frau mit dem glühenden Feuer verglichen wird, denn sie bemächtigt sich der Seele des Mannes und vermag den Stärksten zu Grunde zu richten. Meine Kenntnis der Worte des Predigers Salomonis hätte mich warnen müssen: »Und ich fand bitterer als den Tod die Frau, die Netzen gleich ist und deren Herz Fangstricke, deren Hände Fesseln sind.«

Zwischen den beiden geschah das Unausweichliche. Mittlerweile weiß ich, dass sich Arlette vom ersten Augenblick an unsterblich in Luca verliebt hatte, und kann zu meiner Entschuldigung lediglich sagen, dass nichts in ihrem Verhalten etwas davon ahnen ließ. In meinen Augen waren es zwei junge Leute, wie ich sie vom Katheder an meiner Universität schon häufig gesehen hatte. Nur hatte ich dabei wohl vergessen, dass meine Zöglinge ausschließlich junge Männer, vor allem aber, dass diese beiden keine Heranwachsenden mehr waren. Obwohl Luca fast fünfundzwanzig und Arlette neunzehn Jahre alt war, hatten wir die beiden, wann immer wir sie miteinander spielen, streiten oder zu Pferde verschwinden sahen, in unserer Einfalt sozusagen als zwei junge Männer betrachtet. So kam es, dass wir, und vor allem ich, nicht mitbekamen, wie sich die Dinge weiter entwickelten.

Allerdings trug zu unserer Verwirrung auch bei, dass Luca nach und nach Fabienne mit tausend kleinen Vorwänden den Hof zu machen begann. Das geschah so, dass man es kaum merkte, und war ihm selbst wohl völlig unbewusst. Ich habe schon an anderer Stelle gesagt, dass er sich ihr gegenüber äußerst feinfühlig verhielt. Inzwischen ist mir aufgegangen, dass er fähig war, sich dem Wesen der beiden jungen Mädchen anzupassen und beide jeweils so zu behandeln, wie das ihren

Wünschen entsprach. Dabei bin ich fast sicher, dass er das nicht mit Absicht tat. Zweifellos braucht ein Verführer eine gewisse Begabung, und die besaß er in hinreichendem Maße. Häufig ritt er an den Karren der Familie Chartier heran, um mit den Frauen zu plaudern oder mit Jacques zu spielen, den er auch zum Reiten einlud. Nach und nach gelang es ihm dabei, dem Jungen die Angst vor Pferden zu nehmen, an der jener seit dem Unfall litt. Anfangs widersetzten sich die Eltern Lucas Vorhaben, doch gelang es ihm nach einer Weile, sie zu überreden, dass sie den Jungen aufsitzen ließen, bis Alain ihnen schließlich sogar befriedigt nachsah, wenn sie miteinander fortritten. Zum Schluss strahlte er sogar vor Stolz, wenn er seinen stumm lächelnden Sohn, furchtlos an Lucas Gürtel geklammert, im Galopp vorüberreiten sah.

Dennoch konnte ich mir nicht vorstellen, dass Luca seine sonderbare Beziehung zu Arlette aufrechterhielt, während er zugleich mit Worten weiter um Fabienne warb.

Später schilderte er selbst mir die Situation.

»Ich war sehr vertrauensselig«, teilte er uns voll Unbehagen mit. »Gewiss, zwischen Arlette und mir bestand eine Beziehung wie zwischen Mann und Frau, aber für mich war das Teil des Spiels. Es wird euch unglaubhaft erscheinen und lässt sich auch nur schwer erklären... Aber es war eine Art Entspannung, in die unsere Streitereien und Auseinandersetzungen mündeten.«

»Meinst du wirklich?«, fragte ihn Enrique boshaft. »Natürlich habe ich deine Erfahrung nicht, aber wenn ich an meine Situation bei Giselle denke, kann ich das schon verstehen.«

»Das lässt sich nicht vergleichen«, sagte Luca.

»Nein, warte. Lass dir eines sagen: Solange es nicht zu unmittelbarer körperlicher Berührung kommt, besteht auch keine Gefahr. Selbst bei nicht übermäßig sinnlichen Begegnungen entsteht die Leidenschaft aus der Liebkosung.«

»Trotzdem ist es nicht dasselbe«, beharrte der Italiener. »Du hast mir gesagt, dass Giselle dich begehrt hat und du sie. Das war in meinem Fall nicht so. Außerdem hat sich Arlette immer fern gehalten und sich nie wie eine verliebte Frau aufgeführt. Ich muss ja wohl wissen, wovon ich rede. Manchmal hat sie mich angestachelt und verspottet, wenn ich ihr erklärte, dass eine engere Beziehung zu Schwierigkeiten führe. Bei anderen Gelegenheiten wieder hat sie mich unwillig zurückgestoßen und verlangt, nicht von mir belästigt zu werden. Schließlich war ich der Sache ziemlich überdrüssig und bin ihr aus dem Weg gegangen. Nachdem ich mich ein wenig mit Fabienne bekannt gemacht hatte, hat sie mir Vorhaltungen wegen der gelegentlichen Begegnungen mit ihrer Schwester gemacht. Aber ihre Gefühle haben mich nie weiter gekümmert. Ich nahm an, dass sie sich lediglich mit mir vergnügte...«

»Und?«

»Sie wusste haargenau, was ich dachte und empfand, ohne dass ich es ihr zu sagen brauchte«, murmelte Luca bitter. »Sie hat mir sogar klar gemacht, dass ich angefangen hatte, mich in Fabienne zu verlieben.«

»Das hat Arlette getan?«

»Jawohl, Arlette.«

Darauf berichtete er uns die Szene in allen Einzelheiten. Dank diesem und späteren Gesprächen ist es mir möglich, gewisse Ereignisse, deren Zeuge ich zwar nicht war, deren Wahrheit mir aber unbezweifelbar erscheint, mit einiger Zuverlässigkeit zu rekonstruieren.

Eines Tages ging Luca Brennholz suchen, nachdem wir unser Lager aufgeschlagen hatten, und traf dabei auf Arlette. Sie hatte in einem alten Garten mit Apfel- und Kirschbäumen dürre Äste gesammelt und saß nicht weit von dem Zaun, den sie gerade überklettert hatte, auf dem Boden. An den Stamm eines der Bäume gelehnt, biss sie in einen grünen Apfel. Der Italiener sah ihr kurzes kastanienbraunes Haar. Zwar hatte er keine Lust, mit ihr zu sprechen, doch machte ihn das halbe Lächeln auf ihren Zügen neugierig. Sie schien sich an irgendwelchen geheimen Gedanken zu erfreuen. Als er neben ihr stehen blieb, sah er sie mit dem Ausdruck nachsichtiger Freundlichkeit an.

»Ich habe auf dich gewartet«, sagte Arlette bei seinem Anblick.

Er schwieg weiter.

»Ich wollte unter vier Augen mit dir sprechen«, fuhr sie fort. »Als ich gesehen habe, dass du das Lager verlassen hast, um Holz zu suchen, bin ich vorausgelaufen, um dich zu erwarten. Weißt du, in letzter Zeit ist es schwierig mit dir. Es kommt mir ganz so vor, als ob du mir aus dem Weg gingst. Aber ich muss dir unbedingt etwas sagen.«

Sie sah ihn mit ihren großen blauen Augen an, die unergründlich wie Seen waren. »Du weißt ja, dass du nicht der erste Mann bist, mit dem ich vertrauten Umgang hatte. Ich muss offen zu dir sein und dir sagen, dass mir das anfangs gefallen hat, mir jetzt aber nichts mehr bedeutet. Ich habe darüber nachgedacht und glaube, dass es besser wäre, damit aufzuhören.«

Darauf war Luca nicht gefasst gewesen, und obwohl es ihm nicht schmeichelte, fühlte er sich erleichtert. Er wollte sich dieser Last entledigen, ohne Arlettes Empfindungen zu verletzen. Ihm war klar, dass es keine bessere Lösung gab, als dass sie selbst den Schlussstrich zog.

»Nun denn...«, gab er mit gespielter Enttäuschung zurück. »Vielleicht hast du ja Recht. Wir dürfen das nicht tun, nur um uns zu vergnügen.«

»Nein?«, fragte sie scharf. »Ich muss dir sagen, dass es mich nicht stören würde, wenn es etwas vergnüglicher wäre. Aber es ist nicht besonders begeisternd, mit einem Mann zusammen zu sein, der ständig an eine andere denkt.«

Der Italiener sah sie lange unverwandt an, ohne den Sinn ihrer Worte zu erfassen. Das Licht der Sonne, das durch das Blätterdach des Baumes drang, zauberte bunte Flecken auf ihre weiße Bluse.

»Ich weiß nicht, worauf du hinauswillst«, gab er zurück.

»Dabei ist das doch völlig klar, jedenfalls mir«, sagte Arlette. »Falls es dir aber nicht klar sein sollte, sag mir doch, warum du in Fabiennes Gegenwart jedes Mal vor Verlegenheit rot wirst? Wie kommt es, dass du dann ganz anders als sonst bist und kein Wort herausbringst?«

»Wer? Ich?«, fragte Luca töricht.

Sie stieß nach: »Liest du ihr nicht jeden Wunsch von den Augen ab, und bist du nicht fortwährend darauf bedacht, von ihr zu sprechen? Tust du nicht so, als verstündest du nicht, wenn ich nur den kleinsten Hinweis auf meine Schwester gebe, und fragst mich anschließend nach tausend Einzelheiten?«

Luca versuchte, sarkastisch zu lächeln, was ihm kläglich misslang.

»Ich will es dir sagen«, fuhr Arlette fort. »Du bist in sie verliebt.«

Der Genueser brach in lautes Lachen aus.

»Stell dich nicht so unschuldig.«

»Das tue ich nicht«, antwortete Luca und versuchte, Arlettes Blick standzuhalten. »Wenn du aber schon so klug bist, kannst du mir dieses befremdliche Verhalten sicherlich erklären.«

»Daran ist überhaupt nichts befremdlich. Du hast einfach nicht den Mut, dir deine Verliebtheit einzugestehen. Sobald sie in der Nähe ist, wirst du unruhig und weißt nicht, wie du dich verhalten sollst. Das aber möchtest du nicht gern zugeben.«

Schweigend senkte er den Kopf. Da er nicht wusste, was er darauf antworten sollte, wartete er, bis sie fortfuhr.

»Aber sei beruhigt«, fügte Arlette hinzu. »Wenn du nicht willst, dass sie es erfährt, wird sie von mir kein Wort darüber hören. Außerdem ist es mir unwichtig. Ich habe dir ja schon gesagt, dass mir dein Drängen allmählich langweilig wird.«

Diese Äußerung schmerzte ihn. Er hatte sie nie bedrängt. Sie selbst hatte gesagt, er gehe ihr aus dem Wege. Als sie den Ausdruck des Missfallens auf seinen Zügen sah, fügte sie boshaft hinzu: »Wenn du möchtest, kann ich dir helfen, meine

Schwester zu gewinnen. Sie ist noch ein Kind. Auch wenn ihr alle das erstaunlich finden solltet, wird es mir nicht schwer fallen, dafür zu sorgen, dass sie sich dir zuwendet.«

Als sie sich mit diesen Worten zur Komplizenschaft bereit erklärte, war Luca von der Aussicht, die sich ihm da bot, gänzlich gefangen. Mit einem Schlag schwand sein Unwille dahin. Jetzt war Arlette wieder seine gute Freundin. Ihre Hilfe und ihre Ratschläge würden ihm helfen, seine Schüchternheit zu überwinden und sich Fabienne zu nähern.

»Es stimmt«, räumte er schließlich ein. »Ich bin ein wenig in deine Schwester verliebt, aber ich weiß nicht, wie ich mich verhalten soll. In ihrer Nähe umnebelt sich mein Gehirn, so dass ich keinen klaren Gedanken fassen kann. Willst du mir wirklich beistehen?«

Was er berichtete, half mir dabei, die Situation zu verstehen. Ich konnte mir genau vorstellen, wie Arlette am Erdboden saß und Lucas Empfindungen nach Belieben und ohne die geringste Mühe steuerte. Ohne etwas davon zu ahnen, war er schon von ihr besiegt. Paradox an dem Fall war – das aber vermochte Luca nicht zu sehen –, dass Arlette ihn zwar zu beherrschen schien, zugleich aber auf keinen Fall zu erreichen vermochte, was Luca einzig und allein wichtig war. Wäre er nur etwas hellsichtiger oder etwas weniger grausam gewesen, hätte er den Spieß mühelos umdrehen können, denn Arlette wurde von Eifersucht geradezu zerfressen.

Ich staune immer wieder, wie das Wunder der Liebe dafür sorgt, dass die Menschen ihre Haltung verlieren und sich den Verstand verwirren lassen. Es fesselt mich zu sehen, wie diese Art von Götzendienst, diese seltsame Besessenheit, bei der eine leidenschaftliche und unbeherrschbare Begierde nach einem anderen Menschen zu Tage tritt, Gewalt über sie gewinnt. Einen unbeteiligten Zuschauer beunruhigt es eher zu sehen, wie sich die Empfindungen allmählich wandeln – aus Wertschätzung wird Zuneigung und aus ihr Vergötterung, und all das nur deshalb, weil sich das Wesen des anderen vom eigenen unterscheidet und dieser eine bestimmte Art hat, sich zu geben, gewisse Bewegungen zu machen, gewisse Merkmale der Schönheit aufweist, über die zu allem Überfluss Dritte nicht im Geringsten einer Meinung sind. Da ich mich solchen Gemütsbewegungen versagt habe, seit ich fähig bin, meinen Verstand zu gebrauchen, besteht mein einziges Vergnügen auf diesem Gebiet darin, von fern mit anzusehen, wie der Samen der Liebe wirkt und sich auf tausenderlei Weise äußert, sei es in Zärtlichkeiten, Begierde, Verehrung oder gar in Verachtung und Hass. Doch immer verändert sich dabei auch die Persönlichkeit, tritt dabei die gleiche Schwäche auf. Doch will ich mich nicht allzu ausführlich über Dinge äußern, die mir fremd sind. Ich kann in dieser Geschichte lediglich als Zeuge auftreten und gewisse Ereignisse nach bestem Wissen und Gewissen bekunden.

So kam es, dass Luca, von Arlette darin scheinbar unterstützt, Fabienne deutlich den Hof zu machen begann. Überzeugt von der Wirksamkeit ihres Eingreifens, überließ er sich Arlettes Führung, ohne zu merken, dass ihr nicht im Geringsten daran lag, ihm den Weg zu ebnen. Wohl aber bemühte sie sich, das genaue Gegenteil zu erreichen und jegliche Anziehung, die der Genueser auf ihre Schwester ausüben konnte, im Keim zu ersticken.

»Nimm dich in Acht vor Luca«, sagte Arlette zu Fabienne. »Er ist ein umgänglicher Bursche, und ich unterhalte mich gut mit ihm, aber man muss ihm seine Grenzen zeigen. Immer wieder rühmt er sich der Eroberungen, die er in Genua gemacht haben will, und bisweilen ist er sogar mir gegenüber zu weit gegangen.«

»Und stört dich das nicht?«

»Mich? Nicht die Spur. Es gefällt mir sogar. Man kann ihn beherrschen, ohne dass er es merkt. Ich genieße es förmlich zu beobachten, wie er mich zu verführen versucht und nicht merkt, dass ich die Dinge längst selbst in die Hand genommen habe. Er hält sich für unwiderstehlich und glaubt, dass ihm jede Frau zu Füßen liegen muss, sobald er ihr einige galante Wörter zuflüstert. Es belustigt mich zu sehen, wie er gleich einem Gockel herumstolziert, und ich genieße es förmlich, ihn dann an seiner empfindlichsten Stelle zu treffen, wenn er sich am sichersten fühlt. Du aber solltest dich vor ihm in Acht nehmen.«

»Mir gegenüber verhält er sich nicht so.«

»Kind, du hast in diesen Dingen keine Erfahrung. Bei dir versucht er mit Schmeicheleien zum Ziel zu gelangen. Du kannst meine Behauptung jederzeit nachprüfen und wirst dabei sehen, dass er sich in meiner Gegenwart munter und gesprächig gibt, dir gegenüber aber zurückhaltend und liebenswürdig.«

»Ich verstehe das nicht«, sagte Fabienne leise.

»Das ist ein taktischer Kniff«, erklärte die Schwester ihr mit falschem Lächeln.

»Mir scheint er aber wirklich ein braver Bursche zu sein«, erklärte Fabienne, die offenbar nicht überzeugt war. »Überleg nur, wie hilfreich er unserem armen Bruder Jacques gegenüber ist.«

»Ich werde dir etwas anderes sagen.«

»Nein, warte. Bevor er Luca kannte, war Jacques immer unendlich betrübt. Jetzt kann er zwar immer noch nicht sprechen, doch er wartet auf Luca, und sobald der auftaucht, verändert sich sein Gesichtsausdruck. Er hat sogar den Mut aufgebracht, sich mit ihm aufs Pferd zu setzen, und du weißt sehr genau, welch große Angst er seit seinem Unfall vor Pferden hatte.«

»Du darfst Luca nicht trauen.«

Fabienne fuhr sich durch das Haar, stieß einen langen Seufzer aus und schloss: »Von mir aus sollst du Recht haben. Vielleicht kenne ich ihn wirklich nicht sehr gut. Aber ich bin ihm dankbar, weil er so viel Gutes für Jacques getan hat.«

Arlette gab sich nicht so leicht geschlagen.

»Glaub mir, Fabienne, du kennst ihn nicht. Glaubst du etwa, er gibt sich mit Jacques ab, weil er ein so gutes Herz hat? Meinst du, er kommt zu unserem Karren und unterhält sich mit unserer Mutter, weil er an ihrem Gespräch Freude findet? Lass dich nicht täuschen – er hat es auf uns beide abgesehen. Wie alle Männer kennt er nur eine Begierde und ein Ziel, nämlich Unzucht zu treiben. Dazu aber muss er uns erobern.«

Die sanftmütige Fabienne konnte das nicht verstehen. Falls er wirklich so war, wie Arlette ihn beschrieb, wieso wich dann die Schwester den ganzen Tag nicht von seiner Seite? Was konnte sie an einem solchen Mann locken? Nur allzu oft hatte sie gesehen, wie Arlette mit den Blicken Luca suchte, hatte gehört, wie sie nach ihm fragte und mit den Eltern darüber sprach, wie viele Hasen sie miteinander gefangen oder wer von ihnen beiden schneller galoppiert war. Es war völlig unvorstellbar, dass sie ihn so sehr hasste, wie sie behauptete. Er hatte sich ihr gegenüber nie ungalant verhalten, überlegte Fabienne, da mochte Arlette sagen, was sie wollte. Sie konnte sogar bestätigen, dass er der höflichste aller Männer im ganzen Pilgerzug war. Auch ihre Eltern schätzten ihn sehr, ganz zu schweigen vom armen Jacques, dessen Züge sich aufhellten, kaum dass er ihn kommen sah. Trotzdem ist es besser, auf der Hut zu sein, sagte sie sich. Arlette hat nur mein Bestes im Auge und weiß bestimmt, warum sie mich vor ihm warnt.

Diese Mischung aus natürlicher Zuneigung und Abwehr bewirkte, dass Lucas vorsichtige Annäherungsversuche bei Fabienne nur wenig Erfolg hatten. Sie ging ihm vorsichtshalber aus dem Weg, und wenn er sich unter irgendeinem Vorwand dem Karren der Chartiers näherte, zog sie sich gewöhnlich in dessen Inneres zurück.

Luca wusste nicht, wie ihm geschah. Er vertraute auf Arlettes Unterstützung und glaubte, sie bahne ihm den Weg bei der Schwester. In Wahrheit schienen sich seine Schwierigkeiten eher noch zu vergrößern, seit sie das Bündnis geschlossen hatten. Trotzdem vermochte Arlette ihn eine ganze Weile an der Nase herumzuführen. Als er eine Erklärung von ihr verlangte, schalt sie ihn und forderte ihn auf, umsichtig und geduldig zu sein. »Alles wird gut. Mach dir keine Sorgen«, sagte sie ihm. »Fabienne ist sehr schüchtern und schämt sich in deiner Nähe. Sie ist so scheu, weil sie sich zu dir hingezogen fühlt. Ist dir das nicht klar?«

»Meinst du wirklich?«

»Ihr Männer versteht aber auch nichts.« Schließlich fügte sie ungeduldig hinzu: »Glaubst du etwa, sie würde vor dir davonlaufen, wenn sie nichts für dich empfände? Warum sollte sie das tun? Überleg doch nur!«, fuhr sie mit scheinbarer Logik fort. »Nein, sie fühlt sich dir gegenüber wehrlos. Von dahin bis zur Verliebtheit ist es nur ein Schritt.«

Doch Luca hatte seine Zweifel. Eines Tages hielten wir eine Weile in einem kleinen Ort an und hörten dabei einen Marktschreier. Er bot einen Liebestrank feil, der zugleich eine Art Allheilmittel für jegliche Schmerzen und Krankheiten sein sollte. So vermochte das Mittel angeblich Greisen die jugendliche Kraft zurückzugeben und jungen Leuten zur Liebe zu verhelfen. Auf dem Jakobsweg wimmelte es von Wahrsagern, Wunderheilern, Reliquienverkäufern und Händlern aller Art. Wir achteten nicht besonders auf den Marktschreier, doch Luca sah ihn mit anderen Augen. Als wir das Dorf durchquert hatten, entfernte er sich unter einem Vorwand von unserer Gruppe und kehrte um. Es fiel ihm nicht schwer, den Mann zu finden. Er hatte kaum etwas losgeschlagen und saß jetzt im Halbschlummer nahe seines Planwagens am Rande eines kleinen Wasserlaufs. Als er Hufschlag hörte, fuhr er auf und betrachtete aufmerksam den Reiter, der sich ihm näherte. Dann öffnete er ein Gefäß mit einer Flüssigkeit und trank es mit einem Zug halb leer. Anschließend ließ er sich an seinem kleinen Feuer schwer ins Gras sinken.

An ein Leben voller Täuschungen gewöhnt, konnte er nichts Gutes von jemandem erwarten, der so unverhofft auftauchte.

»Was willst du von mir?«, fragte er mit zitternder Stimme, als sich der Reiter näherte.

»Hab keine Angst«, gab Luca zur Antwort. »Du sollst mir nur ein Fläschchen von dem Liebestrank verkaufen, den du im Dorf angepriesen hast.«

Damit hatte der Spitzbube nicht gerechnet. Mit schlagartig verändertem Gesichtsausdruck sah er Luca listig an.

»Habe ich dich nicht vorhin in einer Pilgergruppe gesehen?«

Luca nickte. Der Marktschreier fuhr sich durch das spärliche strohige Haar auf dem Hinterkopf.

»Warum hast du denn da nicht gekauft?«

»Das kann dir einerlei sein, verdammter Betrüger«, rief Luca erbost aus. »Meine Gründe gehen dich überhaupt nichts an. Verkauf mir eine Flasche von deinem Mittel, und spar dir die Fragen.«

Als der Alte merkte, dass Luca wirklich kaufen wollte, brummelte er etwas vor sich hin. Er kannte sein Geschäft und war es nicht gewohnt, dass man ihn verfolgte, um ihm einen seiner Tränke abzukaufen, eher ganz im Gegenteil.

»Es tut mir Leid, das wird nicht einfach sein. Ich fürchte, ich habe im Dorf alles losgeschlagen.« Er zwinkerte Luca zu. »Man hat mir die Flaschen geradezu aus den Händen gerissen, und ich habe all meine gewöhnlichen Elixiere verkauft.«

Er erhob sich, um in seinen Planwagen zu klettern. Bald darauf tauchte er wieder auf und erklärte: »Es ist, wie ich gesagt habe. Mir ist keine einzige Flasche geblieben. Ich kann dir nicht helfen.«

Luca machte kein Hehl aus seinem Kummer.

»Beruhige dich, mein Junge, ich habe etwas Besseres.« Nach einer Pause setzte er triumphierend hinzu: »Ich habe noch zwei kleine Portionen des heiligen Mittels!«

»Und wozu dient das?«, fragte Luca argwöhnisch.

»Wozu das dient?«, lachte der Alte dröhnend. »Nun, eigentlich ist deine Unwissenheit verständlich. Nun komm, tritt näher, ich erkläre es dir.«

Der Quacksalber holte aus seinem Beutel ein Fläschchen mit einer bräunlichen Flüssigkeit und zeigte es Luca. Zwar schien es sich nicht von den anderen zu unterscheiden, die Luca gesehen hatte, aber wer konnte das schon sagen?

»Gib acht, mein Freund«, fuhr der Mann fort. »Was ich hier

145

im Dorf in den Fläschchen verkauft habe, die du gesehen hast, enthält genug von dem Mittel, um die uns zugedachte Lebensdauer zu verlängern und die verbrauchten Körpergewebe zu erneuern. Aber daran liegt dir nichts, stimmt's? Deine Gelenke sind in bestem Zustand, dein Haar ist gesund, und du leidest weder an Schmerzen noch an der Ikterus-Krankheit, an Fieber oder Schüttelfrost. Deshalb macht es dir auch nichts aus, dass ich von dem üblichen Elixier nichts mehr habe, zumal ich dir das heilige Mittel anbieten kann.«

Er hielt einen Augenblick inne und zwinkerte erneut. »Du hast Glück, mein Freund. Den Inhalt dieses Gefäßes kann ich auf einem öffentlichen Markt nicht anbieten. Er ist das Ergebnis eines äußerst aufwendigen Destillationsprozesses und ganz besonderen Menschen und ganz besonderen Fällen vorbehalten. Außerdem wäre ich keineswegs im Stande, die Nachfrage zu befriedigen, wenn die Leute wüssten, dass ich dieses Mittel besitze. Ich müsste meine ganze Zeit darauf verwenden, es herzustellen, und hätte dennoch nicht genug für alle.«

Er zog den Hals ein, so dass er faltig wurde wie der einer Schildkröte, und öffnete fragend die Augen. Dann beugte er sich in den Planwagen und holte eine Flasche Wein heraus. Er nahm einen kräftigen Schluck und reichte sie Luca, doch dieser schüttelte den Kopf. Während der Mann sich den Mund mit dem Unterarm abwischte, fuhr er fort: »Ein solches Leben aber würde mir nicht gefallen. Lieber verdiene ich weniger und erfreue mich an den schönen Dingen des Lebens... Wie an diesem Wein oder einem hübschen jungen Mädchen.« Bei diesen Worten stieß er Luca verständnisinnig mit dem Ellbogen in die Seite.

Luca wurde ungeduldig.

»Du glaubst mir nicht? Genau deshalb spreche ich nicht öffentlich darüber und führe auch nur zwei Fläschchen des heiligen Mittels mit mir. Eines davon kann ich dir verkaufen. Ich versichere dir, wenn du die richtige Menge davon trinkst, kann dir keine Frau widerstehen, ganz gleich, welchen Stan-

146

des sie sein mag, ob sie jung oder alt ist, verheiratet oder ledig. Wenn du die Anweisungen befolgst, gibt es keine Gunst, die du nicht von ihnen zu erlangen vermagst. Allerdings – teuer ist das Mittel. Für einen einzigen Tropfen muss man die Ladung eines ganzen Karrens wie dieser hier destillieren.«

Nachdem Luca lange gefeilscht und einen Betrag ausgegeben hatte, den er noch vor Tagen weit von sich gewiesen hätte, schloss er sich mit dem »heiligen Mittel« im Beutel erneut dem Pilgerzug an.

Als er an jenem Abend am Feuer saß, war er von der Macht des Tranks überzeugt und umgänglich und munter. Im leuchtenden Schimmer des Mondes erzählte er uns Geschichten aus seiner Heimat und jonglierte sogar ein wenig mit drei Stoffbällen. Zwar verhielt er sich allen gegenüber liebenswürdig, behandelte aber die Familie Chartier mit besonderer Zuvorkommenheit und forderte Jacques auf, mit den Bällen zu üben. Nachdem er ihm ein kleines Spiel beigebracht hatte, begleitete er ihn dorthin, wo sein Vater mit Fabienne saß. Arlette, die auf der anderen Seite zwischen ihrer Mutter und mir saß, sah ihn hasserfüllt an. Luca trat Fabienne in bezaubernder Weise gegenüber, und an jenem Abend war unübersehbar, dass sie dem jungen Italiener offen zugetan war. Doch als sie sich zum Schlafen zurückzog und sich im Planwagen ihrer Eltern die Szene noch einmal durch den Kopf gehen ließ, nagte ein leichtes Misstrauen an ihr.

Am folgenden Tag erwachte Luca voll Freude über den Erfolg vom Vorabend, merkte aber, als er sich Fabienne zuwandte, dass ihre Stimme erneut teilnahmslos klang. Von diesem kühlen Empfang verwirrt, zeigte er sich wieder zurückhaltend und unbeholfen. Den ganzen Tag über war er schwermütig und überzeugt, dass die Wirkung des Elixiers verflogen sei. Außer Arlette führten wir alle diesen Stimmungsumschwung auf sein zwiespältiges Wesen zurück.

Was ich hier berichte, habe ich erst sehr viel später erfahren, als Luca uns in Einzelheiten davon berichtet hat. Vielleicht steckte hinter all dem auch viel weniger Absicht und Überlegung, doch das bezweifle ich. Auf jeden Fall waren die Eltern und ich vermutlich die Einzigen, die nichts von der verworrenen Angelegenheit wussten, denn später merkte ich, dass Enrique und andere durchaus im Bilde waren. Bei einer bestimmten Gelegenheit machte Enrique mich angesichts meiner Äußerungen zu Fabiennes feingliedriger Erscheinung darauf aufmerksam, wie sehr ich mich bei solchen Dingen sonst auf den Standpunkt der rein geistigen Betrachtung zu stellen pflegte.

»Magister Raoul, erinnert Euch, dass Ihr selbst immer wieder betont habt, wie flüchtig der körperliche Zauber ist. Gewiss hattet Ihr damit Recht, und wie bei so vielen anderen jungen Französinnen wird Fabiennes liebliches ovales Gesicht schon bald plump wirken und ihr schlanker Leib unförmig sein, aber Ihr müsst zugeben«, merkte er schneidend an, »um es mit Lucas Worten zu sagen, dass sie jetzt von geradezu unwiderstehlicher Anmut und körperlicher Vollkommenheit ist.«

Ich kann nicht leugnen, dass es mir mehr als recht war zu sehen, wie der Genueser seine Schwermut ablegte und sich liebenswürdig und voll Witz gab. Ich kam nicht auf den Gedanken, dass die Aufmerksamkeit, mit der er Fabienne behandelte, eine andere Ursache haben könnte als den Zauber, den sie auf uns alle ausübte. Allerdings macht es mir meine Stellung als Angehöriger des Klerus schwer, jene Ereignisse unbefangen zu beurteilen. Zwar gestehe ich es nur ungern ein, doch hängt es wohl zum einen damit zusammen, dass ich mich nicht ohne weiteres gegen die Äußerungen der Menschennatur wenden mag, andererseits aber auch damit, dass ich bei vernünftiger Betrachtung durchaus begreife, wie sehr Lucas Haltung von meiner abweicht. Er ist ein Mann der Tat, der das Bedürfnis empfindet zu besitzen, was er begehrt, während ich mich damit begnüge, auf der Ebene des Verstandes zu genießen. Hier aber, scheint mir, haben sich ganz natürliche Leidenschaften freie Bahn geschaffen.

VI. Das Ränkespiel in Estella

8. bis 13. März 1257

Eines Morgens lag eine dicke weiße Schneedecke auf dem Erdboden. Während wir weiterritten und der Schnee unter den Hufen unserer Tiere knirschte, kamen wir zu einem Wald, von dem es hieß, es spuke darin. Wir hatten uns zuvor darüber unterhalten, ob wir ihn umgehen oder durchqueren sollten. Die Pilger, die nichts mit Hexenwerk zu tun haben wollten, hatten sich vorsichtshalber für die erste der beiden Möglichkeiten ausgesprochen. Claude, der wallonische Priester, der die Gruppe anführte, tat die Sache damit ab, dass er uns mitteilte, er sei schon früher ohne die geringste Gefahr durch diesen Wald gezogen. Er stellte sich mit den Gewappneten an die Spitze und ermunterte uns zu folgen, was wir zögernd taten. So durchquerten wir den dichten Wald auf einem schmalen Pfad. An mehreren Stellen lag der Schnee so hoch, dass wir uns mühsam den Weg bahnen mussten. Alles andere als frohgemut ritten wir dahin. Die Schauergeschichten, die man uns erzählt hatte, waren nicht ohne Wirkung auf die meisten der Gruppe geblieben, und so waren wir darauf bedacht, den Wald schnellstens hinter uns zu bringen. Mit einem Mal dann stießen wir an einer Wegbiegung auf einen Mann und eine hysterisch lachende, zerzauste Frau. Beide waren verschmutzt und machten einen heruntergekommenen Eindruck. Obwohl er weder schwer bewaffnet war noch übermäßig stark zu sein schien, stellte der Mann sich uns mitten in den Weg und forderte uns auf, stehen zu bleiben. Er sagte Verschiedenes in einer uns unbekannten Sprache, wovon wir

lediglich die Worte verstanden: »Niemand darf weitergehen.«
Wir beharrten darauf, unseren Weg fortzusetzen. Einer der
Gewappneten fragte: »Seht Ihr nicht, dass wir heilige Pilger
sind? Habt die Güte, den Weg freizugeben und Euch aus unseren Angelegenheiten herauszuhalten.« Obwohl wir in der
Überzahl, besser bewaffnet und stärker waren, sprachen wir
nicht ohne eine gewisse Furcht zu den beiden, als wären wir
von ihnen eingeschüchtert. Der Mann gab zur Antwort, dass
ihm gleich sei, wer wir waren und was wir wollten, auf keinen Fall dürfe jemand weitergehen. Schließlich boten wir
ihm Geschenke und Geld an, und nachdem die beiden miteinander geredet hatten, ließen sie uns vorbei. Dabei sagte
die Frau mit sonderbar gleichmütiger Stimme die Worte: »Ihr
könnt weiterziehen; ich habe mich Eurer erbarmt.« Darüber
sprachen wir noch mehrfach miteinander, denn wir hätten
den Weg ohne weiteres auch ohne ihre Einwilligung fortsetzen können. Es wäre uns ein Leichtes gewesen, die beiden zu
überwältigen, zu verwunden oder sogar zu töten. Dennoch
brachten sie uns aus der Fassung. Noch oft habe ich an diesen Vorfall denken müssen, wenn es um die Frage ging, dass
Einfluss und Einschüchterung nicht ausschließlich auf Macht
und körperlicher Kraft beruhen.

Wir erreichten die Stadt Estella ohne weitere Zwischenfälle
und wurden dort mit allen Ehren als Gäste willkommen geheißen, da ja eine Schwester Alain Chartiers, die mit dem Haushofmeister des Königs von Navarra verheiratet war, bei der
Hochzeit Trauzeugin sein sollte. So wurden wir gastlich aufgenommen und in einem Flügel des eleganten Palasts untergebracht. Wir genossen die höfische Umgebung, die der an den
Höfen italienischer Herzöge ähnelte. Wir konnten auch die
Nebengebäude besichtigen, die zwar schmucklos, aber größer waren als erwartet. Auffällig an der äußerst schlichten
Fassade des Palasts war lediglich ein kleines Kapitell, das den
Kampf unseres heldenhaften Roland gegen den Riesen Ferra-
gut zeigte, obwohl sich dieser in Wahrheit in Nájera abgespielt
hat, einem Städtchen, durch das wir erst kommen würden.

Bei unserem Eintreffen war die Feier der Hochzeit Elenas, Tochter des Kronfeldherrn Guzmán de la Rúa, bereits seit zwei Tagen im Gange. Sogleich lud man uns ein, an den Feierlichkeiten teilzunehmen, insbesondere die Familie Chartier, den wallonischen Priester Claude und mich.

Für die Hochzeit hatte man einen geradezu unglaublichen Aufwand getrieben. Neben fünf oder sechs Fudern Weiß- und Rotwein von betörendem Geschmack kamen Speisen aller Arten auf die Tafel, darunter ganz weißes Brot und vielerlei Fleisch: gebratene Kapaune, Fasanen, außerordentlich zartes Hühnerfleisch, Zicklein und Lämmer, Hasen und Kaninchen. Anschließend wurde ein aus allerlei Zutaten bereitetes Gericht aufgetragen, das *olla* genannt wird. Es ist wirklich kennzeichnend für Kastilien. Aber auch herrliche Fische wurden aufgetischt, wie beispielsweise Lachs aus Castro Urdiales, Alsen und Neunaugen aus Sevilla und Alcántara, Heringe und Zahnbrassen aus Bermeo, Karpfen, Meeraale aus Laredo, Langusten aus Santander, Hechte, Tintenfische, Austern, Krebse und Walfleisch. Als Nachspeise gab es kandierte Datteln, Mandeln und Pinienkerne, Palmenherzen sowie frisches Obst und Trockenfrüchte aller Art. Zum Schluss wurden die Gäste beschenkt, vor allem mit Brokat und golddurchwirkten seidenen Halstüchern. Niemand kehrte mit leeren Händen von dieser Hochzeit zurück. Sogar die Dienstboten, die Dorfbewohner und die Armen bekamen Braten mit *olla* sowie Rotwein und Brot.

Es war ein schwelgerisches Fest. Wir tafelten in angenehmer Ruhe am Boden sitzend und, wie es bei den Kastiliern üblich ist, mit entblößten Armen. Ein geistlicher Herr erklärte mir, ebenso wenig wie die Deutschen verstünden wir Franzosen, richtig zu speisen, da wir lange Ärmel trügen, die von der Suppe Flecken bekämen. Er rügte auch unsere Art, Fleisch zu essen: »Wie Ihr es zerkleinert und mit der Hand oder einem Stück Brot esst, wobei Ihr das Salz in der anderen Hand haltet, befleckt Ihr Brot wie Mundtuch. Wir zerschneiden es nicht und essen auf saubere Art und Weise. Damit erweisen wir ihm und seinem Geschmack Achtung und beschmutzen uns überdies nicht.«

Ja, es war ein schwelgerisches Fest, das aber auch bemerkenswerte Folgen hatte. In Estella gelang es mir, einen großen Teil der mit meinem Auftrag verbundenen Pflichten zu ergründen und die für meine späteren Nachforschungen unerlässlichen Zusammenhänge in Erfahrung zu bringen. Vor allem aber kam es in jenen Mauern zur Entfesselung jeglicher Art von Leidenschaft. Wir wurden Zeugen politischer Intrigen, von Liebesabenteuern und sogar von Auseinandersetzungen auf Leben und Tod. Die Umstände führten zu Ereignissen jeglicher Art. Es waren ihrer so viele, dass ich versuchen sollte, sie zu ordnen.

Den ersten Tag nutzten wir dazu, uns in unserer Unterkunft einzurichten. Am frühen Abend hieß man uns ins Untergeschoss hinabgehen. Dort standen große und kleinere Kohlebecken sowie Tische zum Würfelspiel. Als alle Gäste versammelt waren, kam hinter Tambourinschlägern und Schalmeienbläsern der Kronfeldherr herein, um ein Weilchen mit seinen Freunden zu spielen. Anschließend machte er den Anwesenden Geschenke und ließ einen Imbiss auftragen. Später zog er sich in seine Gemächer zurück, während wir Übrigen weiterfeierten.

Ich hielt es für Zufall, dass ich an der rechten Seite der Tafel neben einem Edlen aus der Gegend zu sitzen kam, dessen Nachname Cárdenas y Villarroel Barrena Pacheco in der für spanische Lande so kennzeichnenden Weise zusammengesetzt ist. Dieser kriegerisch hallende Name wollte nicht so recht zu seinem Gesicht passen, denn es wies feine und geradezu anmutige Züge auf. Sein helles Haar wich schon an einigen Stellen zurück, seine Festkleidung trug er mit Eleganz, und seine Umgangsformen waren ohne Fehl und Tadel. Schon bald hielt er voll Stolz ein Paar Augengläser hoch und wischte sie sorgfältig mit einem Seidentüchlein sauber. Nachdem er sich das Gestell auf die Nase gesetzt hatte, fragte er mich mit maliziösem Lächeln, ob ich dergleichen schon gesehen hätte.

Als ich ihm zur Antwort gab, dass ich selbst ein ähnliches Paar besäße, schien er enttäuscht, reagierte aber gewandt.

»Ach, Ihr also auch!« Immer noch lächelnd fügte er hinzu: »Ich sehe, dass Ihr eine bedeutende Persönlichkeit seid. Mein Gefühl hat mich also nicht betrogen. Sagt, wo habt Ihr sie machen lassen?«

»In Palermo auf der Insel Sizilien. Ein in den Künsten der Physik und Optik erfahrener, kunstfertiger arabischer Handwerker hat sie mir angefertigt. Sie sind von ungeheurem Nutzen. Mit ihnen kann ich selbst bei schlechtem Licht mühelos lesen, was zuvor ausgeschlossen war.«

»Ja«, sagte er mit gesenkten Augen. »Meine stammen aus Murcia und haben mich gutes Geld gekostet, sind aber ihren Preis wert. Der Verkäufer hat mir gesagt, dass es in ganz Kastilien ihresgleichen nicht gibt, und daher erscheint es mir sonderbar, dass ein Dominikanermönch welche besitzt.«

Woher kannte er meine Ordenszugehörigkeit? Ein Ausdruck von Überraschung muss wohl auf meine Züge getreten sein, denn er sah mich schlau an, schlug dann die Augen auf und fuhr angesichts meiner Verblüffung mit strahlendem Blick fort: »Ihr braucht Euch nicht zu wundern und dürft Euch auch durch das festliche Gepränge nicht täuschen lassen. Estella ist eine kleine Stadt, und jeder weiß, dass sich unter Eurem Pilgergewand die Kutte eines Dominikaners verbirgt. Auch hat man mir bereits Euren Namen und Stand mitgeteilt. Andererseits hättet Ihr Euch das denken können«, fügte er bedeutungsvoll hinzu, »als man Euch an diesen Tisch gesetzt hat, ganz in die Nähe des Kronfeldherrn und seiner engeren Angehörigen.«

Damit hatte er Recht. Ich hätte es mir denken müssen, als man festlegte, wo jeder Einzelne von uns sitzen sollte. Dennoch war mir nicht recht klar, was die Chartiers über mich hätten weitergeben können, allein schon deshalb, weil ich ihnen so gut wie nichts gesagt hatte. Was sie betraf, war ich ein Magister der Universität Paris, der aus Glaubensgründen die Wallfahrt nach Santiago unternahm. Ich hatte nicht den Ein-

153

druck, dass Alain dazu neigte, anderen aufs Geratewohl etwas zu erzählen, was er sich aus den Fingern gesogen hatte, seine Frau allerdings... Doch ich hatte keine Gelegenheit, übermäßig lange zu grübeln, denn mein Tischnachbar unterbrach meine Gedanken: »Und wann gedenkt Ihr in der Stadt des heiligen Jakobus einzutreffen?«

Bereits in der Defensive, gab ich zur Antwort: »Das weiß ich nicht so recht. Die Leitung der Gruppe liegt in den Händen eines wallonischen Priesters, der die Wallfahrt bereits mehrfach unternommen hat. Auf jeden Fall wollen wir vor dem Fest des Apostels dort eintreffen, vermutlich also gegen Mitte Juli.«

»Das hatte ich mir gedacht.«

Das Kinn auf die Hand gestützt, fügte er langsam hinzu: »Ich hoffe, dass Ihr Euren Besuch genießen könnt. Seid aber nicht überrascht, wenn Ihr seht, dass die jüngsten Ereignisse die Stadt in Unruhe versetzt haben.«

»Von welchen Ereignissen sprecht Ihr?«, erkundigte ich mich töricht. »Was kann eine Stadt von der Größe Santiago de Compostelas in Unruhe versetzen?«

»Solltet Ihr das nicht wissen?«

Ich sah ihn verständnislos an.

»Nun ja, eigentlich ist es begreiflich. Ihr seid nicht aus unserem Lande und haltet Euch erst kurz hier auf. Ganz Kastilien jedoch weiß, dass am Tag nach dem Fest des Apostels das Urteil gegen Don Rodrigo García gesprochen werden soll. Diesem Ruchlosen, Sohn Don García Fernández' aus dem Hause Villamarín, der einst Oberhofmarschall Doña Berenguelas, der Großmutter des Königs, und zugleich Hofmeister und Erzieher König Alfonsos war, wird der Mord an Don Diego Pérez zur Last gelegt. Zweifellos wird man ihn zum Tode verurteilen...«

»Ein solches Urteil«, unterbrach ich ihn, »scheint mir kein hinreichender Grund, Durcheinander in das Leben einer so großen Stadt zu bringen.«

»Ich sehe schon, dass ich Euch alles erklären muss. Don Rodrigo García ist kein gewöhnlicher Edelmann. Ich habe Euch bereits gesagt, dass sein Vater Lehrer und Erzieher König Alfonsos war, doch ist außerdem sein Bruder Juan seit frühester Kindheit dessen bester Freund. Alfonso hat als Kronprinz mehrere Jahre im Hause der Eltern von Juan García gelebt, bis sein Vater, unser großer König Ferdinand, den Zeitpunkt für gekommen hielt, den Jungen in der Kriegskunst unterweisen zu lassen. Der König hat seinen Jugendfreund nicht vergessen und ihn an den Hof berufen, als man ihn in Sevilla zum Herrscher über Kastilien und León ausrief.« Cárdenas vermochte nicht, einen gewissen Groll zu verbergen. »Schon bald hat der König Juan García zu einem der mächtigsten und einflussreichsten Edlen des Reiches gemacht, indem er ihn an Stelle von Rodrigo González Girón zum Oberhofmarschall ernannte. Über diesen Wechsel wurde viel geredet, denn Don Girón hat man in ganz Kastilien Wertschätzung und Hochachtung entgegengebracht.«

Er ließ eine Pause eintreten, damit ich mir über die volle Bedeutung der gegenwärtigen Situation klar werden konnte.

»Das ist aber noch nicht alles. Jetzt munkelt man, der König wolle Juan García auch noch zum Oberbefehlshaber der Seestreitkräfte ernennen.« Er lächelte verschmitzt. »Bisher allerdings sind das lediglich Gerüchte. Zu allem Überfluss hat er zwei weitere Brüder Juans namens Fernán und Alfonso mit Ehren überhäuft. Nein«, sagte er nachdenklich, »ein Bruder Don Juan Garcías ist alles andere als ein gewöhnlicher Edelmann und dessen Verurteilung zum Tode keineswegs ein alltägliches Ereignis.«

Endlich kam er also zur Sache. Ich beschloss, mich weiterhin abwartend zu verhalten, und sagte, um das Schweigen zu überbrücken: »Aha.« Es schien mir der richtige Augenblick, Näheres über den Fall zu erfahren. Bisher hatten Cárdenas' Worte Punkt für Punkt bestätigt, was mir der Bischof von Jaca mitgeteilt hatte. Betont gleichmütig fuhr ich fort: »Ich verstehe. Davon hatte ich in der Tat nichts gehört«, log ich. »Jetzt begreife ich, was Ihr vorhin gesagt habt. Zweifellos wird ein solcher Fall große Wellen schlagen.«

In leichterem Tone fügte ich hinzu: »Spannt mich nicht auf die Folter und sagt mir: Wie konnte es dahin kommen? Gewiss ist das eine aufwühlende Geschichte.«

»Aufwühlend?«, wiederholte er. »Nun, das mag das richtige Wort sein, denn den Anlass für die niederträchtige Tat hat eine Frau geliefert. Verdammtes Weibervolk! Falsch, wankelmütig und verlogen! Nur Gott kennt die Vorgeschichte der ruchlosen Tat, doch die Tatsachen lassen keinen Zweifel zu.«

»Liegt der Fall so klar?«

Cárdenas beugte sich zu mir vor. »Urteilt selbst. Don Rodrigo war in die schöne Maria Correa verliebt und wollte sie zu seiner Gemahlin machen. Sie aber verlobte sich mit Don Diego Pérez, Herr auf Bembriz. Bis hierher gibt es nichts Ungewöhnliches. Aber Rodrigo konnte sich damit nicht abfinden.«

Ich musste lächeln. Er sah mich bedeutungsvoll an und fuhr dann fort: »Ihr werdet es gleich sehen. Zwar gab sich Rodrigo den Anschein, als nähme er die Abweisung durch Maria hin, doch hatte er wohl einen finsteren Plan. Jedenfalls drang er schon bald danach, als beide bei einer Feier ähnlich dieser zufällig aufeinander trafen, im Dunkel der Nacht in ihre Gemächer ein, mit der Absicht, sie zu entehren. Die junge Frau setzte sich zur Wehr, so gut sie konnte, und schrie um Hilfe, doch vermochte sie gegen ihn nicht viel auszurichten. Zufällig befand sich Diego in der Nähe und eilte ihr zu Hilfe. Vermutlich kam es zu einem erbitterten Zweikampf. Als Alonso Correa eintraf, Doña Marias Vater, lag Don Diego tödlich verwundet auf dem steinernen Boden. Unmittelbar neben ihm aber fand man Rodrigo, einen blutbesudelten Dolch in der Hand.«

Mein Tischgenosse sprach voll Bewegung und Anteilnahme. Er sah mir in die Augen und fuhr sich durch das Haar, wobei er ausrief: »Und denkt Euch – der Dolch gehörte Don Diego! Der Unhold hat ihn mit der eigenen Waffe gemeuchelt! Alles Übrige könnt Ihr Euch denken.«

Er breitete die Arme aus, als wolle er das Offenkundige darin fassen. »Obwohl alle Umstände völlig klar schienen, verlangte Don Alonso Correa an Ort und Stelle eine Erklärung, doch sowohl seine Tochter als auch Don Rodrigo schwiegen.«

»Sie haben nichts gestanden?«, fragte ich.

»Nicht geradeheraus. Doch als man Rodrigo fragte, ob er Diego aus Eifersucht getötet habe, hat er es nicht bestritten.«

Cárdenas setzte sich bequem zurecht, bevor er fortfuhr: »Da war doch wohl alles klar, oder? Trotzdem forderte Alonso Correa seine Tochter auf, Don Rodrigos Worte zu bestätigen oder zu bestreiten.«

»Und was hat sie gesagt?«

»Nichts. Sie war unfähig, ein Wort herauszubringen.«

»So verwirrt war sie?«

»Ja, man hat angenommen, dass es sie entsetzlich mitgenommen hat, Zeugin der Mordtat geworden zu sein. Auf jeden Fall hat sie mit ihrem Schweigen die Worte Don Rodrigos bestätigt.«

Erneut richtete sich Cárdenas auf und unterstrich seine Worte mit erhobenem Zeigefinger: »Don Alonso wollte den Täter an Ort und Stelle richten«, fuhr er fort. »Das hätte er wohl auch getan, wären ihm nicht andere Edle in seiner Begleitung in den Arm gefallen.«

»Aber bestimmt hat Don Rodrigo doch etwas zu seiner Verteidigung gesagt?«

»Soweit man erfahren hat, wirkte auch er abwesend und schien eine Weile lang nicht einmal zu merken, dass es um sein Leben ging.«

»Sonderbar, dass keiner der Tatzeugen sprechen konnte«, bemerkte ich.

»Marias Verhalten lässt sich leicht erklären«, gab Cárdenas zurück. »Es ist völlig unerheblich, was Rodrigo getan hätte. Man hat ihn bald darauf in ein Verlies in der Burg geschafft, das er erst im Juli verlassen wird, um sein Todesurteil zu hören.«

Wir schwiegen eine Weile.

»Ihr hattet Recht«, konnte ich nicht umhin auszurufen. »Es

ist eine ungewöhnliche Geschichte. Es scheint mir nicht erstaunlich, dass das ganze Land darüber redet.«

»Deswegen hat es mich auch so verblüfft, dass Ihr nichts davon wusstet.«

»Das ist nicht weiter verwunderlich«, sagte ich. »Ich reise in Gesellschaft ausländischer Pilger. Der einzige Kastilier in der Gruppe kommt aus Frankreich zurück, wo er sich zwei Jahre aufgehalten hat. Wie hätte ich da etwas von der Sache erfahren können?«

Cárdenas sah mich unverwandt an. Seine Pupillen waren hart wie Diamanten. Er unterdrückte ein schiefes Lächeln, bevor er hinzufügte: »Unter Umständen hättet Ihr es in irgendeiner kleinen Stadt auf dem Wege erfahren können. Zum Beispiel in Puente la Reina, wo Ihr vermutlich in einer Herberge übernachtet habt... Oder, falls nicht dort, in Jaca. Jemand hätte es Euch erzählen können so wie ich jetzt... Ich weiß nicht... es gibt so viele Möglichkeiten.«

»Das stimmt«, gab ich zu.

»Außerdem, verzeiht, dass ich so unumwunden spreche«, sagte er und wies auf Velasco am anderen Ende des Raumes, »aber stammt dieser Hüne dort drüben, der zu Eurer Gruppe gehört, nicht aus Pamplona? Ich kann mich irren, aber ich würde schwören, dass ich ihn schon im Gefolge Guillermos, des Bischofs von Jaca, gesehen habe.«

Erneut beugte er sich zu mir vor und fügte bissig hinzu: »Ich bin meiner Sache nicht ganz sicher, aber ich meine mich zu erinnern, dass eben dieser Mann Guillermo eine Mitteilung überbracht hat, als wir die Belagerung von Jaén vorbereiteten.«

Aufgeregt schluckte ich den Speichel herunter und versuchte auszuweichen: »Ich weiß nicht, wovon Ihr sprecht. Mir ist lediglich bekannt, dass er als Einsiedler zurückgezogen im Kloster von San Juan de la Peña gelebt hat. Als wir dort vorüberkamen, hat mich sein Abt gefragt, ob er sich uns nicht anschließen dürfe. Wie wir will er nach Santiago pilgern. Darüber hinaus weiß ich kaum etwas über ihn. Er ist zurückhaltend und sagt so gut wie nie etwas. Gewiss könnt Ihr unschwer in Erfahrung bringen, ob Ihr Recht habt, wenn Ihr ihn fragt.«

Seine Lider senkten sich wie Vorhänge über die Augen. Ich betrachtete sein ausdrucksloses Gesicht und versuchte abzuschätzen, wie viel er wusste. Doch seine Züge gaben nichts preis.

»Das habe ich bereits getan, was glaubt Ihr wohl? Er aber scheint mich nicht wiederzuerkennen. Er hat ausweichend geantwortet und behauptet, an dieser Belagerung nicht beteiligt gewesen zu sein. Als hätte ich ihn danach gefragt! Er bestreitet nicht, Bischof Guillermo zu kennen, will ihn aber lediglich bei einem Besuch in jenem Kloster Aragons flüchtig gesehen haben.«

Cárdenas strich sich nachdenklich das Kinn und fügte leise hinzu: »Ich habe nach wie vor meine Zweifel. Ich vergesse nicht so leicht ein Gesicht, und das da ist das genaue Ebenbild dessen, das ich in Pamplona gesehen habe, als wir die Schlacht von Jaén vorbereitet haben. Nun denn!«, rief er aus und tat so, als gäbe er sich geschlagen. »Ich werde mich getäuscht haben. Es ist wohl so, wie ihr beide sagt.«

An jenem Abend zog ich mich besorgt in meine Unterkunft zurück. Zwar löschte ich fast sogleich die Kerze, um zu ruhen, doch dauerte es eine ganze Weile, bis sich der Schlaf einstellen wollte. Mir fielen die Worte ein, mit denen mich Bischof Guillermo zu Vorsicht und Zurückhaltung gemahnt hatte. Es war mir unverständlich, wie man Velasco hatte wiedererkennen können. Der Bischof hatte mir versichert, dass keinesfalls eine Verbindung zwischen ihm und Velasco hergestellt werden könne, und dieser hatte mustergültiges Schweigen bewahrt. Allmählich begann sich eine innere Unruhe meiner zu bemächtigen. Ich öffnete die Augen. Nur gut, dass ich an jenem Abend nicht mehr mit Velasco gesprochen hatte. Es war kein günstiger Augenblick, diese Dinge aufzuklären.

Nachdem ich eine Weile im Zimmer auf und ab gegangen

war, entzündete ich die Kerze wieder und setzte mich hin. Vor dem Fenster war es so dunkel, dass man nichts sehen konnte.

Ja, es war gut gewesen, dass ich meinem ersten Impuls, mit Velasco zu sprechen, nicht nachgegeben hatte. Ich bezweifelte, dass sich jener José Cárdenas y Villarroel mit meiner und Velascos Auskunft zufrieden geben würde. Es war nicht auszuschließen, dass man mich ab sofort überwachte. Nichts hätte die Vermutungen meines Tischgenossen deutlicher bestärkt, als wenn ich nach unserem Gespräch zu Velasco geeilt wäre.

Daher beschloss ich, einen besseren Augenblick für die Aufklärung der Sache abzuwarten. Ich legte mich wieder hin, fand aber keinen Schlaf. Mit angespannter Aufmerksamkeit achtete ich auf Geräusche. Nichts. Bisweilen bellte in der Ferne ein Hund. Am frühen Morgen erhob sich ein Wind, und der durch die Fenster hereindringende Luftzug ließ die auf der Innenseite meines Zimmers vor den Fenstern angebrachten hölzernen Blendläden knarren. Ich beneidete die Bewohner Estellas um ihren tiefen Schlaf. Das Gespräch vom Vorabend ging mir nicht aus dem Kopf. Mit offenen Augen beschwor ich in der Dunkelheit das Bild meines Gegenübers mit seinem boshaften Gesichtsausdruck herauf und erinnerte mich, wie er seine Giftpfeile abgeschossen hatte: »Ihr hättet es in Jaca erfahren können. Steht dieser Mann nicht in Bischof Guillermos Diensten?«

Irgendwann sorgten die Anstrengungen des Vortages doch dafür, dass ich in Schlaf fiel, doch schlief ich schlecht.

Am Morgen erwachte ich urplötzlich. Auf dem Gang des Obergeschosses ertönte unaufhörlich der Weckruf, von Trompeten und Trommeln unterstützt, während vor der Tür der Gemächer, in denen der Kronfeldherr sich aufhielt, minder kriegerische Instrumente und Sänger den neuen Tag begrüßten. Nachdem sich meine anfängliche Besorgnis wegen des Lärms gelegt hatte, gesellte ich mich zu den anderen, die dem Schauspiel beiwohnten. Kurz darauf gingen wir zur Kirche, um das Morgengebet zu verrichten und zwei Messen zu hören, worauf wir in den Palast zurückkehrten, denn dort sollten die Feierlichkeiten ihren Fortgang nehmen.

Am Ende der zweiten Eucharistiefeier sah ich mich unauffällig nach Velasco um, doch ohne den geringsten Erfolg. Es war, als hätte ihn die Erde verschluckt. Danach blieb mir keine Zeit weiterzusuchen, denn Enrique lenkte mich mit seinen Sorgen von den meinen ab. Noch nie hatte er an einem solchen Fest teilgenommen, und er wollte von mir wissen, wie man sich an der Tafel richtig verhielt.

»Magister«, sagte er. »Gestern Abend habe ich mich beim Anblick all der Speisen, die man vor uns hinstellte, ganz unwohl gefühlt. Weder Luca noch ich waren je bei einer solchen Hochzeit, und so ist uns das bei solchen Gelegenheiten angemessene Benehmen unbekannt. Wir wären Euch überaus dankbar, wenn Ihr uns dabei ein wenig helfen könntet.«

»Gewiss kann ich das, mein Junge. Was wollt Ihr wissen?«

»Ach, so vieles! Sagt beispielsweise, müssen wir von allem nehmen?«

Seufzend strich ich mir mit der Hand über die Stirn. »Ein wahrer Herr weiß, dass das nicht so ist«, gab ich zur Antwort. »Man kann ihn untrüglich dadurch von einem Bauerntölpel unterscheiden, wenn man beiden vielerlei Speisen vorsetzt. Ein Bauerntölpel isst von allem, ein wahrer Herr hingegen nur das Beste. In Eurem Fall liegen die Dinge aber anders. Versucht niemals zu scheinen, was Ihr nicht seid. Wenn man Euch schließlich entlarven würde, würde das die Dinge nur schlimmer machen. Das ist mein erster Rat. Seid ganz ruhig, Ihr habt nichts zu befürchten. Beobachtet einfach Eure Tischgenossen und tut es ihnen gleich. Ihr werdet sehen, dass Ihr dann nicht die geringsten Schwierigkeiten habt.«

Enttäuscht sah mich Enrique an und senkte befangen eine Weile den Kopf. Schließlich murmelte er schüchtern: »Ich verstehe ... Wir wollten aber noch etwas wissen. Auch wenn wir bei dieser Feier nicht auffallen, wollen wir uns doch nicht lächerlich machen, falls wir Gelegenheit haben, bei einer anderen Gelegenheit an einer ähnlichen teilzunehmen.« Er warf mir einen flehenden Blick zu. »Ihr braucht nicht auf Einzelheiten einzugehen, wir wüssten lediglich gern einige der höfischen Bräuche.«

Ich sah ihn aufmerksam an. Seine Unsicherheit war mir bis dahin nicht aufgefallen. Als ich ihn so sprechen hörte und merkte, wie sehr er sich schämte, sich nicht angemessen benehmen zu können, begriff ich, dass die beiden von mir etwas anderes wollten, als lediglich einige Verhaltensmaßregeln zu erfahren. Ich bemühte mich, ihnen Selbstvertrauen zu geben, und antwortete, wobei ich sie scharf ansah: »Ich will euch einen guten Rat erteilen. Esst viel, wenn man euch einlädt, denn wenn der Gastgeber ein guter Freund ist, wird es ihn freuen, ist er aber ein Feind, wird es ihn ärgern.«

Dieser Rat stieß auf ihren Beifall. Luca lachte. Als ich ihn nach dem Grund fragte, gab er zur Antwort: »Das erinnert mich an die Geschichte, die ein Schwarzer namens Maimundo im Hafen von Genua erzählt hat. Ein gewisser Alter wollte von ihm wissen, wie viel er essen könnte. Daraufhin fragte er: ›Von wessen Speisen, deinen oder meinen?‹ ›Von deinen, Maimundo!‹, gab der Alte zurück. ›Möglichst wenig‹, sagte jener. ›Und von den anderen?‹, wollte der Alte wissen. ›Möglichst viel‹, kam die Antwort.«

Zu dritt lachten wir über die Geschichte. Doch Enrique war nach wie vor nicht zufrieden. Nachdem er seine Verlegenheit einmal überwunden hatte, wollte er mehr wissen und fuhr fort: »Ihr habt uns gesagt, wie viel ein Herr essen darf. Uns aber ist es wichtiger zu erfahren, auf welche Weise er das tut. Sagt uns doch, welche Vorschriften hat ein gebildeter Mensch zu befolgen?«

Ich lächelte nachsichtig. Wie ich befürchtet hatte, wollten die jungen Männer alles ganz genau wissen.

»Sofern ihr euch wie ein Edelmann verhalten wollt, müsst ihr euch die Hände waschen und nichts anrühren, bevor das Zeichen zum Beginn gegeben wird. Es gibt viele Gepflogenheiten, von denen die meisten einen vernünftigen Hintergrund haben. Beispielsweise darf man sich nicht ungeduldig zeigen, und daher solltet ihr nie vom Brot essen, bevor eine andere Speise aufgetischt wird. Um nicht unersättlich zu erscheinen, dürft ihr euch auch kein so großes Stück in den Mund stecken, dass die Reste zur Seite wieder herausfallen. Außerdem müsst ihr alles gut kauen, bevor ihr es schluckt. Weitere gute Ratschläge sind: Nehmt das Trinkgefäß erst zur Hand, wenn euer Mund leer ist, um nicht in den Ruf von Trunkenbolden zu geraten, und sprecht auch nicht mit vollem Mund. Das gilt nicht nur als unhöflich, ihr lauft auch Gefahr, dass euch ein Stück der Speise im Schlund stecken bleibt, in die Luftröhre gerät und ihr erstickt. Schon mehr als einer hat auf diese Weise das Leben verloren, das dürft ihr mir glauben.«

Ich machte eine Pause und fasste sie am Arm: »Merkt auf, wenn ihr in der Schüssel eine Speise seht, die euch zusagt. Achtet darauf, dass sie unmittelbar vor euch und nicht vor einem eurer Tischgefährten liegt, sonst könnte man annehmen, ihr habt sie ihm fortgenommen, und wird euch für ungebildete Bauernlümmel halten. Ein weiterer, sehr vernünftiger Rat besteht darin, sich nach dem Essen die Hände zu waschen, wie es die Araber tun.«

»Wozu das?«, wollte Luca wissen.

»Denkt ein wenig darüber nach.«

Er breitete die Hände zum Zeichen aus, dass er die Lösung nicht wusste.

»Um Krankheiten vorzubeugen«, gab ich zur Antwort: »Du verstehst das immer noch nicht, stimmt's? Nun denn, überlege: Wie oft hast du dir mit vom Essen befleckten Händen die Augen gerieben?«

Beide gaben mir mit einem angedeuteten Lächeln Recht. Die Unterhaltung gefiel mir. Den jungen Männern schien wirklich daran gelegen zu sein, das höfische Verhalten zu erlernen.

»Und was muss ich tun, wenn mich jemand zum Essen einlädt?«, fragte Luca.

»Das kommt darauf an, wer es ist«, antwortete ich geheimnisvoll. »Das jüdische Gesetz sagt, dass dem Rang des Einladenden besondere Bedeutung zukommt. Wenn es sich um eine bedeutende Persönlichkeit handelt, nimm die Einladung sofort an, andernfalls erst beim zweiten oder dritten Mal.«

»Das scheint mir eine sonderbare Vorschrift zu sein«, erklärte der Italiener.

»Der Grund findet sich bei Abraham, von dem berichtet wird, er habe eines Tages an der Tür seines Hauses gesessen, als drei Engel in menschlicher Gestalt erschienen seien. Er habe sie eingeladen, sein Haus zu betreten, sich die Füße zu waschen, etwas zu essen und zu rasten. Da er ein Erzvater war, nahmen die Engel an. Doch schon bald darauf kamen dieselben Engel an Lots Haus. Seine Einladung aber nahmen sie erst an, nachdem er sie mehrfach genötigt hatte, denn er war minder bedeutend als Abraham.«

Von der Unterhaltung angeregt, fanden wir uns erneut vor dem Eingang zu Guzmán de la Rúas Palast. Wir folgten den anderen und gelangten in den großen Bankettsaal. Durch unser Gespräch auf das Thema aufmerksam gemacht, achtete ich besonders auf den äußeren Rahmen und muss gestehen, dass er sehr kunstvoll war. Es ist der Mühe wert, ihn zu beschreiben.

Man hatte uns in einer strengen Ordnung die Plätze angewiesen. Der Kronfeldherr mit seiner Familie saß für sich auf einer Estrade, zu der mit Teppichen belegte hölzerne Stufen emporführten. Die Wand hinter ihm war mit einem herrlichen Brokatbehang geschmückt, den geometrische Muster im maurischen Stil bedeckten. In seiner Nähe saßen auf Bänken seine Gattin sowie die beiden Trauzeugen, dazu die Mutter der Herzogin, der Erzdiakon der Stadt Estella und Gonzalo Mejía, Herr auf Santofimia. Sie waren äußerst elegant gekleidet. Die Männer hatten gelocktes Haar und gekräuselte Bärte, während sich die Gräfin Goldfäden in die Haare geflochten hatte. Die Braut, deren Züge ein dünner Schleier verdeckte, sah in ihren reichen Gewändern sehr schön aus. Ihr weiter und mit Brokatstickerei in geometrischen Mustern verzierter Rock erinnerte mich an die arabischen Motive, die ich so häufig auf Sizilien gesehen hatte. Ihr Schmuck war von eindrucksvoller Üppigkeit, und der Schnitt ihres Kleides mit den glockenförmigen Ärmeln, deren Länge und Weite mich immer wieder verblüfften, ähnelte dem der Damen an anderen Höfen.

Wir anderen setzten uns auf den Boden des Bankettsaals. Die wenigen Tische blieben den höherrangigen Gästen vorbehalten. An denen gleich bei der Tür nahmen die Kanoniker als höhere geistliche Würdenträger Platz. Die Angehörigen der Universität und der Bruderschaft der Geistlichen hatten ihre Plätze an den Tischen nahe dem großen Fenster, ihnen folgten Hauskapläne, Hilfspriester und Sakristane in der Reihenfolge des Ranges, den sie in ihrem Kapitel oder der Vereinigung bekleideten, der sie angehörten.

Als die Diener entsprechend der Ordnung der Tische, denen sie zugeteilt waren, mit den Handwaschbecken erschienen, erhoben sich alle Gäste. Anschließend segnete der Diakon die Tafel, und das Mahl begann. Auf die Einhaltung der Ordnung achtete der Bruder des Kronfeldherrn, der das Amt des Truchsessen ausübte. Am Ehrentisch wie auch an den anderen Tischen warteten Ritter und Knappen des Hauses auf, außerdem höher gestellte Diener, Pagen und andere Bedienstete, die man eigens für den geordneten Ablauf des Festes angestellt hatte. Große Anrichten mit Gold- und Silbergeschirr voller Speisen und Getränke standen bereit. Die Spielleute begrüßten jede aufgetragene Schüssel und jeden hereingebrachten Becher Wein mit einem Musikstück. Schon vorher habe ich von den zahlreichen verschiedenen Speisen gesprochen, die man uns vorsetzte, daher mag es jetzt genügen zu sagen, dass wir Geflügel von allerlei Art und herrliche Weine zu kosten bekamen.

Nach dem Ende des Mahles hörte die Musik auf, die Tische wurden fortgetragen und die Bänke an die Wände gerückt, wo die Gäste darauf Platz nahmen. Unterdessen achteten die Türhüter darauf, dass niemand den Saal betrat. Auf ein Zeichen des Kronfeldherrn setzte die Musik erneut ein, und die Edelleute und Pagen begannen zu tanzen. Später folgten ihnen die Personen, die am Ehrentisch getafelt hatten, und anschließend alle anderen. In einer Pause wurden zwei kurze lustige Szenen von der Art aufgeführt, die sie hier *momos* nennen. Sie waren recht gelungen und nicht ohne einen gewissen Hintersinn. Anschließend gingen Musik und Tanz bis in den späten Abend weiter.

Ich sah gern zu, wie sich Jung und Alt in dieses muntere Treiben stürzte. Enrique tanzte viel, doch Luca rührte sich so gut wie nicht von seinem Platz. Wenn mich meine Erinnerung nicht trügt, hatte er sich lediglich ein oder zwei Mal mit der älteren Tochter der Familie Chartier, Arlette, die den größten Teil der Zeit an seiner Seite sitzen blieb und mit ihm plauderte, auf die Tanzfläche gewagt.

Arlettes Eltern hingegen wie auch ihre jüngere Schwester Fabienne gaben sich ganz der Feier hin. Fabienne war in ihrem langen, weißen, mit Brokatstickereien und Borten verzierten Kleid sehr schön. Man sah kaum etwas von ihrer Gestalt, weil sie Musselinschleier in verschiedenen Blautönen dazu trug. Ähnlich einer ganzen Anzahl übereinander gelegter Spinnennetze fielen sie über den Rücken und die Ärmel des Kleides herab. Dieser prachtvolle Putz, den man sich bei einer anderen kaum vorstellen konnte, passte vollkommen zu ihrem heiteren Antlitz. Ich war nicht der Einzige, der das merkte; die jungen Edelleute waren die Ersten, denen sie auffiel, und sie forderten sie unablässig zum Tanz auf. Um ehrlich zu sein, muss ich gestehen, dass Fabienne der Braut die ihr zustehende Hauptrolle ohne weiteres hätte streitig machen können. Doch verhinderten ihre natürliche Zurückhaltung und ihr liebliches Wesen, dass jemand auch nur auf diesen Gedanken verfiel.

Da mir Lucas Empfindungen bereits bekannt waren, schmerzte es mich zu sehen, wie er bei Arlette saß und voll geheimen Ingrimms zu Fabienne hinsah. Ich konnte mir vorstellen, wie er litt, und hatte Mitleid mit ihm, maß aber der Sache keine weitere Bedeutung bei.

Für mehr blieb auch gar keine Zeit. Als die Feier etwa zur

Hälfte herum war, näherte sich mir, so unauffällig er konnte, ein Ritter, den ich am Vorabend auf der gegenüberliegenden Seite des Tisches hatte sitzen sehen. Er stieß mich leicht mit den Fingerspitzen im Rücken an und sagte, als ich mich umwandte, er habe mein Gespräch mit Cárdenas mit angehört. Misstrauisch nickte ich wortlos, und er fuhr fort: »Gestern Abend hat man Euch *eine* Fassung vom Tode Don Diegos berichtet. Es ist nicht die Einzige. Es mag sein, dass ich mich irre, aber ich glaube, Ihr würdet gern die Wahrheit wissen.«

»Schon möglich«, sagte ich, ohne mich ihm gegenüber festzulegen.

»Ihr werdet wissen, was Ihr wollt. Für den Fall, dass ich Recht habe, könnte ich Euch das eine oder andere berichten.«

»Ich höre.«

»Hier können wir nicht sprechen. Es ist zu unsicher.«

»Also?«

»Wartet noch zwei Tänze ab. Dann verlasst den Saal und geht in das Stockwerk hinauf, in dem Eure Unterkunft liegt. Am Ende des Ganges seht Ihr eine hölzerne Pforte gegenüber einem Balkon, den ein Rosenstrauch verdeckt. Stoßt sie auf, sie ist nicht verschlossen. Auf der Treppe, die dahinter liegt, steigt zum nächsten Stockwerk empor. Dort trefft Ihr auf einen weiteren Gang. Folgt ihm und tretet in die erste Tür zu Eurer Rechten ein. Dort werde ich auf Euch warten und Euch die Wahrheit berichten.«

Schon bald darauf war der geheimnisvolle Ritter wieder verschwunden. Während ich auf den angegebenen Zeitpunkt wartete, ließ ich mir seine Worte durch den Kopf gehen. Offensichtlich war mein Auftrag nicht mehr geheim. Jeder in diesem Palast schien sicher zu sein, dass meine Anteilnahme am Tode Rodrigo Garcías das Maß der natürlichen Neugierde bei weitem überstieg. Sofern ich mit dieser Vermutung Recht hatte – lief ich da nicht Gefahr, Opfer eines Zwischenfalls zu werden? Hatte man mir womöglich mit der geheimnisvollen Verabredung einen Hinterhalt gelegt? Dazu gäbe es kaum eine bessere Gelegenheit als jetzt, mitten im Trubel der Feier.

Man konnte mit mir – überlegte ich – tun, was man wollte. Doch hatte mir jener Mann, ich weiß bis heute noch nicht so recht, warum, ein gewisses Vertrauen eingeflößt. Zwar hatte ich ihn nur kurz gesehen, doch irgendetwas sagte mir, dass ich ihm trauen durfte. Er wirkte aufrichtig und vernünftig. Auch beruhigte mich seine Art, sich mir zu nähern, die Angelegenheit offen und ohne Umschweife anzusprechen, ganz im Unterschied zum geheimnistuerischen Wesen des übertrieben liebenswürdigen Cárdenas. Ohnehin konnte ich mich meinen Erwägungen nicht mehr lange hingeben: Der nächste Tanz ging dem Ende zu, ich wurde erwartet und musste mich unverzüglich entscheiden.

Ich beschloss, die Gefahr auf mich zu nehmen, zumal es sich bei Licht besehen um ein kalkulierbares Risiko handelte. Sofern ich meinen Auftrag erfolgreich ausführen wollte, musste ich die Tatsachen in Erfahrung bringen, und es sah ganz danach aus, als sei man bereit, sie mir dort auf einem Tablett zu servieren. Falls man mich andererseits täuschte und mir etwas vorgaukelte, das nicht der Wirklichkeit entsprach —nun, das gehörte mit dazu. Meine Erfahrung mit anderen ähnlichen Situationen hatte mich gelehrt, dass es keine einfachen Unternehmen solcher Art gibt. Wer bestimmte Einzelheiten in Erfahrung bringen möchte, muss dazu eine gewisse Gefahr auf sich nehmen. Dennoch beschloss ich, ein Mindestmaß an Vorsichtsmaßnahmen anzuwenden. Ich suchte den Saal mit den Augen nach Velasco ab, um ihm Mitteilung zu machen, fand ihn aber nicht. Dann überlegte ich, ob ich nicht Enrique oder Luca einen Hinweis geben sollte. Doch auch dazu war ich nicht im Stande, da Ersterer ganz versunken mit einer Dame tanzte und der Italiener wieder einmal in eine seiner unendlichen Unterhaltungen mit Arlette vertieft war. Also machte ich mich allein zu dem mir angegebenen Ort auf, ohne andere Waffe als meinen schwachen Leib.

Ich verließ den Saal und folgte dem Gang bis zur Treppe. Als ich an einer Säule vorüberkam, löste sich ein Schatten aus dem Nichts, und ich spürte eine Hand auf der Schulter.

»Wohin des Wegs, Magister?«

»Velasco!«, sagte ich ganz erregt. »Ich habe dich gesucht, weil ich dir unbedingt etwas sagen musste, konnte dich aber nirgendwo finden.«

Ein flüchtiges Lächeln trat auf seine Züge, das unerschütterliche Selbstsicherheit anzeigte. »Macht Euch darum keine Sorgen. Vergesst nicht, dass nicht nur Ihr einen Auftrag habt, sondern auch ich. Ich werde stets fünf Schritte vor oder hinter Euch sein, je nachdem, wie es die Lage verlangt. Spart Euch die Mühe, mich zu suchen. Ich weiß Euch zu finden. Jetzt aber sagt: Was muss ich wissen?«

So viel hatte ich ihn noch nie reden hören. Aber es war nicht der rechte Augenblick, mit ihm über seine bisherige Zurückhaltung zu sprechen. Rasch erklärte ich ihm den Stand der Dinge, wobei er den Kopf abwechselnd hob und senkte.

»Es scheint mir richtig, dass Ihr die Verabredung einhaltet, um in Erfahrung zu bringen, worum es geht«, sagte er schließlich. »Geht hinauf, um diesen geheimnisvollen Menschen anzuhören. Fürchtet nicht um Eure Sicherheit, ich werde darüber wachen.«

Von diesen Worten beruhigt, tat ich, wie man mich geheißen hatte. Zwar fiel es mir nicht schwer, die genannte Tür zu finden, doch als ich die Klinke niederdrückte, war sie verschlossen. Leise klopfte ich mit den Fingerknöcheln an. Niemand antwortete. Ich klopfte etwas stärker. Nichts. Dann folgte eine so lange Stille, dass ich auf den Gedanken kam, man habe mir entweder einen Streich gespielt oder mein geheimnisvoller Freund sei fortgegangen und habe zuvor die Tür abgeschlossen. Als ich schon aufgeben wollte, öffnete sich die Tür unvermittelt. »Entschuldigt, dass Ihr warten musstet. Ich hatte noch eine weitere Verabredung, und Ihr seid beide zur selben Zeit gekommen. Gerade als Ihr geklopft habt, öffnete ich dem anderen eine Tür. Tretet ein. Hier können wir ungestört miteinander reden.«

Ich betrat den Raum und setzte mich einer Aufforderung folgend auf eine Bank an der Wand. Aus dem Hintergrund sah ein anderer Mann mit verschränkten Armen und ernsthaftem Gesichtsausdruck zu uns her. Inzwischen trat der Mann, der mich zu der Zusammenkunft gebeten hatte, zu mir. »Gestattet, dass ich mich zuerst einmal vorstelle. Ich heiße Miguel de Miranmón, stamme aus dem Norden des Reiches León und bin der Sohn des Herrn über ein kleines Städtchen im Gebiet von Bierzo.«

Dann wies er auf den anderen und fuhr fort. »Diesen Mann dürft Ihr als Freund betrachten. Er heißt Levi und ist, wie Ihr Euch denken könnt, Jude. Sein Beruf als Arzt bringt es mit sich, dass er den Weg, den Ihr ziehen werdet, häufig zurücklegt. Er weiß viele Dinge, von denen er Euch gleich berichten wird. Ihr selbst braucht nichts zu sagen. Wir kennen Euren Namen, und wenn Ihr auch behauptet, Jakobspilger zu sein, ist mehr als einer davon überzeugt, dass Ihr gegebenenfalls auch andere Gründe haben könntet, die Stadt des Apostels aufzusuchen.«

Ich wollte mich abwehrend äußern, doch er gebot mir Einhalt, bevor ich auch nur ein Wort herausbrachte.

»Ich sage noch einmal, es ist nicht nötig, dass Ihr etwas hinzufügt. Gestern habe ich gesehen, dass Euch sehr daran lag, die schmerzvolle Geschichte meines guten Freundes Rodrigo Garcías zu erfahren, und ich glaube, dass ich Euch das eine oder andere ergänzend dazu sagen kann, sofern Euch daran liegt, sie in allen Verwicklungen zu erfahren. So ist es doch, nicht wahr?«

Ich sah ihn an, meiner Sache nach wie vor nicht sicher.

»So ist es in der Tat«, gab ich zurück. »Ich würde gern die Einzelheiten dieses verwickelten Falles erfahren, doch versichere ich Euch, dass das auf bloßer Neugier und sonst nichts beruht.«

»Ihr braucht mir nichts zu versichern«, versetzte er mit spöttischem Lächeln. »Kommen wir also zu den Tatsachen. Ich werde Euch berichten, was ich weiß.«

Erwartungsvoll sah ich ihn an, um ihn auf diese Weise zum Sprechen zu veranlassen. Miguel, der bisher gestanden hatte, brachte ein Bänkchen herbei und setzte sich neben mich. Nach einer Weile, in der er wohl seine Gedanken ordnete, begann er: »Als Erstes möchte ich klarstellen, dass mich eine tiefe Freundschaft mit Don Rodrigo García verbindet. An seiner Seite habe ich herrliche Augenblicke meiner Kindheit und Jugend verbracht. So kommt es, dass ich unter keinen Umständen als zutreffend ansehen kann, was man Euch gestern berichtet hat, auch wenn es die offizielle Version des Falles ist. Es ist völlig ausgeschlossen, dass er Don Diego auf diese Weise getötet hat«, fügte er mit Nachdruck hinzu. »Sie passt weder zu seinem Wesen, noch zu seiner Persönlichkeit.«

Er senkte die Stimme.

»Als man mir die Geschichte mehr oder weniger so berichtet hat, wie Ihr sie gestern gehört habt, war ich völlig verstört. Es wollte mir nicht in den Kopf, dass Rodrigo jenen Don Diego hinterrücks getötet haben soll, und schon gar nicht, dass er versucht haben soll, Doña Maria Correa zu entehren. Nie und nimmer wäre er so niederträchtig, die Ehre einer Dame anzutasten! Auch verstehe ich seine Reaktion nicht. Warum hat er angesichts des offenkundigen Todes Schweigen bewahrt? Warum hat er Dinge hingenommen, die ihm zur tiefsten Schande gereichen?«

Wie im Selbstgespräch fuhr er fort: »So sehr es mich schmerzt, die einzige denkbare Erklärung dafür ist jene, die man Euch mitgeteilt hat. Doch ich sage es noch einmal – ich vermag in diesem Verhalten das Wesen meines Freundes Rodrigo in keiner Weise wiederzuerkennen. Nicht einmal wenn er von zehn Fässern Wein betrunken gewesen wäre, hätte er eine solch gemeine Tat verüben können.«

Mit meinem Blick forderte ich ihn auf fortzufahren.

»Ich habe versucht, die Wahrheit herauszubekommen. Dazu bin ich nach Santiago gereist, wo ich mit ihm in dem Verlies sprechen konnte, in dem man ihn gefangen hält. Aber er hat mir nichts gesagt, was die Sache aufgeklärt hätte. Er war völlig niedergeschlagen, ohne jeden Lebenswillen, und er hat so gut wie nichts gesagt. Als ich ihm gegenüberstand und ihn fragte, ob auf Wahrheit beruhe, was man ihm vorwerfe, sah er mich schweigend an und nickte bestätigend. Ich bat ihn, mir seine Gründe zu erklären, und er hieß mich schweigen.«

»Er hat also nichts gesagt?«

»Lediglich, dass er die Dinge hinnehmen müsse, wie sie sind, und nicht versuchen dürfe einzugreifen.«

Miguel ließ eine Pause eintreten, wobei eine steile Falte zwischen seine Augen trat. Mit aschfahlem Gesicht und leicht bebenden Wangen fuhr er fort: »Verzeiht, aber auch Ihr könntet sein Verhalten nicht begreifen, wenn Ihr ihn so kennen würdet wie ich. Ich bin von Kindesbeinen an mit ihm befreundet. Warum hat er sich mir nicht anvertraut? Er weiß, dass ich seine Handlungsweise nicht verurteilt hätte. Ich wollte ihm lediglich beistehen, das Leid mit ihm teilen. Doch war mir das nicht möglich; er hat mich behandelt wie einen völlig Fremden. Als ich ihn um eine Erklärung bat, schwieg er beharrlich weiter. Ich habe Euch schon gesagt, außer jenem bestätigenden Nicken und seiner Bitte, die Dinge auf sich beruhen zu lassen, habe ich nichts aus ihm herausgebracht. Absolut nichts! Er hat mich mit einer Teilnahmslosigkeit behandelt, die ich mir bei ihm noch wenige Tage zuvor nicht hätte vorstellen können.«

Seine Stimme klang nachdenklich, und er zog den Kopf zwischen die Schultern.

»Nachdem ich ihn verlassen hatte«, fuhr er fort, »zog ich verzweifelt durch die Straßen Santiagos. Ich konnte seine unglaubliche Kälte und seine Gleichgültigkeit gegenüber dem, was ihm bevorstand, nicht verstehen.«

Gleichsam als Trost für sich selbst fügte er hinzu: »Denn eins war und ist mir klar: Don Rodrigo hat es nicht getan.«

Er fasste mich am Arm.

»Dessen bin ich sicher und werde es immer sein, einerlei, was geschieht. Euch erscheint das vermutlich töricht, aber so ist es.«

Er schwieg eine Weile und fuhr dann mit rauer Stimme fort: »Gewiss, ich habe keine Beweise dafür und muss mich ausschließlich darauf verlassen, dass ich ihn so gut kenne. Ich weiß auch, dass ich Euch nicht überzeuge.«

Er warf mir einen schmerzlichen Blick zu. Unbehaglich sah ich zu Levi hin. Dieser kniff zweifelnd die Lippen zusammen. Dann blickte ich erneut Miguel an. Hilflos hob er die Hände und fuhr fort: »Nun ja, als ich das Gefängnis allein verließ, war mir eines klar: Seine Verhaltensweise passte nicht zu seiner Persönlichkeit.«

»Doch alles, was ich bisher gehört habe, bestätigt ein und dieselbe Hypothese«, sagte ich.

Wortlos gebot er mir mit einer Handbewegung, in der teils Ärger, teils Trotz lag, Schweigen.

»Seht, Pater, ich sage ja selbst, dass aus Rodrigos Mund kein einziges Wort gekommen ist, das der offiziellen Fassung widerspricht. Trotzdem war ich unzufrieden. Ich konnte keine Vernunftgründe anführen, aber es gibt zu viele unstimmige Details. Voll Zorn über meine Machtlosigkeit habe ich beschlossen, dass ich zumindest versuchen will, möglichst viel herauszubringen.«

Er schwieg und musterte mich fest von Kopf bis Fuß. Er war wie ausgewechselt. Dann sagte er: »Ich werde Euch sagen, was ich erreicht habe. Es ist nicht viel, aber es kann Euch unter Umständen nützen. Als Erstes wiederhole ich noch einmal, dass gewisse Dinge im krassen Widerspruch zu Rodrigos Wesensart stehen.«

»Zum Beispiel?«

»Erstens war er von klein auf mit Maria Correa bekannt, und sie war ihm schon immer eine liebe Freundin. Zweitens haben wir alle stets angenommen, dass sie einmal heiraten würden. Das wusste nicht nur seine ganze Umgebung, sondern er selbst hatte mir gesagt, dass er sie zu seiner Gattin zu machen gedenke und bei ihrem Vater, Don Alonso, um ihre Hand anhalten werde. Er wollte lediglich das Eintreffen seines Bruders Juan abwarten, um der Etikette zu genügen.«

»Wieso war das nötig?«

»Als Oberhofmarschall des Königs sollte Juan der Sache den feierlichen Anstrich verleihen, auf den das Haus Correa so großen Wert legt. Aber Ihr habt Recht, nötig wäre es nicht gewesen, es handelte sich um eine überflüssige Maßnahme. Beide Familien sind seit Generationen miteinander befreundet, und Rodrigo durfte fest damit rechnen, dass man ihm Marias Hand nicht verweigern würde.«

»Wenn es so ist, wie Ihr sagt, und wenn sicher war, dass er damit rechnen durfte, sie als seine Gattin heimzuführen, warum wollte er sie dann entehren?«, unterbrach ich ihn.

Miguel strich sich mit der Hand das Haar aus der Stirn und wies mit dem Zeigefinger auf mich: »Darauf werde ich Euch gleich antworten. Aber wartet noch, es gibt weitere Einzelheiten. Da wäre als Erstes eine ganze Reihe von Zufällen, die zu sonderbar sind, als dass man sie übergehen könnte. Oder scheint es Euch nicht verdächtig, dass der Angeklagte der jüngere Bruder Juan Garcías ist, des Menschen, den unser König höher ehrt als jeden anderen?«

»Das habt Ihr bereits erwähnt.«

»Und wisst Ihr auch, dass Maria Correa zufällig die Base von Doña Mayor Guillén ist?«

»Doña Mayor Guillén?«

»Gewiss. Ihr kennt sie nicht? Es ist eine Dame, die dem König sehr nahe steht. Die Geschichte ist folgende: Vor acht Jahren hat sich Alfonso mit Violante von Aragon vermählt, Tochter des Königs Jaime I. von Aragon und Violantes von Ungarn. Beide waren einander schon lange versprochen, und die Hochzeit war ein Staatsereignis. Da der König aber fünfundzwanzig, sie hingegen erst zwölf Jahre alt war, wird es Euch nicht verwundern, dass er Beziehungen zu anderen Damen unterhielt. Nun denn, zu jener Zeit war es Doña Mayor, Tochter von Don Guillén Pérez de Guzmán, eine äußerst starke Persönlichkeit. Aus dieser Beziehung ist vor dreizehn Jahren Alfonsos über alles geliebte Tochter Beatriz hervorgegangen.«

»Ach was!«, gab ich spontan zur Antwort. »Ganz gleich, wie sehr er sie liebt, sie kann seine Erbin nicht sein, da sie ein Bastard ist.«

Miguel brach in Lachen aus. »Wie wenig Ihr doch unseren Herrscher kennt! Dieser ›Bastard‹, wie Ihr sagt, ist zur künftigen Königin Portugals ausersehen. Don Alfonso liebt sie so sehr, dass er seine Ansprüche auf die Algarve aufgegeben hat, um seine natürliche Tochter mit dem portugiesischen König Alfonso III. zu vermählen. Der Friede wurde vor vier Jahren geschlossen und dieses Abkommen besiegelt. Was sagt Ihr jetzt?«

Ich war von dieser Mitteilung zutiefst betroffen, ließ mir aber nichts anmerken.

»Ihr werdet selbst entscheiden können, wie wichtig das ist. Vor allem, wenn Ihr an die Intrigen gewisser Angehöriger des Adels denkt, denen die gegenwärtig vom König durchgeführten Reformen nicht passen. Aber ich möchte mich jetzt keinen Spekulationen hingeben, sondern Euch unwiderlegbare Tatsachen berichten. Nun denn, zur Zeit der fraglichen Vorgänge lebte Doña Maria fast das ganze Jahr abgeschieden von der Welt im Kloster Santa Clara, wo sie unterrichtet wurde. Mithin haben sie und Rodrigo einander kaum je gesehen. Ich habe sogar festgestellt, dass er sich dem Kloster nie genähert hat. Wohl aber konnte Don Diego das tun, denn die Burg seiner Familie, der Bembriz, liegt nicht einmal drei Meilen entfernt.«

Miguel zog seine wachen braunen Augen zu schmalen Schlitzen zusammen.

»Jetzt aber muss ich Euch etwas über Diego Pérez Arias berichten. Ich möchte niemandem Schlechtes nachsagen, schon gar nicht einem Toten, doch Diego war schon von Kindheit an tückisch und feige. Es stimmt, er konnte geschickt mit Waffen umgehen, saß gut zu Pferde und ging aus dem Lanzenstechen und aus Turnieren gewöhnlich als Sieger hervor. Doch er war auch grausam und erbarmungslos. Wenn ihm der Sinn nach etwas stand, war ihm jedes Mittel recht, es zu bekom-

175

men, und wenn jemand etwas tat, das ihm missfiel, rächte er sich früher oder später.«

»Ihr scheint ihm nicht besonders freundschaftlich gegenübergestanden zu haben.«

»Ehrlich gesagt hatten wir seit frühester Kindheit kaum Berührung mit ihm. Das hing zum Teil damit zusammen, dass wir Angst vor ihm hatten, denn er ging bei seinen Spielen mit einer Grausamkeit vor, die uns erschreckte. Als Erwachsener hat er sich nicht geändert. Ich habe einmal gesehen, wie er einen Stallburschen grausam gezüchtigt hat, weil der den Sattelgurt seines Pferdes schlecht angezogen hatte.«

Dann setzte er erneut an: »Nein, ich bin mit Don Diego nicht gut ausgekommen. Ich vermute, das konnte niemand. Er war immer ein Einzelgänger. Schon als Junge hat er den größten Teil der Zeit mit seinen Männern in den Bergen auf der Jagd verbracht. Er hat mehr Nächte draußen im Gebirge geschlafen als im Elternhaus, und er fühlte sich in Gesellschaft keines Menschen wohler als in der seines Feldhauptmanns, eines portugiesischen Kriegers mit griesgrämigem Gesicht. Seine Raubzüge sind im weiten Umkreis berüchtigt. Es dürfte kein noch so kleines Dorf geben, in dem nicht seine Spuren hinterlassen hat.«

Zum Zeichen dessen, dass er nicht weiter darüber reden wollte, hob Miguel die Schultern.

»Jetzt aber zur Sache«, fuhr er fort. »Auch Don Diego hätte gern Maria Correa zur Frau genommen. Rodrigo scheint sich bei einer bestimmten Gelegenheit ihr gegenüber ein wenig überheblich verhalten und sich vor anderen damit gerühmt zu haben, wie verliebt sie in ihn sei. Daraufhin hat ihm Maria den Kopf zurechtgesetzt und ihm, wahrscheinlich aus Koketterie, mitgeteilt, er solle ihrer nur nicht so sicher sein, schließlich gebe es noch andere Bewerber um ihre Hand. Es dauerte nicht lange, bis Rodrigo dahinter kam, dass zu diesen anderen Diego gehörte.«

»Hat ihn denn das Auftreten eines Nebenbuhlers nicht beunruhigt?«

»Selbstverständlich. Es ist noch gar nicht lange her«, sagte Miguel mit einer Stimme, in der Trauer mitschwang, »dass er mir erzählt hat, wie sehr es ihn grämte, Maria so nahe den Besitzungen der Familie Bembriz hinter Klostermauern zu wissen.« Er hob die Schultern. »Ich darf nicht übertreiben. In Wirklichkeit hat er solchen Äußerungen nur geringe Bedeutung beigemessen, da er nicht den geringsten Zweifel an Marias Gefühlen für ihn hatte. Von klein an hatten sie sich zueinander hingezogen gefühlt, und er war überzeugt, dass ihre endgültige Verbindung eine reine Frage der Zeit sei.«

Nach einer kurzen Pause fuhr er fort: »Und dann hat sich mit einem Mal unverständlicherweise alles geändert.«

»Was sagt Marias Vater, Alonso Correa, dazu?«

»Er ist über Rodrigos Verhalten empört und wünscht zweifellos seinen Tod. Im tiefsten Inneren aber haben ihn die unerwarteten Ereignisse ebenso überrascht wie uns. Ich sage das nicht einfach so dahin, sondern kann das belegen.«

»Ich verstehe die Ursache all dieser Veränderungen nach wie vor nicht«, sagte ich.

Miguel hob den Blick. In seinen Augen lagen Müdigkeit und Schmerz. Er strich sich erneut mit äußerst langsamer Bewegung die Haare aus der Stirn.

»Es ist schwer, das genau zu erklären. Alles hat vor wenigen Monaten begonnen, bei dem Turnier, das dem Herkommen nach Ende November in der Burg der Familie Eanes stattfindet. Ich selbst konnte nicht hingehen, doch Juan und Rodrigo García sowie Maria Correa und andere Bekannte waren dort. Soweit ich von Marias Vater, Don Alonso, gehört habe, hat Don Juan die Gelegenheit genutzt, ihn im Namen seines jüngeren Bruders um die Hand seiner Tochter zu bitten...«

»Aber dann...«, unterbrach ich ihn.

»Wartet. Seine Bitte wurde ihm nicht gewährt, obwohl es genau der richtige Zeitpunkt zu sein schien.«

»Und warum hat Marias Vater Rodrigo ihre Hand versagt?«

»Aus keinem bestimmten Grund. Alonso Correa war überzeugt, dass die Verbindung auch dem Wunsch seiner Tochter entsprach, wollte sie aber noch fragen, bevor er eine bindende Antwort gab. Das kostete keinerlei Mühe, und Maria, einer stolzen Frau, hätte es gefallen zu wissen, dass ihr Vater sie nicht einem Mann versprach, ohne zuvor ihre Meinung einzuholen. Was Don Alonso nicht ahnte, war die Antwort, die er von ihr bekam. Sie teilte dem Vater klipp und klar mit, dass sie Don Rodrigo nicht zu ehelichen gedenke. Don Alonso war sprachlos; er verstand nicht, warum sie es sich mit einem Mal anders überlegt hatte. Schließlich wusste er, dass Maria Don Rodrigo schon seit den Jahren ihrer Kindheit liebte. Da er mit ihrer Antwort äußerst unzufrieden war, verlangte er eine überzeugende Erklärung von ihr: ›Meine Tochter, ich verstehe dich nicht. Verzeih mir, aber ich bin eigentlich gewillt, dich Don Rodrigo zur Gemahlin zu geben. Kannst du mir erklären, warum du mit einem Mal den Mann zurückweist, den bisher alle als deinen künftigen Gatten betrachtet haben?‹ Schluchzend gab ihm Maria zur Antwort, sie liebe ihn, seit sie sich erinnern könne, sei sich aber in jüngster Zeit hinsichtlich seines Charakters nicht mehr sicher. ›Was heißt das?‹, wollte ihr Vater wissen. ›Was für Geschichten sind das? Das hat doch weder Hand noch Fuß. Ich war in den letzten Monaten mehrfach mit ihm zusammen, und sein Wesen ist wie eh und je. Woher willst du das überhaupt wissen?‹, fragte er sie argwöhnisch, ›wenn du ihn kaum gesehen hast? Sag mir jetzt nicht, dass ihr euch heimlich getroffen habt. Ich würde es ohnehin nicht glauben. Die Schwestern von Santa Clara sind keine Einfaltspinsel, die sich leicht übertölpeln lassen, und erlaubt haben sie es dir bestimmt auch nicht.‹

Dann hat ihm Maria alles gebeichtet. Eine Woche zuvor, sagte sie, habe sie einen der Wahrsager aufgesucht, die sich in der Umgebung des Klosters aufhielten und alle Menschen weit und breit mit der Treffsicherheit ihrer Voraussagen und der Weisheit ihrer Antworten beeindruckt hatten. Kaum habe Maria von diesen Männern gehört, als sie diese, von Neugier geplagt, zusammen mit ihrer guten Freundin Marta aufgesucht und nach ihrer Zukunft befragt habe.«

»Woher wisst Ihr all das so genau?«, fragte ich.

»Von eben jener Marta«, erklärte Miguel. »Sie konnte sich nicht genau an Einzelheiten erinnern, wusste aber noch, dass sich die Wahrsager in einer kleinen Höhle eingerichtet hatten, wo man sie kaum sehen konnte, denn das Licht darin stammte von einer einzigen Kerze. Auf jeden Fall haben die beiden jungen Frauen den Ort voll Schrecken verlassen, erstens, weil die Wahrsager ihnen, ohne sie je zuvor gesehen zu haben, ihr Wesen, ihre Vorlieben und Wünsche genauestens und auf eine Weise beschrieben hatten, die der Verstand nicht zu erklären vermag. Nachdem sie ihre Hellsicht bewiesen hatten, wandte sich einer der Männer an Maria und teilte ihr mit: ›Du musst in den nächsten Monaten auf der Hut sein, denn sie entscheiden darüber, ob du glücklich oder unglücklich wirst. Schon bald wird dich ein Herr zur Gattin begehren, der sich schon seit frühester Jugend zu dir hingezogen fühlt. Doch Vorsicht! Wenn du nicht dein Leben lang von Unglück verfolgt werden willst, solltest du diese Ehe auf keinen Fall eingehen. Hinter der Maske dessen, den du für einen Edelmann hältst und für den du ausschließlich liebevolle Gefühle hast, verbirgt sich in Wahrheit ein Furcht erregender Charakter. So hat er schon mit manchem jungen Mädchen aus der Gegend mehr als nur getändelt. Folge meinem Rat und verweigere dich dieser Eheschließung, denn wenn er erst dein Gemahl ist, wird sich zeigen, zu welcher Brutalität dein Auserwählter fähig ist. Er wird dich in unvorstellbares Unglück stürzen.‹

Über diese Mitteilung«, fuhr Miguel fort, »die in keiner Weise zu ihren Erwartungen und Wünschen passte, erschrak Maria entsetzlich. Daher bat sie den Wahrsager, sich genauer zu äußern, und forderte als Beweis von ihm, dass er ihr den angeblichen Bewerber um ihre Hand beschrieb. So unglaublich es scheint, lieferte er ihr ein so genaues und in Einzelheiten gehendes Bild, dass es nur auf einen Menschen auf der ganzen Welt passte, und der war Rodrigo García. Nach wie vor ungläubig, sagte Maria: ›Aber er ist mir im-

179

mer mit äußerster Zuvorkommenheit begegnet. Wie kannst du da so sicher sein, dass er ein schlechter Ehemann wäre?‹ Darauf erwiderte der Wahrsager: ›Ich weiß es. Lass dich von seinen schönen Worten nicht einlullen. Er ist ein Nekromant und hat einen geheimen Pakt mit dem Teufel geschlossen, der dafür sorgen soll, dass ihn alle Welt für umgänglich und gütig hält, während er in Wahrheit ein Unhold ist. Ihr alle seid dieser Täuschung erlegen. Die Szene, wie der Bewerber um deine Hand den Pakt mit Luzifer geschlossen hat, ist mir im Traum erschienen. So entsetzlich es klingen mag, was ich sage, so bin ich meiner Sache doch völlig sicher.‹

Aus diesem Grund«, schloss Miguel, »hat Don Alonso schließlich den Ängsten seiner Tochter nachgegeben und beschlossen, Don Rodrigos Antrag zurückzuweisen.«

»Wie hat dieser darauf reagiert?«

»Verständnislos. Überlegt doch, er wusste nichts von dem Gespräch mit dem Wahrsager und hat in keiner Weise mit einer Ablehnung gerechnet. Kein Wunder, dass er wie vor den Kopf geschlagen war. Noch am Vortag hatte sein älterer Bruder, der Oberhofmarschall König Alfonsos, die Zustimmung des künftigen Schwiegervaters für eine reine Formsache gehalten. Seinen Worten nach war das Gespräch zwischen den beiden äußerst herzlich verlaufen, und alles schien zum Besten zu stehen. Es sah ganz so aus, als stehe die offizielle Ankündigung der Hochzeit unmittelbar bevor. Warum also wurde der Antrag kaum vierundzwanzig Stunden später ohne Begründung abgewiesen? Trotzdem ergab sich Rodrigo in sein Schicksal und hoffte, dass sich alles aufklären würde.«

Nach einer kurzen Pause fuhr Miguel leise und mit fast erstickter Stimme fort: »Zum Abschluss dieser unglaublichen Geschichte sei noch gesagt, dass Rodrigo wenige Wochen später, als Martín de Guzmán und Isabel Torregrosa Hochzeit feierten, seine Angebetete angeblich zu vergewaltigen versucht und Diego ermordet hat. Was Marias Vater betraf«, fuhr Miguel fort, »hatte der Wahrsager Recht behalten: Rodrigo war bis ins Mark boshaft, das war endlich ans Licht gekommen, nachdem er alle Menschen in seiner Umgebung über Jahre hinweg getäuscht hatte.«

»Eine unglaubliche Geschichte«, entfuhr es mir.

»Wartet, ich bin noch nicht fertig«, sagte Miguel. »Nach dem Gespräch mit Marias Vater habe sogar ich das Haus voller Zweifel verlassen. War es denkbar, dass Rodrigo uns alle hintergangen und tatsächlich einen Pakt mit Luzifer abgeschlossen hatte? Konnte es sein, dass mein Freund, der mir wie ein Bruder war, vor uns allen ein so schreckliches Wesen in sich verborgen hatte? Fast hätten mich Don Alonsos Worte überzeugt, doch nagte nach wie vor der Zweifel in mir.«

»Ihr seid offensichtlich ein treuer Freund.«

»Das will ich hoffen. Doch wollte ich etwas anderes sagen. Die offizielle Darstellung bestimmter Ereignisse entspricht nicht immer der Wirklichkeit. Nehmt beispielsweise mich. Von Kindesbeinen an habe ich meinem Fechtmeister eine Antipathie entgegengebracht, die jeder als unabänderlich betrachtet hat. In Wahrheit habe ich ihn insgeheim schon immer bewundert, doch hat er nie das gleiche Interesse an mir gezeigt wie an meinem Vetter Jaime. Der lebte bei uns im Hause, war stärker als ich und von frühester Kindheit an der Liebling unseres Fechtmeisters. Durch diese Bevorzugung zutiefst gedemütigt, habe ich mich bemüht, meine Empfindungen zu beherrschen und mir immer wieder gesagt, dass ich ihn nicht leiden könne. Ihr seht also, bis zu welchem Grade man sich in solchen Dingen täuschen kann. Daher habe ich beschlossen, mir einen letzten Beweis zu verschaffen. Ihr könnt Euch bestimmt schon denken, wie der aussieht, nicht wahr?«

»Ihr wolltet selbst mit dem geheimnisvollen Wahrsager sprechen?«, fragte ich.

»So ist es«, gab Miguel zur Antwort. »Das sollte mir die letzte Bestätigung liefern. Ich wollte die Männer aufsuchen und sie selbst nach ihren Enthüllungen fragen. Doch wie mit einem Zauberschlag waren sie aus dem Bezirk verschwunden, ebenso geheimnisvoll, wie sie aufgetaucht waren. Man hätte glauben können, die Erde habe sie verschluckt, und über ihr

Woher oder Wohin ließ sich nicht das Geringste in Erfahrung bringen. Ich habe überall nach ihnen geforscht, um eine Antwort zu bekommen. Jetzt aber muss ich das Wort an einen anderen abtreten. Mir ist es trotz aller Bemühungen nicht gelungen, mit ihnen zu sprechen, wohl aber dem Arzt Levi, den ich Euch zu Anfang unserer Unterredung vorgestellt habe. Das ist auch der Grund seiner Anwesenheit. Er wird Euch berichten, was vorgefallen ist.«

Unterdessen war ich schon aufs Äußerste gespannt. Mit einem Blick forderte ich Levi auf, seinen Bericht zu beginnen. Er hub an: »Wie Euch Don Miguel berichtet hat, wusste ich, dass ihm daran gelegen war, die Wahrsager aufzuspüren. Er hatte mit vielen von uns darüber gesprochen und uns gebeten, ihm sogleich Mitteilung zu machen, wenn einer zufällig auf diese Leute stieße. Nun denn, vor kaum drei Wochen hatte ich in Sahagún einige Kranke zu behandeln. Dort hörte ich, dass ein alter Einsiedler, zugleich ein berühmter Wahrsager, in seine Heimat zurückgekehrt sei. Neidvoll sprach man davon, wie sich sein Schicksal gewendet habe. Als er einige Monate zuvor von dort ausgezogen sei, habe er nichts besessen, jetzt aber lebe er wie ein Herr. Mir kam der Gedanke, dass es sich um eben den handeln könnte, den Don Miguel suchte, und so stellte ich fest, wo er lebte. Als ich ihn nach einer ganzen Reihe von Erkundungen, die hier zu berichten zu weit führen würde, in Grajal de Campos aufsuchte, einem kleinen Ort nahe Sahagún, zeigte sich, dass er in der Tat einer von denen war, um die es ging. Das festzustellen war alles andere als einfach, er hatte nämlich nicht die geringste Lust, mir etwas mitzuteilen. Am Ende aber habe ich ausführlich mit ihm gesprochen und dabei dieses und jenes in Erfahrung gebracht.«

»Wie ist es Euch gelungen, ihn dazu zu veranlassen?«, fragte ich.

»Es war ziemlich schwierig, seinen Widerstand zu überwinden, denn man hatte ihn angewiesen, kein Wort zu sagen. Nach einer Weile stellte sich aber heraus, dass er wie ich dem alten Glauben anhängt, dann merkte ich, dass er aus der

Familie der Sabarra stammt, die weitläufig mit der meinen verwandt ist. Daraufhin gelang es mir«, schloss er befriedigt, »seine Zunge zu lösen.«

»Ach, auch er ist Jude«, rief ich aus. »Aber sagt doch, was hat er Euch mitgeteilt?«

»Vieles. Doch ich glaube, dass für Euch vor allem nur dreierlei wichtig ist. Erstens, dass man diesen Salomo Sabarra wie auch seinen Gefährten Todros Ibn Varga aufgefordert hat, in der Nähe jenes Klosters tätig zu werden. Zuvor hatte man sie mit bestimmten Merkmalen einiger der zu erwartenden Besucher vertraut gemacht, damit es ihnen nicht schwer falle, den Ruf von Hellsehern zu verbreiten. An jenem Ort hielten sie sich einige Wochen auf, bis ihnen schließlich die Person, die sie verpflichtet hatte und mit der sie weiterhin in Beziehung standen, Anweisungen gab, ebenso rasch zu verschwinden, wie sie gekommen waren. Die beiden haben mir berichtet, dass sie kaum Zeit hatten, ihre Habe zusammenzuraffen. Sie mussten verkleidet aufbrechen, damit niemand sie sah.«

»Und haben sie gesagt, warum sie so Hals über Kopf von dort verschwunden sind?«

»Die Gründe sind mir nicht recht klar geworden«, sagte Levi. »Es sieht ganz so aus, als habe man sie aufgefordert, sogleich davonzugehen, weil jemand, dessen Zukunft sie unrichtig vorausgesagt hatten, gedroht habe, sich an ihnen zu rächen. Es sei sogar bereits Auftrag ergangen, sie zu ergreifen und vor Gericht zu stellen. Allerdings haben sie die Geschichte nicht wirklich geglaubt. Eigentlich hatten sie keine Angst und haben den Rückweg in ziemlicher Gemütsruhe hinter sich gebracht, obwohl sie eher einem Befehl als einem Rat gefolgt waren. Da man sie aber für ihre Dienste fürstlich belohnt hatte, hielten sie es für ein Gebot der Klugheit, nicht zu viele Fragen zu stellen, sondern lieber ihr Geld zu nehmen und dorthin zurückzukehren, woher sie gekommen waren.«

»Ja, das erscheint mir ganz natürlich«, pflichtete ich bei. »Und welches sind die beiden anderen Punkte, von denen Ihr glaubt, dass sie für mich wichtig sein könnten?«

»In erster Linie folgender«, gab Levi zur Antwort. »Es ist mir gelungen, zweifelsfrei festzustellen, dass die beiden nie, ich wiederhole, nie, eine junge Frau zu Gesicht bekommen hatten, auf die Maria Correas Beschreibung passte. Als ob das nicht genügte, und für den Fall, dass es Zweifel geben könnte, hat mir Salomo versichert, sie hätten keine junge Frau vor einer Eheschließung gewarnt.«

»Wie?«, rief ich aus. »Wollt Ihr sagen, dass die beiden Maria Correa weder gesehen noch vor der Gefahr gewarnt haben, die es bedeuten würde, Rodrigo García zu ehelichen?«

Verwirrt sah ich ihn an und fügte hinzu: »Und sie wussten wohl auch nichts von Don Rodrigos angeblichem Teufelspakt?«

Don Miguel betrachtete uns ernsthaft und nickte. Levi antwortete: »So ist es. Nur ich kannte einige Einzelheiten der Geschichte, die Euch Don Miguel berichtet hat, wusste aber genug, um bestimmte Angaben überprüfen zu können. Salomo hat mir bestätigt, dass sie weder mit einer Frau über den Charakter ihres Künftigen gesprochen hatten, noch die Rede von Hinweisen auf einen Pakt mit dem Fürsten der Hölle sein könne. Als ich ihn danach fragte, zeigte er sich äußerst erstaunt und verneinte meine Fragen mit Worten und Gesten. Nicht nur hat Salomo bestritten, dass sie mit irgendetwas von dem zu tun hatten, wovon ich Don Miguel hatte sprechen hören, er war auch überzeugt, dass es sich um andere Wahrsager handeln müsse. ›Ich weiß nichts davon‹, hat er mir schließlich mit Bestimmtheit mitgeteilt. ›Wir hatten vor allem mit unwissendem Landvolk zu tun, das uns einfältige Fragen stellte: Wann eine Kuh kalben werde oder ob die bevorstehende Ernte gut ausfallen werde. Mit Edelleuten oder Damen hatten wir nichts zu tun. Was du sagst, ergibt keinen Sinn‹, fügte er hinzu. ›Hältst du uns etwa für dumm? Erstens darf kein Zukunftsdeuter, Astrolog, Heilkundiger oder Wahrsager dem, der ihn befragt, die volle Wahrheit mitteilen‹, erklärte er spöttisch. ›Das Erste, was wir lernen, ist, uns bei unseren Antworten auf dunkle Hinweise zu beschränken,

Bilder, Allegorien oder blumige Umschreibungen zu verwenden. Zweitens aber hätten wir nie gewagt, ein Ehebündnis in Zweifel zu ziehen. Das ist ein äußerst gefährliches Gebiet. Ich werde dir den Grund dafür nennen‹, erklärte er mir. ›Unter keinen Umständen kann man beide Seiten zufrieden stellen. Wenn sich der Künftige über seine Angebetete beklagt und du ihm Recht gibst, ärgert er sich über dich. Es ist eine Sache, dass er unzufrieden ist, und eine ganz andere, sich von einem Außenstehenden Kritik an seiner Dame anhören zu müssen. Wenn du aber sagst, dass er Unrecht hat, ist er schon gar nicht zufrieden. Nein, so etwas hätten wir nie gewagt. Du sprichst mir von einem gewissen Rodrigo García. Nun, ich weiß nicht, wer er ist, und ich habe noch nie von ihm gehört. Bestimmt meinst du andere Wahrsager‹, sagte er schließlich.«

»Nun ja, dass er die Namen der Beteiligten nicht wusste, ist verständlich«, sagte ich. »Dazu gab es keinen Grund. Sofern die Sache vorher abgesprochen war, ist es ganz natürlich, dass die Wahrsager lediglich von einem ungetreuen Verlobten sprechen, ohne seinen Namen zu nennen.«

»Damit habt Ihr Recht«, meldete sich Miguel mit Nachdruck zu Wort. »Aber das Übrige passt trotzdem nicht. Gerade noch hatten wir es mit der unabweisbaren Tatsache zu tun, dass einige Wahrsager Maria überzeugt hatten, Rodrigo nicht zu heiraten. Jetzt aber wissen wir, dass das Gegenteil der Fall ist: Die Männer selbst bestreiten, mit irgendeiner jungen Frau, auf die Marias Beschreibung passen würde, gesprochen oder ihr von einer Heirat abgeraten zu haben. Daher heißt die Frage: Wer hat es getan?«

»Ja«, wiederholte ich, »wer hat es getan?«

Die Frage schien auch die beiden zu beschäftigen. Levi zuckte die Achseln, und Miguel sah mich nachdenklich an. Er stützte sich auf die Kante seines Bänkchens, um zu antworten, aber ich kam ihm zuvor: »Wartet, eins nach dem anderen. Wer hat die Männer an ihre Wirkungsstätte gebracht? Wer hat ihnen den Auftrag erteilt? Wer hat sie bezahlt und ihnen befohlen zu verschwinden?«

Mit zuversichtlichem Lächeln öffnete Levi die Hände und fuhr fort: »Das ist der dritte Punkt, von dem ich annahm, dass er Euch wichtig erscheinen würde. Salomo konnte mir in dieser Hinsicht nicht besonders viele Einzelheiten sagen, doch im Wesentlichen hatten sie ausschließlich mit einem einzigen Menschen zu tun. Es handelte sich um einen mit reichlich Geld versehenen stämmigen Mann von etwa vierzig bis fünfundvierzig Jahren, der nicht viele Worte machte und kein Freund von Vertraulichkeiten gewesen zu sein scheint. Er hat ausschließlich mit Todros gesprochen und, wie es scheint, weniger mit ihm verhandelt als ihm Befehle erteilt. Todros hat gesagt, dieser Mann müsse nach seiner Art zu sprechen, aber auch wegen seiner Narbe auf der rechten Wange, die vielleicht auf eine frühere Verwundung zurückgeht, ein Krieger oder sonst jemand gewesen sein, der dem Kriegshandwerk nahe steht.«

»Diese Beschreibung aber«, unterbrach ihn Miguel, »passt haargenau auf den Feldhauptmann der Krieger Don Diegos, von dem ich Euch vorher gesprochen habe, Magister. Vermutlich werdet Ihr Euch erinnern, wen ich meine.«

Als ich den Raum verließ, war mir vieles klarer geworden. Velasco erwartete mich schweigend und düster wie immer in der Nähe der Tür. Sein Gesichtsausdruck zeigte mir, dass er das Gesagte mitgehört hatte und über die Ereignisse im Bilde war.

»Du hast unser Gespräch mit angehört, nicht wahr, Velasco?«

»Ja, jedenfalls zum Teil«, sagte er.

»Und was meinst du?« Er lächelte vor sich hin und seufzte selbstzufrieden.

»Wie Ihr jetzt selbst seht«, sagte er, »sind die Dinge nicht, was sie scheinen. Allmählich kommt Ihr der eigentlichen Geschichte auf die Spur.«

Verblüfft sah ich ihn an. Ein schwärzlichblauer Schatten legte sich auf sein Gesicht. Dieser Mann weiß sehr viel mehr, als er sagt, dachte ich. Er musste wohl geahnt haben, was mir durch den Kopf ging, denn er sagte in einem Ton, der keinen Widerspruch duldete: »Es tut mir Leid, aber ich kann nichts über das sagen, was ich vermute oder weiß. Ihr müsst dieses Geheimnis selbst enträtseln. Ich kann auch nichts hinzufügen, denn ich habe in dieser Hinsicht klare Befehle.«

Ich muss wohl ein verärgertes Gesicht gemacht haben, denn er fuhr fort: »Nur eines sage ich Euch: Gestern hat Cárdenas mit Euch gesprochen, weil er ein bestimmtes Ziel verfolgt. Er ist mit der Tochter von Munio Fernández verheiratet, der bis vor kurzem der für ganz Galizien zuständige königliche Oberrichter war. Dieses Amt hat der König inzwischen mit einem anderen Ritter besetzt; er heißt Rui Suárez.«

»Und weiter?«

»Ihr könnt es Euch denken. Immerhin ist Cárdenas Schwiegervater abgesetzt worden... Ich bedaure, aber ich werde weiter nichts sagen. Ich hatte Euch bereits mitgeteilt, dass ich eindeutige Anweisungen habe. Ihr müsst das verstehen. Es ist Eure Aufgabe, Magister, der Wahrheit aus eigener Kraft auf die Spur zu kommen.«

»Ich begreife nicht, Velasco, warum du dich da heraushalten musst.«

Er lächelte freundlich, gab aber mit fester Stimme zur Antwort: »Ich soll ausschließlich dafür sorgen, dass Euch auf dem Weg kein Ungemach zustößt. Und jetzt verzeiht, doch wir müssen ungesäumt zum Fest zurückkehren.«

Ich wollte etwas einwenden, doch er schnitt mir das Wort ab: »Hört mir zu. Wir müssen sogleich zurückkehren. Ihr seid schon über Gebühr lange fort, und es darf auf keinen Fall dahin kommen, dass sich jemand nach dem Grund Eurer Abwesenheit fragt. Beeilt Euch, wir müssen den Eindruck erwecken, als hätten wir nur ein wenig Luft schnappen wollen.«

Er hatte Recht. Rasch eilten wir in den Saal zurück. Dort hatte das Fest seinen Höhepunkt erreicht. Zwar nahm ich an, niemand habe meine Abwesenheit bemerkt, doch bewiesen die späteren Ereignisse das Gegenteil. Gedankenversunken dachte ich über die Situation nach und versuchte, die

Bestandteile jenes komplizierten Zusammensetzspiels in der richtigen Reihenfolge anzuordnen.

Beim Eintreten sah ich Fabienne in lebhafter Unterhaltung mit eben dem Edelmann, mit dem sie gesprochen hatte, als ich den Raum verließ. Enrique tanzte nach wie vor, und Luca war mit Arlette verschwunden. Gerade als ich mir einen Becher Wein eingoss, trat Don José Cárdenas auf mich zu, der Edelmann, mit dem ich am Vorabend gesprochen hatte. Schon seine ersten Worte zeigten mir, wie trügerisch meine Annahme gewesen war.

»Wo habt Ihr nur so lange gesteckt, Magister? Ich habe Euch gesucht, um unser Gespräch fortzusetzen, konnte Euch aber nicht finden.«

»Ach, ich habe mir den Palast ein wenig angesehen und einen kleinen Spaziergang in der Umgebung gemacht.«

Da mir nicht daran lag, das Gespräch in der eingeschlagenen Richtung fortzusetzen, wechselte ich das Thema: »Es geht bei diesem Fest ziemlich lebhaft zu, nicht wahr? Es macht Freude zuzusehen, wie die jungen Leute tanzen und sich sittsamen Vergnügungen hingeben.«

»Das stimmt«, antwortete Cárdenas. »Aber wir sind nicht mehr so jung.«

Er lachte scheinheilig und entblößte dabei die Zähne, so dass sein Mund aussah wie ein angebissenes Stück Wassermelone. Dann fügte er dreist hinzu: »Und auch nicht besonders sittsam – jedenfalls nicht ich.«

Als er meinen vorwurfsvollen Gesichtsausdruck sah, fuhr er fort: »Lasst es Euch nicht verdrießen, Pater. Es war ein Scherz. Vielleicht eine Spur unbeholfen, aber ein Scherz. Falls Ihr darin etwas anderes gesehen habt, habe ich mich ungeschickt ausgedrückt. Und jetzt gestattet, dass ich sage, was zu sagen ich gekommen bin. Ich wollte Euch lediglich einladen, einen besonderen Wein zu kosten, der den allgemeinen Gästen nicht aufgetischt wird und dessen Geschmack nicht seinesgleichen hat. Kommt mit, ich habe einen Krug davon.«

Ich folgte ihm in einen kleinen Raum hinter dem Saal. Der

Wein entsprach in keiner Weise seiner marktschreierischen Ankündigung, und so kehrte ich enttäuscht zu den Tänzern zurück. Nach einigen Höflichkeitsfloskeln gelang es mir, mich von Cárdenas zu lösen und meinen Beobachterposten wieder einzunehmen. In einer Ecke des Saales sitzend, sah ich zu, wie sich die anderen vergnügten, dachte über die Ereignisse nach und versuchte sie einzuordnen. Ich war an Situationen dieser Art gewöhnt und hatte gelernt, ständig ein befriedigtes Lächeln aufzusetzen, während ich nachdachte, damit die Menschen um mich herum annahmen, sie hätten es mit einem schlichten Zuschauer zu tun. Lange aber vermochte ich nicht in dieser Haltung zu verweilen. Mit einem Mal wurde mir übel, ich empfand Schwindel und ein Gefühl der Leere, wie ich es schon viele Jahre nicht erlebt hatte. Mir war unverständlich, wie es dazu hatte kommen können, hatte ich doch höchstens zwei oder drei Becher Wein getrunken. Trotzdem fühlte ich mich erschöpft und wie betrunken, war meiner nicht mehr Herr. Alles verschwamm mir vor den Augen. Bislang hatten einige Becher Wein noch nie eine solche Wirkung auf mich gehabt, nicht einmal dann, wenn es wirklich hoch hergegangen war. Benommen stand ich auf, um den Saal zu verlassen und mich auf eine Bank im Garten zu setzen. Ich merkte, wie ich schwankte, und hatte, obwohl vermutlich niemand etwas davon mitbekam, den Eindruck, dass mich alle im Saal missbilligend ansahen. Es war mir gleich. Es gelang mir, auf schwankenden Beinen den Ausgang zu erreichen.

Auf dem Weg zur Bank, der unendlich lang zu sein schien, gaben meine Beine fast nach. Ich lehnte mich, so gut es ging, an die Bank und wartete, dass der Anfall vorüberging. Ich verschränkte die Hände über dem Kopf, kauerte mich zusammen und hoffte, dass die Übelkeit aufhörte, doch sie wurde immer schlimmer. Es trat mir kalter Schweiß auf die Stirn, der mir in schweren Tropfen über das Gesicht lief und auf mein Gewand fiel. Verzweifelt kniete ich nieder und versuchte zu erbrechen, brachte aber außer einem säuerlich schmeckenden Saft nichts heraus. Hilflos setzte ich mich wieder auf. Man kann sich nicht vorstellen, wie entsetzlich meine Lage war. Ich schnappte keuchend nach Luft, während eine Art Fieberschauer meinen Körper erfasste. Es kam mir vor, als träten meine Augen aus ihren Höhlen und als werde hinter meiner Stirn eine Trommel geschlagen. Dann muss ich wohl das Bewusstsein verloren haben. Jedenfalls weiß ich nicht, wie lange ich so dalag. Irgendwann war Enrique da, der in den Garten hinausgetreten war, um sich ein wenig zu erfrischen. Ich erinnere mich nicht besonders deutlich an das, was danach geschah, wohl aber daran, dass nach einer Weile Velasco und vielleicht auch noch andere kamen und man mich in meiner Unterkunft aufs Lager bettete, was mir große Qualen bereitete.

Als ich mehrere Stunden später zu mir kam, befanden sich Velasco, Enrique und der jüdische Arzt Levi bei mir, den mir Miguel de Miranmón vorgestellt hatte. Ich fühlte mich entsetzlich. Es kam mir vor, als schlügen in meinem Kopf die Trommler von zehn Heeren auf ihr Kalbfell ein. Meine Augen schmerzten, und mein übel riechender Atem ging nur mühsam. Ein Lichtschimmer vor den Augenlidern brachte mich in eine rote und undurchsichtige Welt zurück. Mit geschlossenen Augen hörte ich eine Stimme. Sie gehörte Enrique, der ein Geräusch von sich gab, als schnalze er mit der Zunge. Immer noch kostete es mich Mühe, die Augen zu öffnen. So vollzog sich meine Rückkehr ins Bewusstsein eine ganze Weile in der Dunkelheit, in der ich von ferne Stimmen vernahm.

Wie immer konnte Enrique es nicht lassen, seine Neugier zu befriedigen. Ich bekam mit, wie Levi in lehrhaftem Ton erklärte: »Der Unterschied zwischen Arznei und Gift ist kaum wahrnehmbar. Daher hatten auch die alten Griechen ein und dasselbe Wort für beides, nämlich Pharmakon. Wer heilen will, muss vom einen wie vom anderen etwas verstehen...«

In diesem Augenblick sah er mich wohl an, denn er unterbrach sich und rief aus: »Warte, mein Junge, unser lieber Magister Hinault schlägt die Augen auf. Der Arme, er muss schlimme Qualen empfinden, aber ich hatte keine Wahl, als so vorzugehen.«

Stunden später erfuhr ich, dass ich mein Leben einem Zufall verdankte. Gleich nachdem Levi von Velasco benachrichtigt worden war, kam er herbei und untersuchte mich. Dabei fiel ihm sogleich auf, wie schlaff mein Leib war und dass mein Atem stoßweise ging. Daher verwarf er den Gedanken, dass ich betrunken sein könnte, und vermutete eine Vergiftung. Gott sei Dank beherrschte er seine Kunst. Ohne Zeit zu verlieren, bereitete er ein Brechmittel zu und gab mir ein Gegengift, dessen Zusammensetzung ich später zumindest teilweise erfuhr: Brennnessel, Knoblauch und Baldrian.

Als ich nahezu wiederhergestellt war, fragte ich ihn, warum er darauf verfallen war, gerade diese Pflanzen zu verwenden. Er sagte: »Nun, ich nahm an, dass man Euch mit einem ähnlich zusammengesetzten Mittel vergiftet hatte. Die Empfindung von Trunkenheit, die Ihr hattet, zu der es bei einem Fest wie dem gestrigen ohne weiteres kommen kann, zeigte mir, dass ein Kräuterkundiger am Werk gewesen sein musste. Man hätte Euren Zustand ohne weiteres für einen handfesten Rausch halten können. Mir aber hat der leere Blick Eurer Augen zu denken gegeben. Das Gift, das man Euch gegeben hat, ist aus mehreren Bestandteilen zusammengemischt worden. So dürfte der Rauschzustand auf frischen Eschenwurz zurückgegangen sein. Außerdem hat das Mittel meiner Überzeugung nach Nieswurz und Tollkirschenextrakt enthalten, aber das lässt sich nicht mit Sicherheit sagen. Nachdem ich Euch untersucht hatte, habe ich Euren Magen mit einem altbewährten Mittel entleert, das jegliche Speise daraus entfernt. Da ich aber annahm, dass noch mehr dahinter steckte und sich eine der Substanzen, aus denen der Gifttrunk wahrscheinlich bestand, auf den Geist auswirken kann, habe ich Euch Brennnessel gegeben, die vor Wahnvorstellungen schützt. Auch habt Ihr Knoblauch bekommen, der gegen Gifte immer nützlich ist, und ich habe Euch ein wenig Baldrian gegeben, um den Leib zu beruhigen. Die Wurzel dieser Pflanze ist bemerkenswert«, fügte er hinzu, »denn auch sie ist für den giftig, der größere Mengen davon zu sich nimmt.«

Soweit ich von ihm erfuhr, wäre ich ohne ein Eingreifen von außen schon wenige Minuten darauf tot gewesen. An die ersten Stunden danach erinnere ich mich nicht besonders deutlich. Ich befand mich im Zustand des Halbdämmers, schlief immer wieder kurz ein und wurde fast sogleich wieder wach. So verbrachte ich einen guten Teil der Nacht und dachte nicht im Entferntesten an das Fest und die Hochzeit. Ich erinnere mich lediglich an den Augenblick, in dem ich mich, einem unwiderstehlichen Drang folgend, erhob, um mein Wasser aus dem Fenster abzuschlagen. Ich sah in die Nacht hinaus, deren Licht mich blendete. Auf einem Gestell erblickte ich eine kleine Waschschüssel und hob sie, um mein Gesicht mit Wasser zu benetzen. Doch als ich meine Züge darin gespiegelt sah, die halb geschlossenen Lider, das hochrote Gesicht, den schlaffen und triefenden Mund und die trüben Augen, legte ich mich wieder hin. Bevor ich einschlief, fielen mir die Worte der Wahrsagerin ein, der wir in der Nähe von Sangüesa begegnet waren. Sie hatte mich vor den Auswirkungen der Trunkenheit gewarnt. Und ich hatte sie für einfältig gehalten! Wenige Minuten darauf war ich eingeschlafen.

VII. Das Grab auf dem Abteifriedhof

März 1257

Während ich jenen quälenden Zustand durchlitt, erlebten Luca und Arlette etwas, das nicht minder schauerlich war. Während der Feierlichkeiten verfiel der Italiener wieder in die Niedergeschlagenheit, die ihn von Zeit zu Zeit quälte. Der Erfolg Fabiennes bei den jungen Edlen Navarras und Lucas Unvermögen, gelöst mitzufeiern, bewirkten, dass er sich in den Hintergrund des Saales zurückzog, kaum dass man begonnen hatte zu tanzen. Von dort sah er zornerfüllt zu, wie sich alle vergnügten und Fabienne von einem Tänzer zum anderen flog. Sogar Enrique tanzte mit ihr, doch tauchte der Toledaner gleich wieder im allgemeinen Festtaumel unter und verließ sie, nachdem er ihr höflich eine kurze Weile Gesellschaft geleistet hatte. Dennoch sah sich Luca außer Stande, sich Fabienne zu nähern. Nach langer Zeit erbarmte sich Arlette seiner, die ihn nicht aus den Augen ließ, und setzte sich zu ihm. Sie redete ihm ins Gewissen: »Nun sei doch nicht so trübselig, Luca. Du redest mit niemandem und bist so niedergeschlagen, als ginge es hier um Leben und Tod. Wenn du dich im Spiegel sehen könntest, müsstest du bestimmt lachen. Komm schon und lass uns tanzen.«

Es war ihr nicht entgangen, wie sich seine Empfindungen im Laufe der Zeit entwickelt hatten. Ihr Verstand sagte ihr, dass sie kaum hoffen durfte, ihn für sich zurückzuerobern. Dadurch, dass sie ihn einige Tage zuvor abgewiesen hatte, wollte sie ihm bloß zuvorkommen. Ihr war klar, dass sie im Begriff stand, ihn zu verlieren, und sie konnte sich nicht da-

193

mit abfinden. Wenn Luca ihr entglitt und nicht ihr Geliebter sein konnte, wollte sie ihn zumindest als vertrauten Freund behalten. Wäre der Genueser ein besserer Menschenkenner gewesen, hätte er gemerkt, dass Arlette ganz im Unterschied zu ihrer üblichen kecken Art in seiner Gegenwart ganz verstört war.

Eigentlich hatte sie sich Männern gegenüber immer unsicher gefühlt. Da sie zu ihrem Leidwesen nicht so hübsch war wie ihre Schwester, konnte sie mit ihr auf diesem Gebiet nicht wetteifern. Wohl aber war sie überzeugt, hundertmal klüger und tüchtiger zu sein als jene. So kam es, dass sie ihren Körper in üppig geschnittenen Kleidern verbarg und das Haar kurz geschnitten trug wie ein Junge. Auch ihre Vorliebe für eigentlich den Männern vorbehaltene Zeitvertreibe und ihre Weigerung, allein ihrer Mitgift wegen an irgendeinen Tölpel verheiratet zu werden, gingen auf dieselbe Wurzel zurück. Die für Frauen gültigen Klischees passten nicht auf sie; sie war überzeugt, dass ihr das Leben nichts schenken würde, und nahm das mit dem Gleichmut eines Menschen hin, der nichts zu verlieren hat. Sie hatte gelernt, dass sie aus eigener Kraft erreichen musste, was sie haben wollte. »Fabienne kann für mich kein Vorbild sein«, sagte sie sich immer wieder vor. Auch wenn sie die Notwendigkeit erkannte, sich gewissen moralischen Normen unterzuordnen, erfüllte es sie doch mit Neid zu sehen, dass sich die Männer ihr eigenes Gesetz gaben, das ihnen zum Vorteil gereichte und ausschließlich von ihrer Begierde bestimmt war. Zugleich war ihr klar, dass sie nicht handeln durfte wie ein Mann. Die Regeln waren unmissverständlich, und sie durfte keinesfalls dagegen verstoßen. Wie anders war da Lucas Lage. Er brauchte sich nicht an die angebliche Ordnung der Dinge zu halten.

»Komm, lass uns tanzen«, forderte Arlette Luca zum wiederholten Mal auf.

»Nein, lass mich«, gab Luca zurück. »Mir steht nicht der Sinn danach. Und ich möchte auch mit niemandem reden. Entschuldige, aber ich habe zu nichts Lust.«

Ohne auf seine Worte zu achten, nahm ihn Arlette am Arm und fügte in zärtlichem Ton hinzu: »Sei nicht töricht. Wenn du deine Wünsche so deutlich auf den Zügen spazieren trägst, erreichst du lediglich, dass alle Welt weiß, wie es um dein Herz bestellt ist. Sollen sich die anderen eigentlich über dich lustig machen? Gib dir doch zumindest den Anschein, als ob du dich vergnügtest.«

Luca war unfähig, die Dinge leicht zu nehmen, und fiel ihr missmutig ins Wort.

»Ändert das etwas?«, fragte er. »Wenn ich ärgerlich scheine, liegt das daran, dass ich es bin. Glaubst du denn, es macht mir Spaß zu sehen, wie Fabienne mit allen Männern auf dem Fest herumtändelt?«

»Ich kann mir schon denken, dass du nicht davon begeistert bist«, gab Arlette zur Antwort. »Aber es musste so kommen.« Leise und bedeutungsvoll sagte sie: »Sieh sie dir doch an. Sie ist einfach schön in ihrem Seidenkleid und mit dem Blick eines unschuldigen kleinen Mädchens, nicht wahr?«

Dann fügte sie nachdenklich hinzu: »Wie dumm ihr Männer doch seid! Wie leicht lasst ihr euch aus dem Gleichgewicht bringen und vom Zauber eines einzigen Blicks mitreißen! Dabei ist Fabienne noch fast ein Mädchen und weiß nichts. Wäre sie sich ihrer Schönheit bewusst oder wüsste sie ein wenig vom Leben, könnte sie mit euch nach Belieben verfahren.«

Luca warf ihr einen feindseligen Blick zu.

»Keine Sorge, Luca«, sagte Arlette und legte ihm die Hand auf die Schulter. »Sie ist zu keinem bösen Gedanken fähig. Sie genießt die Situation, spielt mit allen und ahnt nicht, welche Leidenschaften sie weckt. Und glaube mir, wenn wir es ihr sagten, würde sie uns nicht glauben. Sie würde sagen, dass wir übertreiben, und darauf hinweisen, dass sich alle anderen ebenso vergnügen wie sie. Sie weiß nicht, welche Macht sie hat, und versteht nicht, sie zu nutzen.«

Der Italiener gab keine Antwort. Er hielt den Blick ins Leere gerichtet und knurrte etwas Unverständliches. Arlette ließ sich nicht davon entmutigen.

»Du musst dich der Wahrheit stellen, Luca«, fuhr sie fort. »Vielleicht gibt es für dich eine günstigere Gelegenheit, wenn wir wieder mit dem Pilgerzug unterwegs sind. Jetzt aber sind deine Aussichten äußerst dürftig. Versuch dir darüber klar zu werden, und vergiss heute Abend Fabienne. Im Augenblick kannst du nichts tun.«

Luca hob den Blick zu Arlette und sah sie verwirrt an. Mit der Zunge fuhr er sich über die Oberlippe, als wolle er etwas sagen, überlegte es sich dann aber anders.

»Es sei denn«, fügte sie mit rasiermesserscharfer Stimme hinzu, »du hättest noch was von deinem großartigen Zaubertrank.«

Sie brach in Lachen aus und fuhr fort, ohne auf die Wirkung zu achten, die ihre Worte hervorriefen: »Das fabelhafte Allheilmittel! Wie gutgläubig du doch bist! Es kommt mir nicht so vor, als würde es dir jetzt nützen. Ich glaube, kein Liebestrank wäre im Stande, Fabiennes Aufmerksamkeit auf dich zu lenken und ihr die Begeisterung für diesen Navarreser Edelmann auszutreiben.«

Luca fuhr auf, als hätte man ihm einen Stachel in die Brust getrieben. »Das glaubst du wohl, was?«

»Ich bin davon überzeugt.«

»Sei deiner Sache nicht so sicher. Vielleicht könnte ich erreichen, dass sie nur noch Augen für mich hat.«

Arlette sah ihn mit verächtlich verzogenem Gesicht an, doch Luca senkte den Blick und tat so, als wäre er tief in die Betrachtung der Steinplatten auf dem Boden versunken. Nach einer Weile aber fügte er mit mattem Lächeln hinzu: »Du wirst es mir nicht glauben, aber ich kenne das Mittel, die Frau zu bekommen, die ich haben will, ohne dass sie etwas dagegen unternehmen könnte.«

Arlette bedachte ihn weiterhin mit spöttischen Blicken. Er hob den Kopf und sah ihr ins Gesicht.

»Du glaubst mir nicht und hältst meine Worte für reine Aufschneiderei. Da aber irrst du dich. Wenn ich wollte, würde dein Schwesterchen schon sehen, wozu ich im Stande bin.«

Erneut schwieg er. Dann sagte er, als finde er sich mit seiner Situation ab: »Nun, man muss die Dinge nehmen, wie sie sind.«

»Natürlich«, gab Arlette zur Antwort. »Am besten denkt man nicht an das Unmögliche und vergisst Liebestränke und Zaubermittel, die ohnehin zu nichts nütze sind. Sei nicht töricht, Luca. Glaubst du denn wirklich, wenn es einen solchen Zaubertrank gäbe, dass ihn nicht jeder kennen und benutzen würde?«

»So etwas meine ich nicht«, gab Luca zur Antwort. »Du weißt nicht, wovon ich spreche, und daher hältst du besser den Mund. Keine Sorge, ich werde nichts unternehmen, aber ich sage dir noch einmal, ich könnte das Mittel finden, sie auf immer zur Meinen zu machen, ohne dass sie eine Möglichkeit hätte, sich dem zu widersetzen.«

Ohne die Absicht, Salz in seine Wunden zu streuen, stimmte Arlette sarkastisch zu: »Selbstverständlich...«

In dem Augenblick sah ihr Luca direkt in die Augen.

»Ich sehe, dass du mir immer noch nicht glaubst«, sagte er. »Jetzt tu mir den Gefallen und hör aufmerksam zu, dann wirst du sehen, ob ich Recht habe oder nicht. Als ich vor etwa zwei Wochen mit Magister Hinault in Eunate war, einer kleinen Kirche nahe Pamplona, haben wir mit einem Tempelritter namens Gérard de Molay gesprochen. Er hat uns eine schauerliche Geschichte berichtet, die sich vor vielen Jahren zugetragen haben soll. Darin geht es um die Liebe zwischen einem Edelmann und einem Mädchen, die nicht zueinander fanden, weil das Mädchen an dem Tag, der für die Hochzeit festgesetzt war, plötzlich starb. Selbst nachdem sie im Grab lag, war der Edelmann nicht bereit, den Verlust seiner Anverlobten hinzunehmen, und blieb wie besessen auf dem Friedhof. Nach und nach gingen alle Verwandten davon, und er blieb allein am Grab seiner Geliebten, als hindere ihn eine sonderbare Macht daran, sich von ihr zu trennen. In den frühen Morgenstunden öffnete er das Grab, von der Begierde getrieben, und holte den Sarg heraus. Als er den Deckel abnahm, um sie ein letztes Mal

197

anzusehen, hat er ihr Gewalt angetan, von unbeherrschbarem Liebeswahn getrieben. Nachdem er sich erschöpft hatte, erkannte er voll Schrecken, welch grauenvoller Entweihung er sich schuldig gemacht hatte. Ihm blieb keine Zeit zur Reue, denn eine Stimme, die aus dem Jenseits zu kommen schien, hielt ihm das Verwerfliche seines Handelns vor und forderte ihn auf, nach neun Monaten wiederzukommen. Entsetzt floh er. Doch als die Frist abgelaufen war, kehrte er zum Friedhof zurück. Lange zögerte er, den Sarg erneut zu öffnen, tat es aber schließlich. Als er den Deckel hob, sah er das Mädchen, das wunderbarerweise unverwest war, und verschiedene Gegenstände, die sich ursprünglich nicht im Sarg befunden hatten. Das Erste, was ihm auffiel, war die Frucht seines verwerflichen Handelns: ein Kopf zwischen ihren Beinen, wie ein merkwürdiges Neugeborenes. Wieder ertönte die geheimnisvolle Stimme, und er erfuhr, es handele sich dabei um das Ergebnis seiner Schändung. Er brauche aber nichts zu befürchten, denn sein Verhalten sei zugleich der Beweis einer Liebe, die über das menschliche Leben hinausreiche. Anschließend forderte ihn die Stimme auf, den Kopf stets mit sich zu führen, dann werde er unverwundbar sein und über alle Dinge Macht haben.«

Luca ließ eine kurze Pause eintreten, um seinen Worten die nötige Wirkung zu verleihen. »Dann hat uns Raoul berichtet, dass die Templer solche Köpfe, die Sinnbild ihrer Macht und ihrer Riten sind, Baphomet nennen.«

Er sah Arlette aufmerksam an und lächelte tückisch.

»Aber es geht noch weiter. Außer dem geheimnisvollen Kopf, den der Ritter, wie gesagt, mitgenommen hat, gab es noch andere Gegenstände. Jedenfalls hat Gérard das berichtet. Der bedeutendste davon war ein Trauring am Zeigefinger ihrer rechten Hand.«

»Ein Ring?«, fragte Arlette. »Wozu sollte der dienen?«

»Allem Anschein nach sollte er die Verbindung zwischen den beiden Liebenden bekräftigen. Die Stimme hatte dem Ritter gesagt, dass er jedem, der daran reibe, eine besondere

198

Kraft verleihe. Mit seiner Hilfe könne er jede Frau, die er begehre, in seinen Bann schlagen, ohne dass sie die geringste Möglichkeit habe, etwas dagegen zu unternehmen.«

»Und natürlich hat er ihn ihr abgenommen...«

»Wenn ich mich nicht falsch erinnere, hatte er ihn ihr eigenhändig angesteckt. Was hat der Templer noch gesagt? Ach nein –«, fügte Luca mit munterer Stimme hinzu, »er hat ihn lediglich betrachtet. Der Mann hat uns gesagt, dass beide Hände auf ihrer Brust lagen und sie in der Rechten, an der der Ring steckte, eine weiße Rose hielt, die wunderbarerweise vollständig erhalten war.«

»Auch noch eine Rose?«, fragte Arlette. »Darf man auch wissen, wozu?«

»Das weiß ich jetzt nicht mehr«, gab Luca kleinlaut zu. »Wohl aber erinnere ich mich ganz genau an die Macht des Ringes.«

Arlette war beeindruckt, wollte das aber nicht zeigen und hatte sich schon bald wieder in der Gewalt. Ohne den Blick von Luca zu nehmen, fügte sie hinzu: »Eine hübsche Geschichte, aber ich verstehe nicht, was das mit dir zu tun hat. Immer angenommen, dass deine sonderbare Erzählung auf Wahrheit beruht, was hast du damit zu tun?«

»Nun, ich könnte mir den Ring beschaffen.«

Mit einem Blick in die Runde vergewisserte er sich, dass niemand sie belauschte, und fuhr fort: »Das ist das Sonderbarste. Zwar bin ich nicht ganz sicher, ob ich ihn finden kann, halte es aber andererseits nicht für besonders schwierig, denn ich weiß noch etwas. So unglaublich es dir erscheinen mag, hat uns Gérard gesagt, dass sich das Grab hier in Estella befindet, genauer gesagt, auf dem Friedhof einer kleinen Abtei in der näheren Umgebung. Allem Anschein nach haben die Menschen eine heilige Scheu davor, und niemand wagt sich dort hin.«

Er machte eine Pause, lief rot an und zog den Kopf zwischen die Schultern.

»Das ist nur allzu verständlich. Auch ich habe, ehrlich ge-

sagt, Angst und weiß nicht, ob ich fähig wäre, das Grab zu entweihen, aber du siehst, ich könnte es tun, wenn ich wollte.«

Als er geendet hatte, brach Arlette ihr nachdenkliches
Schweigen und fragte: »Du sagst, dass sich diese Abtei nahe
der Stadt befindet?«

»Nahe? Keine drei Schritte! Gérard hat gesagt, sie liegt
gleich am Ausgang Estellas an einer Stelle, die als Marienanger bekannt ist. Er hat sie uns so genau beschrieben, dass ich
sie ganz leicht finden könnte. Links von den Trümmern einer
aufgegebenen kleinen Kirche liegt ein Friedhof. Das Grab des
Mädchens befindet sich in einer Ecke nahe der Einfriedung
unter einem großen Stein mit einem Zackenkreuz.«

»Das klingt wirklich unglaublich«, sagte Arlette. »Bestimmt
ist die ganze Geschichte von vorn bis hinten erfunden. Ich halte
es für ausgeschlossen, dass es ein solches Machtmittel gibt und
niemand versucht haben soll, es in die Hand zu bekommen.«

»Das habe ich anfangs auch gedacht. Nachdem ich mir die
Sache habe durch den Kopf gehen lassen, erscheint sie mir
nicht mehr so unsinnig.«

»Wieso nicht?«

»Gérard hat gesagt, dass kein Bewohner dieser Gegend wagen würde, das Grab erneut zu schänden; auf ihm liegt ein
Fluch, und vor dem haben die Menschen in Estella Angst. Außer ihnen aber weiß wohl kaum jemand davon. Gérard hat
uns den Vorfall wohl eher aus Versehen erzählt. Raoul versteht sich darauf, die Menschen aus der Reserve zu locken,
und die Geschichte ist ihm wohl mehr oder weniger gegen seinen Willen entfahren. Jedenfalls ist das Grab dort und wartet
darauf, dass jemand den Mut hat, es erneut zu öffnen.«

»Und meinst du, dass du im Stande wärest, das zu tun?«,
fragte Arlette hinterhältig.

»Was redest du da! Ich habe schon beim bloßen Gedanken
daran Angst. Ich glaube nicht, dass ich die Kraft aufbrächte,
ihr den Ring fortzunehmen. Kannst du dir vorstellen, wie es
sein muss, in den Friedhof einzudringen und das Grab zu öffnen? Schon bei der Vorstellung sträuben sich mir die Haare.«

Er wandte sich Arlette mit einer hochmütigen Gebärde zu und sagte: »Ich weiß schon, was du denkst. Schön, ich werde es nicht tun, aber du musst zugeben, dass ich das Mittel kenne, um zu erreichen, wovon ich mit dir gesprochen habe.«

»Vielleicht. Vielleicht auch nicht«, gab Arlette zurück. »Auf jeden Fall werden wir es nie erfahren, wenn du nicht im Stande bist, das zu beweisen.«

Dann sah sie ihn lange an und sagte, sich den Zeigefinger an die Lippen haltend: »Ganz unter uns, ich habe dir das schon früher gesagt, ihr Männer seid dumm. Da bist du vor Liebe zu meiner kleinen Schwester ganz verzweifelt, verrückt vor Eifersucht, wenn du siehst, wie sie mit all diesen jungen Galanen tanzt, und alles, was du zu Stande bringst, ist, dass du vor Neid platzt und dir im Stillen sagst: ›Wenn ich wollte, könnte ich sie haben.‹«

Lucas Kopf sank noch tiefer zwischen die Schultern.

»Dummkopf!«, fuhr Arlette fort. »Ich an deiner Stelle würde keinen Augenblick zögern! Es ist nicht zu fassen: Du weißt, wie du bekommen könntest, was du am meisten begehrst, und hast Angst, es zu tun! Ach, wäre ich doch ein Mann!«

Sie packte Lucas Arm so fest, dass ihm ihre Fingernägel ins Fleisch drangen. »Komm zu dir! Auch wenn das Ganze eine Schimäre ist, hast du zumindest eine Hoffnung, steht dir eine Tür offen. Doch was unternimmst du? Nichts, absolut nichts. Du lässt die Gelegenheit vorübergehen, und das Einzige, was dir einfällt, ist Jammern.«

»Du bist zu hart zu mir, Arlette.«

Auf ihre Züge trat ein gequältes Lächeln.

»Bah! Deine Geschichte ist ziemlich spannend, zugleich aber auch enttäuschend. Als ich mich neben dich setzte, hatte ich Mitleid mit dir, aber jetzt tut es mir Leid, dass ich gekommen bin.«

Sie stand auf und sagte, wobei sie jedes Wort einzeln betonte: »Ich gehe, Luca. Ich empfinde kein Mitleid mehr. Bleib allein, und verwünsche dein Schicksal, denn wenn du so feige bist, hast du weder Fabienne noch irgendeine andere Frau verdient, die etwas taugt.«

Luca sah stolz vor sich hin und schwieg. Als sich Arlette umdrehte, um zu gehen, fasste er sie am Arm und hielt sie fest: »Warte, geh nicht fort. Für dich ist das sehr einfach. Aber ich... Was kann ich denn tun? Wie könnte ich es wagen, ein Grab zu entweihen, auf dem ein Fluch ruht?«

»Wieso nicht?«, wandte Arlette ein. »Sag mir doch, wie oft warst du schon in dieser Stadt? Kein einziges Mal. Und wie oft wirst du in Zukunft, falls du noch einmal hierher kommst, so von der Begierde und Eifersucht zerfressen sein wie jetzt?«

Sie gab ihm einige Augenblicke Zeit, ihre Fragen zu verdauen, und fuhr dann eindringlich fort: »Womöglich hältst du all das für einen Zufall. Nun, ich nicht. Meiner festen Überzeugung nach verknüpft das Schicksal die Fäden unseres Lebens, und es ist kein Zufall, wenn du eine solche Geschichte hörst und dir jetzt das widerfährt. Wenn du nicht den Mut hast, den nächsten Schritt zu tun, ist das deine Sache, aber ich würde es selbstverständlich tun. Oder meinst du etwa, dass sich dir in deinem Leben noch einmal eine solche Gelegenheit bietet?«

Luca dachte rasch über Arlettes Worte nach. Gewiss, vielleicht war es kein Zufall, dass sich die Ereignisse auf diese Weise miteinander verkettet hatten.

»Warte, vielleicht hast du Recht. Komm, setz dich zu mir. Glaubst du wirklich, dass ich es probieren soll?«

»Ich glaube es nicht nur, Luca«, sagte sie voll Überzeugung, »ich bin meiner Sache sicher. Dinge geschehen nicht einfach so, schon gar nicht solche Dinge. Ich weiß nicht, ob es die geheimnisvolle Abtei, den Friedhof, das Grab oder das Mädchen überhaupt gibt, aber ich versichere dir, ich an deiner Stelle würde sie suchen. Es kommt mir irgendwie so vor, als wäre diese Geschichte unvollendet und du vom Schicksal dazu ausersehen, sie zu Ende zu führen.«

»Es ist Wahnsinn.«

Einen Augenblick schwieg Luca nachdenklich. Dann sagte er übergangslos: »Würdest du mir dabei helfen, Arlette?«

»Ich? Wozu sollte ich das tun? Was habe ich dabei zu gewinnen? Nein, tut mir Leid. Es ist ausschließlich deine Angelegenheit, Luca.«

»Warte«, ließ der Genueser nicht locker. »Deinen eigenen Argumenten nach kann es auch kein Zufall sein, dass du jetzt von der Sache erfahren hast. Wenn du das aber nicht einzusehen vermagst, stell dir dieselben Fragen, die du mir vorhin gestellt hast. Wie oft warst du schon in Estella?«

Arlette schwankte. Luca sah sie an, nahm sie bei der Hand und fuhr mit flehendem Ausdruck fort: »Wenn du mitgehst, glaube ich, dass ich es fertig bringe, meine Angst zu überwinden, zum Grab zu gehen und den Ring zu holen.«

»Und was habe ich dabei zu gewinnen?«, fragte Arlette mit kalter Stimme.

»Nun... ich könnte ihn dir später gelegentlich leihen. Gérard hat nichts davon gesagt, dass seine Macht für einen einzigen Menschen bestimmt ist. Sicher kann er mehreren dienen.«

»Würdest du ihn mir überlassen, sobald du Fabienne errungen hast?«, fragte Arlette.

Er nickte feierlich und sagte dann, ohne sich groß zu bedenken: »Einverstanden. Aber er gehört mir, und ich kann ihn zurückhaben, wenn ich ihn brauche.«

»Auf denn«, sagte Arlette entschlossen. »Ich helfe dir.«

Mit einem Mal kam Luca zu Bewusstsein, worauf er sich da einließ, und erneut erfasste ihn Unsicherheit.

»Bestimmt?«, fragte er halblaut. »Wann wollen wir es tun? Wir müssen uns den Zeitpunkt gut überlegen, damit uns niemand überrascht.«

»Ach, hör doch mit deinem ständigen Gequengel auf«, gab Arlette zur Antwort. »Wenn ich mitkommen soll, müssen wir die Sache sofort in Angriff nehmen. Einen besseren Augenblick gibt es nicht. Alle achten auf nichts anderes als den Tanz, und niemand wird es merken, wenn wir eine Weile verschwinden. Außerdem wird es bald dunkel, da kann uns draußen niemand sehen. Morgen hätten wir bestimmt nicht den nötigen Mut. Los, auf! Wir wollen zu deiner Abtei aufbrechen. Dann wird sich ja zeigen, ob du den Mut hast, auf den Friedhof zu gehen und jener Dame ihren zauberkräftigen Ring zu entreißen.«

Nachdem sie unauffällig den Saal verlassen hatten, gingen sie zum Palasttor hinaus. Unterwegs überlegten sie, auf welche Weise sie in Erfahrung bringen konnten, wo die geheimnisvolle Abtei lag. Sie gaben sich den Anschein, als wären sie ein Liebespärchen, und fragten einen Geharnischten, der am Eingang Wache hielt, wie sie zum Marienanger gelangen könnten.

»Er liegt am Ausgang der Ortschaft. Folgt dieser Straße bis an ihr Ende, dann stoßt ihr ganz von selbst darauf. Man kann sich nicht verlaufen.« Lachend fügte er hinzu: »Es gibt keine bessere Stelle für jemanden, der ungestört bleiben will.«

»Ich weiß nicht, was du daran zum Lachen findest«, gab Luca argwöhnisch zurück.

»Man merkt, dass ihr Fremde seid«, mischte sich die andere Schildwache etwas umgänglicher ein. Er wandte sich an seinen Gefährten und wies ihn zurecht. »Woher sollen die das wissen, Guzmán? Im Ernst, wer auch immer geraten hat, da hinzugehen, hat sich einen üblen Scherz mit euch erlaubt, denn der Ort ist verflucht. Man berichtet sich allerlei darüber, von Toten, Geistererscheinungen … Aber das kann euch letzten Endes einerlei sein, denn ihr könnt ohnehin nicht hinein. Die ganze Anlage ist mit einem kräftigen Zaun umgeben.«

»Mit einem Zaun?«, wiederholte Luca.

»Ja. Vor fünf Jahren haben drei Menschen, die am Ende der Straße zum Marienanger wohnten, die Pest gehabt, und deshalb hat man den Zugang dorthin versperrt. Auch wenn die Gefahr längst vorüber ist, hat man die Absperrung nicht aufgehoben, und niemand, der bei klarem Verstand ist, würde den Zaun überklettern, schon gar nicht in einer solchen Nacht.«

Verblüfft wich Luca zurück. Die Pest! Jetzt wurde ihm klar, warum niemand dort hinging. Entsetzt sah er zu Arlette hin, doch sie ermunterte ihn mit bedeutungsvollen Blicken, weiterzugehen. Als sie nach einigen Schritten vor neugierigen Ohren sicher zu sein glaubte, sagte sie ihm: »Ich verstehe, dass du Angst hast, und kann mir denken, was dir durch den Kopf geht. Aber ich bin überzeugt, dass hier die Vorsehung am Werk ist.«

Luca traute seinen Ohren nicht und sah sie an. Sie ist verrückt, dachte er, wenn sie glaubt, dass ich in einen Pestbezirk eindringe.

Er wollte den Rückweg antreten.

»Warte, Luca«, sagte Arlette und fasste ihn am Arm. »Ich sage das nicht einfach so dahin. Die Pest ist schon lange vorüber. Man sperrt den Bezirk ausschließlich aus Vorsicht weiterhin ab. Wenn du es dir richtig überlegst, wirst du merken, dass für uns keine Gefahr besteht, überrascht zu werden, weil alle anderen Angst haben. Verstehst du nicht? Um die Pest mach dir keine Sorgen. Ich habe sie in meinem Leben zweimal miterlebt und kann dir versichern, dass nach zwei Jahren nicht mehr die geringste Gefahr besteht.«

Luca wollte sich nicht überzeugen lassen. Nachdem er und Arlette eine ganze Weile leise hin und her geredet hatten, erklärte er sich widerstrebend bereit, näher an das abgesperrte Gebiet heranzugehen.

Es war eine kalte und dunkle Nacht. Vom Mond war kaum etwas zu sehen. Von Zeit zu Zeit sah man undeutlich Gestalten, die langsam dahinzogen. Es waren schwankende Schatten, die durch ein gerades Gässchen aus dem Ort hinausstrebten. Sonst war kein Mensch zu sehen. Alle Haustüren waren verschlossen, niemand lehnte in den Fenstern. Die dunkle Häuserfront ließ sich nur verschwommen erahnen. Luca und Arlette mussten sich mühsam vorantasten. Es war in der Dunkelheit schwierig, die Umrisse der Gegenstände zu erkennen. Bei jedem Schritt setzte Luca den Fuß mit großem Zögern auf, weil er fürchtete zu straucheln. Er ging geduckt und drehte den

Kopf langsam von einer Seite zur anderen. Endlich standen sie vor einem niedrigen Zaun, der ihnen nach den Worten der Schildwache recht eindrucksvoll erschien. Nach kurzem Zögern riss Arlette einige verfaulte Bretter ab und zwängte sich hindurch. Luca folgte ihr. Vor ihnen lag das Reich der Pest.

Während sie schweigend weitergingen, hörten sie anfangs das Geräusch ihrer Schritte auf Steinplatten und später das Rascheln dürren Laubes. Die letzten Häuscr der Ortschaft blieben zurück. Allmählich begannen sie die Kälte der Nacht zu spüren. Über dem Heulen des Windes und dem Bellen eines Hundes in der Ferne glaubten beide ihren eigenen Herzschlag zu hören. Nach einigen weiteren Schritten erkannten sie drei oder vier Häuser, deren Fenster und Türen mit Brettern vernagelt waren. Danach kam nichts mehr. Die Stille und die Dunkelheit waren fast vollkommen. Luca blieb einen Augenblick stehen und spähte um sich, alle Sinne geschärft, als könne er die Dunkelheit mit seinem Blick durchdringen, vermochte aber nichts zu erkennen. Es sah ganz so aus, als lösten sich alle Umrisse in Dunst auf, wenn er versuchte, sie mit den Augen zu erfassen. Dann trat er zu einem der Häuser, riss Bretter herunter und warf sie auf die Erde.

»Warte einen Augenblick«, sagte er. »Wir müssen Feuer machen, um etwas sehen zu können.«

Ohne etwas darauf zu antworten, las Arlette am Boden dürre Zweige zusammen, und nach einer Weile hatten sie genug Brennmaterial zusammengetragen, um ein kleines Feuer zu entzünden. Nachdem ihnen das mit Hilfe einiger Feuersteine gelungen war, nahm Luca ein brennendes Stück Holz zur Hand und hielt es wie eine Fackel vor sich.

Dann gingen sie daran, sich ihren Weg zu der eigentlich gesuchten Stelle zu bahnen. Rasch durchquerten sie ein Wäldchen von Korkeichen, von denen die Rinde heruntergerissen war und deren schwarze Umrisse sich wie riesige Fetzen vor dem Himmel abzeichneten. Hinter den Bäumen ragten die Ruinen des Turms einer kleinen Kirche auf. Im Näherkommen merkten sie, dass sie in der Tat seit vielen Jahren aufgegeben sein musste. In der Schwärze der Nacht funkelten grünliche Augen aus der Ferne. Eine Weile spähten die beiden reglos und mit angehaltenem Atem um sich. Als sie begriffen hatten, dass es lediglich Katzen waren, denen sie vermutlich mehr Angst einjagten als umgekehrt, bückte sich Luca und warf einen Stein nach ihnen.

Doch nach diesem Schreck zitterten sie vor Angst. Der eiskalte Wind löschte die Flammen, so dass Luca schließlich nur noch ein Stück Holz mit ein wenig rauchender Glut an der Spitze in der Hand hielt. In ihrem dunklen Schein suchten sie auf dem Boden einen weiteren trockenen Ast, um die Fackel neu zu entzünden. Schließlich gelangten sie bis zur kleinen Abtei. Ihre Füße versanken bis zu den Knöcheln in einer Art Schlamm, der den Boden bedeckte, und nur von Zeit zu Zeit stießen sie auf einen Stein. Wohl hatte Arlette Recht mit ihrer Behauptung, dass ihnen gegenwärtig keine Gefahr drohe, doch fürchtete sich Luca vor üblen Gerüchen und dem Gifthauch der Verwesung. Zwischen vor langer Zeit behauenen Steinen und Mörtelhaufen, die ihre Spuren am Saum von Arlettes Kleid und an seinen Beinlingen hinterließen, durchquerten sie das Kirchenschiff.

Trotz der Dunkelheit der Nacht erhellte geisterhaftes Licht schwach die Umgebung, so dass sie Umrisse wahrzunehmen vermochten.

»Dort sind die Gräber!«, sagte Arlette flüsternd.

Die Umfassungsmauer des kleinen Friedhofs war fast vollständig zerfallen, und so kostete es nur wenig Mühe, sie zu überwinden. Als Luca auf der anderen Seite angekommen war, half er Arlette ebenfalls hinüber. Auf dem Gottesacker regte sich nichts. In der Ferne hörten sie klagende Laute wie das Schluchzen eines Kindes, die rasch lauter wurden. Schwindlig vor Angst, zogen sie sich eilends zur gegenüberliegenden Mauer zurück.

Nach einer Weile dann brach Luca in hysterisches Geläch ter aus, wobei er sich um den Anschein von Kaltblütigkeit bemühte.

»Wieder so eine verdammte Katze! Der Wind und eine verdammte Katze!«, rief er aus und stieß Arlette leicht an.

»Das habe ich auch schon gemerkt«, gab sie unfreundlich
zurück. In Wirklichkeit war ihre Bangigkeit genauso groß wie
seine.

Der Friedhof war von hohem Unkraut aller Art überwu-
chert, so dass man die einzelnen Gräber nur schwer erkennen konnte. Selbst bei Tageslicht wäre es schwer gewesen,
festzustellen, wo sich ein bestimmter Grabstein befand. In
der Dunkelheit war es fast unmöglich. Trotzdem begannen
sie voll Umsicht mit der Suche.

»Warte einen Augenblick, Luca«, sagte Arlette. »Wir sollten
es uns nicht unnötig schwer machen. Da der Friedhof nicht
groß ist, kann es nicht übermäßig schwer sein, das Grab zu
finden, wenn wir die Sache richtig anpacken.«

Wortlos nickte Luca, und sie fuhr fort: »Wir wissen, dass
das Mädchen unter einer Steinplatte mit einem Kreuz liegt.«

»Es ist ein ganz besonderes Kreuz, weil es Zacken hat.«

»Viele Steine dieser Art kann es hier nicht geben. Die müssen wir als Erstes finden. Wir befreien einen nach dem anderen vom Bewuchs.«

Wieder nickte der Genueser, dann machte er sich an die
Arbeit.

Um ihre Angst zu vergessen, konnte es für die beiden nichts
Besseres geben als die Notwendigkeit, tätig zu werden. Stumm
machten sie sich, von Norden nach Süden vorgehend, daran, Unkraut auszureißen, um erkennen zu können, wo sich
Grabplatten befanden. Als sie in den seinerzeit wegen der
Pest gesperrten Bezirk eingedrungen waren, hatte Luca seinen Dolch aus der Scheide gezogen. Mit seiner Hilfe schnitt
er die Pflanzen, die ihm im Weg standen, nun ab. Die Reste trat er mit den Füßen nieder, um am Boden etwas erkennen zu können. Arlette folgte ihm und fuhr mit den Fingern
über die Oberflächen der Grabplatten, um die zu entdecken,
die sie suchten. Obwohl sie schon bald schweißbedeckt
und erschöpft waren, ließen sie in ihrem Eifer nicht nach.

»Komm, Arlette, leuchte mir! Ich glaube, ich habe das Grab.«

Luca kniete nieder. Nachdem er einige Unkrautbüschel ausgerissen hatte, glättete er die Erde mit der flachen Hand und fuhr mit der Klinge dem Umriss der Vertiefungen im Stein nach. Arlette verfolgte sein Tun mit einem undeutbaren Gesichtsausdruck.

»Das muss es sein«, sagte der Italiener schließlich. »Siehst du, der Tempelritter von Eunate, Gérard, hat die Wahrheit gesagt. Es gibt hier nur ein Kreuz von der Art, wie es die Templer auf ihrem Umhang tragen. Eine Inschrift ist nicht mehr zu erkennen.«

Luca stand auf und trat zu Arlette. Den Blick zu Boden gerichtet, fasste er sie um die Taille. Reglos blieben sie so eine Weile stehen. Um sie herum herrschte völlige Stille, und nichts außer dem gelegentlichen Jaulen von Katzen, an das sie sich inzwischen gewöhnt hatten, störte ihr Tun. Sie sahen einander ins Gesicht, ohne etwas zu erkennen. Die tiefen Schatten ließen nicht zu, mehr als undeutliche Umrisse zu unterscheiden. Hinzu kam, dass beide mit den Bildern beschäftigt waren, die sie in ihrem Inneren sahen. Schließlich hockte sich Luca hin, und sogleich machten sie sich wieder an die Arbeit. Schon bald hatten sie das Grab von allem Bewuchs befreit. Eifrig zogen sie, dem Umriss des Steines folgend, eine Furche im Boden. Obwohl er den Dolch als Werkzeug zur Verfügung hatte, kam Luca langsamer voran als Arlette, die mit Hilfe eines Steinsplitters, der sich von einem großen Brocken gelöst hatte, wie eine Besessene arbeitete.

Als sie die Grabplatte an den Rändern freigelegt hatten, merkten sie, dass sie aus vier großen Steinen bestand, die in der Mitte aneinander stießen. Nachdem es ihnen gelungen war, zwei von ihnen auseinander zu schieben, hoben sie mit großer Mühe einen davon hoch. Dann sahen sie einander wortlos an, im Bewusstsein, dass sie kurz vor dem Ziel standen.

Luca, dem klar war, dass es für ihn kein Zurück gab, spürte, wie die Angst in ihm wieder zunahm. Er wurde leichenblass und brachte kein Wort heraus. Eine Stunde später hatten sie die Steine vollständig voneinander getrennt und sahen vor sich den Erdhaufen, der den Sarg bedeckte. Mit Hilfe eines Dachziegels, den sie in der Abtei gefunden hatten, begannen sie, die Erde aus dem Grab zu schaufeln, bis sie auf Holz stießen. Dann fuhren sie deutlich vorsichtiger fort, bis sie schließlich den Sargdeckel freigelegt hatten. Erschöpft hielt Luca inne, doch Arlette wollte nicht länger warten. Ohne sich zu bedenken, nahm sie den Dolch, schob ihn zwischen die Bretter und löste eine Ecke des Deckels. Als sie ihn ein Stück angehoben hatte, sah sie enttäuscht einen Innensarg aus festerem Holz. Luca, der neben ihr saß, sah ihr zu.

Abgekämpft wandte sich Arlette an ihn: »Es ist soweit«, sagte sie, »jetzt kannst du die Geschichte deines Tempelritters beweisen.« Mit einer Handbewegung zum Sarg hin fuhr sie fort: »Hier ist deine Schatztruhe. Öffne sie und sieh nach, ob da ist, was wir suchen.«

Luca, der sich in die Enge getrieben sah und nicht wusste, wie er das Sakrileg vermeiden könnte, saß wie vor den Kopf geschlagen da. Anfangs hatte er seine Unsicherheit hinter der körperlichen Tätigkeit verborgen, jetzt aber war der Augenblick der Wahrheit gekommen. Insgeheim mochte er gehofft haben, dass ihm der Templer eine erfundene Geschichte erzählt hatte, sie das Grab und damit den Sarg nicht finden würden. Jetzt aber musste er sich der Wirklichkeit stellen.

Mit einem Blick auf Arlette nahm er ihr ohne ein Wort den Dolch aus der Hand. Doch er brachte es nicht über sich, den letzten Schritt zu tun. Als er sich über den Sarg aus Zedernholz beugte, stieß er den Dolch so heftig gegen eins der Bretter, dass er abglitt. Nach einer Weile hob er entschlossen den Arm, um den Dolch ins Holz zu treiben, ließ ihn aber schließlich los, so dass er zu Boden fiel. Nach einem Blick auf seine blutigen und zerkratzten Hände sah er Arlette an und gestand ihr mit zitternder Stimme: »Ich bringe es nicht fertig, Arlette. Ich kann es einfach nicht.«

Rittlings auf dem Sarg sitzend, neigte er sich auf die rechte Seite, so dass seine Schulter fast an den Rand der Grube stieß. Den Kopf in den Erdboden gedrückt, fragte er sich, was er hier tat. Er war unfähig, Ordnung in seine Gedanken zu bringen. Arlette sagte kein Wort. Nach einer Weile erhob er sich, wischte sich die Erde aus dem Gesicht und sagte mit flehender Stimme zu der jungen Frau ihm gegenüber, die sich als undeutlicher Umriss vor dem Himmel abzeichnete: »Lass uns aufhören, Arlette. Es wäre eine entsetzliche Sünde, die unser Leben lang auf uns lasten würde. Wir haben festgestellt, dass alles stimmt. Wir sollten die Sache jetzt auf sich beruhen lassen.«

Arlette stand da, schwieg nach wie vor und ließ ihn reden, während er sich bemühte, sie von ihrem gemeinsamen Vorhaben abzubringen. Ihr war klar, dass sie ihn nicht unterbrechen durfte, merkte sie doch, dass er tatsächlich nicht im Stande war, das begonnene ruchlose Werk zu vollenden. Als Luca aufhörte, sie zu bestürmen, weil ihm die Argumente ausgingen, setzte sie sich neben ihn auf den Sarg und strich ihm zärtlich mit der Hand über die Wange. Dann nahm sie seinen Kopf in die Hände und küsste ihn auf das Ohr. Dabei schmeckte sie die Erde auf den Lippen, fühlte sich davon aber nicht etwa abgestoßen, sondern von Begierde überwältigt. Sie legte ihre Wange an Lucas Gesicht und fuhr ihm mit den Fingern durch das Haar, was er geschehen ließ, ohne sich zu rühren. Zwar bemühte er sich, etwas zu sagen, unterließ es aber, als er merkte, dass er keinen klaren Satz herausbringen konnte. Dann kniete sich Arlette vor ihn und küsste ihm voll Hingabe Augen, Gesicht und Hals. Immer wieder suchte sie mit ihrem Mund jede noch so kleine Falte seines Gesichts, bis es ihm zu viel wurde. Er ließ schluchzend den Kopf auf ihre Schulter sinken. Zu seiner großen Überraschung aber war sie weit gelöster, als er angenommen hätte. Sie fuhr fort, mit einer Hand sein Haar zu streicheln, während sie ihm mit der anderen unter das Wams fuhr und seine Haut darunter liebkoste.

Dann neigte sie sich zu ihm hin und legte ihren Kopf auf seine Schenkel. Das verfehlte seine Wirkung nicht. Überrascht spürte Luca den Druck, den ihr Kopf auf sein Glied ausübte. Arlette merkte, wie es wuchs, und lächelte siegessicher. Mit scheinbarer Gleichgültigkeit drehte sie wie zufällig den Kopf leicht von einer Seite zur anderen. Schon bald war Luca so erregt, dass er nach ihrer Brust tastete und seine Hand darum schloss. Arlette merkte, dass seine heftige Erregung nach Erleichterung verlangte, und ließ zu, dass er ihr die Hand unter das Kleid schob, wo er ihre Brustwarzen liebkoste. Er ergriff ihre Hand, um sie zu seinem Glied zu führen, zugleich tastete er unter dem Rock nach ihrem Geschlecht. Doch als er immer erregter ihr Kleid öffnete und sie die eiskalte Nachtluft auf der nackten Haut spürte, kam ihr die Wirklichkeit wieder zu Bewusstsein. Sie hielt seine Hand fest und gebot ihm auf diese Weise Einhalt. Luca aber, der sich nicht geschlagen geben wollte, bemühte sich, ihre Finger in seine geschlungen, den Weg zum Ziel fortzusetzen. Daraufhin richtete sie sich urplötzlich auf.

»Steh auf«, sagte sie mit kühler Stimme. »Zum Feiern ist auch später noch Zeit.«

Luca gab schroff zurück: »Warum hörst du jetzt auf?«

»Der Ort macht mir Angst.«

»Sei nicht töricht. Komm näher zu mir.«

Keineswegs unliebenswürdig gab sie zurück: »Schluss jetzt mit den Verrücktheiten. Es ist nicht der richtige Augenblick. Erst müssen wir unser Vorhaben zu Ende bringen.«

»Mag sein, dass das nicht der richtige Augenblick ist – aber was macht das schon? Hör jetzt nicht auf«, bat Luca.

»Ich habe Nein gesagt«, sagte Arlette in einem Ton, der keinen Widerspruch duldete. »Falls du aber gern mit mir zusammen sein möchtest«, sagte sie mit zuckersüßer Stimme, »kannst du deinen Mut beweisen und vollenden, wozu wir hergekommen sind.«

Während sie ihr Kleid ordnete, vergaß Luca, was er gesagt hatte, und wurde sich der Umgebung wieder bewusst. Sie hat

Recht, dachte er, das ist völlig verrückt. Welcher Teufel hat mich da geritten? Gott im Himmel, wenn sie es zugelassen hätte – ich hätte sie hier an Ort und Stelle genommen! Ich muss ganz und gar den Verstand verloren haben.

Arlette war bereits aufgestanden.

»Komm, wir wollen das hier zu Ende bringen«, sagte sie. »Mach den Sarg auf.«

»Warum tust du das nicht, wenn du schon so tapfer bist?«

Ohne zu antworten, hockte sich Arlette hin und tastete auf dem Erdboden nach dem Dolch. Dann machte sie sich mit großer Vorsicht und ebenso großem Nachdruck daran, die drei obersten Bretter des Deckels zu lösen. Nachdem sie sie angehoben hatte, sah man den Körper der Toten in einem dünnen Gewand, das von Bändern gehalten wurde. Während Luca starr zusah, schnitt Arlette die Bänder durch und löste vorsichtig das Gewand. Als sie den unbekleideten Leichnam sah, richtete sie ebenfalls wie gebannt den Blick darauf.

Die Züge der jungen Frau ließen sich in der Dunkelheit nur mit Mühe erkennen, doch war deutlich zu sehen: Gérard de Molay hatte die Wahrheit gesagt. In der Tat war die junge Frau wunderbarerweise nicht im Geringsten verwest. Sie sahen den unbelebten Körper gerade so, als wäre er erst am selben Tag beigesetzt worden. Luca fiel der Glanz ihrer rötlichen Locken und die gesunde Farbe ihrer Gesichtshaut auf. Er senkte den Blick und betrachtete die Gestalt des Mädchens. Eine Hand lag in ihrem Schoß, und wie man ihnen in Eunate berichtet hatte, hielt sie darin eine weiße Rose. Als sich die beiden vorbeugten, sahen sie den Trauring an ihrem Zeigefinger.

Arlette griff nach der Rose, die sich ohne die geringste Schwierigkeit aus der Hand des Mädchens löste. Der Versuch aber, die Finger zu öffnen, erwies sich als aussichtsloses Unterfangen. Die Hand war und blieb fest geschlossen, und nach mehreren Versuchen begriffen sie, dass der Leichnam trotz der glatten Haut starr war. Der Goldreif ließ sich nicht von der Hand abstreifen. Ohne sich zu bedenken, griff Ar-

213

lette nach Lucas Dolch und stellte sich über den Arm der jungen Frau.

»Halt ein, du Törin! Was hast du vor?«

Sie hörte nicht auf ihn. Entschlossen schob sie die Klinge unter den blutleeren Finger und zog sie kraftvoll zu sich. Zwei weitere Versuche waren nötig, doch schließlich erhob sich Arlette triumphierend, den Zeigefinger des Mädchens in der Hand. Sie zog den Ring ab und zeigte ihn Luca.

»Hier hast du deinen Zauberring!«

Es war ein schlichter Goldreif ohne die geringste Verzierung, dünn wie der Halm einer Kornähre.

Luca trat mit sehnsüchtigem Blick näher und wollte ihr den Ring aus der Hand nehmen, doch Arlette entzog ihm rasch die Hand.

»Lass mich sehen«, bat er sie.

Arlette sah ihn siegesgewiss an.

»Nimm ihn, er gehört dir.«

Jetzt, wo sie den Ring in ihrem Besitz wussten, lachten sie laut. Dann brachten sie das Grab wieder in Ordnung, ohne unnötig Zeit zu verlieren, und machten sich eilends auf den Rückweg. Die Strecke bis zum Zaun legten sie in wenigen Augenblicken zurück, als wäre jemand hinter ihnen her. Dort blieben sie keuchend stehen.

»Warte ein Weilchen«, sagte Arlette. »Wir sind beide mit Erde und Blut bedeckt. So können wir bei dem Fest nicht wieder auftauchen. Komm, hilf mir ein wenig.«

Nachdem sie sich wieder hergerichtet hatten, so gut es ging, vereinbarten sie, den anderen zu sagen, sie seien auf einer Wiese herumgetollt. Wer sie in ihrem zerzausten Zustand sah, würde zweifellos eher auf fleischliche Leidenschaften als auf frevelhaftes Treiben schließen.

Doch da beider Kleidung übermäßig beschmutzt war, gingen sie zu einem kleinen Gewässer, um sich zu waschen. Auf dem Weg dorthin war Luca geistesabwesend; er schien sich nicht recht über das Vorgefallene im Klaren zu sein. Arlette hingegen wusste sich vor Entzücken nicht zu fassen. Nachdem sie ihre Kleidung gesäubert und in einem großen steinernen Trog den gröbsten Schmutz abgewaschen hatten, gelang es ihnen, an den Wachen vorbei in den Palast zu gelangen, ohne dass diese Verdacht schöpften. Wie Luca und Arlette vermutet hatten, nahmen die Wachen an, dass die beiden von einem Ausflug zurückkehrten, bei dem sie sich den üblichen Wonnen hingegeben hatten.

Beim Eintritt in den Palast wollte Arlette den Ring von Luca haben.

»Jetzt nicht, Arlette. Aber mach dir keine Sorgen, du bekommst ihn bald. Sei ganz ruhig. Ich habe dir mein Wort gegeben und werde es halten. Wenn du möchtest, kannst du aber die Rose haben. Behalte sie von mir aus.«

Als er die Blume aus dem Gürtel ziehen wollte, merkte er, dass davon so gut wie nichts mehr da war. Ungläubig sah er auf die welke Blüte. Nur noch zwei oder drei Kelchblätter hingen schlaff herab.

»Vorhin am Wasser war sie noch wie frisch abgeschnitten! Du hast sie doch auch gesehen? Ich habe eigens hingefasst, weil ich nicht glauben konnte, dass sie so gut erhalten war. Und jetzt, sieh nur! Es ist nichts als ein trockener und verdorrter Stängel.«

Arlette schwieg einen Augenblick, von plötzlicher Angst ergriffen.

»Wir müssen Acht geben«, fuhr er fort. »Nimm sie, aber sieh dich vor. Das scheint hier alles behext zu sein.«

»Nein, behalte du sie«, gab sie voll ängstlicher Besorgnis zurück, während sie zusah, wie die Rose vor ihren Augen zerfiel.

Luca öffnete die Hand, und die Reste der Blüte fielen zu Boden. Schließlich stampfte Arlette wütend auf dem kläglichen Rest herum.

»Mit der verdammten Rose ist es schon vorbei«, rief sie erbost aus. »Hoffentlich hält der Ring länger. Jetzt sollten wir zum Fest zurückkehren, aber jeder für sich.«

Sie warf einen Blick auf ihr Kleid. Als sie bemerkte, wie schmutzig und zerrissen es war, überlegte sie es sich anders.

»Nein, Luca. Geh du in den Saal zurück, wenn du möchtest. So kann ich mich nicht sehen lassen. Außerdem bin ich müde. Ich gehe auf mein Zimmer. Morgen reden wir weiter.«

Ohne seine Antwort abzuwarten, drehte sie sich um und verschwand mit raschen Schritten den Gang entlang.

Luca war allein und wusste nicht, wohin er gehen sollte. Ohne recht Lust dazu zu haben, kehrte er in den Festsaal zurück. Schon beim Eintreten sah er, dass die meisten Gäste bereits gegangen waren. Zehn oder zwölf Personen saßen in ruhigem Gespräch um einen Tisch. Bei seinem Eintreten drehten sich alle zu ihm um, doch da ihn niemand erkannte, achteten die Menschen nicht weiter auf ihn und nahmen ihr Gespräch wieder auf. Luca sah sie aufmerksam an. Auch er kannte keinen von ihnen. Da er auch Fabienne nirgends sah, fühlte er sich erneut einsam.

So verließ er den Raum wieder und zog ohne festes Ziel durch die Gänge des Palastes. Gerade als er zu überlegen begann, dass es ein verlorener Abend sei und es das Beste wäre, sich schlafen zu legen, glaubte er Fabiennes Stimme hinter sich zu hören. Rasch verbarg er sich hinter einer Säule. Tatsächlich war es Fabienne, die da mit ihrem Vater kam. Luca ließ die beiden vorübergehen und eilte dann rasch voraus zu dem Zimmer, das die beiden Schwestern miteinander teilten.

Vor der Tür hockte er sich auf den Boden und wartete eine ganze Weile halb im Schatten versteckt, wobei er über vieles nachdachte. Als Fabienne schließlich kam und die Tür aufstieß, wagte er nicht, sich zu erheben und ihr gegenüberzutreten. Er hörte, wie sie, leise vor sich hin summend, die Tür verschloss. Eine Weile ging sie im Raum auf und ab, dann trat Stille ein.

Er erhob sich, er wusste nicht recht, was er tun sollte. Unvermittelt blieb er stehen und trat dann zu den Räumen der Familie Chartier. Dort legte er die Hand auf den Türknauf zum Zimmer der Mädchen. Er brauchte ihn nicht zu drehen, denn die Tür öffnete sich lautlos. Luca stand seiner Geliebten gegenüber, erkannte ihre überraschten, freundlichen Züge und wusste, dass aus irgendeinem geheimnisvollen Grund alles nach Wunsch ablaufen werde. Schon bevor sie den Riegel zurückgeschoben hatte, um ihn eintreten zu lassen, war er eigentlich sicher gewesen, dass er Fabienne errungen hatte. Dafür aber konnte es keinen anderen Grund geben als den Ring, an den er gar nicht mehr gedacht hatte, während er durch die Gänge des Palastes zog, nachdem er gemerkt hatte, wie teilnahmslos ihn die wenigen noch anwesenden Gäste betrachtet hatten.

Als Fabienne die Tür vollständig geöffnet hatte, legte sie Luca eine Hand auf die Schulter und lächelte zaghaft.

»Wo warst du nur?«, fragte sie. »Ich habe dich den ganzen Tag nicht gesehen.«

Er gab keine Antwort. Als Erstes fiel ihm der Veilchenduft auf, der den Raum erfüllte. Dann hob er mahnend den Finger und verschloss Fabienne damit die Lippen. Mit sanftmütigem Lächeln wies sie hinter sich, wo ihre Schwester gleichmäßig atmete. Allem Anschein nach schlief sie fest. Luca fasste Fabienne bei der Hand. Sie schloss leise die Tür, und beide gingen langsam fort.

Das ist alles, was ich über jene merkwürdige Nacht zu berichten vermag. Als mir Luca diese Ereignisse später erzählte, wirkte er tief in Gedanken verloren. Ich erinnere mich noch sehr genau an die Worte, mit denen er erklärt hat, wie einfach es war, jenes beklemmende Geschehen zu rekonstruieren: »Im Rückblick kommt es einem ganz einfach vor, aber an jenem Tag war alles eine Abfolge verrückter Tollheiten. Wir haben uns über alle Regeln hinweggesetzt: Wir sind in ein verpestetes Gelände eingedrungen, haben ein Grab entweiht, hätten es fast als Liebesnest benutzt und haben sogar der Leiche einen Finger abgeschnitten. Es war die schwärzeste Nacht meines Lebens, Magister!«, gestand er mir. »Ein Tag, an dem alles möglich schien!«

Eine Weile schwieg er und fügte dann hinzu: »Und so ist es dann auch gekommen.«

Während er die letzten Einzelheiten berichtete, schien ihn die Erinnerung zu überwältigen. Bis dahin hatte er in einer Art Halbtraum gesprochen, doch die Erinnerung an sein Zusammensein mit Fabienne schien ihn zutiefst aufzuwühlen.

»Mehr kann ich Euch nicht berichten«, schloss er entschieden. »Ich habe sie einige Stunden später kurz nach Tagesanbruch verlassen. Jene merkwürdige Nacht, die mir vorkam, als werde sie nie aufhören, endete mit einem verhangenen Morgengrauen. Auch wenn es ganz so aussah, als könne in diesem Nebel nichts zum Leben zurückkehren, ging schon bald die Sonne auf, und ich zog mich zurück, um ein wenig zu ruhen.«

Am Vormittag nach den beschriebenen Ereignissen ging es mir so schlecht, dass ich nichts wahrzunehmen vermochte. Betäubt erwachte ich in einem düsteren und bedrückenden Licht, das sich als der Schimmer des Morgengrauens erwies. Die Decken waren zurückgeschoben, ich lag zusammengekrümmt zwischen den Laken, und meine Kleidung war auf dem Fußboden verstreut. Im Zimmer war es noch fast vollständig dunkel, nur ein leuchtender Strahl, der das Fenster entzweischnitt, setzte sich an der Zimmerdecke in einem verschwommenen Dreieck von Helligkeit fort. Als ich mich von der Bettstatt zu erheben versuchte, fuhr mir der Schmerz so scharf in den Körper, dass ich mich wieder auf mein Lager sinken ließ.

Später kamen verschiedene Mitglieder der Pilgergruppe, unter ihnen Arlettes und Fabiennes Eltern, aber ich sprach mit niemandem. Ich ruhte den ganzen Tag aus, um mich von den Auswirkungen der Vergiftung und des Brechmittels zu erholen, von dem man mir mehrmals etwas eingeflößt hatte.

Trotzdem geschah an diesem Tag so manches, wenn auch weniger Aufregendes als am Vortag.

Erstens musste sich Luca den Folgen der insgeheim mit den beiden Schwestern Chartier geknüpften Verbindung stellen.

Er ging dabei mit mehr Intelligenz zu Werke, als man hätte annehmen dürfen, wenn er sich dessen wohl auch nicht besonders bewusst war.

Auf der anderen Seite schien es zwar ein Gebot der Vernunft zu sein, den Versuch, mich zu vergiften, nach Möglichkeit geheim zu halten, doch wussten so viele Menschen davon, dass er nicht vollständig unbekannt blieb. So kamen etwa um die Zeit, als Don Miguel es auf sich nahm, unauffällig vor meiner Tür zu wachen, Cárdenas und einer der anderen Adligen, die ihm bei seinem gescheiterten Anschlag zur Hand gegangen sein dürften, zu dem Ergebnis, es sei klüger, nach Hause zurückzukehren.

Zwar nahmen die Hochzeitsfeierlichkeiten noch den ganzen Tag ihren Fortgang, verloren aber angesichts der Hintergründe meiner Bettlägerigkeit und der plötzlichen Abreise mehrerer Gäste an Schwung. Am späten Abend erklärte sie der Kronfeldherr Guzmán de la Rúa für beendet und ließ den verbliebenen Gästen durch Pagen, die ihnen den Weg mit brennenden Wachsfackeln erhellten, das Geleit geben.

Während dieser Zeit führte Luca sein entscheidendes Gespräch mit Arlette. Gegen Mittag stand er verwirrt auf, berauscht vom Glücksgefühl, das das Zusammensein mit Fabienne in ihm ausgelöst hatte, zugleich aber auch wegen des Geheimnisses, das ihn und Arlette aneinander band, aufs Tiefste beunruhigt. Der Zauberring zerrte an seinem Finger, als wäre er ein Eisenreif von zehnfacher Größe. Trotz seiner festen Überzeugung, dass er seine Begegnung mit Fabienne den Umständen und nicht der Zauberkraft des Ringes verdankte, wollte Luca seiner Sache ganz sicher sein. Der Wonne, die er darüber empfand, stand der Schrecken gegenüber, den ihm die mit ihrer Schwester begangene ungeheuerliche Grabschändung einflößte. Trotz allem aber war er so glücklich, dass nichts seine Erinnerung an die Liebesbegegnung ernstlich trüben konnte. Er wollte das Bild des Friedhofs unbedingt aus seinem Kopf verbannen und bemühte sich, klare Gedanken zu fassen. Zwar konnte er auf

Fabiennes Verschwiegenheit bauen und brauchte nicht die geringste Befürchtung zu hegen, dass sie etwas ausplauderte, doch war er seiner Sache, was Arlette anging, nicht so sicher. Vor ihr hatte er Angst.

Entschlossen, etwas dagegen zu unternehmen, suchte er die ältere der Schwestern Chartier auf und schlug ihr einen kleinen Spaziergang vor. Arlette erklärte sich sofort einverstanden. Sie verließen den Ort und folgten dem Flusslauf. Arlette gab sich zuversichtlich. Es schien sie mit Stolz zu erfüllen, dass ihr ruchloses Tun ungesühnt geblieben war. Anfangs beschwor sie mit ihren Worten die Ereignisse der Nacht noch einmal herauf und verweilte mit Genuss bei dem entsetzlichsten Augenblick. Luca ließ sie reden und wartete auf einen günstigen Zeitpunkt. Er fürchtete, Fabiennes Verschwinden könnte ihr aufgefallen sein, doch dann merkte er überrascht, dass sie nichts argwöhnte. Sie schien sich seiner wieder sicher zu fühlen und nichts davon zu ahnen, welche Richtung die Ereignisse genommen hatten.

Luca verhielt sich geschickt. Er hörte Arlette schweigend zu, während sie erklärte, sie müssten ihr gemeinsames Geheimnis gut hüten. Zwar werde man die Entweihung des Grabes entdecken, doch habe niemand ihrer beider Abwesenheit bemerkt. Höchstens die Palastwachen könnten einen Verdacht hegen, doch war sie überzeugt, dass die sie für ein Liebespärchen gehalten hatten.

»Wenn man die Grabschändung entdecken wird, sind wir schon über alle Berge. Doch selbst wenn das nicht der Fall wäre, glaube ich nicht, dass man uns mit der Tat in Verbindung bringen könnte. Wie du gesagt hast, kennt jeder hier in Estella diese Geschichte. Man wird also jemanden vom Ort für den Täter halten. Ohnehin weiß außer Raoul und Enrique niemand, dass du die Kraft des Ringes kennst«, fügte sie hinzu.

Dann wollte sie, dass Luca ihr den Ring zeigte. Zögernd erfüllte er ihr den Wunsch, wollte ihr den Ring aber nicht in die Hand geben. Doch sie ließ nicht locker, so dass sie zum

Schluss in Streit gerieten. Letztlich aber begünstigten dieser Wunsch Arlettes und die Sicherheit, in der sie sich wiegte, den Irrtum, dem Luca seine Rettung verdankte.

»Ich möchte ihn mir anstecken oder zumindest in Ruhe ansehen«, forderte Arlette.

»Nein. Von mir aus sieh ihn dir an, solange du willst, aber sonst nichts. Der Ring gehört mir, und ich gebe ihn dir, wenn ich den Zeitpunkt für gekommen halte, nicht vorher.«

»Gestern hast du gesagt, dass du dein Wort halten würdest und ich ihn auch benutzen könnte.«

»Das stimmt auch. Aber noch ist es zu früh. Warte ein paar Tage, dann bekommst du ihn.«

»Warum so lange? Er gehört mir ebenso wie dir. Ohne mich hättest du ihn nie bekommen. Sei nicht so störrisch, und gib ihn mir gleich.«

»Nein, Arlette. Du bekommst ihn jetzt nicht.«

Unzufrieden kniff sie die Augen zusammen, in denen die Flamme der Abneigung so hell wie Fackelschein loderte.

»Manchmal hasse ich dich richtig.«

Luca lächelte kühl.

»Tatsächlich? Dann such dir einen Priester, der hilft dir.«

Sie tat einen Schritt zurück, als hätte er ihr eine Ohrfeige versetzt. Eine Weile blieben die giftigen Worte zwischen ihnen in der Luft hängen. Schließlich trat Arlette verärgert neben Luca und schrie, ohne ihren Gefühlen den geringsten Zwang anzutun: »Tu doch, was du willst. Ich kann nicht gegen dich kämpfen. Aber ich bekomme ihn doch.« Nach längerem Schweigen fügte sie boshaft hinzu: »Wozu soll er dir überhaupt dienen? Glaubst du etwa, dass dir sein Zauber dazu verhilft, meine Schwester zu erobern?«

»Warum nicht?«, gab Luca vorsichtig zurück.

»Weil Fabienne nicht für dich bestimmt ist. Ich warne dich, versuche es nicht. Ich bin zu allem bereit.«

»Ich versteh dich nicht, Arlette. Gestern hast du gesagt, du würdest mir helfen. Dafür haben wir doch den Ring überhaupt geraubt.«

»Das war dein Ziel«, korrigierte ihn Arlette. »Nicht meines.«

Luca zuckte die Achseln.

»Und wenn schon«, gab er hochmütig zur Antwort. »Du kannst nichts machen. Ich habe den Ring, und ich wüsste nicht, wie du etwas daran ändern könntest.«

Mit zornbebender Stimme sagte sie: »Das will ich dir sagen, verdammter Italiener. Hör mir gut zu. Wage es, dich meiner Schwester zu nähern, und ich werde allen erzählen, dass du erst mich verführt und benutzt hast und jetzt Fabienne das gleiche Schicksal erleiden soll.« Ihre Worte klangen wie ein Peitschenhieb.

»Das würde dir niemand glauben.«

»Ich denke schon. Erinnere dich, dass wir ziemlich viel Zeit miteinander verbracht haben, seit wir uns in Puente la Reina kennen gelernt haben.«

Voll Tücke stützte sie sich schwer auf Luca und fuhr ihm mit der Hand über das Gesicht; es war keine liebkosende, sondern eine hämische Geste.

»Erinnere dich«, fuhr sie fort, »wir sind mehr als nur ein oder zwei Mal so wie jetzt in die Wälder gegangen. Jeder in der Pilgergruppe weiß, dass wir zusammen waren. Womöglich glaubst du, man hält uns für bloße Gefährten, doch das denkt niemand, der einen Mann und eine Frau allein davongehen sieht.«

»Tu, was du willst«, gab Luca ärgerlich zurück. »Ich lasse es gern darauf ankommen. Wir werden ja sehen, wem sie mehr glauben – einer Frau, die verstimmt ist, weil sie den Mann nicht bekommt, den sie haben will, oder mir, der immer offen gesagt hat, dass zwischen uns beiden einfach eine Beziehung von gleich zu gleich besteht.«

»Lass es lieber nicht darauf ankommen«, sagte Arlette warnend. »Immerhin habe ich dich in der Hand. Solltest du vergessen haben, was vergangene Nacht war?«

Der Genueser blieb stehen, als hätte ein unsichtbares Hindernis ihm den Weg verstellt. Aufgebracht gab er zurück:

»Was hat das damit zu tun? Außerdem kannst du nicht gut etwas über die Sache sagen, denn du bist ebenso in sie verwickelt wie ich. Falls du darüber sprichst, drohen dir dieselben Folgen wie mir.«

»Kann sein, kann auch nicht sein«, sagte sie. »Vergiss nicht, dass ich eine arme, hilflose Frau bin. Ich kann ohne weiteres sagen, dass du allein es warst und ich mit der Sache nichts zu tun habe. Beispielsweise könnte ich sagen, dass du mich zu Beginn unserer Bekanntschaft verführt hast, ich aber mit dir Schluss gemacht habe. Daraufhin hast du aus Groll gegen mich das Grab geschändet, um mich erpressen und auf diese Weise halten zu können. Ich könnte sagen, dass du mir mit der angeblichen Kraft des Ringes gedroht hast.«

Ihm war, als könne er seinen Ohren nicht trauen.

»Die Tatsachen sprechen gegen dich«, fuhr Arlette fort. »Woher sollte ich etwas über den Ring wissen? Wenn ich mich richtig erinnere, kennen lediglich Raoul, Enrique und du seine Geschichte. Ja«, sagte sie vor sich hin, »so könnte es gewesen sein.« Lachend fügte sie hinzu: »Wer hat ihn denn überhaupt? Ich jedenfalls nicht. Vergiss nicht, dass sich der Beweis für die Grabschändung in deinen Händen befindet.«

Luca gab sich Mühe, seine Stimme beiläufig und unbeteiligt klingen zu lassen.

»Das brächtest du wohl tatsächlich fertig, was?«

Sie antwortete mit der gleichen Gelassenheit: »Aber sicher. Selbst wenn dir dieser Ring wirklich die Macht geben sollte zu erobern, wen du möchtest, vergiss nicht, dass ich dir sage, mit wem du zusammen sein darfst und mit wem nicht.«

Nachdenklich schüttelte Luca den Kopf. Verdammter Ring! Er hatte doch gleich gewusst, dass es ein Fehler gewesen war, ihn an sich zu bringen. Arlette hatte ihn zu der Tat überredet, und jetzt saß er in der Falle.

Solange ich ihn habe, bin ich in ihrer Hand, sagte er sich. Damit hat sie Recht. Aber länger auch nicht. Würde er verschwinden, bliebe ihr kein Beweis, und sie würde nicht wagen, etwas zu unternehmen.

Aber das war ein lachhafter Gedanke. Er würde doch nicht aufgeben, wofür er so viel aufs Spiel gesetzt hatte!

»Bilde dir nur nicht ein, dass ich bereit bin, mich mein Leben lang dir zu unterwerfen«, sagte Luca schließlich. »Da musst du dir schon etwas anderes einfallen lassen.«

Da ihr Gefühl ihr sagte, dass ihr die Beute nicht mehr entwischen konnte, sagte sie: »Dir bleibt keine Wahl, Italiener. Finde dich damit ab.«

Daraufhin begann sie vor sich hin zu summen und fröhlich zu hüpfen.

»Ich will dir etwas sagen«, fügte sie spöttisch hinzu. »Von mir aus kannst du den verdammten Ring auch behalten. Ich brauche ihn nicht und will ihn auch gar nicht mehr. Was er kann, kann ich, auch ohne dass ich ihn am Finger trage. Wenn du es recht bedenkst, ist das eigentlich sehr lustig und paradox: Du besitzt das begehrte Mittel zur Macht, kannst aber nichts damit anfangen, weil man dich sonst für eine Grabschändung bestrafen würde, und ich habe zwar nichts in Händen, kann aber mit dir machen, was ich will.«

Schweigend sah Luca sie an. Zum ersten Mal erkannte Luca Arlettes wahres Wesen. Sie liebte ihn, und ihr waren alle Mittel recht gewesen, ihn für sich zu gewinnen.

Und all das nur deshalb, dachte er, weil ich mich habe beschwatzen lassen.

Kaum hatte er Arlettes letzte Worte gehört, als er, ohne es selbst recht zu merken, den Reif aus seinem Wams holte und auf seine Hand legte. Sie sah ihn lachend an.

»Behalte ihn nur«, sagte sie, »er gehört dir.«

Luca hielt den Blick unverwandt auf seine Hand gerichtet. Dann fasste er den Ring so vorsichtig mit den Fingerspitzen, als könne er sie verbrennen. Schließlich holte er mit dem Arm weit aus und sagte zugleich äußerst gelassen zu Arlette: »Ich habe dir schon gesagt, dass ich dieses Angebot nicht annehme.«

Ohne sich im Geringsten zu bedenken, schleuderte er den Ring in den Fluss, wo er sogleich versank.

Wie versteinert sah Arlette ihm zu. Sie richtete den Blick auf das Wasser und wieder auf Luca. Sie konnte nicht glauben, was sie gerade gesehen hatte. Fassungslos rief sie aus: »Was hast du Narr getan?«

»Deinen Beweis weggeworfen. Jetzt werden wir ja sehen, ob du tun kannst, was du gesagt hast.«

Sie traute ihren Augen nicht und fragte: »Aber wie konntest du nur? So viel Mühe und Gefahr haben wir gestern auf uns genommen, und du gehst her und wirfst den Ring einfach in den Fluss! Verdammter Dummkopf, dafür bringe ich dich um!«

Mit aufeinander gepressten Lippen fuhr sie auf ihn zu, die Finger zu Krallen geformt. Luca merkte, dass die Glut ihres Zorns wie heiße Lava in ihr wütete. Ihm war klar, dass sie ihm am liebsten die Augen ausgekratzt hätte. Während sie miteinander rangen, durchzuckte Wut ihre Adern, Sehnen und Muskeln, doch schwand der Zorn ebenso rasch dahin, wie er gekommen war. Arlette warf sich Luca in die Arme, doch er schob sie von sich.

Im nächsten Augenblick, als er sich bereits wieder beruhigt hatte, hämmerte sie mit ihren Fäusten auf seinen Rücken ein, wobei sie wüste Verwünschungen ausstieß. Des Streites müde, packte er sie am Arm und schob sie erneut von sich. Sie aber stürzte sich abermals auf ihn, trat nach ihm und versuchte, ihm mit den Knien Stöße zu versetzen. Zwar musste ihr klar sein, dass all diese hilflosen Versuche lächerlich wirkten, doch tobte in ihr eine mörderische Wut. Luca beschränkte sich darauf, ihr auszuweichen. Als sie taumelnd auf ihn zukam und die Luft mit Fausthieben zerteilte, versetzte er ihr einen leichten Schlag an die Schläfe, woraufhin sie ins Gras stürzte.

Doch der Fall verursachte ihr ebenso wenig Schmerz, wie Luca ihre Schläge gespürt hatte, die ihm eher als Ausfluss ihrer Ohnmacht denn als Ergebnis ihrer Aggressivität erschienen waren. Außerdem fühlte er sich sonderbar befreit, weil der Gegenstand nicht mehr da war, der von Anfang an nichts als Schwierigkeiten gemacht hatte.

Wenn mich Fabienne nach dieser Nacht zurückweist, dachte er, nehme ich das hin. Auf jeden Fall habe ich dieses entsetzliche Vorhaben mit dem Ring Gott sei Dank aufgegeben!

Arlette schlug weiter wütend auf ihn ein, doch schien ihr Zorn allmählich abzuklingen. Selbst ihre Verwünschungen waren schwächer geworden. Schließlich schlang sie ihm die Arme um den Leib und schluchzte untröstlich, bis Luca sie kräftig von sich stieß.

»Tu, was du willst«, sagte er. »Aber denk daran, dass es keinen Beweis mehr gibt. Falls du etwas sagst, erklärst du dich für ebenso schuldig wie mich. Ich an deiner Stelle würde es mir gründlich überlegen, ob du mich wirklich anschwärzen willst.«

Nach diesen Worten wandte sich Luca um und ging fort. Des Ausmaßes ihrer Wut und Feindseligkeit nicht mehr so sicher, vergrub Arlette einen Augenblick lang das Gesicht zwischen den Händen. Während er fortging, wiederholte sie wütend und drohend zugleich: »Das wirst du mir büßen, du verdammter Italiener! Ich schwöre bei Gott, dass du mir das büßen wirst.«

An den beiden folgenden Tagen versuchte ich, wieder zu Kräften zu kommen. Miguel und Levi gaben sich rührende Mühe, mir wieder auf die Beine zu helfen. Sie streuten aus, ich hätte mir den Magen verdorben, und behandelten mich mit Kräutern aller Art, um meine Schmerzen zu lindern.

In Wahrheit spürte ich etwas völlig anderes als Schmerz. Mich beherrschte ein Unbehagen, eine Empfindung, die zwanzig Stunden lang unablässig in mir tobte. Ich war entsetzlich schwach. Meine Gelenke knirschten bei jeder Bewegung, als wären sie aus Metallstücken zusammengesetzt, aber abgesehen davon und von einem ständigen Unwohlsein, empfand ich keine körperlichen Schmerzen. Wohl aber erinnere ich mich an den Durst. Meine Kehle war vollständig ausgedörrt; immer wieder bat ich um Wasser. Es war ein schwierig zu beschreibender Zustand, etwa in der Mitte zwischen Schlaf und Wachen, zwischen klarem Verstand und Bewusstlosigkeit.

Vermutlich habe ich den größten Teil der Zeit verschlafen. Mitunter hörte ich irgendeinen unzusammenhängenden Satz, dann wieder bemühte ich mich, selbst etwas zu sagen, und ging auf etwas ein, worüber die anderen gerade sprachen. Wenn ich von solchen kurzen Phasen des Bewusstseins absehe, vergingen jene zwei Tage für mich wie ein Albtraum, aus dem man unbedingt erwachen möchte, ohne es jedoch zu können.

Meine Gefährten brachten angesichts meines Zustands ein großes Maß an Geduld auf. Ich vermute, dass mehr als einer die Wahrheit ahnte, doch sie taten so, als nähmen sie die Erklärung hin, dass ich mir den Magen verdorben hatte. Als ich am Morgen des dritten Tages erwachte, fühlte ich mich ausgeruht und bei Kräften. Zwar wollte Levi unbedingt, dass ich mich noch einen weiteren Tag schonte, doch gelang es mir, ihn schließlich zu überzeugen, dass wir den Weg nach Santiago fortsetzen konnten. Claude hatte bereits mehrfach darauf hingewiesen, dass wir uns beeilen mussten, wenn wir die vorgesehene Strecke bewältigen wollten, und ich schloss mich dem an. Am frühen Nachmittag waren wir bereit, und Guzmán de la Rúa selbst begleitete uns zum Tor, um uns einen glücklichen Verlauf der weiteren Reise zu wünschen.

VIII. Das Lichtwunder

21. März 1257

Man legte mich auf einen Karren, und wir kamen rasch voran. Am 13. März durchquerten wir die Stadt Logroño und erreichten Nájera. Der auf das Arabische zurückgehende Name des Ortes bedeutet ›Stelle zwischen den Felsen‹. Die in der Mitte eines Tales gelegene Stadt ist erst vor vergleichsweise kurzer Zeit gegründet worden und wächst unaufhörlich. Ihre Bewohner platzen vor Stolz auf ihre Basilika und ihren Wein. Nicht nur sind sie überzeugt, dass dort die Wiege des Weinbaus zu finden sei – eine Behauptung, die ich auch schon aus dem Munde der Bewohner Burgunds gehört habe –, sie können sich auch nicht genug rühmen, wie exzellent ihre Weine sind. Das sind sie in der Tat. Ich komme aus einem Land, in dem guter Wein gedeiht, habe nicht nur die meisten Weine im Süden der italienischen Halbinsel probiert, sondern auch den herben Wein Korsikas und den griechischen Retsina. Am besten geschmeckt hat mir bis zur Stunde, was man um Bordeaux herum keltert, doch zweifellos erzeugt jene Gegend in Kastilien einige Weine, die ebenso gut sind wie unsere, wenn nicht besser. Vor wenigen Tagen hatte ich Gelegenheit, mit meinem Gastgeber, Don Çag de la Maleha, über diesen Gegenstand zu reden, doch er verzog das Gesicht. Er will vom Weingenuss nichts wissen, vermutlich aus religiösen Gründen. Das Gespräch führte zu nichts, denn er erkennt weder die Vorzüge des Weines, noch vermag er seine Wirkungen zu ermessen. Ich erklärte ihm, dass es nicht darum geht, den Wein als solchen zu meiden, sondern das Übermaß des Genusses. Als ich Don Çags missbilligenden Blick sah, erinnerte ich ihn daran, dass der heilige Bernhard – den er besonders achtet – geschrieben hat: »Trinke mäßig Wein, und du wirst gesund von Leib und fröhlich. Vermeide das Übermaß, und er befreit dich nicht nur von Trägheit und Faulheit, sondern bewirkt auch, dass du Gott fromm und tatkräftig dienst.«

Überdies haben es die Bewohner von Nájera verstanden, den Genuss von Wein mit den wirtschaftlichen Verhältnissen jener Gegend zu verknüpfen, denn dieser Ort liegt am Jakobsweg. Dass man diesem Getränk dort überall große Verehrung entgegenbringt, zeigte sich an jenem Abend zur Genüge.

Da sich in keiner Herberge und keinem Gasthof genug Platz für uns alle fand, schlugen wir unser Lager hinter einer kleinen Wallfahrtskirche auf. Anfangs ärgerte es uns, dass wir nicht in einem Bett schlafen konnten, und wäre es nur in einem Schlafsaal, doch dann waren wir froh, dass das Schicksal so entschieden hatte. Vor dem Abendessen feierten wir ganz ungezwungen ein wenig, wobei wir Stunde um Stunde sangen und tanzten. Wir müssen wohl ziemlich viel Lärm gemacht haben, denn es stießen einige Ortsbewohner zu uns, und nach Mitternacht kamen sogar zwei Wachhabende und baten um Ruhe. Das aber taten sie auf freundliche Weise, so dass sie uns nicht lästig waren.

All das hing mit dem Wein zusammen, den wir tranken, denn schon im Prediger Salomonis heißt es: »Trink deinen Wein mit frohem Herzen!« Und mehr als einer hat sich betrunken. Als ich sah, dass die Tänze immer ausgelassener wurden, fiel mir ein, was der heilige Ambrosius über die Auswirkungen des schlimmen Lasters der Trunkenheit gesagt hat: »Ist erst der Bauch vom Essen aufgequollen und voller Wein, folgt das Laster der Unzucht. Die Trunkenheit regt die Lüsternheit an und bricht das Siegel der Keuschheit, und darauf folgt die Hurerei.« Doch sieht man von den üblichen Lebensäußerungen junger Leute ab, über die ich mich weder meinem Wesen noch meinem Alter nach entrüsten darf, bestand keine größere Gefahr für Sitte und Anstand.

Bei dieser Feier sah ich, ohne weiter darauf zu achten, dass Luca gelöst mit Fabienne und dann ein wenig außerhalb der Gruppe allein mit Arlette sprach. Später erfuhr ich, dass Arlette ihm gedroht hatte, Fabienne alles zu enthüllen. Ihm aber war es auch diesmal wieder gelungen, Selbstbeherrschung zu bewahren.

»Du kannst mich nicht mehr steuern, Arlette«, sagte er unvermittelt. »Alles, was du sagst, sind leere Worte. Außerdem ist mir einerlei, was du tust. Erzähl, was und wem du willst.«

»Ich werde ihr in allen Einzelheiten berichten, was wir in Estella getan haben«, drohte sie.

»Du hast keinen Beweis«, gab Luca zur Antwort. »Wir werden ja sehen, wem man glaubt. Im Übrigen habe ich es satt, dass du mir immer wieder auf die Nerven gehst. Das habe ich dir auch schon früher gesagt. Ich habe keine Angst vor dir. Tu, was du für richtig hältst, aber lass mich mit deinen Geschichten zufrieden. Und jetzt Gott befohlen. Ich hoffe, dass ich nicht weiter mit dir sprechen muss.«

Arlette begriff, dass sie den Kampf verloren hatte. Ihr blieb keine Wahl, als einstweilen kleine Brötchen zu backen und auf eine günstigere Gelegenheit zu warten. Unterdessen beschloss Luca, der seiner Sache immer sicherer wurde, die in Estella angeknüpfte Beziehung zu Fabienne fortzusetzen.

Auf dem Höhepunkt der Feier ging er mit ihr in ein Wäldchen, über das sich die Schatten der Abenddämmerung zu legen begannen. An dieses Wäldchen stieß eine halb zerstörte Mauer, an der ein Weinstock emporrankte. Dort stand auch eine große Eiche mit weit ausgebreiteten Ästen. Luca und Fabienne setzten sich darunter, betrachteten den dunkler werdenden Himmel und sahen schweigend den über ihnen dahinziehenden Wolken zu. Luca fühlte sich Fabienne gegenüber nach wie vor unsicher und fürchtete auch jetzt wieder, abgewiesen zu werden. Ihr Schweigen kam ihm wie ein ungünstiges Vorzeichen vor. Es dauerte lange, bis er sich entschloss, doch schließlich näherte er sich ihr und strich ihr zitternd mit der Hand über die Schulter. Fabienne, die unendlich klüger war als er, kuschelte sich wohlig in seine Arme und bot ihm ihren Körper dar. Wahrscheinlich hatte sie die Anspannung des Italieners bemerkt, obwohl sie kein Wort miteinander gesprochen hatten.

»Siehst du...«, sagte sie schließlich und fügte lachend hinzu: »So kalt ist die Nacht nun auch wieder nicht.«

Allmählich gewann Luca seine Selbstsicherheit wieder. Er küsste sie mit seinen aufgesprungenen, aber weichen Lippen, die ein wenig nach Salz schmeckten. Mit kokettem Lächeln löste sich Fabienne ein wenig und versuchte sich aufzurichten. Luca, der ebenfalls lachte, hinderte sie daran, indem er sie am Rock festhielt. Verblüfft stellte er fest, dass er leicht betrunken war: Die Bäume rechts und links von ihm schienen zu schwanken. Er überlegte, dass nur ein wenig Mut nötig war. Luca sah Fabienne erneut an, die langen, schlanken, bloßen Beine, das offene Haar und die glänzenden Augen.

Inzwischen hielt er sich nicht mehr für besonders verwundbar, zumal er den Eindruck hatte, sich auf vertrautem Gelände zu befinden. Als er sie umarmte, spürte er erneut, dass sie zerbrechlicher war, als sie aussah, wie ein Blütenblatt. Luca zog ihr das Hemd aus, liebkoste ihre Brüste und beugte sich darüber, um sie zu küssen. Er fühlte sich weit gelöster, als er für möglich gehalten hatte. Sie erkundete mit den Fingern unter seinem Wams die sanfte Wärme seiner Haut, und das erregte ihn so sehr, dass sich ihm ein Stöhnen entrang. Nach wenigen Minuten waren sie vereint. Fabienne gab sich seiner Raserei rückhaltlos hin. Mit geschlossenen Augen summte sie leise eine Melodie vor sich hin, während sich Luca auf ihr bewegte. In diesem vollkommenen Augenblick völligen Einsseins warf Fabienne den Kopf zurück und stieß ein Lachen aus. Dieses Geheimnis gehörte nur ihnen. Bei jedem Stoß drängte sich Fabienne mehr gegen ihn, und ihr sich steigerndes Keuchen erregte ihn immer stärker. Dann erreichten sie den Höhepunkt und verloren eine Weile das Bewusstsein für den Körper des anderen. Er dämmerte ein wenig ein, und als er wieder zu sich kam, sah er sie aufmerksam an. Ihm fiel auf, wie sinnlich ihr Mund war. Auf ihren Wangen schienen Rosen aufzublühen, die das Licht einsogen. Vor allem aber waren da ihre Augen, die großen, ernsthaften Augen, in die man tief eintauchen konnte... Wie ein seidener Vorhang fielen ihr die rötlichen Locken über die Schultern. Es war nicht zu fassen, dass dieses herrliche Geschöpf neben ihm lag. Er genoss die Wonne, die geliebte Frau an seiner Seite zu spüren, einen glatten, wohlriechenden Leib, der im selben Augenblick zur Ruhe kam wie er. Er fühlte sich wie neu geboren und begann, sie erneut zu liebkosen. Sie öffnete die Augen im Halbschlummer, dann glitt sie unter seinen Küssen wieder in den Schlaf, als wäre das ihr geheimster Garten. Sie gab sich solche Mühe, die Augen offen zu halten, dass ihre Pupillen ganz groß wurden. Wie gern schloss er diese zarte Gestalt in die Arme und wiegte sie in den Schlaf!

Dann fanden sie noch einmal zueinander. Anschließend schliefen sie ineinander verschlungen ein. In seinem Schlummer erschien Fabienne Luca in einem verworrenen Albtraum. Er fuhr mit einem Ruck hoch, beruhigte sich aber, als er sie, friedlich an seiner Seite schlafend, sah. Dennoch wollten die Bilder seines Traumes nicht weichen. Sein gegenwärtiges Glück und die Trennung von Arlette schienen ihm in geradezu grotesker Weise nicht zueinander zu passen. Es war, als hätte die ganze Zeit über ein Schuldgefühl unter der Oberfläche geschlummert, und er kam sich vor wie ein Verbrecher, der vor Gericht steht. Unwillkürlich trat ihm die Erinnerung an die Tage, die er mit Arlette verbracht hatte und die zu vergessen er sich so sehr bemüht hatte, wieder ins Bewusstsein.

Als er merkte, dass sich Fabienne regte, küsste er sie aufs Ohr. Dann erhob er sich unter dem Eindruck der Verwirrung, die ihn heimgesucht hatte, um ein wenig auf der Wiese umherzugehen. Fabienne bemerkte, dass er nicht mehr an ihrer Seite war, und so tastete sie unter seiner Pelerine umher. Dann veränderte sie ihre Stellung auf dem Lager, das sie sich aus Heu und trockenem Laub bereitet hatten, und richtete mit halb geschlossenen Augen den Blick auf das Baumdach über ihr. Eine ganze Weile blieb sie so im Halbdämmer liegen und lauschte auf das Lied, das er zehn Schritt von ihr entfernt summte. Sie kannte das Liedchen, schlief aber wieder ein. Ihr Traum war sehr kurz; schon wenige Augenblicke später stieß Luca sie besorgt sanft an: »Aufwachen, Fabienne! He, steh auf. Sollen uns die anderen etwa hier überraschen?«

Sie bewegte sich ein wenig, sah ihn mit ihren blauen Augen an, drehte sich dann um und zog sich langsam das Hemd wieder über. Als sie sich fertig angekleidet erhob, legte sie ihm eine Hand auf die Schulter, und er beugte sich vor. Dabei dachte er vermutlich nicht an das Lächeln der Frau, mit der er geschlafen hatte, sondern an das des Mädchens, von dem er geträumt und das er sich einen Tag um den anderen ausgemalt hatte.

Sie hatten großes Glück. Obwohl es schon heller Tag war, als sie aufstanden, fiel ihre Abwesenheit niemandem auf. Nicht einmal Enrique, dem sonst so schnell nichts entging, merkte etwas von der Ankunft seines Gefährten. Unter der Wirkung der Feier vom Vorabend schlief die kleine Gruppe friedlich.

Wir brachen an diesem Tag erst spät auf, und obwohl wir angenommen hatten, Santo Domingo de la Calzada noch vor Sonnenuntergang zu erreichen, mussten wir unser Nachtlager auf einer Lichtung neben der Straße aufschlagen. An jenem Tag schneite es. Zwar erfreute mich nach dem Abendessen am warmen Feuer der Anblick der Weinstöcke, die in gleichmäßigen Reihen die Schneedecke durchbrachen, doch erwachte ich am nächsten Morgen starr vor Kälte. So konnte ich es kaum abwarten, nach kurzer Zeit die Stadt des heiligen Baumeisters zu erreichen, der zu den Helden des Pilgerwegs zählt. Es ist eine wunderschöne Geschichte. Der heilige Dominikus, in seiner Jugend Hütejunge, zog sich als Einsiedler ans Ufer des Flusses zurück, der in der Sprache des Landes Río de Oja heißt und nach dem jene Gegend als Rioja bekannt ist. Als er eines Tages sah, unter welch großer Mühsal die Pilger den Fluss überquerten, beschloss er, die alte Römerstraße wieder in Stand zu setzen und eine neue Brücke zu errichten. Später baute er zahlreiche Hospize und Herbergen.

In einer von ihnen suchten wir Unterkunft. Es war ein fester Bau mit großen, tristen Räumen. Da ich noch nicht vollständig wiederhergestellt war, konnte ich den Aufenthalt nicht genießen und verbrachte nach dem Schneefall der Nacht den ganzen Tag fiebernd im Bett.

An den folgenden Tagen kam ich wieder ganz zu Kräften. Das Wetter wurde besser, und wenn auch um uns herum noch gefrorener Reif die Felder bedeckte, waren die Vormittage hell und sonnig. Was aber vollends dafür sorgte, dass ich meine Beschwerden vergaß, war die Landschaft, durch die wir zogen. Es war ein schwierig zu meisterndes Gelände, das unsere ganze Aufmerksamkeit erforderte. Deutlich ist mir noch der mühevolle Aufstieg voller plötzlicher Biegungen und Steigungen zur Höhe von Pedraja in unmittelbarer Nähe des Klosters San Félix de Oca in Erinnerung. Immer wieder sahen wir dort in den riesigen Buchen- und Eichenwäldern wilde Tiere, vor allem Bären und Wölfe. Da man uns gesagt hatte, in jenen Bergen wimmele es von Banditen und Buschräubern, die sich in den Höhlen verborgen hielten, waren wir besonders vorsichtig. So schickten wir beispielsweise einen unserer Gewappneten voraus, als es galt, einen recht breiten Fluss zu überqueren, damit wir nicht auf der anderen Seite in einen Hinterhalt gerieten.

Als wir Kastilien mit seiner typischen baumlosen Landschaft erreichten, in der man wie auf hoher See bis zum Horizont sehen kann, spürte ich große Erleichterung. Jetzt, mit der Gemütsruhe, die uns der zeitliche Abstand verleiht, bedaure ich, mich in keinem der Orte, durch die wir kamen, länger aufgehalten zu haben. Insbesondere gilt das für Villafranca. Nach diesem Ort, den die Römer Auca nannten, heißen der Fluss und die Landschaft »Oca«, was die dort ansässigen Menschen als »Gans« deuten. Bei der Angabe, wo am Jakobsweg Einführungsriten stattfanden, hatte Guillén de Monredón ausdrücklich jene Gegend erwähnt, die voller Sinnbilder ist. Zwar sah ich zahlreiche Gänse in verschiedenerlei Gestalt – teils in Form kleiner Bildwerke, teils als Steinmetzzeichen – an fast allen Gebäuden, sie kamen sogar in den Namen der größeren und kleineren Ortschaften vor. Doch hatte ich keine Möglichkeit, besonders darauf zu achten.

Wohl aber genossen wir in aller Ruhe unseren Besuch in San Juan de Ortega. Zufällig erreichten wir es am 19. März, und als wir erfuhren, was für ein Wunder im dortigen Kloster zwei Tage später stattfinden sollte, bestand ich darauf, dass wir blieben, um es mitzuerleben. Zweimal im Jahr zeigt sich das so genannte ›Lichtwunder‹. Es geht auf das Geschick zurück, mit dem der Baumeister der Kirche dafür gesorgt hat, dass um fünf Uhr nachmittags zur Tag- und Nacht-Gleiche am 21. März und am 22. September ein Lichtstrahl durch den Spitzbogen in der Fassade fällt und auf dem Kapitell links in der Apsis nacheinander die Verkündigungsszene, die Geburt Christi und schließlich die Anbetung der Heiligen Drei Könige erhellt.

Wir mussten am betreffenden Tag geduldig auf das Schauspiel warten, doch war es wahrhaft wunderbar. Genau wie man uns gesagt hatte, drang um Punkt fünf Uhr am Nachmittag ein Lichtstrahl in den Halbdämmer der Kirche und fiel wie ein zielsicher abgeschossener Pfeil auf ein kleines Kapitell, das die Verkündigung zeigte. Die kleinen Gestalten der Szene schienen sich zu verwandeln und Leben zu gewinnen. Aus dem, was gerade noch eins von vielen Kapitellen gewesen war, wurde vor unseren erstaunten Augen wie mit einem Zauberschlag die Achse des Gebäudes. Das Gleiche geschah auf dem weiteren Weg des Lichts, das kaum wahrnehmbar zu einem anderen Kapitell wanderte, das die Geburt unseres Herrn zeigte. Abschließend dann ruhte es auf der Szene mit der Anbetung der Könige, worauf es durch ein Alabasterfenster wieder verschwand. Damit war der Kreislauf von der

Verkündigung über die Geburt und die Verherrlichung unseres Herrn vollendet. Das Ganze dauerte keine Viertelstunde, doch uns alle hatte ein heiliger Schauer erfasst.

Zwei Tage nachdem wir dieses Lichtwunder im Kloster San Juan de Ortega hatten miterleben dürfen, näherten wir uns Burgos. Vor der Stadt machten wir noch einmal Halt. Es war ein angenehmer Nachmittag, und wir waren den ganzen Tag unterwegs gewesen. Aus dem Glanz, der von dem Ort ausging, gewannen wir einen Eindruck davon, welch ein Getümmel uns dort erwartete. Daher wollten wir uns lieber noch wenig ausruhen und hielten mit Blick auf die Häuser auf einer Lichtung an, um unsere Abendmahlzeit zuzubereiten und über Nacht neue Kraft zu schöpfen. Am nächsten Vormittag zogen wir über einen Steindamm in Burgos ein. Er verläuft ganz in der Nähe der Kirche des Heiligen Lesmes, Schutzpatron der Stadt. Er war ein französischer Pilger des elften Jahrhunderts, der unter dem Eindruck des Jakobswegs sein Leben dem Schutz anderer Wallfahrer weihte. Das gewaltige Bauwerk der Kathedrale sah so aus, als könne es mit den berühmtesten Domen der Christenheit wetteifern, dennoch blieben wir kaum einen Tag in der Stadt. Das Gedränge in ihren Straßen betäubte uns, und Claude, der wallonische Geistliche, mahnte immer wieder, wir müssten die verlorene Zeit einholen.

Damit war ich nicht recht einverstanden. Am Vorabend hatte ich meinen Wunsch geäußert, das prächtige Kloster Santa Maria la Real de las Huelgas sehen zu können, das ausschließlich die Töchter von Fürsten, Herzögen und Grafen des Reiches aufnimmt. Doch meine Gefährten widersetzten sich diesem Wunsch und wiesen darauf hin, dass wir nicht nur viel Zeit für den Besuch von San Juan de Ortega aufgewendet hatten, sondern auch rascher als bisher vorankommen müssten. Es tat mir Leid, mein Vorhaben nicht ausführen zu können, hatte ich mich doch schon auf die Betrachtung der von einem äußerst kunstfertigen arabischen

236

Meister seines Handwerks geschaffenen Holzskulptur eines sitzenden Apostels Jakobus gefreut. Mit dem beweglichen rechten Arm dieses als Espalderazo bekannten mechanischen Wunders war schon so mancher spätere König des Landes als Prinz zum Ritter geschlagen worden, unter ihnen auch Alfonso X., der Herrscher Kastiliens, zu dem ich jetzt unterwegs war.

Als wir Burgos verließen, hielt ich den anderen mit einer gewissen Enttäuschung ihre mangelnde Begeisterung für solche Äußerungen menschlichen Erfindergeistes vor. Meine Antwort bekam ich von Claude, der mir mitteilte, sein Begeisterungsvermögen sei völlig normal, wohingegen ich mich, wie es scheine, für alles und jedes begeistere.

»Ihr wollt alles sehen, haltet Euch in jeder Kirche und an jeder Einzelheit auf«, sagte er. »Das aber ist nicht möglich, denn wir haben einen festgelegten Weg in der vorgegebenen Zeit zu bewältigen.«

Tag um Tag zogen wir ohne Unterbrechung dahin. Die Landschaft war sehr eintönig. Die einzigen Ruhepunkte für das Auge waren Hügel, die sich, wie mit einem Messer abgeschnitten, am Horizont dem durchsichtigen Himmel entgegenwölbten. Aus der Nähe gesehen, wirkte die Landschaft Kastiliens voller mit Wein und Weizen bestandener Felder auf gelben Bodenwellen nicht schön, doch kaum stand man auf einer beliebigen Anhöhe, wandelte sich der Blickwinkel, und man begriff, dass sie dazu gemacht war, aus einer gewissen Entfernung betrachtet zu werden. Mit einem Mal erkannte man das Farbengewirr der Ackerflächen – Töne von Ocker, Orange, Dunkelviolett und Gelb –, das sich von der Einheitlichkeit der Felder voller Weinstöcke absetzte. Weiter hinten verschwammen die Einzelheiten, und nur noch hier und da ruhte der Blick auf kleinen Bäumchen am Rande des Weges, Wasserläufen, die sich gemachlich durch Ebenen wanden, oder auf dem Umriss der erdfarbenen Türme irgendeiner Ortschaft in der Ferne.

Es fiel schwer, diese Landschaft zu lieben oder gar zu verstehen. Das sage ich nicht, weil sie uns an grüne Gegenden und reichlich Wasser gewöhnten Menschen fremd war, sondern weil sie nirgendwo Schutz zu bieten scheint. So unwirtlich und abweisend sie wirkte, strömte sie aber doch Ruhe und Frieden aus. Sogar die Tiere, die dort heimisch sind, trugen zu dieser ungewöhnlichen Ruhe bei. So die Störche mit ihrem majestätischen Flug, die immer einen gleichmütigen Eindruck machen. Dann wieder wandelte sich die Landschaft, und wir fanden uns in dichten Steineichen-Wäldern wieder. Meist aber zogen wir unter der Sonne dahin, durchquerten in Grabesstille staubige, karge gelbe Ebenen oder zogen über gewundene Pfade durch eine rötliche Hügellandschaft.

Während jener Tage fiel mir an Luca eine Veränderung auf. Seine Stimmungsumschwünge kannte ich mittlerweile und hatte mich daran gewöhnt, aber da war noch etwas anderes. Enrique, der die Dinge weniger kompliziert sah, sondern eher ohne Umwege über sie dachte, merkte es vor mir, und ich sprach häufig mit ihm darüber. Abends gingen die beiden jungen Männer gewöhnlich zusammen ein wenig umher oder unterhielten sich in gewisser Entfernung von dem Kreis, den die Gruppe für gewöhnlich um den Eintopf bildete. Es dauerte eine Weile, bis ich mir darüber klar wurde. Zum Teil hatte es damit zu tun, dass sich mir andere Menschen in persönlichen Dingen nicht ohne weiteres anvertrauen, zum Teil aber auch damit, dass mich die übrigen Angehörigen unserer Pilgergruppe abends meist baten, ihnen Geschichten zu erzählen oder in Angelegenheiten zu raten, in denen sie nicht recht wussten, wie sie sich verhalten sollten. So lebte ich in einem Zustand halber Selbstgefälligkeit, in dem mir die Entfremdung von meinem jungen Freund Luca völlig entging. Tatsächlich wich er Gesprächen mit mir aus und antwortete mir nur knapp, wenn nicht gar einsilbig, wann immer wir aufeinander trafen. Zu meiner Entschuldigung kann ich lediglich Unwissenheit anführen. Doch obwohl er und Enrique häufig zusammen waren, hielt sich der Toledaner im Allgemeinen an meiner Seite und leistete mir während der Abendstunden Gesellschaft. Luca hingegen verschwand gewöhnlich für kurze Zeiträume, und zwar, wie mir allerdings erst später auffiel, zugleich mit Fabienne. Auch wenn ich noch nichts von dieser Beziehung mitbekommen hatte, sprachen doch alle darüber. Genau gesagt, waren es fast alle, denn allem Anschein nach ahnten außer mir nur Fabiennes Eltern nichts davon. Bei Alain ging das auf sein schlichtes Gemüt und seine Unfähigkeit zurück, anderen etwas Böses zuzutrauen. Der stumme Bruder Jacques hätte nur mit Mühe vermocht, die Eltern vom Stand der Dinge in Kenntnis zu setzen. Was die Frauen betraf, sei gesagt, dass Catherine, die Mutter, den Karren so gut wie nie verließ, während das Geheimnis, das Arlette an Luca band, der älteren der Schwestern den Mund verschloss – gewiss hätte sie es nur allzu gern ausgeplaudert.

Doch allmählich kam mir dies und jenes zu Ohren, versteckter Spott, doppeldeutige Äußerungen, aus denen sich entnehmen ließ, dass etwas im Gange sein musste. Eines Abends sah ich die beiden verstohlen davongehen. Zuerst verschwand Fabienne mit der Behauptung, sie wolle eine Weile allein sein, eine Zeit darauf entfernte sich auch Luca, ohne etwas zu sagen. Es dauerte nicht lange, bis ich die Zusammenhänge begriff.

Am folgenden Tag sprach ich Enrique vorsichtig auf Lucas merkwürdiges Verhalten an.

»Gewiss, merkwürdig ist es, Magister«, sagte er, »aber Ihr müsst einsehen, dass jeder von uns mitunter ein wenig schwierig ist. Sofern Euch Luca abwesend oder gar verwirrt erscheint, entschuldigt ihn, und messt dem keine besondere Bedeutung zu. Die Wallfahrt neigt sich dem Ende zu, und er muss allein nach Sevilla weiterziehen, wo ihn eine ungewisse Zukunft erwartet. Da ist seine Unruhe nur allzu verständlich.«

»Schon, mein Junge«, gab ich mit leichtem Spott zurück,

»allerdings habe ich nicht den Eindruck, dass seine Unruhe mit seiner künftigen Arbeit zu tun hat, sondern eher mit persönlichen Angelegenheiten.« Ich sah ihn bedeutungsvoll an und fuhr fort: »Es mag sein, dass ich mich täusche, aber es kommt mir ganz so vor, als gehe sein Verhalten auf konkretere und irdischere Dinge zurück, auf großzügigere Kurven als die der Straße nach Sevilla. Man könnte ihnen sogar einen Namen zuordnen. Meinst du nicht auch?«

Enrique sah mich mit einer Mischung aus Überraschung und Erleichterung an: »Ach, Ihr wisst endlich davon?« Mit einem Lächeln zuckte er gleichmütig die Achseln und sagte: »Und wenn schon. Offen gestanden, ist es mir sehr recht, dass Ihr auf dem Laufenden seid, denn nicht nur Euch erscheint er verändert, auch ich mache mir Sorgen. Anfangs hat mich seine Beziehung zu Arlette beunruhigt, die man mit mehr Recht als merkwürdig bezeichnen konnte. Meint Ihr nicht auch? Unterdessen scheinen die beiden einander wohl eher aus dem Weg zu gehen.«

In verändertem Ton sagte er: »Die Sache mit Fabienne liegt völlig anders. Ich beobachte die beiden von ferne. Anfangs haben sie den ganzen Tag miteinander getändelt, geschäkert und gelacht, und Luca war selig. Als er mir später davon berichtet hat, aber immer nur ganz wenig, leuchtete ihm die Begeisterung des Verliebten aus den Augen. Aber in jüngster Zeit kehrt er von seinen Ausflügen bedrückt zurück. Ich bin überzeugt, dass ihn etwas tief getroffen hat. Vermutlich sieht er sich einer Fülle von Zweifeln gegenüber, weiß aber nicht, wie er sich Euch nähern und um Rat bitten soll. Wahrscheinlich überlegt er, wie das am besten zu bewerkstelligen ist.«

Ein kurzes Schweigen trat ein. Enrique rückte sich den breitkrempigen Hut aus der Stirn und setzte ihn schief auf, während er erkennbar überlegte, wie er fortfahren konnte.

»Vielleicht wäre es besser gewesen, wenn er Euch davon berichtet hätte, bevor Ihr es selbst gemerkt habt... Andererseits erscheint es kaum vorstellbar, dass Ihr nach wie vor noch nichts von der Sache wusstet!«

Ich hüstelte leicht.

»Ihr müsst meine Worte entschuldigen, Magister, aber wisst Ihr«, fügte er mit einem Anflug von Spott in der Stimme hinzu, »zeitweise habe ich gedacht, wie widersprüchlich Eure ungewöhnliche Fähigkeit ist, in allem und jedem die verborgensten Feinheiten zu entdecken, während Ihr zugleich gegenüber den alltäglichen Dingen selbst dann blind seid, wenn sie so greifbar vor Euch stehen wie die Liebelei zwischen Luca und Fabienne, über die alle Welt redet. Jetzt aber sind Euch endlich die Augen aufgegangen, und Ihr könnt eingreifen.«

Diese Worte schmerzten mich weniger wegen des unausgesprochenen Vorwurfs, der darin lag, als weil sie, wie ich wohl wusste, der Wahrheit entsprachen. Ein wenig verstimmt antwortete ich: »Mein lieber Junge, ich würde nur allzu gern mit ihm reden und ihm, sofern mein Verstand dafür ausreicht«, ergänzte ich nicht ohne Überheblichkeit, »raten, welchen Weg er einschlagen soll, oder ihn zumindest meine Meinung dazu wissen lassen. Aber eins muss dir klar sein: Wenn Luca bisher nicht mit mir gesprochen hat, liegt das daran, dass er es nicht wollte. So war es mit ihm schon immer.«

»Seid bitte nicht gekränkt. Ganz so verhält es sich nicht. Für uns seid Ihr ein ehrwürdiger Mönch, ein Magister, ein Gelehrter, jemand, der sich ziemlich weit weg von uns befindet. Wir bringen Euch Achtung entgegen und wagen meist nicht einmal, vor Euren Ohren unsere Meinung zu sagen – um wie viel weniger da unsere Befürchtungen oder Wünsche!«

Ich behielt meinen hochmütigen Ausdruck bei. In milderem Ton fuhr Enrique fort: »Und in diesem Fall handelt es sich um eine Liebesbeziehung, mithin um eine Sache, die Euch vorzutragen doppelt schwierig ist. Ganz davon abgesehen, ist sie kompliziert...«

Noch immer hatte er nicht alles gesagt und fuhr daher fort: »Unsereins unterhält sich über alltägliche Dinge, die uns am Herzen liegen, über kleine Begierden und das, was jeden interessiert. Zwischen diesen Dingen und dem, was Euch beschäftigt, scheint uns, kurz gesagt, ein großer Unterschied zu liegen. Es kommt uns so vor, als hieltet Ihr Euch ständig von derlei fern und als wäret Ihr über jegliche Alltäglichkeit erhaben. Nie teilen wir und Ihr einander schnurrige Geschichten oder unerhebliche Kleinigkeiten mit. Wenn einer von uns gelegentlich einen bestimmten Gegenstand angesprochen hat, ist es eigentlich ohne rechte Antwort geblieben.«

»Ich wüsste nicht, wann das gewesen sein sollte«, gab ich mit unbeteiligter Stimme zur Antwort. »Nenn mir ein Beispiel.«

»Ich glaube, dass Luca ab und an mit Euch hatte sprechen wollen. Während er Euch klar zu machen versucht hat, wie anziehend er Fabienne findet, habt Ihr geglaubt, dass er über die Schönheit im Allgemeinen sprach, und Euch von einer sehr fernen theoretischen Ebene herab über seine durchaus handfesten Interessen ausgelassen.«

Enrique ließ eine kurze Pause eintreten und sagte leiser: »Auch ich habe das schon zur Sprache gebracht, und auch mir habt Ihr eine gelehrte Antwort gegeben, die eher zu einer philosophischen Frage passt als auf eine Alltagssituation. Luca und ich haben noch nicht darüber gesprochen, aber ich kann Euch jetzt schon sagen«, gab er nicht unfreundlich zu verstehen, »er wird Euch darauf ansprechen. Ich bin sicher, dass er gern sein Herz ausschütten möchte, wenn er nur den Hauch einer Gelegenheit dazu sieht.«

Enrique sah mir in die Augen, legte mir eine Hand auf den Arm und fragte verschmitzt: »Was kann er sich Besseres wünschen als einen Rat, der sich auf Eure Erfahrung gründet?«

Ich nickte zustimmend und brachte es nicht einmal fertig, zu meiner Verteidigung anzuführen, dass man mir einen solchen Vorwurf zum ersten Mal mache. Andererseits war er mir noch nie mit solcher Deutlichkeit gemacht worden. Gewiss, auch wenn ich mich rühmen darf, mit jungen Leuten leicht in Kontakt zu kommen, habe ich nur wenige alltägliche Erlebnisse mit ihnen geteilt. In der Universität haben sie mir Respekt entgegengebracht und waren nur allzu bereit, sich anzuhören, was ich zu sagen hatte, da es sich um für sie neue und unbekannte Dinge handelte. Darüber aber ging es nicht hinaus. Ich wusste nichts von ihnen; ihre persönlichen Sorgen, ihre uneingestandenen Ängste waren mir ebenso unbekannt wie das Ziel ihres Ehrgeizes. Außerdem war ich in den letzten Jahren stets allein oder in Gesellschaft von Männern meines Standes gereist. Es war schon lange her, dass ich täglich mit jungen Leuten wie diesen beiden in enger Gemeinschaft gelebt hatte. Ich beschloss, mich etwas weniger zugeknöpft zu zeigen.

»Du hast Recht, Enrique. Es ist meine Schuld, dass ich die Situation nicht durchschaut habe. Es tut mir Leid, nicht vorher geholfen zu haben, aber ich würde es gern jetzt versuchen. Was lässt sich tun? Sag es mir.«

Enrique lächelte liebenswürdig und zeigte damit, dass er die Tugend der Herzensgüte besaß, die ich bei ihm bisher nicht vermutet hatte.

»Überlasst das mir«, sagte er. »Luca wird es Euch schon berichten. Wie gesagt, sucht er eine Gelegenheit dazu. Ich werde Euch bald Bescheid sagen.«

Voll Ungeduld wartete ich den Rest des Tages. Vermutlich wirkte der Gegensatz zwischen der Gleichgültigkeit, mit der ich die Sache bisher behandelt hatte, und meiner plötzlich erwachten Aufmerksamkeit widersprüchlich.

An jenem Abend wartete ich vergebens auf Luca. Doch als wir am nächsten Vormittag durch eine staubige Ebene ritten, trieb er sein Pferd neben meines und begann wie beiläufig zu reden. Als ich ihn auf mich zukommen sah, gab ich mir Mühe, meine Ungeduld zu zügeln, erwiderte seinen Gruß freundlich und gab ihm, als er neben mir war, einen aufmunternden Schlag auf den Rücken. Es war deutlich zu sehen, dass ihn diese Geste überraschte. Später habe ich über Enrique eine sonderbare Äußerung aus Lucas Mund gehört, über die ich oft nachgedacht habe. Er äußerte darin sein Erstaunen, dass es mir so schwer fiel, mit Menschen in körperlichen Kontakt zu treten. Zwar nähme ich, wie er sagte, ständig Steine und Gegenstände in die Hand, doch berührten meine Finger andere Menschen nicht leicht.

Mithin dürften ihn diese unerwartete Annäherung und irgendein treffender Zuruf aus meinem Mund erleichtert haben. Zwar hat ihm das geholfen, Selbstsicherheit zu gewinnen und mich in einem anderen Licht als bisher zu sehen, doch muss ich annehmen, dass er meine Ungeduld gespürt hat. Dabei hatte ich ihm lediglich zeigen wollen, dass er mir alles andere als gleichgültig war und ich ihn durchaus zu schätzen wusste. In jenem Augenblick aber war unerheblich, was er mir gegenüber empfand; ich war jemand, den er brauchte, ein Mensch, der ihm helfen konnte, sich über seine widerstreitenden Empfindungen klar zu werden. Wir wechselten einige Sätze über alltägliche Dinge, und nachdem er mir erklärt hatte, Enrique habe ihm über unser Gespräch berichtet, bat er mich um meinen Rat.

Ich schlug vor, wir sollten dazu absteigen und auf dem Lastenkarren mitfahren, weil wir dann nicht auf die Schwierigkeiten des Weges zu achten brauchten. Sogleich ritt Luca zu dem Mann hinüber, der die Zugtiere führte, und bot ihm an, er könne ein Stück reiten, was dieser begeistert annahm. Ich band die Zügel meines Pferdes hinten am Karren fest und setzte mich neben Luca.

Anfangs sah er mich respektvoll an. Ich hatte immer schon vermutet, dass er sich in meiner Gegenwart eingeschüchtert fühlte, nehme aber an, dass ich auf ihn einen weniger strengen Eindruck machte, als ich da auf dem Karren hockte. Ich musste unwillkürlich lächeln, als ich mir vorstellte, dass seine Besorgnis und Angst mich ihm als Inbild von Vorwurf und Buße erscheinen ließen. Ich irrte mich. Wenn man bedenkt, wie er mit mir umging, hat er in mir wohl eher einen alten Einfaltspinsel gesehen. Meine Eitelkeit hatte mir einen Streich gespielt. Während ich vermutete, dass er in mir jemanden sah, der in einer Art Bibliothek mit Wänden voller Bücher sitzt, überlegte er vermutlich, auf welche Weise er die Tatsachen schönfärben konnte – zu zahlreich sind die Unterschiede zwischen der Geschichte, die ich an jenem Tage von ihm hörte, und der, die ich mir später rekonstruiert und auf den voraufgehenden Seiten skizziert habe. Doch dürfte es besser sein, die Begebenheiten der Reihe nach zu berichten.

Enrique, der das Ganze aus geziemender Entfernung beobachtet hatte, näherte sich uns schon bald. Luca verlor nicht viel Zeit und kam gleich zur Sache. Er hatte das Bedürfnis, seinem Herzen Luft zu machen.

»Ich weiß mir keinen Rat«, begann er. »Wie soll ich mich verhalten? Ihr wisst ja schon von meiner Verbindung mit Fabienne, der jüngeren Tochter Chartier. Ich liebe sie, und sie sagt, dass sie meine Gefühle erwidert. Doch dürfte es auf die Dauer schwer sein, die Beziehung aufrechtzuerhalten, denn bestimmt wollen ihre Eltern nichts von mir wissen. Zum Glück ahnen sie bisher nichts, doch ich bin sicher, dass sie mich ablehnen würden, sobald sie es wüssten. Ihr kennt mich. Ich stehe erst im Begriff, Händler zu werden, und besitze nichts auf der Welt als meine Hände und meine geringe Klugheit. Fabienne hingegen ist die Tochter eines Manns von Stand, und daher erhoffen sich ihre Eltern einen entsprechenden Schwiegersohn.«

Nach kurzem Überlegen fuhr er fort: »Es ist aber nicht nur das. Ganz offen gesagt, bin ich mir nicht sicher, ob ich überhaupt heiraten möchte. Vielleicht erstaunt Euch das, aber ich kann mir nicht recht vorstellen, dass ich alle Träume, mit denen ich nach Kastilien gereist bin, gegen ein mehr oder weniger rechtschaffenes Leben in Aquitanien eintauschen möchte, wo man mich zweifellos immer als Emporkömmling ansehen würde. Außerdem bin ich sicher, dass ich nicht auf die Unterstützung von Fabiennes Schwester rechnen kann.«

Daraufhin sah ich ihn fragend an, doch er beeilte sich fortzufahren, bemüht, den anstößigen Punkt zu vermeiden, von dem ich damals noch nichts ahnte.

»Hinzu kommt, dass ihre Eltern übermäßig stolz sind«, flocht er ein.

Diesmal konnte ich mein Staunen nicht zurückhalten. »Stolz? Alain?«

»Nun, Euch gegenüber vielleicht nicht«, gab Luca spöttisch zur Antwort, »aber er behandelt nicht alle Menschen gleich. Nein, Magister, hört mich an. Er mag ein wenig besser sein als seine Gemahlin Catherine, denn sie sieht mich nicht einmal an. Ich zweifle, ob sie mich als ihresgleichen und als ihrer Familie würdigen Schwiegersohn ansehen würde. Es kommt mir ganz so vor, als würden die Chartiers dieser Verbindung, wenn überhaupt, nur mit größten Bedenken zustimmen, so, wie man etwas Unabänderliches hinnimmt.«

»Ich kann mir nicht vorstellen, dass es so schlimm ist«, warf ich ein.

»Wisst Ihr«, sprach er weiter, ohne darauf einzugehen, »ich würde auch gern mein Glück in Sevilla probieren. Unterwegs habe ich mich ein wenig umgehört und denke, dass aus mir ein guter Händler werden kann. Ich möchte mir gern beweisen, wozu ich fähig bin, und meinem Vater wie auch meinem Bruder Paolo zeigen, dass ich auf eigenen Füßen zu stehen vermag.«

Wieder sah er beiseite und senkte den Blick. »Vermutlich ist Euch der Sinn dieser letzten Worte nicht besonders klar, denn ich habe Euch über mein Leben in Genua bisher kaum etwas berichtet. Ehrlich gesagt, hatte ich keine große Lust dazu. Jetzt aber muss ich Euch reinen Wein einschenken. Ich habe gesagt, dass ich auf dem Weg nach Sevilla bin. Als Grund dafür habe ich angegeben, dass ich in Genua kaum Gelegenheit habe, etwas zu erreichen, weil mein Bruder Paolo als Erstgeborener den Handel der Familie erben wird.«

»So ist es.«

»So verhält es sich auch, nur ist es nicht die ganze Wahrheit. Er ist nicht nur der ältere Bruder, sondern außerdem so gut wie vollkommen. Von frühester Kindheit an musste ich mir Vergleiche mit ihm gefallen lassen und habe dabei immer den Kürzeren gezogen.«

»Woran liegt das«, fragte Enrique, der nun neben uns ritt und zuhörte.

»Du bist doch kein Dummkopf«, sagte ich.

»Ihr kennt Paolo nicht«, gab Luca zur Antwort. »Er ist ein Ausbund an Tugend. Niemand geht morgens früher ins Geschäft als er, und niemand verlässt es später als er. Nicht nur seine Arbeit erledigt er tadelsfrei, sondern auch alle Pflichten der Familie gegenüber, und in seinen persönlichen Angelegenheiten ist er über jeden Zweifel erhaben – meiner Ansicht nach ein wenig zu sehr. Findet Ihr es nicht sonderbar, dass er mit seinen siebenundzwanzig Jahre keine einzige Liebelei hatte, kein amouröses Abenteuer erlebt und sich keinerlei Seitensprung erlaubt hat?«

Enrique stieß zum Zeichen seines Unglaubens einen gotteslästerlichen Fluch aus.

»Jedenfalls weiß ich von nichts dergleichen. Vor meiner Abreise hieß es, er werde die Tochter eines Teilhabers unseres Vaters heiraten, doch wenn er von seiner künftigen Gemahlin sprach, lag in seiner Stimme weniger Leidenschaft, als wenn es um flandrisches Tuch oder arabischen Damast gegangen wäre. Man hätte glauben können, sie wäre ihm nichts als ein weiteres Besitztum, ein bloßer Gegenstand. In Paolos Augen glühte keinerlei Begehren – für ihn ist diese Eheschließung wohl nur ein weiterer geschäftlicher Vorgang.«

»So wird es sein«, sagte ich. »Darüber brauchst du dich aber doch nicht zu grämen.«

»Das tue ich aber. Mir gegenüber verhält er sich sehr hart. Nun gut, so ist er auch zu fast allen anderen Menschen um ihn herum. Er beurteilt sie übermäßig streng. Bestimmt wird er ein angesehener Kaufmann, aber Freunde hat er nicht und wird auch nie welche haben. Es ist ihm unverständlich, wie man seine Zeit in Schenken vertun kann, Lieder singen oder sich an ein Mädchen heranmachen.«

Luca schwieg eine Weile und fuhr sich mit der Hand über die Stirn.

»Aber es geht nicht nur um Paolo. Mit meinem Vater ist es weit schlimmer. Von Kindesbeinen an habe ich mich ihm gegenüber minderwertig gefühlt. Ich werde wohl nie erfahren, warum mich mein Vater so hasst, aber das ist die Wahrheit. Wann auch immer er sich enttäuscht oder herabgesetzt fühlt, muss ich herhalten. Er hat mich oft entsetzlich verprügelt. Anfangs habe ich das ertragen, ohne zu schreien, damit mich Paolo und die Kinder der Nachbarschaft nicht hören konnten, aber da der Schmerz stärker war als mein Wille, habe ich schließlich doch geschluchzt und geschrien. Dann hat Paolo mich ausgelacht. Da ich überzeugt war, dass mich auch die anderen Jungen hatten schreien hören, habe ich mich tagelang nicht auf die Straße getraut. Die Situation war völlig unerträglich, denn in meinem Elternhaus habe ich mich entsetzlich gefühlt. Entweder war ich mit meinem Vater zusammen oder der verächtliche Blick meines älteren Bruders ruhte mit kaltem Lächeln auf mir. Ich brauchte die beiden nur zu sehen, um die Augen niederzuschlagen. Das aber tat ich keineswegs nur, weil ich der am meisten verprügelte Junge von ganz Genua war. Ich hielt mich auch für den sündigsten. Dieses Schuldbewusstsein, für das es keinerlei Vernunftgründe gab, war von klein auf Ursache einer Gleichgültigkeit und einer Angst in mir, die mich gehindert haben, Beziehungen zu anderen Menschen anzuknüpfen. Ich war sozusagen gegen jegliche Art von Zuneigung gefeit. Das galt sogar für die Liebe meiner Mutter, was mir bisweilen schon sonderbar erschienen ist.«

Wieder schwieg er eine Weile. Dann fuhr er mit belegter Stimme fort: »Lange habe ich geglaubt, was mein Vater über mich gesagt hat, dass ich es nämlich nicht verdiente, geliebt zu werden. So gering hat er mich eingeschätzt, dass er mir nicht einmal die einfachsten Fähigkeiten zutraute. Ich war viel allein, doch gerade diese Einsamkeit hat mir letzten Endes geholfen, dass ich mich durchzusetzen gelernt habe. Ich war schon damals der etwas sonderbare Bursche, als den man mich später angesehen hat und der nichts als Missverständnisse heraufbeschworen hat. Immer war ich auf der Hut vor der Liebe und dem Vertrauen anderer Menschen.«

»Jetzt übertreib aber nicht, Luca«, sage Enrique voller Mitgefühl.

Der Genueser sah zu ihm hin, nahm dann wieder seine vorherige Haltung ein und sagte: »Im Laufe der Zeit wurde ich schüchtern und in mich gekehrt. Während ich heranwuchs, bemühte ich mich, sowohl meiner Aggressivität wie auch meinem Wunsch nach Liebe Ausdruck zu verleihen. Meine mit Misstrauen verbundene Ängstlichkeit war widersprüchlich, und als ich alt genug war, immer öfter das Haus zu verlassen, begann ich mich in das Gegenteil des Luca zu verkehren, den jeder kannte. Ich suchte nach Unterhaltung, verlor mich in Gelächter und Scherzen, wenn sie auch nur vorgetäuscht waren. Ich begann, Freudenhäuser aufzusuchen und merkte bald, dass ich, ganz im Unterschied zum Elternhaus, für die Frauen durchaus existierte. Anfangs verstand ich nicht, was sie an mir fanden, doch nachdem meine Gefährten neidvoll anfingen, über meine Erfolge zu sprechen, wurde ich den Frauen gegenüber immer dreister.«

»Das ist uns bereits aufgefallen.«

»Es stimmt, ich genieße die Freuden des Verliebtseins, das süße Getändel, die tiefen Blicke und anderes, das Ihr Euch schon denken könnt. Ich weiß nicht, ob es mit der Ablehnung der Gestalt des Vaters zu tun hatte, aber in Genua war ich für mein ungehöriges Verhalten bekannt. Ich gestehe, dass ich selbst bisweilen ganz bewusst an diesem Bild gearbeitet habe, weil ich die ständigen Angriffe gegen meine Person und die verfluchte Vollkommenheit meines Bruders satt hatte.«

»Und wie ist es dann weitergegangen?«, erkundigte sich Enrique.

»Nun, ich habe es ziemlich lange so getrieben. Nie ist mir der Gedanke gekommen, ich könnte andere Möglichkeiten haben. Doch um die Mitte des vorigen Jahres haben sich die Dinge geändert. Ich habe in meiner Werkstatt, die für uns arbeitete, eine Beziehung mit einer Spinnerin geknüpft, die daraufhin schwanger wurde. Es ist nicht der Mühe wert, in Einzelheiten zu gehen. Auch wenn ich nicht besonders beliebt war, habe ich mich bemüht, wie ein Mann zu handeln, und Nella, so heißt sie, die Ehe angetragen.«

»So, so. Das hast du mir aber verschwiegen, alter Halunke«, rief Enrique aus. »Du wolltest sie also heiraten?«

»Ja. Und sie hat begeistert zugestimmt.«

»Und was hat dein Vater gesagt?«

»Ich Dummkopf hatte angenommen, dass ich durch diese Handlungsweise in seiner Achtung steigen würde. Aber nein, er war empört: ›Was!‹, hat er ausgerufen. ›Du, ein Pantano, willst dich mit einem so elenden Geschöpf verbinden?‹ Er hat mir erbarmungslos seine Verachtung gezeigt und wiederholt, was er schon immer gesagt hatte, nämlich dass er mich von Geburt an für völlig untauglich gehalten habe und ich ihm das jeden Tag aufs Neue immer deutlicher bewiese. ›Glaube nur nicht‹, waren die Worte, die er mir auf den Weg mitgegeben hat, ›dass du die Ehre und den Ruf der Familie zu Grunde richten kannst.‹«

»Auf den Weg mitgegeben?«, fragte ich. »Wie darf ich das verstehen?«

»Wartet«, versetzte er. »Gleich am nächsten Tag hat er mich zu sich gerufen. Mehr tot als lebendig, suchte ich ihn in dem Kontor auf, in dem er gewöhnlich Kunden empfängt und seine Geschäftsbücher durchsieht. Er war in denkbar schlechter Laune. Paolo war bei ihm, schweigsam und distanziert wie immer. Mein Vater hat mir dann mitgeteilt, er sei zu folgendem Entschluss gekommen: Ich müsse Genua verlassen und mich nach Sevilla zu meinem Onkel aufmachen, wo sich mir die Möglichkeit biete, aus eigener Kraft etwas zu erreichen. Falls ich scheiterte, dürfe ich auf keinen Fall nach Genua zurückkehren, weil weder er noch mein geliebtes Bruderherz mich aufnehmen würden.«

»Und Euer Bruder hat dazu geschwiegen?«

»Er hat kein einziges Wort des Mitgefühls über die Lippen gebracht. Einer war so unnachgiebig wie der andere«, sagte Luca mit kläglicher Stimme. »Das werde ich meinem Bruder nie verzeihen. Kurz, das Ganze ist eine Katastrophe! Sie haben mir etwas Geld gegeben, und wenige Tage später habe ich mich nach Barcelona eingeschifft. Eine Woche nachdem ich dort an Land gegangen war, bin ich in Jaca eingetroffen. Den Rest wisst ihr.«

Ich sah Luca an. Die scheinbare Schroffheit, die er wäh- rend des Gesprächs an den Tag gelegt hatte, fiel jetzt von ihm ab. Schlaff hingen seine Arme herab. Er hatte den Kopf ge- senkt und hielt den Blick auf die Füße gerichtet. Er wirke gequält, geradezu wie eine Verkörperung der Trostlosigkeit. Zum Schluss fügte er betrübt hinzu: »Es ist ein trauriges Schicksal! Eines Tages hoffe ich meinen Platz im Leben zu finden, doch nicht bei meiner Familie. Ich erfülle die Ansprü- che nicht, die man an einen Pantano stellt. Und wohl auch nicht die von Fabiennes Eltern...«

»Beruhige dich, Luca, und sieh die Dinge nicht schwarz in schwarz«, sagte ich. »Das Leben geht seinen Gang, und so weit ich deinen Worten entnehmen kann, hast du nichts ge- tan, wessen du dich schämen müsstest. Meiner Ansicht nach gibt es keinen Grund, dich schwer zu tadeln, sei es dafür, dass du verliebt bist oder dafür, dass du in deiner Heimatstadt Ge- nua versucht hast, dem Leben eine angenehme Seite abzuge- winnen.«

»Das sagt Ihr so.«

»Es ist meine Überzeugung. Immerhin hattest du den Mut, für die Folgen einzustehen und die Ehre der Spinnerin wieder- herzustellen. Zwar hast du über die Stränge geschlagen, aber nicht anders, als es bei Männern deines Alters weit verbreitet ist. Mit vier- und fünfundzwanzig ist das völlig in Ordnung. Die Haltung deines Bruders, die man nur als frühe Vergrei- sung bezeichnen kann, scheint mir schlimmer, und über dei- nen Vater möchte ich lieber gar nichts sagen.«

Ich legte ihm eine Hand auf den Arm und fuhr in munterem Ton fort: »Hör auf, dich zu bemitleiden, und pack den Stier bei den Hörnern. Auf jeden Fall darfst du auf uns zählen. In Enrique und mir hast du zwei Freunde, die dir bei dem, was du zu tun gedenkst, zur Seite stehen werden. Sofern es uns zweifelhaft oder falsch erscheint, werden wir es dir sagen, auf jeden Fall aber werden wir dich unterstützen.«

»Wirklich?«, fragte er mit leiser Stimme.

»Aber natürlich«, gab Enrique zurück.

»Nachdem das Wichtigste jetzt geklärt ist«, fuhr ich fort, »denk ein wenig nach, und sag mir, was für Pläne du für dein Leben insgesamt hast. Noch hast du uns deine Absichten nicht mitgeteilt. Zuvor aber wüsste ich gern: Was wird aus Fabienne?«

Bei diesen Worten warf ich Luca einen raschen Blick zu, der aber nicht darauf reagierte. Seine Lippen verzogen sich ein wenig, während er unsicher und wortlos die Schultern hob.

»Du bist von vornherein fest überzeugt, abgewiesen zu werden«, nahm ich den Faden wieder auf. »Das aber scheint mir alles andere als sicher. Gewiss ist denkbar, dass Fabiennes Eltern anfangs nichts von dir wissen wollen, aber wenn du das Mädchen liebst, wie du sagst, und sie dich, werden sie ihr Einverständnis letzten Endes nicht verweigern und dich gut behandeln.«

»Ihr kennt sie nicht.«

»Schon möglich«, räumte ich ein. »Aber ich versichere dir, dass sie so handeln werden, und zwar im eigenen Interesse. Überleg doch, dass zwangsläufig auch ihre Tochter darunter leiden müsste, wenn sie dich schlecht behandelten. Außerdem muss dir klar sein, dass du ihnen als ihr Schwiegersohn gleichgestellt wärest.«

»Jeder Vater weiß nur zu genau, dass er seine Tochter verliert, wenn er von ihrem Mann nichts wissen will«, fügte Enrique hinzu.

»Auch ist mir unklar«, gab ich zu bedenken, »warum du an Arlettes Unterstützung zweifelst. Ich habe auf unserem Weg gesehen, wie ihr unendlich oft miteinander gelacht und geplaudert habt. Sollte es zwischen euch zu einer kleinen Verstimmung gekommen sein, denke ich, dass ihr die unschwer aus dem Weg räumen könnt.«

Luca sah mich zweifelnd an. Ich sprach weiter: »Du wirst schon sehen, dass sich das regeln lässt, jedenfalls nehme ich das an. Vorher aber musst du dir über deine Gefühle klar werden und überlegen, ob dein Vorhaben wirklich deinen Wünschen entspricht oder es sich bei deiner Beziehung zu Fabienne um eine flüchtige Leidenschaft handelt. In letzterem Fall wäre es besser, wenn ihre Eltern nichts davon erführen. Daher frage ich dich erneut, Luca: Was ist deine Absicht?«

»Was kann ich denn tun?«, fragte er töricht.

»Genau das, was du möchtest, Luca, was deinen Wünschen entspricht. Das weißt du sehr genau.« Ich bemühte mich, einen ernsten Ton in meine Stimme zu legen.

Er hob den Kopf und sah uns lange an. Dann richtete er den Blick in die Ferne und drückte seine Handflächen fest gegen die Oberschenkel.

»Ich habe es schon gesagt: Ich mag Fabienne. Sie ist eine wunderbare Frau. Ihr selbst habt sie häufig gepriesen. Aber ich weiß nicht, ob ich sie heiraten möchte. Noch ist sie zu kindlich. Trotz ihrer fünfzehn Jahre verhält sie sich wie ein kleines Mädchen. Du weißt, wie sehr, Enrique, aber Raoul weiß es wohl nicht. Mir ist nicht klar, ob Ihr Euch erinnert, Magister, oder überhaupt Kenntnis davon habt, aber ich habe in Estella und danach in Nájera fast zwei volle Nächte an ihrer Seite verbracht. Nun, unsere körperliche Beziehung war völlig unschuldig. Ich will nicht sagen, dass wir nichts getan haben, aber es war alles ziemlich keusch.

Mit gesenkter Stimme fuhr er fort: »Ich war nicht im Stande, in sie einzudringen.« Das war, wie ich jetzt weiß, eine Lüge. »Ich hätte es tun können, habe mich aber beherrscht. Andere werden sagen, dass es töricht von mir war, aber als ich sie so hingegeben und wehrlos sah, überkam mich eine unendliche Zärtlichkeit, und meine Wollust schwand dahin. Wir haben bis zum Morgengrauen beieinander gelegen und einander umarmt, ohne uns aber zu verhalten wie Mann und Frau.«

Er machte eine Pause, als wolle er sich die Situation in Erinnerung rufen.

»Viele Frauen entwickeln sich früher als wir Männer, und ich habe in Genua Mädchen in Fabiennes Alter und sogar jün-

253

gere kennen gelernt, die schon richtige Frauen waren: Kraft ihrer Fähigkeit, eine Beziehung einzugehen, kraft ihrer Klugheit und ihrer sexuellen Erfahrungen. Ich weiß nicht, wie ich das ausdrücken soll, aber so ist Fabienne nicht. Sie sagt zwar, dass sie mich bewundert und das Leben an meiner Seite verbringen möchte, aber ich bin nicht sicher, ob ihr klar ist, was das bedeutet. Hinter ihren Worten steht die Laune eines kleinen Mädchens, nicht der Wunsch einer Frau.«

Luca seufzte tief, bevor er weitersprach. Seine Stimme wurde fester: »Auf jeden Fall möchte ich nicht weiter von ihr sprechen. Ich will ihre Empfindungen nicht dazu nutzen, meine Handlungsweise zu rechtfertigen. Ich muss meine Entscheidungen selbst treffen. Was ich für Fabienne empfinde, ist Zuneigung, oder wie auch immer Ihr diese zärtlichen Gefühle nennen wollt.«

»Aber nicht wollüstiger Gefühlsüberschwang?«, fragte ich. »Nein. Das nicht.«

»Warte, Luca«, mischte sich Enrique ein. »Du hast doch vorhin gesagt, dass du in sie verliebt bist.«

Der Genueser zuckte die Achseln. Dann sagte er: »Die Wunde, die ich in Genua erlitten habe, muss vernarben. Dafür kann nur ganz allein ich sorgen. Solange ich lebe, werde ich nicht vergessen, mit welch verächtlichem Blick mich mein eigener Vater aus dem Hause gewiesen und wie teilnahmslos Paolo dessen Worten zugestimmt hat. Nun, sie sollen sehen, dass ich im Stande bin, mir selbst eine Zukunft zu schaffen!«

Er sah uns mit seinen lebhaften Augen an und sprach weiter, als wolle er uns seinen unbeugsamen Willen beweisen: »Nein. Ich muss nach Sevilla und dort die einzige Aufgabe in Angriff nehmen, von der ich etwas verstehe: den Handel. Es wäre zu einfach, wollte ich mich dem entziehen und den Ausweg nutzen, den mir die Umstände jetzt bieten. Ich würde mein Leben lang glauben müssen, dass ich selbst zu nichts im Stande war und mich immer von meinem Vater oder dem Vater meiner Gemahlin hätte führen und leiten lassen.«

Er schwieg wieder. Als er weitersprach, hatte sich der Klang seiner Stimme geändert. Jetzt war er wieder der schwermütige und klägliche Luca.

»Aber es fällt schwer, die Entscheidung zu treffen. Ich weiß nicht, wie ich mich verhalten soll. Noch bleiben viele Reisetage bis Santiago, und ich kann nicht von heute auf morgen mit Fabienne brechen. Sie würde den ganzen Tag weinen, und ihre Angehörigen würden die Gründe dafür erfahren. Andererseits ist es möglich, dass es immer schlimmer wird, wenn wir so weitermachen.«

Er fuhr sich mit der Hand über die Stirn und wandte sich an Enrique, als schämte er sich, mir ins Gesicht zu lügen: »Fabienne ist nach wie vor Jungfrau, das darfst du mir glauben. Aber wer weiß, was in den nächsten Tagen geschieht? Ich wage nicht, dafür einzustehen, dass ich mich weiterhin zurückhalten kann. Außerdem ist da ehrlich gesagt noch die Sache mit ihrer verflixten Schwester...«

»Was ist mit Arlette?«, fragte ich beunruhigt.

Dann erklärte sich Luca bereit, mir einen Teil der Geschichte zu gestehen. Er sprach ziemlich lange, doch bekam ich nur heraus, was er zu entdecken bereit war. Damit folgte Luca seinem Instinkt: Immer wieder wich er aus. Er berichtete die Hälfte der Hälfte, machte Andeutungen, die mir nicht dazu verhalfen, die Wahrheit zu erkennen, aber trotzdem auch nicht falsch waren. Später lernte ich, wie ich ihn behandeln musste, und er merkte, wie sinnlos die Widersprüche und Lügen waren, in die er sich verwickelte. In jenem Augenblick jedenfalls verstand er es, mich zu täuschen. Erst als ich mich damit abfand, dass mir meine vermeintliche frühere Schläue nichts nützte, begann ich sein Vertrauen zu erringen. Anfangs war sein Hintergrund für mich ein wahres Geheimnis, und all meine Bemühungen, es aufzuklären, scheiterten. Doch das lag zum Teil an mir selbst. Dann ging mir auf, eine wie schwierige und komplizierte Persönlichkeit er durch dieses Gefühl der Minderwertigkeit geworden war. Es war völlig aussichtslos, sie ohne weiteres erfassen zu wollen. Vor allem aber begriff ich, dass ich warten musste, bis er den Anfang machte.

An jenem Tag taten wir den ersten Schritt. Danach war alles andere nur noch eine Frage der Zeit. Allmählich begann er selbst das Bild zu vervollständigen. An den folgenden Tagen wurde deutlich, dass sich seine erste Darstellung des Abenteuers mit Arlette deutlich von den Tatsachen unterschied. Er berichtete von der Entweihung des Grabes in Estella und enthüllte mir, wie es um seine Liebelei mit Fabienne tatsächlich stand. Doch all das erfuhr ich nur Schritt um Schritt, und ich glaube, noch bei unserer Ankunft in Santiago de Compostela war ich nicht im Stande, mir die Ereignisse so vor Augen zu führen, wie ich sie jetzt berichtet habe. So kam es, dass ich ihm an jenem Vormittag eine gänzlich andere Antwort gab, als ich es einige Tage später getan hätte. Er benutzte mich, anders lässt sich das nicht sagen, doch verfügte ich in jenem Augenblick nur über unzulängliche Angaben: Fabienne liebe ihn und sei Jungfrau, er könne sich nicht dafür verbürgen, dass er weiterhin der Begierde Widerstand zu leisten vermöge, und auf keinen Fall wolle er sie heiraten. So blieb mir keine andere Wahl, als zu antworten: »Schlag dir die Sache aus dem Kopf. Du hast völlig Recht, wir dürfen uns nicht länger der Gefahr aussetzen, die von dieser Beziehung ausgeht. Am besten beendest du sie so bald wie möglich, doch ohne offen mit ihr zu brechen. Wir müssen mit Feingefühl vorgehen und uns einen guten Vorwand ausdenken.«

Nach gründlichem Überlegen fuhr ich fort: »Warte, mir kommt da gerade ein Einfall, wie man die Sache lösen könnte. In zwei oder drei Tagen werden wir das Städtchen Sahagún erreichen. In seiner Nähe liegt ein Kloster, und ich werde behaupten, dass es in dessen Bibliothek einen herrlichen illuminierten Codex der Johannes-Apokalypse gibt, den ich unbedingt sehen muss. Noch heute Abend werde ich den anderen davon berichten und ihnen empfehlen, sich das Buch unbedingt anzusehen. Bestimmt werden sie seine Schönheit nicht bestreiten, letzten Endes aber doch allerlei Gründe

dafür anführen, dass der vorgesehene Zeitplan nicht weiter durcheinander gebracht werden darf und ihnen daher
dieser Besuch nicht möglich ist. Ich werde den Eindruck erwecken, dass mich das nicht überzeugt, und den anderen
morgen oder übermorgen mitteilen, dass ich entschlossen
bin, das Kloster zu besuchen, obwohl ich ihre Gründe und
Argumente verstehen könne.«

»Man wird Euch das auszureden versuchen«, sagte Enrique.

»Wahrscheinlich. Aber ich werde unnachgiebig sein. Die
Gefahr liegt woanders.«

»Und zwar darin, dass die anderen zustimmen könnten,
nicht wahr?«

Mit leichtem Nicken bestätigte ich, dass er es getroffen
hatte.

»Um das zu vermeiden«, sprach ich weiter, »könnt ihr erklären, dass sie sich keine Sorgen zu machen brauchen. Da
ihr den Weg gemeinsam mit mir in Angriff genommen hättet, würdet ihr mich jetzt keinesfalls im Stich lassen. Wenn
wir es richtig anstellen, lässt sich erreichen, dass wir ohne
Schwierigkeiten in Sahagún bleiben können, ohne es uns mit
jemandem zu verderben.«

»Und du, Luca, kannst dich von Fabienne trennen, weil die
Umstände es verlangen«, merkte Enrique leise an.

»Genau«, sagte ich. »Du musst den Eindruck erwecken,
dass du leidest. Da dir aber die Hände gebunden sind, musst
du sie bitten, sich in ihr Schicksal zu finden. Ich bin sicher,
dass sie es verstehen wird. Ja, ich glaube, dass wir auf diese
Weise die Schwierigkeiten lösen können. Was meint Ihr?«

Lucas Augen leuchteten. Enrique sah mich mit seinem üblichen halben Lächeln an, mit dem er seine Zustimmung an-
deutete.

»Das ist die Lösung! Ein genialer Einfall!«, erklärte Luca
und lächelte zum ersten Mal seit Beginn unseres Gesprächs
entspannt. Zur Bekräftigung bildete er mit Zeigefinger und
Daumen einen Kreis und küsste seine Fingerspitzen. »Da alle
Euch hinlänglich kennen, wird sich niemand wundern, wenn

257

Ihr sagt, dass Ihr Euch eine Kirche oder ein solches Schriftstück ansehen wollt. Niemand wird andere Gründe dahinter vermuten. Nicht einmal Fabienne wird mutmaßen, dass das Ganze in Wahrheit dem Ziel dient, von ihr loszukommen. Es könnte nicht besser sein.«

Ich selbst war nicht so sicher wie Luca, dass ein so kunstloser Vorwand genügen würde, das Misstrauen der anderen zu zerstreuen. Einmal ganz davon abgesehen, dass meine ursprünglichen Pläne auf diese Weise durcheinander gerieten, bestand die Möglichkeit, dass jemand die Sache durchschaute. Zumindest in einer Hinsicht aber hatte der Italiener Recht: Weder Fabienne noch ihre Angehörigen würden unsere wahren Beweggründe durchschauen, und ich bezweifelte, dass ihnen irgendjemand etwas sagen würde. Doch selbst wenn es dazu käme, würden sie es wohl kaum glauben. Fabienne mochte noch ein kleines Mädchen sein, war aber auf jeden Fall klug genug zu begreifen, dass sie, wenn Luca erst einmal fort war, keinen Grund hatte, ihren Eltern die Liebelei zu gestehen und sich unnötige Vorwürfe einzuhandeln.

Anschließend setzte ich Velasco von der neuen Entwicklung in Kenntnis. Ich hatte ohnehin schon mit dem Gedanken gespielt, in Sahagún zu bleiben, weil von dort die einzige Fährte ausging, der ich folgen konnte. Darauf hatten Miguel de Miranmóns Angaben hingewiesen, und Levis Worten zufolge hielt sich in jenem Städtchen zumindest einer der geheimnisvollen Wahrsager auf, die angeblich durch ihre finsteren Prophezeiungen die Ehe zwischen Maria Correa und Rodrigo García hintertrieben hatten. Um die wahren Hintergründe zu erfahren, war es unerlässlich, die Aussage dieser Männer zu hören. Daher hatte ich gehofft, ich könne, ohne unnötigen Argwohn zu erregen, unsere Mitpilger überreden, dort eine längere Rast einzulegen. Nach dem Versuch, mich zu vergiften, war mir aufgegangen, dass sich die Widersacher des Königs keine Gelegenheit entgehen lassen würden, ihr Ziel zu erreichen. Da mir klar war, dass es schwierig sein würde, die Pilgergruppe zu einem längeren Verweilen zu veranlassen, hatte ich schon seit Tagen nach einem Mittel dazu Ausschau gehalten. Nach wie vor wusste ich nicht, was sich tun ließe, als der gute Luca kam und jede Unsicherheit schwand.

Nachdem der weitere Gang der Ereignisse einmal festgelegt war, hieß es, ans Werk zu gehen, damit nicht das Gegenteil von dem eintrat, was ich beabsichtigt hatte. Ich musste die Trennung von der Gruppe bewirken, ohne Argwohn zu erwecken. Um das zu erreichen, beschloss ich, ein wenig dick aufzutragen, und führte die Gruppe in Carrión de los Condes, dem nächsten größeren Ort, durch den wir kamen, vor die Kirche Santo Maria del Camino, um allen den Figurenfries über dem Portal zu erklären. Ganz bewusst hielt ich mich lange bei allen Einzelheiten eines jeden der vierundzwanzig Ältesten aus der Offenbarung auf, die gemeinsam mit den Aposteln Christus als Weltenherrscher umgeben. Ich hielt einen langen, schwierigen gelehrten Vortrag voller Wiederholungen und ließ ganz bewusst nicht nur alles Unterhaltsame aus, sondern auch alles, was den Pilgern hätte zur Lehre dienen können. Dabei fiel es mir schwer, nicht auf einige der Friese einzugehen. Das galt vor allem für jenen, der den jährlich an den moslemischen Emir zu entrichtenden Tribut von hundert Jungfrauen schildert. Ich sah manch einem an, wie schrecklich er sich langweilte, darauf aber konnte ich keine Rücksicht nehmen. Mir ging es um das Ergebnis.

So braucht es niemanden zu wundern, dass am Abend, als ich der Gruppe meinen Entschluss mitteilte, einen Tag in Sahagún zu verweilen, um mir die bewusste Handschrift anzusehen, das Wenige an Unterstützung, das ich mir zuvor erworben hatte, dahinschwand wie Zucker in Wasser. Der eine oder andere nahm diese Mitteilung sogar erleichtert auf, so sehr waren sie es müde, vor jedem Bauwerk stehen zu bleiben und sich Erklärungen anzuhören.

Unterdessen sollte sich Luca von Fabienne verabschieden, ohne ihren Argwohn zu erregen. Als wir am folgenden Abend vor Anbruch der Dunkelheit unser Lager aufschlugen, nutzte er die Gelegenheit, ihr die Lage der Dinge bei einem kurzen Spaziergang zu erklären. Dieses eine Mal beschlossen sie, vorsichtig zu sein. Sie verabredeten sich auf einer kleinen Erhebung hinter dem Tal, in dem wir lagerten. Luca wartete auf sie, und Fabienne passte eine Gelegenheit ab, allein fortgehen zu können.

Er musste lange warten. Nachdem er am Rande der Schlucht emporgestiegen war, legte er sich nahe einer Kiefernwaldung rücklings ins Gras. Die Äste und Zweige der Bäume bildeten vor dem Hintergrund des Himmels ein Gerüst, das ebenso abwechslungsreich war wie die Decke einer Kirche. Lucas Gedanken liefen wirr durcheinander. Wie ein Kind, das Angst hat, begann er zu singen. Ihn quälte die Vorstellung, die Stimme des Herzens könne sich bemerkbar machen, und so versuchte er, sie mit seinem lauten Gesang zu übertönen. Als er Fabienne kommen hörte, wagte er nicht, sich umzudrehen und sie anzusehen. So sang er weiter und tat so, als hätte er sie nicht bemerkt. Sie ließ sich davon nicht beeindrucken, setzte sich neben ihn und wappnete sich mit Geduld. Unter ihnen tollte ein Pferd auf der Weide. Luca sah in Gedanken versunken zu, Fabienne wartete weiterhin gelassen und spielte mit einer Hand voll Sand, den sie durch die Finger gleiten ließ.

Als der Genueser den Eindruck hatte, dass sein Herz wieder im gewohnten Rhythmus schlug, wandte er sich ihr zu und suchte ihren Blick. Denn berichtete er ihr in überzeugender Weise, dass er mich nach Sahagún begleiten müsse. Sie sah weiter vor sich hin und ließ ihn Erklärungen und Entschuldigungen stammeln. Als er schließlich erschöpft innehielt, wandte sie sich ihm mit einem Ausdruck zu, als hätte sie längst vorher gesehen, worauf er in Wahrheit hinauswollte, und legte ihm eine Hand auf die Schulter. Dann lächelte sie, gab ihm einen flüchtigen Kuss, sprang auf und lief davon, um ihm ihre Tränen nicht zu zeigen.

Auch seine Augen waren verschleiert, während er ihr nachsah. Er blieb sitzen, ohne einen Muskel zu rühren, während er in Gedanken die ganze Geschichte, die jetzt ihrem Ende entgegenging, noch einmal vor sich ablaufen ließ.

Anfangs konnte er nicht glauben, dass es so einfach gewesen sein sollte. Überzeugt, dass nicht seine Haltung, sondern seine Vernunftgründe sie dazu gebracht hatten, die Trennung von ihm ohne Umstände hinzunehmen, begriff er nicht, dass Fabienne, die schrittweise erwachsen wurde, geahnt hatte, was er sagen wollte, bevor er auch nur den Mund aufgetan hatte. Er merkte lediglich, was er wahrnehmen wollte.

Als er aufstand, um ins Lager zurückzukehren, spürte er einen leichten, kühlen Windhauch, der aus der Schlucht stieg. Mit vollen Lungen sog er die Luft ein. Ihm ging es gut; es war herrlich, den Herzschlag in der Brust und das wirre Haar auf der Stirn zu spüren. Unwillkürlich musste er lachen, während er den Hügel hinabrannte. Der Weg führte steil nach unten, und schon bald erreichte er die Klamm, von der aus es nicht mehr weit zu unserem Lager war. Dort angekommen, fühlte er sich erschöpft und zugleich in einer Weise erfüllt, die er sich nicht näher erklären konnte. Alles war nach Wunsch gegangen.

Bei seinem Anblick zeigte mir der Blick seiner schlauen Augen, dass der Tag für ihn wohl ein Erfolg gewesen war. Als er mir den Verlauf seiner Unterredung mit Fabienne später berichtete, fragte ich mich erneut, woran es liegen mochte, dass dieser Mann solchen Erfolg bei Frauen hatte. Doch muss gesagt werden, dass Fabienne an dieser Erfahrung gereift war. Offensichtlich war sie doch kein Mädchen mehr, sondern eine Frau. Die Bestätigung dafür bekam ich noch vor unserem Eintreffen in Sahagún. Sie trat zu mir, um sich von mir zu verabschieden, und ich sagte im Verlauf unserer Unterhaltung, dass sie im Begriff stehe, eine ausgesprochene Schönheit zu werden. Darauf gab sie zur Antwort: »Ich habe sagen hören, dass uns von einem bestimmten Alter an eine aus der Tiefe kommende Kraft zufließt, die uns erneuert und unseren Leib aufblühen lässt, so dass sich die Männer auf der Straße nach uns umdrehen. Ich weiß nicht, ob ich auf diese Veränderung meiner Lage vorbereitet bin, muss sie aber hinnehmen.« Sie sah mich voll Wärme an und sagte: »Auf keinen Fall darf man den Dingen eine größere Bedeutung beimessen, als sie verdienen.« Ich stimmte ihr zu, da ich ihren rätselhaften Worten nichts hinzuzufügen hatte.

IX. Die Wahrsager von Sahagún

Ende April 1257

Wir durchquerten Sahagún in Eile, ohne uns mit einer Besichtigung der im spanisch-islamischen Stil errichteten Bauten aufzuhalten. Da sie aus Backsteinen ohne jeden Reliefschmuck errichtet werden, vermag dieser Stil keine Geschichten darzustellen. An den letzten Häusern des Ortes verabschiedeten wir uns voll tiefer Gemütsbewegung von unseren Reisegefährten. Wir umarmten einander, wünschten uns gegenseitig viel Glück und beteuerten, wie sehr wir auf ein Wiedersehen in Santiago hofften.

Nachdem Luca, Enrique, Velasco und ich uns von den anderen getrennt hatten, nahmen wir den Weg nach Palencia unter dem Vorwand, die Handschriften des nahe gelegenen Klosters La Virgen Peregrina zu betrachten. Dort sahen wir uns gründlich um und verbrachten so manche Stunde im munteren Gespräch mit den Franziskanern. Das Gebäude hatte man auf den Resten eines arabischen Palastes errichtet, von dem noch Teile der Grundmauern erkennbar sind. Sein Anblick forderte nicht im Geringsten zu den begeisterten Äußerungen heraus, mit denen ich es den anderen Wallfahrern beschrieben hatte, und der Bruder Bibliothekar hätte sich gewiss vor Freude nicht zu fassen gewusst, wäre auch nur eine der Handschriften in der Obhut jenes Klosters gewesen, die meine Vorstellungskraft in seine Mauern gezaubert hatte. Doch hielt ich angesichts der Umstände dieses Täuschungsmanöver für gerechtfertigt.

Der Prior, ein Alter von schlichtem Gemüt, wirkte recht

umgänglich. Er machte den Eindruck großen Wohlwollens sowie bewundernswerter Unbestechlichkeit und inneren Friedens. Bei unserer Ankunft befand er sich in derselben Haltung, in der ich ihn während unseres ganzen Aufenthaltes immer wieder sah: Von der Empore herab beobachtete er mit seinen heiteren Augen, was auf der Straße vor sich ging. Sein Habit war stark abgetragen, und er schien in einer eigenen Welt zu leben, die sich von jener der üblichen Sterblichen unterschied.

Schon oft haben mich solche von der Welt abgeschieden lebenden Mönche mit Neid erfüllt. Ich habe halb Europa durchzogen, in prächtigen Abteien und luxuriösen Palästen gelebt und überlege jedes Mal, wenn ich diese Art von Klöstern besuche und ihre Bewohner kennen lerne, ob es nicht besser gewesen wäre, sich einem Leben des Gebets zu widmen. Aber ich bin nun einmal ein *homo viator*, ein Mann, der unaufhörlich umherzieht. Ein ständiger Pilger, der zu einem Leben im Exil verurteilt ist, oder, wie es der heilige Isidor von Sevilla sagt, der das Wort »Exil« von *extra solium* herleitet, jemand, der fern der Grenzen der Heimat lebt. Gewiss, meine natürliche Bestimmung ist es, fern dem Lande meiner Herkunft zu leben, getrennt von der ununterbrochenen Folge der Gräber meiner Väter und Vorväter, ohne die natürlichen Bindungen der Umwelt und ohne den Rahmen, den die Familie bildet. Doch ist es mir auch nicht gelungen, in einem jener Klöster heimisch zu werden und meine Seele in deren Frieden, Stille und Gebet zur Ruhe kommen zu lassen. Vermutlich dürfte ich so etwas nicht schreiben, denn die Regel meines Ordens verlangt die Entwurzelung, doch habe ich schon oft mit dem Gedanken gespielt, mich in ein kleines Kloster zurückzuziehen, um mich von den Ränken des Hofes und all den vielen unnötigen Spekulationen zu entfernen, um in schmucklosen Bauten zu leben und mit meinen Händen zu arbeiten. Um wie viel glücklicher wäre ich, wenn ich mein Leben mit schlichten Mönchen teilte, statt mit meinen Mitbrüdern an der Universität verwickelte und überflüssige Streitgespräche zu führen! ...

Wir brauchten keine besonders gründlichen Erkundigungen anzustellen, um zu erfahren, dass zumindest einer der aus Galizien zurückgekehrten Wahrsager außerhalb einer nahe gelegenen Ortschaft namens Grajal de Campos lebte. Allem Anschein nach hatte er sich nach seiner Rückkehr ein großes Haus mit einem Taubenschlag gekauft, und alle Menschen im näheren Umkreis zerbrachen sich den Kopf darüber, wie er so plötzlich zu Wohlstand gekommen sein mochte. Als uns der für die Bewirtung von Gästen zuständige Bruder zu einer Zelle begleitete, in der wir die Nacht verbringen sollten, brachte ich die Angelegenheit zur Sprache. Ich brauchte mir keine besondere Mühe zu geben, um etwas zu erfahren.

»Zweifellos sprecht Ihr von Salomo Sabarra«, sagte er. »Seid unbesorgt, Ihr könnt ihn leicht erkennen, denn er hat nur ein Bein. Ein wortkarger Mann, der nichts von Besuchern hält. Zwar möchte er möglichst unauffällig leben und hätte es am liebsten, wenn niemand etwas über den unerklärlichen Reichtum sagt, zu dem er gelangt ist, doch ist ihm das in einer so dünn besiedelten Gegend wie dieser nicht gelungen.«

»Ist denn der Unterschied zu seinem früheren Lebensstil so gewaltig?«

»Es ist nicht normal, dass jemand arm von hier fortgeht und nach wenigen Monaten reich zurückkommt. Die Menschen verstehen das nicht und fragen sich nach den Gründen.« Er hielt inne und kratzte sich am Kopf. »Ihr seid nicht der Erste, der nach ihm fragt.«

»Nein?«

»Ich weiß nicht mehr genau, ob es gegen Ende Januar oder Anfang Februar war, dass ihn ein Arzt seines Glaubens aufgesucht hat. Soweit ich weiß, hat er danach noch jemanden empfangen. Jeder, den Ihr fragt, kann Euch Salomos Haus zeigen.«

Zwar hätte der Mann gern gewusst, warum ich mich für den Wahrsager interessierte, doch gelang es mir, ihn abzulenken, ohne etwas ausplaudern zu müssen. Allerdings war mir

265

klar, dass wir Spuren hinterließen. Daher mussten wir rasch handeln. Ich sprach mit Velasco, der auf eigene Faust dasselbe wie ich in Erfahrung gebracht hatte. Wir vereinbarten, uns am Nachmittag als einfache Pilger auf den Weg zu machen.

Kaum hatten wir die erste Meile zurückgelegt, stießen wir auf den umgestürzten Karren eines jüdischen Weinhändlers, dessen Waren auf dem Boden lagen. Der Mann, dessen Kleidung beschmutzt war und der zahlreiche blaue Flecken aufwies, bat uns um Beistand. Während wir ihm schweigend halfen, alles einzusammeln, verfluchte er das Unglück, das ihn getroffen hatte.

»Seit über einem Monat ziehe ich durch die Dörfer der Umgebung ohne das geringste Missgeschick. Jetzt aber, da ich fast schon den Kirchturm des heimischen Grajal da Campos sehen kann, überfallen mich Banditen und rauben mich aus. Verdammte Straßenräuber, Mörder, der Herr möge sie strafen!«

Da wir Mitleid mit ihm hatten, begleiteten wir ihn einige Meilen bis zu seinem Haus. Auf dem Weg dorthin überlegte ich, dass wir durch ihn ein wenig über die Bräuche der Juden der iberischen Halbinsel erfahren und vielleicht auch leichter Zutritt zum Wahrsager Salomo erlangen könnten. Ohnehin lag es in Lucas Interesse, die Fortsetzung unserer Pilgerschaft nach Santiago noch ein wenig hinauszuzögern. Auf jeden Fall aber war Vorsicht angeraten. Daher bat ich meine Freunde unauffällig, niemandem zu sagen, dass ich geistlichen Standes sei. Ich wollte als einfacher Pilger den Juden in ein Gespräch verwickeln und ihn von seinen Gedanken an den Überfall ablenken.

Er war klein und stämmig, und die Züge seines geröteten Gesichts wirkten friedfertig. Trotz seiner angenehmen Umgangsformen neigte er wie viele Menschen im Lande dazu, fortwährend zu klagen. Hundertmal wiederholte er die Geschichte seines Überfalls, beklagte sein widriges Schicksal, den Verlust seines Geldes und den elenden Sommer, der seine Familie erwartete. Als wir Grajal erreichten, wurde er ein wenig ruhiger. Ich traute meinen Ohren nicht, als ich seinen Namen hörte: Samuel Sabarra. Das launische Glück schien uns zur Seite zu stehen. Ich erwähnte mein Vorhaben aber mit keinem Wort und verließ mich auf den weiteren Verlauf der Ereignisse.

Wir setzten uns in den schattigen Eingang von Samuels Haus, um eine kleine Erfrischung zu uns zu nehmen. Es gab Wasser mit Orangenblüten-Essenz und ein Körbchen mit Trockenfrüchten: Mandeln, Pinienkerne, Haselnüsse und Pistazien, die ich zuvor noch nicht gekostet hatte.

Bald darauf erkannte ich, wie unangebracht Samuels Klagelieder waren, hatte er doch den größten Teil seiner Einnahmen an versteckten Stellen seines Leibes bei sich getragen. Ich hörte zufällig, wie er das seiner Frau am anderen Ende des Hofes berichtete, wo die Küche lag. So ein Schlitzohr! Fast hätte ich gelacht, als ich es hörte. Dass ich es mitbekam, war ein reiner Zufall. Da ich annahm, dass sich unser Aufenthalt bei ihnen dem Ende zuneigte und der Augenblick gekommen sei, festzustellen, ob ich mit meiner Vermutung Recht hatte, oder zumindest herauszubekommen, wo Salomo lebte, beschloss ich, mich ein wenig im Hause umzusehen. Ich stieß in der Küche auf Samuel und seine Frau, die sich an einem mit Holzkohle befeuerten Lehmofen zu schaffen machte. Gerade berichtete er ihr: »Es hat alles seine guten Seiten, denn dank der Banditen wird man im Dorf mit uns Mitleid haben.« Mit verschmitztem Blick zog er seinen kleinen Filzbeutel hervor und zeigte ihr mehrere Goldstücke. Als er den Kopf wandte, bemerkte er mich. Meine erste Reaktion auf seinen bestürzten Blick war, dass ich den Raum verlassen wollte, dann aber verhielt ich den Schritt. Er fasste sich schnell, und als die erste Überraschung vorüber war, zuckte er die Achseln und zwinkerte mir verschwörerisch zu.

Vermutlich hatte er daraufhin den Entschluss gefasst, den er mir mitteilte, nachdem er mich zum Eingang zurückbegleitet hatte: Er lud uns ein, mit seiner Familie zu Abend zu essen und die Nacht in der Scheune zu verbringen. Seine Bauernschläue gab ihm ein, uns ein kleines Zeichen des Danks für unsere Hilfe anzubieten. Vermutlich wollte er damit erreichen, dass wir sein Geheimnis nicht ausplauderten. Ihm war offensichtlich daran gelegen, dass wir nichts von dem Überfall erzählten. Doch da sein Anerbieten gut zu unserem Vorhaben passte und er uns auch nötigte, es anzunehmen, stimmten wir zu, ohne weitere Umstände zu machen.

Er stellte uns seine Söhne Aaron und Ruben vor, und nachdem die Vesperglocke ertönt und die Sonne untergegangen war, lud er uns ein, uns die Hände zu waschen und uns zu Tisch zu setzen. Diese höfische Sitte hatte ich bei einem einfachen Händler nicht erwartet, vermutlich handelte es sich um ein religiöses Gebot. Wir nahmen auf kleinen Teppichen und aus Espartogras geflochtenen Matten auf dem Boden Platz, vor denen einige Tischchen mit Suppenschalen und verschiedenen als *ataifores* bezeichneten Schüsseln mit Speisen standen. Mit großer Feierlichkeit bot er uns mehrere Sorten Brot an; ein süßes Zopfbrot, eines mit Trauben, Rosinen und Safran und sogar eines, das er *cenceño* nannte, das ohne Hefe hergestellt wird. Er erklärte, dass es an Ostern zur Erinnerung an den Zug der Kinder Israel aus Ägypten verzehrt werde. Feierlich befolgte er ein festgelegtes Ritual, füllte zuerst unsere Teller, dann den seinen und schließlich die der übrigen Familienmitglieder. Er bot uns auch einen süßlichen und klebrigen Wein aus Malaga an, der allen außer mir vorzüglich mundete. Mir kam der Gedanke, dass Juden der Wein nicht gestattet ist, doch nahm Samuel ohne erkennbar schlechtes Gewissen davon.

Schließlich kam eine große Platte mit gefülltem Huhn und verschiedenen Kohlsorten auf den Tisch. Während wir davon aßen, bemerkte Enrique: »Vor einigen Tagen haben wir ebenfalls Kohl gegessen. Aber mit Kaninchenfleisch. Jeden Tag haben wir einige Kaninchen erlegt«, fügte er voll Stolz hinzu, »ich allein vier.«

Der Hausherr sah uns schweigend und mit ernster Miene an. Seine Frau machte ein vorwurfsvolles Gesicht, und die

Söhne senkten den Blick auf ihre Teller. Darauf sagte Samuel mit verändertem Gesichtsausdruck: »Ihr müsst verstehen, dass meine Frau und meine Kinder so reagieren. Unser Glaube verbietet uns den Genuss von Wiederkäuern und von Tieren mit gespaltenen Hufen. Ebenso wenig dürfen wir Fleisch zusammen mit Milch verzehren, denn schon in der Bibel heißt es: »Du sollst ein Böckchen nicht in der Milch seiner Mutter kochen.« Wir dürfen uns auch nur von Fleisch ohne Blut ernähren, das wir salzen und einlegen, damit es ganz rein wird.«

Allmählich kam das Gespräch wieder in Gang, während sich der Abend hinzog. Es gab aber noch eine weitere Überraschung, fand doch im Unterschied zu unseren Bräuchen die Segnung der Tafel am Ende der Mahlzeit statt. Samuel bat um Ruhe und begann dann mit gesenktem Haupt sein Dankgebet: »Gesegnet seist Du, Herr, König des Alls, für die Speisen, die Du uns gibst.«

Danach brachten wir unsere Habe in die Vorhalle. Es war eine friedliche, mondhelle Nacht; ein leichter Wind blies von Westen her. Im kleinen Garten war es überaus angenehm. Zur Rechten rankten einige in voller Blüte stehende Kletterpflanzen am Geländer entlang bis zum Dach, gegenüber schickte ein gleich neben dem Ziehbrunnen wachsender Weinstock seine Ranken empor. Zuerst breitete Samuel seine Schwierigkeiten aus, deren Grund er auf sein Judentum zurückführte, aber dieses Klagelied haben die Angehörigen seines Volkes schon immer gesungen, und meinem später weithin bestätigten Eindruck nach brachte man ihnen in Kastilien ein ungewöhnliches Maß an Toleranz entgegen. Daher gingen seine Sorgen wohl weniger auf seine Glaubenszugehörigkeit als auf die Art seiner Geschäfte zurück.

Schon bald stieß eine Familie zu uns, die ohne Eile den Weg entlangschlenderte. Als sie uns erreichten, empfing Samuel sie voll Freude: »Mein Bruder Salomo! Welch erfreuliche Überraschung! Kommt, setzt euch zu uns, und trinkt mit uns und diesen Freunden einen Becher warmen Wein!«

War es möglich, dass es sich hier um den Mann handelte, den ich suchte? Ich konnte mein Glück nicht fassen. Tatsächlich, er war es. Ganz wie man uns gesagt hatte, besaß er nur ein Bein und bewegte sich mit Hilfe einer Krücke voran. Er war schon älter, und sein welliges Haar war so gelichtet, dass es kaum den Kopf zu bedecken vermochte. Salomo hatte eine sehr dunkle, rötlichbraune Haut, als hätte er viel Zeit in der Sonne zugebracht, und trug ein grünseidenes Hemd und ein braunes, weites Obergewand. Um die Schultern hatte er zwei Riemen geschlungen, an denen ihm ein lederner Beutel vom Rücken hing. Es kostete ihn große Anstrengung zu gehen, und als er sich setzte, holte er ein Stück Stoff aus der Tasche, mit dem er sich den Schweiß vom Gesicht wischte.

Die Neuankömmlinge wussten offenbar schon von unserer Anwesenheit, denn die Frau sagte, kaum dass sie saß: »Ihr seid nicht zufällig eben die Leute, die in La Virgen Peregrina nach dem Hause meines Mannes gefragt haben? Einer der Diener dort im Kloster hat von Euch gehört und uns gesagt, dass es vier Männer seien, zwei junge und zwei etwas ältere, von denen einer besonders kräftig gebaut sein soll.«

Die Fragende war recht wohl beleibt und trug das Haar so zusammengefasst, dass die Ohren frei blieben. Ihr loses Kleid war gürtellos. Während sie diese Worte an mich richtete, zog sie einen ihrer kleinen Söhne herbei, putzte ihm mit dem Rocksaum die Nase und drückte ihn stolz an sich. Einen Augenblick lang herrschte Stille, die ich dazu nutzte, meinen Blick über die Zuhörerschaft schweifen zu lassen. Ich sah, dass alle Blicke auf mich gerichtet waren.

»Ja, das sind wir«, sagte ich ihr. Jener Diener war ein guter Beobachter; die Beschreibung, die er von uns geliefert hatte, war durchaus treffend. Dann stellte ich mich meinem Gastgeber vor und sagte: »Verzeiht mir, Samuel, das ich mich nicht gleich als Dominikanermönch zu erkennen gegeben habe, aber mir lag daran, Eure Bräuche kennen zu lernen.«

Mit einer Handbewegung gab Samuel zu verstehen, dass ihm das nicht wichtig war. Sein Ausdruck schien zu sagen:

Lasst es gut sein. Ich wüsste lediglich gern, was Ihr von meinem Bruder wollt. Aber da ich weder bereit war, ihm diese Frage zu beantworten, noch, vor aller Ohren meine eigenen Fragen zu stellen, erklärte ich lediglich, dass ich in der Tat mit Salomo reden wollte, und ging allen anderen aus dem Wege.

Ich hätte den Mann gern in Ruhe beobachtet, das aber war den Umständen nach nicht möglich. Da mir nichts anderes übrig blieb, als den Stier bei den Hörnern zu packen, stand ich auf, wandte mich Salomo zu und lud ihn zu einem kurzen Spaziergang ein. Ihm war wohl klar, dass er keine rechte Wahl hatte.

Mühsam richtete er sich auf, und wir gingen schweigend einige Schritte nebeneinander her. Ein leichter Windhauch fuhr durch die Bäume am Wegesrand und ließ die Zypressen, die wie scharfe Schwerter gegen den Himmel standen, ein wenig schwanken.

An einer kleinen Lichtung begann ich zu sprechen. Zuerst erklärte ich ihm, ohne Genaueres zu sagen, dass mich der Erzbischof von Santiago beauftragt habe, einige Vorfälle aus dem Vorjahr zu untersuchen. Salomo nickte zum Zeichen, dass er diese Vorfälle kenne, und ermunterte mich weiterzusprechen. So begann ich, ihm die fraglichen Punkte vorzutragen, die ich aufklären musste. War er zufällig einer der Wahrsager, die sich in der Umgebung des Klosters von Santa Clara niedergelassen hatten? Falls ja, wo war der andere? Und außerdem, was hatte sie zu diesem Tun veranlasst? Vor allem aber, wer hatte ihnen den Auftrag gegeben, und warum war er anschließend nach Grajal zurückgekehrt? Die alles entscheidende Frage war aber, ob er unter Umständen ausdrücklich einer jungen Frau namens Maria Correa von ihrer bevorstehenden Heirat abgeraten habe.

Salomo zeigte sich nicht im Geringsten an meinen Nachforschungen interessiert, und ich musste mehrfach nachhaken. Erst als ich erwähnte, dass ich die Geschichte bereits aus Levis Mund kannte, begann sein Widerstand nachzulassen. »Ach, Ihr kennt ihn?«, sagte er erstaunt. Doch er wollte nicht sprechen, gab sich erschreckt, wusste angeblich nichts von einer Intrige, in die er wider Willen verwickelt war, und fürchtete, dass es Folgen für ihn haben könnte, wenn er sich äußerte. Nachdem ich ihn mehrfach nachdrücklich dazu aufgefordert hatte, beantwortete er die meisten meiner Fragen knapp. Seinen Auftraggeber aber wollte er nicht preisgeben und verschanzte sich hinter angeblicher Unwissenheit.

»Die Sache ist über einen Mittelsmann abgewickelt worden. Ich kann dem, was ihr bereits wisst, nichts hinzufügen.«

»Aber zumindest müsst Ihr doch wissen, wer sein Auftraggeber war?«

»Ich kenne den Namen des Hintermannes nicht und will ihn auch gar nicht wissen«, teilte er mir mit schneidender Stimme mit. »Das habe ich auch Eurem Freund Levi bereits gesagt. Außerdem hat man es mir ausdrücklich verboten.«

»Ach?«, rief ich aus. »Und wer?«

»Niemand«, antwortete er unwillig. »Schön ... ein anderer Bote, den ich ebenfalls kenne. Lasst mich doch zufrieden! Ich habe Euch alles gesagt, was ich weiß. Wir haben mit keiner jungen Frau gesprochen und haben niemandem in Heiratsfragen Ratschläge gegeben.«

Salomo fühlte sich unbehaglich. Ich merkte, dass er Angst hatte und ich nicht viel mehr aus ihm würde herausbekommen können. Daher ließ ich die Sache einstweilen auf sich beruhen. Ich war im Besitz der wesentlichen Angaben und hatte überdies seine Zusage, dass er mich am folgenden Tag in seinem Hause empfangen würde. Dort konnten wir gewiss in Ruhe miteinander reden. Ursprünglich hatte er sich gesträubt und erklärt, mir bereits alles gesagt zu haben, was er wisse, doch als ich behauptete, ich wolle seinen Rat als Wahrsager einholen, erklärte er sich, wenn auch lustlos, bereit, noch einmal mit mir zu sprechen.

»Ich verstehe nicht, was Ihr von mir erwartet. Aber wenn ich Euch sagen soll, was Euch bevorsteht, ist es mir recht. Kommt um die Mitte des Vormittags, das ist der günstigste Augenblick.«

Inzwischen begann es kalt zu werden, und mein Begleiter geriet in Atemnot, was seine Müdigkeit verstärkte. Bei unserer Rückkehr warteten die anderen am Ende des breiten Weges, der zum Haus führte. Als wir uns setzten, schwieg alles erwartungsvoll, offensichtlich wollten sie etwas über unsere Unterhaltung hören. Sie merkten aber bald, dass wir ihnen diesen Gefallen nicht tun würden. Zufällig sah ich, dass sich die beiden Brüder mit Blicken verständigten, und beobachtete eine Handbewegung, mit der Salomo zu verstehen gab, er würde Samuel später berichten.

Glücklicherweise bereitete das Wetter dem Beisammensein, das ohnehin unbehaglich geworden war, ein Ende. Der leichte Wind schlief vollständig ein, und die Ruhe der Umgebung übertrug sich auf unsere gesamte Gruppe. Außer dem Flügelschlag der Vögel um das Haus herum hörte man nicht das leiseste Geräusch. Der Himmel bezog sich, und Samuel machte sich diesen Umstand zu Nutze, um der peinlichen Situation ein Ende zu bereiten. Unter Hinweis darauf, dass ein Gewitter heraufziehe, stand er auf und erklärte, sich schlafen legen zu wollen. Als hätten die Wolken seine Worte gehört, öffneten sie ihre Schleusen, und dicke Tropfen fielen zur Erde. Kurz darauf zogen auch wir anderen uns zurück.

Aber niemand war müde. Kaum hatten wir uns für die Nacht in der Scheune eingerichtet, trat Velasco zu mir, und ich unterbreitete ihm den Plan, den ich mir zurechtgelegt hatte.

»Salomo hat mir Punkt für Punkt bestätigt, was wir vom Arzt Levi erfahren haben. Sie haben zu keinem Zeitpunkt eine junge Frau gesehen, auf die eine Beschreibung Maria Correas passt, und sie wurden in aller Eile fortgeschickt, so, als ob seine Auftraggeber vor etwas Angst gehabt hätten. Es sieht ganz so aus, dass sie anfangs ganz zuversichtlich aufgebrochen sind und später mehr oder weniger verhüllte Drohungen bekommen haben. Zum Schluss haben sie beschlossen, dass es das Beste wäre, in ihre Heimat zurückzukehren und dort eine Weile unauffällig unterzutauchen.

Stumm pflichtete mir Velasco bei.

»Es ist sicher«, setzte ich meine Darlegung fort, »dass der andere Wahrsager Todros Ibn Varga heißt, und wenn er auch aus Toledo stammt, lebt er zur Zeit im Hause einer seiner Schwestern in einem Dörfchen nahe Oviedo. Daher werden wir, wie du dir denken kannst, ihn als Nächstes aufspüren«.

»Besonders weit ist es nicht«, überlegte Velasco. »Von hier vielleicht fünf oder sechs Tagesreisen, die uns allerdings vom Weg nach Santiago wegführen würden. Wie wollen wir vorgehen?«

»Das überlege ich gerade«, antwortete ich. »Ich glaube, am besten trennen wir uns. Heute ist der 20. April. Wir wissen, dass das Urteil über Rodrigo García am 26. Juli gefällt werden soll, also haben wir noch Zeit.«

»Viel aber nicht, vor allem, wenn wir unterwegs noch Nachforschungen anstellen müssen«, gab Velasco zu bedenken.

»Im Augenblick sind die Wahrsager der einzige Trumpf, den wir in der Hand haben. Wir müssen erreichen, dass sie am Tag der Urteilsverkündung in Santiago sind.«

»Vermutlich kann uns ihre Aussage auf die richtige Spur führen.«

»Auf der anderen Seite hat man dich in Estella bereits erkannt«, gab ich zu bedenken. »Es wäre gar nicht verwunderlich, wenn unsere Gegenspieler bereits einen hinterlistigen Plan hätten. Ja, wir brauchen Zeit.«

»Und wie wollen wir die Wahrsager dazu bringen, dass sie nach Santiago ziehen? Dieser hier ist, wie Ihr selbst gesehen habt, ein Krüppel und schon ziemlich alt. Ich bezweifle, dass er zu überreden ist hinzugehen.«

»Überlass das mir, Velasco«, sagte ich voll Zuversicht. »Ich will dir sagen, was ich mir überlegt habe. Wir müssen Salomo dazu überreden, dich bis Oviedo zu begleiten und Todros dort abzuholen. Morgen sage ich ihm, dass wir einen Karren kaufen werden, damit er bequem reisen kann. Sollte er sich aber sehr widerspenstig zeigen, machen wir es umgekehrt: Du suchst zuerst Todros auf und kommst dann zurück, um Salomo zu holen. Entscheidend ist, dass ihr Mitte Juli Santiago erreicht.«

»Augenblick, Raoul, ich habe den ausdrücklichen Auftrag, Euch zu begleiten, und kann Euch nicht ohne weiteres allein lassen.«

»Daran habe ich auch schon gedacht, Velasco, aber uns bleibt keine Wahl. Tu mir den Gefallen. Für mich besteht nicht die geringste Gefahr. Denk daran, ich habe es dir schon gesagt: Du bist derjenige, den man erkannt hat. Deine Gegenwart könnte für mich mehr Gefahren als Vorteile mit sich bringen.«

Zögernd schloss er sich meinem Argument an. Schon bald darauf sprachen wir erneut über die verschiedenen Möglichkeiten.

»Die erste Lösung gefällt mir besser«, sagte Velasco nachdenklich. »Falls wir Santiago über Oviedo erreichen, bleiben wir eher unbemerkt. Niemand wird vermuten, dass wir diesen Weg nehmen. Auch Ihr könnt auf diese Weise zudringliche Blicke vermeiden. Man erwartet Euch als Mitglied einer Pilgergruppe und rechnet nicht damit, dass Euch zwei Zwanzigjährige begleiten.«

Nach einer kurzen Pause fuhr er fort: »Da wir gerade davon sprechen – ist es nicht allmählich an der Zeit, die beiden von unserem Vorhaben in Kenntnis zu setzen? Sie haben mich schon mehrfach auf unser sonderbares Verhalten angesprochen, und immer musste ich ihnen ausweichend antworten. Wenn Ihr ab jetzt ausschließlich in Enriques und Lucas Begleitung reist, scheint es angeraten, sie zu Verbündeten zu machen, und sei es nur, damit sie nicht aus Unwissenheit gegen unsere Interessen handeln oder auch weil sie sich ausgeschlossen fühlen.«

»Da hast du Recht«, stimmte ich zu. »Ich habe schon darüber nachgedacht. Morgen werde ich sie von unserem Plan in Kenntnis setzen. Allerdings«, setzte ich hinzu, »habe ich nicht die Absicht, über den Auftrag des Königs etwas zu sagen. Ich werde ihnen lediglich mitteilen, dass ich im Auftrag des Bischofs von Jaca in ein Gerichtsverfahren eingreifen muss. Was dich betrifft, Velasco, wenn sie dich fragen, antworte ihnen weiterhin ausweichend. Sofern meine Pläne gelingen, werden wir morgen Abschied voneinander nehmen. Salomo gegenüber brauchst du dich nicht zu verstellen. Wenn wir uns in Santiago wieder begegnen, werde ich dir sagen, was du zu tun hast.«

Als der Plan festgelegt war, bekräftigte Velasco ihn mit einer Handbewegung und legte sich schlafen. Bald darauf konnte man seine regelmäßigen Atemzüge hören. Es war beeindruckend, mit welcher Leichtigkeit dieser Mann schlief. Seine Seelenruhe war mir ein wahres Rätsel. Nichts brachte ihn aus der Ruhe, keine noch so nachhaltige Störung konnte ihn dazu veranlassen, seine Gelassenheit aufzugeben.

Mir fiel es nicht so leicht einzuschlafen. Ich setzte mich auf, machte mir aus meinem Umhang eine Art Kopfkissen und legte mich auf die Seite, den Rücken der Wand zugekehrt. Der Schein meiner Kerze war das einzige Licht. Ich sah zu den anderen hin und ging in Gedanken die Ereignisse des Tages noch einmal durch. Doch ich war müde, die wirklichen Bilder verschmolzen mit sinnlosen, absurden Szenen. Ich glitt zwischen Schlaf und Wachen hin und her, verwechselte meine Hoffnungen mit den wirklichen Möglichkeiten und, wie das in solchen Stunden des Halbschlafs zu geschehen pflegt, spürte den kommenden Ereignissen gegenüber einen törichten Optimismus. Allerdings trug auch das Warten dazu bei, dass ich keine Ruhe fand, und die Geräusche: Der jugendliche ruhige Atem Enriques, das Keuchen und Schnaufen Lucas und das leise Schnarchen Velascos neben mir. Und das war noch nicht alles. Hinzu kamen das eintönige Geräusch der Regentropfen und die dumpfen Schläge, mit denen ein loser Fensterladen vor der Dachluke gegen die Wand schlug. Ich drehte mich von einer Seite auf die andere in der Hoffnung, Schlaf zu finden, was mir schließlich auch gelang, als ich schon gar nicht mehr damit rechnete.

Ich erwachte sehr früh und trat hinaus, um ein wenig umherzugehen. Der Morgenhimmel hatte sich grau-rosa gefärbt, doch ich war immer noch nicht beruhigt, sondern stark erregt. Schlaflose Nächte machen mich verrückt. Meine bleierne Müdigkeit verhindert, dass ich mich konzentriere, und was auch immer ich während des unruhigen Schlafs undeutlich empfunden habe, rumort in meinem Kopf, obwohl ich außer Stande bin, mich daran zu erinnern. Glücklicherweise hatte Velasco meine Abwesenheit bemerkt und suchte mich auf dem Innenhof des Gebäudes. Mein Zustand konnte ihm nicht verborgen bleiben. Dieses eine Mal begann der Mann, der nur redete, wenn er etwas Bestimmtes zu sagen hatte, eine Unterhaltung mit mir. Ich weiß nicht mehr, worüber wir gesprochen haben, aber als die anderen kamen, hatte ich mich beruhigt. Etwas später machten wir uns dann auf den Weg zu Salomo.

Ich sah ihn schon in der Tür seines Hauses auf uns warten. Als wir uns näherten, warf er Velasco einen misstrauischen Blick zu, und dieser entfernte sich mit fröhlichem Lächeln, so dass ich mit Salomo allein war. Ich war nicht besonders klar im Kopf und musste meine ganze Überzeugungskraft aufbieten, um Salomo klar zu machen, dass er zum Zeitpunkt des Urteils über Rodrigo García unbedingt in Santiago sein musste. Entschieden wehrte er mein Ansinnen ab und brachte halsstarrig allerlei Gründe gegen meinen Vorschlag vor: Seine kränkelnde Frau, die Schwierigkeit, die es ihm bereitete zu reisen, seine Unkenntnis jeglicher Intrige, seine knappen Geldmittel...

Ich schlug ihm vor, für all seine Ausgaben aufzukommen und ihm sogar eine kleine Belohnung zu zahlen. Außerdem erklärte ich, dass er in aller Bequemlichkeit in einem Ochsenkarren würde reisen können. Schließlich machte ich mich noch erbötig, auch seinen Bruder von der Notwendigkeit der Reise zu überzeugen, damit sich jemand um seine Frau kümmern konnte. Trotzdem lehnte er immer wieder ab. Alles, was ich sagen konnte, schien nutzlos. Zwar war der Garten hinter seinem Haus völlig verwildert, doch war weder der Größe des

Hauses noch dessen Anlage der geringste Hinweis darauf zu entnehmen, dass Salomo finanzielle Gründe an der Reise hindern könnten. Was seine Gesundheit betraf: Immerhin war er gerade erst ohne größere Unannehmlichkeiten aus Galizien zurückgekehrt.

Unterdessen schlich Velasco in unserer Nähe umher, und als er mich einmal ansah, machte ich eine hilflose Bewegung, um ihm anzudeuten, dass ich nicht weiterkam. Er ließ sich davon nicht erschüttern, machte eine Handbewegung, dass er verstanden hatte, und trat nach einer Weile diskret auf uns zu. Velasco legte mir eine Hand auf die rechte Schulter und sagte mit Bestimmtheit: »Magister Hinault, wenn Ihr mir gestattet, würde ich gerne einige Augenblicke mit Salomo sprechen. Lasst uns doch bitte für eine Weile alleine. Ich brauche nicht lange.«

Der Wahrsager sah ihn abweisend an und wandte sich mir zu, als wolle er sagen: Wer ist dieser Mensch, dass er uns in unserem Gespräch unterbricht? Velasco aber nahm den harten Blick seiner Augen nicht von ihm, so dass sich Salomo mitten in der Bewegung unterbrach. Ich weiß nicht genau, was er ihm gesagt hatte, aber überraschenderweise dauerte es nicht lange, bis Salomo bereit war, mit Velasco nach Oviedo zu ziehen und bei dem Plan, den wir geschmiedet hatten, seine Rolle zu spielen.

Neugierig fragte ich Velasco nach seiner Rückkehr, womit es ihm gelungen war, Salomo zu überzeugen, schließlich hatte ich schon alles ohne das geringste Ergebnis versucht. Er sah mich mit seinem gelassenen Blick und dem halben Lächeln an, das ihn kennzeichnet.

»Keine Sorge, Magister«, sagte er. »Erinnert Euch, dass ich hier bin, um Euch zu helfen und zu versuchen, Schwierigkeiten zu lösen, die für Euch unüberwindbar sind. Versteht auch«, er verstärkte sein Lächeln, »dass ich nicht alle Karten auf den Tisch legen kann. Ich habe in dieser Hinsicht ganz genaue Anweisungen.«

Ich muss wohl eine ungeduldige Handbewegung gemacht

haben, denn er fügte sogleich mit Wärme hinzu: »Seid bitte nicht gekränkt. Ich versichere Euch, dass Ihr später verstehen werdet, warum die Dinge so und nicht anders sind und Ihr zur Zeit bestimmte Gesichtspunkte noch nicht kennen dürft.«

Mehr brachte ich aus ihm nicht heraus. Auf dem Rückweg schwiegen wir eine ganze Weile. Dabei grübelte ich über unsere widersinnige Beziehung nach. Er behandelte mich mit der Ehrerbietung, die ein Diener seinem Herrn entgegenbringt. Zwar duzte ich ihn und war nach außen hin derjenige, der Aufträge erteilt, aber so verhielt es sich nicht. Er bemühte sich, den Eindruck zu erwecken, als stimme das, doch nicht ich entschied, was geschah. Schon gar nicht in Fällen wie diesem hier. Sobald die Lage schwierig wurde, war es Velascos Aufgabe, die Lösung zu finden.

Daran musste ich lange denken, und schließlich fiel mir eine paradoxe Angelegenheit ein, deren Zeuge ich vor Jahren während meines Aufenthaltes in Sizilien geworden war. Ein Dienstbote von untadeligem Verhalten, über den ich nichts als Lobesworte gehört hatte, kam eines Tages zu mir, um sich zu beklagen, dass er ohne Rücksicht auf seine Dienste entlassen worden war, die er der Gattin eines der höchsten Würdenträger am Hofe geleistet hatte: »Ohne ein Wort der Erklärung hat man mich vor die Tür gesetzt«, jammerte er. »Grundlos und ohne erkennbaren Anlass. Nichts.« Ich versprach, für ihn zu tun, was ich könnte, und als ich am selben Nachmittag seine Herrin nach den Gründen der Entlassung fragte, teilte sie mir knapp mit: »Ich war ihn leid. Er war unerträglich. Immer hat er mehr getan, als man von ihm verlangte.« Bei der Erinnerung an diese Szene musste ich ebenso lächeln wie damals, als mir die Sizilianerin die Situation erklärt hatte. Velasco, der neben mir ging, sah mich erstaunt an, da er dieses Lächeln nicht deuten konnte. Doch er musste ohne eine Erläuterung auskommen. Mit seiner natürlichen pragmatischen Haltung nutzte er meine scheinbar gelöste Stimmung, um unsere Pläne noch einmal durchzusprechen.

»Nun, Herr, wenn es Euch recht ist, werdet Ihr morgen in

Begleitung Enriques und Lucas auf dem üblichen Weg nach Santiago aufbrechen. Ich meinerseits mache mich mit Salomo auf den Weg nach Asturien und schaffe Todros herbei, wo auch immer er sich aufhalten mag. Ich vermute, dass Euch bei Eurem Eintreffen in Santiago eine Botschaft von mir erwartet, in der ich Euch mitteilen werde, wo wir uns treffen können.

Schließlich bat er mich, meinen Gleichmut nicht zu verlieren. Offen gestanden ärgerte es mich in diesem Augenblick, wieder seine Mahnung zur Gelassenheit hören zu müssen. Ich antwortete ihm mit einem Knurren, doch jetzt, über den zeitlichen Abstand hinweg, begreife ich, wie ungerecht ich war. Die Dinge entwickelten sich zufrieden stellend, und ich hatte keinen Anlass, Velasco Vorwürfe zu machen. Es war auch nicht gerecht, im Zusammenhang mit ihm an Szenen wie die des sizilianischen Dieners zu denken. Erinnerungen bringen andere Erinnerungen an die Oberfläche. Jetzt denke ich an den treuen Velasco, und ich versuche, mich an sein vertrautes Gesicht zu erinnern, doch das Bild flieht vor mir. Eines Abends hat er mir einen Satz gesagt, der seine Seinsweise geradezu vollkommen zusammenfasst: »Ich rede wenig, weil man nie genug und immer zu viel sagt.« Nein, Velasco war verschwiegen und umsichtig, und ich muss erkennen, dass er sich seines Auftrages mit unübertroffener Tüchtigkeit entledigt hat.

Zwei Tage später erreichten Enrique, Luca und ich nachmittags Léon über die Castro-Brücke. In der Stadt gab man uns den Rat, zur Kirche der Heiligen Anna zu gehen, in deren Nähe sich die Pilgerherbergen befanden. Auf dem Weg dorthin berichtete ich meinen beiden Begleitern von der Vorgeschichte gerade so viel, wie erforderlich war, damit sie mir notfalls nützlich sein konnten, denn sie sollten auf keinen Fall – und sei es unabsichtlich – wichtige Dinge ausplaudern, die unbedingt geheim bleiben mussten.

Sie hörten mir aufmerksam zu, hochbefriedigt, in den Plan eingeweiht zu werden. Als ich ihre treue Ergebenheit be-

280

merkte, war ich voller Optimismus. Daher, aber auch weil uns noch reichlich Zeit blieb, nahmen wir die Straße zu der Kirche, die dem heiligen Isidor von Sevilla geweiht ist.

Als wir danach auch zu der neuen Kathedrale von Léon gingen, hatte ich trotz der gewaltigen Ausmaße der Anlage einen Eindruck von zartgliedriger Zerbrechlichkeit, wie ich ihn noch nie bei ähnlichen Kirchen empfunden hatte. Lediglich die Apsis, also das Chorhaupt, war vollendet; doch war man dabei, die übrigen Außenmauern zu errichten. Sie hatten an vielen Stellen bereits die Höhe erreicht, in der die Gewölbebogen ansetzen. Anschließend gingen wir zum Kreuzgang hinüber, in dessen Innerem eine Zypresse und mehrere Lorbeerbäume wuchsen. In der Mitte war ein kleines Gärtchen mit Rosenbeeten angelegt. Ermüdet von der Besichtigung setzte ich mich in eine Ecke und betrachtete die hellen Steine des Mauerwerks, den Schwung der feingliedrigen Bögen und genoss den Farbenrausch der Rosenblüten.

Mir gegenüber betete vor einer kleinen Kapelle eine schöne junge Frau voll Inbrunst, die Hände auf dem Schoß ihres Rocks gefaltet. Ihr Busen hob und senkte sich regelmäßig und langsam. Sie trug ihr glattes blondes Haar am Hinterkopf zusammengefasst, einige widerspenstige Strähnen lagen wie ein goldener Heiligenschein um ihre Stirn. Ich sah sie im Profil; der Ausdruck ihres Gesichts wirkte ebenso schlicht wie der Kreuzgang. Sie schien nicht so zu beten, wie es die Frömmlerinnen zu tun pflegen, im Gegenteil gingen von ihr ein innerer Friede und die Sammlung eines gläubigen Menschen aus, der mit seinem Gott Zwiesprache hält. Sie hielt die Augen niedergeschlagen und war offensichtlich ganz in ihr Gebet versunken.

Als wir in die Herberge zurückkehrten, zog ich mich zurück, um ein wenig zu ruhen, denn ich war müde. Später ging ich zum Speisesaal hinab, wo ich auf Enrique und Luca stieß, die gerade fröhlich und unbefangen mit einem gut aussehenden jungen Mann das Haus verließen. Ich gesellte mich zu ihnen, und Luca stellte mir den hoch gewachsenen Burschen als Landsmann vor. Er hieß Sandro und stammte aus der Toskana. Sein überheblicher Gesichtsausdruck machte ihn mir unsympathisch. Zwar bemühte er sich, als bedeutender Mann zu erscheinen, doch seine grobe Kleidung stand im Widerspruch dazu. Er handelte mit Edelsteinen und erzählte uns eine verworrene Geschichte, mit der er uns glauben machen wollte, seine Konkurrenten hätten ihn mit einem juristischen Winkelzug vor das Zunftgericht von Florenz gebracht, das ihm als Buße eine Wallfahrt nach Santiago de Compostela auferlegt habe. Er bat uns um eine Bescheinigung, aus der hervorgehe, dass er die Reise wirklich unternommen hatte, und ich bescheinigte ihm schriftlich, dass wir ihm in Léon begegnet seien, von wo er nach Santiago de Compostela weiterziehen und auf diese Weise seine Pflicht tun wolle. Er dankte uns wortreich, hatte er doch, wie er sagte, die größten Schwierigkeiten, von anderen Pilgern eine solche Bestätigung zu erlangen. Da er unbedingt mit uns feiern wollte, suchten wir mit ihm mehrere Schenken auf. Nach einigen Stunden und schon ein wenig angeheitert, landeten wir in einer Spelunke unter Spielern, Gaunern und Freudenmädchen. Enrique lag stockbetrunken unter einem Tisch, und ich hätte mich, erschöpft, wie ich war, am liebsten zurückgezogen. Luca und sein Landsmann aber genossen das Treiben hemmungslos. Dann verschwand der Händler mit einem Mal und kehrte bald darauf in Gesellschaft zweier Dirnen zurück.

Die Ältere war ungefähr dreißig Jahre alt, hatte ein rosiges Gesicht und nahezu weiße Haare. Die Haarfarbe der Jüngeren, die etwa achtzehn Jahre zählen mochte, spielte ins Rötliche. Sie war so hellhäutig, dass sie geradezu bleich aussah, und so dürr, dass sie aus nichts als Haut und Knochen zu bestehen schien. Unwillkürlich musste ich bei ihrem Anblick an die herrenlosen kastilischen Windhunde denken, die wir in den Dörfern hatten herumstreunen sehen. Ihre Brauen sahen aus, als hätte man mit einem Pinsel Goldfarbe aufgetragen, und ihre Augen waren von so hellem Blau wie bei den Frauen der Bretagne. Trotz ihres Äußeren erklärte Luca, sie sei eine

Frau, die man kosten müsse wie eine leckere Speise und einen vortrefflichen Wein. Das hat er dann wohl auch getan und zu Enrique gesagt, als er ihm später davon berichtete, trotz ihrer Jugend sei sie von erstaunlicher Reife und Vorurteilslosigkeit gewesen. Nicht nur sei von ihr der köstlichste Duft ausgegangen, sie habe ihm auch ohne Umschweife das Herrlichste gewährt.

Ich überließ es Luca und seinem Freund Sandro, ihre »leckere Speise« zu genießen, und schleppte Enrique mühevoll zu unserer Herberge zurück. Am nächsten Morgen wachten wir erst spät und schlecht gelaunt auf. Ich war niedergeschlagen und träge. Sonnenschein erfüllte das Zimmer. Als ich Enrique laut beim Namen rief, bemühte er sich trotz seiner geschwollenen Augenlider und der belegten Stimme, vom Lager aufzustehen. Langsam drehte er den Kopf. Er schien niemanden zu sehen – vielleicht war er vom grellen Lichtschein geblendet. Die schlechte Luft im Raum veranlasste ihn, kräftig zu schlucken. Er hatte Durst und Kopfschmerzen. Allmählich kehrte sein Erinnerungsvermögen zurück: Der Florentiner, die beiden losen Frauenzimmer, Magister Raoul . . . Dann schloss er die Augen wieder. Schließlich richtete er sich auf und sah, dass Luca und dessen Landsmann wie Säcke neben ihm lagen. Sie schnarchten laut. Erst um elf Uhr gelang es, sie ins Leben zurückzurufen. Im Hof der Herberge sitzend, wartete ich auf sie und bemühte mich, die trockenen Ausführungen eines Franziskanermönchs zu überhören.

X. Don Nuño Somoza

Mai 1257

Wir verließen León mit der Absicht, die folgende Nacht in der Pilgerherberge von Orbigo zu verbringen. Es erwies sich aber als unmöglich, bis dorthin zu gelangen. Durch die Ausschweifungen des Vorabends kamen wir nur langsam voran. Gegen sechs Uhr abends hatten wir für den Tag genug und schlugen unser Lager in der Nähe eines Pappelhains neben der Straße auf. Das Laub der Bäume wirkte wie kupferfarbene Flammen, die der Erde entwuchsen.

Als wir am nächsten Tag durch eine weißliche Nebelwand die Stadt Astorga undeutlich wahrnahmen, waren wir schon besser gestimmt. Der Abend brach herein, und alle Gehöfte am Wege sahen einander völlig gleich. Am nächsten Morgen durchstreiften wir die gepflasterten Straßen der Stadt, in denen große Backsteinhäuser mit kleinen aus luftgetrockneten Lehmziegeln abwechselten. Die Zweige von Feigenbäumen ragten über die Gartenmauer. Das einzig Interessante an der Stadt war, dass Plinius sie zur Zeit der Römer, als sie noch Asturica Augusta hieß, als »herrliche Stadt« bezeichnet hatte. Allerdings machten ihre malerisch wirkenden Einwohner einen äußerst sonderbaren Eindruck auf uns. Sie sind hoch gewachsen und kräftig und nennen sich *maragatos*. Ihre Tracht besteht aus einem breitkrempigen Filzhut, einem Leibrock mit Seidenschnüren, die in Nestelstifte auslaufen, einem breiten Ledergürtel, einer Kniehose, so weit wie die Pumphosen der Moslems, und bunten Strümpfen.

Hinter Astorga zogen wir durch ein nahezu unbewohntes

Gebiet, in dem Wiesengründe und Schluchten miteinander abwechselten. Am Fuß einer Berglehne müssen wir wohl auf dem falschen Weg weitergeritten sein, denn wir verirrten uns. Der Nebel, anfangs ein feiner Dunstschleier, durch den man die Gipfel noch erahnen konnte, wurde immer dichter, bis wir überhaupt nicht mehr wussten, wo wir uns befanden. Daran gewöhnt, durch sonnenbeschienene Ebenen zu reiten, waren wir weder auf eine so unwirtliche und bewaldete Gegend noch auf ein so kaltes und nasses Klima gefasst. Als wir an einen Kreuzweg kamen, schlugen wir unglücklicherweise wieder die falsche Richtung ein, so dass wir nach Süden ritten, was uns schließlich selbst auffiel. Urplötzlich hörten die Dörfer auf, und man sah lediglich einzelne Hütten, die sich kaum von der Umgebung abhoben und deren Dächer gegen die Stürme mit Steinen beschwert waren. Von Zeit zu Zeit begegneten wir einer Schafherde oder sahen hier und da einen Ziegenhirten, bis schließlich jegliche Spur von Lebewesen aufhörte. Völlige Einsamkeit umgab uns.

Wir mussten für unseren Fehler schwer bezahlen, doch hätte es, wie man uns später sagte, noch schlimmer kommen können.

Alles ging so schnell, dass uns keine Zeit blieb, etwas zu unternehmen. An den Hängen des Berges Teleno, dessen Gipfel die ganze Gegend überragt, tauchten wie aus dem Nichts an einer Wegbiegung zwei finstere Gestalten auf, die uns von ihren Pferden herab Einhalt geboten. Als wir uns umwandten, sahen wir hinter uns vier oder fünf weitere Reiter. Sie wandten sich an mich, vermutlich, weil ich der Älteste der Gruppe war, und verlangten barsch die Herausgabe unserer Habe. Sogleich nahmen sie uns die Pferde ab, durchsuchten uns dann in aller Gemütsruhe und brachten alles an sich, was irgendwie von Wert war. Während Enrique die Banditen voll Entsetzen ansah, sprang Luca zu meiner Verblüffung beiseite und ermunterte sie, uns gründlichst auszurauben. Er tat so, als wäre er unser Diener, und rief aus: »Es ist höchste Zeit, dass sie bekommen, was sie verdienen.« Mit hasserfülltem Blick auf uns fuhr er fort: »Es sind nur einfache Handwerker, doch behandeln sie mich, als wären sie Herzöge und ich ihr Lakai. Lasst mich mit euch ziehen und mich eurer Schar anschließen! Ich bin im Umgang mit Waffen erfahren und reite gut. Ich wäre euch ein guter Gefährte.«

Die Banditen hielten das für einen Scherz und stießen Luca zu Boden. Der Anführer, ein rotgesichtiger und vulgärer dicker Bursche von knapp über dreißig Jahren, der wie ein richtiger Raufbold wirkte, fuhr ihn verächtlich an: Seine Bande nehme keine Fremden auf und einen Überläufer schon gar nicht. Er kam auf den Baum zu, an den sie Enrique und mich gebunden hatten, und mahnte uns: »Achtet künftig darauf, wen ihr als Diener beschäftigt. Das hier ist ein gemeiner Halunke, der nicht weiß, was Treue ist. Falls es euch gelingt, euch zu befreien und ihn in eure Gewalt zu bringen, gebt ihm die verdiente Strafe.«

Nachdenklich blieb er stehen, als zögere er. Dann zuckte er die Achseln: »Letztlich ist es eure Sache. Auch wenn er ein verdammter Verräter ist, haben wir nichts gegen ihn.«

Dann wandte er sein Pferd und sagte zu Luca: »Verschwinde, Feigling. Sei dankbar, dass sich dir diese Gelegenheit bietet. Sieh aber zu, dass du mir nie wieder unter die Augen kommst, denn wenn deine Herren dich nicht in gebührender Weise strafen, werde ich das tun.«

Mit gebieterischer Stimme rief er ihm zu: »Fort mit dir, so rasch du kannst.«

Von Kopf bis Fuß mit Schlamm bedeckt, erhob sich Luca mit allen Anzeichen der Angst vom Boden, machte kehrt und rannte davon. In seinen Augen brannten Hass und Schecken. Lachend unterhielten sich die Banditen darüber, dass die Wölfe schon in wenigen Stunden ihr Werk an ihm verrichtet haben würden. Bald darauf zogen sie davon und überließen uns inmitten der Wildnis unserem Geschick.

Sie waren im Wald verschwunden, bevor Enrique oder ich auch nur ein Wort sagen konnten. Schweigend sahen wir einander an. Der Toledaner schüttelte den Kopf. Es war klar, dass er Lucas Verhalten nicht verstehen konnte. Finster starrte er vor sich hin, hilflos, empört und in sein Schicksal ergeben. Mir ging es nicht anders. Nach wenigen Augenblicken, die uns wie eine halbe Ewigkeit vorkamen, tauchte Luca, den Zeigefinger an die Lippen gelegt, aus dem Unterholz auf. Von ferne lächelte er uns zu, kam dann bedächtig heran und löste unsere Fesseln. Wortlos ließen wir es geschehen. Während er uns die Stricke abnahm und wir uns die Handgelenke massierten, fragte der Italiener mit verschlagenem Lächeln: »Ihr versteht wohl immer noch nicht, was?«

»Was gibt es da zu verstehen, verdammter Genueser?«, gab Enrique feindselig zur Antwort.

»Vermutlich ist dir Trottel nicht klar«, sagte Luca, »dass du ausschließlich dank der Komödie am Leben bist, die ich da aufgeführt habe. Glaubst du etwa, die Spitzbuben hätten auch nur einen Augenblick gezögert, uns kurzerhand umzubringen? Immerhin befinden wir uns hier in einem völlig verlassenen Winkel der Welt. Daher habe ich es darauf angelegt, Verwirrung unter ihnen zu stiften. Mir war selbstverständlich klar, dass sie mich nie und nimmer in ihre Bande aufnehmen würden. Warum sollten sie noch einen Esser mitschleppen? Wie ihr Anführer gesagt hat, bin ich ihnen fremd und habe mich in ihren Augen wie ein Verräter aufgeführt. Wer würde mich da aufnehmen? Mein einziges Ziel war, uns das nackte Leben zu retten. Als ich die Buben hier mitten in der Wildnis auftauchen sah, war mir klar, dass ich etwas unternehmen musste. So merkwürdig das jetzt aussehen mag, es war die einzige Lösung.

Verschmitzt lächelnd fügte er hinzu: »Wer hätte denn ohne meine List deine Fesseln gelöst, bevor die Wölfe kämen? Ganz davon abgesehen, Enrique, sag doch – womit wolltest du von nun an deine Unterkunft und Verpflegung zahlen?«

Lächelnd hüpfte er auf der Stelle und holte einen kleinen Lederbeutel voll Münzen aus seinem Gürtel hervor: »Seht, was ich hier habe…«

»Es ist nicht zu fassen«, rief Enriquie aus. »Wie hast du es nur fertig gebracht, diesen Beutel vor ihnen zu verbergen?«

Luca begnügte sich damit, die Arme auszubreiten und sich wie ein Schauspieler feierlich zu verbeugen, ein Anblick, bei dem wir unwillkürlich lachen mussten. Er hatte von Anfang an sein Geld in weiser Voraussicht in zwei getrennten Beuteln aufbewahrt. Den einen, den jetzt die Räuber besaßen, hatte er an einem Ledergürtel getragen, den anderen aber an einer Schnur zwischen den Beinen. Kaum hatte er die Banditen gesehen, als er begriff, dass nur eine List uns retten konnte. Auf diese Weise nahm unser Abenteuer ein glückliches Ende. Es war nicht zu übersehen, dass Luca, wie die meisten von uns, einen gewissen Hang zur Schauspielerei hatte und dafür auf Publikum angewiesen war, was ihn schon häufig zu übertriebenen Vorstellungen veranlasst hatte. Es lässt sich aber auch nicht leugnen, dass seine überraschende Darbietung erstaunlich wirklich gewesen war.

Voll Stolz erklärte er: »Nachdem ich mich als euer Diener ausgegeben hatte, überfiel mich Panik, denn ein einziges Wort von euch hätte genügt, den Schwindel auffliegen zu lassen. Zwar hätten sie die Situation nicht verstanden, doch wäre ihnen das einerlei gewesen. Solche Halunken fackeln nicht lange, und sie hätten kurzen Prozess mit uns allen gemacht. Mir ist eure Verblüffung nicht entgangen, aber zum Glück habt ihr den Mund gehalten, so dass ich meine Rolle weiterspielen konnte. Du siehst, Enrique, wie der Schein trügen kann.«

Mit freundlicher Stimme, in der gleichwohl Misstrauen lag, sprach er weiter: »Du kennst mich jetzt seit einigen Monaten. Wir haben viele Tage miteinander verbracht – hast du mir wirklich ein solches Verhalten zugetraut und angenommen, dass ich euch eurem Schicksal überlassen würde? Bin ich in deinen Augen so selbstsüchtig?«

Beschämt sah Enrique ihn an. Jetzt verstand er. Er trat auf Luca zu und umarmte ihn. Gerührt sah ich der Szene zu. Dann aber musste rasch eine Entscheidung getroffen werden, denn der Ort war gefährlich, und wir durften nicht lange dort verweilen. Nach kurzem Überlegen beschlossen wir, den eingeschlagenen Weg weiterzuziehen. Das Gelände, durch das wir gekommen waren, war schwierig, die Gegend unsicher, und das letzte Dorf lag mindestens vier Wegstunden hinter uns. So gingen wir das Risiko ein, den Weg vor uns weiterzuziehen. Wie sich zeigte, hatten wir Glück. Erst stießen wir auf tiefe Spuren, die von Rindern und Pferden stammten, dann sahen wir Rauch aufsteigen. Nach einer Weile öffnete sich vor uns ein tiefes Tal, in dem sich ein bescheidenes Dorf an den Berghang schmiegte. Zwei Stunden später erreichten wir die Ortschaft, deren Namen ich nie vergessen werde: Santa Colomba de Somoza.

Wir suchten die Kirche auf, das einzige aus Stein errichtete Gebäude dort. Vor dem Eingang plauderte der Priester mit einem gut gekleideten Edelmann, neben dem ein Schildknappe stand. Wir unterbrachen ihr Gespräch, um ihnen unser Missgeschick zu berichten. Nachdem ich mich in angemessener Weise vorgestellt hatte, hörten mich beide aufmerksam an, wobei sie resigniert nickten. Dann erklärte uns der Priester, an welcher Stelle wir vom rechten Weg nach Santiago abgekommen waren.

»Auf diese Weise seid ihr in das Gebiet von La Cabrera gelangt, in dem es von Wölfen wimmelt. Dort endet der Weg mitten in den Bergen buchstäblich in einer Sackgasse. Jetzt aber braucht ihr euch keine Sorgen mehr zu machen. Ich stelle euch Don Nuño Lopez de Somoza vor, der über diesen Landstrich gebietet und sich gerade auf dem Rückweg von seinen Besitzungen in Santa Marina befindet. Gewiss wird er euch gestatten, ihn zu begleiten. Von seinem Wohnsitz aus könnt ihr ohne Schwierigkeiten Rabanal erreichen, wo ihr wieder auf die Straße nach Santiago stoßt.«

Don Nuño bekräftigte diese Worte und machte sich sogleich ans Werk. Nachdem wir uns im Hause des Priesters gewaschen hatten, nahmen wir eine kleine Erfrischung zu uns. Anschließend fanden wir auf dem Dorfplatz Don Nuño mit seinem vollständigen Gefolge und drei zusätzlichen Reittieren vor: einem Pferd für mich und Maultieren für Enrique und Luca.

»Das war alles, was ich auftreiben konnte«, sagte er beinahe entschuldigend.

Zwar wirkte Don Nuño ernst, doch war er von angenehmem Wesen. Er hatte eine hohe Stirn, und seine Augen lagen tief in den Höhlen. Mir fiel auf, dass seine im Umgang mit Waffen sicherlich geschickten Hände unverhältnismäßig groß waren, was vor allem deshalb Aufmerksamkeit erregte, weil er sehr kurze Beine hatte. Wäre er einen Kopf größer gewesen, hätte man von ausgewogenen Proportionen sprechen können. Auch wenn er kein Freund vieler Worte war, berichtete er uns, dass sich viele Pilger an Kreuzwegen verirrten, womit sie eine leichte Beute für die Strauchdiebe waren, die jene Wälder unsicher machten.

»Sie hausen in Höhlen und halten sich im Dickicht verborgen, und da sie hier im Gebirge jede Handbreit Boden kennen, kann man sie nur schwer fangen. Aber seid beruhigt, in meiner Begleitung besteht keine Gefahr. Es wäre mir nur recht, wenn sie den Mut hätten, mich anzugreifen. Doch für euch ist die Gefahr vorüber. Sie sind jederzeit genau darüber im Bilde, wer unterwegs ist.«

Als es Abend wurde, verließen wir den breiten Weg und zogen über einen schmalen Pfad, der im Zickzack in ein Tal hinabführte, wo wir in einem Dörfchen namens Turienzo de los Caballeros Unterkunft für die Nacht fanden. Der Dorfälteste empfing Don Nuño achtungsvoll und bot ihm das einzige Bett seines Hauses an. Wir anderen richteten, wie auch die Familie des Mannes, unser Lager im Stall ein. Da Enrique keinen Schlaf finden konnte, beschloss er, ein wenig umherzugehen. Nach einer Weile weckte er mich mit allen Anzeichen der Erregung.

»Raoul, Ihr werdet es nicht glauben, aber ich habe eben einen der Banditen gesehen, die uns heute Morgen überfallen haben. Er hat sich vor einer Stalltür mit einem anderen Mann unterhalten.«

Mit einem Schlag war ich vollständig wach und richtete mich auf.

»Bist du deiner Sache sicher, Enrique?«

»Ja, Magister, ganz und gar. Ich würde dieses Galgenvogelgesicht unter Hunderten erkennen. Sagt, was sollen wir tun?«

Ohne einen Augenblick zu zögern, weckte ich Don Nuño, und nachdem ich ihn vom Stand der Dinge in Kenntnis gesetzt hatte, machten wir uns gemeinsam mit unserem Gastgeber auf die Suche. Der Mann befand sich noch eben dort, wo ihn Enrique gesehen hatte. Es handelte sich eindeutig um einen der Räuber. Während des Überfalls hatte er sich zur Rechten des Anführers gehalten, so dass wir ihn deutlich hatten sehen können. Lautlos näherten wir uns. Als er sich umwandte und merkte, dass er umringt war, setzte er ein unschuldiges Gesicht auf. Dann aber erkannte er uns, und mit einem Mal wechselte sein Ausdruck. Trotz der Finsternis konnte ich sehen, wie sein Gesicht schreckensbleich wurde. Er unternahm nicht einmal den Versuch zu fliehen, sondern ließ sich zu Boden fallen, wo er mit dem Gesicht nach unten liegen blieb. Es war, als suche er nach einer List. Gleich darauf flehte er schluchzend um Milde: »Tötet mich nicht! Wenn ihr versprecht, mit das Leben zu schenken, sage ich euch, wo ihr die anderen mitsamt euren Pferden finden könnt.«

Mit wildem Ausdruck forderte ihn Don Nuño auf zu sagen, was er wusste.

»Sie befinden sich zwei Häuser weiter. Dort verschleudern sie bei Freudenmädchen das Geld, das sie euch heute Morgen genommen haben. Wenn ihr gleich hingeht, trefft ihr sie bestimmt noch an. Sie können euch keinesfalls entkommen.«

»Also auf!«, rief Don Nuño. »Und du, Schurke, kommst mit und zeigst uns den Weg.«

Wir umstellten das Freudenhaus. Einer der Männer versuchte, durch das Fenster zu entkommen, doch konnten wir ihn mühelos stellen. Es zeigte sich, dass es der Anführer war. Er bot einen lachhaften Anblick, da er vom Gürtel abwärts unbekleidet war. Doch schien er ein stolzer Mann zu sein, denn obwohl er uns ansah, als könne er seinen Augen nicht trauen, flehte er im Unterschied zu seinem Spießgesellen nicht um Milde. Inzwischen waren die Bewohner des ganzen Dorfes auf den Beinen. Allem Anschein nach waren sie froh über den Fang und halfen uns unter Lachen und Späßen, die Banditen zu fesseln und zu einem kleinen Stall zu führen, wo sie neben den Tieren angebunden wurden. Vermutlich hatten sie die ganze Gegend in Furcht und Schrecken versetzt.

Wir bekamen den größten Teil unseres Geldes zurück wie auch Enriques und Lucas Pferde. Meines allerdings hatten die Kerle gleich geschlachtet, um es zu verzehren. Man ließ mich zwischen dem Tier des Bandenführers und dem wählen, das ich auf dem Weg ins Dorf geritten hatte. Auch wenn Luca gewiss Recht hatte, als er sagte, ich hätte einen guten Tausch gemacht, bedauerte ich doch den Verlust, den einzigen, den wir bei diesem Abenteuer erlitten hatten. Das arme Tier war mir sehr ans Herz gewachsen.

Am folgenden Tag verließen wir Turienzo. Wir nahmen die Wegelagerer mit und wurden von zehn oder zwölf Männern aus dem Dorf und einigen ihrer Frauen begleitet, die sich das Verfahren gegen die Banditen auf keinen Fall entgehen lassen wollten. Ein Flüsschen lief neben dem Weg her. Auf einem Hügel über dem Ort Santa Marina de Somoza stand Don Nuños Burg. Dort wollte er über die Männer zu Gericht sitzen. Während wir unterwegs sangen und lachten, trotteten die gefesselten Verbrecher niedergeschlagen zwischen uns unserem Ziel entgegen.

Ich unterhielt mich mit Don Nuño und erklärte ihm, warum sich ein *magister dominicanus* unter dem bescheidenen Pilgergewand verbarg. Zwar sei ich, erläuterte ich ihm, kein Rittermönch eines der kämpfenden Orden, führe aber denselben Glaubenskampf wie jene, nämlich die *pugna spiritualis* gegen den Teufel.

Don Nuño seinerseits berichtete von seinen Vorlieben und

Sehnsüchten. Er war ein gebildeter Mann, kannte sich in der Literatur aus und hatte unter anderem das Rolandslied gelesen. Außerdem berichtete er Wunderdinge über ein Heldenlied mit dem Titel *Cantar del Mío Cid*, das vor einem halben Jahrhundert entstanden war. Ich hatte kürzlich, während der ruhigen Tage von Toledo, Gelegenheit, es zu lesen.

Sein Interesse an der Literatur war breit gefächert. »Soweit ich weiß«, sagte ich, »widmet sich Euer König Alfonso mit großer Hingabc der Dichtkunst. Ich habe gehört, dass er in mehreren sehr schönen Gedichten die Jungfrau Maria verherrlicht hat.«

»Das stimmt. Er hat diese Gedichte in sehr jungen Jahren verfasst, als er sich noch unter der Obhut seines Erziehers befand, meines guten Freundes García Fernández, Herr über Celada, über dessen Gebiet Ihr gezogen sein müsst. Der Marktflecken, der ihm untersteht, liegt einige Meilen südlich von Astorga. Zwar hat sich der König einige Male dort aufgehalten, vor allem aber in Allariz gelebt, einem anderen Besitz der Familie García in Galizien. Daher hat er diese *cantigas* auf Galizisch geschrieben, also in der Sprache jener Region. Auch eine große Anzahl von Gedichten weltlichen Inhalts stammt aus seiner Feder, und einige der Letztgenannten sind sehr unterhaltsam. Wir nennen sie Spott- und Schimpfgedichte.«

»Ach ja? Wovon handeln sie denn?«

»Im Allgemeinen geht es um Satiren, in denen sich der Dichter beispielsweise über den Mangel an Mut im Kriege der *coteifes* lustig macht, das sind Krieger gemeiner Herkunft, oder in denen er gewissen Junkern ihre Feigheit vorhält.«

Don Nuño lächelte, wohl, weil er sich an bestimmte Verse erinnerte. Allmählich aber trat wieder ein ernster Ausdruck auf seine Züge.

»Sie sind wirklich ganz vorzüglich. Ich habe übrigens den Auftrag gegeben, mir eine ganze Reihe von ihnen abschreiben zu lassen. Wenn es Euch interessiert, könnt Ihr sie bei mir lesen.«

Doch wie kunstvoll auch immer die Gedichte des kastilischen Herrschers sein mochten, mir gingen andere Gedanken durch den Kopf. Da war also Don Nuño ein guter Freund von García Fernández? Ich sah aus dem Augenwinkel zu ihm hinüber und bemühte mich, keine Ungeduld zu zeigen. Immerhin bot sich hier eine hervorragende Gelegenheit festzustellen, ob den Tatsachen entsprach, was man mir geschildert hatte.

»García Fernández?«, fragte ich unschuldig. »Sollte es sich dabei um den Vater Don Rodrigos handeln, des jungen Mannes, von dem auf dem ganzen Jakobsweg berichtet wird, dass er in Santiago abgeurteilt werden soll?«

»Genau der, mein Freund. Aber sprecht mir nicht von diesem Thema, das meine ganze Familie bekümmert. Meine Gattin Beatriz kann nicht glauben, dass ein so liebenswürdiger und ritterlicher junger Mann wie Rodrigo die ruchlose Tat begangen haben soll, die man ihm vorwirft. Wenn ich ehrlich sein soll, verstehe ich auch die ganze Geschichte nicht. Ich kenne Rodrigo gut, weiß, wie er aufgezogen wurde, und kann unmöglich für bare Münze nehmen, was man über ihn berichtet. Aber gewiss hat Euer Beruf Euch gelehrt, Pater, dass das Leben voller Überraschungen ist.«

»Zweifellos«, gab ich zur Antwort.

Er stimmte bedächtig zu, den Blick seiner Augen auf die Straße geheftet. Dann aber sah er mit einem Mal zu mir her. Obwohl der Anflug eines Lächelns um seinen Mund lag, blieb sein Gesichtsausdruck empört. Er öffnete den Mund halb, als wolle er etwas sagen, unterließ es aber dann.

»Eigentlich bin ich über die Tat, die man Don Rodrigo vorwirft, nicht besonders gut unterrichtet«, sagte ich und versuchte, in meiner Stimme Gelassenheit mitschwingen zu lassen. »Soweit ich gehört habe, soll er einen Edelmann aus Liebe zu einer Dame getötet haben, darüber hinaus ist mir nichts bekannt. Alles, was ich weiß, sind Bruchstücke von verwickelten Geschichten, die ich hier und da aus dem Munde anderer Reisender in Pilgerherbergen und Schenken aufgeschnappt habe. Offen gestanden, brenne ich darauf zu erfahren, wie es sich wirklich mit der Sache verhält...«

Ich fasste Don Nuño am Arm und beugte mich mit einem angedeuteten Lächeln zu ihm hinüber: »Und jetzt, wo ich endlich auf jemanden stoße, der mir Genaueres sagen kann, seid Ihr nicht bereit, darüber zu sprechen. Ich möchte Euch nicht drängen, aber sofern es Euch angebracht erscheint, würde ich gern die wahren Zusammenhänge erfahren.«

Don Nuño machte ein bekümmertes Gesicht, als schmerze es ihn, in Worte zu kleiden, was er empfand. Es war ganz so, als erhalte nichts die Erinnerung besser am Leben als der Schmerz. Nach einer Weile musste er es sich anders überlegt haben, denn er erklärte sich mit einem Blick zu mir bereit, meinen Wunsch zu erfüllen.

»Zwar habe ich gesagt, dass ich über diesen Gegenstand nicht reden will, denn ich sehe mich durch meine Sympathie für Don Rodrigo mit in die Angelegenheit verwickelt«, sagte er, »doch es sei. Auf jeden Fall werdet Ihr eine objektivere Darstellung hören als die Halbwahrheiten, wenn nicht gar Verleumdungen, die man Euch unterwegs aufgetischt haben mag.«

Nach einer kurzen Pause berichtete er: »Ich kenne Rodrigo García von Geburt an. Wie ich Euch bereits gesagt habe, darf ich mich glücklich schätzen, ein guter Freund seines Vaters wie auch seiner Mutter, Doña Mayor Arias, zu sein. Ich war bei seinen ersten Gehversuchen dabei, er hat mit meinen Kindern gespielt, als sie selbst noch klein waren. Ich war dabei, als er reiten lernte und in den Umgang mit Waffen eingeführt wurde, kurz, ich habe ihn vor meinen Augen aufwachsen sehen.«

»Ihr wisst also, von wem Ihr sprecht?«

»So ist es«, bestätigte er. »Er war ein edler und stets aufrichtiger Knabe ohne Falsch und Hinterlist und hat sich auch später jederzeit als Ehrenmann erwiesen, bis er, wie es heißt, vor einigen Monaten eine Tat begangen hat, die seinem lebenslänglich an den Tag gelegten Verhalten auf das Krasseste widerspricht. Ich verstehe es immer noch nicht. Aber was soll ich sagen? Ohnehin steckt eine ganz andere Geschichte dahinter. Wir Ihr vermutlich wisst, ist Don Rodrigos Bruder Juan der beste Freund König Alfonsos, und zwar von klein auf. Die beiden waren Spielgefährten, Waffenbrüder und haben gemeinschaftlich auch anderes unternommen, wovon ich vor Euch als einem Mann Gottes nicht sprechen möchte...«

Er hielt inne und legte mir mit freundschaftlicher Gebärde seine große, dunkle Hand auf die Schulter. In leicht spöttischem Ton fuhr er fuhrt: »Selbst darüber hat der König Gedichte verfasst! Wenn Euch danach gelüstet zu erfahren, wovon ich spreche, gebe ich Euch in meinem Hause seine geistreichen Verse über die *soldadeiras* zu lesen. So nennen wir hier zu Lande die nicht besonders tugendhaften Weiber, die im Tross des Heeres mitziehen.«

Er nahm seine Hand von meiner Schulter und sah mich an. Dann ließ er den Arm langsam sinken.

»Ich schweife ab, Ich wollte Euch lediglich zeigen, wie ungewöhnlich die Sache ist. In Wirklichkeit liegt der Fall ganz einfach. Schon in jungen Jahren hatte sich Don Rodrigo in Doña Maria Correa verliebt, eine der schönsten jungen Frauen von ganz Galizien. Soweit mir bekannt ist, hat sie seine Gefühle erwidert, und niemand wäre auf den Gedanken gekommen, dass irgendetwas die Verbindung dieser beiden jungen Leute hätte verhindern können. Es gab allerdings weitere Bewerber um die Hand Maria Correas. Der Bedeutendste von ihnen war ein gewisser Diego Pérez Arias, ein ferner Verwandter von Don Garcías zweiter Gattin. Zwar war er ein guter Kämpfer, sowohl zu Fuß wie auch zu Pferde, doch habe ich ihn nie besonders gut leiden können.«

Er hob die Brauen, und ich warf ihm einen fragenden Blick zu.

»Und warum?«

»Erstens, weil ich grundsätzlich Männern misstraue, die so wortkarg sind wie er. Viele finden Wortkargheit lobenswert, ich aber nicht. Gewöhnlich verstecken sich hinter einer solchen Haltung Menschen, die nichts zu sagen oder aber etwas zu verbergen haben. Keins von beidem ist mir besonders angenehm. Außerdem war er falsch und hinterhältig. Wie ich schon gesagt habe, war er zwar ein guter Reiter, aber ich habe miterlebt, dass er seine Dienerschaft übermäßig hart anfasste.«

Ich sah Don Nuño nach wie vor fragend an, um zu zeigen, dass ich seinen Gedankenfaden nicht so recht zu folgen vermochte. Mit meinen Blicken versuchte ich ihn zum Weitersprechen aufzufordern und er schien zu merken, in welche Richtung meine Gedanken gingen.

»Habt ein wenig Geduld. Es scheint mir wichtig, dass Ihr wisst, wie ich zu den an dieser Tragödie Beteiligten stehe. Ihr müsst wissen, mit wem wir es dabei jeweils zu tun haben. Ich sage Euch, Diego durfte man nicht trauen. Noch heute muss ich daran denken, wie er eine arme Dorfbewohnerin bei den Männern in Verruf gebracht hat. Ich empöre mich nicht über jede Kleinigkeit, und mir ist durchaus begreiflich, dass ein Krieger von Zeit zu Zeit ein wenig Ablenkung braucht. Aber es ist eine Sache, sich zu vergnügen, und eine andere, Menschen zu misshandeln, die sich nicht zur Wehr setzen können.«

Don Nuño räusperte sich verachtungsvoll. Selbst nach so langer Zeit noch schien ihm die Erinnerung unerträglich zu sein.

»Ich komme gleich auf die Sache zu sprechen, um die es Euch zu tun ist. Wie schon gesagt, war auch Don Diego auf Doña Marias Hand erpicht, Maria aber schien eher Don Rodrigos Werbung zuzuneigen. Soweit ich weiß, haben sie sich auch bald miteinander verlobt. Danach hat sie ihre Ausbildung bei den Nonnen von Santa Clara beendet, einem kleinen Kloster, das in der Nähe von Diegos Gütern liegt. Was danach geschah, weiß ich nicht. Jedenfalls gab Diego mit einem Mal öffentlich bekannt, er werde Doña Maria heiraten. Bald darauf hielt ich mich im Hause Don Garcías auf und konnte mit Rodrigo reden. Ich kann mich noch sehr gut daran erinnern. Es stimmt, er wirkte bekümmert, hielt sich aber wie immer, und es gab nicht den geringsten Anlass, mit irgendeinem Zwischenfall zu rechnen – schon gar nicht mit einem so entsetzlichen, wie er dann eintrat.«

»Nämlich?«, fragte ich ungeduldig.

»Es lässt sich schwer mit Gewissheit sagen, was wirklich geschehen ist. Soweit mir die Tatsachen bekannt sind, verhält sich die Sache wie folgt: Ich traf Rodrigo erneut, ich glaube, es war nicht einmal zwei Wochen nach meinem Besuch bei ihm zu Hause. Der Anlass war die Hochzeit Martín de Guzmáns und Isabel Torregrosas, die auf einem Herrensitz in der Nähe von Santiago de Compostela gefeiert wurde. Während des Turniers habe ich ihn kaum gesehen, und beim Festbankett merkte ich, dass er in gelöster Stimmung mit Gonzalo Anes do Vinhal sprach, ebenfalls Dichter und gleichfalls ein Freund unseres Königs. Als sich die Feier dem Ende zuneigte und ich bereits daran dachte, mich zurückzuziehen, trat ein Krieger in die Tür des Saales, der dringend mit Alonso Correa sprechen wollte, Doña Marias Vater. Er ist ein redlicher Mann von der Art, die man nur selten findet. Angesichts der Unruhe des Kriegers begleiteten einige von uns Don Alonso in einen kleinen Salon, wo wir überrascht sahen, dass Don Diego reglos auf dem Steinboden lag.«

»War er da schon tot?«

»Ja. Er hatte eine tiefe Wunde im Rücken. Neben ihm standen Maria und Don Rodrigo. Sie weinte untröstlich, während er einen kleinen florentinischen Dolch in der Hand hielt, den Diego zur Zierde zu tragen pflegte. So, wie sich die Szene darbot, schien es, als könne es am Vorgefallenen keine Zweifel geben, dennoch fragte Don Alonso, der stets auf Gerechtigkeit bedacht ist, was geschehen sei. Maria wie Rodrigo schwiegen eine ganze Weile, bis Rodrigo schließlich gestand, dass er Diego aus Eifersucht getötet habe: Ihm sei die Vorstellung unerträglich erschienen, Maria könne einen anderen als ihn heiraten.«

»Rodrigo hat also sein Verbrechen zugegeben?«

»Das sagte ich bereits«, gab Don Nuño ärgerlich zur Antwort. Dann schien er es sich anders zu überlegen und fügte hinzu: »Nun ja … er hat es nicht von sich aus gesagt, sondern die Tat auf sich genommen, als man sie ihm zur Last gelegt hat. Ich habe mit eigenen Augen gesehen, wie er genickt hat.«

Jetzt schüttelte Don Nuño den Kopf und fuhr fort: »Ich versichere Euch, dass ich meinen Augen und Ohren nicht traute. Don Rodrigo, der auf ehrenvolle Ämter am Hof verzichtet hat, damit er sich weiterhin um seine Eltern kümmern konnte, sollte hinterrücks einen Nebenbuhler erstochen haben? Undenkbar! Dennoch hat er es selbst zugegeben.«

»Und dann?«

»Ihr könnt es Euch denken. Er hat sich widerstandslos festnehmen lassen und wartet seither in Santiago in einem Verlies auf die Verhandlung, bei der er höchstwahrscheinlich zum Tode verurteilt wird.«

»Und wann soll sie stattfinden?«

»Schon bald, ich glaube Ende Juli. Es ist meine Gewohnheit, alljährlich am 25. Juli nach Santiago de Compostela zu reisen, um dort das Fest des heiligen Apostels Jakobus zu begehen. In diesem Jahr aber werde ich das unterlassen. Ich will nicht Zeuge sein, wie ein Mann verurteilt wird, den ich als meinen Freund betrachtet habe. Ich könnte seine Eltern nicht trösten, ja, ihnen nicht einmal mit einem Mindestmaß an Höflichkeit gegenübertreten. Vermutlich werde ich an jenem Tag auf die Jagd gehen und mich anschließend sinnlos betrinken.«

»Eine sehr traurige Geschichte«, bestätigte ich, »und überdies, wie Ihr schon sagt, nicht recht verständlich. Es muss irgendeine Einzelheit geben, die Ihr nicht kennt, irgendeinen Grund, der dieses sonderbare Verhalten erklärt.«

»Das glaube ich auch«, gab er zur Antwort. »Es gibt viel zu viele offene Fragen. Warum hat es sich Maria so plötzlich anders überlegt? Warum hat sie Don Diegos Antrag angenommen, wo doch bekannt war, dass sie ihn nicht besonders gut leiden konnte? Aber einmal ganz davon abgesehen, dass es völlig unmöglich ist, die Beweggründe von Frauen zu verstehen, ist es völlig unbegreiflich, dass Rodrigo Don Diego den Dolch entrissen und ihm in den Rücken gestoßen haben soll.«

»Warum?«

»Erstens, weil er einer solchen niederträchtigen Handlungsweise nie im Leben fähig wäre. Falls er ihm hätte entgegentreten wollen, hätte er es von Angesicht zu Angesicht getan, wie es sich für einen Edelmann geziemt. Außerdem war Diego kein kleiner Junge. Ich kann mir nicht vorstellen, dass ihm irgendjemand den Dolch ohne heftigen Kampf hätte entreißen können. Ich habe Euch ja schon gesagt, dass er geschickt im Umgang mit Waffen war und sich gut zu verteidigen wusste.«

»Gab es in dem Raum denn keine Spuren eines Kampfes?«

»Das ist es ja gerade. Außer einem leicht verrückten Möbelstück fand sich im ganzen Raum nicht der geringste Hinweis auf eine Auseinandersetzung dieser Art.«

»Das ist in der Tat ungewöhnlich«, bestätigte ich.

»Findet Ihr nicht auch? Alle Beteiligten haben sich völlig anders verhalten, als man von ihnen erwarten sollte, auch Maria. Gewiss, sie ist eine Frau, doch hat sie stets ihren eigenen Kopf gehabt. Nie ist es ihr schwer gefallen, ihre Meinung unumwunden auszudrücken. Zwar begreife ich, dass der Vorfall nicht ohne Eindruck auf sie geblieben ist, trotzdem ist mir unverständlich, dass sie während all der Zeit kein Wort herausgebracht haben soll ... Genauso aber verhält es sich. Anfangs hat sie vor sich hin geschluchzt, sich später aber beruhigt. Ihre Augen waren die einer Wahnsinnigen, doch sie hat nichts gesagt.«

»Kein Wort?«

»Nichts. Sie hat eine ganze Weile reglos neben der Leiche gestanden. Als später ihre Mutter kam, hat diese sie in die Arme geschlossen, und bald darauf haben die beiden Frauen den Raum verlassen. Nun, es ist ja auch verständlich, dass sie in jenem Augenblick von den Ereignissen vollständig benommen war. Trotzdem verstehe ich nicht, dass sie sich bis auf den heutigen Tag mit keinem Wort zu der Sache geäußert hat. Ganz Galizien brennt darauf zu erfahren, was sie bei der Verhandlung sagen wird.«

»Glaubt Ihr denn, dass ihre Aussage am Ausgang des Prozesses etwas ändern könnte?«

»Ich weiß es nicht. Es ist ein komplizierter Fall, und da die Anhänger beider Seiten einander ausgesprochen feindselig gegenüberstehen, lässt sich nur schwer etwas voraussagen. Gewiss ist das lediglich ein anderer Aspekt, der Euch weniger interessieren mag, der aber durchaus von Bedeutung ist.«

Wieder ermunterte ich ihn mit Blicken fortzufahren.

»Ich habe Euch ja bereits gesagt, dass Rodrigo mit König Alfonso X. eng befreundet ist. Die Leute haben, nebenbei gesagt, viel über seine Weigerung gesprochen, wie seine Brüder an den Hof zu gehen. Doch da er das getan hat, weil er sich um seine Eltern kümmern und Maria Correa ehelichen wollte, hat Don Alfonso nicht weiter darauf bestanden, ihn um sich zu haben. Da nun Rodrigos älterer Bruder Juan, wie ich Euch ebenfalls schon gesagt habe, schon seit langem der beste Freund unseres Herrschers ist, haben viele angenommen, Don Alfonso werde zu Gunsten Rodrigos in den Fall eingreifen. Viele der Adeligen haben sogar fest damit gerechnet und eine Art mehr oder weniger offener Verschwörung angezettelt, weil sie verhindern wollten, dass Don Alfonso etwas in dieser Richtung unternähme.«

Don Nuño lächelte verächtlich und fuhr dann fort: »Sie kennen ihn nicht. Für den Fall eines Schuldspruchs gegen Rodrigo würde dessen Tod den König zwar zutiefst schmerzen, doch würde er keinen Finger rühren, um die Vollstreckung des Urteils zu verhindern. Er ist in allererster Linie König und wird dieser Rolle in vollkommener Weise gerecht. Das habe ich allen möglichen Leuten schon so oft gesagt, dass ich es selbst nicht mehr hören kann. Trotzdem gibt es mehr als einen, der es nicht wahrhaben möchte. So munkelt man, der König habe geplant, den Gerichtstag hinauszuschieben. Mag sein, dass etwas Wahres daran ist, doch würde das an den Tatsachen nicht das Geringste ändern.«

»Und aus welchem Grund sollte er die Verhandlung verschieben?«

»Überlegt doch, Pater. Ich habe Euch bereits gesagt, dass es in der Angelegenheit viel zu viele ungeklärte Punkte gibt.

Damit kann niemand zufrieden sein. Es scheint nur natürlich, dass der König sich bemüht, mehr Zeit zu bekommen, um diese Fragen aufzuklären. Hoffentlich gelingt das! Gebe Gott, dass wir Don Rodrigos unverständliche Beweggründe begreifen können! Ich versichere Euch, ich würde ihn nicht gern sterben sehen, ohne zu wissen, was in Wahrheit geschehen ist.«

Während Don Nuño das sagte, erkannten wir in der Ferne die ersten Häuser des Dorfes, das am Fuß seiner Burg liegt. Daher entschied ich mich, das Gespräch einstweilen ruhen zu lassen. Sicher würde es später eine weitere Gelegenheit geben, es fortzusetzen. Vielleicht, sagte ich mir, kann mir dieser Don Nuño noch als Verbündeter, mit dem ich nicht gerechnet habe, nützlich werden. Aber man darf nichts über das Knie brechen.

Die folgenden Ereignisse sorgten dafür, dass ich keine Gelegenheit mehr hatte, über irgendetwas in Ruhe nachzudenken. Schon an den ersten Häusern des Dorfes wurden wir mit Jubel empfangen. Etwa dreißig Männer und Frauen schlossen sich unserem Zug an. Als wir uns der Umfassungsmauer der Burg näherten, war er beträchtlich angewachsen. An der Zugbrücke wurde Don Nuño von seiner Gattin, Doña Beatriz, und seinen drei Kindern willkommen geheißen. Hinter ihnen standen der Burgvogt, die Wache und die Dienerschaft. Nachdem Don Nuño seine Angehörigen zärtlich umarmt hatte, begrüßte er jeden einzelnen der anderen mit großer Feierlichkeit. Anschließend stellte er mich allen vor und beschrieb in groben Umrissen das Abenteuer, das wir mit den Banditen erlebt hatten. Dann zogen wir alle in den Burghof, wo wir mehrfach berichten mussten, was vorgefallen war, um die Neugier aller zu stillen.

Um die Rückkehr des Burgherrn und die Gefangennahme der Räuber zu feiern, wurde noch am selben Abend ein großes Bankett ausgerichtet. Lediglich die Wache blieb von der Teilnahme an dem Fest ausgeschlossen. Es fand in einem großen Saal statt, der im Bergfried nahe der östlichen Mauer lag.

Am Spätnachmittag stellten Diener sowie andere Männer und Frauen eine lange Tafel aus Brettern und Böcken auf. Bei Einbruch der Nacht wurden Binsenfackeln und große Wachskerzen am Ehrentisch entzündet, der wie der Querbalken eines T den oberen Abschluss der langen Tafel bildete. Als alles bereit war, nahmen wir Platz. Enrique und Luca saßen inmitten der Burgbewohner, ich hingegen am für Don Nuño und die Seinen reservierten Kopfende der Tafel. Einer der Diener teilte große hölzerne Schalen und Löffel aus, wobei er laut mitzählte. Ein anderer brachte für alle hölzerne Trinkgefäße herein, in die er aus großen tönernen Henkeltöpfen Wein goss. Als ich sah, dass Luca sein Trinkgefäß ergriff, bedeutete ich ihm mit einer verstohlenen Handbewegung, dass er sich bis zum Eintreffen der Gastgeber gedulden müsse.

Schon bald trat Don Nuño mit seiner Gemahlin und den drei Kindern in den Saal. Sie hatten sich dem Anlass entsprechend gekleidet und wollten offensichtlich ihren Gästen Gelegenheit geben, den von ihnen entfalteten Prunk zu bewundern. Während sie langsam die Treppe herabschritten, hatten wir Zeit, sie zu betrachten. Die Gräfin trug ein Kleid aus Damaszenerseide und bändigte ihre Haarpracht mit einem Netz aus Silberfäden. Don Nuño hingegen hatte sich den Bart kräuseln lassen und trug einen Umhang aus Marderfell um die Schultern. Als sie sich setzten, ließ der Burgherr den Blick durch den großen Saal gleiten und hob grüßend den Kelch zu den Gästen, bevor er den Wein probierte. Nach ihm tranken wir alle. Anschließend wurden drei große Suppenkessel hereingebracht, und sechs Männer trugen das Fleisch auf. Der Koch hatte zwei Widder und mehrere Ferkel geschlachtet und gebraten, die Don Nuño auf eine ganz sonderbare Weise in Portionen teilte. Er bediente sich dazu der Schmalseite eines Tellers aus Steingut, wohl um anzuzeigen, wie zart das Fleisch war. Als er damit fertig war, schnitt er einen großen Laib Weißbrot in Scheiben, die er sodann eigenhändig den am Ehrentisch Sitzenden weiterreichte. Unterdessen verteilten Lakaien verschiedene Brotsorten an die anderen Gäste, vor allem das so genannte *tranquilón*, das aus Weizen und Roggen besteht. Als der Graf jedem an unserem Tisch sein Stück Brot gereicht hatte, legte er drei oder vier Scheiben beiseite, dann legte der Seneschall jedem ein großes Stück Fleisch auf das Brot. Es waren aber so viele Gäste, dass wir bereits seit einer ganzen Weile aßen, als den Letzten ihre Portion zugeteilt wurde. Ich hörte, wie der Graf Anweisungen erteilte, Wein für die Wache aufzuheben.

Unter den Gästen ging es hoch her. Gelächter, Ausrufe, Gesänge und der Lärm von hundert Gesprächen füllten den Saal. Hinzu kamen die Geräusche jener, die sich am anderen Ende des Saales für ihre Aufgabe bereit machten. Es handelte sich um provenzalische Spielleute, die uns später mit Troubadourdichtungen erfreuen sollten. Sie begannen mit der wohlklingenden Musik des Fürstentums Katalonien und ließen bald darauf mozarabische Rhythmen erklingen. Vom Psalter wechselten sie zur Violine und dann zur dreisaitigen Hirtengeige. Zum Schluss spielten sie eine Weise, die jeglichen Lärm an den Tischen verstummen ließ. Es war eine einschmeichelnde Melodie, deren Süße uns alle bezauberte. Als sie zur Hälfte verklungen war, erhob sich inmitten der Musiker wie durch einen Zauberschlag eine Tänzerin, die uns noch mehr gefangen nahm als die Musik. Sie trug im Unterschied zu den weiten Kleidern der übrigen Damen eine Vielzahl von mit Schmuckstücken besetzten Schleiern, die sich ihrem Körper anschmiegten wie ein Handschuh den Fingern einer Hand.

»Es ist eine *qayna*«, sagte Don Nuño voll Stolz. Da mir das Wort nichts bedeutete, musste er es mir erläutern. »So nennen die Araber Sklavinnen, die für Gesang, Tanz und als Gesellschafterinnen ausgebildet sind. Diese hier versteht ihre Kunst besonders gut, und obwohl sie wie ein kleines Mädchen aussieht, ist sie mindestens fünfundzwanzig Jahre alt.«

Tatsächlich schien die Tänzerin dem Jugendalter noch nicht entwachsen zu sein. Zwar hatte sie die gerundeten Hüften einer erwachsenen Frau, doch waren ihre Brüste klein und ihr blasses Gesicht von der Lieblichkeit eines Kindes. Dieser Gegensatz und die Schnellkraft, mit der sie tanzte, berauschten uns mehr als der Wein und die Musik. Es war, als ertönten die Instrumente im Inneren ihres Körpers, als wären ihre Hände gemacht, die Klänge auszudrücken, die sich im Raum ausbreiteten. Da ein bis auf die Augenbrauen hinabreichender Schleier ihren kleinen Kopf umhüllte, ahnte man ihr glattes schwarzes Haar, das sie hinten zusammengefasst trug, mehr, als dass man es sah. Auch umgab ein mit kleinen Messingringen besetztes Tuch ihre Stirn. An Handgelenken, Armen und Knien war sie ähnlich geschmückt, so dass sich bei jeder Bewegung das leise Klirren der kleinen Ringe in die Melodie mengte. Obwohl sie nur kurze Zeit tanzte, waren wir alle wie verzaubert.

Anfangs hörte man die einschmeichelnden Töne einer Laute und einer Violine. Als dann die *qayna* auftrat, gesellte sich dazu der trockene, rhythmische und stumpfe Klang einer Handtrommel. Erst stand sie nur da, reglos wie ein griechisches Standbild. Als sich die Klänge einer Flöte mit denen der Handtrommel vermischten, begannen sich die Hände der *qayna* wie auf einen geheimen Befehl hin zu bewegen, verschlangen sich ineinander und schnellten in die Luft. Darauf ertönte eine weitere Flöte, und einen Augenblick lang schien es, als komme es zu einem symbolischen Zweikampf zwischen den beiden Instrumenten, den die Frau mit den Bewegungen ihrer Arme besänftigte. Der Rhythmus steigerte sich, so dass der Trommler rascher schlagen musste. Die *qayna* ließ sich davon mitreißen, und wenn es zu Anfang den Anschein gehabt hatte, als wäre ihr Tanz von den Instrumenten bestimmt, war es zum Schluss umgekehrt. Ihr vom Tanz mitgerissener Körper erfüllte den kleinen Raum, den sie einnahm, mit einer Kraft und Eleganz, die sich nur schwer beschreiben lassen. Jetzt begannen Glöckchen zu klingen. Die *qayna* nahm ein kleines Tambourin zur Hand und drehte sich immer schneller um die eigene Achse, wobei das Tambourin in ihren Händen wie ein Schmetterling flog. Die Schleier, die ihren Körper bedeckten, bildeten in der Luft Wellen wie kleine Sommerwölkchen, schienen Windstöße und Vogelschwärme zu sein, die vorstießen und sich zurückzogen. Die Tänzerin, die sich in ihrer Mitte drehte, schien schwerelos zu sein: Ihre Füße lösten sich vom Boden, als hätte sie kein Gewicht und brauchte ihn nicht einmal zu berühren.

Am Ende ihrer Vorstellung herrschte atemlose Stille. Als sie sich dann verneigte, flogen ihr aus dem ganzen Saal lärmender Beifall und Hochrufe entgegen.

Vom Erfolg der *qayna* beflügelt, spielten die Musiker immer wildere Stücke. Da unterdessen auch der Wein seine Wirkung tat, gingen sie zum Schluss, selbst schon halb betrunken, zu Liedern über, deren Texte voller Anspielungen und Doppeldeutigkeiten und schließlich von geradezu schamloser Direktheit waren. Begeistert klatschte die Menge Beifall und sang die Kehrreime mit. Ich aber war noch verzaubert von der Tänzerin. Es kam mir vor, als wäre ich der einzige nüchterne Mensch im Saal, hielt mich als Einziger aus der Entwicklung heraus, welche die Feier nahm, und merkte als Einziger den kaum wahrnehmbaren Übergang von der höchsten Eleganz zur krassesten Enthemmung, die dort stattfand.

Als ich Enrique darauf ansprach, gab er zur Antwort, er halte das nicht für außergewöhnlich. Zweifellos war ich übermäßig neugierig. Ich wusste, wie sich ähnliche Festlichkeiten entwickelt hatten, und obwohl diese ablief wie fast alle, gab es dabei Augenblicke größerer Anspannung als bei den meisten. Sowohl der Tanz wie auch die Wortspiele gegen Ende waren, wie soll ich es sagen? ... erregender als alles, was ich kannte. Anfangs richtete Don Nuño ein langes Gedicht voller gebildeter Anspielungen an seine Gemahlin Doña Beatriz, in dem er seine Abwesenheit vom häuslichen Herd und die Liebe schilderte, die er für seine Gattin empfand. Doch je weiter das Fest fortschritt, desto plumper und ordinärer wurde die ganze Atmosphäre, ohne dass es jemandem etwas auszumachen schien. Sogar die Gräfin ging zu meinem Staunen ganz dreist auf Anzüglichkeiten ein. Schließlich lachten alle und schlugen sich vor Begeisterung mit den Fäusten auf die Brust.

Wie immer bei solchen Gelegenheiten überraschte mich die Doppelbödigkeit der edlen Herren in den Beziehungen zu ihren Damen, die einerseits von platonischer Schwärmerei und andererseits von Schamlosigkeit gekennzeichnet ist.

Wir legten uns spät schlafen, und nachdem es mir gelungen war, in einem Winkel nahe dem Kamin ein ruhiges Plätzchen zu finden, spürte ich, wie sich mir alles im Kopf drehte. Nur wenn ich die Augen schloss, ging es ein wenig besser. Beim Aufwachen zeigte mir ein starker Kopfschmerz, dass auch ich mehr als gedacht an den Ausschweifungen des Vorabends beteiligt gewesen war.

Das Schicksal, das die Banditen erwartete, stand schon fest, bevor Gericht über sie gehalten wurde. Seit Mittag kündigte ein unaufhörliches Hämmern an, dass man damit beschäftigt war, ein Schafott zu errichten. Von meinem Fenster aus konnte ich sehen, welch düsteres Bild die vier *picotas* oder *rollos* boten – unter diesen Bezeichnungen sind solche Leute hier bekannt –, die in der Mitte eines im Waffenhof aufgebauten Podiums standen.

Nichtsdestoweniger wurde ein ordentlicher Prozess durchgeführt. Am Nachmittag war alles bereit. Don Nuño bat mich, zu seiner Rechten zwischen ihm und seinem ältesten Sohn Diego Platz zu nehmen. Die Verhandlung dauerte eine ganze Weile und verlief stürmisch. Außer uns traten fünf weitere Zeugen auf und machten ihre Aussage. Das Urteil wurde einstimmig gefällt und beim Morgengrauen vollstreckt. In der Nacht ging ich zu den armen Teufeln und bot ihnen den Trost der Beichte an, doch nur einer nahm an. Die anderen schmähten und verfluchten mich und machten einander Vorhaltungen, die darauf hinausliefen, dass sie ihr Leben verwirkt hatten, indem sie uns verschonten. Seit jenem Tag verfolgt mich der trostlose Anblick, den sie boten, wie sie am Galgen hingen und im Wind hin und her schaukelten.

Noch zwei Tage ruhten wir uns in der Burg aus. Ich sprach mit dem Burgvogt und Don Nuños ältestem Sohn Diego, der mir Angaben über den Rest des Weges nach Santiago machte.

Anschließend zeigte er mit geradezu weibischer Gefallsucht seine Rüstung mit Schild und Schwert. Später wandte er sich an seinen Schildknappen und ließ sich von ihm beim Anlegen der Beinschienen und des Brust- und Rückenpanzers helfen. Nach einer Weile sah er aus den Augenwinkeln zu mir her; er wollte mir seine Fertigkeit im Umgang mit den Waffen beweisen. Der Schildknappe kämmte seinem Gebieter die Haare nach hinten, und kaum hielt sich dieser eine leinene Kappe über den Kopf, als er sie ihm aufsetzte. Gleich danach folgte der mit Kaninchenfell ausgekleidete dicke Lederhelm, danach die Sturmhaube mit der Halsberge, über die zum Schluss ein stählerner Helm kam. Anschließend gebot Don Diego dem Knappen, ihm den Schwertgürtel anzulegen, den Steigbügel seines Pferdes zu halten und die Lanze zu reichen. Jeden dieser Befehle erklärte er uns eigens, bis wir ihre Bedeutung verstanden. Auch gab er weitere Erklärungen über die Art ab, wie man die Sattelgurte und alles andere Lederzeug zu behandeln hatte. Da mir klar war, dass seine Worte eigentlich mir galten, zeigte ich mich höflich beeindruckt. Während er den Hals seines mächtigen Streitrosses tätschelte, sagte er voll Stolz: »Ich übe mich bereits seit zwei Jahren und werde meinen Vater beim nächsten Feldzug begleiten. Ich weiß eine Lanze zu halten, das Schwert zu schwingen und einen Reiterangriff zu führen.«

»So ist es«, bestätigte der Wachtmeister der Garnison, der sich in der Nähe befand. »Er kämpft gut zu Fuß und zu Ross. Auch wenn Ihr Euch als Reiter noch verbessern müsst«, sagte er, an ihn gewandt, »kämpft niemand so gut wie Ihr Mann gegen Mann, ausgenommen natürlich Euer Vater. Neulich hat er mich bei einem Übungsgefecht glatt besiegt«, gestand er.

Am Abend entschloss ich mich, noch einmal ernsthaft mit Don Nuño zu sprechen. Sofern mein unbestimmtes Gefühl zutraf, konnte er sich als wertvoller Verbündeter bei der Aufklärung einer Intrige erweisen, die ich erst ansatzweise erahnte. Wenn mein Eindruck richtig war, steckte hinter der Verhandlung gegen Don Rodrigo weit mehr als der Versuch, die Wahrheit über einige zweifelhafte Dinge ans Tageslicht zu fördern. Inzwischen war mir bekannt, dass der kastilische Herrscher zahlreiche Veränderungen in seinem Reiche durchführte, und so mangelte es nicht an inneren Feinden. Doch soweit ich sehen konnte, war Don Nuño keiner von ihnen. Ich halte mich für einen recht guten Menschenkenner, und falls Don Nuño nicht ein glänzender Schauspieler war, durfte man auf seinem Gesicht eine Treue zu Don Alfonso ablesen, die es ihm verbot, an einem Umsturz teilzunehmen. Auch hatte er sich im Gespräch mit mir ganz eindeutig über seinen Herrscher geäußert, so dass ich von seiner Rechtschaffenheit überzeugt war. Wenn ich mich aber in ihm irrte, konnte das bedeuten, dass ich mein Leben aufs Spiel setzte.

Ich bat Don Nuño um ein Gespräch, und er lud mich in ein kleines Zimmer vor seinem Schlafgemach. Dort setzten wir uns an den Kamin, und nach und nach teilte ich ihm mit, was ich über die Angelegenheit wusste. Ich wollte behutsam einen Schritt nach dem anderen tun, und so sprachen wir erst über die neuen Gesetze des Königs und die Reformen, die er am Hof durchgeführt hatte. Ich musste unbedingt eine Bestätigung für meine Eindrücke haben. Als ich merkte, dass Don Nuño diese Veränderungen bejahte – »gewiss, es sind harte Eingriffe, sie lassen sich aber nicht vermeiden«, sagte er trocken –, fragte ich ihn offen heraus, wie er zu den Erhebungen an der Biskaya und in Andalusien stehe.

»Was soll ich schon davon halten?«, gab er kurz zur Antwort. »Das Schicksal Diego López de Haros tut mir Leid, denn ich habe ihn geschätzt. Vermutlich hat er sich durch seine Stellung als persönlicher Stellvertreter Ferdinands III. und Landverweser zu der Annahme verleiten lassen, sein Weizen müsse auch unter dessen Sohn Alfonso blühen. In dem Fall aber hatte er sich geirrt, denn unser König duldet nicht, dass jemand von den Einkünften anderer lebt. Über den Aufruhr des königlichen Prinzen Heinrich ist nicht viel zu sagen. Er ist ein geborener Intrigant, und wenn ich auch niemandem Böses wünsche, freut es mich doch zu wissen, dass er viele Jahre fern von unserem Land zubringen muss. Sein Bruder wird ihm seine Handlungsweise kaum verzeihen, und ich muss sagen, dass ich das verstehe.«

Jetzt war der richtige Augenblick gekommen. Nachdem ich Don Nuño um Entschuldigung für meine Vorsichtsmaßnahmen gebeten hatte, setzte ich ihn genau ins Bild. Ich teilte ihm mit, dass ich den Wirrwarr um Rodrigo und Maria Correa zum Teil bereits kannte und auf dem Weg nach Santiago sei, um nähere Einzelheiten zu erkunden. Zwar vermutete ich, dass ihn meine Worte überraschten, doch waren auf seinem Gesicht weder Verwunderung noch der geringste Vorwurf wegen meines bisherigen Schweigens erkennbar. Auch hier zeigte sich wieder, dass er praktisch veranlagt und ein Mann der Tat war, nicht zu unnötigen Spekulationen neigte und ausschließlich auf die Tatsachen achtete.

»Wer hat Euch den Auftrag erteilt?«

»Bischof Guillermo von Jaca. König Ludwig von Frankreich hat mich auf Ersuchen Eures Herrschers in dieses Land entsandt. Ich gehöre der Abtei Saint Denis an, und meine Oberen haben mir mitgeteilt, dass ich an den Hof von Toledo reisen müsse, um dort einen nicht besonders klaren Auftrag auszuführen.«

»Und?«

»Ihr werdet es sehen«, erwiderte ich. »Ich vermute, dass es darum geht, Alfonso X. in Bezug auf seine Reformen auf die eine oder andere Weise zu beraten. Allerdings waren die mir erteilten Anweisungen, wie ich Euch bereits gesagt habe, nicht besonders klar. Nun muss aber auch gesagt werden«, fügte ich entschuldigend hinzu, »dass sich derjenige, der mir den Auftrag des Königs übermittelt hat, nämlich der Kanzler der Universität von Paris, nicht gerade durch die Fähigkeit auszeichnet, die Dinge beim Namen zu nennen. Doch hat mich das nicht weiter gestört, und außerdem hatte ich keine Zeit, lange nachzufragen. Mir blieb nichts anderes übrig, als sogleich aufzubrechen.«

»Wenn ich Euch richtig verstehe«, fiel mir Don Nuño ins Wort, »hat man Euch also in Jaca den Auftrag erteilt, einen Umweg über Santiago zu nehmen, um dieser Intrige auf den Grund zu gehen.«

»Etwa in der Art«, räumte ich ein. »Allerdings war alles völlig undurchschaubar. So wollte mich der Bischof von Jaca anfangs dazu überreden, ich solle als gewöhnlicher Pilger nach Santiago ziehen. Als Begründung dafür hat er angeführt, ich sei zu früh in Spanien eingetroffen und der König könne mich erst im Sommer empfangen.«

Bei diesen Worten muss wohl ein skeptischer Ausdruck auf meine Züge getreten sein, denn Don Nuño sah mich schlau an und fragte: »Und wie habt Ihr herausbekommen, was man wirklich von Euch wollte?«

Mit einer gelangweilten Handbewegung senkte ich den Blick und betrachtete angelegentlich meine Fingernägel.

»Wie Ihr Euch vorstellen könnt, hat mir die Anregung des Bischofs nicht gefallen, von der ich Euch gerade berichtet habe. Immerhin war ich in größter Hast von Paris nach Jaca gereist, da wollte ich mir nicht mit einem Mal sagen lassen, dass die Sache keine Eile habe. Etwas konnte da nicht stimmen.« Ich hob den Blick wieder. »Also begann ich, Guillermo nach den Hintergründen seines Vorschlags zu fragen. Der Bischof aber hat sich sehr geschickt verhalten und mir schließlich mehr oder weniger die Weisung erteilt, ich solle die Pilgerschaft antreten, um dem Erzbischof von Santiago eine Botschaft zu überbringen. Mir aber genügten seine Erklärungen nicht, und ich war nach wie vor unzufrieden. Also fragte ich beharrlich weiter, bis er mir schließlich mitteilte, was er von mir wollte«, schloss ich mit triumphierendem Blick.

»Ich sehe schon, dieser verschlagene Bursche versteht sein Handwerk«, murmelte Don Nuño. »Wer das Ziel seiner Reise nicht kennt, kann nichts ausplaudern und folglich den König auch nicht verraten. Allerdings verstehe ich nicht, warum er angenommen hat, Ihr würdet so im Stande sein, den Euch erteilten Auftrag auszuführen. Worauf hat er seine Zuversicht gegründet, dass Ihr auf eigene Faust etwas herausbekommen würdet?«

»Das weiß ich selbst nicht. Vermutlich hatte er etwas über mich gehört und war der Ansicht, wenn man mich auf die eine oder andere Fährte setzte, würde das meine Neugier wecken und mich dazu veranlassen, der Sache weiter nachzugehen.«

»Dieser Ansicht kann ich mich nicht anschließen«, überlegte der Graf laut. »Selbst wenn Ihr der neugierigste Mensch auf der Welt wäret und er das wüsste, wäre eine solche Annahme zu gefährlich. Es muss da noch etwas anderes geben ... Sagt, seid Ihr lediglich mit diesen beiden jungen Männern unterwegs, in deren Begleitung ich Euch angetroffen habe, oder gibt es noch jemanden?«

Ich erklärte die fast beiläufige Art, in der mir der Bischof dargelegt hatte, wie vorteilhaft es sei, von einem Menschen seines Vertrauens begleitet zu werden, und wie ihm ebenfalls ganz zufällig der Name Pedro García de Velasco eingefallen war, der von der Welt zurückgezogen als Einsiedler im Klosterbezirk von San Juan de la Peña lebte.

»Pedro García de Velasco? Ich glaube nicht, dass ich ihn kenne.«

»Das dürfte auch unwahrscheinlich sein. Er hält sich sehr im Hintergrund und ist gleichzeitig einer der tüchtigsten Männer, die mir je begegnet sind. Zur Zeit ist er in Asturien unterwegs, auf der Suche nach einem Wahrsager, der uns unter Umständen einen der Schlüsselhinweise zur Lösung des Rätsels liefern kann.«

Don Nuño sah mich mit größter Aufmerksamkeit an. Ich erzählte ihm von der Hochzeit in Estella, meiner sonderbaren Unterhaltung mit Cárdenas und anschließend mit Miguel de Miranmón, der uns mittels des Arztes Levi auf die richtige Fährte gesetzt hatte. Dann berichtete ich von dem fehlgeschlagenen Versuch, mich zu vergiften, von unserem Umweg nach Sahagún und schließlich von der Entscheidung, dass Velasco zusammen mit Salomo Sabarra den anderen Wahrsager, Todros, herbeischaffen sollte.

Ich sprach so lange, dass mein Mund schließlich trocken war. Ohne mich auch nur ein einziges Mal zu unterbrechen, saß Don Nuño abwartend da, hielt das Kinn in die Hand gestützt und achtete auf jede meiner Bewegungen. Gelegentlich nickte er bedächtig oder erhob sich, um ein Stück Holz im Kamin umzudrehen oder die Glut zu schüren. Doch auch dabei hörte er aufmerksam zu und ermunterte mich fortzufahren. Als ich endete, glaubte ich, nichts unerwähnt gelassen zu haben. Ich irrte mich. Obwohl ich ihm alle Vorfälle mitgeteilt hatte, wollte er noch mehr Einzelheiten wissen. Nachdem er mir eine Vielzahl von Fragen gestellt hatte, trat er ans Fenster und öffnete die hölzernen Klappläden. Sogleich hallte der Lärm aus dem Hof herauf. Don Nuños nachdenklicher Gesichtsausdruck ließ mich annehmen, dass er aus meinen Angaben mehr herauslas, als die bloßen Worte besagten. Es gelang ihm sogar, Velasco zu identifizieren.

»Handelt es sich um einen hoch gewachsenen, kräftigen Mann von etwa dreißig Jahren, mit dunkler Haut und friedlichem Gesichtsausdruck? Jemand, der nirgendwo auffällt und nicht besonders flink wirkt, sich aber trotzdem wie eine Katze bewegt und den Ereignissen stets einen Schritt voraus zu sein scheint?«

»Ihr hättet ihn nicht besser beschreiben können«, gestand ich. »Das ist er zweifellos. Kennt Ihr ihn etwa doch?«

»Nicht von Angesicht zu Angesicht. Aber ich habe oft von ihm sprechen hören. Bei meiner Beschreibung habe ich mich eben der Worte bedient, mit denen man ihn mir geschildert hat. Es muss derselbe Mann sein, den ich meine, ein ungewöhnlicher Mensch. Soweit ich weiß, hat er unseren König bei der Schlacht um Murcia kennen gelernt, die etwa fünfzehn Jahre zurückliegt. Seither legt er eine ergebene Treue für ihn an den Tag, und der König hat ihn mit den verschiedensten Aufträgen betraut. Aus dem, was Ihr mir berichtet habt, schließe ich, dass er in San Juan de la Peña eine bestimmte Aufgabe zu erledigen hatte und ganz gewiss kein Einsiedler war, wie man Euch weisgemacht hat. Auch bin ich überzeugt, dass man ihn alles andere als zufällig ausgewählt hat, sofern es sich um den Mann handelt, an den ich denke.«

In diesem Augenblick begann ich zu verstehen. Zum Beispiel begriff ich, warum Velasco seiner Sache stets so sicher war und warum er mir immer erklärte, ich solle mir keine Sorgen machen. Außerdem aber verstand ich, warum er Entscheidungen dann traf, wenn sie getroffen werden mussten. Inzwischen gewann nicht nur seine scheinbare Unterwerfung Sinn, sondern auch das Gefühl der Machtlosigkeit, das ich an seiner Seite bisweilen empfunden hatte, und ich erkannte allmählich, welche Bedeutung der kastilische König der Angelegenheit beimaß, zu deren Aufklärung ich beitragen sollte.

Aber nicht nur ich erkannte das Ausmaß des Interesses, das Alfonso X. an der Sache hatte. Don Nuño blieb eine Weile in Gedanken versunken, und wenn ihm auch ähnliche Bilder wie mir durch den Kopf gehen mochten, konnte er die Angelegenheit wohl sicherer einschätzen. Schließlich bemerkte er: »Vermutlich ist Euch bereits aufgegangen, dass hier viel mehr auf dem Spiel steht als die Aufklärung des Mordes an Diego Pérez Arias. Hier geht es um weit mehr, und der Prozess gegen Rodrigo ist lediglich ein Vorwand. Sofern hier eine Intrige angezettelt worden ist, und das scheint nach dem von Euch Gesagten der Fall zu sein, muss man sich dagegen wappnen.«

Don Nuño stand erneut auf und trat ans Feuer. Dort spielte er einige Augenblicke mit dem Fuß mit einem halb verbrannten Holzscheit, dann wandte er sich mir erneut zu und sagte in nachdenklichem Ton: »Mir will nicht in den Kopf, dass Maria nach wie vor schweigt. Auch bin ich nicht der Ansicht, dass Rodrigo verpflichtet sein sollte, sich zu der schändlichen Tat zu bekennen, es sei denn, er hätte sie begangen. Ich kann das Ganze einfach nicht verstehen ... Vermutlich erhofft Ihr Euch von mir Unterstützung bei der Lösung Eurer Aufgabe, doch im Augenblick kann ich Euch nicht viel helfen.«

Er erklärte mit einer Handbewegung: »Aber Ihr dürft sicher sein, dass wir dahinter kommen. Auf jeden Fall werde ich Euch helfen, so gut ich kann. Auf keinen Fall sollten wir Zeit verlieren. Wann wollt Ihr nach Santiago weiterreisen?«

»Ich hatte gedacht, dass wir morgen aufbrechen«, gab ich zögernd zurück.

»Dann also morgen. Falls es Euch nichts ausmacht, könntet Ihr einen weiteren Begleiter mitnehmen. Ich habe vorher nichts davon gesagt, aber schon seit mehreren Stunden denke ich darüber nach, eine wie glückliche Fügung unsere Begegnung ist.«

Er schien noch einmal überlegen zu wollen, fügte aber fast im selben Augenblick hinzu: »Jetzt muss ich Euch doch noch etwas sagen. Ich befürworte ganz entschieden, dass der Autorität des Königs Geltung verschafft werden muss, und arbeite schon seit Langem auf dieses Ziel hin.«

Er setzte sich wieder und erklärte mir, was hinter diesen Worten steckte:

»Im vorigen Jahr habe ich an der Ständeversammlung teilgenommen«, sagte er, »die der König in der Stadt Vitoria einberufen hat, um das Ende der Adelsaufstände und den Frieden mit Aragon und Navarra zu besiegeln. Mir hatte er einen besonderen Auftrag zugedacht: Ich sollte ihn über jede Veränderung auf dem Laufenden halten, die eintrat.«

Ein Gedanke ging mir durch den Kopf, und ich sagte: »Das heißt, als wir in jenem verlassenen Dorf aufeinander gestoßen sind...«

»...kam ich gerade von einer Inspektionsreise an die Grenze Navarras zurück«, setzte Don Nuño meinen Satz fort. »Ihr vermutet richtig.«

»Ich verstehe«, sagte ich, ohne nachzudenken.

»Das kann nur bedeuten, dass Ihr entweder ausgesprochen einfühlsam oder ausgesprochen schwerfällig seid«, erwiderte er mit spöttischem Ton.

Als ich ihn verblüfft ansah, fuhr er lachend fort: »Das sage ich, weil ich die Reise unter dem Vorwand unternommen hatte, festzustellen, ob sich die katharischen Ketzer auf unserem Gebiet festgesetzt haben. In Wirklichkeit galt meine Reise einem Besuch bei Theobald II., dem jungen Herrscher Navarras.« Verschmitzt setzte er hinzu: »In Pamplona hat man die offiziellen Gründe meiner Reise gutgeheißen. Daher vermute ich, dass die wahren Gründe nicht durchgesickert sind.«

Bestürzt über meine Begriffsstutzigkeit, unternahm ich einen neuen Anlauf und fragte ihn, welchem Zwecke sein Besuch bei Theobald II. gedient habe. Don Nuño, der, wie es schien, meine Schwäche nicht ausnutzen wollte, lächelte mir freundlich zu und fuhr fort: »Don Alfonso hatte ihn nach Vitoria eingeladen, damit er ihm dort huldigte. Wie Ihr Euch vorstellen könnt, hat die Unterwerfung Theobalds unter den kastilischen Herrscher Navarras Adel nicht gerade mit Begeisterung erfüllt.«

»Mit anderen Worten«, fuhr ich fort, »Ihr hattet Euch umhören wollen, wie die Stimmung dort im Lande ist.«

»Etwa in der Art«, gab er zur Antwort. »Außerdem wollte ich feindselige Gemüter beruhigen, soweit das nötig war.«

»Das aber war nicht der Fall?«

»Nein. Im Augenblick herrscht eine gewisse Ruhe. Doch liegen die Aufstände noch nicht lange zurück, und der kleinste Anlass genügt, um die Kluft erneut aufbrechen zu lassen. Soweit ich die Lage einschätze, könnte der Mordfall um Rodrigo eine ideale Gelegenheit für jene sein, die nach Unzufriedenen suchen, derer sie sich für ihre Zwecke bedienen können.«

Mit entschlossener Stimme fuhr er fort: »Auf jeden Fall komme ich mit Euch nach Santiago. Ich glaube, dass ich Euch dabei behilflich sein kann, ein vollständiges Bild der Situation zu gewinnen und Gefahren aus dem Wege zu gehen. Die Leute auf der Gegenseite sind nicht dumm. Gewiss werden sie schon bald Euren wahren Auftrag erraten. Abgesehen von meiner alten Freundschaft mit Rodrigo, kann ich eine Erklärung für Euren Aufenthalt dort liefern, der die Gegenseite zufrieden stellt.«

Ich stimmte begeistert zu. Es war ein glücklicher Zufall gewesen, der mich in jenem gottverlassenen Dorf Santa Colomba mit Don Nuño zusammengeführt hatte. Mit ihm an meiner Seite dürfte es mir in der Tat weit leichter fallen, mich Rodrigo zu nähern, und zweifellos würde es mir dank seiner Unterstützung gelingen, weitere Einzelheiten zu erfahren, an die ich sonst nur mit größter Mühe hätte gelangen können.

Nachdem wir uns auf diese Weise geeinigt hatten, schritt der Graf zur Tat und nahm am folgenden Tag kurz nach Morgengrauen Abschied von seinen Angehörigen. Wir hatten beschlossen, möglichst unerkannt zu reisen, und wie hatte sich Don Nuño verändert! Kaum hätte ich ihn wiedererkannt. Sein mächtiges Streitross hatte er im Stall gelassen. Nicht nur sah das Tier, das er ritt, noch unauffälliger aus als meines, er hatte sich auch den Bart abgenommen und das Gewand eines bescheidenen Pilgers angelegt. Es war bemerkenswert, wie ungläubig Luca und Enrique bei seinem Anblick dreinsahen. Doch sie schienen Don Nuños Auftauchen und seine Anwesenheit unter uns als gegeben hinzunehmen, hielten klugerweise den Mund und warteten wohl ab, wie es weitergehen würde.

Wir beschlossen, auf die übliche Pilgerroute nach Santiago zurückzukehren. Unterwegs sprachen wir viel miteinander, und Don Nuño riet uns, in Foncebadón, einem Pilgerbrauch folgend, einen Stein zu Füßen eines sonderbaren Metallkreuzes zu legen, das sich auf einer kleinen Anhöhe erhob. Auch der Name des nahe gelegenen bedeutenden Marktfleckens Ponferrada, erklärte er, gehe auf dieses Metall zurück, denn eiserne Klammern hielten die Bruchsteine seiner Brücke zusammen, woher der Name *pons ferrata* stammt. Wir hielten uns in dem Ort, über dem eine ansehnliche Templerburg thronte, nicht länger auf als nötig, denn wir kannten keinen anderen Gedanken als den, die verlorene Zeit wieder aufzuholen.

Einen Tag später kam es zwischen den aquilinischen Bergen und dem Gipfel des Aquiana zu einer eigenartigen Begegnung. Gerade als wir einen Hang zum Fluss hinabritten, der sich lieblich durch das Tal wand, hörten wir lautes Jammern. Am Weg sahen wir einen Landmann liegen, der bei der Obsternte vom Baum gefallen war und sich das Bein gebrochen hatte. Wir stellten eine Behelfstrage her und brachten ihn in sein Dorf unweit der Straße. Seiner Frau, die uns voll Sorge empfing, gaben wir zu verstehen, dass der Unfall keine schweren Folgen haben werde. Da aber der Mann nicht aufhörte zu jammern, riefen wir einen nahebei wohnenden Arzt, der auch eilends kam. Nachdem er den Unterschenkel des Mannes betastet hatte, verlangte er ein glattes Brett von der Größe des Unterschenkels. Enrique fand eines im Stall, der Arzt säuberte die Wunde sorgfältig und versuchte dann, die Knochenenden zusammenzufügen. Da die kräftigen Wadenmuskeln des Mannes das verhinderten, bat er uns um Hilfe. Um den Schmerz des Verunglückten zu lindern, flößte ihm seine Frau einen durchsichtigen Tresterschnaps ein, der als *orujo* bezeichnet wird. Mit vereinten Kräften gelang es uns schließlich, den Knochen wieder zusammenzufügen. Daraufhin fertigte der Arzt mit Hilfe von Stoffstreifen eine Art Schlinge, die er am Fuß und am Knie anlegte, und band den Unterschenkel anschließend auf dem Brett fest. Dann erklärte er dem Mann, er müsse jetzt einen Monat ruhig liegen bleiben. Sogleich begehrte dieser mit schwacher Stimme auf und fragte: »Um diese Jahreszeit? Kümmert Ihr Euch um meine Obstbäume? Gebt Ihr meinen Angehörigen zu essen und füttert meine Tiere?«

Achselzuckend verabschiedete sich der Arzt. Auf dem Weg unterhielten wir uns mit ihm. Er war ein Mann in mittleren Jahren, der einen kurz gestutzten Bart trug und in dessen grauen Augen ein skeptischer Blick lag, und lud uns zum Abendessen ein. Er erklärte, wir könnten die Nacht im Stall seines Anwesens verbringen, den die Tiere behaglich wärmten. Er erzählte, dass er sich nach Kräften um seine Patienten bemühe, doch seien die meisten von ihnen wie jener Mann. »Ihr werdet sehen, in zwei oder drei Tagen macht er sich wieder an die Arbeit, und das Bein wird nie richtig heilen.«

Jene abgelegene Gegend war äußerst wildreich. Da Don Nuño sie gut kannte, zeigte er uns Gämsen, Wölfe und Auerhähne. Letztere hatte ich noch nie zuvor gesehen. Die dort üblichen Häuser, die *pallozas*, sind von einzigartiger Bauweise. Da sie keine Kamine haben, entweicht der Rauch durch das Stroh und die Ginsterzweige, mit denen die Dächer bedeckt sind. Im Inneren gibt es ein *lar* oder eine *lareira*. So heißt die Kette, an der der Kessel für den Eintopf über dem Feuer hängt. Unter den Dächern befinden sich merkwürdige Räder, an denen das Fleisch der geschlachteten Tiere aufgehängt wird. Auch die Möbel wirken sonderbar. Beispielsweise enthalten die meisten Häuser einen von der Wand abklappbaren Tisch, auf den das Essen gestellt wird.

Wenn ich an jene letzten Tage denke, erinnere ich mich vor allem an den Geruch der Kiefern und an die Nächte, die wir auf aufgetürmtem Buchenlaub in Holzfällerhütten verbrachten. Inzwischen vermisste ich die trockene und karge Landschaft Kastiliens mit ihren herrlichen Sonnenaufgängen, in der der Blick ungehindert bis zum Horizont schweifen konnte. Obwohl sich das Frühjahr inzwischen dem Ende zuneigte, waren die Tage in Galizien gegen Sonnenuntergang nicht sehr hell, und das Licht war auch bei wolkenlosem Himmel weniger leuchtend. Doch wenn wir gegen Tagesende unsere Reise unterbrachen, genoss ich gern jeden Luftzug sowie die Stille und Ruhe, die alles ausstrahlte. Dennoch schien nirgendwo das Gefühl der inneren Ruhe und Sammlung so sehr zur Landschaft zu gehören wie in Kastilien.

Während wir uns zwischen zwei von Flussläufen durchzogenen Tälern einen Berghang emporarbeiteten, stießen wir eines Morgens auf eine Gruppe von Viehhirten, mit denen wir schließlich gemeinsam zu Mittag aßen. Wir fragten sie, ob in diesem Jahr viele Jakobspilger unterwegs seien. Ein kräftiger Mann mit rötlichem Gesicht, wohl der Anführer des Trupps, gab zur Antwort: »Doch, es kommen eine ganze Menge.«

Dann sagte Don Nuño etwas, was ihm den Beifall der Männer eintrug: »Über diese tausendjährige Straße, die jetzt Jakobsweg heißt, sind schon Römer, Mauren und Christen gezogen, Könige, Erzpriester, Hausierer, Troubadoure, Straßendirnen, Jäger, und wer sonst noch den Fluss auf einer sicheren Brücke überqueren musste. Vor allem aber waren es Viehhirten wie ihr.«

Der Anführer des Trupps lächelte ihm Dank für seine Worte zu. Er merkte nicht, dass sich ein Edelmann unter dem Pilgerkleid verbarg. Dann riet er uns: »Vom Dorf Tricastela müsst ihr ein Stück Kalkstein mit nach Castañeda nehmen, wo sich die Brennöfen befinden. Damit tragt ihr zum Bau der Kathedrale von Santiago bei. Das tun alle Pilger.«

Wir fügten uns dem üblichen Brauch ebenso wie in Lavacolla, wo sich aus Frankreich kommende Pilger hinter dem malerischen Dorf Puertomarín in einem Wildbach von Kopf bis Fuß wuschen. Als wir hindurchritten, fiel Enrique unglücklicherweise vom Pferd und brach sich ein Bein. Nachdem wir es geschient hatten, setzten wir ihn wieder auf sein Reittier und beeilten uns, über den Monte Gozo, von dessen Kuppe aus man die Mauern der Stadt Santiago sieht, unser Ziel zu erreichen. Während wir die Türme der Apostelstadt zum ersten Mal betrachteten, nahm ich meinen Pilgerführer zur Hand und las nach, was Aymerich über den Zielpunkt der Reise angemerkt hatte: Beim Anblick der Kathedrale von Santiago wird auch derjenige fröhlich, der bis dahin betrübt war.

XI. Die Mauer des heiligen Jakobus

Santiago de Compostela, Juni bis Juli 1257

Am 20. Juni hielten wir unseren Einzug in das legendenum-
wobene Santiago de Compostela. Wir betraten die von der
ungeheuren Masse ihrer Kathedrale beherrschte Stadt durch
das Osttor, das nach der aus Frankreich kommenden Straße
»Tor der Franken« heißt, und folgten dieser Straße bis zur Kirche Santa Maria del Camino. Alle vier fanden wir in einer ge-
mütlichen und sauberen Herberge Unterkunft. Nachdem wir
uns dort eingerichtet hatten, schickte ich eine Botschaft an
Erzbischof Teobaldo Fortún, in der ich ihn bat, mich zu empfangen, da ich ihm ein Schreiben des Bischofs von Jaca zu
eigenen Händen übergeben müsse. Dieses Schreiben war der
einzige Gegenstand von Bedeutung, den ich beim Überfall vor
den Banditen hatte retten können. Zwei Stunden später teilte
mir ein junger Diakon mit, Seine Eminenz sei bereit, mir am
nächsten Tag um neun Uhr morgens eine Audienz zu gewähren.

Lediglich ein Palast steht an dem großen Platz, den die Kathedrale beherrscht. Von außen beeindruckte sie mich nicht
im Geringsten, sieht sie doch zahlreichen Gotteshäusern meines Heimatlandes ähnlich und ist sogar kleiner als jene. Doch
als ich eintrat, verblüffte mich die herrliche Vollkommenheit
der prunkvoll geschmückten Pforte, die den Namen *Pórtico
de la Gloria* trägt.

Im Laufe der nächsten Tage lernte ich diese dem Apostel Jakobus geweihte Kathedrale lieben – und zwar vor allem von
außen. Sie ist vielerlei zugleich, und das nicht nur wegen

der Botschaft, die sie vermittelt, sondern auch wegen ihres je nach Witterung, Tageszeit und Jahreszeiten unterschiedlichen Erscheinungsbildes. Daran wird sich gewiss auch in späteren Jahrhunderten nichts ändern. Beispielsweise stelle ich sie mir gern vor, wie sie an Wintertagen mit schneebedeckten Türmen und Kuppeln über der weißen Stadt aufragt. Ich selbst allerdings habe sie ausschließlich in Sonnenschein und Regen gesehen. In beiden Fällen lag die gleiche schwermütige Stimmung über dem Gotteshaus, die von der ganzen Stadt ausgeht, was es ganz besonders anziehend wirken ließ. Tatsächlich erschien die Kathedrale mir bezwingender denn je, als ich sie, unter einem Hausdach stehend, betrachtete, während der Regen durch die Abflusskanäle der Straße rauschte. Das mag daran gelegen haben, dass mir der Wasservorhang nur ein unscharfes Bild zeigte, möglicherweise aber lag es auch daran, dass der auf die Steine fallende Regen den Eindruck besonderer Sauberkeit hervorrief. Doch kann der Grund auch gewesen sein, dass die Laute der Natur an die Stelle des menschlichen Stimmengewirrs traten, wenn nicht gar, dass ich mir den Bau in diesen Augenblicken aneignen und mir einbilden konnte, er gehöre mir allein. Es ist gut möglich, dass der letztgenannte Grund zutrifft, denn immerhin ist Santiago eine Stadt der Massen, in der die Pilgerströme und der unaufhörliche Lärm der Menschen den Besucher fortwährend aus der Fassung bringen. Natürlich kann ich das nicht im Voraus wissen, aber vermutlich werde ich mein Leben lang die Erinnerung an die Kathedrale von Santiago mit den nassen Steinen in Verbindung bringen. Es erstaunt mich, dass meine Empfindung davon so greifbar ist. Mein guter Enrique wird doch nicht am Ende einige seiner Fähigkeiten vermittelt haben? Wer hätte gedacht, dass ich ein solches Bild als Andenken an das Grab des Apostels Jakobus mit mir tragen würde?

Der erzbischöfliche Palast war ein schöner steinerner Bau, den Santiagos großer Wohltäter, Bischof Gelmírez, um die gleiche Zeit hatte errichten lassen, in der der *Pórtico de la*

Gloria entstanden war. Am Tor warteten viele Pilger und Arme auf einen Teller Suppe. Ich trat in den Bischofspalast, und nachdem ich erklärt hatte, wer ich war, stieg ich über eine sehr breite Treppe zu einem Bronzeportal empor. Dort angekommen, führte mich ein Erzdiakon in den Vorsaal. Da dieser Raum im Halbdämmer lag, konnte ich zwischen den Schatten nur mit Mühe etwas erkennen. In jenem großen Raum, um dessen Wand eine steinerne Bank lief, befanden sich viele Menschen. Die Hauptgruppe hatte sich um den Kamin versammelt. Es schien um etwas Wichtiges zu gehen, denn die Leute sprachen gedämpft und ernsthaft miteinander. Einige trugen geistliche Gewänder, andere die aufwendige Tracht des niederen Adels. Bei meinem Anblick verstummten sie und wandten sich mir zu, wahrscheinlich um zu sehen, wer da kam. Schon bald aber nahmen sie ihre Unterhaltung wieder auf. Wenig später wurde ich in einen anderen großen Raum geführt, der aber minder prächtig war. Am hinteren Ende saß Teobaldo Fortún, der Erzbischof von Santiago de Compostela, ganz in Schwarz gekleidet, an einem Tisch und unterschrieb ein Schriftstück nach dem anderen, so, wie sie ihm sein Sekretär reichte. Nachdem ich eine Weile gewartet hatte, hob er den Blick und begrüßte mich liebenswürdig mit den Worten: »Geliebter Bruder Raoul, willkommen in der Stadt des Apostels«, wobei er mir seinen Ring zum Kuss hinhielt. Ohne den Brief des Bischofs von Jaca auch nur anzusehen, gab er ihn sogleich an den Sekretär weiter.

»Tretet näher, und setzt Euch zu mir«, forderte er mich auf. Er ging mit mir in eine Ecke des Raumes, wo wir unter einem großen Fenster Platz nahmen. Es stammte sichtlich aus derselben Zeit, in der die Kathedrale erbaut worden war. Ich sah den Erzbischof aufmerksam an. Er war hager, und obwohl er gebeugt ging, erkannte ich, dass er hoch gewachsen war. Er hatte ein breites Gesicht mit kräftigen Zügen und ausdrucksvollen Augen, trug einen schütteren Bart, sein Schädel war fast kahl, und graues Haar bedeckte die Schläfen. In seinen

Augen lag der Ausdruck von Klugheit. Er sprach eintönig, langsam und ohne jeden Gefühlsausdruck; man merkte, dass er lange überlegte, bevor er etwas von sich gab. Nichts schien ihm zu entgehen. Sehr viel später erkannte ich auch, dass er eine bezwingende Persönlichkeit war, in der sich die nach außen gekehrten glänzenden Gaben eines großen Kirchenmannes mit der Fähigkeit mischten, Einzelheiten hervortreten zu lassen, Anekdoten zu erzählen, die jüngsten Berichte aus der Welt der Politik ins Kalkül mit einzubeziehen, sie sich voll Kühnheit zu Nutze zu machen und vor allem seine Zuhörer mitzureißen. Bei jener ersten Begegnung jedoch konnte ich fast keins dieser Merkmale entdecken.

Unser Gespräch dauerte etwa eine Stunde. Ich merkte, dass ihm mein ursprünglicher Auftrag und was man sich in Paris davon erwartete bis in die kleinsten Einzelheiten bekannt war, doch schien er sich in Bezug auf die neue Wendung nicht festlegen und über den Mord an Diego Pérez keine klare Meinung äußern zu wollen. Als ich ihm meine Nachforschungen zu erklären versuchte, ließ er mich eine Weile reden, doch kaum fing ich an, konkrete Verdachtsmomente zu äußern, als ein Ausdruck von Ungeduld auf seine Züge trat. Zum Schluss schnitt er mir mit einer knappen Handbewegung das Wort ab.

»Mein lieber Raoul, das genügt«, sagte er. »Ich glaube, man hat versäumt, Euch davon zu unterrichten, welche Rolle mir bei der bevorstehenden Verhandlung gegen Rodrigo García zugedacht ist. Verzeiht mir, aber wenn sie Euch bekannt wäre, würdet Ihr Euch nicht so leichtfertig über diese Dinge äußern.«

Ich wollte Einwände erheben, doch er gebot mir mit einer verweisenden Gebärde Einhalt und erläuterte: »Nein, hört mir zu. Man hat mir den Vorsitz in dieser Verhandlung übertragen. Diese Aufgabe verlangt von mir ein unparteiisches Verhalten. Ich habe Euch, wie auch so manchen anderen, ausreden lassen. Über den Fall sind viel zu viele Worte verloren worden, als dass man sich von ihm fern halten könnte. Doch alles muss im Gleichgewicht bleiben. Konkrete Aussagen über jene Vorgänge kann und darf ich nicht zulassen. Da ich derlei von Personen nicht dulde, die mit dem Fall zu tun haben, kann ich es Euch als einem Außenstehenden noch weniger gestatten. Bitte lasst uns daher von etwas anderem reden.«

»Aber was ist mit dem Brief Bischof Guillermos von Jaca?«, fragte ich überrascht.

»Was für ein Brief?«, gab er zurück. Dann fiel ihm das Schreiben ein. »Ach so, das Handschreiben, das Ihr mitgebracht habt. Ehrlich gesagt, halte ich es nicht für besonders wichtig, weil ich annehme, dass es sich um ein einfaches Einführungsschreiben handelt. Wie Ihr gesehen habt, waren mir die Gründe Eures Kommens ohnehin bereits bekannt. Doch sehen wir uns den Brief einmal an.«

Er ließ sich von seinem Sekretär das Schreiben reichen, das ich auf der ganzen Reise als meinen kostbarsten Schatz gehütet hatte, und erbrach das Siegel. Während des Lesens nickte er mehrfach bestätigend. Als er endete, wirkte der Blick seiner grauen Augen noch nachdenklicher als zuvor. Er fuhr sich mit der Zunge über die Oberlippe.

»Ich verstehe in der Tat nicht, was Ihr wollt.« Er wedelte mit dem Brief vor meinem Gesicht herum. »Wie ich mir schon gedacht hatte, stellt Euch Guillermo darin als Abgesandten der Universität Paris vor, der unseren König in Toledo beraten soll. Er schreibt außerdem, dass Ihr auf sein Anraten hin Euer Eintreffen am Hof hinausgeschoben habt, um nach Santiago zu wallfahren, wie es sich für einen guten Christen schickt. Zum Schluss bittet er mich, Euch nach Kräften beizustehen, was ich mit Freuden zu tun bereit bin. Aber was hat all das mit dem Gegenstand zu tun, über den wir vorhin gesprochen haben?«

Zutiefst erschrocken erkannte ich meinen Irrtum: Der Mann wusste nichts von dem mir in Jaca erteilten Auftrag, und in dem Schreiben wurde dieser Grund offenbar nicht genannt. Nun verstand ich, warum sich Bischof Guillermo wegen des wahren Grundes meiner Reise so zurückhaltend verhalten hatte. Endlich wusste ich, warum ich ihm so heftig hatte zusetzen müssen, um zu erfahren, worum es bei diesem Auftrag ging. Vor allem aber erkannte ich erst in diesem Augenblick dessen wahres Ausmaß. Mir ging auf, dass ich in Santiago damit zufrieden sein musste, den einfachen Dominikanermönch zu spielen, und keinesfalls als jemand auftreten durfte, der möglicherweise künftig im Dienst des Königs stehen würde. Falls ich in den Prozess eingreifen wollte, wie es meinem Auftrag entsprach, musste ich selbst Mittel und Wege finden, ganz ohne Hilfe von außen.

Ich musste unbedingt etwas unternehmen. So suchte ich nach einem Vorwand, mich aus dieser schwierigen Lage herauszuwinden. Zugleich überlegte ich fieberhaft, auf welche Weise ich die Schwierigkeiten überwinden und selbst tätig werden könnte.

»Ihr habt mich wohl falsch verstanden«, gab ich mit einem angedeuteten Lächeln zurück. »Wisst Ihr, ich habe unterwegs oft vom Mord an Don Diego reden hören, und die Geschichte hat mich, offen gestanden, berührt. Dass ich Euch zuvor von dem Brief gesprochen habe, hing mit meiner Vermutung zusammen, Bischof Guillermo hätte Euch darin gebeten, mir Unterstützung angedeihen zu lassen.«

Ich hielt inne und fügte mit einer gewissen Feierlichkeit hinzu: »Ich würde Euch gern um etwas bitten.«

Der Erzbischof kniff die Augen zusammen. »Worum handelt es sich dabei?«

Mit so fester Stimme ich konnte, sagte ich: »Es wäre mir sehr recht, wenn Ihr mir erlauben könntet, als Zuschauer beim Prozess gegen Rodrigo García zugegen zu sein.«

Er schien sich zu entspannen.

»Wenn Ihr weiter nichts begehrt, dürft Ihr die Bitte als gewährt betrachten. Ich werde die Ermächtigung selbst unterzeichnen.«

»Da ist noch etwas. Zufällig sind mir gewisse Angaben zur Kenntnis gelangt, die mir für die Aufklärung des Falles nützlich scheinen. Zwar vermute ich, dass sie und viele weitere im Verlauf des Prozesses zur Sprache kommen werden, doch wäre ich dankbar, wenn Ihr mir gestatten könntet, in das Verfahren einzugreifen, sofern mir das angezeigt erscheint. Auch wäre es mir angenehm«, fügte ich mit einem gewinnenden Lächeln hinzu, »wenn Ihr den Inhalt unseres Gespräches für Euch behalten könntet.«

Mit fragendem Ausdruck knackte der Erzbischof mit den Fingerknöcheln. Ich setzte nach: »Vermutlich ist das eine überflüssige Vorsichtsmaßnahme, doch wäre es mir lieb, wenn niemand erführe, dass ich Euch gebeten habe, sich für mich einzusetzen, sofern die Angaben, die mir bekannt geworden sind, im Verlauf des Prozesses zu Tage treten, was ich vermute. Mit großer Wahrscheinlichkeit werde ich lediglich zuhören. Warum also andere Menschen beunruhigen und eine mehr als zweifelhafte Beteiligung enthüllen, zumal es um eine Sache geht, über die schon so viel gesprochen worden ist?«

»Gewiss«, gab er mir Recht. »Es ist nicht nötig, noch mehr Unruhe zu erzeugen. Doch verstehe ich nicht, inwiefern von Bedeutung sein soll, was Ihr unterwegs erfahren habt. Der Fall liegt ziemlich klar. Immerhin hat Don Rodrigo die Tat selbst eingeräumt. Ich verstehe also nicht, was Ihr wollt.«

»Ich bitte lediglich um die Gunst, dass Ihr dem Zweifel Raum lasst. Ich werde Euch später von allem in Kenntnis setzen. Wie Ihr mit Recht sagt, hindert Euch gegenwärtig Eure Rolle im Prozess, Erwägungen anzuhören, die über das hinausgehen, was an Tatsachen bekannt ist. Doch wiederhole ich meine Bitte: Gestattet mir, gegebenenfalls einzugreifen. Erlaubt mir, meine kleine Untersuchung fortzusetzen.«

Misstrauisch sah er mich mit zusammengekniffenen Augen an.

»Worauf wollt Ihr hinaus?«

»Nun, es führt zu weit, jetzt in Einzelheiten zu gehen, aber ich würde gern vor der Verhandlung mit Rodrigo García und Maria Correa reden.«

»Dazu seid Ihr nicht auf meine Erlaubnis angewiesen«, gab

er gemessen zurück. »Wer mit Don Rodrigo sprechen will, braucht sich nur ans Gefängnis zu wenden und mit dem Feldhauptmann der Wache zu reden. Im Falle Doña Marias liegt die Entscheidung bei ihrem Vater.«

»Ich wollte Euch nicht um Erlaubnis bitten, sondern Euch lediglich meine Absicht mitteilen, damit Ihr Euch nicht wundert, falls Euch von diesen Besuchen etwas zu Ohren kommt. Sonst wollte ich nichts damit sagen. Ich wiederhole, ich bitte Euch lediglich darum, dass Ihr mir die Möglichkeit einräumt, während der Verhandlung etwas zu sagen, sofern mir das sinnvoll erscheint.«

Wieder musterte er mich argwöhnisch. Was für Gedanken mochten ihm bei meiner Bitte durch den Kopf gehen? Hatte er womöglich übereilt gehandelt? Nach einer Weile schien der Erzbischof zu einem Ergebnis gekommen zu sein, und er sagte, wobei er die Schultern vorschob: »Ihr beherrscht die Kunst der Überredung, Raoul. Ich habe schon zu Don Andreo gesagt, dass ich nicht sehe, welchen Wert ein Beitrag von Euch haben könnte, aber nun denn, es sei! Meldet Euch zu Wort, wenn Euch danach zu Mute ist; ich ermächtige Euch dazu. Macht davon aber bitte nur Gebrauch, wenn es wirklich unerlässlich ist. Diese Geschichte macht uns allen ziemlich zu schaffen, und ich gestehe Euch, dass mir daran liegt, sie möglichst rasch hinter uns zu bringen.«

Voller Verwirrung verließ ich den erzbischöflichen Palast. Meine ursprüngliche Zuversicht, bei Teobaldo Fortún das Maß an Unterstützung zu finden, das es mir gestattet hätte, das Geheimnis um den Mord aufzuklären, hatte sich in Luft aufgelöst. Mir wurde bewusst, dass ich allein stand. An der Verhandlung würde ich mich ausschließlich als Privatperson beteiligen können. Auf jeden Fall, überlegte ich, gestatteten es mir die Hinweise, die ich besaß, zuversichtlich zu sein. Zweifellos würde die Aussage der Wahrsager dazu führen, dass Don Rodrigo sein beharrliches Schweigen brach und der Öffentlichkeit mitteilte, was in Wahrheit vorgefallen war. Sofern das aber noch nicht ausreichte, bestand immer noch die Möglichkeit, dass sich der Feldhauptmann Diego Pérez, der die Männer verpflichtet und wieder fortgeschickt hatte, zu den Vorfällen äußerte. Nun blieb mir nur noch festzustellen, wer jener geheimnisvolle Don Andreo war, der dem Erzbischof den Fingerzeig gegeben hatte, dass ich möglicherweise die Absicht hätte, in das Verfahren einzugreifen. Zwar hatte ich den Erzbischof danach gefragt, doch als einzige Antwort Schweigen geerntet. Lediglich einen unbedeutenden Hinweis auf das Amt des Mannes hatte er mir gegeben: Es handele sich, sagte er, um des Königs weltlichen Kirchenbeauftragten für Galizien, der damit zugleich eine Art Schirmherr der Kathedrale von Santiago sei. Diese ehrenvolle Aufgabe bleibe ausschließlich Angehörigen der vornehmsten Adelsfamilien vorbehalten. Da Don Nuño diesen Andeutungen wohl auf jeden Fall nachgehen würde, lag mir daran, ihn so früh wie möglich zu sehen. Bei dem Gedanken, dass ich schon bald genug wissen würde, um mein genaues Vorgehen festzulegen, fasste ich wieder ein wenig Mut.

Ich brauchte nicht lange zu warten. In der Pilgerherberge unterhielt sich Don Nuño in aller Ruhe an einem Tisch nahe der Tür mit zwei Männern. Im Vorübergehen gab ich ihm einen Wink, dass ich gern mit ihm gesprochen hätte. Da er ihn sogleich richtig deutete, befanden wir uns schon bald darauf in meinem Zimmer. Ich brannte darauf zu erfahren, was er hatte erkunden können, und ließ ihm nicht einmal Zeit, mir Fragen zu stellen. »Ich wollte Euch möglichst rasch sehen. Sagt, mein Freund, habt Ihr mit dem Feldhauptmann von Diego Pérez sprechen können?«

Don Nuño sah mich befriedigt an. »In der Tat, das habe ich. Es war nicht einfach, aber es ist mir gelungen, mit ihm zusammenzutreffen und, mehr noch, zu erreichen, dass er uns künftig zur Verfügung steht.« Er lächelte vor sich hin. »Es hat mich zwar gutes Geld gekostet, aber auf jeden Fall erwartet er uns.«

Wie er mir erklärte, war dieser nicht mehr sehr junge Hauptmann, den alle unter seinem Nachnamen Otero kannten, portugiesischer Herkunft. Don Nuño beschrieb ihn als rothaarig, stämmig und energisch. Die Narbe, von der man uns berichtet hatte, entstelle ihn ziemlich. Er kenne den Ruf jenes Mannes als eines wackeren Kämpfers. Otero habe ihn mit Hochachtung behandelt und ihm bestätigt, dass er in Diego Pérez' Auftrag Wahrsager angewiesen habe, einige Zeit in der Nähe des Klosters Santa Clara zu arbeiten. Der Hauptmann selbst habe sie auch wieder fortgeschickt, nachdem Maria Correa die Wahrsager zu Rate gezogen hatte. Der Portugiese war stolz auf die Klugheit seines Herrn: Nachdem es ihm gelungen sei, die Neugier der Damen zu erregen, habe er einen der Wahrsager durch einen Waffengefährten ersetzt, ohne dass sie den geringsten Verdacht geschöpft hätten.

Otero zeigte sich mit der Art zufrieden, wie sich das Vorhaben angelassen habe. Anfangs sei alles wie geplant verlaufen: Maria habe sich mit Don Diego verlobt, ohne dass sich Don Rodrigo wegen dieses erstaunlichen Meinungswandels misstrauisch gezeigt hätte. Doch die weitere Entwicklung habe niemand vorausgesehen. Oteros Aussagen nach hätte Don Rodrigo nie und nimmer Don Diego die Waffe im Kampf entreißen und ihn dann hinterrücks töten können, doch musste auch er die Dinge hinnehmen, wie sie schienen. Otero hoffte, fuhr Don Nuño fort, dass Don Rodrigo schon bald die wohlverdiente Strafe empfangen werde, und wolle mit eigenen Augen sehen, wie sich die Schlinge um Rodrigos Hals zusammenzog. Don Nuño teilte mir mit, der portugiesische Krieger habe einen ausgesprochen gelassenen Eindruck gemacht.

»Der Mann ist alles andere als dumm. Ihm ist klar, dass er sich an einem Komplott beteiligt hat, das für ihn selbst schlimm hätte ausgehen können, doch weiß er auch, dass sich jetzt niemand mehr darum kümmert.«

»Das stimmt«, sagte ich, »und ist für mich von ganz entscheidender Bedeutung. Otero wird sich auf den Standpunkt stellen, dass nach dem Mord an Don Diego niemand das geringste Interesse an dem Handlanger zeigen wird, dessen sich jener bedient hatte, um Maria Correa zu erringen.«

»Er hat übrigens für seine Machenschaften eine beachtliche Belohnung eingestrichen. Gegenwärtig hat er keinen Herrn, doch eilt es ihm auch nicht damit, einen neuen zu finden. Wie es aussieht, hat Don Diegos an der Täuschung beteiligter Waffengefährte seine Bereitschaft angedeutet, Otero in Dienst zu nehmen, und dieser vertritt die Ansicht, es könne ihm nicht schaden, sich ein paar Monate lang auf die faule Haut zu legen.«

Ich konnte meine Freude kaum verbergen. »Wer ist dieser Waffengefährte? Wie heißt er?«, fragte ich ungeduldig.

»Ich kenne ihn gut. Genauer gesagt, habe ich mein Wissen über ihn von seinem Vater, Munio Fernandéz. Er hat viele Jahre hindurch das Amt des allein dem König Rechenschaft schuldigen Oberrichters von Galizien versehen, ist aber vor kurzem durch Rui Suárez abgelöst worden. Dieser Wechsel im Amt gehört zu den Reformen, die der König durchgeführt hat. Erinnert Ihr Euch? Ich habe Euch davon berichtet. Ich stehe durchaus auf des Königs Seite!«, bekräftigte er. Rui Suárez ist ein fähiger Edelmann, redlicher als Munio Fernandéz und mit Sicherheit auch besser für die Aufgabe geeignet.«

Ich wollte unbedingt den Namen von Don Diegos Waffengefährten erfahren und sah Don Nuño erwartungsvoll an.

»Ich muss Euch allerdings sagen, dass die Entscheidung des Königs bei vielen auf Kritik gestoßen ist. Doch das ist einerlei, ganz Galizien wird sie in Zukunft zu schätzen wissen«, sagte Don Nuño wie zu sich selbst. »Es geht nicht anders; wer gewisse eingefahrene Pfade verlassen will, hat nur eine Möglichkeit – er muss alles auf eine Karte setzen. Halbe Maßnahmen nützen nichts. Entweder handelt Alfonso mit Entschiedenheit, oder er wird nichts bewirken können.«

Don Nuño wandte sich wieder mir zu und schien endlich zu merken, mit welcher Ungeduld ich auf den Namen wartete.

»Entschuldigt, dass ich von dem abschweife, was Euch am Herzen liegt. Aber mir kocht das Blut, wenn ich sehe, dass Menschen jahrelang Klage wegen der Art führen, wie das Amt des Oberrichters verwaltet wird, sich jetzt aber, wo Don Alfonso den Verantwortlichen ablöst, vor Empörung aufblasen und ihm Anmaßung vorwerfen. Mir erscheint das ziemlich unglaublich.«

»Wie heißt der Mann?«, unterbrach ich ihn schließlich.

»Ach ja. Der Junker, der Diego Pérez begleitet und sich als jüdischer Wahrsager ausgegeben hat, ist Garci Fernandéz.«

»Und was für ein Mensch ist er?«, fragte ich mit einer gewissen Ungeduld.

»Gleiche Brüder, gleiche Kappen«, gab Don Nuño in aller Gemütsruhe zur Antwort. »Ganz ähnlich wie Don Diego – ein guter, kampferprobter Krieger, aber verschlagen und von anfälligem Charakter. Bisher habe ich nicht mit ihm gesprochen, weil es mir besser schien, Euch zuvor Mitteilung von dem zu machen, was ich in Erfahrung bringen konnte. Aber ich weiß, wo man ihn finden kann.«

Unterdessen schossen mir viele Gedanken durch den Kopf. So hatte also auch Diegos geheimnisvoller Gefährte mehr als genug Gründe, Alfonso X. zu hassen. Ganz davon abgesehen, war seine Schwester Gattin jenes Cárdenas, der mich in Estella hatte vergiften wollen. Das Bild vor meinen Augen wurde immer klarer.

»Ihr habt gut gearbeitet«, sagte ich. Nun war es Zeit, Don Nuño meinerseits mitzuteilen, was ich an Neuigkeiten mitgebracht hatte.

»Zu meiner großen Überraschung musste ich feststellen, dass Erzbischof Teobaldo nicht nur nichts von meinem Auftrag weiß, sondern auch dem Tribunal vorsteht, das über Don Rodrigo zu Gericht sitzen wird.«

Diese Mitteilung schien den Grafen nicht sonderlich zu erstaunen. Er teilte mir mit, dass er sich nach seiner Begegnung mit Don Andreo bereits etwas Ähnliches gedacht habe.

Wieder dieser Name! Allmählich geriet ich in Wut.

»Wer ist denn eigentlich dieser geheimnisvolle Don Andreo?«, fragte ich. »Auch der Erzbischof hat gesagt, er habe mit ihm über mich gesprochen, dabei weiß ich nicht einmal, um wen es sich handelt.«

Don Nuño erklärte mir, dass dieser Don Andreo als königlicher Kirchenbeauftragter in Galizien zugleich für alle kirchenrechtlichen Angelegenheiten in Santiago zuständig sei. So sei es Don Andreos Aufgabe gewesen, dafür zu sorgen, dass sich der Erzbischof meinen Wünschen nicht widersetzte, doch habe sich dieser, wie mir Don Nuño mitteilte, äußerst wenig zugänglich gezeigt. Das also war der Grund, warum ihn nicht im Geringsten überraschte, was ich zu sagen hatte. Dennoch wollte Don Nuño, dass ich ihm mein Gespräch mit dem Erzbischof in allen Einzelheiten berichtete. Zum Schluss waren wir uns einig darüber, dass Don Nuño recht daran getan hatte, seinen Besuch bei Garci Fernandéz aufzuschieben – es gab drängendere Aufgaben. Erstens mussten wir Velasco und die Wahrsager finden, die jederzeit eintreffen konnten, und uns danach der Unterstützung Oteros versichern. Als Letztes war dann der Versuch zu unternehmen, Don Rodrigo und Maria Correa zu sprechen, in der Hoffnung, dass sie ihr beharrliches Schweigen aufgaben und uns sagten, was in Wahrheit geschehen war.

Wir sprachen lange miteinander und planten genauestens, wie wir weiter vorgehen wollten. So, wie wir den Gang der Dinge voraussahen, hatten wir allen Grund zur Zuversicht. So hart es mich am Vormittag getroffen hatte zu erfahren, dass der Erzbischof nichts von meinem Auftrag wusste, waren wir doch sicher, dass wir Don Rodrigo dazu veranlassen konnten, sein beharrliches Schweigen zu brechen. Trotz seiner Abgespanntheit freute sich Don Nuño über die Aussicht auf die überraschende Wendung, die die Verhandlung daraufhin nehmen würde.

Wir spekulierten eine ganze Weile darüber, was in Doña Marias Gemächern vorgefallen sein musste, konnten uns dabei aber lediglich an Theorien halten, für die es keinerlei Bestätigung gab. Endlich beschlossen wir, nicht weiter darüber nachzudenken, denn es führte nicht nur zu nichts, es konnte sogar gefährlich sein. Trotz meiner persönlichen Sympathie für Don Rodrigo und Maria Correa durfte ich nicht vergessen, dass der Auftrag des Königs einfach lautete, die Wahrheit zu ermitteln. Ich war an keiner Intrige beteiligt und ergriff weder Partei für noch gegen jemanden. Meine Aufgabe war es, Fakten festzustellen und zu gewährleisten, dass Gerechtigkeit geschah. Daher galt es, den gefährlichen Pfad der Parteinahme zu meiden, weiß ich doch aus Erfahrung, wie sehr sie bisweilen die Urteilskraft trübt.

Am folgenden Vormittag bekam ich eine Botschaft von Velasco: Gerade wollte ich die Herberge verlassen, als sich unsicheren Schritts ein zerlumpter und betrunkener Hausierer näherte. Ich versuchte ihm auszuweichen, doch in seiner Ungeschicklichkeit stieß er mit mir zusammen. Verärgert fuhr ich ihn an, er solle besser Acht geben, doch nutzte er den Zusammenstoß, mir zwischen seinen gestammelten Entschuldigungen zuzuflüstern, ich würde Velasco in der Pilgerherberge an der Brücke von Roxos finden. Vor Überraschung war ich keiner Regung fähig. Ich kehrte sogleich in meine Unterkunft zurück, wo ich erfuhr, dass Roxos eine kleine Ortschaft in der Nähe von Santiago war. Unverzüglich eilte ich erneut nach oben, um Don Nuño die Neuigkeit zu berichten.

Ich trat so vergnügt in das Zimmer, dass es sich nicht vermeiden ließ, auch Enrique und Luca, die von unseren letzten Unternehmungen noch nichts wussten, von dieser Nachricht Mitteilung zu machen. Noch jetzt im Rückblick überlege ich mit Bedauern, wie viel besser es gewesen wäre, die jungen Männer weiterhin aus dem Spiel zu lassen. Zu jenem Zeitpunkt allerdings war mir diese Frage nicht wichtig, und ich sagte sogar zu Don Nuño: »Sie sollten es ruhig erfahren. Wer weiß, vielleicht ist es sogar besser, dass sie alles wissen. Ab sofort müssen wir mit größter Umsicht vorgehen und dafür sorgen, dass unsere Beweise nicht dahinschwinden. Wenn wir einmal davon absehen, dass der Erzbischof nichts von meinem Auftrag gewusst hat, stehen die Dinge zum Besten. Meiner Meinung nach geht alles sogar viel zu glatt. Wir sollten lieber vorsichtig sein und alle Mittel nutzen, die uns zu Gebote stehen.«

»Was wollt Ihr damit sagen?«, fiel mir der Graf ins Wort. Ich hörte seiner Stimme an, dass er leicht verärgert war.

Lächelnd gab ich zur Antwort: »Liegt das nicht auf der Hand? Scheint es Euch nicht auch ein guter Gedanke zu sein, dass uns Luca zu Velasco begleitet und die Wahrsager bis zum Augenblick der Verhandlung bewacht? In den zwanzig Tagen bis dahin kann noch viel geschehen.«

Während Don Nuño mir zögernd Recht gab und Enrique Einwände erhob, weil die Wahl nicht auf ihn gefallen war, bemühte ich mich, den anderen meine Entscheidung zu erklären. Bei dem Überfall und auch bei anderen Gelegenheiten unterwegs hatte Luca seinen Einfallsreichtum nachdrücklich unter Beweis gestellt. Es war also durchaus richtig, ihn in der Hinterhand zu behalten, um eines unserer wichtigsten Beweismittel zu schützen. Enrique hingegen, der seit seinem bedauerlichen Unfall ans Bett gefesselt war und sich nicht rühren konnte, würde in Santiago warten müssen. »Bestimmt bekommst du noch das eine oder andere zu tun«, sagte ich ihm. »Im Augenblick ruh dich weiter aus, und mach dir keine Sorgen. Du wirst schon sehen, dass wir bei anderen Aufgaben deine Hilfe beanspruchen werden.«

Am Vortag hatten wir erfahren, dass sich Alonso Correa und seine Tochter Maria in einem Haus nahe der am Meer gelegenen Ortschaft Noia befanden, wo Maria sich erholen sollte. So beschlossen wir, den guten Velasco aufzusuchen, um ihn vom neuesten Stand der Dinge in Kenntnis zu setzen, Luca bei ihm zu lassen und zum Haus der Familie Correa weiterzureiten.

Am Nachmittag trafen wir bei Velasco ein. Er hörte uns in aller Ruhe an und bestätigte unser Vorhaben mit leichtem Kopfnicken. Bei ihm befanden sich Salomo und der andere Wahrsager, Todros, den sie ohne Schwierigkeiten in Asturien gefunden hatten. Er war ein wenig jünger als Salomo, ging aber so gebeugt, dass er aus gewisser Entfernung zehn Jahre älter wirkte. Todros war fast kahl, hatte einen sauber gestutzten Bart und hielt sich die verschränkten Hände unter die

Nase. Damit wollte er wohl seine Unruhe verbergen, doch wurde sie an der Art deutlich, wie er sich die Hände rieb. Ich bemühte mich, ihn zu beruhigen, erklärte ihm, dass andere Personen seine Aussage bestätigten und daher weder für ihn noch Salomo die geringste Gefahr bestünde. Doch ließen sich die beiden nicht überzeugen und führten so viele Schwierigkeiten an, dass ich ihnen einen beträchtlichen Geldbetrag für ihre Aussage versprechen musste. Velasco sah mich missbilligend an, doch da ich bereits darauf brannte, den nächsten Schritt zu tun, hatte ich weder Zeit noch Lust, mich mit Nebensächlichkeiten abzugeben. Immerhin erwarteten uns Vater und Tochter Correa, und ich wollte baldmöglichst zurückkehren, um das so lange herbeigesehnte Gespräch mit Rodrigo García zu führen.

Am frühen Abend des 10. Juli trafen wir in Noia ein. Am Ortseingang stand eine kleine Herberge, und sobald wir unsere Tiere in guter Hut wussten, sahen wir uns ein wenig um.

Noch immer sehe ich das Bild des offenen Meeres vor mir, in dessen blauen Wellen sich schimmernd das Licht der untergehenden Sonne brach. Stumm sahen wir vom Fuß der Steilküste aus zu, wie sich die silbrig glänzenden Schaumkämme ausbreiteten, die der Wellenschlag erzeugte. Das Sonnenlicht brach sich in herrlichen Reflexen auf dem unruhigen Wasser. Noch ganz gefangen von diesem Anblick, gingen wir zu dem kleinen Hafen hinüber. Dort flickten Fischer ihre Netze oder zogen ihre Boote hoch auf den sandigen Strand, während Kinder barfuß und halb nackt zwischen ihnen spielten.

Wir hatten Glück und bekamen an Ort und Stelle etwas zu essen. Zu Sardinen und Tintenfisch tranken wir einen fruchtigen, frischen Wein, der *ribeiro* genannt wird. Während mir Don Nuño von seinen Feldzügen, den am Hof des Königs verbrachten Jahren und sogar von einigen seiner persönlichsten Empfindungen, Hoffnungen und Sehnsüchte berichtete, erzählte ich ihm einige der Abenteuer, die ich erlebt hatte. Es war eine der seltenen Gelegenheiten, bei denen sich das Gespräch so natürlich entwickelt, dass man spürt, wie ein unsichtbares Band die Menschen verbindet. Als es dann zu regnen begann, beschlossen wir, zu unserer Herberge zurückzukehren, um uns schlafen zu legen. Im Regen eilten wir dort hin, und der nicht ungefährliche *ribeiro* sorgte dafür, dass uns beim Eintreffen in unserer Unterkunft ein ebenso berauschendes wie unnatürliches Hochgefühl erfüllte.

Trotz seiner etwa fünfunddreißig Jahre machte Alonso Correa einen jugendlichen Eindruck. Er war es unübersehbar gewöhnt zu befehlen und freute sich sehr, Don Nuño zu sehen. Als ihm dieser aber unser Anliegen vortrug, änderte sich der freundliche Ausdruck seiner braunen Augen. Ich hielt mich wartend abseits und ließ Don Nuño reden. Während sich Alonso Correa anhörte, mit Hilfe welcher Intrige es Don Diego gelungen war, Maria für sich zu gewinnen, ging er unruhig im Zimmer auf und ab, ohne sein Unbehagen zu verbergen.

»Und was ändert das, Nuño? Du weißt, dass ich Diego nicht besonders gut leiden konnte, aber die Entscheidung darüber, wen Maria heiraten wollte, lag ausschließlich in der Hand meiner Tochter. Natürlich war sie nicht verpflichtet, sich für jemanden zu entscheiden, den sie nicht liebte, aber immerhin hat sie selbst sich für Diego ausgesprochen und nicht ich. Welche Rolle spielt es da, dass er bei seiner Werbung mit Hinterlist zu Werke gegangen ist? Eins ist sicher«, sagte Don Alonso aufgebracht, »Rodrigo hat ihn hinterrücks umgebracht. Mit eigenen Ohren habe ich gehört, wie er sich zu der Tat bekannt hat. Ist es nicht so, Maria?«

Als seine Tochter, die mit bekümmertem, ernstem Gesicht hereingekommen war, aus Don Nuños Mund hörte, auf welche Weise Diego sie für sich gewonnen hatte, trat der Ausdruck von Verblüffung und tiefstem Schrecken auf ihre Züge.

So leise war sie eingetreten, dass ich zusammenfuhr, als ich ihre Anwesenheit bemerkte. Während Don Nuño sprach, betrachtete ich sie aufmerksam. Sie wirkte abwesend, als denke sie an etwas Fernes, das auf immer verloren war, und schien zutiefst betrübt. Sie war sehr schlank, hatte hohe Backenknochen und einen sanft geschwungenen Mund mit festen, rosigen Lippen, doch ihre halb geschlossenen grünen Augen lagen tief in den Höhlen, und ihr zierlicher Hals war noch bleicher als ihre Wangen. Ihre Finger, die sie ganz still hielt, waren fast durchsichtig und so weiß, dass die Umrandung der Nägel violett schimmerte.

Ohne das geringste Anzeichen von Erregung sprachen Don Nuño und Marias Vater weiter miteinander. Von Zeit zu Zeit sah Don Alonso unruhig zu mir her, wohl weil er sich fragte, welche Rolle ich bei dieser Angelegenheit spielen mochte. Als schließlich der Graf alles erklärt hatte, richtete Alonso Correa erneut seinen fragenden Blick auf mich. Ich beschloss, von Anfang an aufrichtig zu sein, und teilte ihm mit, worum es bei meinem Auftrag ging. Als ich darauf zu sprechen kam, dass der Erzbischof von Santiago nichts davon gewusst hatte, sagte Don Alonso mit einem spöttischen Seufzer: »Das wundert mich nicht. Der Mann ist nicht dank seiner Geistesgaben oder Entschlusskraft in seine Stellung gekommen – der Wind hat ihn dort hingeweht.«

Don Nuño schien nicht so recht zu begreifen, worauf ich hinauswollte, denn er sah mich zweifelnd an und bedeutete mir mit Handbewegungen zu schweigen. Daher sagte ich zu ihm: »Es scheint mir nicht recht, den beiden Correas vorzuenthalten, was wirklich geschehen ist. Unser Ziel ist es, die Wahrheit zu erkunden, sonst nichts.« Bei diesen Worten sah ich Maria an. »Uns liegt daran, zu erfahren, was wirklich geschehen ist.«

»So ist es, Maria«, bestätigte der Graf meine Worte. »Wie dir auch dein Vater sagen würde, liegt dem König an einem gerechten Urteil, denn Willkürjustiz ist ihm ein Gräuel. Wahre Gerechtigkeit kann nur üben, wer alle Tatsachen kennt.«

»Wo wir gerade von genauer Kenntnis der Tatsachen sprechen«, mischte ich mich ein, »hast du nichts zu berichten?«

Don Alonso nickte billigend und sah Maria an. Obwohl sie nach wie vor irgendwo in der Ferne zu sein schien, verfehlte diese unmittelbare Frage ihre Wirkung nicht. Sie richtete sich auf und hielt unserem Blick stand. Dann aber ließ sie die Schultern erneut sinken und wandte sich mir zu. Ihre Augen waren wie tiefe Löcher, hart und leer. Sie hatte die Hände so fest ineinander geschlungen, dass ich unwillkürlich den Schmerz empfand, mit dem ihr die Nägel ins Fleisch dringen mussten. Während ich sie ansah, versuchte ich, mir nicht anmerken zu lassen, wie sehr mich ihr Anblick peinigte. Sie wirkte so hilflos und zerbrechlich, dass man das Bedürfnis empfand, sie zu beschützen. Ihre geballten Fäuste verrieten, unter welcher Anspannung sie stehen musste.

Unvermittelt erhob sie sich, in eisiges Schweigen gehüllt, und wollte den Raum verlassen. Nach wenigen Schritten schien sie es sich aber anders zu überlegen, denn sie blieb stehen. Dabei kehrte sie uns stumm den Rücken zu. Ich merkte, wie angespannt ihr Körper war. Wie sehr musste sie sich unter Druck gesetzt fühlen! Tief in Gedanken, wiegte sie den Kopf von einer Seite zur anderen. Ich glaubte einen tiefen Seufzer zu hören und stellte mir vor, wie sie in ohnmächtigem Schmerz das Gesicht verzog. Nach kurzem Zögern zog sie sich entschlossen aus dem Zimmer zurück.

Don Alonso sah uns mit säuerlicher Miene an. Achselzuckend wies er auf die Tür, durch die seine Tochter verschwunden war.

»Ihr seht es ja selbst«, sagte er resigniert. »Ich kann nichts weiter tun. Nur eins sage ich euch: Ich bin kein Dummkopf und weiß durchaus, dass etwas an dieser Geschichte undurchsichtig ist. Aber auflösen können das Rätsel nur diejenigen, die dabei waren. Aus Achtung vor meiner Tochter«, fügte er schroff hinzu, »werde ich nicht dulden, dass man Druck auf sie ausübt.«

»Das arme Mädchen«, sagte Don Nuño mitfühlend.

Don Alonso schien sich zu beruhigen. Er trat auf den Grafen zu und nahm freundschaftlich seinen Arm.

»Sie lebt in einer tiefen Finsternis«, sagte er. »Sie spricht nicht, isst nicht und zeigt keinerlei Lebensfreude. Sie ist völlig teilnahmslos, und wenn ich sie wie eine Schlafwandlerin durch die Räume gehen sehe, fühle ich mich hilflos wie ein neugeborenes Kind.« Schwermütig seufzend fügte er hinzu: »Früher lag ständig ein Lächeln auf ihren Lippen, aber sie ist wie verwandelt, ein völlig anderer Mensch. Wir sind in der Hoffnung hergekommen, die Seeluft würde sie kräftigen, aber Ihr seht ja selbst, wie es um sie steht.«

Sein Kopf senkte sich noch tiefer. Da mir Don Nuño mit einer Handbewegung zu verstehen gab, dass es für uns an der Zeit sei, uns zu verabschieden, erhoben wir uns schweigend. Gerade als ich die Tür geöffnet hatte und wir hinausgehen wollten, sagte Don Alonso, der seinen Gleichmut wiedergewonnen hatte: »Nur eins kann ich Euch versprechen: Wir beide werden am 26. Juli im Gerichtssaal sein. Das ist die letzte Gelegenheit für sie und Rodrigo, alle Zweifel auszuräumen. Ich habe immer wieder über die Frage nachgedacht, ob Maria an der Verhandlung teilnehmen soll oder nicht. Zwar ist sie eigentlich dazu verpflichtet, aber ich habe hin und her überlegt, ob ich nicht Gesundheitsgründe geltend machen soll. Bisher war ich zu keinem Ergebnis gekommen, jetzt aber habe ich mich entschieden.«

Diese Zusage genügte uns. Ohne ihm zu antworten, verließen wir das Haus und gingen schweigend nebeneinanderher. Nach einer Weile sagte der Graf, und ich merkte, dass es ihn schmerzte: »Ihr könnt nicht wissen, wie viel Gewicht Don Alonso verloren hat und wie bleich er im Vergleich zu früher ist. Es war mir sehr schmerzlich, seinen betrübten Gesichtsausdruck zu sehen. Man könnte glauben, dass ein Fremder in seinem Körper wohnt. So unglaublich es klingt, ich bezweifle, dass Ihr ihn wiedererkennen würdet, wäret Ihr ihm zuvor schon einmal begegnet.«

Zurück in der Herberge, packten wir und machten uns auf den Rückweg nach Santiago. Wie am Vorabend nieselte es unablässig, doch es war recht warm. Während wir schweigend ritten, hing jeder seinen Gedanken nach. Mir ging nicht aus dem Kopf, was mir offensichtlich schien, nachdem ich Maria gesehen hatte, und was ich vorher schon vermutet hatte. Der Zustand, in dem sie sich befand, ließ nur den Schluss zu, dass sie an den Ereignissen unmittelbar beteiligt gewesen war. Don Rodrigos Haltung war für einen Mann von Ehre völlig einleuchtend, doch war mir klar, dass ich meine Vermutungen weder dem Grafen noch Velasco mitteilen durfte, obwohl sie gewiss das Gleiche dachten wie ich. Es wäre wider den Ehrenkodex gewesen, dergleichen laut zu äußern. Zwar teilte ich ihren Standpunkt hinsichtlich der Pflichten eines Edelmannes nicht unbedingt, doch war mir klar, dass es uns nicht weiterbringen würde, über diese Frage zu streiten. Welche Rolle spielte es auch, wer die Tat wirklich begangen hatte? Es kam ausschließlich darauf an, die beiden jungen Leute zu retten. Dann nahmen meine Gedanken eine andere Richtung, und ich wandte mich der Frage zu, ob ich erneut um ein Gespräch mit dem Erzbischof nachsuchen sollte. Von Anfang an war es mir schwer gefallen zu glauben, dass er nichts von der Sache wusste. Wäre es nicht denkbar, überlegte ich, dass er zu einer anderen Meinung gelangte, wenn er wüsste, was die beiden jüdischen Wahrsager und Don Diegos Feldhauptmann aussagen würden? Von diesen Gedanken beflügelt, trug ich dem Grafen meinen Einfall vor. Wir wogen das Für und Wider ab, bis Don Nuño zu guter Letzt einverstanden war, dass ich es erneut versuchen sollte. In Roxos machten wir so lange Halt, wie nötig war, um Velasco vom Stand der Dinge in Kenntnis zu setzen, und am späten Abend befanden wir uns wieder in unserer Pilgerherberge in Santiago.

Allerdings reagierte Teobaldo Fortún nicht so, wie ich es erhofft hatte. Er sprach mit mir über den Hof von Toledo und Sevilla, über die Sinnlosigkeit der Adelsrevolten des Vorjahres und erging sich sogar in Spekulationen über Alfonsos Aussichten im Tauziehen um den Kaiserthron des Heiligen Römischen Reiches. An jenem Tag lernte ich den weltgewandten Geistlichen ebenso kennen wie den gefühlskalten Menschen, den Vermittler, der die Tatsachen nüchtern betrachtet, ohne die damit in Zusammenhang stehenden Menschen oder

Dinge moralisch im Geringsten zu bewerten. So kühl Don Alonso ihn beschrieben hatte und so wenig er von des Erzbischofs Intelligenz hielt, es blieb mir nichts anderes übrig, als mir einzugestehen, dass Teobaldo Fortún wegen seiner Unvoreingenommenheit und seiner unparteiischen Haltung über jeden Verdacht erhaben war.

Ich brachte ihn dazu, mich anzuhören, denn ich hielt es für unerlässlich, dass er unseren Plan kannte. Auch machte ich ihn mit den Gründen meiner Wallfahrt zum Grab des Apostels Jakobus und damit vertraut, wie sich die Dinge nach meiner innersten Überzeugung wirklich verhielten. Ich erklärte, dass ich am Anfang rein zufällig Einzelheiten über den Fall erfahren hatte und später, von der Neugier angestachelt, beschlossen hatte, mehr darüber zu erfahren. Erstaunt stand er von seinem Tisch auf und trat ans Fenster. Dort blieb er eine Weile stehen und sah nachdenklich hinaus. Dann entschloss er sich offenbar, den Stier bei den Hörnern zu packen, denn er trat einen Schritt auf mich zu und sagte, wobei er mit dem Finger auf mich wies: »Ihr sprecht von zwei angeblichen Wahrsagern, von denen ich noch nie gehört habe. Zu allem Überfluss sind es Juden. Offen gesagt, teile ich die Empfindungen nicht, die unser König den Angehörigen dieses Volkes entgegenbringt, und ich bezweifle, dass ihre Aussage etwas ändern würde. Auf der anderen Seite ist die Geschichte zweifellos beunruhigend. Ich bin Otero wiederholt begegnet, und Garci Fernandéz gehörte in der Tat zu Don Diegos besten Freunden. Wie aber soll es weitergehen? Ich kann nicht glauben, dass Ihr diese Dinge zufällig erfahren habt, wie Ihr sagt, will aber der Sache nicht weiter auf den Grund gehen. Ich muss jedoch einräumen, dass Eure Bedenken berechtigt sind und Euer Eingreifen daher sinnvoll sein könnte. Doch wie klar auch immer der Zusammenhang scheinen mag, so muss ich Euch doch warnen.«

Sein Gesicht schien sich zusammenzuziehen und zu verhärten. Eine Hand auf meinen Arm gelegt, fuhr er fort: »Vermutlich wisst Ihr nicht, dass die Gesetze Kastiliens in solchen Dingen unerbittlich sind. Sofern Ihr die Absicht habt, in den Prozess einzugreifen, solltet Ihr Eurer Sache wirklich sicher sein und beweisen können, was Ihr vorbringt. Wenn nämlich Eure Worte geeignet sind, die Ehre eines Edelmannes auch nur von ferne in Zweifel zu ziehen, hat dieser das Recht, den Schimpf dadurch abzuwaschen, dass er Euch zum Zweikampf fordert. In einem solchen Fall würde Euch Euer Ordenskleid nichts nützen.«

»Was für ein wunderlicher Brauch ist das?«, fragte ich spöttisch.

»Ein sehr alter, und man hat ihn stets geachtet. Wird ein Mann in einer Gerichtsverhandlung beschuldigt und es stellt sich heraus, dass die Klage unbegründet ist, ganz gleich, ob der Gegenbeweis erbracht wird oder ob der Ankläger nicht beweisen kann, was er sagt, hat der Gekränkte das Recht, den Verleumder im Zweikampf zu töten. Denkt daran, Raoul.«

»Und das beträfe sogar einen Mann der Kirche?«

»Ihr habt es gehört. Das Gesetz kennt keine Ausnahme. Jeder ist ihm unterworfen, selbst der König.«

Lange hielt ich seinem forschenden Blick stand, während ich mich selbst und die Situation einzuschätzen versuchte. Ich bemühte mich zu lächeln, brachte aber nur eine klägliche Grimasse zu Stande. Schweigend senkte ich den Kopf.

»Zwar ist das eine merkwürdige Überlieferung, doch halte ich sie für angemessen«, gab ich zurück, so selbstsicher, wie ich konnte. »Auf jeden Fall danke ich Euch für den Hinweis.«

»Mir war klar, dass Euch das überraschen würde. Aber so hat man es hier zu Lande schon immer gehalten. Unserer Überzeugung nach muss der Ankläger die Schuld des Angeklagten zweifelsfrei beweisen und nicht dieser seine Schuldlosigkeit. Durch dieses Gesetz soll Verleumdungen ein Riegel vorgeschoben werden. Wenn nun ein Edelmann erfährt, dass jemand nur das geringste Nachteilige über ihn sagt, kann er verlangen, dass dieser den Wahrheitsbeweis für die Aussage erbringt oder sie in einer öffentlichen Verhandlung widerruft.«

»Ich habe ja schon gesagt, dass mir das einleuchtet.«

Mit katzenhafter Geschmeidigkeit trat der Erzbischof auf mich zu, sah mich an und fügte deutlich freundlicher als zuvor hinzu: »Ich sage Euch das, Raoul, weil in Euren Worten ein gewisser Schuldvorwurf an Garci Fernandéz liegt. Ihr behauptet nicht mehr und nicht weniger, als dass er mit Don Diego ein Komplott geschmiedet und sich als jüdischer Wahrsager ausgegeben hat, um Maria Correa zu täuschen. Das sind sehr schwer wiegende Anschuldigungen. Ich bin sicher, dass er sich dagegen verwahren und Beweise verlangen wird. Falls Ihr aber nicht im Stande seid, Punkt für Punkt zu belegen, was Ihr sagt, kann ich Euch versichern, dass er Genugtuung verlangen wird. Nun denn«, schloss er, »mein einziges Anliegen ist, Euch klarzumachen, dass ich nicht umhin kann, ihm dieses Recht zu gewähren, sollte es dahin kommen. Das aber, mein Freund, wäre Euer sicheres Todesurteil. Garci Fernandéz ist einer der besten Kämpfer weit und breit. Ihr würdet ihm kaum auch nur Augenblicke standhalten.«

Noch benommen von diesem Gespräch, suchte ich gemeinsam mit Don Nuño das Gefängnis auf, wo wir mit Don Rodrigo reden wollten. Es befand sich in einem fensterlosen, langen, schmalen steinernen Gebäude im Süden der Stadt hinter einem Befestigungsturm, neben dem sich ein riesiger, dem Wind frei ausgesetzter finsterer Vorplatz erstreckte. Mit zum Schutz gegen die kalten Windstöße gesenktem Kopf eilten wir dorthin.

Als wir das Gebäude erreichten, sahen wir, dass eine mit Eisennägeln beschlagene feste Holztür die einzige Öffnung in der Mauer war. In dem dunklen Raum dahinter roch es nach Staub und Fäulnis. Rechts und links konnte ich undeutlich mehrere durch grob gemauerte Wände voneinander getrennte Abteile wahrnehmen. Wir kamen nicht weiter als bis in den schmalen Eingangsbereich, denn zwei schwer bewaffnete Krieger geboten uns Einhalt. Aus dem Hintergrund fragte ein Mann, der auf einem niedrigen Schemel saß, was wir wollten.

»Wir sind gekommen, um mit Don Rodrigo García zu sprechen«, gab Don Nuño mit Nachdruck zur Antwort. »Gewährt uns Durchlass.«

»Heute ist das ausgeschlossen, Herr«, antwortete der Wärter. »Die Besuchszeit ist vorüber. Ihr müsst morgen noch einmal kommen.«

»Und um welche Stunde?«

»Das lässt sich nur schwer sagen«, sagte der Wärter in übertrieben liebenswürdigem Ton. »Die Vorschriften ändern sich von einem Tag zum anderen. Kommt einfach, und ich werde Euch sagen, ob Besuchszeit ist oder nicht...«

»Das reicht«, unterbrach ihn Don Nuño. »Sag uns, was es kostet, ihn gleich zu sehen.«

»Aber ich sage Euch doch, dass das nicht geht, Herr. Ich habe eine Aufgabe zu erfüllen, und wenn man dahinter käme, dass ich mich nicht an die Vorschriften halte, könnte ich meine Arbeit verlieren.«

Der Mann erhob sich und kam gebeugt mit hängenden Armen und unsicheren Schrittes auf uns zu. Seine Knie und Knöchel waren dick angeschwollen und starr, als leide er an Arthritis. Mit halb geschlossenen Augen sah er uns an. Don Nuño wich keinen Schritt zur Seite.

»Nun schön«, sagte der Wärter und zog sich mit einer Grimasse zurück, die er wohl für ein Lächeln hielt. »Ich weiß, wann ich es mit einem bedeutenden Herrn zu tun habe, und bin bereit, die Gefahr auf mich zu nehmen, die es bedeutet, Euch einzulassen. Allerdings wird Euch das etwas kosten.«

»Wie viel?«, verlangte Don Nuño zu wissen.

Der Mann fuhr sich mit dem rechten Zeigefinger zwischen die Zähne und verzog das Gesicht wie ein Karnickel.

»Fünf Goldstücke«, sagte er rasch.

»Fünf? Hier habt Ihr zwei. Jetzt aber sorgt dafür, dass ich nicht noch mehr Zeit verliere, verdammter Halunke.«

Rasch nahm der Mann die Münzen und bedeutete den Soldaten mit einer Handbewegung, uns durchzulassen. Den Oberkörper weit vorgebeugt, nahm er eine große Kerze zur

Hand und schlurfte vor uns her durch einen Gang zu einer schmalen Treppe. Auf dem Weg dorthin sagte niemand ein Wort. Ich hörte zu meiner Linken etwas wie einen erstickten Schrei und wandte mich um. Dann stieß ich gegen etwas auf dem Fußboden und beugte mich rasch vor, um nicht das Gleichgewicht zu verlieren. Meine Finger berührten Haare, und sogleich überfiel mich ein entsetzlicher Brechreiz. Doch es gelang mir, mich zu beherrschen, und rasch eilte ich die Stufen hinab. Unten war ein kleiner Raum, in dem Don Nuño und der finstere Wärter auf mich warteten. Verstört lächelte ich dem Grafen zu.

»Es ist die zweite Zelle rechts. Lasst es mich wissen, wenn Ihr gehen wollt.«

Daraufhin machte sich der Mann ohne ein weiteres Wort daran, die Treppe wieder emporzusteigen.

»He, warte! Wir brauchen Licht, du Spitzbube. Lass uns deine Kerze hier.«

Stoisch wandte sich der Wärter um. »Warum sollte ich Euch meine Kerze geben? Wenn Ihr sie wollt, kostet das ein weiteres Goldstück.«

Don Nuño blitzte ihn wütend an. Da er keine Lust hatte, sich lange mit dem Mann herumzustreiten, nahm er eine Münze aus seinem Beutel und warf sie zu Boden. Gleich darauf eilten wir zu der Zelle, die uns der Wärter bezeichnet hatte. Im schwachen Schein der Kerze sahen wir undeutlich mehrere Türen, die mit schweren Eisenstangen gesichert waren. Dann erreichten wir Don Rodrigos Zelle. Der Graf hob die Stange aus ihrem Lager und lehnte sie an die Mauer, öffnete dann die Tür, und wir traten zu einem Gitter. Der Raum dahinter lag in vollständiger Dunkelheit, und ein widerlicher Gestank stieg uns in die Nase.

»Wer ist da?«, fragte eine Stimme.

»Nuño Somoza in Begleitung eines französischen Geistlichen namens Raoul de Hinault. Tritt näher, Rodrigo, wir wollen mit dir sprechen.«

»Ich habe nichts zu sagen«, gab dieser zur Antwort. »Das

habe ich dir schon bei deinem vorigen Besuch im anderen Gefängnis gesagt.«

»Tu uns den Gefallen und tritt näher.«

Wir hörten das Klirren von Ketten. Im Schein der Kerze sah ich Don Rodrigo zum ersten Mal. Seine Haare waren wirr und lang, und der Bart reichte ihm bis auf die Brust. Doch obwohl seine Kleidung nur noch aus Fetzen bestand und nach Urin stank, verblüffte mich der Gegensatz zwischen seinem bleichen Gesicht und dem Feuer in seinen Augen.

»Wer seid Ihr?«, fragte er an mich gewendet. »Ich kenne Euch nicht.«

»Das könnt Ihr auch nicht«, gab ich so herzlich zurück, wie es mir nur möglich war. »Wie Euch Don Nuño schon gesagt hat, heiße ich Raoul. Ich komme von der Universität Paris in Frankreich. Euer König Alfonso hat mich an den Hof von Toledo berufen, doch bevor ich dort eintraf, hat man mir den Auftrag erteilt, die näheren Umstände von Diego Garcías Tod zu erkunden. Ich soll feststellen, was in Wahrheit geschehen ist, damit sich der Prozess gegen Euch möglichst zu Euren Gunsten wenden lässt.« Die Worte »was in Wahrheit geschehen ist« betonte ich besonders.

Don Rodrigo lächelte gequält.

»Vermutlich hat man Euch schon gesagt, was geschehen ist. Was glaubt Ihr, warum ich hier bin? Auf jeden Fall werde ich Euch sagen, was ich schon bis zum Überdruss wiederholt habe: Ich habe der gegen mich vorgebrachten Anklage nichts hinzuzufügen.«

»Nicht so rasch«, sagte Don Nuño. »Du musst wissen, Rodrigo, dass dieser Mann viele neue Einzelheiten in Erfahrung gebracht hat, die dich möglicherweise dazu veranlassen könnten, es dir anders zu überlegen. Hör ihn aufmerksam an.«

Mit ruhiger Stimme begann ich, Rodrigo alle Einzelheiten aufzuzählen, die wir ermittelt hatten. Dann sprach Don Nuño weiter und erklärte, welche Intrige Don Diego unter Ausnutzung der Wahrsager angezettelt hatte, wie auch die Art und Weise, in der es gelungen war, einen Keil zwischen Rodrigo und Maria Correa zu treiben. Otero habe uns mit seiner Aussage letzten Endes die Vorgänge bestätigt. Mit Geduld und Umsicht trug Don Nuño seinem Freund Rodrigo alles noch einmal vor und sagte schließlich: »Du musst dir darüber klar sein, dass der Prozess, den man gegen dich angestrengt hat, in Wahrheit gänzlich anderen Zielen dient. Man könnte durchaus mit Grund sagen, dass das ganze Reich an seinem Ausgang hängt. Nicht nur hat der König deinen älteren Bruder Juan mit einer der wichtigsten Aufgaben am Hofe betraut, man hört mittlerweile sogar gerüchteweise, Juan stehe vor der Ernennung zum Oberbefehlshaber der Seestreitkräfte. Vergiss auch nicht, mit welchen Ehren man deine Brüder Fernán und Alfonso überhäuft hat. Im Falle deiner Verurteilung wäre all das in Frage gestellt, und als Folge davon würde die Unzufriedenheit vieler Angehöriger des Adels wieder zunehmen. Denk an die Aufstände des Vorjahres. Möchtest du, dass sie deinetwegen wieder aufflammen?«

Wir sahen Rodrigo gespannt an: Er schüttelte verneinend den Kopf. Obwohl sich sein Gesicht im schwachen Schein der Kerze kaum erkennen ließ, sahen wir, dass er mit sich kämpfte, während er verarbeitete, was er von uns gehört hatte. Eine Weile schwieg er. Wir hielten den Blick unablässig auf ihn gerichtet und warteten auf seine Antwort.

»Du sagst, dass ihr bei Alonso Correa wart. Habt ihr auch Maria gesehen?«

»Ja, Rodrigo.«

»Wie befindet sie sich? Geht es ihr gut?«, wollte er wissen. Er sprach langsam, und bisweilen zitterte seine Stimme leicht. »Was hat sie gesagt, als sie von Don Diegos Machenschaften erfahren hat? Man hätte sich für mich keine schlimmere Folter ausdenken können, als dass ich all die Zeit hier nichts von ihr gehört habe. Sag mir, Nuño, was hat sie dir berichtet?«

Der Graf erklärte, dass sie bei ihrem Schweigen geblieben war und wir kein Wort aus ihr herausgebracht hatten. Im Übrigen scheine sie sich bei guter Gesundheit zu befinden, und ihr Vater habe uns bestätigt, dass beide zur Verhandlung erscheinen würden. Mit ernstem Blick sah Don Rodrigo den Grafen an, während er jedes Wort in sich aufnahm. Als Don Nuño erkannte, dass der Gefangene nicht gesonnen war, sein Schweigen zu brechen, setzte er erneut an: »Bitte, Rodrigo, sag uns die Wahrheit. Was ist an jenem Nachmittag vorgefallen?«

»Ihr wollt die Wahrheit wissen? Was ist Wahrheit?«, gab Don Rodrigo leise und erstickt zur Antwort. »Ich danke euch für das, was ihr mir berichtet habt, aber lasst ab von euren Bemühungen. Ich werde nichts weiter sagen. Das ist mein gutes Recht.«

Er hatte die Fassung wiedergewonnen, bevor wir uns seinen Augenblick der Schwäche zu Nutze machen konnten.

»Das ist es nicht«, sagte Don Nuño ärgerlich. »Nicht, wenn höhere Interessen als dein Leben auf dem Spiel stehen. Nicht, wenn wir wissen, dass du die Unwahrheit sagst.« Don Nuño packte ihn durch die Gitterstäbe an den Schultern und schüttelte ihn: »Gib uns Antwort, Rodrigo.«

Der Gefangene ließ das widerstandslos geschehen. Nach einer Weile sah ich, wie er Unterkiefer und Unterlippe vorschob, so dass sein Gesicht einen harten Ausdruck annahm. Er ballte die Fäuste, bis die Fingerknöchel hervortraten, neigte den Oberkörper der Tür entgegen, senkte den Kopf und zuckte die Achseln.

Ich sah schweigend zum Grafen hinüber. Don Nuño aber ließ nicht locker. Als Don Rodrigo erneut den Kopf hob und ihre Blicke sich trafen, sah er ihn so eindringlich an, dass dieser den Kopf noch mehr senkte als zuvor und sich ins Innere der Zelle zurückzog.

»Lasst mich bitte zufrieden. Zum letzten Mal: Ich werde mich zu Don Diegos Tod nicht äußern.«

Don Nuño, der vermutlich nicht im Geringsten mit dem Pyrrhussieg zufrieden war, den er im Kampf der Blicke errungen hatte, versuchte ihn zurückzuhalten.

»Warte, Rodrigo. Geh nicht.« Mit beschwörender Stimme fügte er eindringlich hinzu: »Du weißt sehr wohl, dass ich dein Ehrgefühl zu schätzen weiß, aber sag uns zumindest, ob dir etwas einfällt, das wir im Hinblick auf das Verfahren wissen müssen.«

Ihm war klar, dass er bis an die Grenze des Möglichen vorgestoßen war, und wir warteten gespannt. Don Rodrigos Züge waren reglos wie die eines Bronzestandbildes. Endlich schüttelte er den Kopf und sagte in mürrischem Ton: »Nein.«

Daraufhin zog er sich endgültig in die Dunkelheit zurück, bis wir ihn nicht mehr sahen, so dass ich meine Abschiedsworte in die Leere richten musste. Don Nuño folgte meinem Beispiel, und wir wandten uns um. Gerade als wir die Eisenstange wieder einhängen wollten, hörten wir Don Rodrigo sagen: »Gott befohlen, Nuño. Ich werde dich am Tag meiner Verurteilung sehen.«

Wütend warf der Graf die Sperrstange auf ihren Haltebock und stürmte zur Treppe. So gut ich konnte, folgte ich dem flackernden Kerzenlicht, bis das Untergeschoss hinter uns lag und wir wieder an die frische Luft traten. Auch dort eilte Don Nuño weiterhin mit großen Schritten vor mir her. Ich forderte ihn auf zu warten und rannte ein kleines Stück, bis ich ihn eingeholt hatte, doch er verlangsamte den Schritt nicht, als wolle er sein Gefühl der Machtlosigkeit in körperlicher Bewegung entladen. Mir ging unterdessen auf, dass unser Abenteuer keineswegs einen so glücklichen Ausgang nehmen würde, wie ich das naiverweise noch vor zwei Tagen angenommen hatte. Wenn Don Rodrigo bei der Verhandlung nichts Neues vorbrachte, würde es auch nichts nützen, dass wir beweisen konnten, wie sich Don Diego mit Hilfe einer Täuschung Maria gefügig gemacht hatte. Es sah ganz so aus, als befänden wir uns in einer Sackgasse. Vermutlich blieb uns nichts anderes übrig, als Garci Fernandéz aufzusuchen, den anderen falschen Wahrsager. Als ich das Don Nuño sagte, schien er aus seiner Versunkenheit aufzutauchen und blieb stehen, wobei er mich verweisend ansah.

»Mir ist nicht klar, welchen Sinn es haben könnte, mit ihm

zu reden, selbst wenn dabei sein Geständnis herauskäme, sich als Wahrsager verkleidet zu haben, was ich allerdings sehr bezweifle. Glaubt Ihr wirklich, eine solche Aussage würde Rodrigo helfen? Außerdem würde er auf diese Weise erfahren, dass Ihr beabsichtigt, ihn bei der Verhandlung zu beschuldigen. Offen gestanden, glaube ich nicht, dass er überhaupt auf unsere Fragen antworten würde. Kurz, ich weiß nicht, welchen Sinn ein solcher Besuch haben könnte.«

»Mit der Möglichkeit eines Fehlschlags muss man rechnen«, räumte ich ein. »Aber was haben wir zu verlieren? Vielleicht weiß er etwas, wovon wir noch keine Kenntnis haben, und verrät sich unabsichtlich. Etwas anderes fällt mir nicht ein«, fügte ich kläglich hinzu, »womit wir dem armen Jungen helfen könnten.«

Ich blieb stehen. Ganz wie ich gefürchtet hatte, begannen meine Empfindungen meine Urteilskraft zu beeinflussen. Innerlich verfluchte ich mich. »Ich will sagen«, korrigierte ich mich, »mir fällt nicht ein, auf welche Weise wir sonst die Tatsachen ermitteln könnten. Zwar weiß ich nicht, was Ihr denkt, aber ich neige immer mehr der Überzeugung zu, dass Rodrigo lügt, um Maria zu decken. Ich kenne die Tatsachen nicht, aber auf jeden Fall müssen die Ereignisse in jenem Zimmer so entsetzlich sein, dass die beiden es nicht zu gestehen wagen.«

»Davon bin ich überzeugt. Ich habe Euch bereits gesagt, dass ich diesen Vorfall nie mit Rodrigos früherer Haltung in Einklang bringen konnte. Euer Beweis für Don Diegos Machenschaften hat mein ursprüngliches Gefühl bestätigt. Aber Ihr werdet sehen, man kann nichts machen. Sie werden nicht reden.«

Don Nuño sah zu mir her, und ich schüttelte betrübt den Kopf.

»Wahrscheinlich habt Ihr aber Recht«, lenkte er ein. »Uns wird nichts anderes übrig bleiben als der Versuch, Garci Fernandéz eine Aussage zu entlocken. Es sollte mich aber sehr wundern, wenn wir dabei etwas von Bedeutung herausbekämen.«

Also strebten wir durch Santiagos schmale Gassen dem Palast der Familie Eanes entgegen. Don Nuño kannte den Weg und schritt kräftig aus. Das Haus erwies sich als steinerner Bau, der ziemlich von seiner Umgebung abstach, weil er sich in einer Straße voller Verkaufsstände erhob. Bevor wir den Eingang erreichten, sahen wir, dass eine unauffällig gekleidete Dame mittleren Alters in Begleitung einer moslemischen Dienerin herauskam. Sogleich trat Don Nuño auf sie zu. Nachdem er und Ana Eanes, Garci Fernandéz' Mutter, einander freundlich begrüßt hatten, gab sie uns mit einer verneinenden Handbewegung zu verstehen, dass ihr Sohn nicht zu Hause sei. Er besuche, wie sie erklärte, mit seinem jüngeren Bruder Jaime in einer nahe gelegenen Kirche die Messe. Höflich verabschiedete sich der Graf daraufhin von ihr. Wir wollten uns schon zur genannten Kirche aufmachen, als uns nach wenigen Schritten ein Diener in den Weg trat.

»Sucht ihn in keiner Kirche. Zwar ist seine Mutter überzeugt, dass er dort hingegangen ist, weil das ihrem Wunsch entspricht und es ihn nicht die geringste Mühe kostet, ihr das einzureden, aber Kirchen sind ihm zuwider. Er sagt, dass sie alt und finster sind und, verzeiht, Pater, dass die Priester von nichts anderem reden als von den Schrecken der Hölle. Ihr dürftet ihn in der Burg seines Vaters finden.«

Trotzdem gingen wir zu der bewussten Kirche, wo Don Nuño Garci unter den Gläubigen suchte. Es war schwierig, jemanden von hinten zu erkennen, denn im Inneren des Gebäudes war es finster, und es kostete anfangs große Mühe, im Halbdämmer überhaupt etwas zu unterscheiden. Als sich Don Nuños Augen an die Dunkelheit gewöhnt hatten, erkannte er Jaime, der an der Südseite des Schiffes in einer der ersten Reihen in der Nähe einiger edler Damen und Herren saß. Er machte ihm unauffällig ein Zeichen und gab auch mir einen Hinweis, woraufhin wir die Kirche verließen, um den Jungen am Eingang zu erwarten. Dort bestätigte uns dieser, dass ihn sein älterer Bruder bis zum Portal des Gotteshauses begleitet habe und sich von dort zur väterlichen Burg begeben habe.

»Aber sagt meiner Mutter bitte nichts davon«, bat er uns. Lächelnd versprach ihm Don Nuño, nichts zu verraten.

»Das Leben ist sonderbar«, sagte er unterwegs zu mir. Munio Fernandéz' Gattin widmet sich dem Gebet und verbringt ihr Leben mit mildtätigen Werken inmitten von Beichtvätern und Kaplänen. Soweit ich sehe, folgt ihr jüngerer Sohn ihrem Vorbild. Ihr Gatte aber denkt ganz wie ihrer beider Sohn Garci an nichts anderes als an Geld und kriegerische Unternehmungen. Das werdet Ihr rasch merken, wenn Ihr die beiden kennen lernt.«

»Kennt Ihr den Vater gut?«

»Das will ich meinen. Er ist ein verschlagener Mann und den Dingen dieser Welt sehr zugetan. Er hasst seine Frau und behandelt Jaime mit Geringschätzung, achtet aber sehr darauf, ihn nicht zu kränken. In den vielen Jahren, die er im Amt des Oberrichters von Galizien zugebracht hat, ist es ihm gelungen, ein großes Vermögen anzuhäufen, während er zuvor lange von der Mitgift seiner Gattin Ana gelebt hat. Glaubt aber ja nicht«, fuhr Don Nuño nachdenklich fort, »dass sie eine typische blutleere Betschwester ist, nur weil sie sich mit Priestern umgibt. Sie hat durchaus eine eigene Persönlichkeit, ist ein geborenes Organisationsgenie und lässt sich von niemandem herumkommandieren. Ihr werdet sehen«, schloss er, »sie weiß durchaus, dass ihr Garci entglitten ist, aber an Jaime hält sie fest.«

»Und die Tochter, die mit Cárdenas verheiratet ist?«

»Die zählt nicht. Sie war nie besonders intelligent.«

»Aber Cárdenas?«

»Ein Opportunist reinsten Wassers. Er unterstützt seinen Schwiegervater Munio, weil er sich Vorteile davon verspricht, könnte aber ohne weiteres auch auf der Seite seiner Schwiegermutter stehen.«

»Es hat mir gar nicht danach ausgesehen, dass es hinter den Kulissen solche Kämpfe gibt«, sagte ich.

»So ist es aber«, antwortete Don Nuño mit Nachdruck. »Doch verstehen es die Leute, den Schein zu waren. Offen gestanden, kenne ich kein Ehepaar mit so wenigen Gemeinsamkeiten wie diese beiden, und auch keine so ungleichen Brüder.«

Am folgenden Vormittag sattelten wir unsere Pferde und machten uns auf den Weg, denn auch am heutigen Morgen sollte Garci Fernandéz in der Burg seines Vaters zu finden sein. Es war hell und so kühl, dass man hätte meinen können, es wäre Frühlingsanfang und nicht Hochsommer. Die Berge, der regennasse Erdboden, die grünen Felder und hinter uns die sich weithin erstreckende Stadt Santiago glänzten im Licht der Sonne. Der über Nacht gefallene Regen ließ alles lebendiger erscheinen. Munio Fernández' Burg lag rund acht Meilen vor der Stadt. Während wir uns ihr in leichtem Trab näherten, ohne uns besonders zu beeilen, erklärte mir Don Nuño, dass Munio von einem geradezu krankhaften Sicherheitsbedürfnis besessen sei und die ursprüngliche Anlage mehrfach erweitert und umgebaut habe, so dass es sich inzwischen um eine beachtliche Festung handele.

»Ich weiß nicht, woher er das Geld für ein so kostspieliges Unternehmen hat. Beim Tod seines Vaters lag die Burg halb in Trümmern. Wenn Ihr sie damals gesehen hättet, würdet Ihr sie kaum wiedererkennen. Das sage ich Euch, damit Ihr versteht, wie beträchtlich die Möglichkeiten sind, sich als königlicher Oberrichter zu bereichern. Ihr könnt Euch also denken, wie sehr Munio dem König grollt, weil dieser ihn hat ablösen lassen.«

Wir sahen die Burg schon von weitem. Zuerst war sie von leichtem Nebeldunst eingehüllt, später zeichnete sie sich scharf am Horizont ab. Auf einer leichten Anhöhe, von der aus man das eindrucksvolle Bauwerk sehen konnte, zügelte Don Nuño sein Pferd.

Über uns zogen windzerfetzte weiße Wolken dahin. Die Mauersegler schienen ihnen nachzujagen, stiegen immer wieder auf, stürzten herab und flogen erneut zu ihnen empor.

»Seht nur, wie tief die Gräben sind«, machte mich der Graf aufmerksam. »Bei diesen Abmessungen dürfte sich keine Belagerungsmaschine der Burg auf mehr als fünfzehn Schritt nähern können. Man hatte mir schon davon berichtet, und natürlich ist es übertrieben. Außerdem hat er die Rampe, die ins Innere führt, mit einer steinernen Überdachung versehen und darunter einen mit allerlei Hindernissen gespickten Gang graben lassen, damit die Krieger, die in die Festung ziehen, gegen jeden Angriff von außen geschützt sind. Seht Ihr es, Raoul? Der Zugang liegt rechts von der Zugbrücke, Ihr könnt ihn am maurischen Bogen mit seiner Einfassung erkennen.«

Ich nickte bestätigend, während Don Nuño weitersprach: »Er hat sich alles genau überlegt. Der Eingang ist so schmal, dass keine zwei Reiter nebeneinander hindurchgelangen können. Auf diese Weise ist er vor Überraschungen sicher, kann unerwünschte Besucher erkennen und erforderlichenfalls zurückschlagen.«

»Eindrucksvoll. Wie lang ist dieser Durchgang?«

»Etwa siebzig Schritt. Er verläuft parallel zur Mauer, doch nach einer Weile knickt ein schmalerer Gang davon ab, der in den Innenbezirk führt. Das ist auch so etwas«, fügte Don Nuño lachend hinzu. »Er hat den Innenhof befestigt wie in den *kraks* des Heiligen Landes. Wenn wir hineinreiten, werdet Ihr es sehen. Besser gesagt, wir werden es beide sehen, denn im fertigen Zustand kenne ich diesen Teil auch noch nicht. Zweifellos eine sehr ausgeklügelte Anlage.«

Da er so munter über den Festungsgraben sprach, fragte ich ihn, worin die Besonderheit der von ihm beschriebenen Maßnahme bestehe. »Wie bei allen guten Einfällen ist der Grundgedanke recht einfach. Es geht darum, nahe der Umfassungsmauer und parallel zu ihr eine schräge Abdachung zu errichten, die am Boden wie eine Rampe im spitzen Winkel ausläuft, während sie oben der Krümmung der Türme folgt.«

»Ich verstehe: Es geht darum, Angreifern, die sich einen Weg in die Burg graben wollen, ihr Vorhaben möglichst zu erschweren.«

»Nicht nur das. Sofern ihnen ihr Vorhaben gelingt, sehen sie sich, kaum dass sie ins Freie gelangt sind, einem Graben gegenüber, und das am Fuß von Rundtürmen, von denen ihre Geschosse abprallen.«

Ich musste an die Warnung des Erzbischofs von Santiago denken. Der Sohn des Mannes, der jene Festung hatte errichten lassen, musste in der Tat ein beachtlicher Kämpfer sein, dem ich kaum etwas entgegenzusetzen haben dürfte. Wir näherten uns der Torwache und wurden ohne Umstände eingelassen, nachdem wir uns zu erkennen gegeben hatten. Im Innenkreis lagen im Schutz eines Erdwalls Stallungen, Küchen und Werkstätten. Zwar wirkte das Ganze friedlich, doch Don Nuño ließ sich davon nicht täuschen. Wir überließen unsere Pferde der Obhut eines Stallknechts und gingen zum Bergfried hinüber, in dessen Saal wir Garci Fernandéz vermuteten. So verhielt es sich auch. Wir trafen ihn ganz hinten, wo er mit mehreren Rittern seines Alters würfelte. Unter ihnen glaubte ich Cárdenas zu erkennen.

Der Mann, dem unser Besuch galt, sah uns schon von weitem kommen. Ich merkte, wie er uns entspannt beobachtete und den Mund zu einem angedeuteten Lächeln verzog. Als wir noch vier oder fünf Schritte von der Gruppe entfernt waren, erhob er sich: »Nuño Somoza! Welch angenehme Überraschung! Schon lange haben wir Euch hier nicht gesehen.« Mit selbstzufriedener Miene fügte er hinzu: »Was haltet Ihr von den Veränderungen, die wir seither an der Burg durchgeführt haben?«

Der Graf runzelte die Stirn bei der förmlichen Begrüßung.

»Sie sind unbestritten eindrucksvoll. Dein Vater hat die sicherste Festung von Galizien errichtet«, sagte er. Er betonte die vertrauliche Anrede überdeutlich.

»Dieser Überzeugung sind auch wir.« Das Lächeln war aus Garcis Gesicht gewichen. »Unser Baumeister hat beim letzten Kreuzzug im Heiligen Land gekämpft und einige der Lösungen übernommen, die er in den *kraks* kennen gelernt hat.«

»Mir sind diese Anlagen bekannt, und ich habe auf dem Weg hierher meinem Begleiter, Magister Raoul, den ich dir vorstellen möchte, darüber berichtet.«

Garci Fernandéz musterte mich mit verächtlichem Seitenblick. Er war noch jung, kaum über zwanzig, hatte ein helles, angenehmes Gesicht mit sauber gestutztem Bart. Über dem Kettenhemd trug er einen weißen Waffenrock, der ihm bis zu den Knien reichte.

»Raoul de Hinault?« wiederholte er laut. »Von Euch habe ich schon gehört. Wundert Euch nicht darüber; hier verbreiten sich Neuigkeiten schnell – Santiago ist nicht so groß wie Paris.«

Während ich freundlich nickte, dachte ich an Cárdenas, den ich erfolglos mit meinen Blicken suchte. Als ich sah, dass Garci Fernandéz' Gefährten das Würfelspiel unterbrochen hatten und aufmerksam unserer Unterhaltung lauschten, fasste ich Don Nuño am Arm und schlug dem jungen Ritter vor, einige Schritte beiseite zu treten. »Wir möchten unter vier Augen mit Euch sprechen.«

Garci führte uns am anderen Ende des Saales durch eine kleine Tür. Wir erstiegen die Treppe bis zum Dach des Turmes, in dessen kleiner Wachstube lediglich ein Gewappneter Wache hielt. Dort fragte Garci, was wir von ihm wollten.

Mit äußerster Vorsicht erklärte ich unser Anliegen und versuchte, ihn zum Reden zu bringen. Ich wollte ihm den Eindruck vermitteln, dass ich durch Zufall von dem arglistigen Unternehmen mit den beiden Wahrsagern erfahren hatte. So gab ich vor, mir sei nicht klar, dass er und sein Freund Diego Pérez dahinter steckten. Um ihm zu schmeicheln, fügte ich hinzu, wie eindrucksvoll mir seine Freundschaft zum ermordeten Don Diego erschiene.

»Dabei habe ich noch gar nicht davon gesprochen«, fügte ich hinzu, »wie geschickt es war, auszunutzen, dass diese Wahrsager ihr Handwerk in unmittelbarer Nähe des Klosters Santa Clara ausgeübt haben.«

»Ich weiß nicht, wer Euch einen solchen Haufen Lügen aufgetischt haben könnte«, entgegnete Garci trocken. »Was Ihr sagt, klingt zwar ganz unterhaltsam, und es könnte auch so gewesen sein. Vor allem, wenn Don Diego und Maria Correa infolge dieser List die Ehe miteinander eingegangen wären. Aber wie Ihr wissen dürftet, hat Rodrigo García Diego feige ermordet, und ich bin nicht bereit, mir von irgendjemandem böswillige Unterstellungen anzuhören, die das Andenken des Toten beflecken könnten.«

Der Graf versuchte die Spannung zu mildern.

»Raoul hat mir versichert, dass jene Wahrsager selbst bestätigt haben, was er hier berichtet.«

Doch Garci Fernandéz konnte seinen Ärger nicht verbergen. Mit abschätziger Handbewegung rief er aus: »Es wundert mich sehr, dass jemand so etwas sagen kann. Ich weiß nicht, wie viel Vertrauen verdammte Wahrsager verdienen, und es ist mir auch völlig einerlei! Ihr werdet selbst am besten wissen«, sagte er zu Don Nuño gewandt, »wem Ihr glauben wollt, zwei elenden Juden oder mir.«

Ich sah Don Nuño bedeutungsvoll an. Er nickte zum Zeichen, dass auch ihm aufgefallen war, wie sich der junge Mann selbst verraten hatte. An seiner Stelle antwortete ich: »Verzeiht, Don Garci, ich habe nichts über die Herkunft dieser Wahrsager gesagt. Woher wisst Ihr, dass es Juden waren?«

Plötzlich trat Besorgnis auf seine Züge, verflog aber gleich wieder. Er stellte sich vor mich und sah mich misstrauisch an. Dabei bewegte er sich wie ein Kämpfer, die klobigen Hände geballt. Dann entspannte er sich wieder. Der Seitenhieb hatte eine andere Seite in ihm zum Vorschein kommen lassen, und ich fragte mich, ob wir die Situation zu unserem Vorteil würden nutzen können.

»Eine bloße Vermutung«, sagte er trotzig. »Ich weiß nicht, wie viele nicht-jüdische Wahrsager es in Frankreich gibt, hier zu Lande jedenfalls sind das fast ausschließlich Juden. Stimmt das etwa nicht, Don Nuño?«

Obwohl ich schon in diesem Augenblick begriff, dass sich Garci nach einem kurzen Augenblick der Schwäche wieder gefangen hatte und ich daher aus ihm nicht viel herausbekommen würde, sprach ich im gleichen freundlichen Ton weiter wie zuvor. Doch Garci antwortete voll Herablassung auf jede der folgenden Fragen und lachte bei den von mir zurückhaltend vorgebrachten Andeutungen mehr als einmal laut auf. Schließlich aber verschloss sich sein Gesicht wie eine Faust, und er sagte drohend, wobei er zum ersten Mal die Anrede änderte: »Eines will ich dir sagen, Franzose. Ich weiß nicht, wer du bist und was du im Schilde führst. Du bist in Begleitung eines guten Freundes hergekommen, und daher habe ich deine Fragen beantwortet. Aus demselben Grunde bin ich sogar bereit, deine zweideutigen Anspielungen zu vergessen. Wenn du aber damit nicht aufhörst, zwingst du mich, die Gesetze der Gastfreundschaft zu missachten und dich zum Verlassen dieser Mauern aufzufordern.«

Er trat bis auf einen Schritt an mich heran und stieß einen auf mich gerichteten Zeigefinger in die Luft: »Ich warne dich nachdrücklich und rufe Don Nuño zum Zeugen an: Nimm dich in Acht, und unterlass jegliche verleumderische Äußerung über meinen guten Freund Don Diego oder mich. Solltest du diese Warnung unbeachtet lassen, werde ich dich beim nächsten Mal auffordern, Beweise für deine Behauptungen zu erbringen. Don Nuño kann dir erklären, wie wir hier mit Leuten verfahren, die dazu nicht im Stande sind.«

Garci wandte sich ab und starrte ins Leere. Er schien noch etwas sagen zu wollen, überlegte es sich dann aber offensichtlich anders.

»Und jetzt muss ich zu meinen Freunden zurückkehren, wenn ihr gestattet. Wir haben viel miteinander geredet, und sie werden sich fragen, wo ich so lange bleibe. Verzeiht, dass ich euch nicht zu euren Pferden begleite.«

An Don Nuño gewandt, sagte er: »Ein anderes Mal führe ich dir gern die Verbesserungen vor, die wir an der Burg vorgenommen haben.« Er hob das »wir« in auffälliger Weise hervor. »Jetzt muss ich gehen. Der Wächter wird euch hinausführen.«

Niedergeschlagen brachen wir auf. Es war uns unbegreiflich, woher dieser junge Mann seine Selbstsicherheit nahm. Gewiss, wir konnten lediglich die Intrige beweisen, mit der

Don Diego die Verlobung mit Maria hatte erreichen wollen, und wir würden ohne Rodrigos Hilfe keinen weiteren Schritt zur Aufklärung von Don Diegos Tod tun können. Warum aber bestritt Garci Fernandéz die Komödie mit den Wahrsagern? Er hatte letzten Endes nicht viel zu verlieren. Otero hatte sich durchaus vernünftig verhalten, als er Don Nuño den Sachverhalt bestätigte, denn wem konnte es schon etwas bedeuten zu erfahren, auf welche Weise ein Verlöbnis zu Stande gekommen war, das nicht in eine Eheschließung gemündet hatte? Wer würde diese Geschichte zur Sprache bringen, nachdem Maria Correas früherer Verehrer den Bräutigam ermordet hatte? Ich konnte Garci Fernandéz' Verhalten nicht verstehen. Auf den Zügen Don Nuños, der neben mir ging, las ich, dass das auch ihm unbegreiflich war. Unruhig dachte ich noch einmal über die ganze Angelegenheit nach.

Die grenzenlose Selbstsicherheit und Herablassung des jungen Mannes konnte nur eines bedeuten, sie hatte nur dann Sinn, wenn...

Offenbar war Don Nuño zum gleichen Ergebnis gekommen wie ich, denn er blieb in eben diesem Augenblick stehen und fasste mich erregt am Arm. »Die Wahrsager?«

»Daran denke ich gerade. Glaubt Ihr, dass ihnen etwas zugestoßen sein könnte?«

Worte waren hier überflüssig. Wir sahen einander voll Entsetzen an und eilten ohne weiteren Zeitverlust zu den Ställen hinab. Von Munio Fernandéz' Burg bis Roxos brauchten wir fast vier Stunden, obwohl wir so scharf ritten, wie wir es den Pferden zumuten konnten. Noch vor Einbruch der Dunkelheit kamen wir an, Don Nuño sprang aus dem Sattel und rannte mit langen Schritten auf das kleine Haus zu, das Velasco nach unserer Rückkehr aus Noia gemietet hatte. Ich war ein wenig zurückgeblieben und hatte noch den Fuß im Steigbügel, als ich die ersten Flüche hörte.

Im Inneren des Hauses erwartete uns ein Bild des Entsetzens. Auf der linken Seite des Raumes saß Luca leblos auf einem kleinen Hocker. Das Kinn lag ihm auf der Brust. Als ich auf ihn zutrat, sah ich den Griff eines Dolches unterhalb des Nackens aus seinem Rücken ragen. Ein offenes Fensterchen hinter ihm zeigte, welchen Weg die Mörder wohl genommen hatten, um ihn zu überraschen. Aus dem Obergeschoss rief Don Nuño nach mir. Völlig benommen lief ich nach oben. Auf einem Strohsack lag Salomo mit vor Entsetzen verzerrtem Gesicht. Man hatte ihn erdrosselt; das Ende der um seinen Hals zusammengezogenen Schnur lag auf dem Laken.

Es war Don Nuño anzusehen, dass er seinen Augen nicht trauen wollte. Unaufhörlich fluchend schwor er bis zur Atemlosigkeit, dieses Schurkenstück zu rächen. Langsam trat ich zu ihm. Wie hatte es dazu kommen können? Ich sah mich im Raum um und bemerkte mit einem Mal, dass Velasco und Todros fehlten. Rasch drehte ich mich um und eilte ins Erdgeschoss zurück. Auch dort waren sie nicht.

»Nuño! Nuño!«, rief ich. »Habt Ihr Velasco oder Todros gesehen, den anderen Wahrsager?«

Kurz darauf kam seine Antwort: »Hier sind sie nicht. Kommt, wir wollen sie suchen.«

Obwohl wir den kleinen Garten und die ganze Umgebung auf das Genaueste durchstöberten, fanden wir nicht die geringste Spur von den beiden. Auf einer kleinen Anhöhe über einem mit Gestrüpp bedeckten Stück Brachland äußerte der Graf die Vermutung, dass der Überfall eben erst erfolgt sein müsse, denn die Leichen seien noch nicht kalt gewesen. Sogleich ging uns auf, in welcher Gefahr wir selbst schwebten. Wir mussten den Ort unbedingt so rasch wie möglich verlassen. Wenn noch niemand das Verbrechen entdeckt hatte, was anzunehmen war, mussten wir damit rechnen, unsererseits der Tat bezichtigt zu werden. Glücklicherweise war es bereits dunkel, und das Haus lag mehr als fünfzig Schritt von allen anderen Gebäuden entfernt. Vorsichtig gingen wir fort und ritten dann langsam Santiago entgegen. Die völlig erschöpften Pferde waren als Einzige über die langsame Gangart froh. Immerhin waren sie ohne die geringste Pause von Munio Fernandéz' Burg bis Roxos galoppiert.

Doch der Tag hielt für uns noch mehr Überraschungen bereit. Als wir missgelaunt und körperlich wie seelisch am Ende unserer Kräfte die Pilgerherberge erreichten, stiegen wir zu unserer Unterkunft empor. An Schlaf allerdings war nicht zu denken. Trotz meiner festen Überzeugung, dass meine Fähigkeit zu staunen an ihre Grenze gestoßen war, konnte ich einen Freudenschrei nicht unterdrücken, als ich Velasco auf meinem Lager ruhen sah.

»Velasco! Wo warst du? Ich hatte schon befürchtet, du könntest tot sein! Was ist geschehen? Wir kommen gerade von Roxos, wo man Salomo und Luca ermordet hat. Sag«, fuhr ich aufgeregt fort, »wie ist das zugegangen?«

»Beruhigt Euch, Magister«, sagte er mit leiser Stimme und reckte sich. »Leider weiß ich ebenso wenig wie Ihr und stehe immer noch unter dem schrecklichen Eindruck des Todes unserer Gefährten.«

»Wie ist es dazu gekommen?«, fragte ich voll Ungeduld.

»Ich habe das Haus am Nachmittag für eine kurze Weile verlassen, um Lebensmittel einzukaufen. Wir hatten schon seit zwei Tagen im Hause ausgeharrt, ohne dass es den geringsten Hinweis auf eine Gefahr gegeben hätte.«

»Auch kein neues Gesicht im Dorf?«, fragte Don Nuño.

»Nein, Roxos ist klein, und ich kannte schon fast alle Einwohner. Da ich keinen Grund zur Beunruhigung sah, nahm ich an, ich könne mich gefahrlos ein wenig entfernen und einkaufen gehen, denn unsere Lebensmittel gingen zur Neige. Doch habe ich vorsichtshalber Todros mitgenommen und Salomo in Lucas Obhut gelassen. Bei unserer Rückkehr haben wir dann das Bild vorgefunden, das wahrscheinlich auch Ihr gesehen habt. Eurem Freund Luca stak ein Dolch im Rücken, und Salomo war offenbar erwürgt worden, als er sich ein wenig hingelegt hatte.

Das müssen Männer gewesen sein, die ihr Handwerk verstehen«, setzte Velasco mit einem Anflug von Bewunderung hinzu. »Wahrscheinlich haben die beiden ihre Mörder nicht einmal gesehen. Luca hat sich auf seinem Hocker ausgeruht,

Salomo lag auf dem Strohsack. Es gibt nicht den kleinsten Hinweis auf einen Kampf, und daher bin ich überzeugt«, sagte er trübselig, »dass die beiden nicht das Geringste von den Tätern bemerkt haben. Vermutlich sind von deren Eindringen ins Haus bis zur Tat nur wenige Augenblicke vergangen.«

Ich war sprachlos. Es sah mir ganz so aus, als bewundere Velasco das Geschick, mit dem diese Schurken zu Werke gegangen waren. Er hatte wohl gemerkt, wie sehr sich meine Miene verfinsterte, denn er sagte: »Diese Einzelheiten, Magister, sind von größerer Bedeutung, als Ihr glaubt. Sie zeigen, dass wir es mit Männern zu tun haben, die zu allem entschlossen sind und die über die nötige Macht und die Mittel verfügen, ihre Absichten auch zu verwirklichen.«

Er ließ uns ein wenig Zeit, die Richtigkeit seiner Erwägungen zu bedenken. Dann setzte er hinzu: »Hierbei handelt es sich lediglich um eine Warnung.«

»Eine Warnung! Ein heimtückischer Mord soll eine Warnung sein?«

»Das vermute ich. Man muss die Dinge nehmen, wie sie sind. Wenn diese Männer gewollt hätten, wäre es ihnen ohne weiteres möglich gewesen, auch uns zu überraschen. Außerdem beweist dieser Vorfall nicht nur, in welcher Gefahr wir uns befinden, sondern auch, und das ist viel wichtiger, dass jene Leute entschlossen sind, jeden Beweis aus dem Weg zu räumen, den wir vorzubringen gedenken.«

»Auf jeden Fall haben wir noch die Aussage von Todros«, gab ich zur Antwort. »Nuño, wisst Ihr zufällig, wo sich Otero aufhält? Habt Ihr nicht gesagt, Ihr könntet ihn nötigenfalls ohne Schwierigkeiten aufspüren?«

»Ja, ich kenne seinen Aufenthalt«, erklärte der Graf. »Die hohe Belohnung, die ich ihm gegeben habe, war an die Bedingung geknüpft, dass er ihn mir nannte. Doch darf ich nach dem jüngsten Vorfall nicht sicher sein, dass ich ihn dort antreffen werde, wo ich ihn verlassen habe.«

»Eins ist klar«, sagte Velasco, zu ihm gewandt. »Otero hat Euch getäuscht. Es hat ihm nichts ausgemacht, etwas zu gestehen, wovon er wusste, dass es nicht die geringste Auswirkung haben würde und ihm nebenbei ein schönes Stück Geld einbringt.«

Nach kurzem Nachdenken sagte er zu mir: »Ihr seid zu gutgläubig und weltfremd, Raoul. Ich war schon immer überzeugt, dass der Portugiese nichts für uns tun würde. Don Nuño, habt Ihr nicht auch gesagt, er rechne damit, in Garci Fernandéz' Dienst zu treten? Meint Ihr etwa, er wird als Zeuge gegen seinen künftigen Herrn auftreten? Nein, Freunde, gebt Euch keinen Täuschungen hin. Otero hatte nie die Absicht, zu unseren Gunsten auszusagen. Er hat eine Möglichkeit gesehen, leicht zu Geld zu kommen, und Euch nach Belieben an der Nase herumgeführt.«

»Vielleicht hast du Recht, Velasco«, gab ich bedrückt zu. »Doch was ist mit Todros? Er ist doch noch bei dir, oder etwa nicht?«

»Mehr oder weniger. Wo er sich augenblicklich aufhält, ist er sicherer, als wenn er sich hier befände. Er hat sich im Judenviertel bei den Mitgliedern seiner Gemeinde versteckt. Dort besteht für ihn keinerlei Gefahr. Diese Leute sind an Widrigkeiten gewöhnt und können einen Menschen monatelang verbergen, ohne dass jemand etwas davon erfährt.«

»Ist er bereit, beim Prozess auszusagen?«, fiel ich ihm ins Wort.

»Das ist eine andere Frage«, gab Velasco düster zur Antwort. »Er ist fast vor Angst gestorben. Als wir hier in der Stadt eintrafen, hat er sich fortwährend nach allen Seiten umgesehen und überall Feinde gewittert. Er hat sich erst ein wenig beruhigt, als ich ihn dem Vorsteher der jüdischen Gemeinde übergeben habe. Dieser bürgt mir dafür, dass ich Todros jederzeit sehen kann, doch zweifle ich, dass Todros das überhaupt will.«

»Warum muss dieser Mann das gestatten?«, warf ich ein. »Immerhin hast du Todros das Leben gerettet.«

»Das hat auch der *nasí* gesagt; so nennen diese Leute den Vorsteher ihrer Gemeinde. Er hat sich mir gegenüber äußerst zuvorkommend verhalten und mir mit allerlei Schmeichelworten dafür gedankt, dass ich einen seiner Glaubensgenossen vor dem Tode bewahrt habe. Aber ich kenne diese Leute. Es sind geborene Händler, und es fällt ihnen nicht schwer, zu sagen, was sie nicht meinen. Denkt doch nur ein wenig nach. Inzwischen dürfte Todros ihnen berichtet haben, dass er sich bereits mit größter Umsicht in Sicherheit gebracht hatte, als ich ihn in Asturien aufspürte. Bestimmt hat er ihnen erklärt, dass wir ihn in einen Prozess verwickeln wollen, der keinem von ihnen das Geringste bedeutet. Seid Euch außerdem darüber klar, was geschieht, wenn Ihr das Wort eines Juden gegen das eines Edelmanns setzen wollt.«

Natürlich hatte Velasco Recht. Bisher hatte ich mit übergroßer Gutgläubigkeit als selbstverständlich vorausgesetzt, dass Todros im Prozess auftreten würde. Ich kam mir so töricht vor wie ein Kind, das man bei einem dummen Streich ertappt hat.

»Wahrscheinlich besprechen sie gerade, welche Möglichkeiten sie haben«, fuhr Velasco fort, »und offen gesagt, habe ich am Ausgang dieser Gespräche nicht den geringsten Zweifel. Ich könnte mir denken, dass Todros in diesem Augenblick die Stadt verlässt, unter dem Karren irgendeines Händlers verborgen. Andernfalls wird er es spätestens morgen tun. Ich sage das ungern, Magister, und ich hätte am liebsten Unrecht, aber ich fürchte, dass ich ihn heute zum letzten Mal gesehen habe.«

»Sofern du damit gerechnet hast«, hielt ich ihm vor, »warum hast du ihn dann zu diesem *nasí* gebracht? Gab es keinen anderen sicheren Ort, wo man ihn verstecken konnte? Und lass bitte die steife Anrede. Wir beide reisen schon zu lange miteinander und haben zu viel gemeinsam erlebt, als dass du weiterhin so förmlich mit mir sprechen müsstest.«

»Von mir aus«, stimmte er zu. »Auf deine Frage muss ich offen sagen: Nein, einen anderen sicheren Ort gibt es nicht. Was können wir außerdem verlieren? Sofern es uns darum ging, seine Sicherheit zu garantieren, war es wohl besser, das auf eine Weise zu tun, die dieses Ziel erreichbar scheinen lässt. Todros ist für uns im Augenblick von geringem Nutzen, und von noch geringerem wäre er als Toter. Außerdem können wir ihn nur dadurch auf unsere Seite ziehen, dass wir ihn wirksam schützen und ihm zeigen, dass wir zu ihm halten.«

»Und wenn er sich nicht auf unsere Seite schlagen will?«, fragte ich.

»Er wird schon wollen«, warf Don Nuño zuversichtlich ein.

»Wie wollen wir ihn zwingen?«, schloss Velasco. »Nein, Raoul, gib dich keinen Täuschungen hin.

Eins ist klar«, fuhr er fort. »Wenn Todros vor Gericht aussagt, muss er das aus eigenem Antrieb tun. Es ist besser, ihm die Entscheidung zu überlassen und ihm den Eindruck zu vermitteln, dass wir ihm trauen. Überlegt doch«, fügte er nachdenklich hinzu, »er wird sagen, was ihm sein Gewissen vorschreibt. Folglich ist es besser, wenn er findet, dass wir uns ihm gegenüber ehrenhaft verhalten haben. Ganz davon abgesehen, lasst mich das wiederholen, verfügen wir über kein Mittel, sein Leben in wirksamer Weise zu schützen. Ich möchte mir wirklich nicht gern einen weiteren Toten auf das Gewissen laden.«

Er hielt inne, um Atem zu holen. Dann sprach er weiter: »Habt ihr auch einmal über die Morde nachgedacht? Wem konnte daran liegen, die Aussage der beiden Juden zu verhindern? Wer konnte wissen, dass wir uns in jener Ortschaft aufhielten?«

Bei dieser Frage lief es mir eiskalt über den Rücken. Ich brauchte mir keine besondere Mühe zu geben, um die Antwort zu finden, denn sie lag auf der Hand: Der Erzbischof von Santiago! Wieder einmal hatte Velasco Recht gehabt. Ich ertrug seinen Blick eine Weile und versuchte, Herr meiner Empfindungen zu werden. Meine Augen glitten über die Gesichter meiner Gefährten, ohne sie zu sehen. Ich war erschöpft und buchstäblich niedergeschmettert. Ich musste mir eingestehen, dass all meine Bemühungen zu Schanden geworden waren. Nach meinem ersten Besuch bei Erzbischof Teobaldo hatte mich seine scheinbare Unwissenheit ein wenig beunruhigt, jetzt aber ergaben seine Worte einen Sinn. Er hatte von Anfang an auf der Gegenseite gestanden. Nur dadurch ließ sich die unverschämte Überheblichkeit erklären, mit der uns Garci Fernandéz gegenübergetreten war; nur auf diese Weise war zu verstehen, mit welcher Leichtigkeit man die jüdischen Wahrsager in ihrem Versteck hatte aufspüren und Salomo ermorden können. Wem, wenn nicht dem Erzbischof, waren all diese Umstände bekannt?

Auch wenn die alles entscheidende Aussage nach wie vor von Don Rodrigo oder Doña Maria abhing, hatten wir bisher die geringe Hoffnung gehabt, mit Hilfe der Wahrsager der Wahrheit zum Sieg zu verhelfen. Jetzt aber, ohne Salomo und Todros, war jede Aussicht darauf dahin.

Mit einem Mal trat mir ein deutliches Bild vor die Augen. Seufzend fuhr ich mir mit der Hand über die Stirn.

»Eigentlich haben wir es mit einer festen Größe zu tun«, sagte ich und sah zu den beiden hin, wobei ich mich vergeblich zu lächeln bemühte. »Das Einzige, woran wir uns mit Sicherheit oder, besser gesagt, nahezu mit Sicherheit halten können, ist Garci Fernandéz' Drohung. Wie die Dinge liegen, dürfte er mit einer Herausforderung rechnen. Es ist wohl besser, dass wir uns darauf einstellen, findet ihr nicht auch?«

»Mach dir darüber keine übermäßigen Sorgen«, antwortete Velasco, »ich habe schon vorher an diese Möglichkeit gedacht und kann als *al-barraz* für dich antreten.«

»Als *al-barraz?*«

»Weißt du nicht, was das ist? Dabei handelt es sich um eine alte Einrichtung an den Höfen Kastiliens wie auch Andalusiens. Dort sind *al-barraz* eine Art Berufs-Zweikämpfer. Sie treten im Dienst ihres Herrn in der vordersten Schlachtreihe gegen einen Feind an, der ihren Herrn zum Zweikampf Mann gegen Mann herausgefordert hat, vertreten ihn aber auch gemäß den Duellregeln, wenn sich ihr Herr oder ein Mitglied von dessen Familie oder Gefolge auf andere Weise nicht von einer schweren Anschuldigung reinwaschen kann.«

»Davon höre ich zum ersten Mal«, gestand ich.

»Nun, es ist ein sehr alter Brauch. Ich hätte mir denken müssen, dass er dir nicht bekannt ist, denn du kommst aus dem Ausland und bist erst kurze Zeit hier. Trotzdem fällt es mir schwer zu glauben, dass du noch nie vom berühmten *al-barraz* des Emirs von Saragossa gehört haben willst, der jährlich fünfhundert Dinare kassiert hat und mit einer Peitsche kämpfte.«

»Du siehst doch, dass er es nicht weiß«, warf Don Nuño ein. »Bist du wirklich sicher, Velasco, dass du für Raoul als *al-barraz* auftreten könntest? Entschuldige, aber ich habe dich für einen *pardo* gehalten, der, wie du sehr wohl weißt, nicht in einem öffentlichen Zweikampf gegen einen Adligen antreten darf.«

Die Situation verwirrte mich immer mehr. »Was ist ein *pardo*?«

»So lautet die volkstümliche Bezeichnung für Krieger aus niederem Stande«, antwortete Velasco rasch. Diesmal aber lag ihm nichts daran, meine Neugier zu befriedigen. Zu Don Nuño gewandt, erklärte er stolz: »Zwar reichen die Wurzeln meines Nachnamens nicht so weit in die Vergangenheit wie deine, doch bin ich kein *pardo,* sondern *infanzón.* Das kann ich beweisen, sobald es erforderlich ist.«

»Könnt ihr mir erklären, wovon ihr redet?«, fragte ich ein wenig ärgerlich.

»Gewiss«, sagte Don Nuño lächelnd. »Ein *pardo* ist, wie Ihr Velascos Worten entnehmen konntet, weder ein Ritter noch jemand, der sich das Kriegshandwerk als Beruf ausersehen hat. Solche Männer nennen wir *hidalgos;* sie sind etwa euren Junkern vergleichbar. Im Unterschied zu ihnen ist ein *pardo* ein Bewohner von Grenzstädten oder ein kleiner Landbesitzer, der zwar nicht adliger Abkunft ist, wohl aber genug Geld hat, Pferd und Rüstung zu erwerben und sich von Zeit zu Zeit an kriegerischen Unternehmungen gegen die Mauren zu beteiligen.«

Nachdem er mich hinreichend über spanische Bräuche aufgeklärt zu haben glaubte, sagte er zu Velasco: »Sofern ich dich mit meinen Worten gekränkt haben sollte, bitte ich um Vergebung. Du warst über die näheren Umstände deines Lebens so zurückhaltend, dass ich angenommen habe, der Grund dafür sei Scham wegen einer geringen Herkunft.«

Er ließ eine Pause eintreten und fügte trübselig hinzu: »Wir müssen uns eingestehen, meine Freunde, dass unser Vorhaben gescheitert ist. Wer kämpft, muss wissen, wann er eine Schlacht gewonnen und wann er sie verloren hat. Bei dieser haben wir unglücklicherweise eine Niederlage erlitten, bevor sie überhaupt angefangen hat. Es fällt mir schwer, das einzugestehen, aber unsere Gegner hatten die bessere Strategie. Wenn ich im Laufe der Zeit etwas gelernt habe, dann, dass ich mich vom Schlachtfeld zurückziehen und aufgeben muss, wenn ich mich dem Kampf nicht unter annehmbaren Bedingungen stellen kann. Ich sage das nicht gern, Raoul, aber es ist überflüssig, dass sich Velasco für Euch schlägt. Ich glaube, es wäre besser, die Niederlage hinzunehmen.«

Als sich meine erste Überraschung gelegt hatte, sah ich den Grafen wie betäubt an. Was ich insgeheim dachte, war eine Sache, eine völlig andere war es, offen zu erklären, es sei besser, den Kampf von vornherein verloren zu geben.

Gelassen an die Wand gelehnt, hörte sich Velasco mit vor der Brust gekreuzten Armen unsere Auseinandersetzung an. Die breite Hutkrempe beschattete seine Augen, so dass sich ihr Ausdruck nicht erkennen ließ.

Auch wenn ich mich gerade noch niedergeschlagen und vorzeitig besiegt gefühlt hatte, konnte ich doch Don Nuños Worte auf keinen Fall unwidersprochen hinnehmen. Stürmisch erhob ich mich von meinem Strohsack, als hätte der Zorn, stärker als Worte, endlich einen Mann der Tat aus mir gemacht. In der Mitte des Raumes stehend, sagte ich hitzig: »Wartet nur ein wenig, Don Nuño. Ich will es mit Euren eigenen Worten sagen: Wir dürfen das nicht einfach geschehen lassen, ich gebe nicht auf. Haben wir etwa so lange durchgehalten, um jetzt kampflos aufzugeben? Auch werde ich nicht dulden, dass die andere Seite so leicht davonkommt.«

Entschieden setzte ich hinzu: »Könnte uns nicht dieser Don Andreo helfen, von dem Ihr gesprochen habt? Wenn er als Beauftragter König Alfonsos X. die kirchenrechtliche Gewalt über diesen Bezirk ausübt, wird er doch gewiss im Besitz aufschlussreicher Angaben sein. Meint Ihr nicht auch?«

»Nein, seine Rolle verlangt, dass er sich zurückhält und im Hintergrund wirkt. Ich habe Euch schon gesagt, er ist des Königs Kirchenbeauftragter für ganz Galizien. Überdies hat er bereits alles getan, was in seinen Kräften steht, und erreicht, dass man Euch gestattet, in das Verfahren einzugreifen. Er hat insgeheim über unsere Sicherheit gewacht, auch wenn Ihr das jetzt nicht glauben mögt. Mehr vermag er nicht zu tun. In dieser Hinsicht brauchen wir auf keine weitere Unterstützung von außen zu hoffen.«

Wieder war ein Ausweg verbaut. Mit einem hilflosen Blick zu den Gefährten hob ich die Hände. Ich spürte, wie mich der Zorn übermannte, und schließlich ließ ich ihm freien Lauf: »Ich will euch etwas sagen. Bisher war ich überzeugt, auf die Kraft und die Fähigkeit dreier erwachsener Männer bauen zu können, aber wenn mir nur noch die meine bleibt, muss auch das genügen. Ich gebe zu, dass die Aussichten sehr gering sind, doch da uns keine andere Hoffnung bleibt, müssen wir auf unsere einzige Trumpfkarte setzen. Bestimmt reiben sich unsere Gegenspieler gerade in diesem Augenblick die Hände. In ihrer Siegesgewissheit sind sie vermutlich überzeugt, dass wir jetzt in aller Eile unsere Sachen packen.«

Nach kurzer Pause fuhr ich fort: »In diesem Glauben sollten wir sie auch lassen. Aber es ist das Mindeste, was wir zum Gedächtnis an den guten Luca tun können, nicht aufzugeben«, fügte ich voll Trauer hinzu.

Luca! Der arme Teufel. Im Wirbel der Ereignisse hatte ich seinen Tod hingenommen, ohne auch nur einen Augenblick lang darüber nachzudenken. Jetzt hielt ich inne. Ich war müde und fror mit einem Mal. Mit angehaltenem Atem trat ich lang-

sam ans Fenster, wo ich eine Weile stehen blieb und hinaus-
sah. Der arme Luca… Das Leben war grausam mit ihm um-
gesprungen, aber er hatte dagegen aufbegehrt und ein günsti-
geres Geschick gesucht. Gewiss wäre in Sevilla ein erfolgrei-
cher Kaufmann aus ihm geworden. Der geriebene und schlaue
Luca! Er hatte uns abwechselnd unterhalten und beunruhigt,
und stets war uns sein wahres Wesen verborgen geblieben.
Wenn ich es recht bedachte, war ich auf meinem langen Weg
nach Santiago mit niemandem vertrauter gewesen als ihm,
hatte niemanden besser gekannt.

Ich sah ihn vor mir, wie er mich verschmitzt ansah oder die
für ihn so kennzeichnende anerkennende Geste machte, bei
der er Zeigefinger und Daumen zu einem Kreis schloss. Der
gute, der kecke und verführerische Luca. Ich konnte nicht
umhin zu bewundern, dass er als Einziger im Stande gewesen war, den jungen Frauen aus der Pilgergruppe, Arlette und
Fabienne, den Hof zu machen und beide zu verführen, auch
wenn es mir eigentlich nicht anstand, solche Fähigkeiten zu
schätzen. Während andere zugesehen und kritisiert hatten,
war er aktiv geworden, hatte sich, wie es schien, bemüht, dem
Leben abzugewinnen, was er konnte.

Nein, ich konnte den Mann nicht vergessen, der uns das
Leben gerettet hatte, als Räuber uns überfallen und den Tieren der Wildnis zum Fraß überlassen hatte. Auf keinen Fall
wollte ich den scharfsichtigen und schwermütigen Genueser
vergessen, der in seinem beständigen Kampf, sich seinen eigenen Wert zu beweisen, aus jedem kleinen Vorfall des Lebens eine Schlacht machte. Keinesfalls durfte ich zulassen,
dass die Dinge blieben, wie sie waren. Wir hatten Luca gegenüber eine Ehrenschuld abzutragen, mussten seinen Tod
rächen. Und wenn es nur zu seinem Gedenken geschah…

Ich wandte mich den beiden zu. Mit meinem Blick hatte
ich mich bemüht, die Zeit zu durchdringen, jetzt aber kehrte
ich in die Gegenwart zurück: »Nuño, als ich Euch zum ersten
Mal begegnet bin, wart Ihr ein ganzes Jahr von zu Hause fort
gewesen, von Frau und Kindern getrennt. Obwohl Ihr danach

lediglich einen Tag wieder mit ihnen zusammen wart, habt Ihr keinen Augenblick gezögert, sie abermals zu verlassen, um mir bei dieser Aufgabe zu helfen. Und jetzt wollt Ihr die Sache aufgeben, einfach so?«

Unsicher sah er zu Boden. Er mied meinen Blick. Ich ließ nicht locker und öffnete schließlich in einer Gebärde der Machtlosigkeit die Hände, ohne ihm Gelegenheit zu einer Antwort zu geben.

»Und du, Velasco, ist es nicht dein einziger Auftrag, mir bei der Aufdeckung der Wahrheit in dieser Angelegenheit zu helfen?«

Er nickte bestätigend.

»Und jetzt willst du aufgeben?«

Er sah mich mit leichtem Lächeln an und schüttelte nachdrücklich den Kopf.

Es dauerte eine Weile, bis wir den Augenblick der Mutlosigkeit überwunden hatten, aber schließlich erkannten beide, wie feige es wäre, Don Rodrigo seinem grausamen Geschick zu überlassen. Danach berieten wir lange miteinander und gingen alle Möglichkeiten eines Eingreifens durch, die sich uns boten. Allerdings war mir klar, dass ich dazu letzten Endes wenig zu sagen hatte.

Während die beiden auf der Suche nach Argumenten miteinander debattierten, hing ich wieder meinen trübseligen Gedanken nach. Nachdem die erste Begeisterung verflogen war und die Lage einstweilen gerettet schien, spürte ich mich erneut kraftlos und schwach.

Ich durfte mich keinen Täuschungen hingeben. Alles kam einzig und allein auf den Verlauf der Gerichtsverhandlung an. Vorausgesetzt, ich fand irgendein Mittel, mit dem sich Don Rodrigo oder Doña Maria zum Sprechen bringen ließen, konnte ich das Netz vielleicht zerreißen. Sollten sich die Dinge aber so entwickeln, wie es den Anschein hatte, würde ich Zeuge der Hinrichtung eines Mannes sein, an dessen Schuld ich erhebliche Zweifel hegte. Sofern Don Rodrigos Feinde mit der nötigen Gelassenheit zu Werke gingen, wäre nicht nur der Auftrag gescheitert, mit dem man mich betraut hatte, sondern auch das Opfer Lucas und Salomos wäre vergeblich gewesen.

Wir waren uns einig, dass es nur eine einzige durchführbare Lösung gab: Don Nuño und Velasco wollten alles daransetzen, Oteros Aussage zu bekommen. Ich meinerseits würde versuchen, eine Vorgehensweise zu entwerfen, die es mir ermöglichte, Garci Fernandéz bei einem Widerspruch festzunageln. Auch war uns klar, dass wir unsere Vorsichtsmaßnahmen deutlich verstärken mussten.

Bei Einbruch der Dunkelheit zog ich in eine sehr viel unbequemere Herberge um, in der ich unbekannt war. Velasco veranlasste alles Erforderliche und begleitete mich dorthin. Auf dem Weg zu meinem Zimmer musste ich die Gaststube vermummt durchqueren, dass man mich für jemanden halten konnte, der vor dem Arm des Gesetzes flieht. Ich verließ diese neue Herberge so selten wie möglich und verbrachte die folgenden acht Tage in der Einsamkeit meines Zimmers. Dort ging ich immer wieder den möglichen Verlauf des Prozesses durch. Mein einziger Trost war das Bewusstsein, dass Enrique dank seines gebrochenen Beins noch am Leben war.

Sieben Tage später, am 25. Juli, dem Tag des Apostels Jakobus, erwachte Santiago voll Lebenskraft. Schon in den allerersten Morgenstunden ertönte von überall her unaufhörliches Stimmengewirr. Gern hätte ich an den Feierlichkeiten teilgenommen, das aber ging auf keinen Fall. Voll Neid betrachtete ich das Menschengewimmel; durch einen schmalen Fensterspalt sah ich auf die dem Hause gegenüberliegende Gasse, die sich in der ungeordneten Vielzahl der Häuser weit öffnete. Auf dem Platz an ihrem anderen Ende lungerten einige zerlumpte Gestalten um den Ochsen herum, der an einem mächtigen Spieß gedreht wurde. Andere kauften etwas zu essen bei den fliegenden Händlern, die umherzogen und ihr süßes Backwerk, ihren Käse und Schinken feilboten. In einem Hauseingang äffte ein Possenreißer vor einer Pilgergruppe die

Riten des Jubeljahres nach. Gegen Abend konnte ich der Versuchung nicht länger widerstehen und trat vor die Tür, um mich ein wenig umzusehen.

Es war ein herrlicher Spaziergang. Um jene Stunde lag über Santiago eine schwermütige Stimmung, die in vollkommener Weise zu meinen eigenen Empfindungen passte. Die alten Stadtpaläste aus Stein, die mit großen Gehwegplatten gepflasterten Straßen, über die hier und da eine Katze strich, die Abfälle am Boden, all das verlieh der Stadt eine Atmosphäre des Friedens, die in schroffem Gegensatz zu dem Getümmel stand, das am Vormittag geherrscht hatte. Gelegentlich hörte man in der Ferne einen Karren vorüberrollen, gedämpft wie das Pochen in den eigenen Schläfen. Von Zeit zu Zeit wurde in einem aufblitzenden Lichtschimmer ein Betrunkener oder ein Pilger sichtbar, der sich verlaufen hatte. Irgendwoher hörte ich die letzten Töne eines Liedes. Diese von wohlklingenden Stimmen vorgetragene herrliche Melodie drückte die festliche Stimmung des Tages in vollkommener Weise aus. Dann erblickte ich mitten auf der Straße einen Einbeinigen, der sich mit Hilfe eines Stocks aufrecht hielt. Er war ein Mann unbestimmten Alters mit wirrem Haar und dunkler Gesichtshaut, wie man sie bei Menschen findet, die sich lange an der Sonne aufgehalten haben. Sein Holzbein, die abgetragenen Kleider und seine finsteren Züge ließen ihn unmenschlich starr wirken. Während ich ihn betrachtete, fühlte ich mich ihm sehr nah. Gleich mir war auch er behindert, unfähig, allein mehr als einige Schritte zu tun, und auf die Hilfe anderer angewiesen.

Die Dämmerung sank, und man spürte schon die Kühle der Nacht. Ich hob den Blick. Das Licht der Sonne erreichte nur noch die höchsten Balkone. Auf einer Dachterrasse sah ich eine Frau mittleren Alters, die mich neugierig musterte. Über der Stadt lag eine unverkennbare Katerstimmung. Die Straßen waren voll Unrat, und hinter dem Schmutz spürte man die Leere, die nach einem Fest bleibt. Alle Türen waren fest verschlossen, niemand lehnte mehr aus den Fenstern,

nicht einmal Kinder spielten in den Hauseingängen. Allmählich senkte sich die Nacht, bis schließlich alle Häuserfronten
zu einer einzigen undeutlichen Fassade verschwammen. Da
die Nachtkälte unangenehm war, warf ich mir die Kapuze
über den Kopf und wandte das Gesicht dem Wind entgegen,
der scharf und kalt wie ein Eiszapfen dahergefegt kam. Ich
wäre gern weitergegangen, aber es war sinnlos, man konnte
nichts mehr sehen. So beschloss ich, in die Wärme meines
Zimmers zurückzukehren.

XII. Das Gerichtsverfahren

Santiago de Compostela, 26. Juli 1257

Am Vormittag legte ich meine besten Kleider an und ging mit Don Nuño zum Gericht. Das hinter der Kathedrale gelegene Gebäude, in dem die Verhandlung stattfinden sollte, war von eindrucksvoller Größe: Dreißig Schritt lang und etwa fünfzehn breit. Drei spiralförmig gewundene Säulen von der Art, die die Italiener *tortile* nennen, trugen das Kreuzgewölbe des Daches. Im Hintergrund des Saales lag der den Mitgliedern des Gerichts vorbehaltene Bereich, und dort fiel vor allem ein reich geschnitzter Sessel mit einem kleinen samtbezogenen Kissen ins Auge. Für die Zuhörer hatte man zu beiden Seiten des Mittelganges vier Bankreihen aufgestellt, außerdem gab es drei Einzelsitze: Einen für den Angeklagten, einen für den Schreiber, dessen Aufgabe es war, die Verhandlung zu protokollieren, und einen für den jeweiligen Zeugen.

Don Nuño und ich waren unter den Ersten, die eintrafen. »Wir müssen abwarten, was Velasco bringt«, sagte er. »Ihr werdet es im Verlauf der Verhandlung erfahren.«

Der geharnischte Wächter am Eingang ließ uns ein, ohne dass wir uns zu erkennen geben mussten. Schweigend sah ich mich im leeren Saal um. Schon bald trafen nach und nach weitere Zuschauer ein, bereits eine Stunde vor Beginn der Verhandlung war der Raum ganz gefüllt. Alle wichtigen Vertreter der Kirchen aus der Umgebung waren gekommen und sogar einige, die eigens aus Kastilien entsandt worden waren. Während Don Nuño zu Bekannten trat, um sie zu begrüßen, hielt ich mich abseits. Alle trugen ihre prunkvollen Festgewänder.

Neben Umhängen aus Hermelin und sonstigen kostbaren Fellen sah man Obergewänder aus Seide und in leuchtenden Farben gefärbte Wolle sowie prächtigen Goldschmuck, Zierdegen und silberne Halsreife. Ich kannte kaum jemanden. Garci Fernandéz stand mit einigen der Ritter, die sich bei unserem Besuch in seiner Burg befunden hatten, im Hintergrund. Der eine oder andere der Geistlichen, die ich gesehen hatte, während ich das erste Mal darauf gewartet hatte, Erzbischof Teobaldo meine Aufwartung machen zu dürfen, wandten sich nach mir um, als ich vorüberging. Alonso Correa kam mit seiner Tochter Maria herein und suchte, den Blick unverwandt nach vorn gerichtet, die ihnen vorbehaltenen Plätze in der ersten Reihe auf. Sie sprachen mit niemandem, obwohl auf dem kurzen Weg dorthin zwei- oder dreimal das Wort an sie gerichtet wurde. Da sie schräg vor mir saßen, konnte ich sie gut sehen. Im Unterschied zu den anderen Damen hatte sich Maria Correa zurückhaltend gekleidet, und so erregten weder ihr Haar, das sie in einem Zopf kranzförmig am Hinterkopf festgesteckt hatte, noch ihr langer blauer Schleier aus alexandrinischer Seide Aufmerksamkeit.

Während mein Blick über die Anwesenden lief, die in kleinen Gruppen beieinander standen, kam ich mir vor wie unmittelbar vor einer Feier im königlichen Palast, kurz bevor der Monarch erscheint. Immerhin wartete man nicht nur in ganz Galizien, sondern auch im kastilischen Königreich gespannt auf den Urteilsspruch des Gerichts. Die geringste Rolle schienen dabei der Mord an Don Diego oder die Frage zu spielen, inwieweit Don Rodrigo daran schuldig war. Es ging hier um nicht mehr und nicht weniger als das letzte Gefecht bei der Auseinandersetzung zwischen gewissen Adligen und ihrem König.

Als der Erzbischof von Santiago im prunkvollen Ornat seinen Einzug hielt, bewegte er sich mit wohl berechneter Langsamkeit. Kaum hatte er Platz genommen, als sein purpurroter gefütterter Umhang, der sich in Wellen auf dem Boden ausbreitete, den auffälligsten Blickfang im Saal bildete. Nach

Teobaldo Fortún trafen die anderen Angehörigen des Tribunals ein sowie der Schreiber. Er war ein Priester mit beständig erstauntem Gesichtsausdruck, der bemüht war, sich, so gut es ging, im Hintergrund zu halten. Als Letzter kam der Angeklagte, den zwei Waffenknechte hereinführten. Man hatte ihm das Haupthaar geschnitten und den Bart gestutzt, doch war er noch ebenso bleich wie bei unserem Besuch im Gefängnis. Er trug einen weißen Waffenrock aus Baumwolle und setzte sich teilnahmslos auf den für ihn vorgesehenen Platz, die Daumen beider Hände in den Gürtel gehakt. In dieser stolzen Haltung ließ er rasch den Blick durch den Saal schweifen und fasste dann den Vorsitzenden ins Auge.

Teobaldo Fortún stellte den Fall knapp dar und erklärte, das Gericht sei zusammengetreten, um die gegen Don Rodrigo Garcia vorgebrachte Anklage zu hören und nach gehöriger Abwägung der Umstände zu einem Urteil zu kommen. Nachdem er berichtet hatte, was an Fakten bekannt war, teilte er mit, sobald der im Namen des Königs handelnde Vertreter der Anklage den Sachverhalt geschildert habe, könne Don Rodrigo entscheiden, ob er sich selbst verteidigen oder diese Aufgabe einem der im Saal Anwesenden übertragen wolle. Bei dieser Gelegenheit wies der Erzbischof warnend darauf hin, welche Gefahren ein unangebrachtes Eingreifen nach sich ziehen konnte. Er beendete seine Ansprache, indem er sich an Don Rodrigo wandte und fragte: »Ihr habt vernommen, was man Euch zur Last legt, nämlich Don Diego Pérez heimtückisch ermordet zu haben. Habt Ihr dazu etwas zu sagen?«

Don Rodrigo sah Teobaldo nach wie vor unverwandt an, sagte aber kein Wort.

Jetzt trat auf ein Zeichen des Erzbischofs der Ankläger in den Saal. Ungläubig sah ich, wie er seinem Platz zustrebte, mir drehte sich alles im Kopf. Das war doch nicht möglich! Der Mann, der da wie ein regierender Fürst hereingeschritten kam und seinen Blick durch den Saal schweifen ließ, war niemand anders als jener Cárdenas y Villarroel, dem ich in Estella begegnet war, eben der Mann, der mir den Fall erläutert und dazu gesagt hatte, dass er nicht im Geringsten an Don Rodrigos Schuld zweifele. Es war der Mann, der die Geschichte so verwickelt erzählt hatte, dass Miguel de Miranmón eingreifen musste, damit ich wenigstens ansatzweise erkennen konnte, um was für Machenschaften es sich dabei handelte. Es war eben der Mann, dem es fast gelungen wäre, mich zu vergiften, und der unter Umständen Luca auf dem Gewissen hatte. Ich hatte mich also doch nicht getäuscht, als ich ihn in Garci Fernandéz' Burg zu erkennen geglaubt hatte. Erneut überkam mich Mutlosigkeit. Um jeden Irrtum meinerseits auszuschließen, hatte ich mich Tag für Tag mit größter Sorgfalt bemüht, die offenkundig bis in die feinsten Verästelungen geplante Intrige aufzudecken – jetzt zeigte sich mit einem Mal, dass der Vertreter der Anklage wie auch der Vorsitzende des Gerichts die Situation jederzeit in ihrem Sinne beeinflussen konnten, ohne sich selbst im Geringsten in Gefahr zu begeben.

Cárdenas trug in knappen Worten die Anklage vor: »Ich werde nachweisen«, begann er, »dass Don Rodrigo grundlos und ohne im Geringsten durch sein Opfer herausgefordert worden zu sein Don Diego Pérez meuchlings ermordet hat.«

Dann erläuterte er in Einzelheiten Don Rodrigos »schimpfliches und eines Ritters unwürdiges Verhalten, das ausschließlich auf seinen Groll zurückging, Maria Correa nicht für sich gewinnen zu können.« Zum Schluss erklärte er, er werde das Gericht auffordern, die Todesstrafe zu verhängen, allen guten Christen als Beispiel und allen feigen Mördern zur Abschreckung.

Nach dieser Einführung forderte er Alonso Correa auf, sich zu erheben und auf dem Zeugenstuhl Platz zu nehmen. Eine nach der anderen erfragte er die grundlegenden Tatsachen von ihm: »Sagt uns, Don Alonso, was habt Ihr gesehen, als Ihr auf die Schreie Eurer Tochter hin in deren Zimmer getreten seid?«

»Ich habe Diego Pérez in einer Blutlache am Boden liegen sehen. Neben ihm kniete Rodrigo Garcia, während meine geliebte Tochter Maria im hinteren Teil des Raumes untröstlich weinte und schluchzte.«

»Wurde Don Diego Eurer Ansicht nach ermordet?«

»Zweifellos.«

»War Don Rodrigo der Mörder?«

»Davon bin ich überzeugt. Er hielt Don Diegos Dolch in der Hand, vor allem aber hat er auf meine Frage, ob er der Täter sei, bestätigend genickt.«

Dann schritt Maria Correa mit großer Würde auf das Podium zu. Hinter der Maske der Tapferkeit auf ihrem Gesicht ahnte man ihre Bestürzung wie auch ihre Zerbrechlichkeit. Erwartungsvolles Tuscheln begleitete sie. Die meisten der im Saal Anwesenden warfen ihr Blicke voll Mitleid und Verständnis zu. Schließlich hatte diese junge Frau nur Tage vor dem Termin ihrer Hochzeit mit ansehen müssen, wie man ihren Verlobten ermordet hatte. Andere, unter ihnen ich, sahen Maria voll Hoffnung an. Doch es waren nur wenige, die erwarteten, sie werde auf bestimmte Fragen die Antwort schuldig bleiben und damit die Anklage in Zweifel ziehen. Einer jedoch hielt den Blick wie gebannt und voll Liebe auf sie gerichtet, als wäre er stolz auf den kleinen Schatz an Geheimnissen, den er mit ihr teilte.

Cárdenas war kein Dummkopf und führte die Befragung sehr einfühlsam durch. Im Bewusstsein ihres Kummers behandelte er Maria Correa mit einer Zuvorkommenheit, die jeden im Saal anrührte. Er erklärte, da er sie von Geburt an kenne, sei sie für ihn weit mehr als lediglich die Tochter eines guten Freundes. Er bat sie schließlich sogar, sie ohne die übliche Förmlichkeit anreden zu dürfen.

Schweigend nickte sie zur Zustimmung.

»Ich danke dir, Maria«, begann er. »Ich kenne dich von Kindheit an, und so fällt mir die vertraute Anrede leichter.«

Doch alle Höflichkeit hinderte ihn nicht daran, beharrlich auf sein Ziel hinzuarbeiten. Maria Correa sagte, sie könne sich an nichts erinnern, er aber verstand es, die Fragen so zu stellen, dass Maria keine Möglichkeit hatte, als mit Ja oder Nein darauf zu antworten. Was sie sagte, lässt sich wie folgt zusammenfassen: An jenem Nachmittag hatte sie sich in ihre Gemächer zurückgezogen, um ein wenig zu ruhen. Nach einer Weile waren Don Rodrigo und Don Diego gekommen und nach einer hitzigen Auseinandersetzung in ein Handgemenge miteinander geraten. Erschreckt hatte sie die Augen geschlossen, und als sie sie wieder öffnete, lag ihr Verlobter zu Tode verwundet am Boden.

Obwohl Cárdenas es geschickt vermied, sie nach den Gründen der Auseinandersetzung zu fragen, und auch nicht zuließ, dass sie erklärte, wer als Erster in ihre Räume eingedrungen war, was ich gern gewusst hätte, misslang ihm sein Vorhaben, sie vor den Ohren der Öffentlichkeit zu einer gegen Don Rodrigo gerichteten Aussage zu bewegen.

Sie verschanzte sich hinter der Behauptung, sie habe nichts gesehen. »Ich kann das nicht recht erklären«, sagte sie, »es ist wie ein Nebel, der sich zwischen mich und die Erinnerungen schiebt.«

Cárdenas gab sich aber nicht ohne weiteres geschlagen. Als er erkannte, dass sie beharrlich bei ihrer Aussage blieb, schlug er eine andere Taktik ein. »Sag mir, Maria, wem gehört der Dolch, mit dem Don Diego ermordet wurde?«

»Das weiß ich nicht. Ich habe Euch bereits gesagt, dass mir keine Einzelheiten erinnerlich sind.«

»Ich werde die Frage anders formulieren.« Er trat an die vorderste Reihe zur Linken und nahm einen Gegenstand zur Hand, der in ein grünes Stück Samt gewickelt war. Nachdem er die Umhüllung umständlich und genüsslich entfernt hatte, hielt er diesen Gegenstand hoch. Es war ein kurzer Dolch, in dessen Knauf kostbare Steine eingelegt waren. Erneut wandte er sich an die Zeugin: »Kennst du diesen Dolch?«

Sie sah ihn aufmerksam an.

»Ja«, gab sie zu. »Er gehörte Don Diego. Er hat ihn mir einige Male gezeigt.«

»Nun«, verkündete der Ankläger mit triumphierender Stimme: »Mit dieser Waffe wurde die Tat begangen.«

Cárdenas wickelte das Beweisstück in aller Seelenruhe wieder ein, damit wir Gelegenheit hatten, die Aussage auf uns wirken zu lassen. Unmittelbar danach wandte er sich wieder an seine Zeugin.

»Noch etwas, Maria. Glaubst du, dass Don Diego stark oder eher schwach war?«

»Das ist eine müßige Frage«, sagte sie. »Jedes Kind in Galizien weiß, dass er ausgesprochen stark und ein tüchtiger Kämpfer war.«

»Don Rodrigo würdest du nicht so beschreiben, nicht wahr?«

Maria Correa schwieg. Für die anderen war der Gegensatz zwischen den beiden Männern offensichtlich. Don Rodrigo war eher hager, und wenn dahinter auch Zähigkeit und sehnige Kraft stecken mochten, hätte ihn doch gewiss niemand als ausgesprochen stark bezeichnet.

»Du beharrst also darauf, dass du dich nicht zu erinnern vermagst. Deinen Worten zufolge konntest du von der Tat nichts sehen. Nun denn«, sagte Cárdenas mit kalkulierter Großherzigkeit, »ich bin zwar sicher, dass du dir eine Meinung zu dem Fall gebildet hast, doch werde ich nicht weiter in dich dringen.«

»Danke«, antwortete Maria leise.

»Wenn du nicht sprechen möchtest, werde ich das achten. Wohl aber wirst du mir folgende Frage beantworten können: Scheint es dir vorstellbar, dass sich Don Diego die Wunde durch einen unglücklichen Zufall selbst beigebracht hat?«

»Möglich wäre es«, gab sie mit schwachem Lächeln zu.

Ich war erstaunt. Der raffinierte Vertreter der Anklage begann Maria Correa in die Enge zu treiben, ohne dass sie es merkte. Mit Hilfe verschleierter Anspielungen und halber Wahrheiten veranlasste er sie zu der Annahme, wenn sie als einzige Zeugin das Vorgefallene nicht in beweiskräftiger Weise schildern könne, werde Don Rodrigo nicht verurteilt. Dabei merkte sie nicht, dass der mit allen Wassern gewaschene Cárdenas im Begriff stand, sie mit dieser List mit dem Rücken an die Wand zu drängen.

»Du hältst es also für möglich, dass es ein Unfall war? Dass Don Diego vielleicht auf seine Waffe gestürzt ist und sich die Wunde auf diese Weise selbst beigebracht hat? Oder hältst du es gar für möglich«, fügte er spöttisch hinzu, »er könnte sich den Dolch unglücklicherweise selbst in den Rücken gestoßen haben?«

»Ich verstehe nicht, worauf Ihr hinauswollt«, wich Maria Correa aus.

»Das ist ganz einfach: Erinnere dich, dass du auf die heilige Bibel geschworen hast, die Wahrheit zu sagen. Bist du bereit zu sagen, obwohl du so gut wie nichts gesehen hast, dass deiner Ansicht nach ein Unfall die wahrscheinliche Ursache für Don Diegos Tod war?«

»Ich habe lediglich gesagt...«, stammelte Maria Correa, ihres Eides eingedenk, »dass es ein Unfall gewesen sein könnte.«

Sie dachte nach, und der Augenblick kam allen wie eine Ewigkeit vor. Dann hob sie den Kopf und fügte gelassener hinzu: »Ich sage aber nicht, dass ein Unfall die wahrscheinliche Ursache seines Todes war. Offen gestanden, kann ich das nicht recht glauben.«

Hochmütig wandte sich Cárdenas dem Publikum zu. »Ihr hört es«, sagte er, »sie selbst, die einzige Zeugin des Vorfalls, bestätigt, dass es kein bedauerliches Missgeschick war.« Falls Alonso Correas Worte, er habe gesehen, wie Don Rodrigo auf die Frage, ob er Don Diego getötet habe, bestätigend nickte, nicht genügten, ließ nun Maria Correas Aussage keinen Platz für irgendeinen Zweifel. Aus dem Raum, in dem sich lediglich drei Menschen aufgehalten hatten, waren zwei lebend herausgekommen; sofern es sich nicht um einen Unfall handelte, musste einer der beiden Don Diego getötet haben. Maria Correa kam als Täterin ersichtlich nicht in Frage, hatte sie sich doch während des Streits der beiden Männer im hinteren Teil des Raumes aufgehalten.

»Mithin bist du Don Diegos Mörder«, sagte Cárdenas mit einer drohenden Handbewegung zu Don Rodrigo.

Don Nuño flüsterte mir zu: »Ich glaube, wir müssen die

Sache verloren geben. Wie die Dinge jetzt liegen, gibt es nicht den geringsten Ansatz, etwas in Frage zu stellen.«

»Die Einleitung war vollkommen«, gab ich gelassen zu.

»Wir werden eine vernichtende Niederlage erleiden, Raoul.«

Ich zog es vor, darauf nichts zu sagen.

Unmittelbar danach wurde Don Rodrigo aufgerufen, seine Aussage zu machen. Er wirkte wie gelähmt, beantwortete die Fragen nicht und verhielt sich haargenau wie bei unserem Besuch im Gefängnis. »Ich habe Maria Correas Worten nichts hinzuzufügen.«

Nach Don Rodrigos Aussage ergriff Erzbischof Teobaldo das Wort und verkündete mit breitem Lächeln, die Sitzung werde bis zum Nachmittag unterbrochen. Don Nuño nahm mich am Arm, um mir beim Aufstehen behilflich zu sein. Ich warf ihm einen schicksalsergebenen Blick zu und bemerkte, dass er auch erschüttert war. Gesenkten Hauptes gingen wir hinaus, als käme es auf den weiteren Verlauf der Verhandlung nicht mehr an. Trotzdem hoffte ich nach wie vor, wir würden wunderbarerweise auf ein Mittel stoßen, dieses undurchdringliche Knäuel zu entwirren. Während mir Don Nuño seine tiefe Betroffenheit bekannte, spürte ich erneut, wie sich alles in mir auflehnte, und so gab ich lediglich trocken zur Antwort, er solle ein wenig Geduld haben. Dem hielt er entgegen: »Die Inbrunst, mit der Ihr die Sache betreibt, ist bemerkenswert, Raoul, führt aber zu nichts.«

»Immer mit der Ruhe, Don Nuño. Das war der erste Akt, doch was zählt, ist das Ende. Wir werden sehen, wie es am Nachmittag weitergeht.«

»Was kann schon geschehen?«

»Ich werde Garci Fernandéz auffordern, ein Geständnis abzulegen.«

»Ihr wollt ihn auffordern, ein Geständnis abzulegen!«, wiederholte Don Nuño spöttisch. »Ich wüsste nicht, wie! Sagt mir, welche Beweismittel Ihr dafür aufbringen wollt.«

»Was wisst Ihr von Velasco? Was treibt er?«

»Das könnt Ihr Euch denken, Raoul. Er versucht, Oteros Aussage zu bekommen. Offen gestanden, glaube ich aber nicht, dass er ihn dazu bringen kann.« Don Nuño fasste mich am Arm und fügte etwas ruhiger hinzu: »Lasst doch Euren Stolz einen Augenblick beiseite. Das Einzige, was Ihr erreicht, ist eine Herausforderung zum Zweikampf auf Leben und Tod. Dann wird Velasco in Eurem Namen gegen Garci Fernandéz antreten, und einer von beiden bleibt tot auf dem Platz liegen.«

Er fuhr sich mit einer Hand durch die Haare und kratzte sich am Hinterkopf.

»Auch wenn mir Velasco ein durchaus brauchbarer Kämpfer zu sein scheint«, fügte er nachdenklich hinzu, »solltet Ihr es Euch gut überlegen, bevor Ihr diesen Schritt tut. Garci Fernandéz ist ein glänzender Schwertkämpfer. Offen gestanden, möchte ich nicht den Verlust eines Mannes wie Velasco auf mein Gewissen laden, schon gar nicht, wenn es sinnlos ist.«

»Jetzt aber Schluss, Don Nuño«, sagte ich in entschiedenem Ton. »So dürft Ihr mit mir nicht reden. Mein Eingreifen in den Prozess hat nichts mit persönlichem Stolz zu tun, sondern geht auf meinen Wunsch zurück, die Vorgänge offen zu legen und Don Rodrigo zu retten, soweit das Menschen möglich ist. So Leid es mir tut, ich habe einen Auftrag zu erledigen, und niemand darf mir Vorschriften über das machen, was ich tun muss oder kann.«

Ich legte ihm eine Hand auf die Schulter, bevor ich fortfuhr: »Für Don Rodrigo gibt es nur dann Hoffnung, wenn sich Garci Fernandéz widerspricht. Uns bleibt nichts anderes übrig als festzustellen, was in Wahrheit geschehen ist. Vorhin wart Ihr verzagt und habt alles verloren gegeben. Wie neulich schon einmal frage ich: Wollen wir etwa aufgeben und zulassen, dass alles bleibt, wie es ist?«

»Ich denke, nein«, erwiderte Don Nuño. »Aber seht Euch vor mit unbegründeten Anschuldigungen. Vor allem hütet Euch vor Aussagen, die Garci als Kränkung seiner Ehre auffassen könnte. Falls Ihr ihn in diesem Punkte trefft, könnte das entsetzliche Folgen haben.«

»Seid ganz unbesorgt. Aber Ihr müsst begreifen, dass ich gezwungen bin, mit einer gewissen Kühnheit vorzugehen, um die Wahrheit zu ermitteln.«

»Und was ist die Wahrheit? Gebt Euch keinen Täuschungen hin, Raoul, wir kennen sie nicht. Selbst wenn wir sie kennen würden, die Wahrheit lässt sich nie wirklich fassen. Ich möchte mit Euch jetzt kein philosophisches Streitgespräch führen, denn auf diesem Gebiet seid Ihr Fachmann. Ein wenig aber verstehe ich ebenfalls davon. Was ist Wahrheit? Was ist wahr und was falsch?«

Auch mir lag nicht daran, über diese Frage zu debattieren.

»Sagen wir also, dass es mir um greifbare Tatsachen geht, um Beweise, um eindeutige Angaben zu dem, was an jenem Nachmittag geschehen ist. Wenn ich dabei Erfolg haben will, muss ich mit Kühnheit vorgehen, wie ich schon gesagt habe. Wenn ich von einem wichtigen Zeugen eine Aussage brauche, darf ich mich ihm gegenüber nicht zurückhalten.«

»Ihr müsst Euch aber beherrschen, Raoul, wenn Ihr glaubt, dass er Euch seinerseits zu fassen bekommen kann. Ich weiß nicht, ob Ihr Euch über Eure Lage klar seid, aber Ihr werdet allein sein. Vergesst nicht, dass Ihr auf eigene Faust handelt und nicht den geringsten Rückhalt habt.«

»Da irrt Ihr. Zwar gibt es keinen festen Stab, auf den ich mich stützen kann, aber man hat mir einen eindeutigen Auftrag erteilt.«

»Das stimmt nicht, Raoul. Ich sage es noch einmal, wenn Ihr Garci Fernandéz als Zeugen aufruft, dürft Ihr nicht damit rechnen, von irgendjemandem Unterstützung zu bekommen, sei es im Gerichtssaal, sei es außerhalb. Und wenn es Euch, was ich für wahrscheinlich halte, nicht gelingt, ihm ein Geständnis zu entreißen, ist die Herausforderung auf Leben und Tod Euer einziger Lohn. Ich hoffe nicht, dass es dahin kommt, doch stellt Euch darauf ein, dass es mit Eurer Reise nach Toledo nichts wird, wenn die Dinge nicht gut ausgehen. Der König würde Euch nicht empfangen...«

Don Nuño sah mich nachsichtig an, etwa wie ein zurückgebliebenes Kind, dem man alles so einfach wie möglich erklären muss. Dann fuhr er fort: »Keinesfalls dürft Ihr Euch auf einen königlichen Befehl berufen. Don Alfonso hat Euch ganz bewusst dazu angehalten, allein vorzugehen. Haltet Euch immer vor Augen, wer Don Rodrigo ist, und denkt daran, dass der König angesichts der Aufstände des Vorjahres darauf bedacht sein muss, sich möglichst bedeckt zu halten. Solltet Ihr scheitern, würde er von sich aus nicht eingreifen, und niemand könnte ihn dazu bringen. Denkt gründlich nach! Warum glaubt Ihr, dass man ausgerechnet Euch, einen französischen Geistlichen, der kaum etwas über unser Land weiß, für diese Aufgabe ausersehen hat? Meint Ihr etwa, es gebe in Kastilien keine Männer, die geeignet wären, diese Aufgabe auszuführen? Habt Ihr Euch nie gefragt, warum der Bischof von Jaca Euch gegenüber so wortkarg war und Euch die Hintergründe dieses Auftrags erst erläutert hat, als Ihr nicht lockerließet? Sagt doch, habt Ihr Euch noch nie die Frage gestellt, warum Ihr keinerlei offizielle Unterstützung bekommt?«

Er sah mich zweifelnd an. Störrisch gab ich zurück: »Sprecht nicht mit mir, als wäre ich ein Narr. Mir ist klar, dass der König seinen Standpunkt auf die einzige ihm mögliche Weise klar gemacht hat, bei der er sich keiner Gefahr aussetzt. Mir ist bekannt, dass ich lediglich versuchen kann, die Wahrheit zu ermitteln, doch weiß ich auch, vergesst das nicht, dass man die Art meines Vorgehens in mein freies Belieben gestellt hat.«

»Das stimmt. Aber da ist noch etwas. Ich kenne Don Alfonso und habe eine Vorstellung davon, wo das Schwergewicht seiner Politik liegt. Ich kann mir daher denken, wie er sich die Lösung der Frage vorgestellt hat. Lasst mich Euch sagen: Für den Fall, dass irgendjemand hier im Saal diese Zusammenhänge ahnt, wäre es dem König mit Sicherheit lieber, dass man Don Rodrigo verurteilte, als dass seine eigene Beteiligung bekannt würde. Zwar würde ihn das zweifellos in tiefster Seele schmerzen, doch hätten bei ihm letzten Endes politische Erwägungen den Vorrang vor Gefühlen.«

»Gut, Nuño, Ihr habt Eure Ansicht zu dieser Frage deutlich gemacht«, sagte ich in einem Ton, aus dem hervorging, dass mir der mögliche Ausgang des Falles durchaus klar war. »Ich weiß, womit ich zu rechnen habe, aber zuvor muss ich auf jeden Fall versuchen, mein Ziel zu erreichen.«

Früh am Nachmittag begaben wir uns erneut in den Gerichtssaal. Der Vorraum war so voller Menschen, dass man sich nur mit Mühe einen Weg bahnen konnte. Trotz des allgemeinen Stimmengewirrs ließ sich den wenigen Sätzen, die ich deutlich verstehen konnte, entnehmen, dass allgemein die Ansicht vorherrschte, Don Rodrigo werde zum Tode verurteilt.

Kurz bevor ich den Saal betrat, sah ich in einer Ecke Alonso Correa in einer kleinen Gruppe von Menschen stehen. Als sich unsere Blicke kreuzten, machte er eine ohnmächtige Gebärde zu mir her, als wolle er sagen: Was kann ich tun? Ich antwortete mit einem leichten Kopfneigen. Einen Augenblick später waren wir im Saal und warteten darauf, dass die Verhandlung ihren Fortgang nahm.

Teobaldo Fortún und Cárdenas rechneten offenbar damit, dass das weitere Verfahren nichts als eine bloße Formsache war. Der Erzbischof nahm das mit seinen Worten geradezu vorweg. Mit bedeutungsvoller und getragener Stimme fasste er die bis dahin gemachten Aussagen zusammen und erklärte dann, sofern jemand gesonnen sei, zur Verteidigung des Angeklagten aufzutreten, sollte er das jetzt tun, andernfalls werde der Ankläger sein Schlussplädoyer vortragen und das Gericht sein Urteil sprechen.

Stille legte sich über den Saal. Ich merkte, dass der Blick des Erzbischofs auf mir ruhte, doch auch ich wartete. Immerhin war es denkbar, dass jemand anders zu Don Rodrigos Verteidigung das Wort ergriff. Doch wie ich befürchtet hatte, war das nicht der Fall. Als sich Cárdenas nach einer Weile triumphierend erhob, entschlossen, Don Rodrigo dem Henker zu überantworten, stand ich auf und erklärte mit lauter Stimme: »Wartet, ich wünsche zu Don Rodrigos Verteidigung aufzutreten.«

Während ich mich mühevoll nach vorne drängte, spürte ich die Blicke aller im Saal auf mir ruhen und sah, wie Cárdenas zu einer abwehrenden Geste ansetzte, die ihm jedoch der Vorsitzende mit knapper Handbewegung abschnitt.

»Wenn das Euer Entschluss ist, ermächtige ich Euch dazu«, sagte der Erzbischof zu mir gewandt. Dann stellte er mich den Anwesenden vor, wobei er ihnen erklärte, was mir das Recht gab, in das Verfahren einzugreifen:

»Vor einigen Tagen hat mich Raoul de Hinault in einer Unterredung von Vorgängen in einem bestimmten Zusammenhang in Kenntnis gesetzt, die mich dazu veranlasst haben, ihm ein Eingreifen in diese Verhandlung zu gestatten.«

Dann führte er aus, dass diese Tatsachen meiner Aussage nach zufällig zu meiner Kenntnis gelangt seien und sich auf Annahmen, wenn nicht gar einen bloßen Verdacht, stützten. Er habe darauf vertraut, dass mich die Überzeugungskraft der im Laufe des Verfahrens gemachten Aussagen dazu veranlassen würde, von meinem Vorhaben Abstand zu nehmen, doch da das auf jeden Fall meiner eigenen Entscheidung unterliege, stimme er meiner Wortmeldung zu. Zum Schluss sagte er: »Bevor ich Euch das Wort erteile, muss ich Euch auf zweierlei hinweisen, wie ich das bereits getan habe, als Ihr mir Euer Vorhaben angekündigt habt. Erstens müsst Ihr peinlichst genau auf die Einhaltung aller landesüblichen Formen achten, wenn Ihr die von Euch vorgesehenen Zeugen aufruft. Zweitens sei Euch noch einmal gesagt: Sollte sich aus Euren Fragen oder Schlussfolgerungen irgendeine Anschuldigung ergeben, die sich als Ehrverletzung eines Edelmanns auslegen lässt, ist dieser befugt, die im Königreich übliche Genugtuung von Euch zu verlangen.«

Ich sah ihn ernsthaft an. Was er da vor aller Öffentlichkeit sagte, waren eher unverhüllte Drohungen als warnende Hinweise. Auf jeden Fall waren die Würfel gefallen, ob zum Guten oder Schlechten.

»Ich verlange, dass man Don Garci Fernandéz als Zeugen aufruft.«

Garci nahm die Worte mit verbissener Miene auf, doch lag auf seinen Zügen, als er aus seiner Bank hervorkam und dem Zeugenstuhl entgegenstrebte, eine Mischung aus Selbstsicherheit, Wut und Trotz, die mich erschrecken ließ.

Ich musste mit äußerster Umsicht zu Werke gehen.

Nachdem ich erklärt hatte, dass ich ihn als Zeugen benannt hatte, weil er Diego Garcías engster Freund gewesen und gemeinsam mit ihm an bestimmten Vorfällen beteiligt gewesen sei, die mir geeignet erschienen, Licht auf den Fall zu werfen, bat ich ihn, meine Worte zu bestätigen.

»Es ist allgemein bekannt, dass Don Diego und ich Freunde waren. Das zu bestreiten, habe ich keinen Anlass. Doch verstehe ich nicht, worauf Ihr mit Euren wirren Unterstellungen hinauswollt. Ich weiß weder, um welche Vorfälle es sich dabei handeln soll, noch, welches Licht sie auf den Mord werfen könnten.«

»Zu diesem Punkt kommen wir noch«, schnitt ich ihm das Wort ab. »Jetzt bitte ich Euch, einige Fragen zu beantworten.«

»Gern.«

»Hat es Euch erstaunt, als Don Diego seine bevorstehende Vermählung mit Maria Correa angekündigt hat?«

»Nein. Warum hätte mich das erstaunen sollen?«

»Wusstet Ihr etwa nicht, dass Maria mit Rodrigo García so gut wie verlobt war und es sich erst im letzten Moment anders überlegt hat?«

»Soweit ich weiß, gab es zwischen den Familien Fernández und Correa keine förmliche Absprache. Außerdem weiß alle Welt, dass Maria Correa Stimmungen unterworfen ist. Daher konnte ich es nicht sonderbar finden, dass sie sich schließlich für einen anderen Bewerber entschieden hat, zumal das nicht irgendjemand war, sondern Diego Pérez Arias, Erbe der Herrschaft von Bembriz.«

Ich beschloss, die Sache aus einer anderen Richtung anzugehen: »Habt Ihr von zwei geheimnisvollen jüdischen Wahrsagern namens Salomo Segarra und Todros Ibn Varga reden hören, die sich in der Umgebung des Klosters Santa Clara niedergelassen hatten?«

»Ich habe etwas gehört, weiß aber nicht, was das ...«

»Ihr habt sie gekannt?«

»Nein.«

»Und glaubt Ihr, dass Don Diego sie gekannt hat?«

»Woher sollte ich das wissen?«, rief er herablassend aus. »Ich verstehe Eure Frage nicht und sehe nicht, worauf sie abzielt.«

In diesem Augenblick sprang Cárdenas auf und sagte, zu Erzbischof Teobaldo gewandt: »Der Zeuge hat Recht. All das hat mit den Tatsachen, um die es bei der Verhandlung geht, nicht das Geringste zu tun. Ich verlange, dass Ihr Don Rodrigos Fürsprecher ersucht, möglichst rasch zum Ende zu kommen.«

Bevor der Vorsitzende darauf eingehen konnte, sagte ich: »Ich bitte um ein wenig Geduld. Ich muss gewisse Tatsachen feststellen, die mir von grundlegender Bedeutung zu sein scheinen.«

Zögernd ließ Erzbischof Teobaldo das zu: »Aber fasst Euch kurz. Es ist besser, dass Ihr rasch zum Ende kommt.«

Daraufhin erklärte ich den im Saal Anwesenden die Einzelheiten. Ohne mich an einen bestimmten Menschen zu wenden, begann ich in mehr oder minder munterem Ton und führte aus, dass Don Rodrigo, wie der Zeuge selbst bekundet hatte, praktisch mit Maria Correa verlobt gewesen sei, als sich diese plötzlich anders besann, ohne dass jemand einen Grund dafür gefunden hätte. Zwar gebe es Garci Fernandéz' Aussage nach keine Gründe für diesen Sinneswandel, doch würde ich zeigen, dass man den Umschwung mit Hilfe eines ausgeklügelten Plans herbeigeführt hatte. Ich nutzte jeden mir bekannten rhetorischen Kunstgriff, um zu zeigen, auf welche Weise Don Diego die Sache ins Werk gesetzt hatte. Zuerst, erläuterte ich, habe er über seinen Feldhauptmann Otero zwei jüdischen Wahrsagern den Auftrag erteilt, sich in der Nähe des Klosters Santa Clara niederzulassen, in dem sich Maria Correa zu jener Zeit aufhielt. Schon bald habe sich der Ruf dieser Männer in der ganzen Umgebung verbreitet, worauf Maria Correa beschlossen habe, sie gemeinsam mit einer Freundin, Marta Alvear, aufzusuchen. Dabei hätten die Wahrsager Maria Correa vor der großen Gefahr gewarnt, die ihr drohe, wenn sie sich mit dem Mann verbinde, den sie zu heiraten gedachte. Denn dieser sei alles andere als ein Ehrenmann und ganz im Gegenteil voll Niedertracht und Gewalttätigkeit. Daraufhin hätten die Männer eine so zutreffende Beschreibung abgegeben, dass Maria Correa zu ihrer Bestürzung Don Rodrigo darin erkannt habe. Ausschließlich der Besuch bei den Wahrsagern habe sie dazu veranlasst, ihre Verbindung zu ihm zu lösen und einer Verlobung mit seinem Nebenbuhler Don Diego zuzustimmen.

»Doch wusste Maria nicht«, schloss ich, »dass sie nicht etwa mit den Wahrsagern gesprochen hatte, sondern mit Diego Pérez und Garci Fernandéz, die verkleidet deren Platz eingenommen hatten. Das war auch der Grund, warum sie Don Rodrigo so eingehend schildern konnten.«

Ich hatte mich bemüht, ein glaubwürdiges und deutliches Bild zu zeichnen. Nun wandte ich mich gelassen an Garci Fernandéz, sah ihm ins Gesicht und fragte: »Wagt Ihr zu leugnen, was ich hier dargelegt habe?«

»Es gibt weder etwas zu leugnen noch zu gestehen. Zu der fantastischen Verwechslungskomödie, von der Ihr da faselt, habe ich nichts zu sagen.«

Ich setzte kühn nach: »Schwört Ihr auf die heilige Bibel, dass Ihr nicht gemeinsam mit Diego Pérez an Stelle dieser Wahrsager aufgetreten seid? Vergesst nicht, dass ich Maria Correa oder Marta Alvear aufrufen kann, damit diese meine Behauptung bestätigen.«

»Tut das, wenn Euch der Sinn danach steht«, antwortete Garci Fernandéz geringschätzig. Ich habe gesagt, was ich zu sagen habe. Wenn Ihr Eurer Sache so sicher zu sein meint, solltet Ihr auch den Beweis dafür erbringen. Ohnehin ist mir nicht klar, was all das mit der Sache zu tun hat, um derentwillen wir hier sind.«

»Da Ihr Euch weigert zu antworten, stelle ich Euch eine andere Frage. Ihr seid mit dem Angeklagten, Rodrigo García, gut bekannt und wisst, dass er bisher im Ruf stand, ein Mann von Anstand und Rechtschaffenheit zu sein. Ebenfalls ist Euch seine Unbestechlichkeit wie auch sein abgewogenes Urteil in wichtigen Fragen bekannt. Wenn ich nicht irre, hattet Ihr in der Vergangenheit deshalb sogar einen Zusammenstoß mit ihm. Stimmt das nicht?«

»Das ist richtig. Don Rodrigo, der sich für bedeutender zu halten schien als wir, hat sich eines Tages herausgenommen, uns schroffe Vorhaltungen über bestimmte Dinge zu machen, die hier näher zu erläutern nicht der Mühe wert ist. Wir haben ihm darauf die gehörige Antwort erteilt. Wer ist er eigentlich, dass er sich in unser Leben einzumischen wagt?«

»Hat es Euch im Bewusstsein dessen nicht gewundert, dass er heute Morgen geschwiegen hat, als er auf dem Stuhl saß, auf dem Ihr jetzt sitzt?«

»Was sollte mich daran wundern? Vermutlich schämt er sich, dass er sich zu dieser Schandtat hat hinreißen lassen, oder er hat keine Lust, sich über die Fehler anderer zu äußern. Doch weiß ich nichts darüber und will auch nichts davon wissen.«

»Wohl aber ich. Außerdem kann ich es Euch erklären. In Wahrheit ist Folgendes geschehen: Mit seinem schändlichen Verhalten hat Don Diego in gemeiner Weise...« Ich kam nicht zum Ende, Cárdenas erhob sich und unterbrach die Befragung heftig und lautstark:

»Das ist unerträglich. Dieser Mann befleckt in der verzweifelten Hoffnung, Vorteil aus einem angeblichen Fehlverhalten zu ziehen, die Ehre eines toten Edelmanns.« Zu Erzbischof

Teobaldo gewandt, fuhr er fort: »Gestattet mir zu empfehlen, Eure Eminenz, dass Raoul wegen seines Verhaltens gerügt wird und der Zeuge sich mit dem Ausdruck des tiefsten Bedauerns von Seiten des Tribunals zurückziehen darf.«

Erzbischof Teobaldo verfolgte seine eigene Taktik. Unvermittelt wollte er von mir wissen: »Wollt Ihr etwa eine Beziehung zwischen dieser Wahrsagergeschichte und dem Mord an Don Diego herstellen?«

»Ja«, gab ich voll Nachdruck zurück. »Und noch mehr als das.«

Unentschlossen sah er mich an, fast bereit, Cárdenas' Antrag stattzugeben. Als Garci Fernandéz höhnisch lächelnd eine Grimasse schnitt, fuhr ich ihn an, bemüht, die Unsicherheit des Augenblicks zu nutzen: »Euch erscheint das wohl lustig.«

»Nein, aber wohl kläglich«, gab er zurück.

»Kläglich?«, wiederholte ich. »Mir scheint es kläglich, dass Ihr Euch außer Stande gesehen habt, irgendeine meiner Fragen klar zu beantworten. Ich frage Euch erneut: »Habt Ihr zu dem, was ich Euch vorgetragen habe, etwas zu sagen?«

»Selbstverständlich«, gab er anmaßend zurück. »Nämlich, dass ich nichts weiß. Weder kenne ich Rodrigo Garcías Charakter, noch kann man das von mir verlangen. Wollt Ihr mir vielleicht Fragen über sein Wesen stellen? Sind das die Unklarheiten, die aufzulösen man mich auffordert? Habe ich dafür mein Haus verlassen, und hat man mich hergerufen, damit ich mich über diesen Menschen äußere?«

Er hielt einen Augenblick inne, schloss die Augen halb und fügte hinzu: »Ihr werdet doch nicht Eure Hoffnungen auf seinen Charakter gesetzt haben?«

Ich schwieg, bis Erzbischof Teobaldos Stimme meine Gedanken unterbrach:

»Raoul, habt Ihr dem Zeugen noch eine Frage zu stellen?«

Das war der schwierigste Augenblick jener quälenden Befragung. Ich merkte, dass ich auf schwankendem Boden stand und nichts Handfestes vorbringen konnte. Vermutlich ließ sich mein Zögern von meinem Gesicht ablesen. Erzbischof Teobaldo machte sich diese Gelegenheit zu Nutze.

»Ich wiederhole: Habt Ihr dem Zeugen noch weitere Fragen zu stellen?«

Einen Augenblick war ich wie gelähmt, doch wollte die Vorsehung, dass Garci Fernandéz in diesem Moment beschloss, seine Aussage zu beenden und eigenmächtig an seinen Platz zurückzukehren. Gelassen erhob er sich und wollte davongehen, ohne die Erlaubnis des Vorsitzenden dazu abzuwarten. Als er an mir vorüberkam, wurde mir klar, dass ich sofort eingreifen musste.

»Halt, Don Garci. Kehrt an Euren Platz zurück. Noch bin ich mit Euch nicht fertig.«

Verärgert sah er zum Richtertisch hinüber, kehrte aber, als sich Erzbischof Teobaldo meiner Forderung anschloss, unwillig an seinen Platz zurück. Doch war er nicht bereit, das ohne weiteres hinzunehmen. Nachdem er Platz genommen hatte, wandte er sich an mich und erklärte: »Jetzt sagt mir, worüber wir sprechen wollen – meinen Charakter, Euren oder Maria Correas?«

In dem lauten Gelächter, das daraufhin im Saal ausbrach, entlud sich die aufgestaute Anspannung. Unentschlossen, wie ich fortfahren sollte, sah ich zu Garci Fernandéz hin, auf dessen Zügen ein selbstzufriedener Ausdruck lag. Schließlich entschied ich mich für den einzigen Weg, der Aussicht auf Erfolg zu bieten schien.

»Ihr sollt den Grund dafür wissen, Don Garci, warum wir Euch immer wieder gefragt haben. Ihr sollt später nicht behaupten können, nichts von der Sache zu wissen. Falls Ihr das aber doch tut, ist das nicht besonders wichtig. Draußen vor dem Saal wartet Don Diegos einstiger Feldhauptmann Otero, der nach Euch auf meine Frage antworten wird, wer die Stelle der Wahrsager eingenommen hat.«

Hasserfüllt sah er mich an, ohne etwas zu sagen. Nach einer Weile schienen Zweifel in seinen Augen aufzusteigen, und er blickte unschlüssig zu Cárdenas hinüber, der ihn mit abwärts gekehrten Handflächen mahnte, ruhig zu bleiben. Es war deutlich zu sehen, dass Garci Fernandéz nicht wusste, wie ihm geschah. Nach einigen Augenblicken stammelte er verwirrt: »Ich verstehe nicht, welche Beziehung zwischen dieser Angelegenheit und dem Mord an Diego Pérez bestehen soll.«

Ich bemühte mich, seine Unsicherheit noch zu steigern, und gab ihm zu verstehen: »Ich kann dafür sorgen, dass Ihr Gelegenheit bekommt, mit Don Diegos Feldhauptmann Otero zu sprechen.«

Das war der Augenblick, in dem sich alles entscheiden musste. Allerdings war Garci Fernandéz kein Dummkopf. Nachdem er den ersten Schreck überwunden hatte, sagte er in herausforderndem Ton: »Ich sehe ihn zwar nicht hier im Saal, aber ruft ihn ruhig herein, wenn das Eure Absicht ist. Nur hört auf, mir zu sagen, was Ihr tun werdet. Tut, was Ihr zu tun habt, und bereitet der Sache ein Ende.«

Erzbischof Teobaldo nickte ernsthaft zu diesen Worten. Er mahnte mich, wobei er freundlich begann und trocken und heftig endete, ich solle das Gericht nicht mit Fragen aufhalten, die nichts mit der zur Verhandlung stehenden Sache zu tun hätten. Sofern ich außer Stande sei, konkrete Fragen zu stellen, werde er mir das Wort entziehen.

Von dieser Mahnung erstaunt, nahm ich den Faden wieder auf. Ich sagte zusammenfassend, dass Garci Fernandéz nicht im Stande sei zu sagen, ob betrügerische Machenschaften mit dem Ziel, Maria Correa und Don Rodrigo auseinander zu bringen, stattgefunden hatten oder nicht, doch blieb dieses Taschenspielerstückchen wirkungslos.

»Ich werde dieser Sache jetzt ein Ende bereiten«, sagte der Erzbischof ungeduldig.

»Wartet noch«, bat ich ihn. »Meine Absicht ist nicht etwa, Garci Fernandéz Feigheit nachzuweisen, sondern ich will lediglich zeigen, welche Beweggründe er hatte.«

Cárdenas war außer sich. Er sprang auf wie eine Katze, die Beute wittert, wandte sich zum Richtertisch und rief: »Ich weiß nicht, warum wir uns diesen Sturzbach von ungehörigen Anspielungen mit anhören, die zu nichts führen.«

Er hatte Recht. Auch ich hatte in diesem Augenblick das Gefühl, dass alles verloren war. Mit dem ohnmächtigen Ausdruck dessen, der alles versucht hat, drehte ich mich zu Don Nuño um.

Im selben Augenblick öffnete sich die Tür, und ich sah den portugiesischen Hauptmann eintreten. Obwohl ich ihn noch nie gesehen hatte, ließ das Bild, das er bot, nicht den geringsten Zweifel an der Identität dieses Mannes. Er trug ein Kettenhemd und die Wappenfarben des Hauses Bembriz, er war auch durch seine unverwechselbaren Merkmale sofort kenntlich, nämlich das wirre rote Haar, von dem man mir unablässig erzählt hatte, und eine lange Narbe auf der rechten Wange.

Endlich sah ich einen Hoffnungsschimmer. War es Velasco also doch gelungen, ihn für eine Aussage zu gewinnen! Mit neuem Schwung wandte ich mich abermals Garci Fernandéz zu. Jetzt zitterte er sichtbar. Auch er hatte seinen künftigen Feldhauptmann hereinkommen sehen. Ungläubig sah er zu ihm hin und war erkennbar verblüfft.

»Don Garci«, begann ich. »Ihr wisst sehr wohl, dass ein Mann bisweilen seine Aufgabe auf eigene Faust lösen muss. Ehrenhaft, aber eben allein. Folglich braucht Ihr Euch auch keine Sorgen um Dinge zu machen, die vor langer Zeit geschehen sind.«

Er sah mich unverwandt an. Ich fuhr fort: »Ich werde Euch meine Frage erneut stellen und erwarte diesmal eine klare Antwort…«

Er ließ mich nicht ausreden.

»Ich brauche nicht darauf zu antworten, unverschämter französischer Mönch.«

»Da irrt Ihr Euch. Ihr seid zur Aussage verpflichtet. Sagt doch, wart Ihr mit Don Diego in jener Höhle und habt Euch als jüdische Wahrsager ausgegeben?«

Cárdenas erhob lautstark Einwände. Erzbischof Teobaldo wandte sich an Garci Fernandéz.

»Der Zeuge braucht nicht zu antworten.«

»Es fällt mir nicht schwer, noch weitere Zeugen aufzubieten«, behauptete ich kühn.

Garci Fernandéz aber war bereits außer sich. Mit ungeduldiger Stimme fuhr er mir dazwischen: »Soll ich etwa darauf antworten?«

»Ich glaube, dass ich einen Anspruch darauf habe.«

Ohne auf mich zu hören, wiederholte er mit schriller Stimme: »Soll ich etwa darauf antworten?«

»Ich möchte die Wahrheit wissen«, sagte ich.

»Die Wahrheit? Was weißt du von der Wahrheit? Dir geht es nicht um die Wahrheit, wohl aber stellst du die Art und Weise in Frage, wie wir unsere Schwierigkeiten lösen, als wärest du mein Richter. Das aber bist du mitnichten.«

Ich war nicht bereit, mich jetzt noch geschlagen zu geben, und sagte: »Antworte, Garci: Warst du mit Don Diego zusammen, als sich dieser als jüdischer Wahrsager ausgegeben hat?«

»Ich habe getan, was ich zu tun hatte.«

»Warst du mit Don Diego zusammen?«

Schließlich war er außer Stande, sich weiter zu beherrschen, und zischte: »Natürlich. Warum auch nicht?«

Eine unheimliche Stille legte sich über den Saal. Endlich war es mir gelungen, Garci ein Geständnis zu entlocken. Doch das Schwierigste blieb noch zu tun. Erleichtert seufzend wandte ich mich dem Zeugen zu, doch bevor ich auch nur ein Wort sagen konnte, hörte ich, wie hinter mir Maria Correa mit kristallklarer Stimme forderte, man solle sie anhören.

Aller Augen sahen gespannt zu ihr hin, als sie aufstand. Ich trat ein wenig zur Seite, um sie vorüberzulassen. Aus dem Augenwinkel sah ich, dass Garci Fernandéz erneut Erzbischof Teobaldo und Cárdenas sein finsteres, gequältes Gesicht zuwandte. Schließlich blickte er zu Boden, weil er Maria Correa nicht in die Augen sehen wollte.

Am anderen Ende des Tisches stehend, an dem der Schreiber saß, begann sie mit gesenktem Kopf und leiser Stimme zu reden. Sie schien sich an niemanden zu wenden, doch war mir klar, dass ihre Worte drei Menschen galten: Don Rodrigo, ihrem Vater und mir. Sie sprach ruhig und ernst.

»Ich möchte eine öffentliche Erklärung abgeben. Erstens muss ich alle um Verzeihung bitten, insbesondere meinen Vater, der in den letzten Monaten die Gegenwart einer lediglich körperlich anwesenden Tochter ertragen musste. Dass ich wie blind und taub war, geschah ohne die geringste Absicht, jemandem zu schaden. Heute nun hat mich ein kräftiger Stoß geweckt, denn bis vor wenigen Augenblicken habe ich wie in einem Nebel gelebt, in dem ich keinerlei Einzelheiten wahrnehmen konnte. Jene entsetzlichen Ereignisse, deren Zeugin ich war, sind mir so nahe gegangen, dass ich seither zu keinerlei Tätigkeit im Stande war. Bis vorhin war ich selbst überzeugt, dass alles genauso abgelaufen ist, wie man es heute Morgen beschrieben hat. Ich habe mich ganze Tage an die Ereignisse zu erinnern versucht, ohne dass es mir je auch nur im Entferntesten gelungen wäre. Voll Verwirrung habe ich mir immer wieder die Frage gestellt: Was ist wirklich geschehen? Doch ich wusste die Antwort nicht. Die Macht der Ereignisse hat mich so tief in meiner Seele getroffen, dass ich davon völlig betäubt war. Ich vermochte lediglich zu sagen, was ich wusste, und war tatsächlich außer Stande, mich an etwas anderes zu erinnern als an das letzte Bild der Szene: Don Rodrigo kniete neben Don Diegos Leiche am Boden, während ich dahinter stand, entsetzt, unfähig zu verstehen, wie es dahin gekommen war. Ich weiß noch, wie erschrocken Rodrigo bei meinem Anblick war, und ich erinnere mich auch an den Schauder, mit dem ich zurückgezuckt bin, als er meine Hand nehmen wollte. Danach haben sich die Dinge überstürzt: Mein Vater kam in meine Gemächer geeilt und hinter ihm ich weiß nicht wie viele Männer. Während ich weinte und schrie, hat mein Vater Don Rodrigo nach den Hintergründen der vorgefallenen Ereignisse gefragt, und ich sah, wie Rodrigo sich des Mordes an Don Diego schuldig bekannte. In jenem

Augenblick habe ich das selbst auch geglaubt. Daher konnte ich heute Morgen auch nicht auf die Bibel schwören, dass Don Diego meiner Ansicht nach durch einen Unfall ums Leben gekommen sei.«

Sie trat zu dem Angeklagten und fuhr mit überaus zärtlicher Stimme fort: »Versteh mich, Rodrigo! Wie hätte ich das beeiden können, nachdem du vor meinen Augen die Schuld auf dich genommen hattest? Zwar konnte ich mich nicht an jene Augenblicke erinnern, denn ich habe die Szene nicht mit angesehen und hatte die Hände vor die Augen geschlagen. Doch manches war unklar. Bisher wusste ich es nicht, aber während Magister Hinault von Garci Fernandéz Auskunft verlangte, begann in meinem Kopf eine ganze Reihe von Fragen widerzuhallen, auf die ich bisher keine Antwort gewusst hatte. Wie hat all das angefangen? Wer ist als Erster in meine Gemächer gekommen? Warum ist ihm der andere gefolgt? Was war der Grund für das angebliche Handgemenge?«

Maria sprach mit wohlklingender und fester Stimme, und ihre Worte rührten jeden. Sie hielt inne und blickte sich um. Alle sahen auf sie.

Dann wandte sie sich an mich: »Ihr müsst wissen, Raoul, dass ich anfangs nicht verstanden habe, worauf Ihr hinauswolltet. Ich nahm an, es sei Eure Absicht, Rodrigos Verurteilung hinauszuzögern, und glaubte, Ihr nutztet einen beliebigen Vorwand, das Unvermeidliche noch ein wenig aufzuschieben. Offen gestanden, konnte ich mir nicht vorstellen, dass Don Diego und Garci Fernandéz einer solch hinterhältigen Tat fähig gewesen sein sollten. Doch dann hat sich mir nach und nach der Sinn Eurer Worte erschlossen. Vor allem aber habe ich verstanden, dass Ihr mit der Befragung weder den Vorsitzenden des Gerichts noch Euren Zeugen Garci Fernandéz und auch nicht das Publikum überzeugen wolltet. Es ging ausschließlich darum, meine Interessen und die von Rodrigo García zu wahren... Auf ihn habt Ihr keinen Augenblick gebaut, nicht wahr? Euch war klar, dass er niemals den Mund auftun würde, bevor ich alles verstanden hatte.«

Ich nickte.

»Endlich ist mir Eure Vorgehensweise klar geworden. Da es aussichtslos war, den eigentlichen Schuldigen vor Gericht zu bringen, musste sich dieser selbst dem Urteil ausliefern. Jetzt aber sagt mir: Wie stellt man es an, einen Prozess gegen einen Toten zu führen?«

Sie lächelte leicht, während sie mich ansah.

»So verhält es sich doch?«, fragte sie mich.

»Mehr oder weniger.«

»Nun, es ist Euch gelungen, diese Schwierigkeit zu lösen. Da man Don Diego nicht vor Gericht stellen konnte, denn er ist tot, blieb Euch nur noch die Möglichkeit, dafür zu sorgen, dass ich, die ich ebenfalls gleichsam wie tot war, wieder zum Leben erwachte. Ihr musstet erreichen, dass ich mich wieder auf die Ereignisse jenes Nachmittags besann. Das ist schließlich geschehen, und so werde ich Euch jetzt berichten...«

Sie hielt einen Augenblick inne, um Luft zu schöpfen. Niemand wagte zu atmen, und jeder im Saal konnte seinen eigenen Herzschlag hören. Während Maria Correa ihren Bericht fortsetzte, drehte sie langsam einen Ring an ihrem Finger. Don Rodrigo, der ihr fast genau gegenübersaß, hatte seine Haltung nicht verändert. Weder hatte er sich geregt, noch konnte man in seinem Gesicht irgendeine Veränderung wahrnehmen. Er hielt den Kopf gesenkt, und die Hände lagen auf seinen Knien, als säße er in der Kirche. Maria Correa hob den Kopf der Zuhörerschaft entgegen.

»Ich kann und will euch nun sagen, was geschehen ist. Raoul hat Recht. Im Kloster habe ich von der verblüffenden Treffsicherheit der Aussagen einiger Wahrsager erfahren und sie mit meiner Freundin Marta aus Neugier aufgesucht. Wir wollten uns lediglich ein wenig vergnügen. Doch wie groß war mein Erstaunen, als sie mir voraussagten, welch entsetzliche Folgen es hätte, wenn ich einen Mann heiratete, der ihrer Beschreibung nach nur Don Rodrigo sein konnte.«

Maria trat zu ihm und nahm seine Hand. Zum ersten Mal veränderte sich sein Ausdruck, und er lächelte sanft. Wann immer ich im Laufe des Tages zu ihm hingesehen hatte, stets war sein Gesicht wie versteinert gewesen. Maria aber erreichte diesen Wandel mit einer winzigen Gebärde.

»Sie haben gesagt, lieber Freund, dass sich hinter deiner scheinbaren Liebenswürdigkeit ein Furcht erregender Charakter verbirgt, und mir bedeutet, du hättest insgeheim Abenteuer mit vielen jungen Mädchen aus der ganzen Gegend gehabt. Ehrlich gestanden, ist es ihnen damit gelungen, mich zu erschrecken. Mir haben ihre Worte weh getan«, fügte sie hinzu, »denn wie du weißt, habe ich dich geliebt ... Doch was konnte ich angesichts so genauer Angaben tun? Kein mir völlig Unbekannter konnte solche Dinge über den Mann wissen, dem ich zugetan war. Doch hat es wohl keinen Sinn, jetzt nach Rechtfertigungen zu suchen. Ich habe die Warnung ernst genommen und aus lauter Angst deinen Bruder Juan abgewiesen, als er mit deinem Heiratsantrag zu meinem Vater kam. Bald darauf hat mich Don Diego gebeten, seine Frau zu werden. Ich wollte es nicht so recht, ließ mich aber überreden, da mich die Ängste, die der Wahrsager in mir wachgerufen hatte, nach wie vor peinigten.«

Maria fuhr sich leicht durch die Haare und hob erneut den Blick zum Publikum: »Ich sage es noch einmal: Mir liegt nicht daran, mich zu rechtfertigen, und ich muss bekennen, dass ich der Verlobung mit Don Diego zugestimmt habe.«

Don Rodrigo sagte nichts. Es war auch nicht nötig.

»Einige Tage vor dem für die Heirat festgesetzten Termin nahmen wir alle an der Hochzeitsfeier meiner Freundin Isabel Torregrosa teil. Es war ein langes Fest, und da ich am Schluss müde war, habe ich mich für eine Weile in meine Gemächer zurückgezogen. Während ich mich ein wenig frisch machte, schlich sich Don Diego herein. Er war ziemlich betrunken und machte über irgendetwas seine Späße. Anfänglich hatte ich keine Angst, doch näherte er sich mir schon bald auf bedrohliche Weise und versuchte, mir Gewalt anzutun. Bemüht, ihn abzuwehren, leistete ich ihm Widerstand, so gut ich konnte. Wir rangen miteinander, doch vermochte ich gegen seine Kraft nichts auszurichten. Dabei sagte er, jetzt erinnere ich mich wieder sehr genau, beim nächsten Mal würde ich nicht so kratzbürstig sein. Er wisse, auf welche Weise er mich gefügig machen könne, schließlich sei es ihm auch gelungen, mich als Braut zu erringen. Verwirrt sah ich ihn an und fragte ihn, ohne mich von meinem Zorn hinreißen zu lassen, warum er das sage. Stolz rühmte er sich darauf seiner Klugheit und gestand mir schließlich voll Geringschätzung, auf welche Weise er mich getäuscht hatte. Er berichtete, wie er sich als Wahrsager verkleidet und mir die Zukunft vorausgesagt hatte. Jetzt sehe ich das ganze Bild mit völliger Klarheit wieder vor mir. Niedergeschlagen und blind vor Wut habe ich mich gegen ihn gewandt und nach ihm geschlagen. Ich wollte ihm weh tun, doch dürfte er meine Fäuste auf seiner Brust kaum gespürt haben. Er hat mir ins Gesicht gelacht und auch nicht damit aufgehört, als es mir gelang, ihm seinen Zierdolch zu entreißen, den er am Gürtel trug.«

Sie breitete die Arme weit aus und ließ ihren Blick durch den ganzen Saal schweifen. In ihrem Gesicht spiegelte sich ihre völlige Ohnmacht.

»Jeder von euch weiß, dass ich gegen ihn nichts hätte ausrichten können. Aber ich war wie besessen. Trotz meiner Wehrlosigkeit angesichts seiner gewaltigen Kraft war mein Zorn übermächtig. Don Diego behandelte mich voll Verachtung und erklärte am Ende, er werde für diesmal davongehen. Als er sich zur Tür wandte, warf ich mich auf ihn und stieß ihm den Dolch in den Rücken. Danach stand ich da, den Blick auf den reglos am Boden liegenden Körper gerichtet, bis Don Rodrigo kam und sah, was geschehen war.«

Ich bedauerte, sie unterbrechen zu müssen. Da es aber unerlässlich war, alle Einzelheiten genau herauszuarbeiten, stellte ich Don Rodrigo die Frage, warum er in jenem Augenblick gekommen sei.

»Ich habe mir Sorgen gemacht«, gab er mit einer Stimme zur Antwort, die aus der tiefsten Tiefe zu kommen schien, »denn ich hatte vom Gang aus Maria schreien gehört. Ohne mich auch nur einen Augenblick zu besinnen, bin ich in aller Eile zu ihren Gemächern gerannt. Dort fand ich alles so vor, wie sie es beschrieben hat.«

»Erinnere dich auch, Rodrigo«, sagte Maria in zärtlichem Ton, »an mein absurdes und unverzeihliches Schweigen, das dich aber nicht beeindruckt hat. Wie gelähmt habe ich die Hand, die du mir gereicht hast, zurückgewiesen, von einer mir selbst unverständlichen Furcht ergriffen. Weder damals noch bis vor wenigen Augenblicken konnte ich mich an die Einzelheiten des Vorfalls erinnern. Das ist die reine Wahrheit. Du aber, lieber Rodrigo, hast es auf dich genommen, mit deinem Leben einen Tod zu büßen, an dem du nicht schuldig warst.«

Schweigend nickte er, um anzuzeigen, dass ihre Worte der Wahrheit entsprachen. Als sie verstummte, hörte man im ganzen Saal nicht den kleinsten Laut. Alle, die um den Richtertisch saßen, hielten den Blick auf Maria Correa gerichtet. Es dauerte eine Weile, bis ich die Kraft hatte fortzufahren. Doch da unbedingt noch einige weitere Punkte erhellt werden mussten, ergriff ich das Wort: »Das Übrige können wir uns denken. Don Rodrigo wusste zwar nicht, was geschehen war, begriff aber, dass Maria Correa die Täterin sein musste. In diesem Augenblick dürfte ihm so manches durch den Kopf gegangen sein, doch für einen Mann wie ihn war nur eines wichtig: Wenn die geliebte Frau Don Diego getötet hatte, musste sie einen guten Grund dafür gehabt haben. Daher beschloss er, den weiteren Verlauf der Dinge auch noch nach dem Eintreffen Don Alonsos, der Wächter und des Grafen abzuwarten. Als er deren Schlussfolgerung gehört hatte, er habe in Doña Marias Räume einzudringen versucht und Don Diego getötet, dürfte ihn das ebenso überrascht wie empört haben. Seine Ehre als Edelmann aber ließ nicht zu, dass er Maria Correa beschuldigte. Es war an ihr, alles aufzuklären. Unterdessen machten sich die zuletzt Eingetroffenen daran, die Fakten zusammenzutragen. Don Diego hatte eine tödliche Wunde im Rücken, es handelte sich erwiesenermaßen um Mord, denn er hatte keine Gelegenheit gehabt, sich zur Wehr zu setzen, und war mit seiner eigenen Waffe erstochen worden. Angesichts eines solchen Übermaßes an unsinnigen Behauptungen hat Don Rodrigo seine Zuflucht zum Schweigen genommen und sich festnehmen lassen, ohne etwas zuzugeben oder zu bestreiten. Vermutlich hat er darauf gewartet, dass Maria Correa etwas unternahm. Sie aber war starr und stumm, gleichsam ein wächserner Zeuge. Da er selbst nichts tun konnte, ließ er den Dingen ihren Lauf.«

Ich machte eine Pause, wandte mich dann an Don Rodrigo und fragte ihn: »So war es doch, nicht wahr?«

»In etwa«, gab er matt zur Antwort. »Aber das ist jetzt unerheblich. Was konnten die anderen schon denken, da der Schein gegen mich sprach? Am besten misst man Dingen, gegen die man nichts ausrichten kann, keine übermäßige Bedeutung bei...«

Ich muss gestehen, dass ich ihn mit einem gewissen Staunen ansah. Monatelang hatte er in vollem Bewusstsein seiner Schuldlosigkeit schweigend eine denkbar quälende Situation ertragen, weil ihn eine höhere Pflicht hinderte, die Wahrheit zu gestehen. An ein so hochherziges Verhalten war ich nicht gewöhnt. Es fiel mir schwer zu glauben, dass jemand einer solchen Großmut fähig war. Auf jeden Fall hatte ich bei ihm mit einer gewissen Verbitterung gerechnet, zumindest aber mit Groll oder Zorn. Eine solche Haltung wäre ohne weiteres verständlich gewesen. Allerdings hätte ein solches Verhalten auf die Zuschauer nicht annähernd die Wirkung ausgeübt wie das, dessen Zeugen sie hier wurden. Man brauchte nur zu sehen, wie hingerissen ihn Doña Maria und die anderen Zuhörer im Saal ansahen.

Vom Podium herab warf Erzbischof Teobaldo, für dessen Geschmack sich der Schurke allzu sehr in einen Helden verwandelt hatte, verärgerte Blicke auf Don Rodrigo, während Cárdenas nervös die Gegenstände auf seinem Tischchen hin und her schob. Garci Fernandéz hatte sich nicht vom Fleck gerührt. Noch auf dem Zeugenstuhl sitzend, hielt er den Blick gesenkt und den Kopf zwischen den Händen, offensichtlich bemüht, das ganze Ausmaß seiner Niederlage zu erfassen. Wahrscheinlich ging ihm allmählich auf, was für eine Jammergestalt er abgab, und er suchte nach einer Möglichkeit, sich ähnlich ritterlich zu verhalten wie Don Rodrigo.

Voll Ungeduld verlangte der Erzbischof, man möge den Prozess so rasch wie möglich schließen. Im Bewusstsein dessen, dass er auf der ganzen Linie kläglich gescheitert war, beschloss er, der Sache ungesäumt ein Ende zu bereiten. So ergriff er das Wort, um Don Rodrigo seine Anerkennung für dessen edelmütige Handlungsweise auszusprechen. Ihm blieb keine andere Möglichkeit, als Doña Maria von jeglicher Schuld freizusprechen, hatte sie doch den Mann getötet, der sie entehren wollte. Kaum hatte der Erzbischof das Ende des Verfahrens verkündet, überschlugen sich die Ereignisse. Noch während Teobaldo die letzten Worte sprach, erhob sich Alonso Correa, trat langsamen Schritts auf Don Rodrigo zu und schloss ihn feierlich in die Arme. Daraufhin eilte auch Doña Maria auf ihn zu und bot ihm ihre geöffneten Arme. Sie sah schöner aus als je zuvor. Das Haar umrahmte ihr Gesicht, auf dem die Weiße frisch gefallenen Schnees lag, und ihre Augen schimmerten grünlich wie die Flügel mancher Insekten. Voll Anmut trat sie auf Don Rodrigo zu. Lange sahen die beiden einander an. Nach einer Weile trat Don Nuño auf sie zu, um sie zu dem wunderbaren Ausgang zu beglückwünschen. Eine ganze Prozession Adliger und Geistlicher wollte Don Rodrigo die Hand schütteln. Nach einer Weile, als der Saal schon fast leer war, unterhielten Don Nuño, Maria, Rodrigo und ich uns miteinander. Erzbischof Teobaldo hatte, als er bei seinen letzten Worten merkte, dass kaum noch jemand zuhörte, in aller Eile die Verhandlung für geschlossen erklärt, und Cárdenas hatte Teobaldos Aufbruch genutzt, ihm auf dem Fuß zu folgen. Garci Fernández verschwand ungesehen. Er löste sich förmlich in Luft auf, ohne dass jemand seinen Weggang bemerkte. Es war mir gleichgültig. Zu gegebener Zeit würde ihn die Gerechtigkeit wegen seines Meineides ohnehin ereilen.

Nur noch wenige Menschen befanden sich im Saal. Einer von ihnen war Otero, der portugiesische Feldhauptmann. Auch wenn er letztlich nicht hatte einzugreifen brauchen, hatte er doch mit seinem Auftauchen den entscheidenden Auslöser für den Ausgang des Prozesses geliefert.

Als ich ihn in einer Ecke allein sah, rief ich ihn zu uns. Mit spöttischem Lächeln erhob er sich, wobei er sich, wie es schien, mit Genuss, die Narbe auf seiner Wange rieb. Dann fuhr er mehrfach mit der Hand über Haar und Bart. Während er auf uns zukam, unterbrachen wir unser Gespräch einen Augenblick. Langsam und mit merkwürdigen Schritten durchquerte er den ganzen Saal. Als er uns erreicht hatte, sahen wir ihn aufmerksam an. Dann brach Don Nuño in Gelächter aus, stieß mich mit dem Ellbogen an, wandte sich zu ihm um und schloss ihn in die Arme. Ich war so verblüfft, dass mir der Atem stockte.

»Aber? Du bist doch nicht Otero? Großer Gott, Velasco, mein guter Velasco! Ist es zu fassen?«

Alle stimmten in Don Nuños Gelächter ein.

»Du ausgefuchster Halunke!«

»Ja, Magister«, gab er verschmitzt zur Antwort. »Da Otero nicht bereit war, mich zu begleiten, blieb keine andere Lösung, als zu dieser List zu greifen. Auf dem Weg hierher habe ich hin und her überlegt, welche Möglichkeiten uns blieben. Schließlich ist mir der Einfall gekommen: Wenn Täuschung und Verkleidung den Anfang dieser Intrige bildeten, warum sollten sie da nicht auch bei ihrer Auflösung Pate stehen?«

»Warte nur, wenn der Erzbischof das erfährt«, sagte Don Nuño und gab sich Mühe, seinen Lachreiz zu beherrschen.

»Was denn?«, fragte Velasco mit gespielter Unschuld. »Ich habe niemanden belogen.«

»Mann, Ihr habt uns alle hinters Licht geführt«, sagte Don Alonso.

»Wartet, Nuño, Velasco hat Recht«, gab ich zur Antwort. »Er hat nicht gelogen. Während Don Diego und Garci Fernandéz bewusst die Unwahrheit gesagt haben, um ihr Opfer in die Falle zu locken, hat er den Mund nicht aufgetan. Der Unterschied zwischen beiden Täuschungsmanövern liegt darin, dass die beiden die Wahrheit verdreht haben, um bestimmte Ereignisse zu bewirken, wohingegen Velasco kein einziges Wort gesagt hat. Wir haben einfach alle geglaubt, was wir glauben wollten. Da wir Otero im Saal zu sehen erwarteten, haben wir angenommen, er sei es, ohne der Sache näher auf den Grund zu gehen. Aber Velasco hat das weder bestätigt noch bestritten. Niemand kann ihn unter Anklage stellen, dass er sich als Otero ausgegeben hat.«

Erneut mussten wir laut lachen.

An jenem Abend feierten wir die unerwartete Auflösung des Falles mit einem kleinen Fest. Enrique, der die jüngsten Ereignisse nicht hatte miterleben können, sah uns neidvoll zu, als wir die Szenen der Verhandlung zum hundertsten Mal wieder vor uns erstehen ließen. Don Rodrigo und Doña Maria gaben sich ganz ihrem Glück hin; sie hielten einander fortwährend bei den Händen und hatten für sonst niemanden Augen und Ohren, außer in den wenigen Augenblicken, in denen sie etwas über Einzelheiten des Prozesses berichteten. Don Nuño und Don Alonso konnten ihre Befriedigung nicht verbergen; Ersterer war stolz darauf, dass er dazu beigetragen hatte, einen weiteren drohenden Aufstand gegen seinen Herrscher im Keim zu ersticken, und Don Alonso, weil seine Tochter nicht nur wieder ganz wie früher war, sondern überdies Herrin ihres Geschicks. Mir wurden so viele schmeichelnde Worte gesagt, dass es mir peinlich wäre, sie hier niederzuschreiben. Kurz, wir feierten den glücklichen Ausgang, wie er es verdiente. Zum Schluss aber erklärte ich: »Freunde, der Augenblick ist gekommen, diese sonderbare Wallfahrt nach Santiago zu beenden. Ich muss mich ungesäumt auf den Weg nach Toledo machen. Der König, der mir hier den Rücken gestärkt hat, erwartet von mir, dass ich an seinem Hof noch eine weitere Aufgabe erledige.«

»Jetzt übertreibt nicht«, sagte Don Nuño. »Es macht Alfonso nichts aus, wenn Ihr Euch einige Tage Ruhe gönnt. Kommt mit mir nach Santa Marina de Somoza. Dort wollen wir uns erholen.«

Schon bald danach überbot man sich mit Angeboten. Don Rodrigo wollte mich zu sich einladen; Don Alonso war überzeugt, es gebe nichts Besseres, als wenn ich mich einige Tage am Meer erholte, und sogar Velasco beteiligte sich an den Versuchen, mich zum Bleiben zu bewegen. Doch mein Entschluss stand fest. Ein für alle Mal wollte ich wissen, was man am kastilischen Hof von mir erwartete. Schließlich nahmen die anderen meine Entscheidung hin.

Einen Tag noch wanderte ich in aller Gemütsruhe durch die Straßen Santiagos, doch schon vier Tage später befanden Enrique und ich uns in Astorga und eine Woche darauf in Plasencia. Am 4. August kamen wir in Toledo an, wo ich diese Erinnerungen zu Papier bringe. Unwillkürlich muss ich dabei an die Worte der Handleserin denken, der wir in der Nähe des Klosters von Leyre begegnet waren: »Nimm dich vor den Folgen der Trunkenheit in Acht.«

XIII. Das Schachspiel. Auf nach Granada!

Ende Juni 1258

Die Natur betrügt uns, das Glück ist wechselhaft, ein Gott wacht von oben über die Welt. Ich verrate damit kein Geheimnis, denn es ist ein lateinisches Sprichwort aus der Römerzeit, das sagt: *Natura deficit, fortuna mutatur, deus omnia.* Daran muss ich im Zusammenhang mit dem denken, was ich vor zehn Monaten nach meiner Ankunft in Toledo niedergeschrieben habe, bevor ich dem König begegnete. Vor wenigen Tagen habe ich mich zum letzten Mal mit diesen Blättern in mein Zimmer in El Alficén eingeschlossen. Stunde um Stunde habe ich sie auf dem Tisch vor mir ausgebreitet, um noch einmal allen Einzelheiten der Reise nachzuspüren. Ich war tief in Gedanken an das versunken, was in den vergangenen Monaten geschehen ist. Jetzt bemühe ich mich, jene Augenblicke noch einmal vor meinem inneren Auge erstehen zu lassen. Es kostet Mühe. Vergessen ist einfacher als der Versuch, diesen unwirklichen Nebel aus meinem Gedächtnis zu lösen, der meinen Kopf erfüllt hat, das Gefühl fortwährender Ermattung und Hitzewallungen...

Als die Nacht hereinbrach, beobachtete ich wie verzaubert einen zitternden Lichtstrahl, der schräg ins Zimmer fiel. Ich lag auf meinem mit Wolle gefüllten Bettsack. Von ferne drangen Geräusche in meinen Halbdämmer: Eine ferne Unterhaltung, die kaum als Murmeln zu hören war; das leise Rauschen der Bäume an der Straße; Rabiçags rhythmisches Schnarchen im Nebenzimmer, der Hufschlag eines Pferdes auf dem Pflaster. Ich hob den Kopf: Eine Mücke sirrte. Schließlich setzte ich mich hin, ordnete Kutte und Gürtel und zog die Sandalen an.

Ich öffnete die Blendläden, doch brachte die kühle Luft keine Klarheit ins Zimmer. Unaufhörlich gingen mir die Männer durch den Kopf, die bei meiner Wallfahrt nach Santiago eine Rolle gespielt hatten: Hugo de Conques, der wohl beleibte Kanzler meiner Universität, bedeutend und siegesgewiss, der einschläfernd sprach und dabei seinen dicken Zeigefinger schwenkte; Bischof Guillermo, ein hinterhältiger und spitzfindiger Kleriker mit höfischem Gebaren; Don Nuño, der rechtschaffene und treue Don Nuño; Don Çag, der Höfling ohne Fehl und Tadel; Velasco, schweigsam und tüchtig; aber auch Alfonso X., der König mit dem gewinnenden Wesen, im Stande, mich im einen Augenblick zu rühmen und im nächsten zu demütigen. Doch da waren noch viele andere: mein verwöhnter Luca, Enrique Haro, die liebliche Fabienne... so viele Menschen! Don Rodrigo und Maria Correa, die Furcht einflößenden Gestalten Cárdenas und Teobaldo Fortún.

Ich beugte mich hinaus in die Nachtluft. Es war sehr hell. Über der Landschaft lag ein sonderbar bleiches Licht, als würde alles von irgendwoher erleuchtet. Mit einem Mal fühlte ich mich allein und verloren. Ich war mir bewusst, dass ich selbst die Schuld an allem trug, was mir widerfahren war, und sagte mir immer wieder, dass ich weder den nötigen Weitblick noch die erforderliche Seelenruhe besessen hatte, mir über meine Position klar zu werden. Andererseits waren die jüngsten politischen Ereignisse nicht vorauszusehen gewesen. Trotzdem konnte ich mich nicht damit abfinden. Nur eines war klar: In zwei Tagen würde ich die spanische Hauptstadt verlassen, ohne eine andere Möglichkeit, als unverzüglich in meine Heimat zurückzukehren... oder Rabiçags Anregung Folge zu leisten und nach Granada zu reisen. Wie lange war ich unsicher und schwankte, im Bemühen zu verstehen? Und wenn ich mich nun irrte? Wenn all das Kopfzerbrechen über die Ereignisse nichts war als bloße Einbildung? Nein, diese beunruhigenden Vorstellungen waren sicher nicht aus der Luft gegriffen. Auch wenn ich es nicht übermäßig bedauerte, zu wenig Erfahrung mit dem Leben am kastilischen Hof zu besitzen, konnte ich doch nicht umhin, mir meinen unverzeihlichen Hochmut vorzuwerfen.

Um diesen bitteren Überlegungen zu entfliehen, die auf mein törichtes Scheitern zurückgingen, dessen Ausmaß ich damals noch nicht einmal ansatzweise erkannt hatte, zog ich mich in die Welt der Bilder in meinem Inneren zurück. Im Versuch, den Ausgang aus dem Labyrinth zu finden, durch das ich schwerfällig tappte, bemühte ich mich um eine Antwort auf die Frage: Sollte ich mich erneut auf die Reise machen und damit zugleich Herr über meine Zeit werden? Ja, ich würde nach Granada reisen. Was blieb mir auch sonst übrig? Als ich zu dieser nahe liegenden Lösung gelangte, sah ich meinen Weg deutlich vor mir, und wie bei einem Spiel, dessen Teile rasch an den rechten Platz rücken, sah ich vor mir, wie die einzige vorstellbare Lösung für einen armen Dominikaner aussah. In jenem Augenblick ging mir auf, welchen Vorteil es bedeutet, ein erneuerter und allein auf sich gestellter Mensch zu sein, kinderlos, ohne sonstige Bindungen oder Aufträge, ein Odysseus, dessen Ithaka in ihm selbst liegt: *homo viator.*

Es war nicht meine Absicht, erneut zur Feder zu greifen, um über diesen sonderbaren Auftrag zu berichten. Während ich Meile um Meile südwärts zog, begann ich allmählich, mich mit mir selbst auszusöhnen. Doch in der Nähe von Ciudad Real ereilte mich das Missgeschick, dass mich ein Fieber zwang, das Bett zu hüten. Von dieser Krankheit bin ich noch jetzt blass und abgezehrt. Mein alter Leib muss nach wie vor büßen, und nicht einmal nach acht Tagen der Ruhe kann ich meinen Weg fortsetzen. Bei den ersten Fieberanfällen empörte ich mich: Es kam mir vor, als ließe das Schicksal keine Gelegenheit aus, mich zu verhöhnen. Doch inzwischen bin ich überzeugt, dass mir die Vorsehung diese Zwangspause geschickt hat. In der Ruhe und der tiefen Stille dieser

Landschaft wird mir mehr gelingen als nur die körperliche Genesung.

Ich habe beschlossen, mit dem Abstand, den man durch die Kenntnis des Endes gewinnt, die späteren Ereignisse meines Aufenthalts am Hof aufzuzeichnen. Noch liegt alles in so naher Vergangenheit, dass ich meinen Empfindungen nachspüren und sie aufschreiben kann, bevor die detaillierte Erinnerung an die Verletzungen, Kränkungen und Ehrungen schwindet.

Ich habe die in Toledo beschriebenen Blätter in Don Çulemans Händen gelassen, den Hauptteil meiner persönlichen Papiere, die ich gern unter die Überschrift »Bericht« stellen möchte. Es ist sonderbar. Obwohl ich dort nur sehr wenig mit ihm gesprochen habe, war Don Çulemans Einfluss während meines ganzen Aufenthaltes in jener Stadt von entscheidender Bedeutung. Er hat den Anstoß gegeben, ohne den ich den ersten Teil wohl nicht niedergeschrieben hätte, und auf ihn geht es mehr oder weniger auch zurück, dass mich diese spätere Etappe nach Granada führt. Da ausschließlich er Kenntnis von der Existenz dieses Manuskripts und der Absicht hat, die ich damit verfolge, scheint es mir nur recht und billig, dass er auch den Schluss besitzt. Ich werde ihn ihm daher zuschicken, sobald ich damit fertig bin.

Mein Aufbruch aus der Hauptstadt Kastiliens liegt jetzt fast einen Monat zurück. Ich habe sie betrübt verlassen und die sich unendlich wie das Meer erstreckende Landschaft der Mancha voll Trübsal darüber durchzogen, dass ich im vergangenen Jahr nicht viel zu bewirken vermochte. Am Hof von Toledo war ich kaum mehr als ein Stück nutzlosen Abfalls, doch wäre es sinnlos gewesen, mich darüber zu beklagen.

Unterdessen bin ich zu einigen Schlussfolgerungen gelangt. Da wäre zunächst einmal meine Weltfremdheit. Es treibt mir die Schamröte ins Gesicht, sie einzugestehen. Doch was konnte ich von einer Situation erwarten, die meine Möglichkeiten weit überstieg? Wie konnte ich auch nur im Geringsten am Ausgang des Unternehmens zweifeln, wo ich es mit Politikern und Königen zu tun hatte, die hundertmal ausgekochter waren als ich? Ich muss es zugeben, denn es ist unbestreitbar: Der König, Bischof Guillermo und selbst der gute Velasco haben mich nach Belieben für ihre Ziele eingespannt, und das so geschickt, dass es mir erst am Schluss aufgefallen ist. Ihre Überlegenheit beruhte darauf, dass sie das Ausmaß meiner Eitelkeit erfasst hatten und sie sich zu Nutze machten. Sie vermittelten mir den Eindruck, eine bedeutende Rolle in einer Partie Schach zu spielen, bei der ich mich für die wichtigste Figur nach dem König hielt, aber in Wahrheit nur ein Bauer oder äußerstenfalls ein Läufer war. Andererseits möchte ich aber auch nicht übertreiben. Unterwegs habe ich selbst mehrfach an diesen Vergleich mit dem Schachspiel gedacht, und so wurde mir im Laufe der Monate meine wahre Rolle klar: Zwar war ich eine Figur, die sich aus eigener Kraft bewegen und Angriffe führen konnte, auf keinen Fall aber mehr als ein bloßes Werkzeug in einem weit bedeutenderen großen Zusammenhang.

Auf der anderen Seite bin ich überzeugt, dass ich mehr für Don Alfonso nicht habe tun können, weil er das nicht wollte. Das klingt wie eine Ausrede und ist es vielleicht auch. Irgendwann muss ich über meinen Aufenthalt am Hof von Toledo hinwegkommen und kann meinen Weg nur mit Hilfe der Feder fortsetzen. Ich bin nur froh, dass ich die Voraussicht besessen habe, eine hinreichende Anzahl von Bogen Papier in meine Tasche zu packen, ohne zu wissen, wozu es dienen würde.

Eines noch: Don Çuleman pflegte zu sagen, dass sich jeder Mensch diejenigen Misserfolge aussucht, die seinem Stolz am wenigsten schaden. Wahrscheinlich hat er damit Recht, und ich bin gerade dabei, mir einen Fluchtweg zu suchen. Ich weiß es nicht. Ich kann nur sagen, dass ich mich bemühe, die Zügel meines Schicksals wieder in die Hände zu nehmen und mich getreulich an die Tatsachen zu halten. So, wie ich mich an die Dinge erinnere, war ihr Ablauf wie folgt.

Vor zehn Monaten, kurz bevor ich meinen Bericht fertig stellte, rief man mich zu einem persönlichen Gespräch zu König Alfonso. An jenem Nachmittag hatte ich mehrere Stunden lang gewissenhaft geschrieben. Gerade als ich begann, die ersten Szenen des in Santiago geführten Prozesses zu Papier zu bringen, senkte sich der Abend herab. Das Licht, das bisher so kräftig gewesen war, dass ich mich genötigt gesehen hatte, einen Vorhang vor das Fenster zu ziehen, verblasste zu einem schmalen orangefarbenen Schimmer, der kaum noch Leuchtkraft hatte. Da ich nicht mit dem Schreiben aufhören wollte, öffnete ich rasch die Blendläden und tauchte eilends die Feder noch einmal ins Tintenfass, um die letzten Augenblicke der Tageshelligkeit zu nutzen.

»Guten Abend, Magister Hinault...«

Lautlos war Don Çag in mein Zimmer getreten und hatte von der Tür aus bereits eine ganze Weile zu mir hergesehen, weil er mich nicht bei meiner Arbeit stören wollte. Er sah gern Wissenschaftlern zu, die an nichts anderes als an die Aufgabe denken, mit der sie sich gerade beschäftigen. Später erzählte er mir, er habe beim Eintritt einen Gruß auf den Lippen gehabt, ihn aber angesichts meiner Versunkenheit nicht ausgesprochen. Dann sah er mich ruhig an. Ich saß, ein Tuch um die Schultern gelegt, mit dem Rücken zum Fenster. Vermutlich zeichnete sich der Umriss meines kräftigen Körpers deutlich gegen das Licht ab.

»Guten Abend, Magister Hinault. Ich sehe, dass Ihr Euch sehr auf Eure Arbeit konzentriert.«

»Ja, so ist es. Guten Abend, Don Çag. Ich hatte Euch gar nicht gesehen.«

»Das habe ich bereits bemerkt«, gab er lächelnd zur Antwort. »Ihr habt Euch Eurer Arbeit so voll innerer Sammlung hingegeben, dass ich kaum gewagt habe, Euch zu unterbrechen.«

»Macht Euch deswegen keine Sorgen«, gab ich munter zurück. »Ich schreibe schon viel zu lange, und es ist Zeit für eine Pause.«

»Oder Zeit aufzuhören«, sagte Don Çag bedeutungsvoll. Er sah mich mit einer Art Neugier an. »Ich hoffe, dass Ihr eines Tages die Güte habt, mir zu berichten, welcher Sache Ihr Euch da widmet.«

Schweigend lächelte ich. Er fuhr fort: »Jedenfalls gebe ich die Hoffnung nicht auf. Ihr dürft Eure Augen auf keinen Fall damit ermüden, dass Ihr bei Kerzenlicht weiterarbeitet. Fahrt morgen fort. Jetzt sollten wir hinabgehen und eine Kleinigkeit zu uns nehmen. Ich muss ohnehin mit Euch sprechen.«

Ich fügte mich seinem Wunsch, ordnete meine Blätter und legte sie aufeinander. Don Çag kam sofort zur Sache und sagte mit seiner klaren und nicht besonders melodiösen Stimme: »Ich komme aus dem Palast, wo ich eine Unterredung mit dem König hatte. Er hat mich ersucht, Euch zu sagen, dass er Euch heute nach dem Nachtmahl zu sprechen wünscht.«

Ich senkte den Blick, während ich aufstand, mein Beinkleid ausschüttelte und meine Glieder streckte.

Dann lächelte ich meinem Gastgeber erneut zu. Obwohl ich diese Mitteilung schon seit vielen Tagen erwartete, gab ich nicht die geringste Gemütsbewegung zu erkennen, als ich jetzt aus Don Çags Mund von der Einladung des Königs erfuhr. Das mochte an der Art liegen, wie er sie vortrug, an meiner großen Müdigkeit oder auch daran, dass ich in Wahrheit noch mit meinen Erinnerungen beschäftigt war.

»Mit Vergnügen. Wo soll ich ihn aufsuchen? Im Alcázar, der Hofburg?«

»Nein. Er wird sein Nachtmahl auf seinem Landsitz Huerta del Rey einnehmen. Man nennt ihn auch den Galiana-Palast.«

»Er hat zwei Namen?«

»Wie bei fast allen Häusern Toledos, die auf eine gewisse Geschichte zurückblicken, ranken sich auch um dieses Anwesen gewisse Legenden und Geheimnisse. Der neue Name des Palastes dürfte auf den früheren Verwendungszweck zurückgehen, denn er erhebt sich auf den Überresten einer großen maurischen Anlage namens Almunia Almansura, die vor über zweihundert Jahren der König Al Mamún errichten ließ. Inzwischen kennt man sie als Huerta del Rey, den Park des Königs.«

»Und was ist mit dem anderen Namen?«

»In den Bauten des Galiana-Palasts hat sich einst die Residenz der westgotischen Könige hier in Toledo befunden. Sie liegen in El Alficén gleich an der Alcántara-Brücke. Der Name des Palasts soll auf eine vornehme Dame aus Toledo zurückgehen, die einst dort lebte und angeblich dazu ausersehen war, sich mit keinem Geringeren als Karl dem Großen zu vermählen.«

»Ich verstehe«, unterbrach ich ihn. »Und vermutlich weist der Name, wie ich die in dieser Stadt so weit verbreitete Begeisterung für Wortspiele einschätze, darauf hin, dass an der bewussten Brücke der Weg nach Gallien begann. Ist es nicht so?«

»Nach Gallien und überallhin!«, gab er lachend zur Antwort. »Seht Ihr, es gibt in der Stadt keine andere Brücke als diese eine. Nach der Eroberung des Landes durch die Christen haben die kastilischen Herrscher ihren Wohnsitz zumindest zeitweise in El Alficén genommen. Alfonso X. aber hat seine offizielle Residenz in die Burganlage des Alcázar verlegt, woraufhin ein Teil der Bauten des alten Galiana-Palasts für die Übersetzerschule und das astronomische Observatorium umgebaut wurde.«

»Ach, da befinden sie sich«, gab ich zur Antwort.

»Ja. Von den übrigen Gebäuden trennt sich Alfonso gerade. Erst vor einigen Monaten hat er eins davon dem Calatrava-Orden zum Geschenk gemacht und andere unter seinen Freunden verteilt. Kurz und gut: Zwar lebt er jetzt in seiner Hofburg, hat aber den einstigen Maurenpalast außerhalb der Stadt wieder in Stand setzen lassen, für den er eine besondere Vorliebe hat. Das mag daran liegen, dass es der Lieblingswohnsitz seines Vorfahren Alfonso VI. war, den er so sehr bewunderte. Don Alfonso hält sich gern an denselben Stellen auf wie jener.«

»Trotzdem begreife ich immer noch nicht, warum es zwei Namen gibt.«

»Man hat den Sommersitz immer den ›Galiana-Palast‹ genannt. Mittlerweile wird die Huerta del Rey oft auch schon als Alficén-Palast bezeichnet.«

»Und wie gelange ich dorthin?«

»Zerbrecht Euch darüber nicht den Kopf. Der König wird Euch binnen einer oder eineinhalb Stunden einen Wagen schicken, der Euch abholt.«

Don Çag trat auf mich zu und nahm voll Herzlichkeit meinen Arm.

»Und jetzt wollen wir, wenn es Euch recht ist, nach unten gehen, uns erfrischen und vor Eurem Aufbruch noch ein wenig zu uns nehmen.«

Während wir in die im untersten Stockwerk gelegenen Wohnräume gingen, merkte ich an, dass mir die späte Stunde für einen Besuch beim König sonderbar erscheine.

»Das darf Euch nicht wundern. Alfonso schläft wenig und legt Gespräche gern auf den späten Abend. Oft lädt er Gäste zu Gesellschaften ein, die bis weit in die Nacht dauern. Überdies möchte er gern in Ruhe mit Euch reden können, ohne den Druck der Geschäfte am Hof und die dabei unvermeidbaren Unterbrechungen. Das aber lässt sich, wie Ihr bereits wisst, in der Hofburg nur sehr schwer bewerkstelligen. Ihr braucht also keinen Argwohn zu hegen. Wie ich ihn kenne, ist es völlig normal, dass er diese Stunde gewählt hat.«

Eineinhalb Stunden später war ich auf dem Weg zum Sommerpalast des kastilischen Königs. Anfangs fürchtete ich, dass der Kutscher wie die meisten seiner Zunft unausgesetzt auf mich einreden würde. Ich habe nie verstanden, warum sie sich verpflichtet sehen, ihre Kunden in ein Gespräch zu verwickeln und ungescheut Meinungen zu allem und jedem von sich zu geben. Hier aber hatte ich es, Gott sei gepriesen, mit einem schweigsamen Menschen zu tun. Kaum hatte ich mich in die kleine Kutsche gezwängt, als er den Blick auf die Kruppe seines Pferdes richtete und anfuhr, ohne ein

Wort zu sagen. Es war doppelt überraschend, weil der gut befestigte und vom Vollmond strahlend erhellte Weg nicht die geringsten Schwierigkeiten bot.

Die Luft war lind, und der Glanz des Mondes lag über den Feldern. Wie eine rechteckige, versilberte Ährenspitze leuchtete vor uns die Burg von San Servando. Als wir den Tajo überquerten und an den Überresten des römischen Aquädukts vorüberfuhren, fiel mir verblüfft eine deutliche Temperaturänderung auf. Ich hob den Blick zum mit Sternen übersäten unendlichen Himmel. Die Oleanderbüsche schwankten leicht in einer Brise, die mir über das Gesicht strich. Auf den brachliegenden Feldern blühten blaue Wildlilien und große, dunkelviolette Disteln.

Doch eigentlich nahm ich kaum etwas von all dem wahr; ich war mit meinen Gedanken weit von der Landschaft entfernt, durch die ich da fuhr. Innerlich bereitete ich mich auf meine Begegnung mit dem König vor. Ein wenig erstaunte mich seine Aufforderung, und ich hatte die sonderbare Empfindung, mich am Ende meines Weges zu befinden. Möglicherweise war es auch der Anfang vom Ende, wer wusste das schon? Unbestreitbar aber war, dass ich seit meinem Eintreffen in Toledo nur mit einer einzigen Sache beschäftigt gewesen war: meine Überlegungen auf Papier festzuhalten, meine Gedanken in eine vernünftige Reihenfolge zu bringen. Das winzige Zimmer in Don Çags Haus, in dem ich so viele Blätter beschrieben hatte, verwandelte sich für mich in einen einzigen Fixpunkt einer Hauptstadt, die man mir als gastfrei und tolerant geschildert hatte, die mir aber gleichwohl verschlossen und düster erschien. Bei den seltenen Gelegenheiten, zu denen ich das Haus meines Gastgebers verlassen hatte, war mir das Treiben in der Stadt auf die Nerven gegangen.

Es war fast paradox, dass es mir auf dem Weg nach Santiago Freude gemacht hatte, mich in jeder Stadt und jedem Dorf eine Weile aufzuhalten, wohingegen ich mich in Toledo möglichst aus allem herauszuhalten trachtete, während die Tage in einer Art Nebel vergingen. Als ich erst einmal den Entschluss gefasst hatte, meinen Bericht zu verfassen, ging mir auf, dass mir, solange ich meine Rolle in diesem Spiel nicht kannte und in Unwissenheit über die Zukunft lebte, alles unwirklich und sinnentleert erscheinen würde: die Vielzahl der Bewohner Toledos, die Hunderte von Menschen, die ich Tag für Tag sah, die Händler, die Verkaufsstände auf den Straßen, die Straßen selbst mit ihrem Geschrei und ihren Menschen aus aller Herren Länder, die hellen, dunklen, großen und kleinen Gesichter.

Und jetzt ändert sich all das vielleicht, sagte ich mir. Endlich werde ich in Ruhe mit König Alfonso sprechen können.

Schon vor meiner Ankunft in Kastilien hatte ich die unterschiedlichsten, einander widersprechenden Aussagen über den Herrscher gehört. In Paris hatte mir Hugo de Conques Verschiedenes über dessen Charakter, Ehrgeiz, Bündnisse und sogar die internationale Politik berichtet. Von ihm hatte ich erfahren, dass das Oberhaupt der Republik Pisa, Bandino di Guido Lancia, Don Alfonso aufgefordert hatte, sich um die Krone des römisch-deutschen Kaisers zu bewerben, und dabei hatte durchblicken lassen, dass ganz Italien hinter ihm stehe. Ich wusste, dass Don Alfonso gern zugestimmt hatte, und kannte auch den Namen seines Gegenkandidaten, Richard von Cornwall. Wie ich die Dinge sah, würde mein Gespräch mit dem Monarchen nicht von großer Bedeutung sein.

Aber ich würde den König sehen. Ich erinnerte mich an das einzige Mal, bei dem ich mich ihm von Angesicht zu Angesicht gegenüberbefunden hatte: die Überraschung, die ich angesichts der bleichen Züge des Dreißigjährigen empfunden hatte, die Silberfäden an seinen Schläfen, die Kälte seiner blauen Augen und das spitze Kinn... Don Alfonso... Mir fiel dies und jenes ein, was ich unterwegs erfahren hatte. Beispielsweise die Wahllosigkeit seiner Beziehungen zu Frauen, aus der man schließen durfte, dass ihm seine Ehe mit Violante von Aragon kaum etwas bedeutete. Das hing nicht nur damit zusammen, dass er bei der Vermählung mit ihr fünfundzwanzig, sie hingegen erst zwölf Jahre alt gewesen war, sondern auch damit, dass ihn der Papst verpflichtet hatte, zwei Jahre mit dem Vollzug der Ehe zu warten. Am schlimmsten aber war, dass es danach zu lange dauerte, bis Violante schwanger wurde. Wegen all dieser Umstände, erzählte man sich, hatte Alfonso die Geduld verloren und seiner Gemahlin Vorwürfe gemacht. Es hieß sogar, er habe die schöne Christina, Tochter König Haakons von Norwegen, nach Kastilien geholt, um sie zu ehelichen. Ich wusste aber, dass sie zur Braut seines Bruders Philipp ausersehen war. Auf keinen Fall konnte man Violante von Aragon jetzt noch einen Vorwurf machen: Sie hatte schon vor Christinas Ankunft ein Töchterchen zur Welt gebracht.

Es hieß Berenguela. Diesen Namen hatte Alfonso der Kleinen zu Ehren seiner Großmutter gegeben. Doch so wichtig auch die Erinnerung an sie für ihn war, weit entscheidender war der Einfluss gewesen, den seine Mutter Beatrix von Schwaben auf ihn ausgeübt hatte. Auf der Reise hatte ich häufig lobend von ihr sprechen hören. Hellhäutig, blauäugig und heiteren Blicks, war sie mit einundzwanzig Jahren auf ausdrücklichen Wunsch Berenguelas nach Kastilien gekommen, deren eigene Ehe mit Alfonso IX. ganz im Gegensatz zu der ihrer Eltern, Alfonsos VIII. und Leonores von Aquitanien, unglücklich gewesen war. Wie auch bei anderen Gelegenheiten hatte Berenguela damit richtig gehandelt, denn die Ehe zwischen Beatrix und ihrem Sohn erwies sich als ausgesprochen fruchtbar.

Auch mir war bewusst, dass ich es bei Don Alfonso mit einem außergewöhnlich kultivierten Mann zu tun hatte. Nicht nur war er möglicherweise der gebildetste Monarch des Abendlandes, er hatte außerdem genau umrissene kulturpolitische Ziele. Das hatte mir Hugo de Conques in anschaulicher Weise klar gemacht. Im Bewusstsein des bedeutenden arabischen Erbes und der eher armseligen römischen Überlieferung hatte Alfonso auf einen anderen Weg der Wissensvermittlung gesetzt und die Umgangssprache des Landes zur Amtssprache erhoben. Die Tragweite dieser Entscheidung war mir auf dem Weg nach Santiago deutlich geworden. Zweifellos wäre es interessant, den Herrscher Kastilisch sprechen zu hören... Ja, Alfonso X. war ein kultivierter Mann. Sogleich musste ich an einige seiner Lehrer denken, zu denen unter anderen der bedeutende Jurist Jacobo de Junta gehörte. Mir war bekannt, dass Alfonso von dem Augenblick an, in dem er sich seines Verstandes bedienen konnte, Verse verfasst hatte, und ich wusste auch, dass er in enger Beziehung zu Literaten und Wissenschaftlern stand. In den fünf Jahren seit seiner Thronbesteigung hatte er den Ruf erworben, glänzende Namen an seinen Hof zu ziehen. Einige von ihnen waren mir ein Begriff: Troubadoure wie Gonzalo Eanes do Vinhal, Dichter wie Per Amigo de Sevilla, Vernardo de Bonaval oder Men Rodríguez Tenorio. Auch umgab er sich mit Übersetzern, Gelehrten und Juristen und hatte an der Universität von Sevilla mit dem Ziel, die Unterweisung in den Wissenschaften in arabischer Sprache zu fördern und die wichtigsten Texte ins Kastilische übertragen zu lassen, eine Art *studium generale* eingerichtet.

Doch nicht alles war vollkommen. So hatte er in höchsteigener Person die Unzufriedenheit des Adels erfahren. Anfangs ging alles glatt; sein Vater hatte ihm ein Land hinterlassen, in dem Frieden herrschte, das Band zwischen den Reichen Kastilien und León war fest geknüpft, und die Angehörigen des Adels konnten im Genuss der Beute schwelgen, die sie bei der Rückeroberung der von den Arabern besetzten Gebiete gemacht hatten. Doch wollte der König dem Lande mit einer tief greifenden Umgestaltung des Hofes sein eigenes Siegel aufdrücken. Nach ihr war nichts mehr wie zuvor. Wie mir Don Nuño gesagt hatte, lag all das jetzt in der Vergangenheit. Mir klang noch in den Ohren, als wie unbedeutend er diese Auseinandersetzungen hingestellt hatte.

»Hört nicht auf die Gerüchte«, hatte er gesagt. »Es wird immer Unzufriedene geben, doch der König sitzt fester im Sattel denn je. Er hat nach seinem Sieg über die aufständischen Adligen einen unwiderruflichen Frieden mit Aragon unterzeichnet und durchgesetzt, dass der König von Navarra seine Vorherrschaft anerkennt.«

Mir erschien nicht alles so wohl geordnet. Es sah ganz so aus, als wären die Adelsunruhen im Norden und in Andalusien mehr als eine bloße Revolte. Außerdem hatte ich den Eindruck, dass die eine oder andere der Schwierigkeiten des Königs unterschwellig weiterbestand, zumal ich deren Auswirkungen am eigenen Leibe erfahren hatte. Auch waren mir andere nicht minder bedeutende Probleme aufgefallen, unter anderem die wirtschaftliche Lage. Die übermäßige fortwährende Teuerung war erschreckend, und wo auch immer ich nach ihren Gründen gefragt hatte, ob in Toledo oder unterwegs, hatte ich dieselbe Antwort bekommen: Wegen der zahlreichen Kriege waren Unmengen von Münzgeld im Umlauf. Das allein aber konnte kein hinreichender Grund für den unaufhörlichen Preisanstieg sein.

In solchen Gedanken versunken, merkte ich nicht, dass die Kutsche in eine kleine Einfahrt einbog und parallel zur Hauptfassade einem seitlich neben dem Palast liegenden kleinen Park zustrebte. Als sie zum Stehen kam, wurde ich ruckartig aus meinen Gedanken gerissen und versuchte zu erkennen, wo ich war.

Ich hatte nicht einmal Zeit, dies den Kutscher zu fragen. Ein Hauptmann der königlichen Wache war neben mich getreten und sah mich mit festem Blick an. Ein weiterer Soldat hielt die Zügel des Pferdes und fragte den Kutscher: »Bringst du Magister Hinault?«

Ich sah den Soldaten an. Er hatte dunkle Augen, war nicht mehr besonders jung und ziemlich hager. Obwohl ich vermutete, dass der Kutscher die Frage bereits bestätigt hatte, sagte ich: »Das bin ich.«

»Seid willkommen. Kommt mit, man erwartet Euch bereits.«

Langsam stieg ich aus. Hinter den Soldaten stand einer der Verwalter des Palasts.

Ich warf einen raschen Blick auf das Gebäude: Huerta del

Rey hatte einen rechteckigen Grundriss mit einem Haupttrakt und zwei Seitenflügeln. Der Bau war in gelblichem Sandstein und rotem Backstein ausgeführt, und das niedrige Eingangsportal war graugrün gestrichen – der gleiche von der Sonne und den Jahren ausgebleichte Farbton, den man an so vielen anderen Palästen maurischen Ursprungs sieht.

Nachdem mich der Verwalter mit der hohen Würdenträgern vorbehaltenen Höflichkeit begrüßt hatte, forderte er mich auf, ihm zu folgen. Rasch ging es durch mehrere schmucklose Säle. Das Innere des Palastes war so regellos angelegt, dass es mich Mühe kostete, dem Mann zu folgen. Wir durchquerten eine Küche mit Steinfußboden, in der ein Feuer aus Rebholz brannte und so viele große Kupferkessel standen, dass sie bis zur Hintertür reichten. Anschließend ging ich über einen schmalen und von Fackeln erleuchteten baumbestandenen Weg, der parallel zum Gebäude verlief.

Bewundernd betrachtete ich das Gelände. Gewaltige Tannen erhoben sich auf den Bodenwellen des nahe gelegenen Parks, und das klare Wasser mehrerer Springbrunnen kühlte die Luft. Wir traten in einen kleinen Innenhof, den ein leuchtendes Blumenbeet schmückte. Die meisten Pflanzen waren von so exotischer Herkunft, dass ich nicht einmal ihre Namen kannte. Endlich ging es durch eine kleine Vorhalle, in der Musikanten auf einem Podium maurische Musik spielten. Seitlich davon erspähte ich eine Gruppe von Männern, die miteinander sprachen.

Sie saßen auf einer Art Terrasse an kleinen Tischen, auf denen metallene Behälter standen. Der Verwalter bedeutete mir vorauszugehen. Ich nickte ihm leicht zu, während ich in den Kreis der Sitzenden trat. Sie führten ein munteres Gespräch, und ich konnte die meisten Stimmen unterscheiden, vor allem aber hörte ich die des Königs heraus, die volltönend und zugleich verschleiert war. Er hatte einen Becher Wein in der Hand. Ein Mann gleichen Alters neben ihm redete lebhaft und mit weit ausholenden Handbewegungen auf ihn ein.

Der Monarch schien ganz gelassen zu sein.

Der Bedienstete forderte mich noch auf, dass ich zu den beiden treten solle, und zog sich sogleich zurück.

Ich sah, dass zur Linken des Königs ein Platz frei war. Da ich vermutete, dass er für mich bestimmt war, trat ich darauf zu. Bevor ich Platz nehmen konnte, wandte sich Don Alfonso, der einen bequemen, in der Mitte gegürteten, losen Mantel trug, den die Mauren *aljuba* nennen, mir zu und richtete den Blick seiner blauen Augen auf mich.

»Magister Hinault... Endlich seid Ihr gekommen. Kennt Ihr meine Freunde?«, sagte er mit zweifelnder Miene. »Wenn nicht, lasst sie mich Euch vorstellen... Zu meiner Rechten sitzt jemand, von dem Ihr schon häufig habt reden hören und der Euch ganz besonders dankbar ist. Es ist mein Oberhofmarschall Juan García de Villamarín. Hinter ihm, Euch genau gegenüber, seht Ihr meinen guten Freund Nuño González de Lara und neben ihm Pedro López de Arana. Zwischen uns beiden endlich sitzt Rodrigo Alfonso.«

Ich hörte die lange Reihe der klangvollen spanischen Namen und grüßte jeden der Herren mit leichtem Nicken. Wichtiger aber, als mir die Namen der Gäste zu merken, war mir, wie sie mich ansahen. Vor allem aber hielt ich den Blick auf den König gerichtet, der im munteren Ton eines guten Gastgebers plauderte.

Nachdem die Formalitäten der Vorstellung erledigt waren, erhob sich Juan García und trat mit offenen Armen und einem herzlichen Lächeln auf mich zu.

»Gestattet, dass ich Euch umarme, Magister Hinault«, sagte er. »Als uns der König ankündigte, dass wir mit Eurem Kommen rechnen dürfen, hat mich das mit großer Freude erfüllt. Morgen muss ich nach Galizien abreisen, und nichts wird mir lieber sein, als meinen Eltern und meinem Bruder Rodrigo zu berichten, dass ich Euch persönlich habe mitteilen können, wie dankbar wir Euch sind.«

Nach der von diesen wohl gesetzten Worten begleiteten Umarmung nahm ich auf dem mir zugedachten Sitz Platz, während ich mich aufmerksam in der Gruppe umsah.

Alle Männer waren dreißig oder fünfunddreißig Jahre alt, also ungefähr im gleichen Alter wie der König, und ähnlich ihm in lange, weite, langärmlige Gewänder gekleidet. Da ich praktisch neben Don García saß, hätte mir das gestattet, ihn gründlich zu betrachten. Doch er selbst ließ mich nicht aus den Augen. Schon bald war es mir unangenehm, seinem Blick immer wieder zu begegnen, und ich begann die anderen zu mustern.

Ich hatte von so gut wie jedem dieser Männer reden gehört und wusste, dass sie zum innersten Kreis um den König gehörten. Rodrigo Alfonso, der zu meiner Rechten saß, ein natürlicher Sohn Alfonsos IX., des letzten Königs von León, war wohl der Älteste von ihnen. Inzwischen unterlag er nicht mehr der Ächtung, die Ferdinand III. über ihn ausgesprochen hatte, und war mit einer der wichtigsten Aufgaben im einstigen Reich seines Vaters betraut worden. Auch die Übrigen hatte der König vor anderen ausgezeichnet und teils mit Hofämtern, teils mit Ländereien bedacht, die bei der Aufteilung der Herrschaft Sevilla angefallen waren. Hier saß nicht einfach ein Freundeskreis beisammen, sondern eine Gruppe von Männern, die in unverbrüchlicher Treue zueinander hielten.

Wie es meiner Gewohnheit entsprach, versuchte ich, mich eine Weile aus dem Gespräch herauszuhalten. Ich saß auf die Ellbogen gestützt da und sagte lediglich dann etwas, wenn jemand das Wort an mich richtete.

Sie sprachen rasch und sprangen von einem Gesprächsgegenstand zum anderen. Es ging um die Ergebnisse der jüngsten Gesandtschaft an den Vatikan, deren Ziel es gewesen war, die Unterstützung des Papstes für Alfonsos Bewerbung um die Kaiserkrone zu erreichen. Dann wieder drehte sich das Gespräch um die Notwendigkeit, die in Murcia unter christlicher Herrschaft lebenden Mauren zu veranlassen, ihren Besitz an die Christen zu veräußern, und um weitere politische Themen. Doch da es sich um eine Abendgesellschaft fern vom Hofe handelte, wandte sich das Gespräch schließlich ganz natürlich den Frauen zu. Dabei schienen weder meine Gegenwart noch mein geistliches Gewand einen der Anwesenden zur Mäßigung zu veranlassen.

Irgendwann wandte sich Pedro López an Nuño González, um ihm mitzuteilen, dass Andrea Guzmán einen Sohn bekommen habe.

Verblüfft fragte Don Nuño, wobei er sich erkennbar um Gleichmut bemühte: »Aha. Und von wem?«

»Man verdächtigt mich«, gab Pedro zur Antwort, »aber ich war es bestimmt nicht. Schließlich habe ich mir nicht als Einziger zwischen ihren Beinen zu schaffen gemacht...«

Alle brachen in wieherndes Gelächter aus. In diesem Augenblick befand der König, dass es genug sei, und machte die Gefährten auf meine Ordenszugehörigkeit aufmerksam. Auch darüber mussten sie lachen.

»Seid still, Freunde... Wir dürfen bei unserem Mönch, den wir ohnehin schon sträflich vernachlässigen, keinen Anstoß erregen.«

Pedro lachte verlegen, Don Nuño hingegen schien erleichtert. Gleich darauf prasselten aus allen Richtungen Fragen über meine Reise durch Kastilien und den erstaunlichen Ausgang der Verhandlung gegen Rodrigo García auf mich ein.

»Nun, so großartig ist das auch wieder nicht«, gab ich zur Antwort. »Es hat sich so ergeben. Es war für mich eben ein gutes Jahr.«

Sie fragten weiter, und ich berichtete über mein gutes Jahr. Es hatte in Paris begonnen, wo ich als Lehrer in Saint Denis tätig war.

»Mit einem Mal dann«, sagte ich und wandte mich vorsichtig an den König, »als ich am wenigsten mit einem solchen Auftrag rechnen durfte, hat mich der Kanzler der Universität recht überraschend zu sich gerufen und mich in aller Eile nach Toledo entsandt, wo ich Euch, verzeiht mir, vermutlich beraten sollte.«

»Ach ja, dieser Kanzler!«, merkte Alfonso munter an. Der rötliche Widerschein der Kerzen auf seinem Antlitz erweckte den Eindruck, als sei er verärgert, aber auf seinen Zügen lag der Anflug eines Lächelns. Offensichtlich fand er unterhaltsam, was ich zu sagen hatte.

»Er hat Euch also gesagt, dass ich eine Art Berater brauche? Und wozu, wenn es Euch nicht ungelegen ist, so geradeheraus danach gefragt zu werden?«

»Das habe ich nicht gesagt«, gab ich zur Antwort und breitete in komischer Verzweiflung meine Arme aus. »Ich habe gehört, dass Ihr jemanden mit einer gewissen Erfahrung an den Höfen anderer europäischer Länder suchtet, mag sein, um einen Vergleich zwischen ihnen und dem Euren anstellen zu können. Aber das ist eine bloße Vermutung. Mein Kanzler hat sich bewusst unklar ausgedrückt«, fügte ich mit mattem Lächeln hinzu. »Jedenfalls hat er mir keine Wahl gelassen – ich musste alles stehen und liegen lassen und mich in aller Eile zur Grenze Kastiliens aufmachen.«

»Dann aber hat sich gezeigt, dass Eure Anwesenheit in Toledo nicht so dringlich war, nicht wahr?«, warf Juan García ein.

»So ist es. Meine erste große Überraschung war die Unterredung mit Bischof Guillermo von Jaca. Zuerst hat er mir abgeraten, so rasch an den Hof zu eilen, wie man mir das nahe gelegt hatte, und mich danach mit einem völlig anderen Auftrag nach Santiago geschickt.«

»Der gute Guillermo«, sagte der König leise und wie abwesend. Dann fuhr er entschlossen fort: »Auf jeden Fall hat es unseren Beifall gefunden, Raoul, in wie glänzender Weise Ihr jene rätselhafte Angelegenheit aufgelöst habt. Dafür werde ich Euch allezeit dankbar sein. Das war eine langwierige Geschichte – und obendrein eine äußerst schäbige. Doch Gott sei Dank ist alles gut ausgegangen!« Don Alfonso lächelte, dass seine Zähne blitzten. »Sagt, wie haben sich die Dinge in Wahrheit verhalten? Ich habe es von vielen Menschen gehört, aber nur ihr selbst könnt vollständig Licht in dieses Dunkel bringen.«

Ich muss wohl ein verdutztes Gesicht gemacht haben. Als wenn er das nicht genau wüsste! Dann kam mir der Gedanke, dass er diese Äußerung den anderen Gästen zuliebe getan hatte. Ach so, sagte ich mir, er lenkt das Gespräch. Nun denn.

So berichtete ich also alles. Ich wusste, dass alle dort versammelten Männer gut Freund miteinander waren und ich daher offen reden durfte. Trotzdem entschied ich mich an manchen Stellen zur Vorsicht. Ich beschrieb, wie ich allmählich von der Geschichte erfahren hatte, sprach von Cárdenas' befremdlichem Auftreten in Estella, verschwieg aber seinen Versuch, mich zu vergiften. Ich rühmte Miguel de Miranmóns für mich günstiges Eingreifen und ließ auch Velascos Klarsichtigkeit nicht unerwähnt. »Ohne seine Hilfe«, betonte ich, »hätte ich mein Ziel nie und nimmer erreichen können.« In aller Ausführlichkeit verbreitete ich mich über Don Nuño und Vater wie Tochter Correa und gab sogar manches über meine beiden Reisegefährten Enrique Haro und den armen Luca zum Besten, der nahe Santiago von Mörderhand umgekommen war.

Ich muss wohl recht eindrücklich gesprochen haben, denn Don Alfonso wandte sich mir zu, um mir in die Augen zu sehen. Ich fühlte mich nicht im Stande, seinen Blick zu erwidern. Den schwarzen Nachthorizont vor Augen, sprach ich über Ereignisse, die mich tief beeindruckt hatten, und ich nehme an, dass mein Gesicht dabei träumerisch wirkte. Ich beendete meinen Bericht mit den Worten: »Es war ein Sommer, den ich nie vergessen werde, und ein ungeheuer intensiver Juli. Als ich mit Don Nuño in Santiago eintraf, waren wir überzeugt, die Intrige ohne übergroße Schwierigkeiten auflösen zu können, doch hatte sich unsere Situation schon wenige Tage später so gewandelt, dass es aussichtslos schien, einen Ausweg zu finden. Eigentlich fehlte nicht viel, und wir hätten aufgegeben. Gewiss habe ich zum Schluss auch Glück gehabt.«

Ich hörte auf zu reden. Rodrigo Alfonso zu meiner Linken erklärte: »Das stimmt – Glück habt Ihr gehabt, vielleicht sogar zu viel.«

Diese Worte beunruhigten mich. Don Rodrigo lächelte verändert und sagte nichts weiter. Ich sah den König aus dem

Augenwinkel an. Seine Wangen brannten, und die Röte stieg ihm bis in die Ohren.

»Warum sagst du das, Rodrigo?«, fragte er argwöhnisch.

»Nun, es sieht doch ganz so aus, dass die Gegenseite bis zum letzten Augenblick die besseren Aussichten hatte, den Prozess zu gewinnen. Der Trottel Garci hat sich lediglich entschlossen zu sprechen, als er Diego Pérez' einstigen Feldhauptmann Otero zu sehen glaubte.«

»Der in Wahrheit niemand anders war als unser guter Velasco, der sich verkleidet hatte«, sagte Pedro und lachte ungehemmt. »Du hast Recht, Rodrigo, es war in der Tat ein großes Glück, dass niemand ihn erkannt hat.«

»So ist es«, fuhr ich fort. »Aber die Dinge geschehen nicht von selbst. In den letzten Tagen habe ich gründlich über die ganze Angelegenheit nachgedacht und bin mir darüber klar geworden, dass irgendjemand uns auf dem ganzen Weg geleitet hat. Es war so, als hätten wir eine Art Offenbarung gehabt... Habe ich mich verständlich ausgedrückt?«, fragte ich an Don Rodrigo gewandt. In Wahrheit aber galten diese Worte dem König.

Er hatte verstanden, wie auch alle anderen. Uns war eine Offenbarung zuteil geworden. Gewiss waren sie gleichfalls im Stande zu sehen, was mir auf der Hand zu liegen schien. Don Alfonso beobachtete die Szene neugierig. Seine Gefährten fragten mich noch eine Weile weiter aus, doch der König hatte beschlossen, der Sache eine andere Richtung zu geben. »Was haltet Ihr von einer Partie Schach?«, fragte er mich nach einer Weile.

Ich stimmte freudig zu. »Mit dem größten Vergnügen.«

Auf einen Wink wurde, ein wenig von der Gruppe entfernt, ein Schachbrett auf einen Klapptisch gelegt. Als alle Figuren aufgestellt waren, erhob sich Don Alfonso, um an dem Tisch Platz zu nehmen. Die übrigen Gäste, die begriffen hatten, dass die Unterhaltung für sie zu Ende war, verabschiedeten sich sogleich.

Schon bald saß ich dem jungen spanischen Herrscher von

Angesicht zu Angesicht gegenüber. Staunend betrachtete ich die Figuren und das Brett; es war ein außergewöhnlich erlesenes Spiel. Meine Überraschung entging Don Alfonso nicht, und er sagte nach den ersten Zügen: »Dieses Schachspiel gefällt Euch, nicht wahr? Ich werde Euch seine Geschichte erzählen. Glaubt aber bitte nicht, dass es eine Legende oder ein Gleichnis ist. Es handelt sich um eine wirkliche Begebenheit, die kaum zwei Generationen zurückliegt. In ihr treten vier handelnde Personen auf: mein Urahn, König Alfonso VI. von Kastilien; Al Mutamid, Herrscher von Sevilla und zugleich herausragender Dichter; sein Wesir und guter Freund Ibn Ammar sowie schließlich der berühmteste Held in der Geschichte Kastiliens, Rodrigo Díaz de Vivar, den man als *El Cid* kennt.«

Don Alfonso sprach langsam, feierlich und laut. Der Blick seiner Augen ging in die Ferne.

»Wie ich schon gesagt habe, war Al Mutamid, der Beherrscher Sevillas, ein begnadeter Dichter und darüber hinaus das vollkommene Muster eines Ritters. Seine Eheschließung mit einer jungen Frau geringer Herkunft, die selbst eine begabte Dichterin war, ist berühmt geworden.

Eines Abends, als er mit seinem Freund Ibn Ammar – die beiden waren unzertrennlich – am Ufer des Guadalquivir spazieren ging, trug Al Mutamid ihm diesen Anfang einer Strophe vor:

> *Der Windhauch verwandelt*
> *den Fluss in ein Kettenhemd...*

Noch bevor Ibn Ammar Gelegenheit hatte, den Anfang aufzunehmen und die Strophe zu vollenden, tat dies ein Mädchen aus dem Volke, das in jenem Augenblick vorüberkam, und zwar in exaktem arabischem Versmaß:

> *...ach, welch vollkommene Rüstung,*
> *ließe der Frost ihn erstarren!*

Als Al Mutamid diese Worte hörte, drehte er sich voll Bewunderung dem Mädchen zu, und da es äußerst schön war, ließ er es durch seine Diener vor sich bringen. Es stellte sich heraus, dass es die Sklavin eines gewissen Rumayk war, dessen Maultiere es führte. Der König wollte wissen, ob das Mädchen verheiratet sei. Als es verneinte, sagte er: »Schön, ich werde dich freikaufen und dich zur Gattin nehmen.« So geschah es. Er blieb seiner Frau sein Leben lang treu. Sie war nicht nur begabt und schön, sondern auch voller Scherze und lustiger Einfälle.«

Ich sah den König hingerissen an. Er schaute aus dem Augenwinkel zu mir her und lächelte vor sich hin, als hätte er etwas gewonnen. Dann wurde sein Gesicht mit den scharf geschnittenen Zügen wieder ernst.

»Nun, vor fast zweihundert Jahren hatte Alfonso VI. mit seinem Heer Sevilla umzingelt und belagert. Die Bewohner der Stadt hatten bereits alle Hoffnung aufgegeben, denn es war abzusehen, dass der Fall Sevillas kurz bevorstand. Doch gelang es dem Wesir Ibn Ammar, mit Hilfe einer List die aussichtslose Lage zu wenden. Er ließ ein Schachspiel von unerhörter künstlerischer Vollkommenheit und mit Gold eingelegte Figuren aus Ebenholz, Aloe- und Sandelholz anfertigen und suchte damit als Al Mutamids Abgesandter das Lager Alfonsos auf. Man empfing ihn mit allen Ehren, denn der kastilische König hatte schon viel von ihm gehört und schätzte ihn als einen der fähigsten Männer der ganzen Halbinsel. Ibn Ammar sorgte dafür, dass einige Höflinge sein außerordentliches Schachspiel zu sehen bekamen. Diese berichteten dem König davon, der ein begeisterter Schachspieler war. Er bat Ibn Ammar, ihm das vortreffliche Kunstwerk zu zeigen, und wollte unbedingt eine Partie mit dem Wesir spielen. Dieser erklärte sich dazu bereit, sofern der König folgende Bedingung akzeptierte: Verlöre er selbst, sollte dem König das Schachbrett samt den Figuren gehören, verlöre aber mein Vorfahr Alfonso, müsste er eine Bitte des Wesirs erfüllen. Der Kastilier, der das unvergleichliche Kunstwerk unbedingt besitzen wollte, erbleichte: So viel wollte er nicht aufs Spiel setzen. Doch einige von Ibn Ammar bestochene Höflinge spornten ihren König mit den Worten an: ›Wenn Ihr gewinnt, bekommt Ihr das schönste Schachspiel, das je ein Herrscher besessen hat. Verliert Ihr aber und sollte sich zeigen, dass seine Bitte unverschämt ist, können wir den Mauren immer noch eine Lehre erteilen.‹ Auf diese Weise wurde mein Vorfahr verlockt, auf das Angebot einzugehen. Ibn Ammar aber, der ein Meister des Schachspiels war, setzte ihn matt.«

Nach diesen Worten unterbrach der kastilische König seine Erzählung. Während des Sprechens hatte er unaufhörlich vor sich hin gesehen, und es kam mir vor, als gehe der verschleierte Blick seiner Augen über mich hinweg. Doch obwohl sein Blick sich auf einen fernen Punkt zu heften schien, war er nicht undeutlich, sondern scharf und klar. Es fiel mir immer schwerer, mich diesen glühenden und wie magnetischen Augen zu entziehen.

Dieser Mann ist ein geborener Verführer, sagte ich mir, und das weiß er auch.

»Als der besiegte König«, fuhr Don Alfonso fort, »den Wesir fragte, was er begehre, verlangte dieser, er solle sein Heer von Sevilla abziehen. Alfonso VI. schluckte seinen Zorn herunter und sagte zu seinem Gefolge: ›Genau das hatte ich befürchtet, und ihr habt mich dazu verleitet.‹ Doch da er sein Wort gegeben hatte, blieb ihm nichts übrig, als zuzustimmen. Auf diese Weise war Sevilla gerettet, ohne dass ein einziger Blutstropfen vergossen wurde. Heute steht dieses berühmte Schachspiel vor Euren Augen.«

»Was für eine wunderschöne Geschichte«, sagte ich. »Man kann kaum glauben, dass eine Schachpartie eine Belagerung beendet hat! Noch eindrucksvoller aber ist Ibn Ammars Klugheit, dessen Gedichte ich habe rühmen hören, wie auch die ritterliche Gesinnung Eures Vorfahren, der den sicheren Sieg in einer begonnenen Schlacht fahren ließ, weil er sein Wort nicht brechen wollte.«

Ohne darauf einzugehen, machte der Monarch einen kühnen Zug mit dem Turm. Unruhig sah ich auf das Schachbrett. Don Alfonso beobachtete mich gespannt: Wahrscheinlich fand er meine Anwesenheit unterhaltsam. Ich bemühte mich nach Kräften, mich seinen Verführungskünsten möglichst zu entziehen. Sein Leben lang hatte er sich in der Kunst geübt, Menschen zu betören. Es störte ihn nicht, dass ich seinem Blick standhielt, und er sah sogar zwei- oder dreimal beiseite. In einem bestimmten Moment aber hob er die Augen und bezwang meinen Blick.

»Ihr habt Recht«, sagte er schließlich, zufrieden mit meiner lobenden Antwort. »Alfonso VI. war ein Ehrenmann. Ich will Euch sagen, wie sehr. Zweifellos wisst Ihr, dass er Toledo den Mohammedanern entrissen hat. Daraufhin hat er sich den Titel *imperator toletanus* zugelegt, sich zum Erben des gesamten westgotischen Reiches ernannt und im Vertrag, mit dem die Übergabe Toledos besiegelt wurde, verpflichtet, die Rechte der moslemischen Bevölkerung zu achten. Dazu gehörte auch, dass die Hauptmoschee weiterhin geöffnet blieb. Doch sie stand auf der alten westgotischen Kathedrale der Stadt, und als er zur Fortsetzung seiner Eroberungszüge erneut aufbrach, haben sich die Königin und der Bischof der Stadt gegen ihn verschworen und die Moschee mit Hilfe einiger Soldaten in ihren Besitz gebracht.«

»Die Königin hat das Wort ihres Gemahls gebrochen?«, fragte ich ungläubig.

»So ist es. Als Alfonso davon erfuhr, kehrte er sofort nach Toledo zurück. Die Königin und der Bischof mussten ihn an den Toren der Stadt erwarten, und nachdem er ihnen wegen ihres Verhaltens bittere Vorhaltungen gemacht hatte, brach er den Stab über sie. Darauf trat aus der Menge ein moslemischer Rechtsgelehrter namens Abu Walid hervor und bot dem König im Namen seiner Glaubensgenossen an, dass, wenn alle anderen Vereinbarungen des Vertrags eingehalten würden, sie die Moschee den Christen überlassen wollten, damit es nicht zu Hassausbrüchen gegen die Moslems komme. Zum Dank für diese Haltung ließ Alfonso in der Kathedrale eine Büste jenes Mannes aufstellen. Ihr könnt sie sehen, wenn Ihr wollt. Mein Vater, Ferdinand III., den diese Geste besonders beeindruckt hat, hat der Büste mit den Zügen Abu Walids einen Ehrenplatz im Chor der Kathedrale gegeben. Ich bezweifle, dass sich in irgendeiner anderen christlichen Kathedrale die Abbildung eines Moslems findet. Nun denn, Ihr seht an all dem, dass es Alfonso VI. sehr wichtig war, sein Wort zu halten. Er ließ sogar seine geliebte Gattin und den Bischof über die Klinge springen, weil sie es nicht geachtet hatten.«

»Auch das ist eine eindrucksvolle Geschichte. Weder die eine noch die andere war mir bisher bekannt. Ganz offenkundig war Euer Vorfahr ein bedeutender Mann.«

»Zweifellos. Sein einziges Unglück war es, dass zu seinen Untertanen der berühmteste Held der ganzen Christenheit gehörte, nämlich Rodrigo Díaz de Vivar, den die Mauren *al Sidi* genannt haben, was so viel wie ›Herr‹ bedeutet. Das hat seinen Ruhm in unverdienter Weise geschmälert«, sagte er und genoss den Widerspruch. »Während seiner ganzen Herrschaft lagen die beiden in Widerstreit miteinander, aber beide waren stolze und treue Ehrenmänner, deren Wort galt.«

»Ach!«, rief ich aus. »Jetzt verstehe ich die Ursache der Entfremdung zwischen ihnen! Wie konnte ein Mann seines Schlages, für den ein gegebenes Wort so große Bedeutung besaß, einem einfachen Ritter verzeihen, der es in Frage stellte und ihn gleichsam zwang, auf die Bibel zu schwören, dass er nicht an der Ermordung seines Bruders beteiligt gewesen war?«

»Genauso ist es«, gab der König zur Antwort. »Diese Kränkung hat mein Vorfahr nie verwunden. Das war auch der Grund, warum er *El Cid* aus Kastilien verbannt hat. Doch trotz ihrer Gegnerschaft hat jener Recke großen Edelmut an den Tag gelegt. Er hätte sich, wie es üblich war, auf die Seite der Feinde seines Herrschers schlagen können, hat es aber nicht getan. Zwar musste er mitsamt seinen Anhängern die Heimat verlassen, doch seinem König hat er stets die Treue bewahrt.«

»Das waren andere Zeiten«, sagte ich betrübt. »Aber sagt, Ihr habt mich auf die Folter gespannt: Was ist aus den anderen

435

Beteiligten dieser ernsten Geschichte geworden, Al Mutamid, dem König von Sevilla, und seinem klugen Ibn Ammar?«

»Letzterem ist sein Erfolg zu Kopf gestiegen, und er hat angefangen, nach Gutdünken zu schalten und zu walten. Obwohl er von Kindheit an der beste und liebste Freund des Königs gewesen war, hat er zum Schluss gegen ihn gearbeitet. Daraufhin sind sie aneinander geraten, und zwar so heftig, dass der Wesir das Land verlassen und am Hof von Saragossa Zuflucht suchen musste. Später hat er den Tod von der Hand seines früheren Souveräns Al Mutamid erlitten.«

»Der König hat ihn getötet?«

»Das ist eine lange Geschichte. Ja, er hat ihn mit eigener Hand enthauptet, nachdem ihn der Wesir erneut verraten hatte. Er hat seine Streitaxt von der Wand gerissen, ist zu Ibn Ammans Verlies gelaufen und hat ihm zugerufen: ›Eigentlich wollte ich dir vergeben, aber dein Hochmut hat dich zu Fall gebracht.‹ Dann hat er ihm den Schädel gespalten. Al Mutamids Gemahlin Rumaykiyya hat mit grausamem Spott dazu gesagt: ›Er hat aus Ibn Ammar einen Wiedehopf gemacht.‹ Damit war auch sie gerächt, denn Ibn Ammar hatte im Exil ein Schmähgedicht verfasst, in dem er sich mitleidlos über ihre Leistungen als Dichterin lustig machte.«

»Und Al Mutamid?«, fragte ich erwartungsvoll.

»Er hat kein besseres Ende gefunden. Seine moslemischen Glaubensgenossen haben ihm eine Niederlage bereitet, die er sich letztlich selbst zuschreiben musste. Angesichts der vorrückenden kastilischen Truppen hat er die Almoraviden um Unterstützung gebeten, hatte aber große Angst vor dem Ausgang des Unternehmens. Berühmt geworden sind seine Worte: ›Niemand soll mir vorwerfen können, dass ich Al-Andalus den Christen überlassen habe ... Ich möchte nicht, dass man mich in sämtlichen Moscheen des Islam verflucht. Wenn ich mich entscheiden muss, will ich lieber die Kamele der Almoraviden weiden als die Schweine der Christen hüten.‹«

»Ja, diese Geschichte ist in der Tat berühmt«, stimmte ich zu, denn ich hatte den Satz schon gehört.

»Anfangs ging alles gut«, fuhr der König fort. »Die Almoraviden setzten aus Nordafrika auf die Halbinsel über, schlugen die Christen in die Flucht und kehrten dorthin zurück, woher sie gekommen waren. Doch vier Jahre später holte die unzufriedene Bevölkerung Andalusiens sie erneut ins Land, und diesmal kamen sie, um Al-Andalus zu erobern. Al Mutamid stellte sich ihnen entgegen, wobei ihn sogar sein ehemaliger Gegner Alfonso VI. von Kastilien unterstützte. Doch am Ende wurde er besiegt und in ein Gefängnis im Hohen Atlas gebracht, wo er starb. Bis zum letzten Tag seines Lebens verfasste er herrliche Gedichte. Man kann sogar sagen, dass seine schönsten und tiefsten Verse in seiner Zelle entstanden sind. Ich weiß ein Fragment auswendig, das er in jener Schreckenszeit geschrieben hat und in dem er auf sein Leben zurückblickt:

Alles hat sein vorgegebenes Ende,
und sogar der Tod stirbt, wie alle Dinge sterben.
Das Schicksal ist von der Farbe des Chamäleons,
es wandelt sich ständig, bis es
seinen endgültigen Zustand erreicht.
In seiner Hand sind wir nichts als ein Schachspiel,
und bisweilen geht der König dahin, weil ein Bauer es
will.

»Wirklich schön«, gab ich zu. Ich nutzte den günstigen Augenblick und merkte an: »Wollen wir jetzt unsere Partie weiterspielen, Herr, wenn es Euch recht ist? Mit meinen unaufhörlichen Fragen habe ich Euch unterbrochen.«

»Das macht nichts«, gab König Alfonso mit einem Lächeln zur Antwort. »Ich denke gern an diese alten Geschichten. Vielleicht versteht Ihr mit ihrer Hilfe sogar besser, dass die Araber und wir Kastilier nicht nur miteinander vermischt sind, sondern es auch bleiben müssen. Ich mache kein Hehl daraus, dass sich meine ganze Kulturpolitik darauf stützt, jeglichen günstigen Einfluss zu nutzen und sich davon anregen zu lassen, ob er nun aus arabischer, jüdischer oder christlicher Quelle stammt. Aber was verschlägt es? Im Unterschied zu anderen christlichen Fürsten bin ich der Ansicht, dass wir unsere Wurzeln weiterentwickeln müssen, statt sie zu unterdrücken, wie man mir von außen immer rät. Was meint Ihr dazu?«

»Ich schließe mich Eurem Standpunkt an, das wisst Ihr sehr wohl, Herr«, gab ich zur Antwort. »Doch gewiss ist Euch auch bekannt, dass man in Frankreich nicht so denkt.«

»Ihr Franken könnt das nicht verstehen. Ihr habt nicht Jahrhunderte hindurch Seite an Seite mit den Mauren gelebt. In euren Augen sind sie ungläubige Eindringlinge, während sie für uns ebenso spanisch sind wie wir alle. Beachtet auch, dass ich keinen Unterschied zwischen einzelnen Reichen mache, sondern von Spanien spreche.«

»Ja, diese Feinheit ist mir aufgefallen.«

»Das ist wichtig«, nahm der König den Faden erneut auf. »Und man muss, kurz gesagt, auch daran denken, dass Menschen moslemischen Glaubens schon seit über sechs Generationen in diesem Land leben. Meint Ihr etwa, ich dürfe jemanden, dessen Großväter und Urgroßväter hier zur Welt gekommen sind, mit der Begründung auffordern, es zu verlassen, dass er kein Spanier sei? Meint Ihr, ich hätte das Recht, mich über seine Überzeugungen und Ansichten hinwegzusetzen, obwohl ich genau weiß, dass sie vernünftig und durch Erfahrung bewährt sind? Soll ich womöglich das Schachspiel untersagen, weil es arabischen Ursprungs ist?«

»Natürlich nicht«, erklärte ich. »Ihr habt da ein treffendes Beispiel erwähnt. Ich weiß nicht, ob Euch bekannt ist, dass unser König, Ludwig von Frankreich, seinen Untertanen ausdrücklich verboten hat, Schach zu spielen.«

»Ich weiß es. Glaubt nur nicht, dass ich zufällig auf dieses Beispiel verfallen wäre. Ich halte ein solches Vorgehen für falsch und habe ganz im Gegenteil die Absicht, für die Weiterverbreitung des Spiels zu sorgen.« Er beugte sich zu mir und sagte, wobei er eine verschwörerische Handbewegung machte: »Ich will Euch etwas anvertrauen. Ich stehe im Begriff, ein Buch über das Schachspiel zu verfassen, in dem ich dessen Regeln und die ähnlicher Spiele erklären sowie die Symbolik des Spielbretts hervorheben will, seine Bedeutung als Abbild des Universums.«

»Als Abbild des Universums?«, fragte ich mit der Absicht, ihn zu einer näheren Erklärung zu veranlassen.

»War Euch das nicht bekannt?«, fragte er erstaunt.

»Nun«, gab ich zur Antwort. »Ich weiß, dass das Schachbrett die Welt symbolisiert. Die vier Felder in der Mitte stellen die vier Grundphasen aller Zyklen dar, ganz gleich, ob geschichtliche Epochen oder Jahreszeiten. Auch habe ich gehört, dass sich der Wechsel von Weiß und Schwarz mit Tag und Nacht sowie mit Geburt und Tod gleichsetzen lässt.«

»Es geht noch darüber hinaus. Die schmale Umrandung der vier inneren Felder entspricht dem Sonnenumlauf mit den zwölf Tierkreiszeichen und die um die äußeren Felder den achtundzwanzig Tagen des Mondumlaufs. Darüber hinaus spiegelt das ganze Schachbrett mit seinen acht mal acht Feldern die Bewegungen des Kosmos in der Zeit.«

»Das heißt, die Welt«, fasste ich zusammen. »Und in diesem Abbild des Universums stehen die Spielfiguren ganz eindeutig für zwei Heere.«

»Damit aber«, fuhr Don Alfonso fort, »verwandelt sich das Schachbrett in ein Schlachtfeld und gewinnt das Spiel den Charakter eines *Fürstenspiegels,* den ich so sehr bewundere. Womit könnte man einen Fürsten wie einen Ritter besser erziehen? Dieses unterhaltsame Spiel lehrt den Spieler, seine Leidenschaft zu zügeln und seine Entscheidungen mit Umsicht zu treffen.«

»Da habt Ihr Recht«, stimmte ich zu. »Man muss angesichts der scheinbar unendlichen Anzahl von Möglichkeiten, die sich bei jeder Partie bieten, mit äußerster Besonnenheit vorgehen.«

»Wie Ihr in den letzten Monaten gewiss selbst erlebt habt, ist sie eine unschätzbare Tugend«, sagte der König. »Beim

Schachspiel hat sie grundlegende Bedeutung. Jede falsche Entscheidung kann dazu führen, dass sich der Spieler bei den nächsten Zügen immer mehr eingeschränkt sieht.«

»Allerdings gilt das für jegliches Handeln.«

»So ist es. Tatsächlich ist die Freiheit eng mit der Kenntnis dieses Gesetzes, mit der Weisheit verknüpft.«

Da ich den wahren Sinn seiner Worte nicht verstand, bezog sich meine Antwort ausschließlich auf die Partie, die wir gerade spielten.

»Jedenfalls theoretisch«, fügte ich lächelnd hinzu, »oder zumindest im Spiel...«

Don Alfonso sah mich erstaunt an. Offensichtlich verstand er die Antwort nicht.

»Ich will damit sagen«, erklärte ich, »dass es diese Wahlfreiheit nur für den gibt, der sich nicht in die Enge getrieben sieht, wie ich gerade...«

»Gewiss«, sagte Alfonso lachend. »Das ist so sicher, wie ich jetzt Euren König aus dem Spiel befördern werde, so sehr ich das bedaure.«

»Schon schachmatt?«

»Ja, ich brauche nur noch zwei Züge. Seht, wenn ich mit meinem Läufer Euren Bauern schlage und Euch Schach biete, bleibt Euch nichts anderes übrig, als den Turm vor den König zu stellen. Das aber nützt Euch nichts, denn mein Läufer kann auch ihn ungehindert aus dem Weg räumen.«

»Nun denn«, fügte ich mich in das Unvermeidliche und setzte spöttisch hinzu: »Der König ist tot!«

Don Alfonso lachte selbstzufrieden.

»Euer Humor ehrt Euch. Diesen Satz spricht man in meiner Gegenwart üblicherweise nicht aus. Doch denke ich«, fügte er mit gerunzelten Brauen hinzu, »dass Ihr damit mehr sagen wollt.«

»Ach«, sagte ich leichthin, »es ist lediglich ein einfaches Wortspiel. Euch brauche ich gewiss nicht zu erklären, dass das Wort ›schachmatt‹ auf das arabische *al-scha mat* zurückgeht, was nichts anderes heißt als ›der König ist tot‹.«

»Das stimmt«, räumte Don Alfonso ein. »Es bestätigt lediglich meine Worte, dass es sich um ein königliches Spiel handelt. Das aber liegt nicht nur daran, dass wir mit der Person des Königs spielen, sondern hat auch damit zu tun, dass das ganze Spiel ein mathematisches Gleichnis dessen ist, was wir als königliche Kunst bezeichnen könnten. In ihm verschmilzt die innere Beziehung zwischen dem Handeln aus freiem Willen heraus mit dem unausweichlichen Schicksal.«

»Gewiss. Da Ihr nun aber diese Beziehung zwischen Freiheit und Schicksal ansprecht, würde ich Euch gern etwas fragen«, wagte ich schließlich zu sagen.

»Ich kann mir schon denken, was das ist«, gab der Monarch in verweisendem Ton zurück. »Eigentlich habe ich gerade indirekt davon gesprochen. Vor allem aber gestattet mir die vertraute Anrede des ›Du‹: Du hast mir einen Freundesdienst erwiesen, und ich möchte zu dir sprechen wie zu einem Freund. Vermutlich möchtest du wissen, was ich von dir erwarte.«

»Genau das.«

»Zuvor lass mich dir noch einmal unter vier Augen bekräftigen, wie dankbar ich dir für den Dienst bin, den du der Krone erwiesen hast. Ebenfalls ist es mein Wunsch, dir für die Verschwiegenheit zu danken, die du auch heute Abend geübt hast, als ich die Sache vor den anderen offen ansprechen wollte. Vermutlich ist dir mittlerweile aufgegangen, warum ich meine Beteiligung nicht nach außen hin zu erkennen geben darf. Versteh das, ich musste dir den Auftrag erteilen, ohne dass du dir über die Hintergründe klar warst. Bischof Guillermo hat mir berichtet, dass er angesichts der Beharrlichkeit, mit der du in ihn gedrungen bist, gewisse Angaben machen musste. Dann hat dir Miguel de Miranmón weitere Einzelheiten enthüllt. Es war besser, dass du überzeugt warst, alles auf eigene Faust zu erkunden. Weder Erzbischof Teobaldo noch Cárdenas und auch keiner von den anderen, die du nicht kennen gelernt hast, sollten auch nur das Geringste erraten, wie wenig es auch sei.«

»Daran habt Ihr gewiss recht getan«, gab ich zu und dachte

daran, wie buchstabengetreu sie sich an den Auftrag des Königs gehalten hatten. Es war besser gewesen, dass ich nichts gewusst hatte.

Der König lächelte mich offen an. Sein Blick verschleierte sich flüchtig, vermutlich beim Gedanken an seine Feinde. »Aber über Politik möchte ich jetzt nicht mit dir reden. Alles hat ein gutes Ende genommen, und das allein ist entscheidend.«

Ich stimmte ihm scheinbar gelassen zu. In Wahrheit war ich unruhig; ich wollte nicht erneut auf das Thema Santiago zu sprechen kommen, sondern endlich etwas über meine Zukunft erfahren. Das musste auch dem König klar sein, und es sah ganz so aus, als spiele er mit mir. Schließlich ergriff er das Wort: »Ich habe dir noch nicht gesagt, warum ich dich nach Toledo gerufen habe, Raoul.«

Eine Antwort darauf war überflüssig, denn mein Blick sagte alles. Don Alfonso fuhr fort: »Die Sachlage hat sich grundlegend geändert, seit ich König Ludwig jenen Brief geschrieben habe. Und was Hugo de Conques dir darüber gesagt hat, scheint mir dessen Inhalt nicht besonders zu treffen. Dennoch hat dein Kanzler zum Teil Recht. Es könnte aufschlussreich sein, deine Ansicht zu gewissen Reformen zu erfahren, die ich durchzuführen im Begriff stehe. Vielleicht hast du angesichts dessen, was man dir gesagt hat, angenommen, du solltest das schriftlich niederlegen, und möglicherweise hast du deine Grundgedanken bereits zu Papier gebracht. Irre ich mich?«

Er irrte sich nicht. Zwar begann ich mich zu fragen, auf welch trügerischem Boden ich mich da schon wieder bewegte, doch bestätigte ich ihm, dass es sich so verhielt. Ich sagte sogar, dass ich mir schon die Reihenfolge der wichtigsten zu behandelnden Gegenstände überlegt hatte.

»Tatsächlich?«, gab er nicht ohne Ironie zurück. »Dann sag mir doch, wie du dir das vorstellst.«

Wieder kam ich mir wie eine der Figuren auf dem Schachbrett vor, doch verhinderte mein Stolz, dass ich mich beleidigt zeigte.

442

»Es war mir noch nicht richtig klar«, setzte ich an. »Von dem ausgehend, was Hugo de Conques gesagt hat, konnte ich mir ein ungefähres Bild machen. Ich habe vermutet, dass Euch meine Ansichten nur bei sehr wenigen Themen Aufschlüsse zu geben vermöchten, vielleicht sogar nur bei einem einzigen. Mir ist durchaus bekannt, dass einige der bedeutendsten Wissenschaftler des Kontinents in Eurem Dienst stehen. Daher wäre es lachhaft, wenn ich deren Arbeit mit dem vergliche, was in anderen Städten geschieht. Außerdem weiß ich, dass Ihr mit allen Höfen Europas in Verbindung steht, und so seid Ihr vermutlich recht genau darüber informiert, was dort vorgeht. Also könnte ich Euch auch auf diesem Gebiet nur von geringem Nutzen sein. Mithin bliebe meiner Ansicht nach ausschließlich die Gesellschaftspolitik. Vielleicht, habe ich überlegt, wollt Ihr gewisse Vorstellungen über die Gesellschaft erfahren, die aufzubauen Ihr im Begriff steht.«

»Ja«, gab der König gut gelaunt zurück. »Und wie hast du dir diese Gesellschaft vorgestellt?«

»Ich möchte betonen, dass ich das noch nicht ausgearbeitet habe. Die Hauptlinien müssten sich im Verlauf dieses Gesprächs ergeben. Sofern Ihr aber etwas über das Grundgerüst wissen wollt, das ich mir vorstelle, werde ich Euch das gern sagen.«

Ich ließ eine kurze Pause eintreten. Meine Kühnheit war mir durchaus bewusst, doch hatte der König selbst gesagt, dass er mich als Freund betrachte. Außerdem empfand ich das Bedürfnis, meine Gedanken zu äußern. Schon seit mehreren Monaten hatten sich meine Gedanken mehr oder weniger bewusst mit diesem Thema beschäftigt und ihm eine gewisse Struktur gegeben. Also hielt ich mich nicht zurück, sondern sprach weiter. Dabei strömten die Worte aus mir heraus, als hätten sie schon lange wie Eisklötze nur darauf gewartet, aufgetaut zu werden.

»Ich weiß nicht. Ich habe daran gedacht, Fragen wie die der Sprache mit einzubeziehen, die Euch so wichtig ist, aber auch die der neuen Bindungen zwischen dem Land und der Gesellschaft. Vielleicht wäre es angebracht, die Lage der sich neu herausbildenden Gesellschaftsschichten wie beispielsweise der Soldaten von geringem Stande zu überlegen, doch sollte man wohl auch die der Bauern und Viehzüchter, der Handwerker und Händler sowie der Großkaufleute mit einbeziehen. In diesem Fall müsste man Gesichtspunkte wie die Versorgung mit Lebensmitteln und das Leben in den Städten berücksichtigen, aber auch den Gegensatz zwischen Wohlleben und Armut.«

»Gar nicht schlecht, Raoul, wirklich nicht schlecht. Ich will dir sagen, wie du vorgehen kannst. Zweifellos ist all das sehr aufschlussreich, doch musst du verstehen«, fügte Don Alfonso mit besonderem Nachdruck hinzu, »dass ich dir diesen Auftrag nicht erteilen werde. Und noch etwas: Falls du deine Gedanken schriftlich niederlegst, übersende mir bitte eine Abschrift, bevor du den Text den anderen Herren übergibst.«

Ich sah ihn überrascht an.

»Noch eins«, fuhr er fort. »Ich an deiner Stelle würde es als etwas hinstellen, das du im Auftrag derer getan hast, die dich hierher entsandt haben. Scheint dir das nicht sinnvoller?«

Mein Erstaunen nahm in dem Maße ab, wie ich begriff, worauf der Monarch hinauswollte.

»Nein, mein Bester, nicht das verlange ich. Ich habe schon gesagt, dass ich dich wie einen Freund behandeln möchte, und daran werde ich mich halten. Verzeih mir, wenn ich jetzt zu offen bin, aber ich glaube, dass du mich verstehen wirst. Erstens erwarte ich, wie ich dir schon erklärt habe, keinen schriftlichen Bericht. Du musst verstehen, mit wem du es hier zu tun hast, und wirst es mir ersparen, dir ausführliche Erläuterungen geben zu müssen. Oder erscheint es dir sinnvoll, dass ein König einen vertraulichen Bericht von jemandem verlangt, den man aus einem anderen Reich ins Land geschickt hat?«

Peinlich berührt, breitete ich die Arme aus.

»Du hast mir deinen Wert hinlänglich bewiesen«, fuhr er fort. »Aber du hast noch andere Pflichten als die mir gegenüber. Du nimmst doch nicht etwa an, dass ich das nicht bedenke? Glaubst du, ich darf zulassen, dass deine geistlichen und weltlichen Oberen diese Vorstellungen über mein Reich, wie du sie nennst, zu lesen bekommen? Und dass du sie noch dazu in meinem Auftrag formulierst?«

Beschämt sah ich ihn an. Ich musste mir eingestehen, dass er Recht hatte. Vielleicht erleichterte gerade das es mir, auch das Übrige zu verstehen.

»Ich will dir die Wahrheit sagen«, sprach der König weiter. »Sie mag dir ein wenig schlicht vorkommen, aber so sind die Politik und mein Amt nun einmal beschaffen. Deine Aufgabe hingegen ist es, komplizierte Gedankengänge zu entwickeln. Gewiss gestattest du mir, dass ich zuerst etwas klarstelle. Ich habe dich schon den ganzen Abend aufmerksam beobachtet und erlaube mir, dir einen Vorschlag zu machen. Ich weiß, dass dein Einfühlungsvermögen wie auch deine analytischen Fähigkeiten äußerst lobenswert sind, aber vielleicht entgehen dir gerade deshalb mitunter ganz einfache Dinge. Zu ihnen gehört auch die gegenwärtige Lage, so entscheidend sie für diesen Abschnitt deines Lebens ist.«

Diese Worte trafen mich wie ein Keulenhieb. Ich selbst hatte diese Unfähigkeit im Zusammenhang mit der Beziehung zwischen Luca, Fabienne und Arlette schmerzlich empfunden. Nun war es eine Sache, dass ich nach einem langen Leben solche Beobachtungen anstellte, und eine andere, dass mir das bei unserem ersten Gespräch ein anderer unter vier Augen unumwunden ins Gesicht sagte, und wäre er auch der Herrscher über Kastilien und Aragon. Doch so standen die Dinge nun einmal. Don Alfonso fuhr fort: »Es war alles viel einfacher, mein lieber Magister. Vor einem Jahr hat mich dein König Ludwig gebeten, ihm zwei Physiker meines Hofes zu schicken, die ihm helfen sollten, auf der Grundlage der *Tafeln des Universums,* die damals in Toledo entwickelt wurden, neue Astrolabien zu bauen. Nach der Rückkehr dieser Männer hob Ludwig in seinem Dankesbrief die Bedeutung Eurer Pariser Universität hervor und betonte besonders den hohen Stand, den die Gottesgelehrtheit und die Rechtswissenschaft dort erreicht haben. Nun ist ihm aber durchaus bekannt, dass ich in Rechtsfragen anders denke als ihr Franken und mir die Gottesgelehrtheit nicht besonders am Herzen liegt. Daher musste ich in der Sache mit einem gewissen Feingefühl vorgehen. Aus keinem anderen Grund habe ich König Ludwig in meiner Antwort um die Entsendung eines Theologen gebeten, der Arabisch spricht und an anderen europäischen Höfen gelebt hat.

»Ich bin also sozusagen im Gegenzug auf die frühere Bitte meines Königs Ludwig hergekommen«, antwortete ich leise. »Hinter der ganzen Reise stand nichts als die Erfüllung einer diplomatischen Formalität?«

»Etwas mehr war es schon, mein Freund«, sagte er. »Doch im Großen und Ganzen ist es, wie du sagst. Sieh einmal, Raoul, offen gestanden hatte ich die Absicht, dich für eine Untersuchung von geringerer Tragweite zu verwenden, und wollte dich in deine Heimat zurückschicken, sobald sie erledigt war. Doch ich muss anerkennen, dass du uns in der Angelegenheit meines lieben Freundes Rodrigo wie gerufen gekommen bist. Wer hätte dieses Rätsel besser lösen können als ein Fremder, der all diesen Dingen fern stand? Vor allem, wenn man bedenkt, dass jeder hier im Lande von Rodrigo Garcías Schuld überzeugt war. Übrigens auch ich, ob du es nun glaubst oder nicht. Immerhin hatte er die Tat gestanden. Doch wie du weißt, gab es Dinge, die nicht zueinander passten. Mir war daran gelegen, dass jemand den Fall nach Möglichkeit aufklärte. Da bist du, wie vom Himmel gesandt, gekommen, und ich habe dich für diese Aufgabe verwendet. Deinen wahren Auftrag hast du in Santiago erledigt.«

»Ich verstehe nicht. Woher konntet Ihr wissen, ob ich Euch von Nutzen sein konnte, ohne dass Ihr mich kanntet?«

»Wer sagt dir, dass ich dich nicht kannte?«, gab Don Alfonso zurück.

»Und woher wollt Ihr mich kennen?«

»Jetzt überraschst du mich, Raoul«, sagte er tadelnd.

»Glaubst du etwa, weil der Hof viele Meilen von Santiago entfernt ist, wäre ich nicht über alles genau im Bilde gewesen? Glaubst du, wer König über ein Reich wie Kastilien und León ist, kann sich diesen Luxus leisten?«, fragte er beinahe schulmeisterlich. »Nun denn, ich will es dir sagen. Erstens hast du zwei Jahre am Hof Friedrichs II. in Sizilien gelebt, von wo ich Auskünfte über dich bekommen habe. Friedrich ist ein guter Freund, und wir arbeiten auf vielen Gebieten zusammen. Als man dich dann in Saint Denis dazu ausersehen hatte, die Reise hierher anzutreten, hat man mir aus Paris mitgeteilt, wer du bist und welche Fähigkeiten du besitzt. Auch danach musstest du noch durch mehrere recht feine Siebe gehen. Meinst du, deine Gespräche mit Bischof Guillermo in Jaca oder mit deinem geliebten Guillén de Monredón in San Juan de la Peña hätten allein dem Zweck gedient, den sie für dich hatten? Und hat dich, das ist mein letzter Punkt, nicht Don Nuño über meinen Beauftragten für die Rechtsangelegenheiten der Kathedrale von Santiago informiert?«

Ach ja, Don Andreo. Des Königs Kirchenbeauftragter für Galizien! Es war mir nicht gelungen, ihn kennen zu lernen, und es war sehr schwer gewesen, auf seine Hilfe verzichten zu müssen, die mir meine Aufgabe gewiss sehr erleichtert hätte. Ich konnte nicht an mich halten und fragte: »Warum konnte ich Don Andreo nicht kennen lernen? Sein Rat hätte mir vermutlich sehr geholfen.«

»Glaube nicht, dass ich das nicht bedacht habe. Aber die Gefahr wäre zu groß gewesen. Don Andreo ist zu gut bekannt. Hätte man ihn mit dir zusammen gesehen, wäre offenbar geworden, dass ich hinter allem stand. Ist dir das nicht klar?«

Zerknirscht gab ich ihm Recht.

»Im Übrigen aber war es auch wegen seines Wesens unmöglich.«

Der Ton von Don Alfonsos Stimme hatte sich geändert, er klang jetzt ungezwungener und minder bedeutungsvoll.

»Andreo ist sehr fromm, aber auch ein Kleinigkeitskrämer. Er hatte die genaue Anweisung, nicht mit dir zusammenzutreffen. Alle seine Mitteilungen, die für dich bestimmt waren, mussten über Don Nuño gehen. Außerdem war ich schon vor deiner ersten Audienz beim Erzbischof mit Teobaldo Fortún übereingekommen, dass man dir keine Hindernisse in den Weg stellen sollte, damit du in die Verhandlung eingreifen konntest. Ehrlich gesagt, hätte ich es mir fast anders überlegt und spielte mit dem Gedanken, dich und Andreo die zu verfolgende Taktik gemeinsam ausarbeiten zu lassen – vor allem nach dem Mord an dem jüdischen Wahrsager und deinem italienischen Freund.«

»Und warum habt Ihr es nicht getan?«

»Andreo hat mich in aller Form gebeten, das zu unterlassen, da er nicht wortbrüchig werden wollte. Er hatte dem Erzbischof von Santiago gesagt, er kenne dich nicht, und ihm zugesagt, er werde dich auch nicht kennen lernen. Da mich überdies Juan García persönlich davon überzeugt hatte, dass unsere Aussichten, seinen Bruder Rodrigo zu retten, äußerst dürftig waren, schien eine Begegnung mit Andreo nicht sehr sinnvoll. Sie hätte lediglich Verwirrung gestiftet und für mich eine gewisse Gefahr heraufbeschworen. Ich habe dir ja schon gesagt, dass ich nicht wirklich an den Erfolg deines Unternehmens glaubte. Verstehst du jetzt, warum du ihn nie gesehen hast?«

Ich verstand es nur zu gut. Einige Augenblicke schwieg ich, während ich mich bemühte, die letzte Mitteilung zu verdauen. Endlich passten die verschiedenen Stücke dieses Spiels zueinander, und ich erkannte die Zusammenhänge des Auftrags, der mich nach Santiago geführt hatte. Doch über meine gegenwärtige Aufgabe war ich fast ebenso im Unklaren wie zuvor. Zwar hatte ich ein Gespräch mit dem König darüber geführt, wusste aber nach wie vor nicht so recht, wie weit diese Aufgabe gehen sollte. Don Alfonso sah mich mit mildem Blick an. Als er meine Verwirrung bemerkte, beugte er sich vor und berührte mich am Arm.

»Magister Hinault, ich stehe in deiner Schuld und gedenke sie abzutragen. Diese Worte hättest du nie aus meinem Munde gehört, wenn du dich infolge des Auftrags in Toledo aufhieltest, mit dem man dich in Paris auf den Weg geschickt hat. Hätten wir nicht beschlossen, den für dich vorgesehenen Plan zu ändern, und befändest du dich in der unklaren Mission hier, mit der dich König Ludwig betraut hat, würde ich dir das nicht sagen. Jetzt aber muss ich es tun. Inzwischen weißt du, dass wir eine gerechte Sache vertraten und sie durch deine Mitwirkung zum guten Ende zu bringen hofften. Auch ist dir klar, dass wir uns deiner bedient haben, um Ziele zu erreichen, von denen du nichts wusstest. Es ist nur recht, dass ich jetzt aufrichtig zu dir bin.«

Schweigend neigte ich den Kopf. Don Alfonso lehnte sich wieder zurück und sah mich einen Augenblick lang an. Nach wie vor lag ein leichtes Lächeln auf seinen Lippen, wie das Licht auf einem gepflügten Feld, doch seine Augen blitzten verschwörerisch.

»Wenn du, ohne deinen Auftrag erledigt zu haben, aus Paris an den Hof gekommen wärest, hättest du mich nur ein einziges Mal gesehen, und zwar in meiner Hofburg. Wie ich dir schon gesagt habe, handelte es sich lediglich um einen durch die frühere Bitte deines Königs veranlassten Gegenbesuch. Es wäre für mich eine rein diplomatische Verpflichtung gewesen.«

»Und wie hätte meine Aufgabe ausgesehen?«

»Ich hätte bei unserem Gespräch deine Erfahrung und dein Wissen bewertet, um dir einen Auftrag von einer gewissen Bedeutung zu geben, aber ich habe dir ja schon gesagt, dass ich offen mit dir reden möchte. Es hätte sich um etwas gehandelt, das ich ohne größere Schwierigkeiten auch von meinen eigenen Leuten hätte erledigen lassen können.«

»Aber was wäre das gewesen?«, drang ich in ihn.

»Du lässt nicht locker, Raoul... Ich weiß es, ehrlich gesagt, selbst nicht. Vermutlich hätte ich dich angesichts deiner Kenntnisse auf dem Gebiet der Philosophie und Symbollehre unter Umständen ein kleines Kompendium der wichtigsten Aussagen der antiken Weisen zu irgendeinem bestimmten Thema übersetzen und bearbeiten lassen. Ich war mir noch nicht sicher, um welches Gebiet es dabei gehen sollte: Dialektik, Rhetorik oder auch die Sprache der Künstler, ein Gebiet, auf dem du, soweit ich erfahren habe, besonders bewandert bist. Aber nun ja, auf jeden Fall wäre es dabei um eine Aufgabe in irgendeiner Disziplin von allgemeiner Bedeutung gegangen.«

Ich versuchte, den Sinn seiner Worte in mich aufzunehmen.

»Gib dich keiner Täuschung hin«, fuhr er fort. »Unter keinen Umständen hätte ich zugelassen, dass du dir Gedanken über die Situation in meinem Reich oder irgendeines der anderen Themen machst, die du mir vorhin mit einer gewissen Treuherzigkeit genannt hast. Niemals würde ich damit jemanden betrauen, der nicht ausschließlich mir Rechenschaft schuldig ist.«

»Und zum Schluss?«, murmelte ich.

»Nach Abschluss der Arbeit hätte ich eine Abschrift in Auftrag gegeben und dich mit einem Dankesbrief an deinen König nach Hause geschickt, nachdem ich mich dir erkenntlich gezeigt hätte. Auf diese Weise hätte dein König den Eindruck gehabt, mir meinen Dienst vergolten zu haben, und euren Bischöfen und dem sonderbaren Kanzler, der eure Universität leitet, wäre Gelegenheit gegeben gewesen, weiter zu spekulieren. Das ist alles. Wie du siehst, sind die Hintergründe einfacher, als du vermutest.«

Don Alfonso gab mir Zeit, die Zusammenhänge vollständig zu erfassen und mir über meine Situation klar zu werden. Ich platzte heraus: »Und was wollt Ihr jetzt von mir, wenn die Dinge so liegen? Vermutlich wollt Ihr Eurer Verpflichtung König Ludwig gegenüber nach wie vor nachkommen. Soll ich also eine Anthologie zusammenstellen?«

»Das ist nun nicht mehr nötig. Wie ich dir schon erklärt habe, wollte ich mich damit einer Pflicht entledigen. Doch sei unbesorgt; irgendeiner meiner Übersetzer wird die Anthologie bearbeiten, und wenn du in dein Land zurückkehrst, wird man die Arbeit als deine ausgeben. Nach den Diensten, die du dem Reich erwiesen hast, scheint es mir unangebracht zu erwarten, dass du eine bloße diplomatische Formalität erledigst. Solltest du dich allerdings einige Monate bestimmten Studien widmen wollen, bin ich gern bereit, dir alle erforderlichen Hilfsmittel zur Verfügung zu stellen. Die Entscheidung liegt allerdings bei dir.«

»Falls ich es nicht tue – womit verbringe ich dann die Zeit, die nötig ist, um diese Arbeit glaubwürdig als meine erscheinen zu lassen?«

»Darüber zerbrich dir nicht den Kopf! Es gibt noch vieles zu tun. Heute wollte ich dich erst einmal kennen lernen, mich mit dir unterhalten und dir eine Erklärung geben. Ich wollte mir aber auch darüber klar werden, wie das Ende deines Aufenthalts in Spanien aussehen soll. Als ich gesehen habe, wie sich unser Gespräch entwickelte, habe ich mich entschlossen, dir die vollständige Vorgeschichte darzulegen und erst dann die nötigen Schritte zu tun. Zwei Wege stehen dir offen«, sagte er nach einer kurzen Pause. »Entweder wahrst du weiterhin den Schein und erledigst die dir aufgetragene Arbeit, oder du lässt den Dingen einfach ihren Lauf.«

»Ich soll den Dingen ihren Lauf lassen?«, wiederholte ich.

»Weißt du, ich würde gern öfter an einem Abend wie diesem mit dir plaudern oder dich im Palast nach deiner Meinung über dies und jenes fragen, was mich beschäftigt. Auch sähe ich es gern, wenn du mich auf einer Reise begleiten könntest, auf der wir Gelegenheit hätten, uns in Ruhe miteinander zu unterhalten.«

»Aber, verzeiht mir, worüber?«

»Das weiß ich noch nicht. Mir liegen viele Dinge am Herzen. Ich wälze viel zu viele Pläne in meinem Hirn. Mach dir keine Sorgen, es wird uns nicht an Gesprächsthemen mangeln.«

»Und glaubt Ihr, dass ich Euch nützlich sein kann?«

»Ich will dir ein kleines Geheimnis verraten, das jeder Monarch kennen sollte, der Reformen durchführen, Entscheidungen treffen und die Zügel in der Hand behalten möchte. Er sollte immer daran denken, dass es letzten Endes keine festen Regeln gibt. Es kommt ausschließlich darauf an, eine Sache erfolgreich zu Ende zu führen, auf die Gefahr hin, dass man Fehler begeht. Niemand lernt aus dem, was er richtig gemacht hat, sondern immer nur aus dem, was ihm misslungen ist. Wer zu irgendeinem Amt taugen will, kommt nicht umhin, sich von Zeit zu Zeit zu irren. Du selbst wirst mir also sagen, ob mir dein Rat nützt oder nicht.«

Ich sah ihn bewundernd an, denn ich erkannte die in diesen Worten enthaltene Weisheit. Ich habe oft darüber nachgedacht und bin zu einem ähnlichen Ergebnis gekommen wie er. Der Mensch lernt aus seinen Misserfolgen, nicht aus dem Gelingen. Ein Fehler, den man macht, hat zumindest zwei deutliche Vorzüge: Erstens gestattet er es uns, bestimmte Wege auszuschließen. Zweitens zeigt er uns, wann wir eine andere Richtung einschlagen müssen, und eröffnet uns die Möglichkeit eines neuen Anfangs.

Alfonso X. drückte das sehr viel besser aus als ich mit meinen schwerfälligen Gedanken: »Der einzige Unterschied zwischen einem Weisen und einem Dummkopf besteht darin, dass der Weise viel schwerwiegendere und bedeutungsvollere Fehler macht. Das hat den einfachen Grund, dass niemand einem Dummkopf wirklich wichtige Entscheidungen anvertraut. Nur dem Weisen ist es gegeben, eine Schlacht oder einen Krieg zu verlieren.«

Mir blieb keine Zeit, meinen Gedanken weiter nachzuhängen, denn der kastilische König fuhr fort: »Du siehst schon, heute werde ich nichts Bestimmtes von dir verlangen. Das wäre nicht nur unnötig, sondern auch unbegründet. So etwas hängt von den Erfordernissen des Augenblicks ab. Bevor du mir antwortest, nenne ich dir die Vorsichtsmaßnahme, von der ich gesprochen habe. Ich muss dich in aller Form bitten, dass du unser Gespräch für dich behältst und niemandem darüber berichtest, wer auch immer es sein mag.«

»Nicht einmal Don Çag?«, gab ich zur Antwort.

»Er und Don Çuleman zählen nicht. Sie sind meine Berater und gehören zum innersten Kreis am Hofe. Ich spreche von allen anderen. Du weißt schon, wen ich meine. Ihnen gegenüber verhalte dich, als wärest du mein Beichtvater, denn ich werde nie zugeben, diese Worte gesagt zu haben. Und vergiss nicht, wenn du dich für die zweite Möglichkeit entscheidest, werde ich von dir die feierliche Zusicherung verlangen, dass du dich deinen geistlichen und weltlichen Oberen gegenüber so verhalten wirst, als hättest du die dir ursprünglich zugedachte Aufgabe ausgeführt, nämlich eine kleine Anthologie klassischer Autoren zu erstellen. Ist das klar?«

Diese Frage blieb in der Luft hängen. Ein besorgter Ausdruck trat in meine Augen. Don Alfonso wirkte wieder so gleichmütig wie zuvor. In seinem dunklen Gesicht regten sich lediglich die hellen Augen und der Mund. Alles andere war wie eine holzgeschnitzte Maske, fast unentzifferbar. Dann erhob er sich langsam. »Und jetzt muss ich mich zurückziehen, Raoul, verzeih mir. Wir haben lange geredet, und morgen erwartet mich ein schwerer Tag. In zwei oder drei Tagen werde ich über Don Çag deine Antwort erbitten, und du wirst mir sagen, wie du dich entschieden hast. Bis dahin sei Gott befohlen, mein Freund!«

XIV. Der Löwenhof. *Homo viator*

Ende Juni 1258

Als ich in Don Çags Haus zurückkehrte, schwirrte mir der Kopf. Auch wenn ich den Ablauf aller Ereignisse nachvollziehen konnte, stand ich doch meiner eigenen Einfalt fassungslos gegenüber. Wie konnte ich nur hoffen für den König eine Arbeit über die Gesellschaft des Landes durchführen zu dürfen? Wie konnte ich annehmen, er werde mir eine Untersuchung von so großer Tragweite anvertrauen? Ich schämte mich, weil ich mit Scheuklappen durchs Leben gelaufen war, und versuchte, mich in die neue Situation zu schicken.

Während ich mit Don Çag über meine Begegnung mit dem König sprach, riet mir der Schatzmeister: »Zerbrecht Euch nicht den Kopf, Raoul. Gewiss ist Euch klar, dass jede Lösung zwei oder drei neue Wege eröffnet. Euer Irrtum ist recht verbreitet.«

Schmerzlich verzog ich das Gesicht; mir genügten die Vorwürfe, die ich mir selber machte. Don Çag lächelte liebenswürdig, bevor er fortfuhr: »Ihr müsst begreifen, dass Don Alfonso verpflichtet ist, all das in einem sehr viel größeren Zusammenhang zu sehen als wir. Von ihm solltet Ihr lernen, was wichtig ist: Je höher die Entscheidungsebene, desto eher muss man bisweilen seinen Standpunkt wechseln.«

»Das habe ich gemerkt«, gestand ich nicht ohne Bitterkeit. »Die Voraussetzungen, von denen ich ausgegangen bin, waren zu schlicht, als dass ich die Sehweise eines Königs hätte erfassen können. Mit anderen Worten soll das wohl heißen, dass man mich als beschränkt eingestuft hat, nicht wahr?«

Don Çag lächelte weiter und gab zur Antwort: »So unverblümt würde ich das nicht ausdrücken«, womit er mir einen Vorwand lieferte, die Wunde nicht weiter aufzureißen.

Noch lange hallte dieses Gespräch in meinem Kopf wider. Unter dem Eindruck der Schwierigkeit, die Vorschläge des Königs auch nur annähernd zu durchschauen, und voller Zweifel an mir selbst gab ich meine einzige sichere Zuflucht auf: das Schreiben. Morgens blieb ich lange im Bett und kam mir dabei vor, als wäre ich von einer Art Patina bedeckt. Tagsüber fühlte ich mich angesichts der unbestimmten Zukunft unbehaglich und verstört. Auf irgendeine Weise sah ich mich von mir selbst losgelöst und fern, eine in der Luft schwebende Gestalt, jemand, der sich nirgendwo aufhält, an keinem bestimmten Ort. Ich war jemand, den man mühelos entbehren kann, und kam mir vor wie eine durch die Gründe der Seligen irrende Seele, für den kastilischen König ebenso überflüssig wie für die Interessen Frankreichs.

Immer wieder fragte ich mich, wie weit meine wirkliche Rolle ging. Alles, was ich für sicher gehalten hatte, war in nichts zerstoben. Da hatte ich törichterweise angenommen, die Wünsche des kastilischen Monarchen voraussehen zu können, und brachte es nicht einmal fertig, die verschiedenen Überlegungen zu erfassen, die in seinem Kopf zusammenwirkten, ganz zu schweigen von der unbedeutenden Rolle, die er für mich vorgesehen hatte. Als es mir schließlich gelang, meine wahre Position zu erkennen, beruhigte ich mich allmählich. Von diesem Augenblick an zeichneten sich die Dinge deutlicher ab. Vor allem schien es mir lächerlich, dass ich mir Gedanken um die Zukunft machte: Auf meine Wünsche kam es am wenigsten an. In Wahrheit standen mir gar nicht mehrere Möglichkeiten offen, sondern nur eine einzige. Sofern mich der König fragte, ob ich bereit sei, ihm von Fall zu Fall als eine Art minder bedeutender Berater zur Verfügung zu stehen, konnte es an meiner Antwort darauf keinen Zweifel geben.

Don Çag, der über alles auf dem Laufenden zu sein schien,

beobachtete mich geduldig. Als Orientale wusste er, dass man die Feigen reifen lassen und abwarten muss, bis sie von selbst zu Boden fallen. Als er hörte, dass ich mich entschieden hatte, dem Wunsch des Königs gemäß zu tun, als verfasse ich eine wissenschaftliche Arbeit, um den Schein zu wahren, nickte er zustimmend. Dann wies er mich darauf hin, dass es unter diesen Umständen günstiger sei, mir eine andere Unterkunft zu suchen, damit niemand die wahren Umstände erfuhr.

»Für Euch ist in der Übersetzerschule ein Zimmer frei geworden«, sagte er bedächtig. In El Alficén könnt Ihr ungestört arbeiten. Wann immer Don Alfonso Euch sehen möchte, wird er Euch seine Anweisungen so zukommen lassen, dass niemand Eure doppelte Verpflichtung bemerkt.«

Eine Woche später hatte ich mich in meiner neuen Bleibe eingerichtet. An den ersten Tagen sprach ich mit diesem und jenem, um die Arbeitsgrundsätze der berühmten Toledaner Übersetzerschule kennen zu lernen. Schon seit zwanzig Jahren hatte ich immer wieder von dieser Heimstätte der Gelehrsamkeit reden gehört und wollte sie genauer erkunden. Dafür gab es viele Gründe. Alles, was ich von den Schriften des Aristoteles kannte, ging auf die in Toledo entstandenen Übersetzungen Gerhards von Cremona und Michael Scotus' zurück. Dass ich im Stande bin, mit den arabischen Zahlen umzugehen, verdanke ich dem Umstand, dass Robert von Chester sie vom kastilischen Hof aus in ganz Europa verbreitet hat. Ich hatte in Paris sogar einen der bedeutenden Übersetzer dieser Schule kennen gelernt. So kann ich mich deutlich an den Nachmittag erinnern, an dem ich mich mit Daniel von Morley in der Umgebung von Saint Denis traf. Bei dieser Gelegenheit hatte er mir erklärt, wie es ihm gelungen war, den Bischof von Norwich mit einer Darlegung astrologischer Fragen in Erstaunen zu versetzen. Obwohl Daniel von Morley nicht mehr besonders jung war und bereits ein wenig gebeugt ging, sprach er voll inneren Feuers über den Unterschied zwischen der verknöcherten Wissensvermittlung der Pariser Universität und der von Toledo, wo man Plato und Aristoteles in einer Weise lehrte, die auf die Bedürfnisse der Lernenden einginge. Als er erklärte, wie ihn Freunde bestürmt hatten, die in Einzelheiten etwas über *de mirabilibus et disciplinis toletanis* wissen wollten, schwang in seinen Worten erkennbar der griechische Ursprung des Wortes Enthusiasmus mit, etwas wie *die Gottheit in dir.*

Daher überraschte es mich zu sehen, dass in El Alficén nicht die Männer arbeiteten, die die Schule in ganz Europa berühmt gemacht hatten. Inzwischen waren es nicht mehr in der Mehrzahl Ausländer, sondern Spanier, teils Christen wie Álvaro de Oviedo, Garci Pérez, Meister Bernardo el Arábigo, Juan de Mesina und Buenaventura de Sena, teils Juden wie Mosca der Jüngere oder Isaac Cid, der unter dem Namen Rabiçag bekannt war. Doch entscheidend war etwas anderes: Es war nicht Aufgabe dieser Männer, metaphysische oder theologische Texte ins Lateinische zu übertragen, sondern sie sollten Werke zu Gebieten wie Landwirtschaft, Astronomie, Astrologie, Mineralogie oder Alchimie ins Kastilische übersetzen, die Sprache des Volkes. Selbst die jüdischen Rabbiner nannten das Kastilische im Gegensatz zum Lateinischen, der in ihren Augen unreinen Sprache der römischen Kirche, *nuestra lengua,* unsere Sprache.

Im Laufe der Zeit freundete ich mich ganz besonders mit Rabiçag an, dessen Zimmer zufällig neben dem meinen lag.

Während wir eines Abends ein wenig miteinander spazieren gingen, legte er mir in Einzelheiten die Arbeitsweise der Übersetzerschule dar.

»Unser König Alfonso hält nicht viel von den spekulativen Wissenschaften. Er will aus seinem Hof einen Mittelpunkt der Gelehrsamkeit machen, ähnlich den Höfen der arabischen Fürsten. Das erklärt die Wahl der Texte, die er übersetzen lässt, wobei er besonderen Wert auf die kosmologischen Wissenschaften legt.«

»Das habe ich schon bemerkt. Als er mit mir über das Schachspiel sprach, hat er mir erklärt, dass er seine Arbeit als königliche Kunst betrachtet.«

»Er ist ein ganz besonderer Herrscher«, bestätigte Rabiçag. »Man kann es nur schwer ausdrücken, aber ich würde sagen, dass er diesen Einfluss ausüben will, weil er sich als Vertreter des kosmischen Gesetzes im menschlichen Prisma sieht.«

»Ja, ich glaube, ich verstehe Euch«, erwiderte ich.

»Das freut mich sehr«, gab Rabiçag ehrlich zurück. »Entsprechend diesem Vorhaben lässt Don Alfonso die meisten Werke ins Kastilische übertragen. Er möchte, dass sein Volk auf dem Gebiet der Kultur mit den Mauren Schritt halten kann. In früheren Zeiten wäre es undenkbar gewesen, ein wissenschaftliches Werk in einer anderen Sprache als Latein abzufassen. Das Beispiel des Arabischen, das zugleich Wissenschafts- und Umgangssprache ist, hat ihn dazu gebracht, diese Ansicht zu überdenken.«

»Und auf diese Weise«, fuhr ich fort, »trägt das Arabische zur Unabhängigkeit der Sprachen in den Ländern Europas bei, nicht nur in Kastilien, sondern auch in anderen wie dem provenzalischen oder toskanischen Reich.«

»So muss es auch sein«, schloss Rabiçag.

In den folgenden Wochen sah ich mir an, was auf den jeweiligen Gebieten geleistet wurde. Beispielsweise merkte ich verwundert, dass es sich keineswegs um eine einzige Hohe Schule handelt, sondern um viele kleine Arbeitsgruppen. Im Allgemeinen bestehen sie aus je einem Kenner des Arabischen und des Kastilischen, die von einem Kommentator unterstützt werden. Sie arbeiten bedächtig, mit großer Genauigkeit und einer beneidenswerten Fülle von Unterlagen. Dazu gehören alle bekannten Texte, einschließlich des Koran, des Talmud und der Kabbalá. Nach und nach gewann ich Zugang zu den einzelnen Arbeitsgruppen und konzentrierte mich etwa einen Monat später auf eine, die an einem Leitfaden über die Bewegungen der Himmelskörper arbeitet, wobei sich die Berechnungen auf den Meridian von Toledo stützen. Sie bedienen sich astronomischer Beobachtungen, die zweihundert Jahre zuvor Abu Ibrahim b' Hahya al-Naqqas al-Zargali gemacht hatte, den die Menschen lateinischer Zunge Azarquiel nennen. Die Arbeit sah vielversprechend aus; als ich dort war, ging es gerade darum, die nicht-kreisförmige Umlaufbahn des Merkur festzulegen. Außerdem war man dabei, die Arbeit an drei der wichtigsten Werke Arzarquiels zu beenden: *Acabeo, La ochava esfera* und *Alcora*.

Trotz allem war mir bewusst, das die Zeit verging. Die Zeit verging, doch vom König kam keine Nachricht.

Allmählich nahm die Arbeit all meine Gedanken in Anspruch. Während der folgenden Monate sah ich Don Alfonso höchstens bei drei oder vier Gelegenheiten. Die ersten Male waren es Empfänge im Palast, bei denen er meine Anwesenheit nicht einmal zu bemerken schien; danach wurde ich zu einer formlosen Runde eingeladen, ähnlich der, die mit unserem Gespräch unter vier Augen geendet hatte, doch gab es keine Gelegenheit, länger mit Don Alfonso zu reden. Man feierte den Erfolg der jüngsten kriegerischen Unternehmung in Tanger und unterhielt sich über Fragen der mittelfristigen Politik. Als sich mir schließlich die Möglichkeit bot, mich an dem Gespräch zu beteiligen, merkte ich, dass man mich nicht eingeladen hatte, damit ich zustimmte und die Pläne des Königs guthieß. Nur ein einziges Mal wandte sich der Herrscher an mich und erläuterte mir seine Pläne: »Ich habe meinem Vater Ferdinand vor seinem Tod versprochen, mit der Eroberung der maurischen Gebiete fortzufahren. Daher beabsichtige ich, nach Abschluss des Vorhabens, von dem Ihr gehört habt, mit allen mir verfügbaren Mitteln einen Kreuzzug gegen Afrika durchzuführen. Davon wusstet Ihr wohl noch nichts, oder doch?«

»Und was ist die Meinung des Heiligen Vaters dazu?«, fragte ich vorsichtig.

»Alexander VI. unterstützt dieses Unternehmen. Überdies zähle ich auf weitere Verbündete, unter ihnen Herzog Hugo von Burgund, Graf Guy von Flandern, Herzog Heinrich von Lothringen und sogar den Schwiegersohn Kaiser Friedrichs II., Ezzelino da Romano. Wenn alles nach Wunsch verläuft, möchte ich mich nach dem Sieg zum Kaiser krönen lassen.«

Während der folgenden Tage hörte ich häufig über die Vorbereitungen zu diesem Kreuzzug sprechen. In Cádiz und dem Hafen von Santa Maria wurden Werften und Einrichtungen zur Ausrüstung von Schiffen erbaut, und der Monarch reiste dorthin, um die Arbeiten zu beaufsichtigen.

In der festen Überzeugung, dass man mich nicht mehr in den Palast rufen würde, fand ich mich nach und nach mit meiner unbedeutenden Rolle ab und schloss mich immer enger an die Männer im Umkreis der Übersetzerschule an.

Während ich eines Nachmittags einen kleinen Platz überquerte, fügte es die Vorsehung, dass ich dort meinem guten Freund Enrique Haro in die Arme lief. Ich hatte ihn schon lange nicht mehr gesehen. Danach trafen wir einander mehrmals. Nach seinem Eintreffen in Toledo war ihm das Glück hold gewesen, und sein Traum, als Werkmeister an der Kathedrale arbeiten zu können, war in Erfüllung gegangen. Zwar kam es zu einem kleinen Zwischenfall mit einem flämischen Arbeitskollegen namens Gilles, doch war das nicht weiter von Bedeutung. Enrique konnte auf die Unterstützung des Meisters der Bauhütte zählen, eines gewissen Martin, und so schien alles zum Besten zu stehen. Entscheidend und wirklich bemerkenswert war etwas anderes. Noch war kein Monat vergangen, seit er seine Arbeit dort aufgenommen hatte, als es der Zufall wollte, dass er sich unsterblich in eine junge Jüdin namens Sara verliebte. Wie es schien, hatte er sie zufällig kennen gelernt, als er durch das Judenviertel ging. Anschließend begannen sie einander heimlich zu treffen, doch war eine solche Beziehung von Anfang an zum Scheitern verurteilt, denn die Gesetzeslage war eindeutig: Zwar war Juden der Aufenthalt in Toledo gestattet, doch Mischehen kamen keinesfalls in Frage. Eine solche Verbindung hätte jedem eine Unzahl von Schwierigkeiten eingetragen, für Enrique, der für das Kapitel der Kathedrale arbeitete, war sie gleichbedeutend mit Selbstmord. Die junge Frau war die Nichte des Astronomen Salomo Ibn Ezdra, mit dem ich des Öfteren zu tun gehabt hatte, und als ich sie kennen lernte, schloss ich sie gleich in mein Herz. Eines Nachmittags unternahm ich einen Spaziergang mit Enrique und Sara, wobei sie sich über ihre Zukunftsaussichten unterhielten. Man spürte zwischen ihnen ein aufrichtiges Gefühl der Zusammengehörigkeit, sie waren wie bezaubert und empfanden zugleich Angst. Gewiss war ihnen klar, welch bedrohliche Schatten über ihrer Zukunft lagen. Danach, muss ich gestehen, habe ich nicht mehr an die beiden gedacht. Vor wenigen Tagen aber habe ich von Salomo die Nachricht erhalten, dass sie Toledo verlassen haben und nach Granada gezogen sind, wo niemand groß auf ihre Verbindung achtet. Salomo war mit dieser Wendung zufrieden. Wie es aussieht, hat Enrique Arbeit bei den Befestigungswerken für die Umfassungsmauer der dortigen Burg gefunden; sie haben sich in der Stadt gut eingelebt und bewohnen ein kleines Haus.

So verging die Zeit. Bisweilen musste ich daran denken, dass mir die Rolle eines Vertrauten zugedacht gewesen war, und unwillkürlich lächelte ich bei dem Gedanken, wie so ganz anders sich die Dinge doch entwickelt hatten. Insgeheim freute ich mich fast, angesichts all dessen, was die Aufmerksamkeit des Königs beanspruchte, mehr oder weniger untergegangen zu sein. Es war mir gelungen, mir die Denkweise der Astronomen zu Eigen zu machen, und mir war klar, dass ich zu den Plänen des Königs äußerst wenig würde beitragen können.

Aus diesem Grunde war ich nicht darauf gefasst, urplötzlich in meinem Tun unterbrochen zu werden. Alles geschah sehr schnell.

Eines Maivormittags, an dem ich mit Juan d'Aspa hatte arbeiten wollen, erhielt ich die Aufforderung, mich umgehend zur Hofburg zu begeben.

Ich hielt mich seit neun Monaten in Toledo auf. Da mir alles, was auf dem Gebiet der Diplomatie geschah, unbekannt war, erstaunte mich die Aufforderung. Überzeugt, vergessen worden zu sein, ärgerte es mich, mit so vielen anderen im Vorsaal warten zu müssen. Einer nach dem anderen wurde in den

Audienzsaal gerufen, so dass sich der Raum nach und nach leerte. Die Zeit verging nur schleppend, und ich langweilte mich.

So erschrak ich, als schließlich die Tür geöffnet und mein Name genannt wurde. Juan García stand im Türrahmen und machte eine Handbewegung, mit der er den ganzen Raum umfasste: »Nehmt bitte Platz, Magister Hinault. Der König wird jeden Augenblick kommen.«

In dem Raum befanden sich drei weitere Männer; einer war Don Çag mit seinem wohlmeinenden Lächeln, die beiden anderen kannte ich nicht.

»Álvaro und Fernán, geht einen Augenblick hinaus«, sagte Juan zu den beiden.

Gehorsam befolgten die Angesprochenen die Aufforderung. Dann trat Don Alfonso ein. Er hielt den Kopf gesenkt, als wäre er mit anderen, wichtigeren Dingen beschäftigt. Bei meinem Anblick lächelte er flüchtig und trat an ein kleines kupferfarben lackiertes Podium, auf dem ein Tisch aus Nussbaumholz stand. Dort suchte er mit seinen schlanken Fingern ein Bündel Papiere hervor, dem er ein Blatt entnahm. Dann wandte er sich mir zu.

»Magister Hinault, ich freue mich, Euch aufs Neue zu sehen. Ich habe Euch etwas mitzuteilen.«

Ich nickte erwartungsvoll und war gespannt, wie seine Anweisungen lauten würden. Sein Gesichtsausdruck hatte sich geändert, die Augen waren kalt, und die Stimme klang distanziert. »Ich habe beschlossen, Euren Aufenthalt an unserem Hof für beendet zu erklären. Ihr könnt jederzeit nach Paris zurückkehren, das habe ich Euren Oberen bereits mitgeteilt. Hier habt Ihr die Abreiseverfügung.«

Ich nahm das Blatt entgegen.

»Aber... ich verstehe nicht...«

»Das ist auch nicht nötig«, schnitt mir Juan García, der neben Don Alfonso stand, das Wort ab. »Ihr habt klare Anweisungen bekommen. Befolgt sie. Das ist alles.«

Verwirrt, wie ich war, wusste ich nicht, was ich darauf erwidern sollte. Einige Augenblicke lang fühlte ich mich verloren und ließ meinen Blick durch den Raum streifen. Glücklicherweise stand im Hintergrund mein alter Freund Don Çag. Er bedeutete mir mit Blicken, dass ich schweigen sollte. Unwillkürlich fügte ich mich seiner Aufforderung, da ich nicht verstand, was da gespielt wurde.

»Was geschieht nun mit der Übersetzung, an der ich arbeite?«, fragte ich den Monarchen gedehnt und versuchte, meiner Stimme einen verschwörerischen Klang zu geben.

»Macht Euch darüber keine Gedanken«, sagte der König rasch. »Irgendjemand wird sie an Eurer Stelle beenden.«

Dann sah er mich an und schien zu seufzen. Ich wich seinem Blick aus. Nach wie vor wusste ich nicht, wie mir geschah. Die Mitteilung verwirrte mich, vor allem aber ärgerte mich das Verhalten des Königs. Ich sah mich im Halbdunkel des Raumes um und versuchte, meine Gedanken zu ordnen: Wegen einer bloßen Formalität war ich gerufen worden und wurde nun ohne jede Erklärung wie ein Lakai davongeschickt.

Die Audienz war zu Ende. Ich richtete mich auf, schloss meinen Umhang und ging langsam hinaus. Ich hatte nicht einmal Zeit, mich durch den plötzlichen Stimmungsumschwung des Königs verraten zu fühlen. Eilends trat Don Çag auf mich zu. »Ich bedaure diese unangenehme Überraschung«, sagte er, kaum dass er mich erreicht hatte. »Schon seit gestern habe ich Euch zu finden versucht, leider ohne Erfolg. Ich wollte Euch auf diese Sache vorbereiten, konnte Euch aber nirgendwo aufspüren. Ohnehin seid Ihr jetzt über alles auf dem Laufenden...«

»Ich verstehe nicht, was geschehen ist. Warum hat der König seine Meinung so grundlegend geändert? Warum entledigt er sich meiner ohne die geringste Erklärung?«

»Ihr werdet alles verstehen, Raoul, macht Euch keine Sorgen. Auch wenn es nicht so aussieht, so hat er Euch doch anderen gegenüber bevorzugt. Ihr seid ein Opfer der politischen Wechselfälle. Ich bedaure, dass ausgerechnet Ihr deren Auswirkungen erdulden müsst. Aber daran lässt sich nichts ändern.« Mit der Rechten wischte sich der Schatzmeister über die Stirn und fuhr dann fort: »Vor einigen Tagen, genauer gesagt, am 11. Mai, haben Frankreich und Aragon in Corbeil ein Schutz- und Trutzbündnis auf Gegenseitigkeit geschlossen. Wie Ihr wisst, steht Alfonso X. schon seit langem Aragons König Jaime I. in Feindschaft gegenüber. Unglücklicherweise waren ihm die Pläne zu diesem Abkommen nicht bekannt, und so fühlte er sich von Eurem Herrscher hintergangen. Infolgedessen sind die Beziehungen zu Frankreich stark abgekühlt. Don Alfonso hat geradezu getobt und sogleich alle Vertreter des Königreichs Frankreich aufgefordert, Kastilien und León binnen einer Woche zu verlassen. Da er Euch gegenüber eine Dankesschuld abzutragen hatte, wollte er Euch die Mitteilung persönlich machen. Darüber hinaus aber wird er nichts für Euch tun.«

»Frankreich hat sich mit Aragon gegen Kastilien verbündet?«, fragte ich ungläubig.

»Mehr oder weniger. Die politischen Ziele dieses Zusammengehens sind nicht ganz klar. Auch wenn es sich gegenwärtig nicht um eine gemeinsame Frontstellung gegen uns handelt, dürfen wir das als Möglichkeit nicht ausschließen.«

Das war in der Tat eine wichtige Neuigkeit. Doch die diplomatischen Folgen interessierten mich nicht. »Er hat gesagt, binnen einer Woche, nicht wahr?«

»Ja.«

»Ohne Ausnahme?«

Falls Ihr annehmt, dass man ihn dazu bringen kann, seine Meinung zu ändern, muss ich Euch sagen, dass das nicht der Fall ist. Ich bedaure, Raoul; Euch bleibt keine Möglichkeit, als die Dinge zu nehmen, wie sie sind, und Euch leiten zu lassen.«

»Eine Woche ...«

»Lasst den Mut nicht sinken. Wenn Ihr das Dokument lest, werdet Ihr sehen, dass Eure Abreise auf keinen bestimmten Zeitpunkt festgelegt ist.«

»Und das heißt ...?«

»Das heißt, dass der König Euch die Gnade erweist, Euch nicht auf die gleiche Weise davonzuschicken wie die anderen. Während ihnen sieben Tage zugebilligt sind, um die Grenzen des Landes hinter sich zu lassen, steht Euch mehr Zeit zur Verfügung«, sagte Don Çag mit einem Lächeln, das so schwach war wie die Strahlen der Abendsonne.

»Und wie viel?«

»Ich würde sagen, drei oder vier Tage darüber hinaus, vielleicht eine weitere Woche...«

Ich ließ den Schatzmeister stehen und ging davon, ohne zu wissen, wohin. Die Essenszeit war vorüber, aber mein Hunger war verflogen. Als ich über den Zocodover-Platz ging, kam ich an El Alficén vorüber, dem Haus, in dem ich lebte, und ging weiter in Richtung auf die Alcántara-Brücke.

An ihrem anderen Ende lag eine kleine Schenke, die ich schon oft gesehen, aber noch nie aufgesucht hatte. Ich trat ein und bekam einen Becher warmen Wein mit Honig. An den Tischen um mich herum saßen würfelnde Soldaten. Ihre lauten und anmaßenden Stimmen bestimmten den unaufhörlichen allgemeinen Lärm. Die Wirtin, klein und dunkel, hielt sich fern vom Trubel in der Küche auf. Nach einer Weile trat ich den Rückweg an, doch noch wollte ich nicht in meine Behausung zurückkehren. Als ich an einem alten Kirchlein vorüberkam, blieb ich unentschlossen stehen und genoss den kühlen Schatten des daneben liegenden kleinen Parks. Die Tür war angelehnt, und ich stieß sie auf; niemand schien sich im Inneren aufzuhalten, das völlig schmucklos war. Aus alter Gewohnheit befeuchtete ich meine Finger im Weihwasserbecken und beugte das Knie vor dem Altar. Dann schlenderte ich durch das Mittelschiff. Außerhalb der Messe war ich noch nie dort gewesen, und es überraschte mich, den Raum so leer zu sehen. Man hörte keinen Laut. Neben einem Pfeiler sah ich, dass von einigen Kerzen ein schwärzlicher Rauchfaden aufstieg; vermutlich hatte man sie erst eben gelöscht. Ich sah, wie sich der Rauch in der Weite des Raumes allmählich verlor. Dann hörte ich ein schwaches Geräusch und drehte mich zu einer Bank um, an deren Rand eine alte Frau einem Priester ihre Sünden zuflüsterte, während dieser in langsamen Stößen seufzte und bisweilen das Gesicht verzog. Ich schritt weiter und setzte mich schließlich auf einen Platz an der Wand. Ich begann mechanisch zu beten, ohne mich sammeln zu können; meine erneute Begegnung mit dem kastilischen Herrscher ließ mir keine Ruhe. Es kam mir vor, als würde ich vor den staunenden Blicken all meiner Freunde und Kollegen hinabsinken, immer tiefer, den Mühlstein aus dem biblischen Gleichnis um den Hals.

Ich möchte nicht übertreiben – in Wahrheit fühlte ich mich eher müde als niedergeschlagen. Ich gähnte in der Dunkelheit und spürte, wie sich schließlich doch der Hunger meldete. Rasch stand ich auf, um nach El Alficén zurückzukehren. Ich eilte mit großen Schritten über die langen Gänge meinem Zimmer entgegen. Nun stand ich wieder auf dem Espartogras-Läufer vor meinem harten Lager. Ich hielt den Atem an, um auf die Geräusche um mich herum zu lauschen. Angespannt hörte ich, wie Rabiçag durch das Nebenzimmer ging, wobei er bedächtig einen Fuß vor den anderen setzte. Etwas später lief Wasser in die Waschschüssel. Dieses vertraute Geräusch beruhigte mich. Die Schritte meines Zimmernachbarn kannte ich gut und liebte es sogar, wie seine Tür beim Öffnen knarrte. Rabiçag öffnete sie langsam, immer nur bis zu einem bestimmten Punkt, etwa halb so weit, wie es möglich war, und schob sich dann seitwärts hindurch, als wäre er ein Eindringling. Auch merkte ich, dass sich der für diese Stunde kennzeichnende unangenehme Geruch nach Brühe im Haus ausbreitete. Doch außer diesen beiden Dingen, den bedächtigen Schritten im Nachbarzimmer und dem scharfen Geruch der Speise, nahm ich nichts wahr. Unten herrschte Grabesstille. Mich überkam grenzenlose Einsamkeit. Ich ließ mich auf das Bett fallen und hielt meinen Kopf in den Händen vergraben. Wie hatte mir das geschehen können, gerade als ich die politischen Intrigen vergessen hatte und so angenehm mit meinen Kollegen zusammenarbeitete?

Diese Männer waren meine eigentlichen Mitbrüder, nicht aber die hohen Geistlichen, Würdenträger des Hofes oder die Bewohner der Adelspaläste. Hier war mein Reich; in ihm konnte ich behaglich mit anderen über Dinge reden, die mir wichtig waren. Sehnsüchtig dachte ich an den Nachmittag des Vortags, an dem ich mit den Juden Xossé Alfaquí und Bernardo el Arábigo durch die Umgebung des Schlosses von San Servando gelaufen war. Wie fern das jetzt lag! Während ich an diesen gemeinsamen Spaziergang dachte, hörte ich unsere Unterhaltung, als hätte sie vor langer Zeit stattgefunden; sie tönte von fern her.

Die Wirklichkeit drängte sich dazwischen. Unmöglich hatte man eine solche Veränderung der Umstände voraussehen können, doch ich musste mich der Situation stellen. Ein wenig ruhiger, bemühte ich mich, sinnvoll zu handeln. Wenn es so steht, dachte ich, wäre es nicht schlecht, mit meinen Gesprächspartnern aus der Kathedrale darüber zu reden. Doch ich wusste, dass man mir auch dort Punkt für Punkt wiederholen würde, was ich bereits von Don Çag gehört hatte. Unlustig machte ich mich daran, meine Habe zu packen. Ich nahm Kleidungsstücke aus der Truhe und hielt bald wieder inne: Ich hatte nicht das Bedürfnis, etwas zu ordnen. Die Kleider blieben im ganzen Zimmer verstreut liegen. Ich trat ans Fenster. Die Nacht brach allmählich herein, draußen waren bereits einige Fackeln und Öllämpchen entzündet worden. Durch die dicke Glasscheibe drang ein gelblichgrüner Lichtschimmer, der die Wand erhellte und einen schmalen Lichtstreif an die Tür warf.

Bevor ich nach dem Zubettgehen meine Kerze löschte, hörte ich jemanden so leise klopfen, dass die Knöchel das Holz kaum zu berühren schienen. Dennoch spürte ich durch die Tür, dass es Rabiçag war. Ich wollte nicht antworten und dachte: Die Tür ist unverschlossen. Wenn du hereinkommen willst, brauchst du nur zu drücken. Ich hatte nicht die Kraft, etwas zu sagen. Als sich der Jude entschloss, die Tür ein Stück weit aufzustoßen, fand er mich auf dem Bett sitzend. Er wagte nicht, weiter ins Zimmer zu treten, und blieb stehen, wo er war. Ich fragte ihn so abweisend, dass es sogar mich überraschte: »Was willst du?«

»Dich besuchen«, gab er zur Antwort und setzte sein Lächeln auf, das seine Wirkung nie verfehlte.

Dann nahm er neben mir Platz, und ich sah ihn stumm an. Keiner von uns beiden sprach. Das Schweigen dauerte so lange, dass ich irgendwann fast aufgestanden und wieder ans Fenster getreten wäre, doch ich unterließ es. Mir war klar, wenn ich erst aufstand und im Raum umherging, würde ich auch anfangen zu reden. Tatsächlich ertrug ich die Stille schon bald nicht mehr und erhob mich doch von meinem Lager. Unruhig und verzagt begann ich im Raum auf und ab zu gehen. Nach kurzer Zeit drehte ich mich wieder der stillen Gestalt Rabiçags zu, sah ihm in die Augen und rief aus: »Dir ist ja wohl schon bekannt, dass man mich fortgeschickt hat?«

»Das wissen wir alle. Du bist nicht der Einzige.«

Später, in der Dunkelheit, betete ich um einen friedvollen Traum, nach dem ich mich so sehr sehnte. Das ganze vergangene Jahr hindurch hatte ich Glück gehabt, konnte mich in der geheimen Hoffnung treiben lassen, meine stille, gelehrte und unauffällige Arbeit fortsetzen zu dürfen, ohne von irgendjemandem belästigt zu werden.

Am nächsten Vormittag ging ich zur Kathedrale, um den Empfang der Anweisung bestätigen zu lassen. Jeder war auf dem Laufenden. Auch dort gab man mir zu verstehen, dass es nicht nötig sei, mit übertriebener Eile aufzubrechen. Der König wollte lediglich sicher sein, dass ich mich nicht mehr an seinem Hof aufhielt, darüber hinaus ging sein Bestreben nicht. Als ich hinausging, läuteten die Glocken friedlich und voll Schwermut, und ich dachte, dass ich sie wohl zum letzten Mal hörte.

Am selben Tag noch riet mir Rabiçag, während ich mit den Kollegen erörterte, welche Möglichkeiten mir blieben, ich solle mir Zeit lassen und vor der Rückkehr nach Frankreich unbedingt Granada aufsuchen, die Stadt, die ich immer schon so gern hatte sehen wollen.

»Überlege es dir gut, Raoul«, sagte er. »Ich kenne dort viele bedeutende Männer und kann dafür sorgen, dass sich dein Aufenthalt wirklich lohnt. Obendrein kannst du anschließend von Almeria oder Malaga aus über das Meer zurückfahren. Bestimmt wird sich dir die Möglichkeit eines Aufenthalts in der Stadt der Moslems nicht noch einmal bieten.«

Als ich zu Bett ging, wich das Bild des Königs nicht aus meinem Bewusstsein, solange ich wach lag. Ich ließ all die Augenblicke an mir vorüberziehen, die ich in seiner Gegenwart verbracht hatte. Im Zimmer war es dunkel, und ich konnte keinen Schlaf finden. Nach und nach, als brauchten sie lange, um zu erwachen, meldeten sich undeutliche Erinnerungen an viele andere Gelegenheiten, bei denen es gegolten hatte, einen lieb gewordenen Ort zu verlassen. Die verschiedenen Länder kamen mir in den Sinn, in denen ich mich zum Arbeiten aufgehalten hatte: Frankreich, Burgund, Sizilien, Deutschland und jetzt Kastilien. Leise murmelte ich die Namen der Orte vor mich hin, die ich besucht hatte, und dachte an meine Geburtsstadt Rennes mit ihrer dunklen Erde und den Gräbern meiner Vorfahren. Ich merkte, dass mein Herz heftig schlug. Vergangenheit und Gegenwart glitten übereinander wie Scheiben, die eine gemeinsame Mitte suchen. Auf der einen Seite empfand ich tiefen Groll, weil man mich aufgefordert hatte, Toledo zu verlassen, als wäre ich ein Verbrecher. Auf der anderen stellte sich allmählich die Freude ein, die ich immer vor einer neuen Reise empfand.

Rabiçag hatte Recht, dachte ich. Ich darf mir die Gelegenheit einer Reise nach Granada nicht entgehen lassen.

Ich hatte aber auch noch einen anderen Beweggrund. Eigentlich waren es sogar zwei. Der Erste ist ganz einfach: Ich möchte Enrique Haro und seine Frau Sara aufsuchen. Ich würde mich gern von dem Mann verabschieden, in dessen Gesellschaft ich die Grenze nach Spanien überquert und den Weg nach Santiago de Compostela zurückgelegt habe.

Der andere Grund reicht tiefer. Sonderbarerweise haben ihn mir Don Çag und Don Çuleman geliefert, die mittelbaren Urheber dieses langen Berichts, von dem ich inzwischen weiß, dass er überflüssig ist.

Es liegt viele Monate zurück. An einem der ersten Tage meines Aufenthalts in Toledo unterhielten wir uns abends über den Hof und verglichen den Geist, der in Toledo herrscht, mit dem anderer Städte. Ich möchte das Gespräch in Einzelheiten darstellen, weil meiner Ansicht nach dabei die sicherlich wichtigste Lehre deutlich wird, die ich von meiner Reise durch spanische Lande mit nach Hause nehmen werde.

Es war ein langes Gespräch. An einem bestimmten Punkt richtete Don Çuleman folgende Worte an uns: »Wie ihr wisst, meine Freunde, bin ich einmal nach Ecija und Sevilla gereist, wo ich Güter besitze, die ich verpachtet habe. Unterwegs beschloss ich, Rast in Granada zu machen, um dort meinen guten Freund Ibn Nagriella zu besuchen, der der Wesir des Großkönigs Ibn Ahmar von Granada ist. Er bewohnt einen prächtigen Palast, in dessen Mitte ein herrlicher Brunnen steht oder, besser gesagt, stand. Der Brunnen ist mit zwölf Löwen geschmückt, deren Häupter nach außen gerichtet sind. Ihn müsstet ihr sehen, Freunde, denn er ist wahrhaft wundervoll. Die Löwen, die den in der Mitte emporschießenden Wasserstrahl zu bewachen scheinen, sind zugleich Bestandteil des Brunnens, denn das Wasser, das in einer Schale aus weißem Marmor aufgefangen wird, rinnt durch ihre Mäuler und fällt von dort in ein Wasserbecken, aus dem es in vier Kanäle läuft.

Kurz vor mir hatte der König von Granada seinen Wesir besucht«, erzählte er weiter. »Er war von dem Brunnen so überwältigt, dass mein Freund beschloss, ihm diesen als Schmuck seines Palastes Al-Hambra zu schenken, den der König gerade auf einem Hügel außerhalb der Stadt neben der Burg erbaute. Wenige Tage später teilte ihm der König voll Begeisterung mit, er habe sich nach reiflicher Überlegung entschlossen, aus dem Löwenbrunnen den Mittelpunkt eines der großen Höfe im In-

neren des Palastes zu machen. Bedenkt aber«, sagte er, sich
an mich wendend, »dass die Brunnenanlage voller Hinweise
auf das Judentum ist.«

»Inwiefern?«, fragte ich erstaunt.

»Erstens trägt jeder der zwölf Löwen den Davidstern auf
der Stirn, und außerdem symbolisieren sie die zwölf Stämme
Israels.«

»Und trotzdem will der moslemische Herrscher sie zum
Mittelpunkt des innersten Hofs seines Palastes machen?«

»Versucht die Sache so zu sehen wie der König von Granada«, gab Don Çuleman zur Antwort. »Bemüht Euch, in den
eigentlichen Sinn des Brunnens einzudringen, und Ihr werdet den Schlüssel entdecken. Muhammad Ibn Ahmars Klugheit ist ebenso ungewöhnlich wie seine Fähigkeit, sich Dinge
anzuverwandeln. Er sieht in jenem Löwenbrunnen nicht den
jüdischen Glauben, sondern die gemeinsame Wurzel unserer
Religionen.«

Ich sah ihn ungläubig an. Don Çuleman machte eine ab-
wehrende Handbewegung und neigte den Kopf zur Seite, offenbar in die Erinnerung an jene steinernen Tiere versunken,
als gehe es darum, seine Worte sorgfältig abzuwägen.

»Lasst mich Euch den Aufbau des Brunnens beschreiben«,
sagte er. »Ich habe Euch schon gesagt, dass sowohl die Mar-
morschale wie die Löwen selbst als Verteiler des Wassers
dienen. Dieses Wasser nun fällt in ein kleines quadratisches
Becken, aus dem es in vier Kanäle fließt, die genau den Him-
melsrichtungen folgen. Daraus ergibt sich, dass das Wasser,
das in der Mitte des Hofes aufsteigt, an eine weit wichti-
gere Quelle erinnern soll. Sie aber liegt, wie der Koran lehrt,
in der Mitte des Paradieses.«

»So steht es auch in der Schöpfungsgeschichte der Bibel«,
setzte ich hinzu. »Der Fluss, der seinen Ursprung im Garten
Eden hatte, teilte sich in vier Arme mit Namen Pischon, Gihon,
Euphrat und Hiddekel. Letzteren nennen wir heute Tigris.«

»Diesen Text benutzen alle drei Religionen«, merkte Don
Çag an.

»Ihr seht, worauf ich hinauswill«, rief Don Çuleman, zu uns gewandt, aus.

Doch weder auf meinem noch auf Don Çags Gesicht zeigte sich großes Verständnis.

»Eure Zweifel überraschen mich aber nicht. Auch mein Freund war verblüfft, als er hörte, wie der König von Granada erklärte, es sei unerheblich, dass der Brunnen Symbole trage, die dem Islam fremd sind, solange er die Aufgabe erfülle, die Menschen näher zu Allah zu führen. Sein Erstaunen wuchs noch mehr, als der König hinzufügte, er habe den Hof so geplant, dass er das Paradies widerspiegele, dem wir alle entgegenstreben. In diesem magischen Raum werde Gottes gedacht, ohne dass man ihn darstelle, denn er gestatte bei seinem Schöpferwerk keine weiteren Mitwirkenden.«

»Das sind komplizierte Überlegungen«, sagte ich.

»Ich habe ja schon gesagt, dass den Wesir das Vorhaben des Königs von Granada ebenso verstört hat wie jetzt euch, und auch er sah sich außer Stande, den Sinn dieser Worte vollständig zu erfassen. Doch nachdem er die Pläne für den Palasthof gesehen hatte, ist ihm alles klar geworden. Das Schönste ist, dass er sich durch diesen Entwurf hat anregen lassen, einen weiteren Hof anzulegen, ähnlich dem des salomonischen Palastes, von dem das Buch der Könige in der Bibel spricht. Dem Anschein nach gab es dort mit Granatäpfeln geschmückte Kapitelle und in der Mitte eine herrliche Quelle, deren Schale auf Grund ihrer Größe mit einem Bronzemeer verglichen wurde. Sie ruhte auf zwölf Rindern.«

»An diese Stelle in der Schrift erinnere ich mich«, sagte ich und bemühte mich, seinen Gedanken zu folgen. »Wenn ich nicht irre, heißt es im Heiligen Buch, dass drei dieser Rinder gen Norden blickten, drei gen Westen, drei gen Süden und drei gen Osten. Über ihnen erhob sich das Meer, und ihrer aller Hinterteile waren nach innen gekehrt.«

»So ist es«, sagte Don Çuleman. »Aber im Buch der Könige gibt es noch weitere, deutlichere Hinweise. Denkt doch an

ie Gestalt des mit lauterem Gold bedeckten Thrones, der zu
Ehren der Königin von Saba angefertigt wurde.«

»So ist es!«, sagte ich. »Auch er wies zwölf Löwen auf.«

»Es ist nur natürlich, dass dieser Entwurf Erinnerungen an
Salomons Palast enthält«, fuhr Don Çuleman fort. »Schließ-
ich handelt es sich um den Prophetenkönig, der in der jüdischen und moslemischen Überlieferung zum Vorbild aller
Herrscher geworden ist.«

»Was die jüdische Überlieferung angeht«, merkte ich an,
»ist das unbezweifelbar, doch fällt es mir schwer zu sehen,
welche Bedeutung das für die Araber haben sollte.«

»Wieso?«, fragte Don Çuleman. »Für die Moslems ist die
Beziehung zwischen Wasser und Gärten von grundlegender
Bedeutung. Denkt nur an die Texte der Bibel! Der Tempel von
Jerusalem kann ihnen als vollkommenes Symbol dienen.«

»Das klingt einleuchtend«, nickte ich zustimmend.

»Ich verstehe das nicht ganz«, warf Don Çag ein.

»Es ist aber nicht besonders schwierig, Çag. Überlege doch
ein wenig. Wie du weißt, heißt es, dass Salomon einen Garten
von Gold hat errichten lassen, mit goldenen Bäumen aller Arten, und dass Gott das Wunder wirkte, auf jedem dieser goldenen Bäume Früchte mit demselben Geschmack wachsen zu
lassen wie auf den natürlichen. Dann hat Salomo, als er die
Königin von Saba empfing, einen gläsernen Boden schaffen
lassen, der so sehr dem Wasser ähnelte, dass die Königin ihre
Gewänder raffte, als sie darüber schreiten wollte, weil sie ihn
für einen Teich hielt.«

Der Ausdruck des Zweifels wich nicht von Don Çags Zügen.

»In Wahrheit ist keiner dieser Vergleiche nötig«, fuhr Don
Çuleman abschließend fort, »denn auch wenn Ihr es nicht
glaubt, Ibn Gabirol hat bereits vor rund zweihundert Jahren
den künftigen Brunnen des Al-Hambra-Palastes in einem Gedicht mit aller wünschenswerten Deutlichkeit beschrieben.
Wartet ein wenig, ich will einmal sehen, ob ich es finde. Wenn
ich nicht irre, liegt es in der Bibliothek . . .«

Don Çuleman erhob sich und kam bald darauf mit eine
Schriftrolle zurück, aus der er schon vom Eingang her vorlas

> *Es gibt einen herrlichen Teich,*
> *ähnlich dem Meer Salomons,*
> *er aber ruht nicht auf Rindern,*
> *sondern stolz stehen Löwen am Brunnenrand,*
> *als riefen sie ihre Jungen zur Beute,*
> *als wären es Quellen, entströmt ihren Mäulern Wasser,*
> *wie Flüsse aus ihrem Inneren.*
> *Und neben den Kanälen knien Hindinnen,*
> *deren Inneres das Wasser weiterleitet,*
> *um Beete und Pflanzen zu netzen,*
> *um Binsen mit reinem Wasser zu besprengen*
> *und dem Myrtengarten kostbares Nass zu spenden;*
> *wie Wolken besprengen sie einen duftenden Zweig*
> *mit wohlriechenden Essenzen,*
> *wie von Weihrauch und Myrrhe.*

Don Çag nickte schweigend, während Don Çuleman sich erneut zu uns setzte. Mit einem Lächeln fuhr er fort, kaum dass
er zwischen den Kissen Platz genommen hatte: »Aber wartet
Raoul, es kommt noch besser. Seht, mit welchem Scharfsinn
der König von Granada vorgeht. All diese Vorstellungen genügen ihm nicht, er möchte sein Werk noch mehr vervollkomm-
nen. Daher wird er die Anlage des Hofs von einem christlichen Baumeister errichten lassen.«

»Von einem Christen?«, wiederholte ich.

»Ja, von einem Christen. Ibn Ahmar weiß eure Art des Den-
kens zu schätzen und bewundert die kastilischen Fürsten. Als
Ferdinand III. vor sieben Jahren starb, hat er hundert Ritter aus
Granada mit Fackeln um sein Grabmal Totenwache halten lassen. Jetzt werdet Ihr aus den Worten meines Freundes seine
Absicht erfahren. Es sieht so aus, als möchte er um den Brunnen herum einige gedeckte Gänge anlegen lassen, die zwei
scheinbar widersprüchliche Bilder heraufbeschwören sollen:

inerseits das der Kreuzgänge christlicher Klöster und andererseits das der ursprünglichen Behausungen der Araber, also von Leinwandzelten in der Wüste. Dafür braucht er jemanden, der diese beiden Aussagen miteinander verknüpfen kann.«

»Und hat er ihn gefunden?«, fragte ich, als zweifele ich, dass es möglich sei, einen Baumeister zu finden, der eine solche Gedankenverbindung verstehen und ihr Gestalt verleihen könnte.

»Das weiß ich nicht«, gab Don Çuleman zu. »Aber bestimmt wird er einen finden. Wenn es ihm möglich war, all diese Gedanken in einem einfachen Innenhof zusammenzufassen, glaube ich nicht, dass es ihm schwer fallen wird, jemanden aufzutreiben, der sie zu verwirklichen versteht. Für unser Gespräch ist es ohnehin unerheblich. Entscheidend ist der Grundgedanke. Denn worauf ich hinauswollte, Freunde, ist, dass er mit seinem Vorhaben die drei Religionen in einem einzigen Gesang zum Lob des Allerhöchsten zusammenfassen will.«

Das war in etwa der Inhalt unseres Gesprächs. Ich wollte es hier aufzeichnen, weil die darin enthaltene Lehre der Toleranz zusammen mit der Nutzung der Überlieferung der drei Religionen wohl das ist, was mir den bleibendsten Eindruck hinterlassen hat. Hierin dürfte auch der Vorzug und die beträchtliche Überlegenheit des Reiches liegen, das Don Alfonso Spanien nennt.

Am Morgen nach dem Tage, an dem mir Rabiçag geraten hatte, nach Granada zu reisen, war mein Ranzen geschnürt, zwei Tage später machte ich mich auf den Weg. Wie schon erwähnt, waren Fieberanfälle der Anlass, diese letzten Zeilen aufs Papier zu werfen – ach, das herrliche Papier aus Toledo! – im Versuch festzuhalten, was sich unmöglich schriftlich festhalten lässt: den Übergang von Hochmut zur Mäßigung und Nachsicht. Jetzt ist die Zeit gekommen, die Sache zu Ende zu bringen. In der Stille meines Raumes türmen sich die Geschichten. Ich bin nicht alt, habe aber ein Alter erreicht, da die Vergangenheit in meinen Gedanken einen bedeutenden

Platz einzunehmen beginnt. Ein Jahr ist vergangen, seit ich die beschriebenen Ereignisse erlebt habe, und jetzt, nachdem ich alles noch einmal durchgelesen habe, kommt es mir vor als lägen sie zehn Jahre zurück. Unbedeutende Vorfälle, meinem Gedächtnis schon fast entschwunden, tauchen hier mit einem Mal wieder auf, gewinnen neues Leben und kommen mir vor, als wären sie einem anderen und nicht mir selbst widerfahren. Aber zugleich tröstet uns das Wissen, dass diese Ereignisse geschehen sind und das Papier sie nahezu vollständig am Leben erhält. Don Çuleman wird gewiss verstehen und allem den richtigen Sinn beimessen.

Schritt für Schritt habe ich mich wieder erholt, während sich diese Papierbogen mit Wörtern füllten. In einem baufälligen und schmuddeligen Gasthof beginne ich erneut das Leben in meinen Adern und Sehnen zu spüren: Mein Körper ist wieder in Bewegung. In dem Maße, in dem ich Abschied von allem nehmen musste, was ich bis dahin für unbezweifelbar gehalten hatte, haben die Kräfte Frieden miteinander geschlossen, die in mir im Widerstreit lagen. Damit habe ich mich nicht nur beruhigt, sondern, wichtiger noch, ich erneuere mich auch. Es ist eine sonderbare Empfindung. Mir kommt es vor, als erlebte ich noch einmal die Tage nach meiner Taufe und als wäre ich von all meinen Aufgaben entbunden. Niemand erwartet etwas von mir – weder die Universität Paris noch König Ludwig von Frankreich und auch nicht König Alfonso von Kastilien. Ohne Verpflichtungen irgendjemandem gegenüber stelle ich voll Stolz fest, dass ich mit dieser letzten Etappe kein anderes Ziel verfolge als die Bereicherung meines Wesens. Granada ist lediglich ein weiterer Bestimmungsort auf einer fortwährenden Wanderschaft, ein weiterer Leuchtturm für einen *homo viator,* dessen einzige Freude das Umherziehen ist. Ich stelle aber auch voll Stolz fest, dass sich der Groll, mit dem ich Toledo hinter mir gelassen habe, allmählich in Wohlbehagen verwandelt – das unruhige Wohlbehagen, das uns hindert, an irgendeinem Ort sesshaft zu werden und uns zu fragen, welches Ziel unsere Reise haben soll.

Pascal Mercier
Perlmanns Schweigen
Roman
640 Seiten
btb 72135

Aus Freude am Lesen

Pascal Mercier

[P]erlmann, dem Meister des wissenschaftlichen Diskurses, [is]t es die Sprache verschlagen. Und während draußen [de]r Kongress der Sprachwissenschaftler wogt, verzweifelt [Pe]rlmann in der Isolation des Hotelzimmers. In ihm reift [ei]n perfider Mordplan... »Ein philosophisch-analytischer [K]riminal- und Abenteuerroman in bester Tradition.«
Frankfurter Allgemeine Zeitung

———————————— ❦ ————————————

Arturo Pérez-Reverte
Der Club Dumas
Roman
470 Seiten
btb 72193

Aus Freude am Lesen

Arturo Pérez-Reverte

[L]ucas Corso ist Bücherjäger im Auftrag von Antiquaren, [B]uchhändlern und Sammlern. Anscheinend eine harmlose [Tä]tigkeit, bis Corso feststellt, daß bibliophile Leidenschaften [mi]t dunkle Geheimnisse und tödliche Neigungen nach sich [zi]ehen. Für literarische Leckerbissen, die wie Thriller fesseln, [gi]bt es in Spanien seit Jahren nur noch einen Namen –
Arturo Pérez-Reverte.